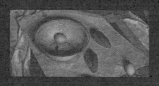

땅의 혜택

이 도서의 국립중앙도서관 출판예정도서목록(CIP)은 서지정보유통지원시스템 홈페이지(http://seoji.nl.go.kr)와
국가자료공동목록시스템(http://www.nl.go.kr/kolisnet)에서 이용하실 수 있습니다.
(CIP제어번호: CIP2015015931)

세계문학전집
129

Knut Hamsun: Markens grøde

땅의 혜택

크누트 함순 장편소설

안미란 옮김

문학동네

차례

일러두기

1. 번역 대본으로는 *Markens grøde* (Knut Hamsun, Gyldendal, 2009)를 사용했다.
2. 주석은 모두 옮긴이주이다.

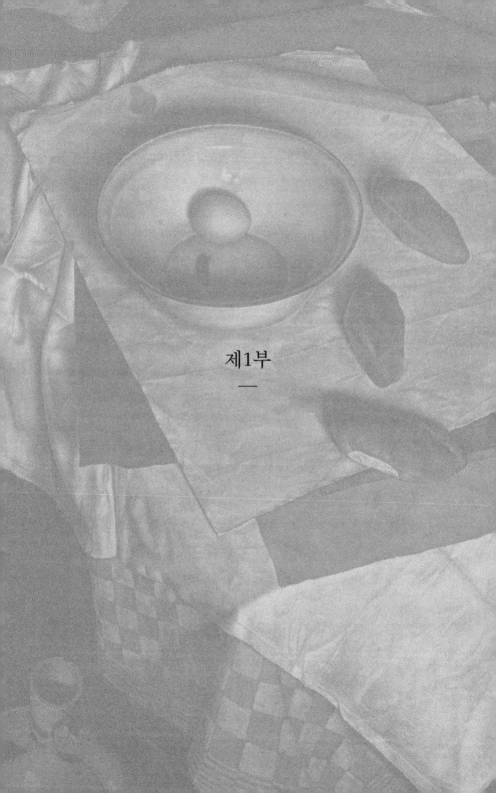

제1부

—

1

황야를 지나 숲으로 통하는 기나긴 길. 그 길을 낸 것은 누구였을까? 이곳에 처음으로 왔던 남자, 그 사람이었으리라. 그가 오기 전에는 길이 없었다. 그가 다녀간 후로 이런저런 동물들이 습지와 황야에 찍힌 그의 희미한 발자국을 따라가며 그 길을 한결 또렷하게 만들었으리라. 그다음에 다시 어떤 라플란드인이 그 길을 발견하고는 이 벌판에서 저 벌판으로 순록떼를 돌보러 다닐 때 이용했을 것이다. 이리하여 누구의 소유도 아닌 주인 없는 넓은 공유지에 길이 생겨났다.

남자가 북쪽을 향해 걸어온다. 자루를, 음식과 연장 몇 가지가 든 첫 번째 자루를 메고. 뻣뻣한 붉은 털로 뒤덮인 힘세고 거친 남자의 얼굴과 손은 상처로 가득하다. 오래된 상흔은 일을 하다 생긴 것일까, 싸우다가 생긴 것일까? 그는 감옥에서 탈주한 도망자인지도 모르고, 평화를 찾는 철학자인지도 모른다. 아무튼 그는 홀로 여기 허허벌판까지 왔다. 주변의 새들도 동물들도 잠잠하다. 가끔 그는 혼잣말로 "아, 세상에!"라고 말한다. 황야를 지나 숲속에 트인 곳이 나타나면 그는 자루를 내려놓고 주위를 돌아다니며 땅을 살핀다. 잠시 후 돌아와 등에 자루를 메고 다시 걷는다. 하루종일 그렇게 계속하며 해를 바라보고 시간을 헤아린다. 밤이 되자 그는 팔을 베고 히스 벌판에 눕는다.

몇시간을 쉰 그는 다시 걷는다. "아, 세상에!" 다시 북쪽을 향해 걷고, 태양을 보고 시간을 헤아린다. 얇게 구운 빵 한 덩어리에 염소젖 치즈로 식사를 하고는 다시 걸음을 재촉한다. 숲속에서 정착할 만한 곳을 찾으려고 또 하루를 걷는다. 그는 무엇을 찾고 있을까? 땅을, 흙을 찾는 것일까? 그는 마을을 떠나왔는지도 모른다. 그는 날카롭게 주위를 둘러보고 살핀다. 때로는 언덕 위에 올라가 주위를 둘러본다. 다시 해가 진다.

그는 혼합림이 길게 우거진 골짜기의 서쪽 면을 따라 걷는다. 활엽수림과 풀밭도 몇 시간이고 이어진다. 땅거미가 지지만, 물 흐르는 소리가 나지막이 들려오고 살아 있는 듯한 그 소리는 마치 무슨 생명체처럼 그에게 생기를 불어넣는다. 언덕 위로 올라간 그의 발밑에는 골짜기가, 그 위로 멀리 남쪽까지는 트인 하늘이 보인다. 그는 눕는다.

아침이 되자 그의 앞에 숲과 초지가 펼쳐진다. 내려가보니 푸른 기슭이 있고, 저멀리 아래쪽에 개천이, 그리고 그 개천을 단박에 뛰어넘는 토끼가 보인다. 토끼가 한번에 건널 수 있을 정도로 좁은 개천이 흡족하다는 듯 그는 고개를 끄덕인다. 알을 품고 있던 뇌조 한 마리가 갑자기 발 옆에서 퍼덕이더니 그를 향해 마구 뻑뻑거리고, 남자는 다시 고개를 끄덕인다. 여기에는 짐승과 새가 있구나. 그래, 그래야지! 그는 블루베리와 크랜베리, 별꽃과 키 작은 고사리를 헤치며 걷는다. 이곳 저곳에 멈춰 서서 쇳덩이로 땅을 파기도 하고, 그러다가 낙엽과 썩은 나뭇가지가 수천 년간 쌓여 영양분을 가득 품은 부식토와 습지를 발견하기도 한다. 남자는 고개를 끄덕이고, 이곳에 정착하기로 결심한다. 그렇다. 그는 이곳에 정착하려고 한다. 이틀 더 주위를 돌아보지만, 저녁이면 이 기슭으로 돌아온다. 밤에는 전나무를 깐 잠자리에 든다. 이곳이 집으로 느껴진다. 튀어나온 바위 아래에 이미 잠자리까지 만들지 않았는가.

이 장소, 아무에게도 속하지 않은 그만의 자리를 찾는 것이 가장 어려운 일이었다. 이제 그는 매일 일을 했다. 수액이 아직 마르지 않은 계절 동안, 그는 곧 좀 떨어진 숲에서 자작나무 껍질을 벗기기 시작했다. 그런 다음 나무껍질을 꼭 묶고 돌로 눌러 말렸다. 묶음이 커지면 몇 킬로미터 떨어진 마을까지 가지고 가 건축 자재로 팔았다. 그러고는 밀가루, 베이컨, 냄비, 삽 같은 새로운 식량과 연장을 구해 그가 사는 기슭으로 가지고 왔다. 배가 파도를 헤치고 나아가듯 숲을 헤치고 오는 그는 타고난 짐꾼이었다. 그는 짐도 많이 지고 걸음도 많이 걸어야 하는 자신의 일을 사랑하는 듯했고, 등에 짐 없이 걷는 것은 자신에게 어울리지 않는 게으른 삶이라고 생각하는 듯했다.

어느날 그는 어깨에 멘 무거운 짐과 함께 암염소 두 마리와 숫염소 한 마리를 끌고 왔다. 그는 염소가 생긴 것을 마치 소라도 얻은 듯 기뻐했고, 염소를 잘 돌보았다. 얼마 후, 처음으로 낯선 사람이 한 명 왔다. 방랑하는 라플란드인이었다. 염소를 본 라플란드인은 그가 이곳에 정착한 것을 보고는 말했다.

"여기 계속 살 건가요?" "그렇소." "이름이 뭐요?" "이사크요. 혹시 내가 하녀로 둘 만한 사람을 모르시오?" "모르지만 어디 가면 한번 이야기를 해보리다." "그래요, 그래주시오. 가축이 있지만 돌볼 사람이 없다고."

그래, 이사크라고, 라플란드인은 그렇게 전하겠다고 했다. 기슭에 사는 이 남자는 이름을 밝히는 걸 보니 탈주해 온 사람은 아니다. 도망자? 그랬다면 아마 잡혔겠지. 그는 열심히 일하는 사람이었다. 염소에게 겨울에 먹일 쏠을 모으고 땅을 갈고 밭을 만들고 돌을 치우고 돌담을 쌓기 시작했다. 가을이 되자 집, 오두막이 완성되었다. 탄탄하고 따뜻한 오두막. 폭풍이 불면 삐걱거릴 집도, 불에 타버릴 집도 아니었다. 그는 문을 닫고 들어가 있을 집이 있었고, 지나가는 사람이 있다면 집 앞에 서서 자신이 집주인임을 자랑할 수도 있었다. 오두막은 두 칸이어서, 한 칸에는 그가, 다른 한 칸에는 가축들이 살았다. 암벽 쪽 깊숙한 곳에는 건초를 저장하는 창고도 있었으니 부족한 것이 없었다.

또다른 라플란드인 둘이 온다. 아버지와 아들이다. 둘은 양손으로 지팡이를 짚고 서서 그의 오두막과 갈아놓은 땅을 보고 기슭 위에서 들려오는 염소 소리를 듣는다.

"안녕하시오." 그들이 말한다. "대단한 분이 여기 정착하셨구먼!" 라플란드인들은 언제나 아첨이 심하다.

"혹시 여기서 하녀로 일할 만한 사람을 모르시오?" 하고 다시 이사크가 말한다. 그의 머릿속은 온통 그 생각뿐이니까.

"일을 도울 하녀? 모르죠. 하지만 계속 말을 퍼뜨리리다." "그래주면 고맙겠소. 나는 집도 땅도 가축도 있는데 일을 도와줄 하녀가 없다고, 그렇게 말들 좀 해주시오."

아, 그는 자작나무 껍질을 지고 마을에 내려갈 때마다 하녀를 찾았지만 구할 수가 없었다. 사람들은 그를 자세히 보았다. 과부 한 명도, 몇 명의 노처녀도. 하지만 그에게 돕겠다고 말할 엄두를 내지 못했다. 누가 사람들로부터 몇 킬로미터 떨어진 황야, 가까운 마을까지 하루를 가야 하는 이곳에서 이 남자를 도우면서 살겠는가? 게다가 이 남자는 친절하지도 잘생기지도 않았고, 하늘을 올려다보며 듣기 좋은 목소리로 말하는 게 아니라 거친 목소리로 이야기했으며, 어딘가 짐승 같았다.

그래서 그는 혼자 살 수밖에 없었다.

겨울이면 그는 커다란 나무통을 만들어 마을에 팔아 자루 가득 식량과 연장을 사서 눈을 헤치고 돌아왔다. 고생스러운 날들이었다. 그는 가축 때문에 오래 떠나 있을 수 없었다. 그래서 어떻게 했을까? 궁하면 통한다고, 그는 강직하고 단순한 뇌를 점점 부지런히 놀렸다. 처음에는 집을 떠날 때마다 염소들이 숲의 나뭇가지를 뜯어먹고 허기를 채울 수 있도록 풀어놓았다. 하지만 다른 방법이 생각났다. 그는 강에 커다란 나무통을 걸고 작은 물줄기가 그 안으로 흘러들어가게 만들었다. 통이 차는 데는 열네 시간이 걸렸다. 물이 넘칠 정도로 차면, 통이 충분히 무거워져서 저절로 아래로 가라앉았다. 그 통은 아래로 내려오며 건초 창고와 연결된 끈을 잡아당겼고, 그러면 작은 문이 열리고 염소가 세 번 정도 먹을 양이 떨어져 가축이 먹을 수 있었다.

그는 이렇게 했다.

매우 지혜로운 방법, 어쩌면 하늘에서 온 영감靈感이었는지도 모른다. 아무튼 문제는 해결되었다. 늦가을까지는 그렇게 할 수 있었다. 하지만 눈이 오고, 비가 오고, 다시 눈이, 계속해서 눈이 왔다. 그러자 건초를 제대로 공급할 수가 없었다. 비가 오면 나무통에 빗물이 차서, 때가 되기 전에 창고의 문이 열려버렸다. 그는 통에 덮개를 만들어 한동안 그 문제를 극복했다. 하지만 겨울이 오자 흐르는 물이 얼어서 이 장치를 전혀 사용할 수 없게 되었다.

그러니 염소들도 이사크도 그냥 궁하게 사는 데 익숙해지는 수밖에 없었다.

고생스러운 나날이었다. 그는 일손이 필요했지만 구할 길이 없었다. 하지만 그렇다고 우두커니 있지는 않았다. 그는 계속해서 집을 고쳤다. 하루는 오두막에 창을 내고 유리를 두 장 끼웠다. 그날은 그에게 신기하고 환한 날이었다. 난로에 불을 켜지 않아도 무언가를 볼 수 있었고, 이제는 집안에 앉아 햇빛에 의지해 나무통을 만들 수 있었다. 이제는 일이 좀 편하고 쉬워졌다. 아, 세상에! 그는 책이라고는 읽지 않았지만, 신에 대한 생각은 자주 했다. 신뢰와 경외심이 그의 영혼 안에 자리잡고 있으니 당연한 일이었다. 별이 빛나는 하늘, 숲의 바람 소리, 고독, 쌓인 눈, 땅과 하늘의 힘은 낮에도 그를 생각에 잠기게 했다. 그는 자신이 죄인이라고 느꼈고 신을 두려워했으며, 일요일에도 다른 날처럼 일을 하기는 했지만 주일을 기리는 의미로 목욕을 했다.

봄이 가까워졌고, 그는 밭을 경작하고 감자를 심었다. 어느새 가축이 꽤 늘어났다. 염소들은 새끼를 둘씩 낳아, 이제 모두 일곱 마리가 되었다. 그는 훗날을 생각해서 우리를 확장하고 거기에도 유리창을 몇 개 냈다. 그래서 우리에도 햇빛이 들고 환해졌다.

어느날 드디어 도와줄 사람이 왔다. 바로 내려오지 못하고 기슭 위쪽에서 잠시 주저했지만 결국은 내려왔다. 키가 크고 피부가 그을린 여자였다. 큰 체격에 거친 손은 단단했고, 라플란드인은 아니었지만 라플란드식 신발을 신고 어깨에는 송아지 가죽 자루를 메고 있었다. 좋은 말로 돌려 말하면 그녀는 젊지는 않았다. 이미 서른에 가까웠던 것이다.

왜 그녀는 주저했을까? 그녀는 인사 뒤에 바로 한마디를 덧붙였다. "저는 산을 넘어야 해요. 그러려고 이 길로 온 거죠." 남자는 "그래요?" 하고 대답했지만 그녀의 말을 잘 알아들을 수 없었다. 그녀는 또렷하게 말하지 못했고, 고개도 돌리고 있었다. "네. 그리고 길이 멀거든요." 그도 대답했다. "산을 넘을 겁니까?" "네, 그래요." "뭘 하시려고요?" "저쪽에 제 친척들이 있거든요." "그래요? 친척들이 있어요? 이름이 어떻게 되십니까?" "잉에르랍니다. 그쪽은요?" "이사크요." "이사크라. 여기 사시나요?" "그렇지요. 보시는 것처럼 여기서 이렇게 삽니다." "괜찮네요." 그녀가 칭찬하며 말했다.

이사크는 이제 정신을 차렸고, 그녀가 온 게 누가 시켜서일지도 모른다는, 집에서 곧장 여기를 향해 왔으며 애초에 다른 곳으로 갈 계획이 없을지도 모른다는 생각이 들었다. 어쩌면 그가 도와줄 여자를 찾고 있다는 말을 들었을지도 모르고.

"들어와서 좀 쉬시죠." 그가 말했다.

그녀는 안으로 들어와서는 자신이 갖고 온 음식을 좀 먹고 그가 내놓은 염소젖을 마셨다. 그러더니 따뜻하게 싸 온 커피를 데웠다. 잠자리에 들기 전 두 사람은 커피를 마시고 함께 아늑한 시간을 보냈다. 자리에 누운 그는 그녀와 함께 있고 싶었고, 그녀는 그에게로 왔다.

아침이 되어도 그녀는 떠나지 않았고, 낮이 되어도 머물렀다. 그녀는 그 집 일꾼이 되었다. 염소젖을 짜고 나무통 표면을 고운 모래로 갈고 닦았다. 그녀는 아예 정착해버렸다. 여자의 이름은 잉에르였고 남자의 이름은 이사크였다.

외로운 남자의 삶은 완전히 달라졌다. 그의 여자에게서 흠잡을 것이라면 발음이 또렷하지 않고 언청이라서 늘 고개를 돌리고 있다는 것뿐이지만, 그건 문제가 되지 않았다. 이런 입술이 아니라면 그녀는 그에게 오지도 않았을 테니, 그녀의 토순兎脣은 그에게는 행운이었다. 그 자신은 어떤가. 그에게는 흠잡을 데가 없던가? 수염은 뻣뻣했고 체구는 땅딸막했으며, 생김새는 울퉁불퉁한 유리를 통해 보는 것처럼 흉측했다. 그리고 세상에 그런 표정으로 돌아다니는 사람이 또 어디 있을까? 그는 언제라도 날강도로 변할 수 있는 사람처럼 보였다. 잉에르가 도망치지 않는 것만도 다행이었다.

그녀는 도망치지 않았다. 그가 나갔다가 돌아오면 잉에르는 오두막에 있었다. 둘, 오두막과 그녀는 하나가 되었다.

그는 이제 한 사람을 더 책임져야 했지만, 손해 보는 일은 아니었다. 그는 이제 밖에 오래 머무를 수 있었고, 더 돌아다닐 수 있었다. 개천이, 다정한 개천이 있었는데, 겉보기에는 순순했지만 깊고 흐름이 빨랐다. 시내라고 할 수는 없었으니, 산 위쪽의 커다란 호수에서 흘러나오는 게 분명했다. 이제 이사크는 낚싯대를 구해 그 호수를 찾아갔고, 저녁에 돌아올 때면 송어와 곤들매기를 잡아왔다. 잉에르는 매우 놀라워하며 그를 맞았고, 흥분해서 손뼉을 치고 외쳤다. "와, 세상에!"

그녀는 그가 이런 칭찬을 들으면 기뻐하고 우쭐해하는 것을 잘 알았고, 그래서 일부러 듣기 좋은 말을 했다. 자신은 이런 건 본 적도 없으며 그가 어떻게 이런 일을 해내는지 모르겠다고.

다른 면에서도 그녀는 굴러들어온 복덩이였다. 그녀는 특별히 예쁘거나 똑똑하지는 않았지만, 친척들에게 맡겨놓은 어미 양 두 마리와 새끼 양 몇 마리를 데리고 왔다. 오두막에 가장 필요한 게 바로 털과 새끼 양을 생산할 양들이었다. 살아 있는 짐승 네 마리가 더 왔으니 가축은 크게 늘었다. 그 모습을 보면 흐뭇했다. 잉에르는 그 밖에도 자기 옷과 다른 물건, 거울, 끈에 꿰인 예쁜 유리구슬, 솔과 물레도 가지고 왔다. 그녀가 이런 식으로 계속 물건을 늘린다면 집은 천장까지 가득 차서 발 디딜 곳이 없어지리라. 이사크는 이렇게 재산이 느는 것을 보고 물론 마음이 기뻤다. 하지만 그는 원래 말수가 적었으므로 뭐라고 말을 하기 힘들었고, 집 앞에 나가 날씨를 보고는 다시 집으로 들어왔다. 그는 큰 행운을 만난 게 틀림없었고, 뭐라고 불러야 할지는 몰랐지만 애정이랄까 사랑이랄까, 뭔가 뜨거운 감정이 밀려오는 것을 종종 느꼈다.

"그렇게 이것저것 가져오지 않아도 돼" 하고 그가 말했다. 그녀는 대답했다. "다른 데 가면 내 살림이 더 많이 있는데요. 게다가 시베르트 삼촌도 계시죠. 그분 이야기를 들어봤어요?" "아니, 들은 적 없는데." "부자세요. 그 마을 회계시죠."

사랑은 똑똑한 사람도 바보로 만든다. 이사크는 자기 나름대로 좋은 모습을 보여주려 했고, 지나칠 정도로 애를 썼다. 그러니까 이런 말도 하기 시작한 것이다. "감자 캐느라 애쓰지 마. 내가 저녁에 와서 할 테니까."

그렇게 말하고 그는 도끼를 들고 숲으로 갔다.

나무를 베는 소리가 들렸다. 먼 곳은 아니었는데, 넘어가는 소리를 들으니 큰 나무줄기들이었다. 한동안 소리를 듣던 그녀는 밖으로 나가 감자를 캤다. 사랑은 바보도 똑똑하게 만든다.

저녁에 그는 큰 목재 하나를 밧줄에 묶어서 끌고 왔다. 아, 거칠지만 진실한 이사크, 그는 목재를 끌며 온갖 소리를 다 냈다. 그녀가 나와서 보고 경탄하도록, 낑낑거리는 소리를 내고 헛기침을 했던 것이다.

그런 행동은 효과가 있었다. 그가 도착하자 그녀가 외친 것이다. "아이고 세상에, 이게 다 뭐예요! 당신은 정말 대단해요!" 남자는 대꾸하지 않았다. 생각나는 말이 없었다. 목재 하나를 보고는 자기가 대단한 사람이라는데, 그 이상 대답할 말은 별로 없었다. "그런데 그 나무는 뭐하게요?" 여자가 물었다. 그는 "글쎄, 아직 모르겠는데" 하고 약간은 허풍스럽게 대답했다.

그는 그녀가 캐어놓은 감자를 보았고, 그러니 그녀 또한 하루를 부지런히 보냈다는 것을 알았다. 하지만 그것은 그의 계획과 달랐으므로, 그는 목재를 묶은 밧줄을 풀어 들고 밖으로 나갔다. 그녀가 "다시 나가는 거예요?" 하고 물었다. 기분이 상한 그는 그렇다고 대답했다.

그는 목재를 하나 더 끌고 왔다. 헐떡이지도 않고 소리도 없이, 그저 황소처럼 오두막까지 끌고 와서는 그 앞에 놓았다.

여름내 그는 움막 앞에 목재를 여러 개 더 끌어다놓았다.

2

어느 날 잉에르는 도시락을 송아지 가죽 자루에 넣더니 말했다. "친척들을 잠깐 방문하고 올게요." "그래?" 이사크가 대답했다. "네, 거기서 할 얘기가 좀 있어요."

이사크는 바로 그녀를 따라 나오지 않았고, 잠시 오두막 안에서 생각에 잠겼다. 마침내 그가 호기심보다는 두려움에 싸여 문턱까지 나왔을 때, 그녀는 이미 숲이 시작하는 데에 이르러 있었다. 그는 그녀의 뒷모습을 향해 "설마, 돌아올 거지?"라고 외치지 않을 수 없었다. "아뇨, 안 와요." 그녀가 대답했다. "장난이겠지!" "글쎄요."

그는 다시 혼자가 되었다. 아, 세상에! 그는 힘과 의욕이 넘쳤으므로 그저 오두막 주위를 맴돌며 멍하니 있을 수는 없었고, 일을 시작했다. 먼저 나무줄기에서 가지를 쳐내고 둘로 쪼갰다. 저녁까지 그 일을 하고, 염소젖을 짠 다음 잠자리에 들었다.

오두막은 쓸쓸하고 적적했다. 흙바닥과 토탄으로 쌓은 벽에서 침묵이 흘러나왔다. 하지만 물레와 솥은 제자리에 있었고, 끈에 꿰인 구슬도 주머니에 고이 담겨 지붕 밑에 달려 있었다. 잉에르는 아무것도 가져가지 않았다. 하지만 이사크는 훤한 여름밤에 어둠을 무서워하고 어떤 때는 유리창에 이런저런 것들이 보인다고 생각할 정도로 단순한 사람이었다. 새벽 두시쯤 되었지 싶을 정도로 밖이 훤해지면, 그는 다시 일어나서 아침식사를 했다. 그는 엄청난 그릇으로 하루 동안 버티기에 충분한 양의 죽을 먹었다. 그러면 요리하는 데 시간을 낭비하지 않아도 되었으니까. 그는 감자밭을 넓히기 위해 저녁이 될 때까지 아직 경작되지 않은 땅을 갈았다.

그는 나무를 베고 밭을 가는 일을 번갈아 하며 사흘을 보냈다. 내일은 잉에르가 오겠지. 그때 생선을 준비해놓으면 좋을 거야. 그는 이렇게 생각했다. 하지만 산을 넘다가 그녀와 마주치고 싶지는 않았으므로, 길을 좀 돌아서 낚시터로 갔다. 그러다가 전에 가본 적 없는 지역에 다다랐다. 거기에는 회색 바위와 갈색 자갈, 납이나 구리가 포함된 게 분명한 무거운 돌뿐이었다. 그 돌에는 뭔가가 많이 들어 있을 것 같았다. 하지만 그는 광물을 잘 몰랐기 때문에 별 관심을 두지 않았다. 그는 낚시터에 도착했고, 모기가 많은 이날 밤은 고기가 잘 낚여서 연어와 송어를 수북이 잡을 수 있었다. 잉에르가 놀라워하리라! 날이 밝을 때 온 길을 돌아서 가던 그는 자갈 몇 개를 집어들었다. 대단히 무거운, 남색 얼룩이 있는 갈색 자갈이었다.

잉에르는 아직 안 왔고, 기다려도 오지 않았다. 벌써 나흘째였다. 그는 그녀 없이 혼자 살던 때처럼 염소젖을 짜고 자갈이 많은 기슭으로 가서 담장을 쌓기에 적당한 돌을 뜰로 가지고 내려왔다. 할 일은 정말로 많았다.

다섯째 날 저녁이 되자 그는 약간 의심을 품으며 잠자리에 들었다. 하지만 물레와 솔과 구슬이 아직 다 집에 있지 않은가. 집안은 삭막하고 아무 소리도 들리지 않았다. 시간이 멈춘 듯했고, 마침내 집밖에 발을 내디뎠을 때, 그는 자신이 환영이라도 보고 있나 생각했다. "아, 세상에!" 그가 외쳤다. 그는 아무 생각 없이 이런 말을 입에 담는 사람이 아니었다. 다시 발소리가 들렸고, 잠시 후 무언가가 창밖을 스쳐지나갔다. 뭐였는지는 알 수 없었지만, 뿔을 얼핏 본 것 같았고, 살아 있는 것 같았다. 집밖으로 뛰어나간 그의 눈앞에 놀라운 장면이 벌어졌다. "아이고 주님, 아니면, 아이고 이 악마야!" 그는 꼭 필요하지 않은 상황에서 이런 말을 하는 사람이 아니었다. 그는 소가, 잉에르와 소가 외양간으로 들어가는 모습을 본 것이다.

외양간에서 잉에르가 낮은 목소리로 소에게 말하는 소리가 들리지 않았더라면 그는 자신의 눈을 믿지 않았으리라. 하지만 분명 소리가 들렸다. 그 순간 어두운 의심이 들기 시작했다. 잉에르는 물론 축복받을 여자였고 흠잡을 데 없는 완벽한 아내였지만, 혹시 지나친 것이 아닌지. 물레와 솔은 반가웠고 구슬은 이들에게 너무나 값진 물건이었지만, 소라니! 어쩌면 주인이 들판에서 찾아 헤맬지도 모를 일이다.

잉에르는 외양간에서 나와 자랑스러운 미소를 지었다. "내 소를 데리고 왔어요!" "그래." 이사크가 대답했다. "산을 빨리 넘을 수가 없어서 시간이 많이 걸렸어요. 소가 임신했거든요." 이렇게 말하는 그녀는 땅의 혜택으로 가득차 넘칠 것만 같았다. "아니면 혹시 내가 거짓말을 한다고 생각해요?" 이사크는 내심 무척 염려하고 있었지만 자제하며 말했다. "자, 들어와 뭣 좀 먹어."

"소 봤어요? 잘생겼죠?" "훌륭하군. 어디에서 구했지?" 그는 가능한 한 태연한 척하며 물었다. "이름은 금뿔이예요. 거기 짓는 담장은 뭐예요? 당신은 죽어라고 일을 하는군요, 정말이에요. 여기 와서 소 좀 봐요!"

둘은 밖으로 나갔다. 이사크는 속옷 바람이었지만 그야 아무래도 좋았다. 그는 소를 이쪽저쪽에서 오래 바라보았다. 머리, 젖, 등과 허리를. 붉고 흰 빛깔을 띤 건강한 소였다.

이사크는 조심스레 말했다. "대충 몇 살이나 됐을 것 같은데?" "대충이라고요?" 잉에르가 말했다. "금뿔이는 정확하게 네 살이에요. 내가 키웠거든요. 그때 사람들이 다, 평생 이렇게 순한 소는 본 적이 없다고 했어요. 어때요, 줄 여물이 있나요?" 이사크는 자신이 원하는 게 사실이라고 믿기 시작했고, 이렇게 말했다. "여물이야 넉넉하지."

그리고 둘은 안으로 들어가 물을 마시고 잠자리에 들었지만, 잠자리에서도 두고두고 이 큰 사건, 소 이야기를 했다. "정말 잘생긴 소죠? 이제 두번째로 송아지를 밴 거예요. 이름은 금뿔이예요. 이사크, 벌써 자요?" "아니." "그리고요, 소가 바로 나를 알아보고는 어린양처럼 따라오던데요. 밤에는 산에서 쉬었어요." "그랬군." "여름에는 내내 초지에 묶어놓아야 해요. 안 그러면 도망치거든요. 소는 소니까요." "전에는 어디 있었던 거지?" "우리 친척들이 데리고 있었지요. 친척들이 돌봐주었어요. 친척들은 내주려고 하지 않았고, 내가 소를 데리고 나오자 아이들은 울었지요."

이게 다 거짓말일 수 있을까? 잉에르가 하는 말은 다 진실이고 금뿔이는 그녀의 소겠지. 이제 집은 훌륭하고 아늑한 농가가 되었고, 조금만 있으면 부족한 게 없으리라. 아, 잉에르! 그는 그녀를 사랑했고 그녀도 그를 사랑했다. 둘은 욕심이 없었고, 소박하고 행복한 사람들이었다. 이들은 잘 때가 되었다고 생각하고 잠자리에 들었다. 날이 밝자 둘은 깨어 새날을 맞았다. 삶이 늘 그렇듯이 물론 힘든 일이, 싸울 일과 기쁠 일이 많을 하루였다.

이를테면 목재 나르기도 그런 힘든 일 가운데 하나였다. 목재를 올려볼까? 이사크는 마을에 갔을 때 집들을 잘 봐두었고, 어떻게 모서리를 깎으면 좋을지도 이미 생각해두었다. 혼자 할 수 있을 것 같았다. 이건 급한 일이지 않은가? 농장에는 양들이랑 소도 있었고, 염소도 많아진데다 앞으로 더 늘어날 터였다. 가축이 많아져서 비좁았고, 해결책이 급히 필요했다. 지금 시작하는 게 가장 좋을 것 같았다. 감자는 아직 꽃이 달려 있고 풀을 베기에도 아직 이른 바로 지금. 잉에르도 간간이 손을 거들어야 할 것 같았다.

밤에 잠이 깬 이사크는 자리에서 일어났다. 고된 여행에서 돌아온 잉에르는 깊이 잠들어 있었고, 그는 외양간으로 나가보았다. 소에게 애정을 표하려는 건 아니었지만 그래도 다정하게 쓰다듬어주고는 혹시 그가 모르는 주인이 표시를 해놓지는 않았나 다시 잘 살펴보았다. 하지만 아무 표시가 없어 마음을 놓았다.

한쪽에는 목재가 쌓여 있었다. 그는 나무를 굴려 낮은 벽 위에 사각형으로 얹기 시작했다. 큰 사각형은 거실, 작은 사각형은 침실이 되도록. 일은 즐거웠고 집중을 요했으므로, 그는 시간 가는 줄 몰랐다. 오두막 지붕의 구멍으로 연기가 나왔고, 잉에르가 와서 아침식사가 준비되었다고 알렸다. "이건 뭐하는 거예요?" 그녀가 물었다. "일어났어?" 그의 대답이었다.

이렇게 이사크는 공사가 무슨 비밀이라도 되는 듯이 행동했지만, 다른 한편으로는 그녀가 궁금해하며 묻고 그의 일에 관심을 갖는 것이 마음에 들었다. 식사를 하고 난 후 그는 꽤 오래 오두막에 앉아 있다가 밖으로 나왔다. 무엇을 기다리는 것이었을까?

"아니, 내가 여기 이렇게 멍하니 앉아 있다니"라고 말하고 그는 일어났다. "할 일이 이렇게 많은데!" 그가 말했다. "집을 짓는 거예요?" 그녀가 물었다. "대답 좀 하면 안 돼요?" 그는 선심이라도 쓰듯 대답했다. 집을 짓는, 그런 엄청난 일을 해나가는 자신이 스스로 대단하게 느껴졌기 때문에 이렇게 말한 것이다. "다 보고 있으면서 뭘." "네, 그렇죠." "무슨 도리가 있겠어?" 그가 말했다. "당신이 이렇게 소를 데려왔으니 난 외양간을 짓는 수밖에."

불쌍한 잉에르. 그녀는 피조물 위에 군림하는 이사크처럼 현명하지는 못했다. 그리고 그녀는 아직 이사크를, 그의 말하는 방식을 잘 몰랐으므로 이렇게 말했다. "그래도 그건 외양간이 아니죠?" "글쎄." 그가 말했다. "장난이죠? 사람이 살 집처럼 보이는데요." "흠. 그런가?" 그는 이 말을 듣고서야 그 생각을 했다는 듯이 일부러 무표정하게 대답했다. "그렇군. 그럼 가축을 오두막에 들여보내면 되니까." 그는 잠시 생각하더니 덧붙였다. "정말로 그게 제일 낫겠군." "그렇죠? 나도 아주 바보는 아니랍니다." 자신만만해진 잉에르가 말했다. "그럼 거실 옆에 작은방도 하나 내면 어떨까?" "방이라고요? 그럼 우리도 남들처럼 살 수 있는 거네요. 아, 언젠가 그런 날이 온다면!"

그런 날이 왔다. 이사크는 모서리를 깎아 목재를 사각형으로 맞추고 동시에 적당한 돌로 불을 피울 곳을 만들었지만, 잘되지 않았고 마음에 차지 않았다. 건초를 수확할 계절이 오자 그는 집 짓는 일을 잠시 손에서 놓고 비탈에서 풀을 베어야 했다. 벤 풀은 거대한 묶음으로 만들어 집으로 운반했다. 비가 오던 어느 날, 그는 마을에 내려가야겠다고 말했다. "무슨 일로요?" 잉에르가 물었다. "나도 잘 모르겠는데." 그가 대답했다.

이틀을 떠나 있던 그는 난로를 가지고 왔다. 마치 배가 물결을 헤치고 나아가는 것처럼 난로를 등에 지고 숲을 가로질러 왔다. "세상에, 몸 좀 아껴요!" 잉에르가 말했다. 그는 새로 지은 집에 안 어울리는 예전 화덕을 허물고 그 자리에 난로를 넣었다. "난로가 없는 사람들도 많은데." 잉에르가 말했다. "우리는 난로가 있군요!"

건초 수확은 착착 진행되었다. 이사크는 풀을 집으로 많이 가지고 왔다. 산에서 베는 풀은 들판에서 거두는 풀과 달라서 양이 훨씬 적다. 이제는 집 짓는 일을 할 수 있는 것은 비가 오는 날뿐이니 일은 느려질 수밖에 없었다. 건초를 절벽 아래에 잘 쌓아놓고 나니 8월이었고, 집은 아직 반밖에 짓지 못했다. 9월로 접어들자 이사크가 잉에르에게 말했다. "이래서는 안 되겠군. 마을에 가서 사람을 하나 구해줘." 그 당시 잉에르는 좀 숨 가빠했고 빨리 걷지 못했지만, 그래도 떠날 준비를 했다.

하지만 이사크가 마음을 바꾸었다. 그는 뻐기는 마음이 생기기 시작했고, 일을 혼자 다 해내고 싶었다. "안 돼요. 혼자 다 못할 거예요." 이사크가 대답했다. "할 수 있어. 목재 올리는 것만 좀 도와줘."

10월이 오자 잉에르가 말했다. "더는 못하겠어요." 큰 문제였다. 가을비가 쏟아지기 전에 지붕을 덮으려면 마룻대를 올려야 하는데, 한시가 급했다. 잉에르는 왜 그럴까? 아픈 데가 있는 것일까?

때때로 염소젖 치즈를 만들기는 했지만, 잉에르는 금뿔이를 하루에도 몇 번씩 여기 묶었다 저기 묶었다 하는 것 외에는 별로 하는 일이 없었다. 그녀는 "마을에 다시 가거든 커다란 바구니나 상자, 뭐 그런 거 하나만 구해다주세요"라고 말했다. "무엇에 쓰려고?" 이사크가 물었다. 그녀는 "필요해요"라고만 대답했다.

이사크는 줄에 매달아 마룻대를 들어올렸고, 잉에르도 한 손으로 밀었다. 그녀가 옆에 있기만 해도 도움이 되는 것 같았다. 일은 조금씩 진척이 있었다. 별로 높은 지붕은 아니었지만, 마룻대는 집 크기에 비해 크고 굵었다.

맑은 가을날이 한동안 계속되었다. 잉에르는 혼자 감자를 다 캤고, 이사크는 우기가 제대로 시작되기 전에 지붕을 올렸다. 염소들은 이제 두 사람이 사는 오두막 안에서 밤을 지냈지만, 그것도 다 괜찮았다. 아무 문제 없었다. 둘은 그 일로 불평하지 않았다. 이사크는 다시 마을에 내려갈 준비를 했다. "커다란 바구니나 상자 하나만 구해다주세요" 하고 잉에르가 다시 말했고, 그것은 무리한 요구로 들리지는 않았다. "유리창 몇 개를 주문했어. 그걸 찾아와야 해." 이사크가 대답했다. "그리고 칠을 한 문도 둘 있고." 그의 말은 중요하게 들렸다. "그럼 바구니는 그만두죠." "바구니를 무엇에 쓰려고?" "무엇에 쓰려고 하냐고요?

당신은 눈이 없나요?"

이사크는 깊은 생각에 잠겨 떠나갔다. 이틀 후 돌아왔을 때, 그는 창문, 거실 문, 침실 문만 들고 온 것이 아니라 잉에르를 위해 상자를 하나 가슴에 걸고 왔는데, 거기에는 온갖 먹을거리가 들어 있었다. 잉에르가 말했다. "그렇게 죽도록 일 좀 안 하면 안 될까요?" "하하, 죽도록이라고?" 이사크는 죽어가는 것과는 전혀 거리가 멀었다. 오히려 그는 주머니에서 나프타유를 꺼내 잉에르에게 음식과 함께 주고는, 다시 건강해지도록 듬뿍 마시라고 했다. 창문과 칠해진 문도 있으니 그는 자랑을 할 수 있었고, 바로 떠들기 시작했다. "이 작은 문들 좀 봐. 누가 쓰던 거긴 하지만 흰색과 빨간색으로 예쁘게 칠했지. 방에 달면 벽에 걸린 그림처럼 장식이 될 거요."

이제 둘은 새 집으로 옮겨갔고, 오두막은 가축들 차지가 되었다. 암소에게는 새끼 양이 딸린 어미 양을 친구 삼아 넣어주었다.

황야에 사는 이 사람들은 이만큼을 이룬 것이다. 무슨 기적 같았다.

3

땅이 아직 부드러울 때 이사크는 돌과 뿌리를 캐내고 돌아올 봄을 위해 밭을 갈았다. 땅이 얼자 그는 숲으로 들어가 산더미처럼 장작을 팼다. "그 나무는 다 뭐하려고요?" 잉에르가 물었다. "나도 잘 모르겠는데." 이사크가 대답했다. 하지만 그는 물론 알고 있었다. 어두운 원시림이 집에서 너무 가까워 초지를 전혀 확장할 수 없기도 했고, 한편으로그는 겨울 동안 어떤 식으로든 장작을 마을로 가지고 내려가 땔감이 없는 사람들에게 팔 생각이었다. 이사크는 그것이 좋은 생각이라고 확신했으므로, 부지런히 나무를 하고 장작을 팼다. 잉에르도 자주 밖으로 나와서 바라보았다. 이사크는 무관심한 척, 그녀가 나와 볼 필요는 없는척했지만, 그래도 그녀는 자신이 그를 기쁘게 한다는 걸 알았다. 때로둘은 이상한 대화를 주고받았다. "여기 나와 얼어죽는 것밖에는 할 일이 없나?" 이사크가 말했다. "안 추운데요." 잉에르가 대답했다. "하지만 당신이야말로 과로로 병이 들 거예요." "저기 내 옷 있으니까 입어." "아 참, 금뿔이가 지금 송아지를 낳고 있어서 가봐야겠어요." "아, 금뿔이가 송아지를?" "몰랐어요? 당신 생각은 어때요? 그 송아지를 키우는 게 좋겠어요?" "난 모르겠으니 당신 마음대로 해." "어쨌든 그 송아지를 잡아먹을 수는 없잖아요. 그건 분명하죠. 그렇게 하면 암소 한 마리만 남는 거니까요." "물론 나도 우리 송아지를 잡아먹을 생각은 전혀 없지." 이사크가 말했다.

이 외로운 사람들은 볼품없고 제멋대로였지만 서로에게, 가축들에게, 땅에게는 축복이었다.

금뿔이는 송아지를 낳았다. 황야에서는 아주 의미심장한 날이었고, 큰 기쁨과 행복의 날이었다. 금뿔이에게 밀가루를 물에 타서 먹이는데 이사크가 말했다. "밀가루 아끼지 마!" 그가 힘들게 등에 지고 온 밀가루인데도 말이다. 예쁘고 어린 소, 아름다운 암송아지였다. 분홍빛 송아지는 자신이 방금 겪은 기적 때문에 온통 정신이 없었다. 몇 년이 지나면 이 송아지도 어미소가 될 것이다. "이 송아지는 멋진 암소가 될 거예요." 잉에르가 말했다. "그런데 이름을 뭐라고 불러야 좋을지 모르겠어요." 잉에르는 좀 단순했고 이런 쪽으로 상상력이 부족했으니까. 이사크가 대답했다. "이름이라고? 은뿔이보다 나은 이름이 있을까?"

첫눈이 내렸다. 눈이 얼어 디디고 걸을 수 있게 되자 이사크는 바로 마을로 내려갔다. 그는 언제나처럼 잉에르 모르게 일을 진행했고, 자신의 계획에 대해 말하지 않았다. 그가 돌아왔을 때 그녀는 매우 놀랐다. 그가 말과 썰매를 끌고 왔던 것이다. "장난이죠?" 잉에르가 말했다. "설마 말을 그냥 끌고 온 건 아니겠지요?" "말을 그냥 끌고 온다고?" "누가 잃어버린 말을 그냥 데려온 거냐고요." 아, '내 말, 우리 말'이라고 말할 수 있었더라면 이사크는 얼마나 기뻤을까. 하지만 이 썰매는 그저 장작을 마을로 가지고 가기 위해 잠시 빌려온 것이었다.

이사크는 장작을 마을로 가지고 가서 온갖 음식, 밀가루, 청어와 바꿔 왔다. 어느 날 그는 썰매에 어린 수소를 싣고 왔다. 마을에는 온통 먹일 풀이 부족했으므로, 소를 아주 싸게 살 수 있었던 것이다. 소는 앙상하고 털이 엉클어진데다 제대로 울지도 못했지만, 기형은 아니었으니 잘 놀보기만 하면 곧 좋아질 것 같았다. 이제 두 살이었으니까. 잉에르는 말했다. "별걸 다 가지고 오는군요!"

이사크는 정말로 온갖 것을 다 가지고 왔다. 널빤지와 톱, 맷돌, 와플틀, 모두 그가 장작과 맞바꾼 것들이었다. 잉에르는 온갖 풍요를 누렸고, 매번 같은 말을 반복했다. "또 뭘 가지고 올 거예요? 이제는 황소도 있고 없는 게 없네요!" 하루는 이사크가 대답했다. "이젠 끝이야."

둘은 한동안 부족한 게 없었고 풍족하게 살았다. 봄에는 뭘 할까? 장작을 실은 썰매를 타고 내려가며 이사크는 백 번도 넘게 그 생각을 했다. 산비탈을 더 개간하고 싶었고, 밭을 만들고 싶었고, 장작을 패서 여름에 말리고 다음 겨울에 다시 마을로 가져다 팔고 싶었다. 계산은 정확했고 틀림이 없었다. 다른 것, 금뿔이 생각도 백 번이 넘게 했다. 어디에서 온 누구의 소일까? 잉에르에 비길 여자는 없었다. 대단한 여자였다. 그가 그녀에게 원하는 걸 그녀도 원하고 그대로 했으며 그러면서 만족스러워했다. 하지만 어느 날 누가 와서 금뿔이를 돌려달라고 하고는 줄에 묶어 데려가버릴 수도 있는 일이다. 더 심한 일이 생길지도 모른다. 잉에르는 "설마 말을 그냥 끌고 온 건 아니겠지요? 누가 잃어버린 말을 그냥 데려온 거냐고요"라고 했다. 그녀가 제일 먼저 한 생각이 그거였다. 그녀를 믿을 수 있을까, 어떻게 하면 좋을까, 그는 이런 생각이 들었다. 게다가 그는 금뿔이, 훔쳐온 암소를 위해 수소까지 구해 오지 않았나.

말은 이제 돌려주어야 했다. 작고 온순하고 사근사근해진 말. 잉에르는 위로하며 말했다. "하지만 당신은 벌써 훌륭한 일을 많이 했잖아요." "그래도 봄이 되면 말이 필요해. 정말 꼭 필요할 텐데!" 이사크가 대답했다.

새벽이 되자 그는 마지막 나뭇짐을 싣고 집을 떠나 이틀 동안 나가 있었다. 다시 돌아왔을 때, 집 앞에 선 그는 이상한 소리를 들었다. 뭐지? 그는 서서 귀를 기울였다. 아기 울음소리였다. 아, 세상에! 정말이었다. 하지만 놀랍고 이상했다. 잉에르는 아무 말도 없었는데.

그는 일단 집으로 들어가 상자 안을 들여다보았다. 그가 가슴에 걸고 온 바로 그 상자! 그 상자는 두 줄의 끈으로 용마루에 달린 채 아기 요람, 흔들 침대가 되어 있었다. 잉에르는 옷을 반쯤만 입은 채 집안을 돌아다니고 있었고, 소와 염소의 젖을 짜는 일까지 해냈다.

아이가 조용해지자 이사크가 물었다. "다 끝냈나?" "네, 이제 다 끝냈어요." "그렇군." "당신이 떠난 날 저녁에 태어났지요." "그렇군." "상자만 매달면 준비가 끝났을 텐데, 그게 힘들었어요. 달고 나니 속이 메스꺼워졌어요." "왜 아무 말도 하지 않았지?" "언제일지 내가 어떻게 정확히 알 수 있었겠어요? 아들이에요." "아하, 아들이라." "마땅한 이름만 생각이 나면 좋겠는데 말이죠."

이사크는 작고 붉은 아기 얼굴을 바라보았다. 언청이가 아니고 멀쩡하게 생겼으며, 머리숱이 꽤 많았다. 잘생긴 아이가 신분과 지위에 어울리게 상자 안에 누워 있었다. 이사크는 아주 이상한 기분이 들었고, 갑자기 기운이 빠졌다. 소박한 남자가 기적을 마주한 것이다. 마치 무슨 비유처럼, 신성한 연기 속에서 기적이 생겨나 작은 얼굴을 드러내 보였다. 해와 달이 지나며 점차 이 기적은 사람이 될 터였다.

"와서 뭣 좀 먹어요." 잉에르가 말했다.

이사크는 나무를 베어 넘기고 톱질을 했다. 일은 잘되었다. 톱도 있었다. 그는 땔감을 팼고, 쌓인 나무는 골목 하나, 마을 하나를 만들고도 남았다. 잉에르는 전보다 집에 매여 있어서 이사크가 일할 때 찾아오기 어려웠다. 하지만 대신 이사크가 잠깐씩 집에 들르곤 했다. 상자 안에 그런 작은 아기가 들어 있다니! 이사크는 자신이 아이를 돌본다는 상상은 할 수가 없었고, 그에게는 아기나 벌레나 마찬가지였다. 그냥 가만히 누워만 있어주었으면. 하지만 그도 인간이었으니 우는 소리, 아주 작은 울음소리를 들으면 무슨 느낌이 들기는 했다.

"아이참, 손대지 마요!" 잉에르가 말했다. 그녀는 "손에 송진 묻어 있지요?"라고 했다. "내 손에 송진? 제정신으로 하는 말이야?" 이사크가 대답했다. "집 짓는 일이 끝난 후로는 손에 송진이라고는 댄 적이 없는데." "아이 재우게 이리 주세요." "이제 곧 잠이 들 텐데……"

5월에 손님이 왔다. 한 여자가 산을 넘어, 아무도 찾지 않는 이 오지까지 온 것이다. 그녀는 잉에르의 먼 친척이었고, 둘은 그녀를 반겨 맞았다. "그냥 어떻게 사나 한번 보려고 왔지." 그녀가 말했다. "우리집에서 떠나온 금뿔이가 잘 지내는지도 궁금했고." 잉에르는 아기를 바라보더니 우울한 목소리로 말했다. "우리 아가가 어떻게 지내는지는 전혀 안 묻네." "음, 아기, 아기가 어떻게 지내는지는 내 눈으로 볼 수 있잖아. 딱 보니 건강한 아기인데? 일 년 전에 누가 나한테 네가 이만큼 이룰 거라고 말했더라면 내가 믿었을까? 남편에, 아이에, 집에…… 내 이야기는 할 필요도 없어. 입만 아프지." "나를 그대로 받아준 사람이 있었던 거죠." "결혼했어? 아, 결혼은 안 했구나." "아기가 세례를 받을 때가 되면 알아봐야죠." 잉에르가 말했다. "결혼식을 올리려고 했는데, 일이 잘 안 되었어요. 이사크, 당신 생각은 어때요?" "결혼식이라, 해야지." "올리네, 건초 수확이 끝나고 나면 여기 와서, 우리가 집을 비운 사이에 가축 좀 돌봐줄 수 없어요?" 잉에르가 물었다. 올리네는 하겠다고 했다. "은혜는 꼭 갚겠어요." "아, 그야 뭐…… 그리고 계속 뭔가를 짓는 것처럼 보이네? 저건 뭘 짓는 거야? 이제 충분하지 않아?" 잉에르는 머리를 흔들고 말했다. "난 모르니까 이사크에게 물어봐요." "뭘 짓느냐고요? 말할 가치도 없는 거지요. 혹시 필요할까 싶어 헛간을 짓고 있어요. 그런데 금뿔이가 어떻게 지내는지 물었죠? 보고 싶지 않아요?" 그가 올리네에게 물었다.

이들은 함께 우리로 가서 암소와 송아지를 보았다. 그러고는 올리네에게 수소도 한번 보라고 권했다. 올리네는 가축과 우리를 보고 만족스럽다는 듯이 고개를 끄덕이며 말했다. 가축이 빼어나고 길이 잘 들었으며 모두 훌륭하다고. "잉에르는 가축을 정말 잘 돌본다니까"라고 그녀는 말했다.

이사크가 말했다. "금뿔이도 올리네가 데리고 있었던 겁니까?" "그래요. 태어났을 때부터죠! 정확히 말하면 내가 아니라 우리 아들이 데리고 있었던 거지만. 뭐 그거나 그거나죠. 그 어미소도 우리집 우리에 있었지요."

오랜만에 듣는 반가운 소식이었고, 이사크는 금뿔이가 합법적으로 그와 잉에르의 소유임을 확인하자 마음이 훨씬 가벼워졌다. 사실을 말하자면 그는 이런 불안함에서 벗어나기 위해 가을에 금뿔이를 잡아 털도 깎고 뿔도 땅에 묻어 금뿔이의 흔적을 모두 앨 생각이었다. 하지만 이제는 그럴 필요가 없었다. 그는 잉에르가 자랑스러웠고, 그래서 이렇게 말했다. "길이 잘 들었다고요? 그래요. 이런 여자는 둘도 없지요! 이런 훌륭한 여자를 아내로 맞는 게 내 운명이었나봅니다.""그랬겠지요." 올리네가 말했다.

산을 넘어온 이 여자, 말을 잘하는 친절한 이 여자, 올리네라는 똑똑한 여자는 작은방에서 묵으며 며칠을 더 머물렀다. 떠날 때 그녀는 잉에르에게 양털을 받았지만 왠지 이사크에게는 이를 숨겼다.

아이, 이사크, 아내. 세상은 다시 전과 똑같아졌다. 매일의 노동과 크고 작은 기쁨. 금뿔이는 우유를 많이 만들었고, 염소는 새끼를 낳고 젖을 많이 만들었다. 잉에르는 흰 치즈와 붉은 치즈를 만들어 발효시켰다. 치즈를 여러 덩어리 만들어 베틀을 살 계획이었다. 아, 잉에르, 그녀는 천을 짤 줄도 알았으니까.

이사크는 헛간을 지었다. 그도 계획이 있었으니까. 그는 오두막을 확장해서 널빤지를 이중으로 붙여 벽을 만들고는 문을 내고 유리가 네 장 들어간 창을 달았다. 그리고 임시로 지붕을 올리고는 땅이 녹아 자작나무 껍질을 벗길 수 있게 될 때까지 기다렸다. 그는 꼭 필요한 것만 만들었다. 바닥에 나무를 깔거나 벽을 대패질하지는 않았지만, 말이 설 수 있는 자리를 꾸미고 여물통을 만들었다.

5월 말이 되어서야 햇빛을 받아 언덕이 녹았고 이사크는 헛간을 나무껍질로 덮을 수 있었다. 새 건물은 그렇게 완성되었다. 어느 날 아침 그는 하루종일 견딜 정도로 든든하게 식사를 하고 음식을 좀 챙기고는 괭이와 삽을 지고 마을로 떠났다. "올 때 사라사 2,3미터만 좀 끊어다 줄래요?" 잉에르가 뒤에서 외쳤다. "무엇에 쓰려고?" 이사크가 대답했다.

그는 마치 영영 안 돌아올 것만 같았다. 잉에르는 마치 배라도 기다리는 사람처럼 날마다 날씨가 어떤지, 바람은 어떤지 내다보았고, 밤이면 나가서 귀를 기울였다. 아이를 안고 그를 찾아갈 생각까지 했다. 마침내 그가 말과 수레를 끌고 돌아왔다. "워워!" 이사크는 문 앞에서 큰 소리로 말하고는, 말이 집을 알아보고 집을 향해 힝힝거리고 있었지만 그래도, "나와서 말 좀 잡아줘!" 하고 집안을 향해 외쳤다.

잉에르는 밖으로 나왔다. "와, 또 빌릴 수 있었어요? 그렇게 오래 어디 가 있었어요? 오늘이 벌써 이레째예요." "내가 어디에 갔었겠어? 우리 수레를 끌고 오기 위해 없는 길을 내야 할 때도 있었지. 말 좀 잡아달라니까!" "우리 수레라고요? 샀다는 말은 안 했잖아요?"

이사크는 말이 없었다. 감정이 북받쳐 말을 할 수 없었다. 그는 짐을 내리기 시작했다. 그가 사 온 쟁기와 써레, 못, 음식, 삽, 자루 가득한 씨앗. "아이는?" 그가 물었다.

"아이야 잘 있죠. 수레를 산 거냐니까요? 난 베틀을 사려고 애써 돈을 모으고 있는데." 그가 돌아와서 정말로 기뻤던 그녀가 장난스럽게 말했다.

이사크는 다시 생각에 잠겨 한동안 말이 없었다. 그는 잠시 생각을 하더니 그 모든 물건과 연장을 어디에 둘까 둘러보았다. 이 농장에서 이 모든 것을 보관할 자리를 찾기란 어려운 일 같았다. 하지만 잉에르가 묻기를 그치고 말에게 속삭이기 시작하자 이사크는 다시 입을 열었다. "말도 수레도 쟁기도 써레도 아무것도 없는 그런 농장을 본 적 있어? 그리고 물으니까 하는 말인데 말과 수레와 그 수레에 실린 것은 모두 다 내가 산 거요." 그러자 잉에르는 고개를 흔들고 "아이고 맙소사!" 하고 외칠 뿐이었다.

이사크는 더이상 불안하고 걱정스럽지 않았으며, 잉에르가 금뿔이를 데려온 데 대해 자신의 능력으로 대가를 지불한 것 같은 기분이 들었다. 내 쪽에서는 말을 하나 내지! 그는 근육에 힘이 넘쳐서 쟁기를 한 손으로 다시 들어 벽 앞에 갖다 놓을 수 있었다. 그는 집주인 역할을 훌륭히 해냈고, 써레, 삽, 새로 산 갈퀴, 온갖 값진 농기구와 작은 보물들을 새로 지은 건물로 옮겼다. 대단했다. 농장에는 모든 것이 갖추어졌고, 부족한 게 없었다.

"흠. 베틀도 살 수 있겠지. 내 건강만 나빠지지 않는다면 말이야." 이사크가 말했다. "사라사는 여기 있어. 여기 이 푸른 면직밖에 없던데."

끝도 없었다. 그가 마을에서 돌아오면 언제나 그랬다.

잉에르가 말했다. "올리네가 이걸 못 보고 가서 아쉽네요."

여자의 뻐기는 허영심. 남자는 그녀의 말을 듣고 우습다는 듯이 미소를 지었다. 오, 하지만 그 역시 올리네가 이 대단한 물건들을 보는 데 반대하지는 않았으리라.

아이가 울었다.

"아이에게 다시 들어가보지." 이사크가 말했다. "말은 조용해졌으니까."

그는 마구를 풀고 말을 마구간으로 데려가서는 여물을 준 다음 털을 빗기고 쓰다듬어주었다. 말과 수레를 사기 위해 얼마나 빚을 졌을까? 그 비용을 대기 위해 큰 돈을 빚졌지만 여름이 가기 전에 갚을 수 있었다. 내다팔 장작이 있었고, 작년에 모아둔 자작나무 껍질과 괜찮은 목재도 몇 있었다. 하지만 이것도 오래가지는 않았다. 자부심과 들뜬 마음이 좀 가라앉자 다시 두려움과 걱정이 시작되었다. 이제 문제는 여름과 가을이었다.

밭일로 하루하루가 지나갔다. 밭일은 점점 늘어만 갔다. 그는 땅을 새로 찾아서 뿌리와 돌을 캐내어 땅을 일구고는 거름을 주고, 써레와 쟁기로 밭을 갈고, 흙덩이를 손과 발로 부수면서 부지런한 농부 역할을 해내며 밭을 벨벳처럼 부드럽게 만들었다. 며칠을 기다려서 비가 올 기색이 보이자 그는 씨를 뿌렸다.

수백 년 전부터 조상들은 씨앗을 뿌렸으리라. 따뜻하고 바람 없는 어느 저녁에 조용히 할 수 있는 일이었다. 이슬비가 오면 좋고, 마침 그때 회색 기러기가 날아오면 안성맞춤이었다. 감자는 들어온 지 얼마 되지 않은 작물이었다. 신비로울 것도 종교적일 것도 없었다. 커피만큼이나 훌륭하고 대단하지만 순무와 비슷한, 먼 나라에서 온 이 식물을 심을 때는 여자들도 아이들도 함께 할 수 있었다. 하지만 곡식은 빵이었다. 곡식이 있느냐 없느냐는 생사가 걸린 문제였다. 이사크는 신을 벗고 주님의 이름으로 밭에 들어가 씨를 뿌렸다. 그는 손이 달려 있어서 그렇지, 사실 무슨 나무 밑둥처럼 보였다. 하지만 그의 내면은 아이와 같았다. 그는 씨앗을 뿌릴 때마다 주의를 기울였고, 따뜻한 마음으로 경외심을 품었다. 자, 이제 이 씨가 싹이 트면 이삭이 되고 곡식이 열릴 것이다. 온 세상 어디에서나 다 마찬가지다. 팔레스티나에서도, 미국에서도, 구드브란스달 계곡에서도. 아, 세상은 얼마나 크고 그가 씨를 뿌리는 밭은 얼마나 작은가! 이 밭이 온 세상의 중심이었다. 그의 손에서 씨앗이 퍼져나갔다. 하늘에는 구름이 끼어 일하기에 좋았다. 이슬비가 올 것 같았다.

4

　바쁜 봄이 가고 바쁜 가을이 올 때까지 하루하루가 오고 갔지만 올
리네는 오지 않았다.

　이사크는 밭을 갈았고, 건초 수확을 위해 낫 두 개와 갈퀴 두 개를
준비했고, 건초를 싣기 위해 수레에 길게 바닥을 깔았다. 썰매의 활대
도 준비하고, 겨울에 쓸 작업용 썰매를 만들기 위한 목재도 다듬었다.
그는 훌륭한 물건을 여럿 만들었다. 거실 벽에는 선반을 두 개 달아 이
것저것 얹을 수 있게 했다. 오래 기다려 장만한 달력, 사용하지 않는
절굿공이와 국자, 이런 것들을. 잉에르는 그 선반 두 개를 특별한 보물
이라고 불렀다.

　잉에르는 모든 것을 특별하다고 여겼다. 금뿔이가 더이상 도망치지
않고 송아지와 수소와 함께 하루종일 만족스럽게 풀을 뜯는 것도, 염

소들이 젖이 땅에 끌릴 정도로 잘 자라는 것도. 잉에르는 푸른 면으로 긴 원피스를 만들고 같은 천으로 모자도 달았다. 둘도 없이 예쁜 옷, 아기의 세례일을 위한 옷이었다. 아기는 아주 조용히 누워 주위에서 일어나는 일을 바라보았다. 예쁜 아기로 자라고 있었다. 잉에르는 아이를 엘레세우스라 부르고 싶어했고, 이사크는 크게 반대할 생각이 없었다. 완성된 옷에는 1미터 넘게 끈이 늘어져 있었다. 물론 돈이 드는 일이었지만, 첫아이였으니 그렇게 하고 싶었다. "구슬을 꺼내려면 지금이 기회가 아닐까." 이사크가 말했다. "오, 나도 그 생각을 했어요." 잉에르도 역시 어머니였다. 마음이 단순하고 아들이 자랑스러운 엄마. 아이의 목에 걸기에는 구슬이 부족했지만, 모자 앞부분에 달면 잘 어울리리라. 잉에르는 거기에 구슬을 달았다.

하지만 올리네는 오지 않았다.

가축만 아니었다면 가족 모두가 집을 떠나 사나흘 후에 아이의 세례를 마치고 돌아올 수 있었으리라. 결혼식만 아니었다면 잉에르가 혼자 다녀올 수도 있었으리라. "결혼식을 미루면 어떨까?" 이사크가 물었다. 하지만 잉에르는 대답했다. "엘레세우스가 혼자 집에 남아 가축을 돌볼 수 있으려면 십 년이나 십이 년은 기다려야 할걸요!"

그러니 이사크는 머리를 써야 했다. 이 모든 일은 언제 시작되었는지도 모르게 시작되어버렸고, 결혼식도 세례만큼이나 급하다는 것을 그도 잘 알았다. 곧 가뭄이, 아주 심한 가뭄이 시작될 것 같았다. 비가 빨리 오지 않는다면 들판의 곡식이 모두 말라 죽을 참이었다. 하지만 모든 것은 신의 손안에 있었다. 이사크는 일꾼을 구하러 마을로 내려갈 준비를 했다. 마을까지는 다시 수 킬로미터를 걸어야 했다.

결혼식 하나, 세례 하나 때문에 이 고생을 해야 하다니! 황무지에서 산다는 건 정말 쉬운 일이 아니었다.

그때 올리네가 왔다.

그래서 둘은 결혼식을 올리고 아이는 세례를 받았고, 모든 문제가 해결되었다. 두 사람은 심지어, 아이가 사생아가 되지 않도록 결혼식을 먼저 올려야 한다는 데까지 신경을 썼다. 하지만 가뭄은 계속되었고, 작은 밭과 부드러운 초원은 말라 타들어갔다. 왜 이런 일이 일어나야 할까? 모든 것은 신의 손안에 있는데. 이사크는 초지에서 풀을 베었지만, 봄에 풀을 벨 때까지도 수확이 별로 없었다. 그는 풀을 베고, 멀리 떨어진 비탈에서도 풀을 베고, 지치지 않고 풀을 베어 그 풀을 말리고 집에 들여놓았다. 지금은 말도 있고 가축도 많았으니까. 하지만 7월 중순이 되자 곡식이 다른 곳에는 쓸모가 없어져, 그는 자라는 곡식을 사료로 쓰기 위해 베어야 했다. 이제 남은 것은 감자뿐이었다.

감자는 어떤가? 감자도 커피처럼 먼 외국에서 들어온 낯선 작물이었을까? 오, 감자 같은 소중한 열매는 둘도 없었다. 가물어도 잘 자라고, 습해도 잘 자랐다. 나쁜 날씨도 잘 견뎠고 면역력도 강했으며, 잘 돌봐주기만 하면 열다섯 배의 수확을 거둘 수 있었다. 감자에는 포도 같은 피는 없었지만 밤 같은 살이 있었고, 굽고 삶고 온갖 요리를 할 수 있었다. 살다보면 빵이 부족할 때도 있지만, 감자가 있으면 굶지는 않았다. 감자는 잉걸불에 구워 저녁식사로 먹을 수도 있었고, 물에 삶아 아침에 먹을 수도 있었다. 곁들일 무슨 음식이 더 필요한가? 별로 필요하지 않았다. 감자는 소박했다. 우유 한 그릇, 청어 한 마리면 충분했다. 부자라면 버터를 같이 먹을 것이고, 가난하다면 접시에 소금을 좀 뿌릴 것이다. 이사크는 주일이면 감자에 금뿔이의 젖으로 만든 크림을 조금 얹어서 먹었다. 남들이 알아주지는 않아도 정말 소중한 열매, 감자!

하지만 이제는 감자마저 마음대로 되지 않았다.

이사크는 매일같이 셀 수 없을 만큼 여러 번 하늘을 바라보았다. 하늘은 맑았다. 때로는 저녁 하늘이 마치 소나기가 쏟아질 것처럼 보였다. 그럴 때면 이사크는 집안으로 들어오며 말했다. "비가 오려는 거 아닌가 싶네!" 하지만 몇 시간 후면 희망은 다시 사라졌다.

가뭄은 일곱 주 동안 계속되었고, 더위가 심해졌다. 내내 감자꽃이 흐드러지게 달려 있었다. 이상할 정도로 화려하게. 멀리서 밭을 보면 마치 눈이 온 것 같았다. 이게 어찌되려는 일일까? 달력에도 별말이 없었다. 달력도 전 같지 않아서 아무 도움이 되지 않았다. 다시 비가 올 것처럼 보였고, 이사크는 잉에르에게 가서 말했다. "하늘이 도우신다면 오늘밤에 비가 오겠지." "비가 올 것처럼 보여요?" "그래. 말도 마구를 멘 채로 몸을 떨고 있고." 잉에르는 문밖을 내다보고 말했다. "그래요, 보세요." 몇 방울이 떨어졌다. 몇 시간이 지나고 둘은 자러 갔다. 이사크가 밤에 나가 보니 하늘은 다시 맑아져 있었다. "아이고 세상에!" 잉에르가 말했다. "이러니 내일은 당신 낙엽이 다 잘 마르겠네요"라고 잉에르는 할 수 있는 데까지 이사크를 위로했다.

이사크는 낙엽을 모아두었고, 훌륭한 낙엽이 꽤 많았다. 낙엽은 소중한 여물이었으니 건초처럼 잘 간수하고 나무껍질로 잘 덮어두었었다. "이제는 밖에 남은 것도 별로 없어." 절망해서 더는 관심도 없다는 듯이 이사크가 잉에르에게 대답했다. "아주 말라버린다고 해도 더이상 집으로 들여놓지 않겠어." "그렇게 아무렇게나 말하지 마요." 잉에르가 말했다.

말을 그렇게 했으니 다음날 그는 낙엽을 들여놓지 않았다. 어차피 비는 안 올 테니 그까짓 것 그냥 둘 생각이었다. 그때까지 햇빛에 완전히 말라 사그라지지 않는다면, 성탄 전에 들여놓을 수 있을 것이었다.

그는 몹시 속이 상했다. 집안에 앉아 그에게 속한 땅과 밭을 내다만 보는 것은 아무런 기쁨이 되지 않았다. 감자밭에 미친듯이 꽃이 피었다가 죄다 말라버렸으니 낙엽도 신경쓰고 싶지 않았다. 아, 이사크! 하지만 어쩌면 그의 단순한 마음에는 뭔가 다른 생각이 있었는지도 몰랐다. 뭔가 계산이 있었는지도, 달이 바뀌는 지금 맑은 하늘과 누가 이기나 힘을 겨루어보는지도 몰랐다.

저녁에는 다시 비가 올 것처럼 보였다. "낙엽을 들여놓지 그랬어요?" 잉에르가 말했다. "뭐하게?" 이사크가 무뚝뚝하게 말했다. "당신은 그렇게 비웃지만, 혹시 지금 비가 올지도 모르잖아요." "금년에는 더이상 비가 안 올 거라는 건 당신도 뻔히 알면서."

하지만 밤이 되자 유리창이 어두워지는 듯하더니, 뭔지 모를 무엇이 창을 쫓으며 물을 뿌리는 것처럼 보였다. 잉에르가 잠에서 깨어 외쳤다. "비가 오고 있어요! 창문 좀 봐요!" 이사크는 가소롭다는 듯이 코웃음을 치고는 대답했다. "비? 저건 비가 아니야. 무슨 말인지 모르겠군." "장난치지 마요!" 잉에르가 말했다.

이사크의 말은 장난이었다. 그저 거짓말을 한 것이었다. 물론 비가, 제대로 된 소나기가 오고 있었다. 하지만 비는 이사크의 낙엽을 다 적시고는 그쳐버렸고 하늘은 다시 개었다. "비는 안 온다고 말했잖아."

이사크는 속상해하며 말했다.

이런 소나기도 감자에 도움이 되지 않았다. 다시 하루하루가 지나갔다. 하늘은 맑았다. 이사크는 썰매를 만들기 시작했고 부지런히 일했다. 그는 정성을 기울여 겸손히 활대와 막대를 대패질했다. 아이고 세상에! 하루하루가 지나갔고, 아이는 자라났고, 잉에르는 버터와 치즈를 만들었으며, 나름대로 살 만했다. 부지런한 사람들이라면 한 해의 흉작쯤은 황야에서 거뜬히 이겨낼 수 있었다. 그리고 아홉 주일이 지나자 제대로 된 비가 와서 축복을 가져다주었다. 하늘이 열려 하룻밤 하루 낮, 열여섯 시간 동안 비가 쏟아졌다. "두 주 전에 왔더라면"이라고 이사크가 말했다. "이제는 너무 늦었어." 하지만 그는 잉에르에게 덧붙여 말했다. "그래도 감자 농사에는 조금 도움이 되겠지!" "네, 그래요." 잉에르가 위로하듯 대답했다. "큰 도움이 되겠죠."

그리고 상황이 점점 나아졌다. 매일 소나기가 왔고, 마술에라도 걸린 듯 풀밭은 다시 푸르러졌다. 감자에는 다시 꽃이, 전보다 더 많은 꽃이 피었고, 줄기에는 큰 열매가 달렸지만 뿌리에서 무슨 일이 일어나는지는 아무도 몰랐다. 이사크는 땅속을 들여다볼 용기가 나지 않았다. 하지만 어느 날 잉에르가 아래에 작은 감자 스무 개가 열린 감자 줄기를 들고 왔다. "그리고 아직 자랄 시간이 다섯 주일 있잖아요!" 잉에르가 말했다. 잉에르, 그녀는 언제나 사람을 위로할 줄 알았고, 입이 비뚤어졌지만 말을 상냥하게 했다. 마치 증기기관의 환풍구처럼 바람 새는 소리가 들려서 목소리는 듣기 거북했지만, 언청이 입으로도 위로할 줄 알았다. 그리고 성격도 명랑했다. "침대를 하나 더 만들어주겠어요?" 그녀가 이사크에게 말했다. "급하지는 않아요."

둘은 감자를 거두기 시작했고, 옛날 관습대로 11월이 오기 전에 그 일을 끝냈다. 평년 정도의 수확, 나름 괜찮은 수확이었다. 감자는 역시 날씨의 영향을 받지 않고, 나쁜 날씨를 견디고서 잘 자라주었다. 물론 자세히 따져보면 평년 정도의 나름대로 괜찮은 수확은 아니었다. 하지만 금년에는 자세히 따져볼 계제가 아니었다. 한번은 한 라플란드 인이 지나가다 여기에서 자라는 감자를 보고 깜짝 놀랐다. 마을은 상황이 훨씬 나쁘다고 했다.

추위가 시작되어 땅이 얼 때까지 다시 땅을 개척할 시간이 몇 주 있었다. 가축들은 아무데서나 풀을 뜯고 있었다. 이사크는 가축들이 있는 곳에서 일을 하며 종소리를 듣는 것이 즐거웠다. 황소는 뿔로 낙엽을 찌르곤 했고 염소들은 아무데나 올라가고 기어들어갔기 때문에 사실 일에는 방해가 되었지만.

이런저런 걱정들.

어느 날 이사크의 귀에 비명이 들렸다. 잉에르는 아이를 안고 문 앞에 서서 황소와 송아지 은뿔이를 가리키고 있었다. 둘이 교미를 하고 있는 것이 아닌가. 이사크는 갈퀴를 던지고 달려갔지만 이미 너무 늦었고, 일은 벌어진 다음이었다. 저 마녀 좀 보게. 이제 겨우 한 살인데, 반년이나 빨리 벌써 저 짓이다. 저 어린 것, 저 마녀! 이사크는 송아지를 우리로 데리고 갔지만, 때는 이미 늦었다. "네, 뭐, 어떻게 생각하면 괜찮아요. 가을에 두 암소가 다 송아지를 낳는 것보다는 나을지도 모르죠!" 아, 잉에르, 그녀는 머리가 좋지는 않았지만, 아침에 은뿔이와 수소를 한꺼번에 풀어놓았을 때, 그것은 분명 알고 한 행동이었을 것이다.

겨울이 되었다. 잉에르는 털을 빗고 실을 자았고, 이사크는 장작을 마을로 가지고 갔다. 엄청난 양의 마른나무를 썰매에 싣고. 빚은 어느새 다 갚았고, 말과 수레, 쟁기와 써레는 이제 모두 그의 것이었다. 그는 잉에르가 만든 염소젖 치즈를 마을로 가져가서 털실, 베틀, 물레와 실패를 구해 왔다. 이번에도 밀가루와 음식, 널빤지와 마루판과 못을 가지고 왔다. 어느 날 그는 램프까지 사 왔다. "아이고 세상에, 당신 미쳤어요?" 잉에르가 외쳤다. 하지만 그녀는 이날이 올 줄 이미 알고 있었다. 둘은 저녁에 불을 켰고, 마치 천국에 온 것 같았다. 아기 엘레세우스는 아마 램프를 보고 태양이라고 생각했겠지. "놀라는 것 좀 봐!" 이사크가 말했다. 이제 잉에르는 불을 켜고 실을 자을 수 있었다.

이사크는 셔츠를 만들 마직과 잉에르를 위한 새 신발도 사 왔다. 그녀가 원했던 대로, 양털에 염색을 할 여러 빛깔의 염료도 구해 왔다. 그러더니 어느 날은 놀랍게도 시계를 가지고 왔다. "뭐라고요?" "시계라니까!" 잉에르는 구름이라도 탄 것 같았고, 한동안 놀라서 말도 꺼내지 못했다. 이사크는 시계를 조심스레 벽에 걸고, 시간을 짐작하여 시계를 맞췄다. 그는 태엽을 감고 울리는 소리를 들어보았다. 아기는 낮은 음을 듣고 눈을 그쪽으로 돌리더니 다시 엄마를 바라보았다. 그녀는 "봐, 놀랍지?"라고 말하고는 아이를 품에 안았고, 자신도 감격했다. 이 외진 곳에서 지금까지 본 다른 어떤 좋은 것도 겨우내 움직이며 시간을 알리는 시계에는 견줄 수 없었으니까.

이제 나무는 모두 다 내다팔았고, 이사크는 다시 숲으로 가 나무를 베었다. 그는 다음 겨울을 위해 다시 길을 내며 장작을 쌓아 자기만의 마을을 만들었다. 그가 집에서부터 가야 하는 거리는 점차 멀어졌다. 어느새 넓고 긴 비탈의 개간이 끝나 경작을 할 수 있었고, 그는 이제 나무를 다 베는 대신 아주 오래되어 우듬지가 마른 나무만 베기로 했다.

물론 그는 잉에르가 왜 침대를 하나 더 원하는지 이미 오래전에 알아챘고, 더이상 미룰 수 없으니 서둘러야 했다. 어느 어두운 저녁에 그가 숲에서 집으로 돌아오자, 이미 일은 벌어진 다음이었다. 가족이 늘어났다. 이번에도 남자아이였다. 잉에르는 침대에 누워 있었다. 아, 잉에르! 그녀는 아침에 그를 마을로 보내려고 했었지. 그녀는 "말 운동 좀 시키세요. 제자리에 서서 땅만 긁고 있잖아요!"라고 했지만 이사크는 "그런 짓 할 시간은 없는데"라고 말하고 나갔다. 이제 그는 그녀가 그저 자신을 내보낼 생각에서 한 말이었다는 것을 깨달았지만, 그 이유는 무엇이었을까? 그가 옆에 있었으면 도움이 되었을 텐데? "왜 미리 눈치를 안 주는 거요?" 그가 물었다. "이제 당신 잘 침대를 만들어서 작은방에 가서 자요." 그녀의 대답이었다.

하지만 침대의 틀을 짜는 것만으로는 부족했다. 침구가 있어야 했다. 둘에게는 덮고 잘 털가죽이 하나뿐이었고, 가을이 되어 숫양을 잡기까지는 이불을 하나 더 구할 도리가 없었다. 그래서 이사크는 한동안 고생했고 밤마다 심한 추위에 떨어야 했다. 그는 바위 절벽 아래에 쌓아놓은 건초 속에 몸을 묻어도 보았고 소 외양간에서도 자보았지만, 결국 잘 곳 없는 처지였다. 다행히 이미 5월이었고, 곧 6월이, 7월이 될 터였다.

삼 년 사이에 얼마나 많은 것을 이루었는지. 놀라운 일이었다. 인간들을 위한 집, 우리 하나, 경작된 땅. 이사크는 지금 무엇을 짓고 있을까? 새로운 헛간, 집에 이어지는 옆 건물? 그가 팔뚝만한 못을 박을 때면 집 전체에 소리가 울렸고, 잉에르는 아기들을 위해 좀 조용히 해달라고 부탁했다. "아, 아기들! 데리고 놀아주지그래! 노래도 좀 불러주고, 엘레세우스에게는 양동이 뚜껑을 주도록 해. 이 못만 여기, 증축하는 부분을 받칠 이 버팀목에 박고 나면 큰못 박기는 일단 끝이 날 거야. 나중에는 널빤지와 10센티미터짜리 못만 가지고 일할 거고, 그건 뭐 아무것도 아니지."

목수질을 안 할 수는 없었을까? 청어가 든 통과 밀가루와 다른 음식들을 밖에 두지 않으려고 지금까지는 가축 우리에 보관했다. 하지만 베이컨에 우리 냄새가 뱄으니 식량 보관 창고가 꼭 필요했다. 아이들은 못 소리 정도에는 적응을 하겠지. 엘레세우스는 좀 여리고 약했지만 동생은 엄청나게 젖을 잘 빨았고, 울 때가 아니면 언제나 잠을 잤다. 정말 예쁜 아기였다. 이사크는 아기에게 시베르트라는 이름을 붙이는 데 반대하지 않았다. 그가 먼저 생각한 이름은 사실 야코브였지만, 시베르트라고 하는 게 더 좋을지도 몰랐다. 때로는 잉에르가 옳았다. 엘레세우스는 목사의 이름을 따 붙인 점잖은 이름이었지만, 시베르트는 부유하고 상속인이 없으며 마을 회계사로 일하는 잉에르의 독신 삼촌 이름이었다. 이 아이에게 시베르트라고 불리는 것보다 길한 일이 더 있을까?

다시 바쁜 봄철이 돌아왔고, 성령강림절*이 오기 전에 씨앗은 다 뿌렸다. 잉에르에게 엘레세우스밖에 없었을 때, 그녀는 첫아이를 돌보는 일에 바빠 남편을 도울 시간이 없었다. 이제 아이가 둘이 되고 나자 그녀는 잡초도 뽑고 다른 일도 몇 가지 했다. 감자를 심을 때도 여러 시

---

* 성령이 세상에 내려와 성도에게 임한 것을 기념하는 날. 보통 5월.

간 도왔고, 당근이나 무 씨도 뿌렸다. 이런 여자는 찾기 힘들 것이다. 베틀에도 천이 걸려 있지 않던가? 그녀는 시간이 날 때면 작은방으로 달려가 베틀을 몇 번 놀렸다. 그녀는 겨울옷을 만들기 위해 모직을 반 섞은 천을 짰다. 털실에 물을 들이고 자신과 아이들을 위해 푸르고 붉은 옷감을 짰다. 색을 더 넣어서는 이사크를 위해 이불잇을 만들었다. 모두 필요하고 유익하고 오래가는 물건들이었다.

황야의 이 가족은 이렇게 성공을 거두어, 이 해를 잘 보내고 나면 거의 남의 부러움을 살 입장이었다. 부족한 것이 뭐가 있었을까? 물론 건초 창고, 타작마당이 있는 헛간, 이런 것들이 미래를 위한 목표가 될 수 있겠지만, 이런 것도 다른 목표들과 마찬가지로 충분히 도달할 수 있었다. 시간이 지나면서. 이제 꼬마 은뿔이도 송아지를 낳았고, 염소들도 양들도 새끼를 낳았다. 풀밭은 작은 짐승들로 가득했다. 그럼 사람들은? 엘레세우스는 자기 발로 어디나 갈 수 있었고, 어린 시베르트는 이미 세례를 받았다. 잉에르는? 그녀는 또 임신을 한 듯 얼굴이 둥글어졌다. 아이 한 명? 그녀에게는 아무 문제가 아니었다. 물론 아이들은 그녀의 훌륭한 업적, 작고 착한 인간들이었으며, 그녀는 아이들을 자랑스러워하며 신이 누구에게나 그런 예쁜 아이들을 주시지는 않는다고 말하곤 했다. 잉에르는 지금 젊음을 누리느라 너무나 바빴다. 그녀는 얼굴이 흉측했고, 소외된 채로 젊은 시절을 다 보냈다. 그녀는 춤도 출 줄 알았고 일도 잘했지만 젊은 남자들은 그녀를 쳐다보지도 않았고 그녀의 여자다움을 웃음거리로 삼았으며, 그녀에게서 눈을 돌려 버렸다. 이제 그녀의 때가 왔다. 그녀는 제때를 만나 완전히 피어났으며 연달아 임신을 했다. 가장인 이사크는 언제나처럼 진지했지만, 성공을 거두었고 만족스러워했다. 잉에르가 오기 전에 그가 인생을 어떻게 살 만하게 만들었는지는 수수께끼였다. 감자와 염소젖, 아마 이름 모를 이상한 음식으로 견뎠으리라. 이제 그에게는 그와 같은 지위의 남자가 바랄 수 있는 모든 것이 있었다.

다시 가뭄이, 흉년이 왔다. 개를 데리고 온 라플란드인 오스 안데르스는 마을에서는 사람들이 가축을 먹이기 위해 이미 곡식을 다 베었다고 들려주었다. "그래요. 그럼 더이상 희망이 없겠군요?" 잉에르가 물었다. "그렇지요. 하지만 청어는 많이 낚았다고 합니다. 당신 삼촌인 시베르트는 해안을 소유하고 있으니 자기 몫을 받겠지요. 그리고 전에도 부엌과 창고에 뭐가 좀 있었고요. 잉에르, 당신처럼 말이에요." "네, 다행이지요. 저는 부족한 게 없어요. 집에서는 뭐라고 제 이야기를 하던가요?" 오스 안데르스는 고개를 이리저리 갸웃거리더니, 말로 옮길 수가 없다고 아첨하듯이 말했다. "우유 한 그릇 마시고 싶으면 말만 해요." 잉에르가 말했다. "폐를 끼칠 생각은 아니지만, 개에게 줄 것이 좀 있다면……"

우유가 나왔고, 개를 위해서도 음식이 좀 나왔다. 오스 안데르스는 거실에서 나오는 음악을 듣고는 귀를 기울였다. "저게 뭐죠?" "우리 벽시계가 치는 거예요"라고 말하는 잉에르는 자랑스러움으로 가슴이 터질 것 같았다.

라플란드인은 다시 고개를 갸웃거리더니 말했다. "당신들은 집도 있고 말도 있고 풍족하게 지내는데, 혹시 부족한 게 있나요?" "아니, 없어요. 정말 감사한 일이지요." "올리네가 인사를 전해달라고 하더군요." "아. 올리네는 어떻게 지내죠?" "뭐 그냥 그래요. 당신 남편은 어디에 있죠?” “밖에, 밭에 있어요.” “산 게 아니라고들 하던데요?” 라플란드인이 말했다. “사다뇨? 누가 그런 말을 해요?” “들리는 말이죠.” “누구에게서 그 땅을 사겠어요? 공유지인데.” “네, 그렇죠.” “그리고 얼마나 땀을 쏟아부은 땅인데요.” “당신들의 땅은 국유지라고 합디다.”

잉에르는 무슨 말인지 전혀 알아듣지 못하고 말했다. “그럴 수도 있겠지요. 그러니까 올리네가 그렇게 말하던가요?” “누구였는지 기억이 안 나는데요” 하고 라플란드인은 눈을 이리저리 굴렸다. 잉에르에게는 오스 안데르스가 평소처럼 무언가를 달라고 하지 않는 것이 의외였다. 라플란드인들은 언제나 구걸을 했는데. 하지만 오스 안데르스는 말없이 앉아서 파이프를 채우고 불을 붙였다. 파이프! 그는 찡그리며 담배를 피웠기 때문에, 주름진 얼굴이 마치 글자를 새겨놓은 것처럼 보였다. “그렇죠. 저 아이들이 당신의 아이들인지는 물어볼 필요도 없죠” 하고 그는 더욱 아첨하는 어조로 말했다. “당신을 빼닮았으니까요. 당신이 어릴 때처럼 착하네요!”

기형아였고 버림받았던 잉에르. 물론 그의 말은 근거 없는 말이었지만, 그래도 그녀의 가슴은 뿌듯함으로 부풀어올랐다. 라플란드인조차 어머니의 마음을 기쁘게 할 수 있었다. 그녀는 “자루가 그렇게 가득차지 않았더라면 뭘 좀 드릴 수 있을 텐데요”라고 말했다. “아니, 폐를 끼칠 생각은 없어요.”

잉에르는 아기를 안고 안으로 들어갔고, 엘레세우스는 라플란드인과 함께 밖에 있었다. 둘은 잘 어울렸다. 라플란드인은 아이에게 자루에서 뭔가 이상한 것, 털이 난 것을 보여주었고, 아이는 손으로 쓰다듬었다. 개는 꼬리를 흔들고 짖었다. 음식을 가지고 나온 잉에르는 한숨을 쉬며 문턱에 멈춰 섰다. "그게 뭐예요?" 잉에르가 물었다. "아무것도 아니에요. 토끼*죠." "그건 나도 보면 알아요." "아이에게 보여주려고요. 우리 개가 오늘 사냥해서 잡았답니다." "음식 여기 있어요." 잉에르가 말했다.

---

* '언청이' '토순'이라는 뜻의 노르웨이어 단어 hareskår에는 '토끼(hare)'라는 단어가 들어 있다.

5

옛날부터 하는 말이, 흉년이 들면 적어도 두 해는 계속된다고 한다.
이사크는 참을성이 생겼고 자신의 운명을 받아들였다. 밭에서는 곡식
이 말라 죽었고, 건초 수확은 그저 평년 정도였지만, 감자는 그래도 괜
찮아 보였다. 상황이 나쁘기는 했지만 아직 재앙이라고 할 정도는 아
니었다. 이사크에게는 아직도 마을에 내다팔 장작과 목재가 있었고,
해안 전체에서 청어가 많이 잡혔으니 사람들에게는 나무를 살 돈이 충
분했다. 곡식이 흉년인 것은 마치 신의 섭리 같았다. 타작마당이 있는
헛간도 없는데, 어떻게 타작을 하겠는가? 섭리라고 해도 문제가 되지
는 않을 것 같았다.

　다른 문제가 하나 있었다. 새로운 문제가 그를 불안하게 했다. 여름
에 어떤 라플란드인이 잉에르에게 한 말이었다. 산 게 아니라고? 땅을

샀어야 했나? 대체 무슨 이유로? 땅은 거기 있었고 숲도 거기 있었다. 그는 땅을 개간했고, 태고 그대로의 자연 한가운데에 집을 지었으며, 가족과 가축을 먹였고 아무에게도 아무것도 빚지지 않고 일하고 또 일했다. 마을에 내려갈 때마다 그는 지방 행정관을 만날 생각을 했지만, 그 일을 계속 미루었다. 지방 행정관은 사람들 사이에서 별로 인기가 없었고, 이사크는 말수가 적은 사람이었다. 거기 가면 무슨 말을 할까? 무슨 일로 찾아왔다고 말해야 좋을까?

어느 겨울날, 지방 행정관이 직접 이들의 집으로 찾아왔다. 그는 사람을 한 명 데리고, 서류로 터질 것 같은 가방을 들고 왔다. 지방 행정관 게이슬레르가 직접 온 것이다. 그는 나무를 다 베어 텅 비고 평평한 넓은 비탈이 눈에 덮인 것을 보았고, 그 넓은 땅 전체에 작물을 심었다고 생각했으므로 이렇게 말했다. "넓은 농장이군요. 이걸 공짜로 가질 수 있다고 생각합니까?"

때가 왔군! 이사크는 골수까지 깜짝 놀랐고, 아무 말도 하지 않았다.

"나한테 와서 땅을 샀어야죠." 지방 행정관이 말했다. "그렇군요."

지방 행정관은 가격 측정, 경계선, 세금 이야기를 했다. '국세'라고 했다. 이사크는 어느 정도 설명을 들었고, 점차 납득했다. 지방 행정관은 동행인을 바라보며 놀리듯이 말했다. "자, 감정사님, 말해보시지. 농장 크기가 얼마나 되겠소?" 하지만 그는 대답을 기다리지도 않고 크기를 자기 생각대로 그냥 적었다. 그리고 이사크에게 건초의 양과 감자 수확에 대해 물었다. 경계선은 어떻게 할지? 사람 키만큼 눈이 쌓였는데 경계선을 보러 갈 수도 없었고, 여름에 누가 올 수도 없었다. 이사크는 자신의 숲과 농장이 어디까지라고 생각하는지? 그것은 이사크도 몰랐다. 지금까지 그는 눈이 닿는 곳은 다 자기 땅이라고 여겼다. 지방 행정관은 경계를 결정하는 건 국가라고 했다. "땅을 많이 차지할 수록 비싸지요." 그가 말했다. "아." "그래요. 당신 눈에 보이는 걸 다 주는 게 아니라, 당신에게 필요한 만큼 주는 겁니다." "아."

잉에르는 우유를 내놓았고, 지방 행정관과 그 일행은 그것을 마셨다. 그녀는 우유를 더 내놓았다. 지방 행정관이 엄격한 사람이라고? 그는 엘레세우스의 머리를 쓰다듬으며 아이에게 말도 걸었다. "돌을 갖고 노니? 나한테 돌 좀 보여줄래? 이게 뭔데? 어, 무겁네! 아마 무슨 쇠가 그 안에 들어 있을 거야." "아, 그건 산 위에 가면 많습니다." 이사크가 대답했다.

지방 행정관은 다시 본래 이야기로 돌아왔다. "남쪽과 서쪽 땅이 당신에게는 이롭겠지요?" 그가 이사크에게 말했다. "남쪽으로 4백 미터라고 합시다." "4백 미터나요?" 지방 행정관의 동행인이 외쳤다. 지방 행정관은 "어차피 자네는 2백 미터도 농사를 못 지을 텐데"라고 대답했다. 이사크는 물었다. "4백 미터면 값이 얼마나 나가겠습니까?" "모르죠. 그건 아무도 알 수 없어요." 지방 행정관의 대답이었다. "하지만 싸게 해드리죠. 중간중간 뚫고 들어갈 수 없는 황야도 섞여 있으니까요."

"예, 하지만 4백 미터라니요!" 동행인이 다시 말했다.

지방 행정관은 남쪽으로 4백 미터라고 적고는 물었다. "산 위쪽으로는 어떻습니까?" "호수까지 제 땅으로 하고 싶습니다만. 네, 거기 큰 호수가 있거든요." 이사크가 대답했다.

지방 행정관은 그것도 적었다. "그럼 북쪽으로는요?" "거긴 이러나 저러나 별 상관 없어요. 습지에는 제대로 된 숲이라고는 없으니까요."

이사크가 말했다.

지방 행정관은 자기 마음대로 2백 미터라고 썼다. "동쪽은?" "거기에 대해서도 뭐 별로 할말이 없군요. 산뿐이고, 그 산을 넘으면 스웨덴이죠."

지방 행정관은 적었다.

일이 다 끝나자 그는 적은 것을 금세 합산하고는 말했다. "물론 적지 않은 땅이 될 겁니다. 산 아래, 마을에 있는 땅이라면 아무도 살 수 없겠지요. 전체의 값으로 백 달레르를 제안합니다. 괜찮은가?" 그가 동행인에게 물었다. "값도 아니죠." 그가 대답했다. "백 달레르라고요?" 잉에르가 말했다. "그렇게 땅이 많이 필요한 것도 아니잖아요!" "그렇지." 이사크가 대답했다. 동행인이 다시 끼어들었다. "내 말이 그 말이에요. 그 땅으로 다 뭘 할 건가요?"

지방 행정관이 말했다. "농사를 짓지."

거기 그는 그렇게 앉아 있었고, 곰곰이 생각을 했고, 적었다. 때로는 방에서 아기가 울었고, 그는 처음부터 다 다시 쓰고 싶은 마음은 없었다. 집에 돌아가면 늦은 밤, 아니 새벽이 될 것 같았다. 그제야 그는 문서를 단호하게 가방에 넣고 동행인에게 명령했다. "나가서 말을 준비하게!" 그러고는 이사크를 향해 말했다. "사실은 이 땅을 돈 내지 않고 소유할 수 있었어야 하는데요. 이렇게 노력을 들였으니 오히려 돈을 받았어야죠. 나는 제안하면서 그 말을 할 겁니다. 그럼 정부가 권리증 값으로 얼마나 요구하는지 두고 봅시다."

이사크…… 그의 기분이 어땠을지는 아무도 모른다. 그는 자신의 농장과 노력의 값이 높게 매겨지는 데 아무런 반대를 하지 않는 것처럼 보였다. 시간이 흐르면 백 달레르를 낼 수도 있을 것 같았다. 전처럼 일을 하고 땅을 경작하고 웃자란 숲에서 장작을 패면 될 것 같았다. 이사크는 눈치나 보고 있는 사람도 아니었고, 행운이 굴러 들어오기를 기다리는 사람도 아니었다. 그는 일하는 사람이었다.

잉에르는 지방 행정관에게 고맙다고 하고 정부에 말을 잘해달라고 부탁했다.

"물론이지요. 하지만 결정은 내가 하는 게 아닙니다. 나는 의견서를 쓸 뿐이지요. 막내는 몇 살인가요?" "이제 간신히 6개월이 되었지요." "아들인가요, 딸인가요?" "아들이에요."

지방 행정관은 거친 사람이 아니었고, 별로 따지지도 않고 일을 가볍게 처리하는 사람이었다. 그는 감정사로 따라다니는 정리* 브레데 올센의 말은 별로 마음에 두지 않았고, 중요한 결정은 생각나는 대로, 마음 내키는 대로 했다. 이사크와 아내, 그리고 여러 대에 이르는 후손들에게 큰 영향을 미칠 일을 그냥 생각대로 처리하고 적은 것이다. 하지만 그는 이 집 사람들에게 친절하게 대했고, 반짝이는 동전을 꺼내 아기 시베르트의 손에 쥐여주고는 친절하게 목례를 하고 나서 썰매를 타러 나갔다.

갑자기 그가 물었다. "이곳의 이름은 뭐라고 합니까?" "이름이요?" "이름을 뭐라고 할까요? 이름을 지어야겠군요."

아직 그 생각은 한 적이 없어서 잉에르와 이사크는 서로 얼굴만 마주보았다.

---

* 재판소 직원.

"셀란로?" 지방 행정관이 물었다. 그가 만들어낸 이름일 것이다. 이름인지도 아닌지도 몰랐지만 그는 "셀란로!"라고 다시 말하고는 고개를 끄덕이고 떠나갔다.

경계선도, 가치도, 이름도, 뭐든지 그저 생각나는 대로……

몇 주가 지나고 이사크가 다시 마을에 내려갔더니, 지방 행정관이 곤란한 상황에 처했다는 말이 들렸다. 이런저런 돈 문제로 조사를 받았는데 설명을 제대로 하지 못해서 고발을 당했다는 것이다. 이런 경우도 있군. 어떤 사람들은 인생을 산책하듯 가다가, 앞만 보고 걷는 사람들에게 부딪혀 넘어지는구나.

어느 날, 마지막 남은 나뭇짐을 끌고 마을에 내려갔던 이사크는 오는 길에 지방 행정관을 데리고 와야 하는 상황에 처했다. 지방 행정관은 예고도 없이 가방을 들고 숲에서 나와 말했다. "당신 옆에 올라앉게 해주면 좋겠군요."

둘은 한동안 길을 갔지만 입은 열지 않았다. 때때로 지방 행정관은 병을 꺼내어 한 모금씩 마셨다. 이사크에게도 권했지만 그는 사양했다. "여행중에는 속이 안 좋아질까봐 마시는 거지요." 지방 행정관이 말했다.

그리고 그는 이사크의 농장 문제에 대해 말하기 시작했다. "그 일을 계속 추진했고, 내 의견도 밝혔습니다. 셀란로는 좋은 이름이에요. 사실 그 땅은 돈을 안 내고 당신 소유가 되었어야 합니다. 하지만 내가 그렇게 썼더라면 정부는 염치없이 마음대로 값을 매겼겠지요. 그래서 50달레르라고 썼습니다." "아, 그래요? 백 달레르가 아니고요?" 지방 행정관은 이마를 찡그리고 잠시 생각하더니 말했다. "내가 기억하기로는 50달레르라고 썼는데요."

"지금 어디로 가시는 겁니까?" 이사크가 물었다. "베스테르보텐으로 가고 있어요. 장인 장모를 방문하려는 거죠." "이 계절에요? 힘든 길일 텐데요." "아, 괜찮을 거예요. 좀 같이 가주시면 안 될까요?" "좋습니다. 혼자 가는 건 좋지 않아요."

둘은 농장에 다다랐고, 지방 행정관은 작은방에서 밤을 지냈다. 아침에 그는 다시 병을 꺼내 한 모금을 마시더니 말했다. "이번 여행을 하면서 분명 위장을 망칠 것 같군요." 그 점만 제외하고는 저번과 같은 모습이었으며, 친절하면서도 결심이 확고했지만 약간 정신이 없었고, 자신의 문제 때문에 마음을 쓰고 있었다. 어쩌면 그렇게 상황이 심각하지는 않은 것인지도 모르지. 비탈 전체를 경작한 것은 아니고 밭 몇 개에서만 농사를 짓고 있다고 말했을 때, 지방 행정관은 의외의 대답을 했다. "그건 그때 여기 와서 적을 때도 이미 충분히 알고 있었죠. 하지만 그때 같이 온 바보 브레데는 이해를 못했어요. 정부에서는 도표 같은 게 있어서 그걸 사용하죠. 그렇게 넓은 면적에서 건초를 그것밖에 수확하지 못하고 감자도 그것밖에 안 나온다면, 그 표에 따르면 아주 형편없는 값싼 토지가 되는 겁니다. 난 당신 편의를 봐준 거예요. 내 말을 믿어요. 우리나라에 필요한 건 당신 같은 사람 이삼천 명입니다." 지방 행정관은 고개를 끄덕이더니 잉에르를 향했다. "막내는 몇 살이죠?" "여덟 달 됐어요." "남자아이인가요?" "네."

"하지만 서둘러서 농장 건을 가능한 한 빨리 정리하세요." 지방 행정관이 말했다. "여기하고 마을 사이의 땅을 사려는 사람이 하나 더 있는데, 그럼 땅값이 오르니까요. 당신이 먼저 땅을 사세요. 그럼 나중에 땅값이 올라도 괜찮고, 당신은 노동의 대가를 받게 되죠. 여기 황무지에서 살기 시작한 건 당신이니까요."

두 사람은 그의 충고에 감사를 표했고, 그가 직접 이 일을 끝낼 수는 없을지 물었다. 그는 자신은 할 일을 다했고 남은 일은 정부의 몫이라고 했다. "난 지금 베스테르보텐으로 갑니다. 다시는 돌아오지 않을 거예요." 그가 숨기지 않고 말했다.

그는 잉에르에게 동전 한 닢을 주었다. 과한 친절이었다. "나중에 짐승을 잡으면 마을에 사는 우리 가족에게 고기를 좀 갖다주세요. 아내가 돈을 드릴 겁니다. 염소젖 치즈도 좀 갖다주세요. 아이들이 정말 좋아하거든요." 그가 말했다.

이사크는 언덕을 넘어가는 그와 한동안 동행했다. 고지에는 눈이 딱딱하게 굳어서 걷기 쉬웠다. 이사크는 돈을 1달레르나 받았다.

이렇게 지방 행정관 게이슬레르는 떠났고, 다시는 마을로 돌아오지 않았다. 사람들은 그가 어쩌건 관심이 없다고 했다. 다들 그를 믿을 수 없는 사람, 모험가로 여겼다. 그에게 지식이 부족했던 것은 아니다. 그는 배울 만큼 배운 사람이었지만 너무 자기 이익을 취하고 다른 사람들의 돈을 유용한 게 문제였다. 그가 군수 플레임이 쓴 단호한 통지를 받고 도망쳤다는 말이 있었다. 하지만 가족, 그의 아내와 세 아이에게는 별 나쁜 영향이 없었고, 그들은 계속 마을에 살았다. 그리고 오래지 않아 부족했던 돈이 스웨덴에서 왔다. 지방 행정관의 가족은 더이상 볼모로서가 아니라 자신들의 자유로운 결정에 따라 계속 자리를 지키고 있었다.

이사크와 잉에르는 결코 게이슬레르가 나쁜 사람이라고 생각하지 않았다. 새로 온 지방 행정관은 이 일을 어떻게 처리할지 알 수 없었다. 결국 이 농장에 관련된 일을 처음부터 다시 시작해야 하는지도 모른다.

군수는 서기 중 한 명을 보내 새로운 지방 행정관으로 삼았다. 그는 사십대 남자로 태수의 아들이었고, 이름은 헤이에르달이라고 했다. 돈이 없어 공부를 해서 공무원이 되지는 못했지만, 법원에 취직하여 이미 십오 년을 서기로 일했다. 그는 돈 때문에 결혼도 못했다. 군수 플레임은 선임자에게서 그를 넘겨받았고, 전과 마찬가지로 얼마 안 되는 급여를 주었다. 헤이에르달은 그 돈을 받고 서기 일을 계속했다. 그는 침울하고 삭막하지만 신용 있고 공정한 성격이었고, 자기 재능이 허락하는 데까지는 일단 배운 일은 제대로 하는 사람이었다. 이제 그는 지방 행정관이 되었으니 자존심이 상당해졌다.

이사크는 용기를 내어 그에게 갔다.

"셀란로 건…… 그래, 여기 있네요. 중앙 정부까지 갔다가 되돌아왔어요. 아직 여러 가지에 대해 설명이 더 필요하다는군요. 그 게이슬레르라는 작자가 한 일은 모두 다 뒤죽박죽이니까요." 지방 행정관이 말했다. "예를 들어 노르웨이 정부는 혹시 거기에 크고 훌륭한 나무딸기가 자라는지 궁금해합니다. 숲이 잘 자랐는지, 혹시 철광석이나 다른 광물이 주변에 묻혀 있는지 이런 것들도요. 산에 꽤 큰 호수가 있다고 적혀 있는데, 거기 물고기가 사는지도 알아야 합니다. 게이슬레르는 몇 가지 자료를 제출했지만, 그는 믿을 수가 없어요. 여기 있는 건 내가 다 다시 조사해야 해요. 그러니 가능한 한 빨리 셀란로의 당신 농장에 가서 둘러보고 모든 것을 조사해서 가치를 따져보겠습니다. 거기까지는 몇 킬로미터나 되죠? 정부에서는 모든 경계가 정확하게 확정되기를 바라거든요." "여름이 오기 전에 경계를 확정하기는 힘들 텐데요." 이사크가 말했다. "아, 될 거요. 여름까지 답신을 안 하고 기다리게 할 수는 없습니다." 헤이에르달이 말했다. "조만간 올라가죠. 그리고 그 기회에 다른 한 사람에게도 정부가 주거지를 팔 겁니다." "그가 마을과 내 농장의 중간쯤에 있는 땅을 사려고 한다는 그 사람인가요?" "잘 모르지만, 그럴 수도 있지요. 그런데 여기 사람이에요. 함께 감정을 하고 다니는 우리 직원이죠. 그 사람은 게이슬레르에게도 땅 사는 문제를 거론했지만 게이슬레르는 그에게 2백 미터도 농사를 못 짓지 않느냐는 말로 거절했어요. 그랬더니 그 사람은 바로 지방법원에 편지를 썼고, 이제는 내가 그 일을 결정해야 하죠. 하여튼 그 게이슬레르라는 작자는!"

지방 행정관 헤이에르달은 감정사 브레데를 데리고 농장으로 왔다. 둘은 습지를 건너다가 많이 젖었고, 녹고 있는 봄눈을 헤치며 비탈의 경계를 따라 걷느라 더 많이 젖었다. 지방 행정관은 첫날은 매우 열성을 보이더니 둘째 날은 지쳐서 아래에 선 채 방향을 가리키고 소리를 쳤다. '주변 산을 샅샅이 살펴보겠다'는 말은 더이상 나오지 않았고, 나무딸기는 돌아가는 길에나 좀 보겠다고 했다.

정부쪽은 질문이 많았고 그도 도표를 하나 갖고 왔지만, 그 질문 중에서 의미가 있는 것은 숲에 관한 질문뿐이었다. 잘 자란 숲이 하나 있기는 했고 그 숲은 이사크의 소유인 4백 미터 범위 안에 있었지만, 내다팔 건축용 목재가 있는 것은 아니었고 그저 자급하기 충분할 정도였다. 그리고 이곳에 건축용 목재가 있다고 한들, 누가 그것을 몇 킬로미터나 떨어진 마을로 끌고 간단 말인가? 겨울 동안 통나무 몇 개를 마을로 가지고 가서 대들보나 널빤지를 구해 오는, 지칠 줄 모르는 이사크나 할 수 있는 일이었다.

　게이슬레르라는 알 수 없는 남자가 보고서를 쓰기는 했지만 아무도 신경쓰지 않은 것 같았다. 이제는 후임 지방 행정관이 그가 한 일을 다 검토하고 오류를 찾아내려 했지만, 결국 포기할 수밖에 없었다. 그래서 그는 같이 온 감정사의 의견을 게이슬레르보다 더 많이 묻고 그의 생각에 따랐는데, 한편 감정사 자신도 국가에서 공유지를 사기로 결심한 후로는 마음을 고쳐먹고 생각을 바꾼 것 같았다. "이 정도 값이면 어떤?" 지방 행정관이 물었다. "그가 사려는 땅의 대가를 50달레르로 한다면, 그야 충분하고도 남지요." 감정사가 대답했다. 지방 행정관은 수려한 문장으로 보고서를 마무리했다. 게이슬레르는 "그는 앞으로 해마다 세금을 낼 것이다. 그는 자신이 50(오십)달레르를 십 년에 나누어 내는 것보다 더 많은 세금을 낼 능력은 없다고 본다. 국가는 그 제안을 받아들이거나 그의 땅과 노력을 몰수해야 한다"고 썼었다. 헤이에르달은 이렇게 썼다. "그는 자신의 소유가 아니지만 자신이 많은 노력을 쏟아부은 토지를 정부가 정하는 너무 짧지 않은 기간 동안 50(오십)달레르를 내고 보유할 수 있기를 정부 당국에 삼가 청한다."

　"이 땅을 당신 소유로 만들 수 있을 것 같군요"라고 지방 행정관 헤이에르달이 이사크에게 말했다.

6

수소가 나가기로 한 날이었다. 너무 크게 자라버렸고 키우는 데도 돈이 많이 들어서, 더이상 농장에 둘 수가 없었다. 이사크는 소를 데리고 마을로 나가 그 소를 팔고 더 어린 수소를 구해 올 계획이었다.

이것은 잉에르의 생각이었는데, 잉에르가 바로 그날 이사크를 떠나보낸 것은 다 이유가 있어서였다.

"가려면 오늘 가야 해요." 그녀가 말했다. "지금 저 소는 비육을 시켜놓았기 때문에, 봄에 돈을 잘 쳐줘요. 도시로 보낼 수 있죠. 그러면 엄청난 돈을 받을 수 있을 거예요." "그래, 알았어." 이사크가 말했다. "문제는 내려가다가 소가 거칠어질지도 모른다는 거죠." 잉에르가 말했다. 이사크는 대답하지 않았다. "하지만 한 주 전부터 늘 밖에 내놓았으니 주위를 둘러보고 밖에 익숙해졌을 거예요." 이사크는 말이 없었다. 대신 허리띠에 큰 칼을 차고서 소를 밖으로 끌고 나왔다.

아, 얼마나 거대한 짐승인가. 겁이 날 만한 큰 소가 되어, 걸음을 옮길 때마다 허릿살이 흔들린다. 다리는 짧은 편이었다. 소는 마치 기관차같이, 걸으면서 가슴으로 묘목을 망가뜨렸다. 목은 너무 굵어서 모양이 일그러질 지경이었다. 코끼리처럼 강한 목덜미였다.

"사나워져서 당신을 공격하지만 말았으면." 잉에르가 말했다. 좀 틈을 두더니 이사크가 대답했다. "그럼 가다가 잡아서 고기를 팔지."

잉에르는 문턱에 앉았다. 속이 불편했고, 얼굴도 온통 붉어졌다. 그녀는 이사크가 떠날 때까지는 곧은 자세를 유지했지만, 이제 그가 소를 데리고 숲속으로 사라졌으니 얼마든지 신음 소리를 낼 수 있었다. 벌써 말을 배우기 시작한 엘레세우스가 말했다. "엄마 아야?" "응, 아야." 아이는 엄마를 따라 손을 허리에 대고 신음을 시작했다. 어린 시베르트는 자고 있었다.

잉에르는 엘레세우스를 데리고 들어가 바닥에서 가지고 놀 수 있는 이런저런 물건을 주고는 침대에 누웠다. 때가 되었다. 그녀는 처음부터 끝까지 조금도 의식을 잃지 않았고, 엘레세우스를 살피면서 요람에 눈길을 주고 벽에 걸린 시계를 바라보았다. 그녀는 소리를 치지도 않고, 거의 움직이지도 않았다. 오장육부가 싸움을 치렀고, 한순간 짐이 몸밖으로 나왔다. 거의 동시에 낯선 외침이 그녀의 침대에서 들려왔다. 귀여운 울음소리였다. 잉에르는 쉬는 것이 아니라 몸을 일으켜 세우고 돌아보았다. 무엇을 본 것일까? 얼굴이 그 순간 잿빛이 되고 굳었다. 표정도 생각도 없었고, 신음 소리가, 낯설고 간절한 소리, 그녀 안의 깊은 곳에서 나오는 듯한 외침이 들렸다.

그녀는 주저앉았다. 일 분이 지나갔지만 마음은 가라앉지 않았다. 침대에서 들려오는 울음소리가 더 커지자 그녀는 몸을 일으켜 바라보았다. 아, 세상에, 이 이상 끔찍한 일이 있을까. 하늘도 무심하시지. 그것도 여자아이에게!

이사크는 아마 아직 1킬로미터도 못 갔을 것이다. 그가 농장을 떠난지는 한 시간도 안 되었다. 아이를 낳고 없애는 건 십 분도 안 걸리는 일……

사흘이 지나자 이사크가 돌아왔다. 그는 삐쩍 말라 제대로 걷지도 못하는 수소 한 마리를 낡아 끌고 왔다. 그래서 오는 데 그렇게 오래 걸린 것이었다.

"어땠어요?" 잉에르가 물었다. 하지만 그녀 자신은 침울하고 쇠약해진 상태였다.

"아, 뭐 그 정도면 괜찮았지." 사실 마지막 몇백 미터를 가는 동안 소가 좀 사나워져서, 이사크는 소를 묶어놓고는 도움을 구하러 마을에 가야 했다. 하지만 돌아와 보니 소는 이미 줄을 끊고 도망친 후였고, 오래 찾아야 했다. 소를 산 사람은 솟값을 넉넉히 쳐주었다. "그리고 여기 새 수소." 이사크가 말했다. "아이들을 데리고 나가서 봐."

새로운 가축이 올 때마다, 가족은 변함없는 관심을 보였다. 잉에르는 수소를 관찰하고 만져보고 값을 물었다. 작은 시베르트는 등에 올라앉기까지 했다. "큰 소가 안됐긴 해요." 잉에르가 말했다. "정말 훌륭하고 착한 소였는데. 이제 도축되겠지요."

봄날 하루하루는 바삐 지나갔다. 가축은 방목했고, 빈 우리에는 상자 가득 감자 종자가 들어 있었다. 이사크는 다른 어느 해보다 곡식씨를 많이 뿌렸고, 싹을 틔우려고 갖은 노력을 다했다. 감자와 무를 심을 이랑도 만들었고, 잉에르가 거기에 씨를 뿌렸다. 모든 것이 전과 마찬가지였다.

잉에르는 몸이 불은 것처럼 보이기 위해 한동안 짚을 주머니에 넣어 몸에 감고 다니다가, 점차 짚을 빼더니 결국은 주머니도 감지 않았다. 어느 날 이사크는 뭔가 눈치를 채고 물었다. "무슨 일이야? 결국 안 된 건가?" "그래요. 이번에는 안 되었어요." 그녀가 대답했다. "흠. 왜 그랬을까?" "아이참, 그냥 그렇게 된 거죠. 이사크, 어때요? 지금 눈에 보이는 이 땅을 갈려면 얼마나 걸릴까요?" "유산을 한 건가?" 그가 물었다. "그래요." "당신은 괜찮고?" "괜찮아요. 이사크, 돼지를 기르면 어떨까 하는 생각이 여러 번 들었어요." 곰곰 생각에 잠겼던 이사크는 잠시 후 말했다. "그래, 돼지라. 나도 봄마다 그 생각을 했는데. 하지만 사료로 쓸 감자가 더 있고 곡식도 더 넉넉하지 않다면 돼지에게 먹일 게 없겠지. 안 되겠어. 올해가 어떻게 되는지 두고 보자고." "돼지가 한 마리 있었으면 좋겠어요." "그래."

하루하루가 지나갔다. 비가 왔고, 밭과 초지가 보기 좋았다. 올해는 잘되겠군! 크고 작은 일들이 있었고, 밥을 먹고 잠을 자고 일을 했다. 일요일이면 세수를 말끔히 하고 머리를 빗었다. 이사크는 잉에르가 옷감을 짜고 바느질을 한 붉은 셔츠를 입었다. 그러다가 큰 사건이 벌어져 단조로운 생활이 깨지고 말았다. 어미 양이 새끼 양과 함께 바위틈에 끼여버린 것이다. 다른 양들은 저녁에 집으로 돌아왔지만, 잉에르는 두 마리가 돌아오지 않은 것을 금세 알아챘다. 이사크는 양 두 마리를 찾으러 나갔다. 제일 먼저 든 생각은, 혹시 사고가 났을 경우, 오늘은 일요일이라 하던 일을 중단할 필요는 없어 다행이라는 것이었다.*
몇 시간을 초지에서 양을 찾으며 걷고 걸었다. 집에서는 식구들이 모두 흥분해 있었다. 어머니는 짧은 말로 아이들을 진정시켰다. "양 두 마리가 없어. 조용히들 해!" 이 작은 가족은 다들 함께 걱정을 나누었다. 소들까지도 뭔가 심상치 않음을 느끼고 음매 소리를 냈다. 밤이 이미 가까워졌지만, 가끔은 잉에르가 밖에 나가 큰 목소리로 숲을 향해 외쳤다. 황야에서 이런 일은 큰 사건, 모두에게 덮친 재앙이었다. 아이들을 자라고 보낸 다음 잉에르도 나가서 함께 찾았다. 가끔 부르기도 했지만 대답은 들리지 않았고, 이사크도 멀리 가 있었다.

양들은 어디에 있었을까? 무슨 일이 일어난 걸까? 곰이 나왔을까? 스웨덴이나 핀란드에서 늑대들이 산을 넘어왔을까? 둘 다 아니었다. 잃어버렸던 양들을 이사크가 찾고 보니, 어미 양은 바위틈에 끼여 다리가 부러지고 젖을 심하게 다쳤다. 많이 다쳤으면서도 주위에 난 풀뿌리를 뜯어먹은 것을 보아 틈새에 낀 지 꽤 오래된 것 같았다. 이사크가 어미 양을 들어내자 양은 제일 먼저 먹을 것을 찾았다. 새끼 양은 바로 어미 양의 젖을 빨았고, 다친 젖을 아기 양이 빨아서 비우는 것은 마치 상처에 약이 되는 것 같았다.

이사크는 돌을 여러 개 주워 바위틈에 던져넣었다. 다시는 이런 위험한 틈새에 끼여 다리를 다치지는 않으리라! 이사크는 가죽으로 된 멜빵을 풀어 양의 몸에 감아 다친 젖을 고정했다. 그러고는 양을 어깨에 메고 집으로 데려왔다. 새끼 양은 그 뒤를 졸졸 따라왔다.

---

* 전통적인 기독교 사회에서는 농부도 안식일을 지켜 일요일에는 심한 일을 하지 않는다.

그다음에는? 각목을 대고 치료용 붕대를 감았다. 며칠이 지나자 상처가 아물었고, 양은 가려워서 다친 발을 흔들기 시작했다. 그렇다, 다 괜찮아질 것이다. 다시 무슨 일이 생길 때까지는.

매일매일의 삶, 이 농장 사람들의 하루하루를 채워나가는 사건들. 아, 별일 아니라고 할 수는 없었다. 이런 것들이 이들의 행복, 편안함, 풍요로움을 결정했다.

이사크는 봄과 여름 사이의 농한기를 이용하여, 전에 베어둔 통나무 몇 개를 더 쪼갰다. 분명 무슨 계획이 있었을 것이다. 그 밖에 쓸모 있는 돌도 많이 깨서 농장으로 가지고 왔다. 돌이 충분히 모이자 그는 쌓아서 담장을 만들었다. 일 년 전 같았더라면 잉에르는 호기심이 발동해서 남편이 무슨 계획을 갖고 있는지 물었으리라. 하지만 지금 그녀는 자신의 일에 더 관심이 있었고 더이상 묻지 않았다. 잉에르는 전처럼 부지런했다. 그녀는 집과 아이들과 가축을 돌보았고, 노래를 시작했다. 전에는 없던 일이었다. 그녀는 엘레세우스에게 저녁 기도를 가르쳤다. 전에는 하지 않던 일이었다. 이사크는 그녀가 물어봐주었으면 하고 생각했다. 그가 해내는 일에 대한 그녀의 질문과 칭찬은 그에게 만족감과 자부심을 안겨주곤 했다. 하지만 요즈음 그녀는 그냥 옆을 지나가며 기껏해야 그가 죽도록 일을 한다는 말을 할 뿐이었다. 이사크는 '요새 좀 힘든가보군!' 하고 생각했다.

올리네가 다시 찾아왔다. 모든 것이 작년 같았더라면, 그녀가 온 게 매우 반가웠을 것이다. 하지만 지금은 달랐다. 잉에르는 첫 순간부터 그녀에게 적대적이었다. 이유가 뭔지는 몰랐지만 잉에르의 태도는 적대적이었다.

"지금 오면 시기가 적절할 거라고 생각했는데." 올리네가 뭔가 속뜻이 있는 듯 살짝 말했다. "왜요?" "흠, 셋째가 세례를 받을 거라고 생각했지. 어떻게 됐어?" "아, 그 때문이라면 여기까지 힘들여 올 필요는 없었는데요." 잉에르가 말했다. "음."

그러자 올리네는 두 아들이 잘 자랐고 잘생겼다고, 이사크는 부지런하고 또 뭔가를 지으려는 것 같다고 칭찬하기 시작했다. 이 농장은 참 대단하다고, 이런 농장은 둘도 없을 거라고. "이사크가 지금 뭘 짓는지 알아?" "나도 몰라요. 직접 물어보세요." "아니, 나하고는 상관없는 일이지." 올리네가 대답했다. "그저 어떻게들 지내는지 보고 싶었을 뿐이야. 너희 사는 모습을 보면 난 정말 기쁘고 마음이 놓이니까. 금뿔이가 어떤지는 묻지도 않고 이름을 입에 올리지도 않겠어. 더할 나위 없는 보살핌을 받고 있겠지!"

한동안 대화가 잘 진행되었고 잉에르는 더이상 적대적이지 않았다. 벽에 걸린 시계에서 웅장한 소리가 울리자, 올리네의 눈에는 감격의 눈물이 고였다. 그녀는 교회의 오르간 같은 이런 엄청난 소리는 평생 들어본 적이 없다고 했다. 잉에르는 다시 자신이 부자라고 느꼈고, 가난한 친척 여자에게 뭔가를 해주고 싶은 마음이 들었다. 그녀는 말했다. "이쪽 작은방으로 와봐요. 베틀을 보여줄게요."

올리네는 하루종일 머물렀다. 그녀는 이사크와 이야기를 나누었고, 그가 한 일들을 모두 칭찬했다. "사방으로 1.5킬로미터 땅을 샀다면서요? 공짜로 가질 수 없는 거였어요? 당신이 그냥 못 가지게 한 게 누구죠?"

이사크는 한동안 못 듣던 칭찬을 들으니 다시 인정을 받는 느낌이었고 기분이 좋아졌다. "정부한테서 살 겁니다" 하고 그는 대답했다. "물론이지요. 하지만 국가가, 이 나라 정부가 잡아먹을 듯이 당신에게 달려들 필요는 없잖아요. 지금 짓는 건 뭐죠?" "아직 몰라요. 별 특별한 게 될 것 같지는 않군요." "이사크는 공사를 하느라 고생을 너무 많이 하고 있어요. 문에는 칠을 했고 벽에는 시계가 걸려 있군요. 그런데 큰 방을 또 짓고 있나요?" "놀리지 마요!" 이사크가 대꾸했다. 그래도 기분이 좋았던 이사크는 잉에르에게 말했다. "손님이 왔는데 크림 넣고 죽 좀 끓여줄 수 없을까?" 그녀가 대답했다. "안 돼요, 방금 모두 버터를 만들어버렸거든요." "놀리는 거 아니에요. 나야 뭐 단순한 여자고, 이것저것 물어볼 뿐이죠." 올리네가 급히 끼어들어 이렇게 말했다. "아, 뭐, 만일 큰방이 아니라면 아마 이것도 큰 헛간이 되겠죠. 밭과 초지가 있고 온갖 것이 자라니 성경 말씀대로 젖과 꿀이 흐르는 땅이군요."

이사크가 물었다. "그쪽 동네는 올해 전망이 어떤가요?" "아, 뭐 아직은 두고 보는 거죠. 주님이 이번에도 불을 보내 모든 것을 태워버리시지만 않는다면! 모든 것은 전능하신 주님 손에 달려 있지요. 하지만 여기처럼 이렇게 훌륭한 모습은 우리 동네에서는 전혀 찾아볼 수 없답니다. 전혀 거리가 멀죠!"

잉에르는 다른 친척 몇, 특히 마을 회계사 시베르트 삼촌의 소식을 물었다. 가족 중 그래도 유지이며 큰 그물과 배를 넣어둘 창고를 가진 사람이 아닌가. 그는 재산이 너무 많아서 어쩔 줄 모른단다. 이런 대화를 들으며 이사크는 점점 생각에 잠겼고, 건물을 지으려는 계획은 잊어버렸다. 마침내 그가 말했다. "올리네, 정말로 궁금하다면, 지금 내가 지으려 하는 건 타작마당이 있는 헛간이에요."

"그럴 줄 알았어요." 올리네가 말했다. "성실한 사람들은 앞뒤로 생각하고 모든 것을 따져본다니까요. 이 집에는 생각 안 하고 산 건 주전자 하나 그릇 하나도 없죠? 타작마당이라고요?"

이사크는 몸만 자란 아이나 마찬가지였다. 올리네의 칭찬에 그는 좀 들떴고, 어리석어지기 시작했다. "그래요, 새 건물 안에는 타작마당을 만들 거예요. 그럴 생각이라니까요!" 그가 말했다. "타작마당이라!" 머리를 이쪽저쪽으로 갸웃거리며 올리네가 놀라워하며 말했다. "그래요, 밭에 곡식이 자라는데, 타작할 수 없다면 무슨 소용이겠어요?" 그가 말했다. "정말로 별별 걸 다 생각하는군요!" 올리네가 맞장구쳤다.

잉에르는 다시 쌀쌀해졌다. 두 사람의 대화에 심기가 불편해진 그녀가 갑자기 말했다. "크림을 넣은 죽이라. 대체 어디에서 크림이 나겠어요? 강에서 길어 오란 말이에요?"

올리네는 위험을 피했다. "저런, 잉에르, 오해하지 마. 죽 때문에 미안해할 필요 없으니 말도 꺼내지 말고. 이 집 저 집 돌아다니는 나 같은 사람 때문에 무슨 그런 수고를!"

이사크는 한동안 더 앉아 있더니 말했다. "아니, 담장을 쌓을 돌을 깰 시간에 이렇게 계속 앉아만 있다니!" "그래요, 이런 담을 쌓으려면 돌이 많이 필요하겠죠!" "많이라고요?" 이사크가 대답했다. "그래요, 그게 문제죠." 이사크는 말을 이었다. 돌이 부족하기라도 하다는 듯이.

이사크가 나가고 나자 두 여자는 서먹서먹함을 풀었고, 마을에 대해 할 이야기는 정말 많았다. 몇 시간이 흘렀다. 저녁이 되자 올리네는 가축이 얼마나 늘어났는지 구경할 수 있었다. 암소 두 마리에 수소, 송아지 두 마리, 염소와 양 한 무리. "어디까지 이렇게 계속될까!" 올리네가 말하며 눈을 하늘로 돌렸다.

올리네는 그날 밤 농장에서 묵었다.

하지만 다음날이 되자 떠났다. 이번에도 그녀는 이런저런 선물을 받았다. 그녀는 돌을 캐고 있는 이사크와 마주치지 않기 위해 돌아가는 길로 갔다.

두 시간 후 올리네는 다시 농장으로 돌아오더니 물었다. "이사크는 어디 있지?"

잉에르는 설거지를 하고 있었다. 평소대로라면 올리네는 돌을 캐고 있는 이사크와 아이들을 만났을 것이므로, 그녀는 뭔가 문제가 있다는 것을 눈치챘다. "올리네, 이사크는 왜요?" "아, 별거 아냐! 작별 인사를 안 해서." 침묵이 흘렀다. 올리네는 다른 말 없이 더이상 못 서 있겠다는 듯이 털썩 앉았다. 뭔가 있는 듯한 내색을 하기 위해 일부러 그렇게 주저앉은 것이다.

잉에르는 더이상 자제할 수가 없었다. 그녀의 얼굴은 일그러졌고, 분노와 경악이 얼굴에 퍼졌다. 그녀가 말했다. "오스 안데르스가 나한테 올리네의 인사를 전해줬어요. 친절도 하지!" "무슨 말이야?" "토끼요." "무슨 소리를 하는 거야?" 올리네가 유난히 상냥하게 말했다. "아니라고 할 생각하지 마요!" 잉에르가 분노에 찬 눈으로 말했다. "나무 국자로 얼굴 한복판을 이렇게 때려줄 테니까요!" 그녀는 정말로 때렸을까? 물론이다. 그리고, 한번 맞은 올리네가 쓰러지지 않고 흥분해서 "조심해! 난 너에 대해 알 건 다 안다고!"라고 외치자 나무 주걱을 다시 들고 올리네를 쳐서 쓰러뜨리고는, 그녀를 깔고 앉아 무릎으로 가습을 눌렀다.

"죽일 거야?" 올리네가 물었다. 몸집이 크고 힘이 센 잉에르는 흉한 언청이 입을 하고 있고, 위협적인 나무 국자를 손에 들고 있었다. 올리네는 벌써 맞아서 혹이 생겼고 피를 흘렸지만, 오히려 더 으르렁거렸고 물러서지 않았다. "그럼 나까지 죽이겠다는 거야?" "그래요, 죽일 거예요" 하고 잉에르는 계속 때렸다. "그래요, 봐요, 죽일 거니까!" 그녀는 이제 올리네가 자신의 비밀을 안다고 확신했지만, 다 상관없었다. "자, 이제 네 주둥이를 비틀어버릴 테니까!" "내 주둥이라고? 네 주둥이나 봐! 하늘이 네 주둥이에다 십자가를 그려주셨지!"

올리네가 질겨서, 정말 지독하게 질겨 이길 수가 없어서 잉에르는 때리기를 멈추었다. 아무 소용 없었고 기운만 빠졌다. 하지만 그녀는 나무 국자를 올리네의 눈앞에서 휘두르며 위협했다. 복수하겠다고, 꼭 복수하겠다고. "부엌에 칼도 있어요. 자, 보라고!"

그녀는 칼을, 큰 식칼을 찾으러 일어섰다. 하지만 흥분이 일단 가라앉자 말로만 공격했다. 올리네도 일어나서, 온통 멍이 들고 혹이 나 피가 흐르는 채로 다시 의자에 앉았다. 다시 머리를 뒤로 넘기고 머릿수건을 가다듬고는 침을 뱉었다. 입이 부었다. "이런 짐승아!" 그녀가 말했다.

"숲에서 여기저기를 쑤신 거죠?" 잉에르가 외쳤다. "몇 시간을 뒤져서 작은 무덤을 찾았겠지. 파는 김에 올리네 무덤도 하나 파지 그랬어요?" "두고 봐!" 올리네가 대답했다. 그녀의 눈은 복수욕으로 타올랐다. "더이상 말은 안 하겠어. 하지만 이제 작은방이 딸려 있고 시계에서 음악이 나오는 거실 같은 건 잊어야 할걸!" "그게 그렇게 마음대로 되는 건 아니죠.""나 올리네가 마음대로 할 거야!"

두 여자는 계속 다투었다. 올리네는 별로 거친 태도도 아니었고 목소리를 높이지도 않아서, 악의에 가득찼음에도 불구하고 평온하다고 할 수 있을 정도였다. 그래도 그녀는 독이 올랐고 위험했다. "짐을 가지러 가겠어. 숲속에 두고 오는 게 아니었는데. 양털은 돌려줄래. 다 싫어!""내가 훔쳤다고 생각하는 거죠?""네가 한 짓이 뭔지는 네가 더 잘 알걸!"

이 문제로 둘은 계속 싸웠다. 잉에르는 어느 양의 털을 깎은 것인지 그 양을 보여주겠다고 했다. 올리네는 동요하지 않고 평온하게 말했다. "물론, 하지만 처음에 그 양이 어디에서 온 건지 어떻게 알겠어?" 잉에르는 양과 새끼 양이 어디에서 풀을 뜯었는지까지 밝혔다. "그리고 잘 들어요. 그 입 닥치라고요!" 그녀가 위협했다. "하하!" 올리네가 비웃었다. 그녀는 말문이 막히는 일이 없었고 조금도 물러서지 않았다. "내 입?" 그녀는 잉에르의 언청이 입을 가리키며 그 입은 신의 눈에도 가시이고 인간의 눈에도 가시라고 했다. 올리네는 뚱뚱했으므로, 잉에르는 그녀가 돼지라고 말했다. "이런 치사한 돼지! 그리고 전에 보내준 토끼 고마워요!""토끼? 난 정말 그 토끼하고는 아무 상관이 없다니까! 대체 어떻게 생긴 토끼였는데?""토끼가 어떻게 생겼냐고요?""너처럼 생겼겠지! 넌 토끼를 볼 필요도 없었을걸.""이제 됐으니까 꺼져요!" 잉에르가 외쳤다. "오스 안데르스에게 토끼를 들려 이리로 보낸 게 올리네죠? 그 벌을 받게 만들겠어요.""벌을 받는다고? 벌을 받게 한다고 했어?""질투하는 거죠? 내가 가진 온갖 것이 다 샘이 나는 거죠? 질투에 불타 죽을 지경이죠?" 잉에르는 말을 계속했다.

"내가 결혼을 하고 나에게 이사크와 여기 이 모든 것이 생긴 이후, 올리네는 시샘하느라 눈도 못 붙였을 거예요. 아이고 세상에, 대체 나한테 뭘 바라는 거죠? 올리네의 아이들이 아무것도 되지 못했는데, 그 아이들이 성공하지 못한 게 내 잘못인가요? 우리 아이들이 예쁘고 올리네의 아이들보다 좋은 이름을 가진 것을 눈뜨고 볼 수가 없죠? 하지만 나는 우리 아이들을 당신 아이들보다 잘 키울 수 있어요!"

올리네를 화나게 하는 데 이 이상 좋은 방법은 없었다. 그녀는 아이를 많이 낳았고 자기 것이라고는 좋건 싫건 아이들밖에 없었다. 그녀는 자기 아이들이 훌륭하다고 말하며 자랑했지만, 하지도 않은 일들을 가지고 자랑했고 약점은 숨기곤 했다. "뭐라고?" 그녀가 잉에르에게 답했다. "세상에, 네가 부끄러워 땅속으로 꺼지지 않다니! 우리 아이들은 너희 애들에 비하면 하늘의 천사지! 어떻게 우리 아이들을 감히 네 입에 담아? 우리 아이 일곱은 정말 하늘의 선물이었고 지금은 모두 어른이 되었지만 다들 멋지게 잘 컸어. 조심해, 너!" "그런데 리세는 감옥에 가지 않았나요? 그건 뭔가요?" 잉에르가 물었다. "리세는 아무 잘못도 없어. 꽃처럼 결백했지." 올리네가 말했다. "그리고 지금은 베르겐에서 결혼해서 모자를 쓰고 다닌다고." "그럼 닐스는요?" "대답하는 게 시간 낭비지. 하지만 너는 숲에 아이 하나를 묻었잖아? 그건 어떻게 한 거고? 네가 죽였지." "짐 챙겨서 나가요!" 잉에르가 다시 외치고 올리네에게 달려들었다.

하지만 올리네는 피하지 않았다. 일어나지도 않았다. 이런 대담함, 고집에 가까운 대담함에 잉에르는 기가 막혀 이렇게 말했다. "부엌칼을 가지고 오겠어!" "난 이만 갈 테니까 그만둬." 올리네가 말했다.

"하지만 친척을 이렇게 쫓아버리는 걸 보니 넌 짐승이구나!" "됐으니까 당장 나가!"

그래도 올리네는 가지 않았다. 두 여자는 한동안 싸움을 계속했고, 시계가 30분 또는 정시를 알릴 때마다 올리네는 큰 소리로 비웃어서 잉에르의 화를 돋웠다. 마침내 둘 다 마음을 가라앉혔고, 올리네는 갈 준비를 했다. "갈 길은 멀고 밤이 올 거야." 올리네가 말했다. "집에서 먹을 걸 좀 가지고 올걸."

잉에르는 대답하지 않았지만 다시 제정신을 찾았고, 대야에 물을 채우고 말했다. "자, 떠나기 전에!" 올리네는 떠나기 전에 세수를 해야 한다는 건 알았지만, 어디에 피가 묻었는지 몰라 엉뚱한 곳을 씻었다. 잉에르는 한동안 그냥 바라보더니 그녀에게 손가락으로 가리켜주었다. "저기, 관자놀이 좀 닦아요! 아니 그쪽 말고. 내가 가리켜줬잖아요." "어느 쪽인지 내가 어떻게 알겠어?" 올리네가 대답했다. "입에도 묻었어요. 혹시 물이 무섭기라도 한 건가요?" 잉에르가 물었다.

결국은 잉에르가 친척 올리네를 씻기고 수건을 던져주어야 했다.

올리네는 수건으로 닦으면서 말했다. "내가 하려던 말은, 이사크와 아이들은 이제 어떻게 할 거야?" 그녀는 이제 아주 평온했다. "이사크도 알아요?" 잉에르가 말했다. "이사크도 아냐고? 와서 봤지!" "뭐래요?" "뭐라겠어? 아무 말도 못했지. 나랑 마찬가지로."

침묵이 흘렀다.

"올리네, 다 올리네 때문이에요!" 잉에르가 내뱉고는 울음을 터뜨렸다. "나 때문? 대체 뭔 소리야?" "내가 오스 안데르스에게 물어볼 거예요. 진짜라니까요!" "그래, 그래라!"

둘은 침착하게 이야기를 나누고, 올리네는 이제 복수욕이 좀 가라앉은 듯했다. 그렇지. 계략을 짜는 데 능하고 언제나 해결책을 찾아내는 올리네는 이제 동정심마저 보이려는 것 같았다. 그녀는 이사크와 아이들이 딱하게 되었으니 자신이 이곳으로 올라오겠다고 했다. 잉에르는 그래달라고 대답하고는 더욱 울었다. "밤낮으로 고민에 고민을 거듭했어요." 올리네에게 갑자기 해결책이 생각났다고 했다. 자신이 도움이 될 수 있겠다, 잉에르가 감옥에 갈 경우 자신이 농장에 올라와 머무를 수 있다는 것이었다.

잉에르는 울음을 그쳤다. 그녀는 갑자기 귀를 기울였고 깊이 생각했다. "아니, 올리네가 아이들을 돌보는 건 안 돼요." "나보고 아이들을 돌보지 말라고? 놀리는 거야?" "음." "세상에 내가 사랑하는 게 있다면 아이들이지." "그건 올리네 아이들일 때 얘기죠. 하지만 내 아이들에게 올리네가 어떻게 대하겠어요? 그리고 내 인생을 망치려고 토끼를 보낸 걸 생각하면, 그건 다 올리네 잘못이잖아요." "내가?" 올리네가 물었다. "나라고?" "그래요, 올리네 말이에요." 잉에르가 대답하고는 흐느끼기 시작했다. "올리네가 나에게 그렇게 악하게 굴었는데 내가 어떻게 올리네를 믿어요? 그리고 여기 오면 올리네는 우리 양털을 다 훔쳐가겠죠. 염소젖 치즈도 하나씩 우리 가족이 아니라 올리네 가족 차지가 될 거고." "넌 짐승이야." 올리네가 말했다.

잉에르는 울다가 눈물을 닦았고, 가끔 말을 한두 마디 했다. 올리네는 자기가 억지로 밀고 들어오려는 건 아니라고, 자신은 전처럼 아들 닐스 집에 갈 수도 있다고 했다. 하지만 잉에르가 감옥에 가면 이사크는 죄없는 아이들과 홀로 남아 딱하게 될 거라고, 그러면 자기가 와서 아이들을 돌봐줄 수 있다고. 그녀는 꽤 그럴듯하게 제안하고, "아무 문제 없을 거야. 생각해봐"라고 말했다.

잉에르는 용기를 잃었다. 그녀는 울며 머리를 흔들고 바닥을 보았다. 그러더니 몽유병에라도 걸린 것처럼 창고로 가서 손님을 위해 음식을 좀 챙겼다. "아니, 폐를 끼칠 생각은 없어." 올리네가 말했다. "하지만 도시락도 없이 산을 넘을 수야 없으니까요." 잉에르가 대답했다.

올리네가 떠나고 나자 잉에르는 밖으로 나가 귀를 기울이고 주위를 돌아보았다. 돌 깨는 소리는 전혀 들리지 않았다. 더 가까이 가니 아이들이 돌을 가지고 노는 소리가 들렸다. 이사크는 앉아 있었다. 그는 두 무릎 사이에 삽을 끼고 지팡이인 양 거기에 몸을 기대고 있었다. 그는 그렇게 앉아 있었다.

잉에르는 소리 없이 숲이 끝나는 곳으로 갔다. 거기에 그녀는 작은 십자가 하나를 꽂아두었다. 하지만 지금 십자가는 뽑혀서 땅에 놓여 있고, 원래 십자가가 있던 자리는 잔디가 치워지고 땅이 파여 있었다. 잉에르는 앉아서 손으로 흙을 다시 긁어모았다. 그녀는 그렇게 앉아 있었다.

올리네가 얼마나 깊이 팠는지 궁금해서 와본 것이었지만, 가축이 아직 집으로 돌아오지 않아서 그녀는 그냥 그렇게 앉아 있었다. 그녀는 울며 머리를 흔들고 바닥을 보았다.

7

하루하루가 지나갔다.

해도 비치고 비도 오는, 농사에는 딱 좋은 날씨였고, 결실도 그만큼 많이 달렸다. 농장에서는 건초 수확이 거의 끝났고, 수확은 아주 좋았다. 지붕 아래에 다 저장하기 힘들 정도여서, 둘은 건초를 튀어나온 바위 밑에도 넣고, 집 바닥 밑에도 두고, 식량 창고를 비우고는 거기에도 천장까지 가득 채웠다. 잉에르의 손길은 아침부터 저녁까지 꼭 필요한 큰 도움이었다. 이사크는 비가 올 때면 새 헛간을 짓는 일에 몰두했고, 건초를 마음껏 보관할 수 있도록 적어도 남쪽 벽을 끝내려고 애썼다. 일은 착착 진행되었고, 다 잘될 것 같았다.

큰 슬픈 사건은 이미 벌어진 것이고 걱정거리로 남았다. 일은 저질러졌으니 반드시 결과가 따를 터였다. 선한 일은 흔적 없이 사라질 때도 있지만, 악한 일에는 반드시 결과가 있다. 이사크는 처음부터 일을 침착하게 받아들였고, 아내에게 그저 "어쩌다 그랬지?"라고 할 뿐이었다. 그 질문에 잉에르는 아무 대답도 하지 않았다. 시간이 좀 흐른 다음 이사크가 다시 물었다. "목을 졸랐나?" "그래요." 잉에르가 대답했다. "그러는 게 아니었는데." "그러게요." 잉에르가 대답했다. "어떻게 당신이 그럴 수 있었는지 이해가 안 가." "나하고 똑같이 생겼었지요." 잉에르가 말했다. "무슨 말이야?" "입 말이에요." 이사크는 한참을 생각하더니 대답했다. "음, 알았어."

그 일에 대해 그 이상은 한동안 아무 말도 없었다. 하루하루가 전과 마찬가지로 조용히 지나가고 건초가 많이 나와서 저장한 것 외에, 그리고 밭일이 유난히 많았던 것 외에 다른 일이 없자, 범죄는 점차 기억속에서 희미해져갔다. 그렇다고 그 일이 두 사람, 이 집을 떠난 것은 아니었다. 부부는 올리네가 입을 다물 거라고는 기대하지 않았다. 그 점에는 의심의 여지가 없었다. 올리네가 말을 안 한다고 해도, 말 없는 증인들, 집의 벽, 작은 무덤을 둘러싼 숲의 나무들에게 목소리가 없을까? 오스 안데르스도 뭔가를 내비칠지 몰랐고, 잉에르도 꿈에서나 생시에 말을 내뱉어버릴지 몰랐다. 그녀는 최악의 경우에 대비하고 있었다.

일을 침착하게 받아들이는 것 외에 이사크에게 다른 도리가 있을까? 이제야 그는 잉에르가 왜 출산을 매번 홀로 치르려고 했는지 이해했다. 그녀는 아이가 어떻게 생겼을까 매번 혼자 걱정했고, 위험을 예방할 생각이었던 것이다. 세 번이나. 이사크는 머리를 흔들었고, 잉에르의 불행이 딱하다는 생각이 들었다. 가엾은 잉에르. 그리고 라플란드 사람이 토끼를 가지고 온 일에 대해 듣자 그는 잉에르가 무죄라고 여겼다. 이 일은 둘 사이의 사랑을 깊어지게 했다. 미친 듯한 사랑으로 둘은 서로를 쓰다듬었고, 그녀는 그에게 온갖 정성을 다했으며, 건장하고 힘이 넘치는 그는 그녀에 대한 갈망을 걷잡을 수 없었다. 그녀는 늘 라플란드식 신발을 신기는 했지만 성격에는 라플란드인들과 공통점이 없었다. 그녀는 작지도 시들시들하지도 않았고, 오히려 크고 건장했다. 여름이면 맨발에 허리는 조여맨 채 종아리를 드러내고 다녔고, 이사크는 그녀의 다리에서 눈을 뗄 수가 없었다.

그녀는 여름내 찬송가를 조금씩 불렀고 엘레세우스에게 기도문을 가르쳤다. 하지만 그녀는 그런 신앙에 어울리지 않게 라플란드인들을 증오했고, 지나가는 라플란드인들에게는 자기 생각을 바로 말했다. 누군가가 그들을 보냈는지도 모르고, 또 가죽 가방에 토끼를 들고 왔는지도 모르지. 그녀는 그들에게 그냥 지나가라고 했다. "토끼? 무슨 토끼요?" "오스 안데르스가 무슨 짓을 했는지 못 들었어요?" "못 들었는데요." "그럼 말해줄게요. 내가 임신했을 때 그가 토끼를 가지고 왔어요." "세상에, 그런 일도 있어요? 그래서 무슨 피해가 있었나요?" "당신하고 상관없으니까 가요! 여기 음식이 조금 있어요. 이제 가요!" "신발 좀 고쳤으면 하는데, 가죽 한 조각 없어요?" "없어요. 하지만 지금 당장 가지 않으면 콱 찔러줄 테니까!"

어느 라플란드인은 공손하게 구걸했지만 아무것도 얻지 못하자 복수심이 생겨 위협을 했다. 어느 날은 한 부부가 아이 둘을 데리고 농장으로 왔다. 부부는 구걸하러 아이들을 집안으로 보냈지만 아이들은 나와서 집에 아무도 없다고 했다. 가족은 한동안 서서 라플란드어로 이야기를 주고받았고, 이번에는 남자가 가서 들여다보았다. 그는 나오지 않았고, 이번에는 여자가 들어가보았고, 마지막으로 아이들도 들어갔다. 결국 모두가 거실에 서서 라플란드어로 서로 귀엣말을 했다. 남자는 작은방을 들여다보았지만 거기에도 사람이 없었다. 그때 시계에서 종이 울렸고, 가족 모두는 깜짝 놀라 서 있었다.

잉에르는 낯선 사람들이 집에 온 것을 눈치채고서 비탈을 달려 내려왔다. 라플란드인들, 그것도 모르는 사람들인 것을 본 그녀는 바로 말했다. "뭐하는 거예요? 아무도 없는 거 안 보여요?" "아, 봤죠." 남자가 말했다. "그럼 꺼져요!" 잉에르가 말했다.

가족은 천천히, 마지못해 밖으로 나왔다. "그냥 서서 시계 소리를 들었죠." 남자가 말했다. "혹시 빵 하나 주실 수 없나요?" 여자가 말했다. "어디에서들 왔어요?" 잉에르가 말했다. "반대편 바트난에서 왔지요. 밤새 걸었어요." "어디로 가세요?" "산을 넘을 거예요."

잉에르는 안으로 들어가 먹을거리를 꾸렸다. 그녀가 나오자 여자는 모자를 만들 천, 양털 한 꾸러미, 염소젖 치즈 한 조각을 청했다. 뭐든지 다 도움이 된단다. 잉에르는 시간이 없었고 이사크와 아이들은 아직 풀을 벤 초원에 있었다. "이제 가요." 그녀가 말했다.

여자는 이번에는 아첨을 동원해보았다. "들판에서 당신들 가축을 봤어요. 하늘의 별만큼 많던데요." "대단했어요!" 남자도 말했다. "라플란드 신발은 좀 없나요?"

잉에르는 문을 닫고 다시 일하러 갔다. 그때 남자가 그녀에게 뭐라고 외쳤지만 그녀는 못 들은 척하고 계속 걸었다. 하지만 그녀는 분명히 알아들었다. "당신이 토끼를 산다는 게 사실인가요?"

오해의 여지가 없었다. 그 라플란드 사람은 그냥 좋은 뜻으로 그렇게 물은 것일 수도 있고, 누군가가 그에게 말했을지도 모르고, 어쩌면 악의를 가지고 물었는지도 모른다. 어쨌건 잉에르에게 이 말은 경고였다. 운명이 다가오는 소리가 들린다······

하루하루가 지나갔다. 이 집 식구들은 건강했고, 무슨 일이 닥치든 할 일을 하며 기다렸다. 이들은 숲의 짐승들처럼 살을 맞대고 살았고, 먹고 잤다. 이미 햇감자가 익었나 꺼내볼 때가 되었다. 감자는 크고 찰기가 없었다. 운명의 순간은 왜 아직 닥치지 않는 것일까? 이미 8월도 거의 지나갔고, 곧 9월이었다. 겨울이 무사히 지나갈까? 이들은 언제나 긴장을 늦추지 않았고, 밤이면 함께 굴속으로 기어들어가 하루가 무사히 지났음을 기뻐했다. 그렇게 10월이 되었고, 어느 날 지방 행정관이 사람을 한 명 데리고 서류철을 들고서 나타났다. 법률이 집안으로 닥치는 순간이었다.

조사에는 시간이 걸렸고, 잉에르는 혼자 조사를 받았다. 그들은 숲속의 무덤을 파헤치고 비웠으며, 작은 시체는 검사하도록 보냈다. 작은 시체는 엘레세우스가 세례받을 때 입었던 옷을 입고 있었으며, 머리에는 구슬이 달린 모자를 쓰고 있었다.

이사크는 바로 할말을 찾았다. "그래, 그래, 이제 우린 정말 더이상 심각할 수 없는 큰 문제가 생긴 거군." 그가 말했다. "나야 그러는 게 아니었다고 다시 말하는 것 외에 무슨 할말이 있겠어." "없지요." 잉에르가 대답했다. "어떻게 한 거요?" 잉에르는 대답을 하지 않았다. "어떻게 그런 끔찍한 일을 할 수 있었어?" "나하고 똑같았거든요. 그래서 아이 얼굴을 파묻었지요." 이사크는 고개를 흔들었다. "그랬더니 죽었어요." 잉에르가 대답하고는 큰 소리로 울음을 터뜨렸다. 이사크는 한동안 말이 없었다. "그래, 그래, 이젠 울기에는 너무 늦었지." 그가 말했다. "목덜미에는 갈색 머리카락이 돋아 있었어요." 잉에르가 흐느꼈다.

그러고는 그만이었다.

다시 하루하루가 지나갔다. 잉에르는 체포되었고, 국가는 그녀에게 관대했다. 지방 행정관 헤이에르달은 다른 사람들을 심문할 때와 같은 태도로 그녀를 심문했고, 그저 "그렇게까지 하다니, 참 슬픈 일이군요"라고 말했을 뿐이었다. 잉에르가 누가 자신을 고발했는지 묻자, 지방 행정관은 아무도 신고하지 않았지만 여기저기서 암시가 있었다고 했다. 그녀 자신이 라플란드인 몇 명에게 그런 눈치를 준 것이 아닌지? 잉에르는 오스 안데르스가 여름에 그녀에게 토끼를 가지고 와서 그녀가 임신했던 아이를 언청이로 만들었다는 이야기를 라플란드인 몇에게 했다고, 그리고 토끼를 보낸 건 분명 올리네라고 대답했다. 하지만 지방 행정관은 그 일은 전혀 몰랐다. 어쨌건 그런 무지와 미신은 기록에 남기지도 않겠다고 했다. "제 어머니가 저를 임신했을 때 토끼를 봤지요······" 잉에르가 말했다.

헛간은 완성되었다. 양 옆쪽은 건초를 보관하기 위한 창고였고, 가운데에는 타작마당이 있었다. 둘은 식량 창고와 다른 곳에 임시로 저장했던 건초를 모두 헛간으로 옮겼다. 추수한 이삭은 건조대에 말려 역시 헛간에 넣었다. 이사크는 당근과 무를 캐냈고, 이제 모든 것이 지붕 밑에 있었다. 농장은 부유해졌고, 모든 일이 잘되고 있다고 해도 괜찮을 듯했다. 이사크는 얼음이 얼기 전에 다시 새 땅을 개간했고, 더 많은 땅에 곡식을 심었다. 그는 땅을 개간하는 데 소질이 있었다. 정말로 그랬다. 그런데 11월이 되자 잉에르가 말했다. "이제 그 아이는 6개월이 되었을 거고, 이 모든 걸 봤겠지요!" "어쩔 수 없지." 이사크가 대답했다.

겨울이 왔다. 이사크는 새로 만든 타작마당에서 곡식을 타작했고, 잉에르도 오래 그를 도왔고, 이사크만큼이나 도리깨질을 잘했다. 아이들은 건초 사이에서 놀았다. 이삭은 크게 잘 여물었다. 연말쯤 되자 눈이 굳어 썰매 타기 좋은 길이 생겼고, 이사크는 마을에 내다팔 장작을 준비하기 시작했다. 그에게는 단골들이 있었고, 여름에 그가 말렸던 목재는 좋은 값을 받았다.

이느 날 그는 금뿔이가 낳은 살진 송아지 한 마리를 마을로 데리고 가서 염소젖 치즈와 함께 게이슬레르 부인에게 주기로 잉에르와 결정했다. 부인은 아주 기뻐하며, 얼마냐고 물었다. "돈은 필요 없습니다. 남편분이 이미 주셨어요." "하늘이 그이를 축복하시기를. 그이가 그랬단 말이죠?" 게이슬레르 부인은 감동해서 말했다. 그녀는 엘레세우스와 시베르트를 위해 그림책과 케이크와 장난감을 주었다. 이사크가 집에 오자 잉에르는 그 물건을 보고 몸을 돌리더니 울기 시작했다. "무슨 일이야?" 이사크가 물었다. "아무것도 아니에요." 잉에르가 대답했다. "지금은 그 아이가 한 살이 되어 이걸 다 보았겠지요." "그렇지. 하지만 그 아이가 어땠는지는 당신도 알잖아." 이사크가 그녀를 위로하기 위해 말했다. "그리고 일이 그렇게 커지지 않을 수도 있어. 게이슬레르가 어디에 있는지 알아봤지." 잉에르는 귀를 기울였다. "음, 그가 우리를 도울 수 있나요?" 그녀가 물었다. "그야 나도 모르지."

그러고 나서 이사크는 곡식을 방앗간으로 가지고 가서 빻았고, 밀가루를 집으로 가져왔다. 그리고 다시 숲으로 가서 내년에 장작이 될 나무를 베었다. 그의 삶은 노동으로 채워져 있었고 계절에 따라 밭에서 숲으로, 숲에서 다시 밭으로 움직였다. 이사크가 이 농장에서 일한 지도 이미 여섯 해가 되었고 잉에르에게는 다섯번째 해였다. 그대로 간다면 더이상 바랄 게 없었다. 하지만 그대로 계속되지는 않았다. 잉에르는 베틀의 북을 좌우로 놀리고 가축을 돌보았고, 찬송가도 열심히 불렀다. 하지만 아, 그녀의 노래는 울리지 않는 종과도 같았다.

다시 길이 트이자 잉에르는 심문을 받으러 마을로 불려갔다. 집에는 이사크만 남았다. 혼자 남은 이사크는 스웨덴으로 건너가 게이슬레르를 찾아볼까 생각했다. 그 예전 지방 행정관은 호의적이니 이번에도 셀란로의 사람들에게 잘해줄지 모른다. 하지만 잉에르가 돌아왔을 때, 그녀는 이미 물어볼 것을 다 물어보았고 재판 결과가 어찌될지도 어느 정도 알고 있었다. 1항에 따르면 종신형이 되어야 하지만…… 그녀는 그냥 법정에 서서 모든 사실을 시인했다. 그 지역에서 온 두 증인은 그녀를 불쌍히 여겼고, 판사는 그녀를 부드럽게 심문했다. 그래도 그녀는 똑똑한 법률가들에게는 굴복할 수밖에 없었다. 법률가들은 너무나 유능했고 법 조항을 너무나 잘 알았다. 다 외워서 기억하고 있었으니까. 그렇게 머리가 좋았던 것이다. 그리고 이들은 자기 일을 잘할 뿐만 아니라 이해심도 있었고 인정머리도 없지 않았다. 잉에르는 그 재판에 대해 불평할 것이 없었다. 그녀는 토끼 이야기는 하지 않았지만, 자신은 기형아인 아이에게 그대로 살게 두는 것처럼 심한 짓은 안 하고 싶었다고 말하자 판사는 진지하게 머리를 살짝 끄덕였다. 그는 말했다. "하지만 당신도 언청이지만 잘 살고 있지 않습니까?" "네, 정말 감사한 일이지요." 잉에르는 그렇게만 대답했다. 그리고 자신이 어릴 때와 자라는 동안 겪은 온갖 남모를 고통에 대해서는 말하지 않았다.

판사는 그래도 뭔가를 느끼는 모양이었다. 그 자신도 안짱다리 때문에 평생 춤이라고는 출 수 없었다. "재판…… 결과는 아직 몰라요. 원래는 종신형이어야 하지만…… 모르겠어요. 그 아래, 2급이나 3급이 될 수 있을지도. 그러면 십오 년에서 십이 년, 아니면 십이 년에서 구 년이 되지요. 형법을 좀 인간적으로 만들려고 하는 분들이 있는데, 그 일을 끝내지는 못하고 있대요." "그래도 희망을 가져야지." 그가 말했다.

잉에르는 여유를 좀 되찾았고, 기운이 빠져서 돌아왔다. 그녀를 감옥에 넣을 필요는 없다고들 생각한 모양이다. 몇 달이 지나갔고, 어느 날 저녁 이사크가 낚시를 하고 돌아왔을 때, 그는 지방 행정관이 새 직원과 함께 셀란로에 들렀다는 걸 알았다. 잉에르는 이사크에게 상냥하고 친절하게 대했고, 별로 고기를 많이 잡지 못했음에도 그를 칭찬했다. "무슨 말을 하려고 했더라? 낯선 사람들이 왔었어?" 그가 물었다. "낯선 사람들이라고요? 왜 그렇게 물어요?" "밖에서 새로 난 발자국을 보았거든. 장화 자국이었지." "지방 행정관이 다른 한 사람과 왔었어요. 그게 전부예요." "그랬군. 그 사람들은 무슨 일로 온 거요?" "생각해보면 당신도 알 텐데요." "당신을 체포하러 왔었나?" "나를 체포한다고요? 아니에요. 그저 재판 결과가 나왔을 뿐이에요. 그리고 이사크, 결과는 내가 바로 말할 수 있어요. 주님은 내게 자비를 베푸셨지요. 걱정한 것만큼 심하지는 않아요." "흠." 이사크가 긴장해서 말했다. "그럼 그렇게 길지 않다는 거요?" "그래요, 그냥 몇 년이에요." "몇 년?" "네, 네, 당신은 길다고 생각하겠지요. 하지만 적어도 목숨은 건졌어요."

잉에르는 햇수를 말하지 않았다. 저녁 늦게 이사크는 언제 사람들이 그녀를 데리러 올 것인지 물었다. 그녀는 생각에 잠겼고, 어떻게 될지 자신도 모르지만 올리네가 올 거라고 이야기했다. 이사크에게도 다른 대안은 없었다. 그런데 올리네는 어디에 간 것일까? 금년에는 다른 해와는 달리 오지 않았다. 이 집안 일을 모두 망쳐놓고 아주 사라져버린 것일까? 밭일을 끝냈지만 올리네는 오지 않았다. 가서 데리고 와야 하는 걸까? 아, 그녀는 아마 어느 날 터덜터덜 나타날 것이다. 그 뚱뚱한 짐승.

마침내 어느 날 그녀가 왔다. 세상에 뭐 저런 여자가 있을까! 마치 그녀와 부부 사이에 아무 일도 없었던 양, 그녀는 엘레세우스에게 양말도 몇 켤레 짜다주었다. "산 이쪽에서는 어떻게들 지내는지 궁금했지." 그녀가 입을 열었다. 알고 보니 그녀는 옷과 다른 물건들을 자루에 넣어 숲에 두고 왔으며, 여기 계속 머무를 작정이었다.

저녁에 잉에르는 남편에게 다가가 말했다. "게이슬레르를 찾아보겠다고 하지 않았어요? 요새는 일이 좀 적잖아요." "그랬지." 이사크가 대답했다. "올리네도 왔으니 내일 아침 일찍 떠나리다." 잉에르는 그래 주면 고맙겠다고 한 후 "집에 있는 현금을 다 가져가요"라고 말했다. "당신이 보관하면 안 될까?" "안 돼요."

잉에르는 그를 위해 먹을거리를 충분히 마련했고, 이사크는 밤에 일어나 출발 준비를 했다. 잉에르는 문까지 그를 배웅했지만 이제는 울지도 한탄하지도 않았고, 그저 "이제 언제라도 나를 잡으러 올 수 있겠지요"라고 말할 뿐이었다. "뭐 아는 거라도 있나?" "어떻게 뭘 알겠어요? 오래 기다리게 하진 않겠지요. 하지만…… 당신이 게이슬레르를 찾아서 유익한 조언을 들을 수만 있다면!"

게이슬레르가 할 수 있는 게 뭐가 있겠는가? 아무것도 없었다. 이사크는 그래도 떠났다.

그러나 잉에르는 분명 아는 게 있었다. 어쩌면 그녀가 누군가를 통해 소식을 보내 올리네를 불렀는지도 모른다. 이사크가 스웨덴에서 돌아오자 잉에르는 이미 잡혀갔고, 올리네만 두 아이와 함께 있었다.

큰 소리로 잉에르를 불렀지만 대답이 없다는 것은 집에 온 이사크에게는 슬픈 소식이었다. "갔나요?" 그가 물었다. "그래요." 올리네가 대답했다. "언제였죠?" "당신이 떠난 바로 다음날이었어요." 이제 이사크는 그녀가 판결을 홀로 받기를 원했고 그래서 그에게 돈을 다 가지고 가라고 했다는 것을 깨달았다. 아, 잉에르도 갈 때 돈을 몇 푼 가지고 갔으면 좋았으련만!

하지만 아이들은 곧 이사크가 데려온 작고 노란 돼지에게 온통 정신이 팔렸다. 그는 다른 것은 가지고 오지 않았다. 게이슬레르의 주소는 이미 바뀌어서, 그는 스웨덴이 아니라 트론헤임*에 있었다. 그래도 그는 새끼 돼지를 스웨덴에서 품고 왔다. 그는 병에 우유를 담아 돼지에게 먹였고, 산에서는 돼지를 가슴 위에 놓고 잤다. 그는 잉에르에게 기쁨을 주고 싶었지만, 이제는 엘레세우스와 시베르트가 돼지를 데리고 놀며 즐거워하고 있었다. 그 덕에 이사크는 마음을 좀 다른 데로 돌릴 수 있었다. 게다가 올리네가 지방 행정관의 인사를 전하며, 국가가 셀란로를 그에게 파는 데 합의했으니 행정관 사무실로 와서 돈을 내라고

---

* 노르웨이 북부의 도시.

했다고 전해주었다. 이사크를 절망에서 건져준 반가운 소식이었다. 여행으로 지쳤고 다리가 무거웠지만, 그는 다시 먹을거리를 준비해서 바로 마을로 내려갔다. 잉에르를 다시 만날 수 있지 않을까 하는 희미한 희망을 품었던 것이다.

희망은 현실이 되지 않았다. 잉에르는 이미 이송된 후였다. 8년 형을 받고. 이사크는 막막하고 우울해서, 지방 행정관이 하는 말도 다 알아들을 수 없었다. 이런 일이 생긴다는 것 자체가 슬펐다. 그는 잉에르가 이 기회에 뭔가를 배우기를, 더 나은 사람이 되어 더이상 자기 아이들을 죽이지 않기를 바랐다.

헤이에르달 지방 행정관은 지난해에 결혼한 사람이었다. 아내는 어머니가 되기를 원하지 않았고 아이를 가질 생각이 없었다. 싫단다. 그리고 실제로 아이가 없었다.

"이제 셀란로 건을 마무리할 수 있겠군요." 지방 행정관이 말했다. "노르웨이 왕국 정부는 구매에 대한 내 제안에 거의 합의한 셈입니다." "그래요." 이사크가 말했다. "시간이 많이 걸렸지만, 내 수고가 헛되지 않았으니 만족스럽습니다. 내가 쓴 것은 거의 모두 글자 그대로 수용되었어요." "글자 그대로." 이사크가 반복하며 고개를 끄덕였다. "문서 여기 있습니다. 다음번 지방 의회에서 낭독하게 하실 수 있어요." "알겠습니다." 이사크가 말했다. "돈을 얼마나 내야 하죠?" "해마다 10달레르지요. 정부가 여기는 좀 수정을 했어요. 해마다 5달레르가 아니라 10달레르라는 겁니다. 어때요?" "돈만 된다면요." 이사크가 말했다. "십 년 동안이에요." 이사크가 놀라서 고개를 들었다. "그래요, 정부는 그 점에서는 타협을 안 하려고 하네요. 그리고 사실 그건 돈도 아니에요. 이건 지금 개간하고 경작까지 한 넓은 땅이 아닙니까."

이사크는 그해분 10달레르를 냈다. 장작과 잉에르가 아껴둔 염소젖 치즈를 팔고 받은 돈이었다. 다 내고도 얼마가 남았다.

"당국이 당신 부인 일을 모르는 게 다행이에요." 지방 행정관이 덧붙였다. "그렇지 않았다면 다른 구매자에게 땅이 갔을지도 모릅니다." "그런가요." 이사크가 말하며 물었다. "팔 년 동안 가 있는 거죠?" "그래요, 어쩔 수 없지요. 정의가 실현되어야 하니까요. 하지만 그건 형이 정말 가벼운 겁니다. 그다음 할 일은 당신 땅과 국유지 사이의 경계를 분명하게 표시하는 거예요. 내가 정하고 기록에 적은 기준점에 따라 똑바른 선이 나오도록 나무를 베세요. 벤 나무는 당신 소유입니다. 나중에 가서 일이 어떻게 되었는지 보겠어요."

이사크는 집으로 돌아왔다.

8

한 해 한 해가 금방 지나간다고? 늙는 사람에게는 그렇다.

이사크는 늙지도 쇠약해지지도 않았으니 그에게는 한 해가 길었다. 그는 농장에서 일했고, 적갈색 수염을 마음대로 자라게 두었다.

때때로 라플란드인이 지나가거나 가축에게 이런저런 일이 있으면 일상의 단조로움이 잠시 중단되었다. 하루는 남자 여럿이 나타났다. 그들은 셀란로에서 휴식을 취하고 우유를 마시고는 이사크와 올리네에게 산을 넘는 길을 물었다. 전신선이 놓일 자리를 한번 걸어가볼 거라고 했다. 다른 날은 게이슬레르가 나타났다. 다름 아닌 그 게이슬레르가! 그는 명랑하고 즐겁게 마을에서 바로 올라왔는데, 광업용 장비와 곡괭이, 삽을 가지고 두 남자와 함께 왔다.

게이슬레르! 그는 하나도 변한 데 없이 전과 똑같았다. 그는 잘 지내느냐고 인사한 후 아이들과 이야기를 나누더니, 집으로 들어왔다가 다시 밖으로 나오고, 밭을 둘러보고, 우리와 헛간 문을 열고 들여다보았다. "훌륭하군요!" 그가 말했다. "이사크, 그 작은 돌들 아직도 가지고 있나요?" "작은 돌들이라고요?" 이사크가 물었다. "그래요. 내가 저번에 들렀을 때 아이가 가지고 놀던 작고 무거운 돌 말입니다."

돌은 식량 창고에서 쥐덫을 누르는 데 쓰이고 있었고, 이사크는 그 돌들을 꺼내왔다. 전직 지방 행정관과 두 남자가 그 돌을 살펴보고 돌에 대해 이야기를 하더니 두드려보고 손으로 무게를 재보았다. "흑동석*이군요!" 그들이 말했다. "산에 가서, 이 돌을 찾은 곳을 보여줄 수 없나요?" 전직 지방 행정관이 물었다.

다들 함께 산으로 갔고, 돌을 발견한 곳까지는 멀지 않았다. 하지만 이들은 며칠을 더 걸었고, 금속을 찾고 여기저기에서 돌을 부수어보았다. 이들은 두 자루 가득 무거운 돌을 메고 농장으로 돌아왔다.

그사이 이사크는 게이슬레르와 함께 온갖 문제를 다 논의했다. 농장 값이 50달레르가 아니라 백 달레르로 정해졌다는 것도. "아, 그건 별 문제 아니지요." 게이슬레르가 아무렇지도 않다는 듯이 말했다. "그 산에는 값이 수천 달레르 나가는 보물이 묻혀 있는지도 모릅니다." "그런가요." 이사크가 말했다. "하지만 가능한 한 빨리 법원의 인가를 받도록 하세요." "그러지요." "국가가 다시 문제를 일으키지 못하도록 말이죠. 무슨 말인지 알겠어요?" 그가 말했다. 이사크는 알아들었다. "알아요, 압니다. 하지만 제일 큰 문제는 잉에르지요." 그가 대답했다.

---

* 구리 광석의 한 종류.

"아, 그럼요." 게이슬레르는 그렇게 말하더니 평소와 달리 한참 생각했다. "그 사건은 다시 재판할 수 있을 겁니다. 사건의 전모가 드러나면 형이 줄어들 수도 있어요. 사면이나 뭐 그 비슷한 걸 받아낼 수 있을지도 모르고요." "그렇게 생각하시나요?" "바로 사면을 받아내지는 못하겠지요. 그러려면 시간이 좀 지나야 해요. 하지만 내가 하려던 말은, 당신은 우리 가족에게 송아지와 염소젖 치즈를 가져다주었지요? 내가 빚진 게 얼마죠?" "없어요. 미리 주셨잖아요." "내가요?" "그리고 그렇게 도움을 많이 주셨고." "아닙니다." 게이슬레르는 짧게 대답하며 달레르 몇 장을 식탁 위에 놓고 말했다. "받아요!"

그는 공짜를 바라는 사람이 아니었고, 아직 돈이 많은 듯 지갑은 두둑했다. 그렇지만 그가 정말로 그렇게 부유한지는 아무도 모를 일이었다.

"하지만 편지에는 잘 지낸다고 하데요." 자기 일만으로도 정신이 없던 이사크가 말했다. "아, 당신 부인 말입니까?" "네, 딸이 생긴 이후로 말이죠. 건강하고 예쁜 딸을 낳았거든요." "훌륭합니다!" "네, 그리고 다른 사람들도 서로 돕는다는군요. 다들 그녀에게 잘해주고요. 편지에 그렇게 썼어요."

게이슬레르가 말했다. "여기 이 작은 돌 몇 개를 광물을 잘 아는 양반들에게 보내겠어요. 그럼 여기 뭐가 포함되어 있는지 알겠지요. 정말로 구리가 들어 있다면, 돈을 많이 받을 겁니다." "그런가요." 이사크가 말했다. "어때요. 언제쯤 사면을 받을 수 있을까요?" "시간이 좀 걸리겠지요. 그런데 뭐라고 하셨죠? 부인이 이곳을 떠난 다음에 딸을 낳았다고 했던가요?" "네." "그럼 임신중인데 잡아갔단 말인가요? 그건 금지되어 있는데." "그래요?" "그렇죠. 이것 또한 시간이 좀 지나면 그녀가 풀려날 이유가 됩니다." "그럼 딱 좋네요." 이사크가 고마워하며 말했다.

하지만 이사크가 몰랐던 것은, 당국이 임신한 여자와 관련된 서류를 이미 수도 없이 이리저리 보냈다는 사실이다. 두 가지 이유로 당국은 그녀를 체포해서 데리고 가는 일을 뒤로 미루었다. 한편으로는 그녀를 수감할 공간이 없었고, 다른 한편으로는 그녀를 관용적으로 대하고자 했기 때문이다. 하지만 그 결과가 이리 될 줄은 아무도 몰랐다. 마침내 잉에르가 체포되었을 때, 아무도 그녀의 몸 상태에 대해 묻지 않았고 그녀 사신노 말하지 않았다. 어쩌면 고의로 말을 안 했는지도 모른다. 힘든 때 아이를 옆에 두기 위해서. 감옥에서 잘 보이면 때때로 아이를 만날 수 있을지도 모르니까. 아니면 그냥 무뎌져서 홑몸이 아닌데도 불구하고 그냥 체포에 동의했는지도 모르고……

이사크는 자기 땅에서 일을 했고, 밭에서 물을 빼고 흙을 갈았으며, 자기 땅과 국유지 사이에 경계선을 그었다. 이때 벤 나무는 일 년치 장작이 되었다. 하지만 칭찬을 해줄 잉에르가 없었으니 일은 즐겁게라기보다는 습관상 하는 게 되었다. 이미 지방의회 회기가 두 번이나 지났지만, 그는 아직 문서로 인가를 받지 않았다. 그 일을 별로 중요하게 여기지 않았기 때문이다. 가을이 다 된 지금에야 그는 그 일을 서둘렀다. 그의 집에서는 모든 일이 다 제대로 돌아가고 있지는 않았다. 그는 언제나처럼 참을성 있고 차분했다. 물론이다. 천성이 그랬으니까. 그는 염소 가죽과 송아지 가죽을 모두 모아 강물에 담갔다가 털을 긁어내고 무두질을 해서는 신발을 만들 수 있도록 다듬어놓았다. 겨울이면, 첫눈이 올 때 이미 다음해 봄을 위해 종자를 한편에 미리 준비해놓았다. 그는 정리정돈을 좋아하는 사람이었고 모든 것이 미리 준비되어 있는 게 가장 낫다고 생각했으니까. 하지만 그는 다시 기쁨이 없고 외로운 생활로 돌아갔다. 다시 홀몸이 된 것이나 마찬가지였다.

고운 모습을 보아줄 사람이 없는데, 깨끗이 목욕하고 붉은 셔츠를 입고 일요일에 방에 앉는 것이 무슨 기쁨이겠는가? 일요일은 일주일 중 가장 긴 날이 되었다. 일요일은 시간이 남는 날, 우울한 생각에 잠기는 날이 되었다. 그는 자기 땅을 돌아다니며 해야 할 일을 헤아려보는 것밖에는 아무것도 할 수 없었다. 그는 언제나 어린 아들들을 데리고 다녔다. 언제나 아들 하나는 팔에 안고. 아이들이 재잘거리는 소리를 듣고 아이들의 질문에 대답하는 것은 즐거운 일이었다.

다른 사람을 구할 수 없었으므로 그는 늙은 올리네를 집에 두었다. 사실 올리네가 있는 건 그렇게 나쁘지는 않았다. 그녀는 양털을 빗고 실을 자았으며, 양말과 장갑을 짜고 염소젖 치즈도 만들었다. 하지만 그녀의 손으로 하는 일에는 운도 따르지 않았고 애정도 담겨 있지 않았다. 그녀가 손에 잡는 것은 그녀 자신의 것이 아니었으니까. 이사크는 잉에르가 있을 때 상인에게서 아주 예쁜 갑을 하나 샀고 그 갑은 늘 선반에 있었다. 테라코타로 된 이 그릇은 원래는 담뱃갑이었고 뚜껑에 개 머리 모양의 장식이 있었는데, 하루는 올리네가 그 뚜껑을 열었다가 바닥에 떨어뜨렸다. 잉에르는 유리로 덮은 상자에 푸크시아 가지를 심어놓았는데, 올리네는 유리를 치우고는 가지를 꽉 눌렀다. 다음날에는 가지가 모두 죽었다. 이사크는 이 모든 일을 보는 게 불쾌했고 어쩌면 얼굴을 찡그렸을 것인데, 그에게는 부드럽거나 애매모호한 데가 없었으니 위협적인 얼굴이 되었다. 올리네는 괘념치 않았고 잽싸게 말대꾸를 했다. "난들 어쩌겠어요?" 그녀가 말했다. "글쎄, 그건 나도 모르죠." 이사크가 대답했다. "하지만 그냥 손을 안 델 수 있겠지요." "이제는 잉에르의 꽃에 손을 안 대겠어요." 올리네가 말했다. 하지만 꽃은 이미 죽은 뒤였다.

그리고 라플란드인들은 왜 이리 전보다 자주 셸란로에 오는 것일까? 오스 안데르스는 무슨 일일까? 금년 여름에는 두 번이나 산을 넘어왔다. 오스 안데르스는 돌봐야 할 순록도 없고 구걸이나 하면서 다른 라플란드인들에게 빌붙어 사는데. 그가 농장에 오면 올리네는 하년 일을 내버려두고 마을 사람들에 대해 수다를 떨었고, 그가 떠날 때면 가방을 온갖 것으로 가득 채워주었다. 두 해가 가도록 이사크는 참을성 있게 그에 대해 아무 말도 하지 않았다.

그러던 어느 날 올리네가 새 신발이 필요하다고 하자 이사크는 더이상 침묵하지 않았다. 때는 가을이었고, 올리네는 라플란드인들의 신발이나 나막신을 신는 것이 아니라 매일같이 가죽신을 신었다. 이사크가 말했다. "오늘 날씨가 좋은데. 흠!" 그는 이렇게 말을 시작했다. "그래요." 올리네가 말했다. "엘레세우스, 오늘 아침에 염소젖 치즈를 셌을 때 열 개 아니었니?" 이사크가 물었다. "네." 엘레세우스가 대답했다. "하지만 지금은 아홉 개인데."

엘레세우스는 다시 세보더니 작은 머리로 생각해보았다. "네, 하지만 그 사람, 오스 안데르스가 가져간 게 하나 있으니까 그럼 열 개예요."

방에는 침묵이 흘렀다. 하지만 어린 시베르트도 세려고 했고, 형이 한 말을 따라했다. "그럼 열 개예요."

다시 침묵이 흘렀다. 이제 올리네는 해명을 해야 했다. "그래요, 아주 작은 치즈 하나를 주었지요. 별거 아니라고 생각했거든요. 하지만 아이들은 아직 어린데도 벌써 성격이 드러나네요. 누구를 닮았는지는 보면 뻔하죠. 이사크, 당신을 닮은 건 아니에요. 그건 나도 안다고요."

이런 암시를 하면 이사크는 맞받아칠 수밖에 없었다. "아이들은 괜찮은데요." 그가 말했다. "하지만 오스 안데르스가 나와 내 가족에게 무슨 좋은 일을 했는지 말해봐요." "좋은 일이라고요?" 올리네가 대답했다. "그래요." "오스 안데르스 말인가요?" 그녀가 다시 말했다. "그래요. 왜 내가 그에게 염소젖 치즈를 줘야 하느냐는 거죠." 올리네는 생각할 시간이 좀 있었던 덕에 이렇게 대답했다. "세상에, 이사크! 오스 안데르스를 끌어들인 게 난가요? 내가 그의 이름을 입에 담기라도 했다면 바로 이 자리에서 천벌을 받겠어요!"

올리네는 말도 잘하지. 이사크는 매번 그랬듯이 또 물러설 수밖에 없었다.

올리네는 물러서지 않았다. "지금 겨울이 다 되어가는데 여기서 내가 맨발로 다녀야 하고 주님이 신으라고 만들어주신 신발도 소유해서는 안 된다면, 그렇다고 바로 말을 해요. 난 벌써 서너 주째 이 말을 하고 있는데, 아직 신발은 구경도 못했고 아직도 이걸 신고 돌아다녀야 해요." 이사크가 대답했다. "나막신은 뭐가 어때서 안 신죠?" "뭐가 어떻냐고요?" 갑자기 궁지에 몰린 올리네가 물었다. "그래요, 그걸 묻고 있어요." "나막신이라고요?" "그래요." "내가 양털을 빗고 털실을 만들고 가축을 돌보고 아이들을 키운다는 이야기는 안 하는군요. 당신은 그 얘기는 안 하죠. 그리고 세상에, 감옥에 들어가 있는 당신 아내는 아마 맨발로 눈을 헤치고 다니지는 않겠죠." "안 하지요. 나막신을 신으니까." 이사크가 말했다. "그리고 교회에 가거나 점잖은 사람들에게 갈 때는 라플란드인들의 신발을 신었지요." 그가 말했다. "네, 네." 올리네가 대답했다. "나보다 훨씬 나은 여자였죠!" "그래요, 그랬어요. 여름에 라플란드인들의 신발을 신을 때면 그 안에는 건초밖엔 안 넣었어요. 하지만 당신은 일 년 내내 양말과 신발을 신죠."

올리네가 말했다. "그 문제라면, 일단 내 나막신을 닳을 때까지 신겠어요. 내 나막신을 닳아 없어지게 하는 게 그리 급한 일인지 몰랐죠." 그녀는 작고 낮은 목소리로, 하지만 눈을 반쯤 감고 말했다. 정말 약은 여자였다. "악마가 바꿔친 흉한 아이라고 우리가 불렀던 잉에르는 내 아이들 사이에 끼여 함께 다니며 여러 가지를 배웠죠. 그 대가로 우리에게 돌아온 건 이거군요. 내 딸이 베르겐에서 모자를 쓰고 다니면, 잉에르도 남쪽으로 따라갔지요. 네, 아마 모자를 사러 트론헤임까지 갔을 거예요, 하하하!"

이사크는 일어서서 나가려고 했다. 하지만 본심을 드러내기 시작한 올리네는 그 마음이 얼마나 검은지 드러내 보였다. 그녀는 그야말로 암흑을 발산했다. 그녀는 자신의 딸들은 아무도 불을 뱉는 짐승 같은 얼굴을 하고 있지 않다고, 그 말이 하고 싶다고, 그래도 괜찮다고 말했다. 누구나 다 아이를 죽이는 재주가 있는 건 아니라고. "말 조심해!" 이사크가 말했다. 그리고 분명하게 전달하기 위해 덧붙였다. "이런 저주받을 여편네 같으니라고!"

하지만 올리네는 경고를 진지하게 받아들이지 않았다. "하하!" 그녀는 이렇게 웃고 하늘을 바라보며, 그런 언청이 입을 하고 온 세상을 돌아다니는 거야말로 너무하다고 말했다. 뭐든지 정도가 있다고.

마침내 밖으로 나온 이사크는 벗어난 것이 기뻤으리라. 그리고 이제 올리네에게 가죽신을 사다주는 수밖에 없었다. 숲속에 사는 그는 팔짱을 끼고 하인에게 "꺼져!"라고 말할 수 있는 그런 처지가 아니었다. 올리네처럼 꼭 필요한 살림꾼은 자신이 있었고, 하고 싶은 말은 다 하고 하고 싶은 행동도 다 할 수 있었다.

밤은 싸늘했고, 보름달이 떴다. 늪은 어느 정도 얼어서, 남자 한 사람이 그 위를 걸을 수도 있을 것 같았다. 낮에는 해가 늪을 다시 녹여서 그 위를 걸을 수 없었다. 이사크는 어느 싸늘한 밤에 올리네의 신발을 주문하러 마을로 내려갔다. 게이슬레르 부인에게 주기 위해 염소젖 치즈도 두 개 가지고 갔다.

마을까지 가는 길의 중간쯤에, 새로 거기 자리를 잡은 사람이 있었다. 집을 짓도록 마을에서 목수를 부르고, 감자를 심기 위해 모래로 덮인 황야를 갈도록 인부를 부른 걸 보니 돈이 꽤 있는 사람인 것 같았다. 본인은 하는 일이 거의 없었다. 그 남자는 정리이며 지방 행정관의 보좌, 의사가 필요하거나 목사 부인이 돼지를 잡아야 하면 찾아가야 하는 브레데 올센이었다. 브레데 올센은 채 서른도 안 되었지만 아직 아이나 다름없는 어린 아내 외에도 네 아이를 돌봐야 했다. 브레데는 그래도 크게 부유하지는 않은 듯했다. 이런저런 일을 하면서 사람들이 내지도 않는 세금을 징수한다고 돈을 많이 벌 수 있는 것은 아니었으니까. 이제 그는 농사를 지어보려는 것이었다. 그는 집을 지으려고 은행에 빚을 졌고, 자기 집을 브레이다블리크라고 불렀다. 지방 행정관 헤이에르달이 붙인 훌륭한 이름이었다.

이사크는 그 집을 지나갔지만, 들어가보지는 않았다. 이른 아침인데도 창문에 벌써 아이들이 다닥다닥 붙어 밖을 내다보고 있었다. 이사크는 추운 밤이 오기 전에 집에 돌아갈 생각이었으므로 얼른 그 집을 지나갔다. 황야에서는 어떻게 집을 꾸며야 좋을지 생각하고 궁리할 여유가 없었다. 지금은 유난히 할 일이 많은 때는 아니었지만, 그는 올리네에게 맡기고 온 아이들 생각이 간절했다.

길을 걸으며 그는 자신이 처음으로 이곳을 걷던 때 생각을 하지 않을 수 없었다. 시간이 많이 흘렀다. 지난 두 해는 길었다. 셀란로에는 좋은 일도 있었지만 그렇지 않은 일도 있었다. 아, 세상에! 이제 여기 새 농장이 하나 생겼구나. 이사크는 그 자리를 잘 알아볼 수 있었다. 그가 이곳에 처음 왔을 때 돌아보았지만 포기한 장소 중 하나였으니까. 이곳은 마을에 한결 가까웠지만, 숲이 별로 좋지 않았다. 평평하지만 늪지다. 땅을 갈기는 쉬운 편이지만 물을 빼기는 쉽지 않았다. 늪만 한번 파 엎는다고 밭이 되지는 않는다는 걸 브레데는 아직 배워야 하리라. 브레데가 헛간 옆에 농기구와 수레를 위한 창고를 따로 내지 않은 건 대체 무슨 이유에서일까? 이사크가 보니 바퀴가 둘 달린 수레가 지붕도 없이 집 앞에 그냥 서 있었다.

그는 신발은 살 수 있었지만, 게이슬레르 부인은 여행중이라 없었다. 그래서 염소젖 치즈를 행상인에게 팔았다. 저녁이 되자 그는 집으로 향했다. 기온이 점점 떨어져서, 늪지를 걷기 어렵지 않았다. 하지만 이사크의 발걸음은 무거웠다. 아내가 없었으니, 게이슬레르가 언제 돌아올지는 아무도 몰랐다. 다시는 안 올지도 모를 일이었다. 잉에르는 없었고, 시간은 흘렀다.

돌아오는 길에도 그는 브레데의 집에 들르지 않았다. 오히려 브레이다블리크를 빙 돌아 눈에 뜨이지 않게 집으로 왔다. 그는 사람들과 말하고 싶지 않았고, 그저 얼른 가고 싶었다. 브레데의 수레는 아직도 바깥에 있었다. '거기 그냥 두려는 것일까?' 이사크는 그렇게 생각했다. '뭐 자기 맘이지!' 이사크는 수레도 있고 창고도 있었지만, 그렇다고 더 행복한 건 아니었다. 그의 가정은 반쪽짜리일 뿐이었으니까. 전에는 두 사람이 다 있었는데.

아직 햇빛이 남아 있을 때 비탈 위에 집이 보이는 곳까지 오자, 이틀을 걸어 피곤하고 지쳤지만 마음이 가벼워졌다. 건물들은 아직 그대로 있었다. 굴뚝에서는 연기가 올라왔고, 밖에 나와 있던 두 아이는 그를 보자 달려왔다. 그가 집안으로 들어가니 라플란드인 두 사람이 앉아 있었다. 올리네는 깜짝 놀라 의자에서 일어서며 말했다. "벌써 왔어요?" 그러고는 난로에서 커피를 끓였다. "커피 줄까요?" "커피라."

이사크는 아마 이미 눈치챘으리라. 오스 안데르스나 다른 라플란드인이 다녀가면 올리네는 그후 한참이 지날 때까지도 잉에르의 작은 주전자에 커피를 끓였다. 이사크가 숲이나 밭에 갔을 때 그녀가 그렇게 하면, 그는 갑자기 와서 보고도 아무 말 하지 않았다. 하지만 그는 그때마다 양털 한 뭉치나 염소젖 치즈 하나가 없어진다는 것을 알고 있었다. 그러니 이사크가 지금 그녀를 양손으로 움켜잡고 그릇된 행동을 나무라지 않는 것은 훌륭한 일이었다. 사실 그는, 평화를 유지하기 위해서 그러는지 이렇게 하면 하늘이 잉에르를 빨리 돌려주실 거라고 생각해서 그러는지는 모르지만, 하여튼 더 나은 사람이 되고자 노력하고 있었다. 그는 종종 생각에 잠기곤 했고, 미신을 믿는 경향이 있었지만 이런 경계심마저 단순하고 소박했다. 가을에는 점토로 된 마구간 지붕이 말들의 머리 위로 무너질 것처럼 보였다. 이사크는 붉은 수염을 몇 번 이리저리 씹더니 오묘한 미소를 짓고는 지붕을 고쳐 세우고 서까래로 받쳤다. 그는 악한 말은 하지 않았다. 그게 다가 아니었다. 식량을 모두 보관하던 식량 창고는 이제 네 구석 모두 돌로 높이 받쳐져 있었다. 지하의 벽에 뚫린 큰 구멍을 통해 작은 새들이 들어와서는 팔딱거렸지만 나가는 길을 찾지 못했다. 올리네는 새들이 식량을 쪼고 베이컨을 밟고 다니며 그보다 더한 짓도 베이컨에 해댄다고 불평했다. 이사크는 말했다. "저런 저런. 작은 새들이 들어와서 나갈 길을 못 찾다니!" 그러고는 한참 일하던 중에 돌을 깨서 벽을 막았다.

그가 무슨 생각을 하면서 그런 행동을 했는지는 아무도 알지 못했다. 그는 자신이 착하게 살면 잉에르가 빨리 돌아오리라고 생각했는지도 모른다.

9

여러 해가 지났다.

들판을 가로질러 전신주를 세울 곳을 답사할 생각으로 건축기사가 작업반장과 두 인부를 데리고 셀란로에 왔다. 그들이 답사한 길 그대로라면, 전선은 집을 약간 비껴가고 숲에는 사람이 다니는 길이 날 예정이었다. 나쁜 일은 아니었다. 그렇다면 농장이 덜 외진 곳이 되어 세상이 이곳을 들여다보고 귀를 기울이게 될 테니까.

건축기사는 말했다. "이 집이 골짜기를 통과하는 두 선의 중간 지점이 될 수 있겠군요. 여기를 중심으로 양쪽으로 선을 놓겠다는 제안을 받게 되실지도 모르겠습니다." "그런가요." 이사크가 말했다. "그럼 해마다 25달레르를 받게 되실 거예요." "그런가요." 이사크가 말했다. "그런데 그럼 내가 해야 하는 일은 뭔가요?" "전선을 관리하고, 전선이 삭으면 수리하고, 선을 따라 덤불이 자라면 그걸 치우는 거죠. 나가 보셔야 될 때를 알려주는 작고 예쁜 기계를 벽에 달아드릴 겁니다. 그러면 하던 일을 다 그만두고 가셔야 해요."

이사크는 생각해보았다. "겨울에는 그 일을 할 수 있을 것 같군요." 그가 말했다. "연중 내내 하셔야 해요." 기사가 말했다. "일 년 내내 하셔야죠. 여름이나 겨울이나." 이사크가 설명했다. "봄과 여름과 추수철에는 농사일이 바빠서 다른 일은 못합니다."

그러자 기사는 그를 한동안 물끄러미 바라보더니 놀라운 질문을 했다. "그럼 돈을 너 많이 버시나요?" "돈을 번다고요?" 이사크가 말했다. "전선을 관리할 시간에 농사를 지으면 돈을 더 많이 버시냐고요." "그야 모르지요." 이사크가 말했다. "내가 여기 있는 건 땅 때문입니다. 돌보아야 할 사람도 여럿 있고, 동물은 더 많죠. 우리는 땅을 파서 먹고삽니다." "아, 알겠습니다. 다른 사람에게 부탁할 수도 있는 거니까요."

그는 위협으로 한 말이었지만, 이 말은 사실 높으신 분들의 제안을 거절하기를 꺼리던 이사크의 부담을 덜어주었다. "나는 말도 있고 황소 한 마리에 암소 다섯 마리가 있습니다. 양이 스물에 염소가 열여섯 마리예요. 고기와 털과 가죽을 주는 가축이니 여물을 줘야죠." "아, 물론 그러시겠죠." 기사가 말했다. "그런데 내가 건초를 수확하다 말고 가서 전신주를 살펴야 한다면, 이 짐승들에게 뭘 먹이겠습니까?" 기사가 말했다. "이 이야기는 더이상 할 필요가 없겠군요. 저 아래 사는 사람에게 관리를 맡겨야겠어요. 브레데 올센이 아마 기꺼이 할 겁니다." 기사는 일행을 향해 짧게 말했다. "자, 다들 갑시다!"

올리네는 그의 말투를 듣고는 이사크가 사람들을 거칠고 야박하게 대했다고 생각하고 이 기회를 이용하기로 했다. "뭐라고 했어요? 염소가 열여섯 마리라고요? 열다섯밖에 안 되는데." 그녀가 말했다. 이사크는 그녀를 바라보았다. 올리네는 그를 정면으로 바라보았다. "열여섯 마리 아니오?" 그가 물었다. "아니에요." 그녀는 그렇게 말하며 손님들 앞에서 이사크가 대답을 못하는 것을 그저 바라보았다. "그런가." 이사크가 힘없이 말했다. 그는 수염을 약간 입에 물고는 씹기 시작했다.

기사와 일행은 떠나갔다.

이사크가 만일 올리네에게 언짢은 기색을 내비치고 다툴 생각이었더라면, 아마 지금이 기회, 둘도 없는 좋은 기회였으리라. 방에는 둘만 남아 있었고, 아이들은 낯선 사람들을 따라 나간 터였다. 이사크는 방 가운데에 서 있었고 올리네는 난롯가에 있었다. 이사크는 할말이 있다는 것을 보이기 위해 몇 번 헛기침을 했다. 자기에게 염소가 몇 마리 있는지, 손바닥 보듯이 알지 않던가? 저 여자가 미쳤나? 그가 손수 돌보고 날마다 대화를 나누는 가축이 하나라도 없어졌다고? 염소는 원래 열여섯 마리였다. 그러니 어제 브레이다블리크의 여자가 와서 둘러보았을 때 올리네가 염소 한 마리를 무엇과 바꾼 게 틀림없었다. 이사크는 "흠!" 하고 헛기침을 했고, 말이 혀끝에서 맴돌았다. 올리네는 무슨 짓을 한 것일까? 살인이야 아니었지만 사실 차이가 그리 크지도 않았다. 그는 열여섯째 염소에 대해 정말로 진지하게 이야기를 하고 싶었다.

이사크는 영원히 방 가운데 서서 침묵할 수도 있었으리라. 그는 말했다. "흠. 염소가 열다섯 마리뿐이라고요?" "그래요." 올리네가 부드럽게 대답했다. "직접 세보지그래요. 아무리 세어도 내 눈에는 열다섯 마리로 보이니까."

바로 이때 그는 팔을 뻗어 한 주먹에 올리네의 얼굴을 망가뜨릴 수도 있었으리라. 분명 그럴 수 있었다. 하지만 그는 그렇게 하지 않았고, 그저 문을 향해 나가며 크게 말했다. "일단은 알았어요." 다음번에는 할말을 다 하겠다는 듯이 그는 이렇게 말하고 밖으로 나갔다.

"엘레세우스!" 그가 불렀다.

엘레세우스는, 두 아이는 다 어디로 간 것일까? 아버지는 아들들에게 물어볼 것이 있는데. 아이들은 이제 다 컸고, 눈이 달려 있어 볼 것은 다 보았다. 아이들은 헛간 바닥 아래에 있었다. 밑으로 기어들어가 숨어 있었는데 바스락거리는 바람에 발각이 나서, 아이들은 죄인들처럼 밖으로 나왔다.

엘레세우스는 몽당 색연필을 주웠고 기사에게 돌려주려 했는데, 들고 따라갔지만 걸음이 빠른 어른들은 이미 숲속에 깊이 들어갔다. 엘레세우스는 멈춰 섰다. 색연필을 그냥 가져도 되지 않을까 하는 생각이 들었기 때문이다. 그럴 수만 있다면! 그는 혼자 오롯이 책임을 지지 않으려고 어린 시베르트도 데리고 함께 포획물을 싸서 들고 헛간 밑에 기어들어갔다. 몽당 색연필! 이들의 생활에서는 기억할 만한 사건, 기적이었다. 대팻밥을 찾아 써보니 한쪽은 붉은색, 다른쪽은 푸른색이었다. 아이들은 번갈아가며 색연필을 써보았다. 그때 아버지가 큰 소리로 급한 듯이 엘레세우스를 불렀다. 낯선 사람들이 색연필을 찾으러 온 모양이다! 기쁨은 순식간에 사그라져 아이들의 마음에서 떠나갔다. 아이들의 작은 심장은 쿵쿵 뛰기 시작했다. 아이들은 밖으로 기어나왔다. 엘레세우스는 팔을 뻗어 색연필을 아버지에게 내밀고는, 색연필이 여기 있다고, 부러지지 않았지만 이런 건 정말 처음 본다고 말했다.

기사는 보이지 않았다. 심장은 더이상 마구 뛰지 않았고, 잠시 긴장했던 아이들은 천상의 행복을 맛보았다.

"어제 여자가 한 사람 왔었지?" 아버지가 물었다. "네?" "저기 아래에 사는 아줌마 말이야." "네?" "염소를 데리고 왔었니?" "아니요." 아이들이 말했다. "집에 갈 때는 염소를 데리고 가지 않았니?" "아니요. 무슨 염소요?"

이사크는 곰곰 이리저리 생각을 해보았다. 저녁이 되어 가축이 집으로 돌아오자 그는 제일 먼저 염소를 세어보았다. 열여섯 마리였다. 다시 한번 세어보았고, 다섯 번을 세어보았다. 열여섯 마리였다. 한 마리도 부족하지 않았다.

이사크는 안도의 한숨을 내쉬었다. 대체 이 상황을 어떻게 이해해야 좋을까? 짐승 같은 올리네는 분명 열여섯까지 셀 줄은 알리라. 그는 성난 목소리로 그녀에게 말했다. "염소는 열여섯 마리인데, 대체 무슨 쓸데없는 소리를 하는 거요?" "열여섯 마리예요?" 그녀가 마음에 걸리는 게 없다는 듯이 말했다. "그래요." "아, 네." "숫자 참 잘도 세는군." 그러자 올리네는 기분이 나쁘다는 듯이 조용히 말했다. "봐요, 염소는 다 있고 다행히 한 마리도 잡아먹히지 않았네요. 정말 다행이죠!"

그녀는 이런 장난을 쳐서 그를 헷갈리게 했고, 그는 결국 그 일을 잊기로 했다. 다른 가축은 세지 않았다. 양을 셀 생각도 없었다. 올리네도 뭐 그렇게 나쁘지는 않다는 생각이 들었다. 그녀는 그를 위해 집안일을 하고 가축을 돌보았다. 그저 머리가 너무 나빴을 뿐. 하지만 그래서 손해를 보는 건 그녀 자신이었지 그가 아니었다. 그렇게 계속 산다고 해도 별 차이도 없었다. 하지만 이렇게 사는 건 이사크에게는 우울하고 슬픈 일이었다.

여러 해가 지났다. 지붕 위에, 심지어 몇 해 늦게 지어진 헛간 지붕에도 풀이 자라 푸르렀다. 숲의 주인인 들쥐들은 식량 창고에 침입한 지 오래였다. 박새와 다른 새들이 우글거렸고 비탈에는 뇌조가 살았으며, 까마귀와 까치도 들어오곤 했다. 하지만 가장 놀라운 일은 지난여름에 갈매기가 바닷가에서 여기까지 들어와 황야에 자리잡은 이 집에 내려와 앉은 일이었다. 이 농장은 피조물 사이에 이렇게 널리 알려졌나보다. 그리고 엘레세우스와 어린 시베르트가 갈매기를 보고 무슨 생각을 했겠는가. 멀리서 온 낯선 새, 큰 무리는 아니지만 여섯 마리는 되었고, 모두 똑같이 생긴 하얀 새였다. 이 새들은 들판에서 산책을 했고, 때로는 풀을 잡아뜯었다. "아버지, 이 새들은 왜 여기까지 왔어요?" 어린아이들이 물었다. "바다에 폭풍이 나려고 하기 때문이란다." "아, 갈매기들은 놀랍고 신비하네요!"

이사크는 이 밖에도 많은 유용한 것을 아이들에게 가르쳐주었다. 이제 둘은 학교에 다닐 만큼 나이가 들었지만, 학교는 저 아래 마을에 있어 거리가 수 킬로미터나 되었으니 갈 수 없었다. 일요일을 이용해서 그는 아이들에게 글자를 가르쳤지만, 그보다 어려운 것을 가르치는 건 그에게는 무리였다. 그는 타고난 농부였지, 이런 일에는 맞지 않았다. 교리책과 성경 이야기들은 염소젖 치즈와 함께 얌전히 벽에 달린 선반에 놓여 있었다. 그는 아이들이 자라나는 것을 보며, 책에 있는 지식을 모르는 게 어느 정도까지는 인간에게 오히려 힘이 되는 것이 아닌가 생각했다. 두 아이는 그의 마음에 기쁨을 주었다. 이사크는 아이들이 어렸을 때 잉에르가 그의 손에 송진이 묻었으니 아이들을 만지지 말라고 했던 일을 종종 떠올렸다. 송진! 세상에서 가장 깨끗한 송진! 역청과 염소젖과 골수, 이 모든 것도 건강하고 귀중했다. 하지만 송진, 전나무에서 나오는 송진, 그 앞에서는 아무것도 아니었다.

아이들은 이렇게 더러움과 무지의 천국에서 지냈다. 하지만 씻기만 하면 정말 예쁜 아이들이었다. 어린 시베르트는 정말 귀여운 아이였지만, 엘레세우스는 더 섬세하고 깊이가 있었다. "폭풍이 오는지 갈매기는 어떻게 아나요?" 그가 물었다. "몸이 날씨를 느끼거든." 아버지가 대답했다. "하지만 파리들보다 날씨를 더 잘 느끼는 것도 아니란다." 그가 말을 이었다. "파리들이 관절이 아파지는지 어지럼증을 느끼는지 모르지만 하여튼 그렇단다. 하지만 파리가 보이면 잡지 마라. 잡으면 더 많아지거든." 그가 말했다. "잊지 마라. 등에하고는 또 다르거든. 어느 여름날 갑자기 나타나서 또 갑자기 사라지는 등에를 보지 않았니?" "그럼 등에는 어디로 가나요?" 엘레세우스가 물었다. "어디로 가느냐고? 몸안의 기름기가 굳어서 그냥 죽어버리지."

아이들에게는 매일 조금씩 새로운 지식이 생겼다. 높은 벼랑에서 뛰어 내릴 때면 혀를 꼭 입안에 잘 품고 있어야 잇새에 혀가 끼여 물리지 않는다. 커서 교회에 갈 때 몸에서 좋은 냄새가 나려면, 비탈 위쪽에 자라는 쑥국화로 비비면 된다. 아버지는 온갖 것을 다 알고 있었다. 그는 아이들에게 온갖 돌과 부싯돌에 대해 말해주었고, 하얀 돌이 회색 돌보다 단단하다는 것, 하지만 부싯돌을 발견하면 부싯깃*도 찾아서 잿물에 끓여야 부싯돌을 사용할 수 있다고 가르쳐주었다. 그리고 그는 불을 붙였다. 그는 아이들에게 달에 대해 들려주었고, 왼손으로 반달을 감쌀 수 있으면 달이 점점 커지는 것이고, 오른손으로 반달을 감쌀 수 있으면 달이 점점 작아지는 것이라고 말했다. "얘들아, 잊지 마라!" 흔히 있는 일은 아니었지만, 그가 좀 지나쳐서 아이들이 이해할 수 없는 경우도 있었다. 어느 날 그는 낙타가 천국에 들어가는 것이 인간이 바늘귀를 통과하는 것보다 힘들다는 이야기를 했다.** 또 언젠가는 천사들의 영광에 대해 이야기했는데, 천사들은 신발굽에 바닥 대신 별을 달고 있다고 말했다. 이 집에 딱 맞는, 착한 마음에서 우러나온 정직한 가르침이었다. 아랫마을의 교사라면 이 말을 듣고 웃음을 터뜨렸으리라. 하지만 이사크의 아이들은 이런 가르침을 받으며 상상력을 마음껏 키울 수 있었다. 아이들은 자신들만의 세계를 위한 교육을 받고 공부를 했으니, 그보다 나은 게 무엇이 있겠는가! 가을에 도축을 하자 아이들은 무척 궁금해했다. 도축되어야 하는 가축들 때문에 아이들은 몹시 무서워했고, 작은 마음은 어두워졌다. 이사크는 한 손으로 짐승을 붙잡고 다른 한 손으로 찔러야 했고, 올리네는 피를 저었다. 희고 수염이 난 늙은 숫염소를 끌고 오자 두 아이는 집 모퉁이에 서서 바라보았다. "오늘은 이상한 바람이 부네." 엘레세우스는 이렇게 말하고 눈을 비볐다. 어린 시베르트는 드러내놓고 울었다. 그는 참지 못하고 "아, 염소가 불쌍해!"라고 외쳤다. 염소를 칼로 찌르고 난 후 이사크는 아이들에게 가서 이런 교훈을 주었다. "희생 제물을 아까워해서도 안 되고 동

* 불이 붙도록 부싯돌에 대는 물건. 식물이나 종이, 솜 등으로 만든다.
** 부자가 천국에 들어가는 것이 낙타가 바늘귀를 통과하는 것보다 힘들다는 이야기가 성경에 있는데, 이사크가 혼동한 것이다.

물이 불쌍하다고 해서도 안 된다. 그렇게 하면 목숨만 더 질겨지고 죽이기 어려워질 뿐이니까. 알았지?"

이렇게 또 몇 해가 가고 다시 봄이 왔다.

잉에르는 자신이 잘 지내고 있으며 감옥에서 배우는 게 많다고 썼다. 어린아이는 소녀가 다 되었으며 11월 15일에 태어나서 레오폴디네라고 이름을 붙였다고 했다.* 못하는 게 없고 뜨개질과 바느질의 천재이며, 천으로든 십자수를 놓는 감으로든 뭐든지 정말 예쁘게 잘 만든다고 했다.

이번 편지의 특별한 점은 잉에르가 스스로 글을 썼다는 것이었다. 이사크는 그렇게 재능이 많지는 않아서, 마을의 상인에게 편지를 읽어달라고 해야 했다. 하지만 편지를 일단 이해하고 나면 그 내용은 머리에 제대로 박혀서, 집에 와서도 외워서 말할 수 있었다.

이제 그는 진지하게 책상머리에 앉아 편지를 펼쳐놓고는 아이들에게 읽어주었다. 그는 편지를 술술 읽는 모습을 올리네에게도 보여주고 싶었다. 그때를 제외하고는 올리네에게 말도 걸지 않았다. 읽기를 마치자 그는 말했다. "이것들 봐. 엘레세우스, 시베르트, 엄마는 이 편지를 직접 썼고, 다른 것도 많이 배웠단다. 그리고 너희 여동생도 우리 모두를 다 합친 것보다 재주가 더 많다는구나. 얘들아, 잊지 마라!" 아이들은 쥐죽은듯이 앉아서 경탄했다. "정말 대단하네요." 올리네가 말했다.

무슨 뜻으로 한 말이었을까? 잉에르의 말이 사실이 아니라고 말하

---

* 11월 15일은 성 레오폴드 축일.

려는 것일까? 아니면 이사크가 글을 읽는 걸 못 믿는다는 말일까? 올리네가 저렇게 상냥한 얼굴을 하고 알 듯 말 듯한 말을 할 때면, 그 본뜻을 파악하기 쉽지 않았다. 이사크는 그녀를 그냥 무시하기로 했다.

"엄마가 오면 너희도 쓰기를 배워야 해." 그가 두 아이에게 말했다.

올리네는 마르라고 난롯가에 널어놓은 옷 몇 벌을 만지고 있었다. 빨래통을 이리저리 밀고, 옷을 다시 널고, 하여튼 분주했다. 하지만 속으로는 다른 생각을 하고 있었다. "여기 숲속이 그렇게 좋은 곳이 되면, 커피도 반 파운드쯤 사지그래요?" 그녀가 말했다. "커피?" 이사크가 말했다. 뜻하지 않은 말이 저절로 입 밖으로 나온 것이다. 올리네는 조용히 대답했다. "지금까지는 내 돈으로 좀 샀어요."

커피. 이사크에게는 꿈이고 동화, 무지개였다. 올리네는 물론 농담을 한 것이고, 그는 거기에는 언짢아하지 않았다. 하지만 이해가 느린 그도 이때는 올리네가 라플란드인들과 물물교환을 한 것을 알아채고 성을 내며 말했다. "그래, 커피를 삽시다! 반 파운드라고 했지요? 한 파운드라고 하지 그랬어요? 없으면 안 되는 물건인데." "이사크, 놀리지 마요." 그녀가 말했다. "오빠 닐스도 커피를 마시고, 브레이다블리크의 브레데 가족도 커피를 마셔요." "물론. 그 사람들은 우유가 없으니까." "글쎄, 그건 모르겠어요. 관심도 없고요. 하지만 당신이 그렇게 아는 게 많고, 순록 가죽을 사는 것만큼이나 글 읽기도 잘하니까, 지금은 집집마다 커피가 있다는 것쯤은 잘 알겠죠." "어이구!" 이사크가 말했다.

그러자 올리네는 의자에 앉았고, 입을 다물지도 않았다. "그리고, 내가 감히 이야기를 해도 된다면, 잉에르에 관한 건 말이죠." "마음대로 말해보시죠. 나는 상관 안 할 테니." "잉에르가 온갖 것을 다 배우고 집에 온다 그거죠. 그럼 모자에 진주와 깃털도 달겠네요?" "그렇겠지." "그래요, 그래요." 올리네가 말했다. "그럼 그녀가 이런 걸 누리는 건 다 내 덕이에요. 나한테 고마워해야죠." "올리네한테?" 반사적으로 대답이 나왔다. 올리네는 겸손을 떨며 대답했다. "그녀가 거기에 가는 데 내가 조금이나마 도움이 되었으니까요."

이사크는 말문이 막혀 아무 대답도 할 수가 없었다. 그는 말없이 앉아 멍하니 앞만 바라보았다. 그가 제대로 들은 것일까? 올리네는 별말 안 했다는 듯한 표정이었다. 그랬다. 말싸움으로는 올리네를 이길 길이 없었다.

그는 침울한 생각에 빠진 채 밖으로 나왔다. '올리네, 악을 먹고 살며 악으로 살이 찌는 이 짐승 같은 여자. 첫해에 바로 때려죽이지 않은 게 실수였지.' 그는 이렇게 생각하며 다시 기를 세웠다. '남자 노릇을 했어야 했는데.' 그가 생각했다. 남자? 이사크? 아무도 그보다 더 위협적일 수는 없었으리라.

그러고는 우스운 장면이 벌어졌다. 그는 우리로 가서 염소를 세었다. 염소들은 아기 염소들과 함께 있었고, 한 마리도 부족하지 않았다. 그는 암소, 돼지, 닭 열네 마리, 송아지 두 마리도 세었다. "저런, 양을 잊을 뻔했네!" 그가 큰 소리로 혼잣말을 했다. 그는 양을 세며, 다 있는지 몹시 궁금한 척을 해보았다. 양이 한 마리 부족한 것은 이미 오래전부터 알고 있었다. 그런데 왜 모르는 척했을까? 이유는 간단했다. 올리네는 그를 혼동시키기 위해, 염소가 다 있는데도 한 마리가 없다고 했다. 그때 그는 몹시 흥분했지만, 결국은 흐지부지되었다. 올리네와 다투어서는 생기는 게 없었다. 지난가을에 가축을 잡을 때 그는 어미 양이 한 마리 부족한 것을 눈치챘지만 바로 따질 용기가 없었고, 나중에도 마찬가지였다.

하지만 오늘은 화가 났다. 오늘 이사크는 정말로 화가 났다. 올리네가 그의 화를 돋우었다. 그는 양을 다시 한번 세어보았다. 한 마리 한마리를 집게손가락으로 가리키며 큰 소리로 세었다. 올리네가 밖에 서서 엿듣고 있다면 그 소리를 들어도 상관없었다. 그리고 그는 큰 소리로 올리네의 험담을 늘어놓았다. 올리네는 양들에게 아주 새로운 방식으로 먹이를 주어서 어미 양이 사라지게 한다고. 그녀는 정말 간사한 도둑이다. 자기가 알고나 있는지 모르겠다고. 올리네가 밖에서 듣고 깜짝 놀라면 좋을 텐데.

그는 우리 밖을 향해 외치고, 마구간으로 가서 말도 센 다음 다시 집으로 들어가 말할 생각이었다. 어찌나 빨리 걸었던지, 옷이 등뒤에서 날렸다. 어쩌면 올리네가 창밖을 내다보며 이런저런 것을 눈치챘는지도 모른다. 그녀는 우유통을 들고 침착하고 꿋꿋하게 문으로 나와, 우리로 가려고 했다.

"귀가 평평했던 어미 양은 어떻게 했지요?" 그가 물었다. "어미 양요?" "그래요. 아직 여기 있었더라면 새끼 양이 두 마리 딸렸을 텐데. 그 양은 어쨌죠? 그러니까 당신은 내 양 세 마리를 훔친 거요. 알아들어요?"

올리네는 이런 질책에 크게 놀랐고 어찌할 바를 몰랐다. 머리가 어지러웠고, 다리가 풀려 쓰러져 다칠 것 같았다. 그래도 그녀는 얼른 생각했다. 그녀는 언제나 상황을 빨리 판단해서 자신에게 이익이 되는 방향으로 문제를 해결했으니, 이번에도 정신을 차릴 수 있으리라고.

"내가 염소하고 양을 훔친다고요." 그녀가 조용히 말했다. "내가 그 짐승들로 뭘 하는지 알고 싶네요. 나 혼자 다 먹을 수도 없는 노릇인데." "뭘 하는지는 당신이 잘 알겠지." "그럼 이사크, 그건 내가 여기 당신 집에서 먹고 마실 게 충분하지 않다는 얘기겠지요. 그래서 훔치기까지 해야 하는 것 아니겠어요? 하지만 이 집에서 사는 동안 난 그럴 필요가 없었다고 자신 있게 말할 수 있어요." "하지만 그럼 양은 어쨌죠? 오스 안데르스에게 줬나요?" "오스 안데르스라고요?" 올리네는 우유통을 내려놓고 두 손을 모았다. "세상에, 난 전혀 모르는 일인데! 대체 무슨 어미 양과 새끼 양 이야기예요? 귀가 평평하다는 건 염소 이야기인가요?" 이사크는 "아이고!"라고 말하고는 가려고 했다. "이사크, 당신은 이상한 사람이군요. 갖가지 가축이 충분히 있고 우리에 짐승이 별처럼 많은데, 그래도 부족한가요? 어느 양, 어느 새끼 양을 나보고 내놓으라고 하는 건지 알기나 합시다. 당신은 주님이 베풀어주신 자비에 대해 천대에 이르도록 감사해야 할 거예요. 이번 여름이 가고 올겨울이 깊어질 때면, 당신 양들은 또 새끼를 낳을 거고, 그럼 양은 세 배로 늘어날 텐데요!"

이 올리네를 어찌한단 말인가!

이사크는 곰처럼 으르렁거리며 나갔다. "첫날 이 여자를 때려죽이지 않은 게 정말 어리석었지!" 그는 이렇게 말하고 머릿속으로 자기 자신에게 온갖 욕을 했다. '나는 바보 천치야! 하지만 아직 늦지 않았어. 우리에 들어가기만 해봐라! 오늘 저녁에는 저 여자를 내버려두는 게 좋겠어. 하지만 내일 두고 보자. 양 세 마리가 없어진 거야! 커피라니.'

10

다음날은 큰 사건이 기다리고 있었다. 손님들이, 게이슬레르가 왔다. 황야에는 아직 여름이 오지 않았지만 그는 상관하지 않고 걸어왔다. 그는 화려한 높은 장화를 신고 왔다. 노란 장갑도 끼고 있었고, 점잖은 모습이었다. 마을 사람 하나가 그의 짐을 지고 왔다.

그는 이사크에게서 산지를, 구리 광산을 조금 사고자 왔다고 했다. 값은 얼마나 바라느냐면서. 그리고 잉에르의 인사도 전해주었다. 솜씨 좋은 여자이고 다들 좋아한다고. 그는 트론헤임에 들러서 왔고, 거기에서 잉에르와 만났다고 했다. "이사크, 여기에서 이룬 게 많군요!" "아, 네, 그래요. 잉에르와 만나셨다고요?" "저기 저 위에 있는 건 뭡니까? 방아를 지었나요? 밀가루를 직접 빻아요? 훌륭하군요. 내가 다녀간 후로 땅을 참 많이 갈았군요." "잘 지내나요?" "아주 잘 지내죠.

아, 부인 얘기예요? 그래요, 얘기 좀 들어봐요. 자, 작은방으로 들어갑시다.""아니요, 안은 정리가 안 되었는데요." 여러 가지 이유로 그가 반갑지 않았던 올리네의 대답이었다.

두 남자는 그래도 안으로 들어가더니 등뒤로 문을 닫았다. 올리네는 혼자 밖에 남았고, 아무것도 들을 수 없었다.

게이슬레르는 자리에 앉아 힘있게 무릎을 한 번 쳤다. 이사크의 운명이 그의 손안에 있었다. "구리 광산을 판 건 아니겠지요?" 그가 물었다. "안 팔았지요.""좋아요. 내가 사겠습니다. 잉에르와도 이야기했고, 다른 사람 여럿과도 이야기했어요. 잉에르는 분명 곧 풀려날 거요. 지금 국왕 폐하의 손에까지 갔지요.""국왕 폐하라고요!""국왕 폐하요. 나는 당신 부인한테 갔어요. 물론 내가 거기 들어가는 건 어려운 일이 아니죠. 그리고 우리는 오래 이야기를 했지요. '자, 잉에르, 잘 지내고 있죠? 아주 잘 지내요?' '네, 만족해요.' '집에 가고 싶지 않고요?' '가고 싶지요. 그건 아니라고 못해요.' '곧 집에 돌아가게 될 겁니다, 믿어요.' 그리고 이사크, 당신 부인은 대단하던데요. 눈물은 흘리지 않았어요. 오히려 미소를 짓고 웃습디다. 그리고 입도 수술을 해서 꿰맸어요. 나는 그녀에게 잘 있으라고, 여기 오래 있게 되지는 않을 거라고, 약속한다고 했어요.

그러고는 감옥 책임자에게 갔지요. 나한테는 그를 만나는 게 어렵지 않으니까요. '집으로 돌아가야 하는 여자가 여기 하나 있어요. 셀란로의 잉에르 말입니다' 하고 내가 말했죠. '잉에르라고요?' 그가 대답하는 거예요. '좋은 사람이죠. 여기 이십 년쯤 데리고 있었으면 좋겠는데요'라고요. '말도 안 됩니다. 벌써 너무 오래 여기에 있었어요.' '너무

오래라고요? 그 사건을 아십니까?' '아주 잘 알죠. 내가 거기 행정관이
었으니까.' '자, 좀 앉아보세요.' 그가 말하더군요. 잘 생각한 거죠. '우
리는 잉에르를 최대한 잘 돌보고 있어요. 작은 딸도 물론이고요.' 책임
자가 말하는 겁니다. '당신 지역 출신이라고 하셨죠? 우리는 그 여자에
게 개인 소유 재봉틀도 마련해주었고, 그녀는 작업장에서 반장이 되었
어요. 여기서 여러 가지 기술을 가르쳐줘서 수직手織, 바느질, 날염, 재
단도 제대로 다 배웠습니다. 그런데 이미 여기 너무 오래 있었다니요?'
나는 대답할 말이 이미 있었지만 그래도 좀 시간을 줄 생각이었고, 그
래서 이렇게 말했지요. '그래요. 재판 과정에 문제가 좀 있었고, 재심
이 이루어질 겁니다. 형법을 다시 검토하고 나면 어쩌면 아주 무죄판
결을 받을지도 모르지요. 그녀가 임신했을 때 누군가가 그녀에게 토끼
를 보냈어요.' '토끼라고요?' 책임자가 말하더군요. '토끼요.' 내가 말
했죠. '그래서 아이가 언청이가 되었고요.' 책임자는 웃었어요. '아, 그
랬나요. 그러니 그 부분을 충분히 고려하지 않았다 그 말씀이시죠.'
'그래요. 이 부분은 전혀 고려하지 않았어요.' 내가 말했죠. '하지만 그
건 뭐 위험한 일도 아닌데요.' '그녀의 입장에서라면 충분히 문제가 되
는 사건입니다.' '토끼가 기적을 불러일으킨단 말씀이신가요?' 내가 대
답했지요. '토끼가 얼마나 기적을 불러일으킬 수 있는지 이야기하려는
건 아닙니다. 문제는 토끼를 보는 것이 특정한 경우에 언청이 여자에
게 어떤 영향을 미칠 수 있느냐는 거예요.' 감옥 책임자는 한동안 생각
하더니 말하더군요. '알았어요, 알았어요. 하지만 여기 감옥의 업무는
판결을 받은 사람들을 수용하는 것이지 재판을 검토하는 게 아닙니다.
그리고 판결에 따르면 잉에르는 여기 너무 오래 있었던 게 아니에요.'

그래서 하려던 말을 했지요. '셀란로의 잉에르를 체포할 때 실수가 있었습니다.' '실수라니요?' '우선 그 당시 그녀는 이송되어서는 안 되는 상태였어요.' 책임자는 나를 날카롭게 바라보고는 말했지요. '그 말은 맞습니다. 하지만 그건 감옥을 관리할 뿐인 여기 우리의 문제는 아니에요.' 나는 말을 계속했어요. '둘째로, 그녀가 어떤 상태인지 이곳 담당자들에게 분명히 드러날 때까지, 그녀를 두 달 동안 구금해서는 안 되는 거였습니다.' 그 말은 먹혀들어갔어요. 책임자는 한참 말이 없었지요. '그녀를 대신해서 행동을 취할 전권을 갖고 계신가요?' 그가 물었어요. '그렇습니다.' 내가 대답했지요. '아까 말씀드린 것처럼, 우리는 잉에르가 아주 마음에 들고, 이렇게 그녀에게 잘해주고 있습니다.' 감옥 책임자가 지껄이고는 잉에르가 뭘 배웠는지 다시 다 헤아렸지요. 글도 깨우쳤다고 하더군요. 딸도 누구네 집에서 잘 지내고 있고요. 나는 그에게 잉에르의 집이 어떻게 돌아가고 있는지 이야기해주었습니다. 어린아이 둘이 있고, 그 아이들을 돌보기 위해 사람을 구해 왔다는 것 등을요. 그리고 남편에게 받은 진술서가 있어서 남편이 이 사건의 재심을 청하거나 부인의 사면을 신청하려고 한다는 걸 입증할 수 있다고 했지요. '진술서를 보여주세요.' 책임자가 말했어요. 나는 내일 방문 시간에 가지고 오겠다고 대답했지요."

이사크는 귀를 기울여 들었다. 먼 나라의 동화 같았고, 그는 그 이야기에 푹 빠져들었다. 그의 눈은 게이슬레르의 입술만을 뚫어지게 바라보았다.

게이슬레르는 이야기를 계속했다. "나는 호텔로 돌아가서 진술서를 썼지요. 그 일을 떠맡기로 하고, 셀란로의 이사크라고 서명을 했어요.

하지만 감옥측에서 잘못한 게 있다고는 한마디도 쓰지 않았습니다. 그 이야기는 뺐어요. 그다음날 서류를 갖다주었지요. '자, 앉으시지요.' 감옥 책임자가 바로 말하더군요. 그는 내가 쓴 진술서를 읽고 고개를 끄덕이더니 한참 후에 말했어요. '완벽합니다. 재판을 다시 하기에는 부족하지만……' 나는 '아니에요. 여기 이 자료까지 있으면 충분하지요'라고 말했고, 그 말은 급소를 찔렀지요. 감옥 책임자는 서둘러 말하더군요. '어제 이 일을 다시 생각해보았습니다. 잉에르의 사면을 신청할 사유가 충분히 있더군요.' 그래서 내가 '그럼 도와주신단 말씀이십니까?' 하고 물었지요. '거들어드리겠습니다. 힘껏 거들어드리겠어요.' 그래서 나는 허리를 굽혀 인사하며 말했지요. '그럼 사면이 확실하겠군요. 불행한 남편과 버려진 가정의 이름으로 감사를 드립니다.' '잉에르의 고향에서 더 정보를 구해 올 필요는 없겠지요?' 책임자가 말하더군요. '그쪽에서 그녀를 아시니까요.' 나는 그가 왜 그 일을 조용히 진행시키려 하는지 눈치챘고, 그래서 '고향에서 정보를 구하려면 시간만 지체될 뿐입니다' 하고 대답했습니다.

이사크, 이게 사건의 전부예요." 게이슬레르는 시계를 들여다보았다. "그럼 이제 본론으로 들어갑시다. 한번 더 나와 함께 구리가 나오는 곳으로 가주겠어요?"

이사크는 돌처럼 굳어버렸고, 그렇게 갑자기 다른 이야기를 할 수가 없었다. 그는 몹시 놀라서 깊은 생각에 잠긴 채 그렇게 앉아 있었다. 그러고는 온갖 질문을 쏟아부었다. 그는 사면 신청서가 국왕에게 발송되었고 다음번 회의에서 결정이 내려질지도 모른다는 대답을 들었다. "이건 기적이야!" 그가 말했다.

게이슬레르, 그의 동행인과 이사크는 산으로 올라가서 몇 시간을 머물렀다. 그 몇 시간 사이에 게이슬레르는 동광의 맥이 산을 따라 어떻게 자리잡고 있는지 확인했고, 그가 사려고 하는 땅의 경계를 결정했다. 그는 족제비처럼 헤치고 다녔다. 하지만 그는 바보가 아니었고, 그의 빠른 판단은 놀라울 정도로 정확했다.

광석 견본을 자루 가득 들고 농장으로 돌아온 그는 펜과 잉크와 종이를 청하더니 글을 쓰려고 앉았다. 하지만 급히 단번에 쓰는 대신 때때로 이사크와 한담을 나누었다. "자, 이사크, 저 산을 판다고 큰 돈이 나오지는 않을 겁니다. 하지만 몇백 달레르는 받을 수 있어요." 그리고 그는 쓰기를 계속했다. "떠나기 전에 당신 방도 보고 싶군요. 잊지 마요." 그가 말했다. 그러더니 베틀에 붉고 푸른 선이 그어진 것을 보고는 물었다. "저건 누가 그렸죠?" "엘레세우스가 말과 염소를 그린 겁니다. 종이가 없으니까 색연필로 베틀과 다른 나무토막에 그려본 거지요." 게이슬레르는 말했다. "제법 잘 그렸는데!" 그러고는 아이에게 동전을 하나 주었다.

게이슬레르는 다시 한동안 뭐라고 쓰더니 말했다. "이제 황야를 건너 여기서 살려고 오는 사람들이 좀더 생길 겁니다." 그의 일행이 끼어들었다. "벌써 왔는걸요." "대체 누가 벌써?" "일단은 브레이다블리크라 이름을 붙인 집이 있지요. 저 아래 브레이다블리크에 브레데가 삽니다." "아, 그 사람!" 게이슬레르가 가소롭다는 듯이 웃었다. "네, 그리고 다른 몇 사람도 땅을 샀습니다." "그 인간들이 조금이라도 능력이 있다면." 게이슬레르가 말했다. 그리고 그 방에 있는 아이가 둘이라는 것을 알아채자마자 어린 시베르트를 끌어다 동전 하나를 주었다.

게이슬레르는 참 신기한 사람이다. 그리고 지금 그의 눈은 무슨 눈병이라도 걸린 것처럼 보였고 눈가가 붉었다. 잠을 못 자서 그렇게 되었을 수도 있고, 때로는 독주를 마셔도 그렇게 되던데. 하지만 쇠락하고 있다는 인상을 주지는 않았다. 어느 순간 갑작스레 펜을 붙잡고 계속 이어서 글을 쓰는 걸 보니, 그는 이런저런 온갖 이야기를 하는 동안에도 내내 앞에 놓인 서류 생각만을 했을 것이다.

이제 다 쓴 것 같았다.

그는 이사크를 향했다. "그래요. 아까도 말했지만, 이 거래로 당신이 부자가 되지는 않을 겁니다. 하지만 나중에 수입이 좀 늘어날지도 모르죠. 당신이 나중에 더 많이 받을 수 있도록 쓰겠어요. 하지만 당장은 2백 달레르를 드리지요."

이사크는 벌어지고 있는 일을 다 이해할 수는 없었지만, 2백 달레르 역시 마치 기적 같았고 큰돈이었다. 아마 현금이 아니라 종이로 받겠지만 그것도 괜찮았다. 머릿속이 온통 다른 일뿐이었던 그가 물었다. "그리고 사면을 받겠지요?" "부인 말이죠? 이 마을에 전신이 들어왔다면, 벌써 석방되었는지 트론헤임에 물어볼 텐데요." 게이슬레르가 대답했다. 이사크도 물론 전신 이야기를 들은 적이 있었다. 높은 막대기에 선이 이어진 이상한 물건, 뭔가 별나라 이야기 같은 것이었다. 게이슬레르의 자신만만한 말에 그는 이제 약간 의심 같은 것이 들었고, 그래서 말했다. "하지만 폐하께서 거부하시면 어쩌죠?" "그러면 진술서에 딸린 첨부 자료를 보낼 겁니다. 거기에는 모든 것이 들어 있고, 그러면 석방을 안 할 수가 없어요. 의심은 버리세요."

그리고 그는 자신이 쓴 글, 산의 매매에 관한 계약서를 읽었다. 2백 달레르를 바로 지급하고 나중에 채굴을 하거나 동광을 판매할 경우에는 상당한 비율을 받도록 되어 있었다. "여기 서명하세요." 게이슬레르가 말했다.

이사크는 바로 서명하고 싶었지만 글을 몰랐고, 뭔가를 써본 일이라고는 글자를 나무에 새겨본 게 전부였다. 아, 그런데 저 지긋지긋한 올리네가 서서 지켜보고 있지 않은가. 그는 펜, 가벼워 빠진 징그러운 물건을 손에 쥐고 글을 쓰는 쪽을 아래로 하고는 드디어 썼다. 그의 이름을. 그러고는 게이슬레르가 또 무언가를 그 아래에 썼다. 아마 무슨 설명이었을 것이다. 그리고 동행인이 증인으로서 서명을 했다.

끝.

하지만 올리네는 아직까지도 꼼짝 없이 서 있었다. 아니, 이제야 몸이 굳어버리는 것 같았다. 이제 무슨 일이 벌어질까?

"올리네, 음식을 차려줘요." 이사크가 말했다. 종이에 뭔가를 쓴 일로 우쭐했는지도 모른다. "그냥 집에 있는 걸 드실 수밖에 없겠네요." 그가 게이슬레르에게 말했다.

"고기와 국물 냄새가 나는데요." 게이슬레르가 말했다. "자, 봐요. 여기 돈이 있습니다." 그러고는 두둑한 지갑에서 지폐 뭉치 두 개를 꺼내어 세고 식탁 위에 내려놓았다. "직접 세어보시지요." 그가 말했다.

침묵. 고요.

"이사크!" 게이슬레르가 외쳤다.

"음, 그래요." 이사크가 말했다. "사실 나한테는 이걸 받을 권리가 없어요. 그렇게 많은 일을 해주셨으니." "10달레르 열 장과 5달레르 스무 장이면 맞아요." 게이슬레르가 짧게 말했다. "나중에 당신에게 돈이 훨씬 많이 돌아가기를 바랍니다."

올리네는 다시 정신을 차렸다. 기적은 이미 일어났고, 그녀는 식탁에 음식을 차렸다.

다음날 아침 게이슬레르는 강으로 가서 방아를 둘러보았다. 작고 거칠게 지은 방아, 마치 땅 밑에 사는 난쟁이들을 위한 방아 같았지만 인간들이 사용할 수 있을 만큼 탄탄하고 유용했다. 이사크는 손님을 데리고 강을 따라 좀 올라가 물살이 빠른 곳도 한 군데 보여주었다. 그는 그곳에도 이미 어느 정도 작업을 했고, 주님이 그에게 건강을 허락하신다면 제재소를 만들 작정이었다. "문제는 학교가 멀다는 거예요." 그가 말했다. "아이들을 저 아래 마을에서 남의 집에 맡겨야 하죠." 이리저리 잘 돌아다니는 게이슬레르는 그것을 문제라고 여기지 않았다. "이제 점차 여기 정착하는 사람들이 늘어날 테니까, 학교도 하나 생기겠지요." "그때는 우리 아이들은 다 큰 다음이겠죠." "아이들을 이사크가 마을에 데려다주면 어떤가요. 아이들과 식량을 실어다주고는 삼주나 여섯 주가 지난 다음에 다시 데리고 오는 겁니다. 그 정도 일은 당신에게는 아무것도 아니지 않나요!" "그렇죠."

그랬다. 사실 잉에르가 지금 돌아온다면 그건 아무 일도 아니었다. 그에게는 집과 농장, 먹을 것과 온갖 좋은 것이 있었고, 이제 돈도 생긴데다 몸도 무쇠처럼 튼튼했다. 어디로 보아도 강인하고 부족한 점이 없는 이 건강, 남자다운 건강!

게이슬레르가 떠나고 나자 이사크는 온갖 허영에 들뜬 생각을 하기 시작했다. 이 게이슬레르라는 자는 마지막에, 전신을 보낼 수 있으면 즉시 연락해보라고 충동질했다. 두 주만 있으면 저 아래 우체국에서 소식을 물어볼 수 있을 거라고 했다. 그것만도 벌써 대단한 일이었고, 이사크는 수레에 좌석을 만들기 시작했다. 농사일을 할 때는 떼어놓을 수 있지만 마을에 내려갈 때면 다시 얹을 수 있는 제대로 된 좌석이었다. 하지만 좌석을 만들고 보니 너무나 희고 새것 티가 나서, 그는 좀 어두운 색으로 칠하지 않을 수 없었다. 그리고 할 일은 얼마나 많던가! 농장 전체에 페인트칠을 새로 해야 했다. 몇 년 전부터 그는 곡식을 들여놓기 위한 경사진 다리까지 놓인 곡식 창고를 지을 꿈을 꾸지 않았던가? 제재소를 얼른 끝내고 그의 땅 전체에 담을 쌓고 산 위 호수에서 탈 배를 만들 생각이 아니었던가? 계획은 많았다. 하지만 다 소용없었다. 수천 배로 힘을 낸다 해도 시간이 부족했다. 눈 깜짝할 사이에 일요일이 돌아왔고, 또 다음 일요일이 왔다.

하지만 어쨌건 페인트칠은 해야 했다. 집은 이미 옷을 제대로 못 입은 것처럼 칠이 벗겨져 잿빛이 되었다. 아직 봄이 제대로 온 게 아니었으니, 농사일을 시작하기 전에 시간이 좀 있었다. 작은 가축은 이미 밖에 나와 있었지만 땅은 아직 녹지 않았다.

이사크는 내다팔기 위해 계란 몇 줄을 챙겨서는 마을로 내려가 유성 페인트를 사 왔다. 건물 하나, 헛간을 칠하기에 충분했고, 그는 헛간을 붉게 칠했다. 사람이 사는 집을 칠하기 위해서는 다른 페인트, 황토색을 구해 왔다. "내 말대로군요. 여기가 점점 고급스러워지고 있어요." 올리네는 매일같이 중얼거렸다. 오, 올리네, 그녀는 자신의 셀란로 생활이 끝나가는 것을 느꼈다. 질기고 강한 여자라 그 정도는 견뎌낼 수 있었지만, 쓸쓸함이 없는 것은 아니었다. 한편 이사크는 그녀가 최근에 꽤 많은 물건을 훔치고 챙겼음에도 더이상 셈을 따지지 않았다. 심지어 그녀에게 숫양을 한 마리 선물하기도 했다. 돈도 얼마 못 받으면서 그의 집에서 지낸 지도 꽤 되었으니까. 그리고 올리네는 아이들에게 나쁘게 대하지도 않았다. 그녀는 엄하거나 정의롭다거나 하지는 않았지만, 아이들을 쉽게 다루는 방법을 알고 있어서, 아이들이 물으면 뭐든지 대답해주었고 웬만한 건 다 허락했다. 치즈를 만들 때 아이들이 오면 맛을 보게 해주었고, 일요일에 세수를 안 하고 도망치려 하면 그 또한 그냥 두었다.

건물에 바탕칠을 끝낸 이사크는 마을에 가서, 들고 올 수 있을 만큼 페인트를 사 왔다. 적은 양이 아니었다. 그는 집을 세 번 칠했고, 창살과 창틀은 흰색으로 칠했다. 그가 마을에서 돌아오는 길에 비탈 위의 자기 집을 볼 때면, 마치 동화에 나오는 소리아 모리아 성*을 보는 기분이었다. 황야는 개간되어 더이상 원래 모습을 알아볼 수 없었다. 축복이 내려진 땅이었고, 오랜 꿈이 실제 삶으로 실현되었다. 아이들이 집 주위에서 놀고 있었다. 푸른 산까지 아름답고 넓은 숲이 펼쳐져 있었다.

이사크가 다시 가게로 내려왔을 때, 상인은 문장이 찍힌 푸른 편지 하나를 주며 편지가 5실링이라고 했다. 이 편지는 우편으로 전달된 전보였고, 게이슬레르가 쓴 것이었다. 아, 게이슬레르는 참 신기한 사람이다! 그는 그저 몇 마디를 전보로 보냈다. "잉에르 석방, 곧 도착. 게이슬레르." 하지만 이제는 이사크 앞에서 가게가 빙빙 돌았다. 가게의 카운터와 사람들이 멀리 뒷배경으로 사라지는 것 같았다. 자신이 하는 말도 귀에 들리지 않았다. "아, 정말 다행이다!" "트론헤임에서 일찍 출

---

* 노르웨이 전래 동화 「소리아 모리아 성」에 나오는 성.

발했으면 내일 벌써 여기 도착할 수도 있지요." 가게 주인이 말했다. "그런가요." 이사크가 대답했다.

그는 다음날까지 기다렸다. 증기선 부두에서 우편물을 실은 배가 도착했지만 잉에르는 없었다. "그럼 다음주에나 오겠지요." 가게 주인이 말했다.

시간이 그렇게 많은 것은 어쩌면 오히려 다행이었다. 아직 할 일이 많았으니까. 만사를 잊고 밭도 소홀히 해야 할까? 그는 집으로 가서 거름을 실어날랐다. 삽으로 땅을 찍고, 날마다 땅이 얼마나 녹는가 관찰했다. 이제는 햇빛이 강해지고 해가 높아졌으며, 눈은 사라지고 온 세상이 푸르러졌고, 소는 우리 밖으로 나올 수 있었다. 이사크는 어느 날 밭을 갈았고, 며칠 후에는 곡식 씨를 뿌리고 감자를 심었다. 아이들은 천사 같은 손으로 감자를 심었고, 아버지보다 훨씬 빨랐다.

다음으로 이사크는 강에서 수레를 닦고 그 위에 좌석을 고정시켰다. 그리고 마을에 다녀와야 한다는 이야기를 아이들에게 했다. "걸어가지 않아요?" "아니, 이번에는 수레를 타고 갈 거란다." "우리도 같이 가면 안 돼요?" "아니, 착하지, 이번에는 집에 있으렴. 엄마가 올 테니까, 그럼 엄마한테 여러 가지를 배울 수 있단다." 글 읽는 법을 배우고 싶은 엘레세우스가 물었다. "아빠가 종이에 글을 썼을 때, 그때 어땠어요?" "아무 느낌이 없었어. 마치 손에 아무것도 없는 것 같았지." 아버지는 대답했다. "얼음 위에서처럼 그렇게 그냥 미끄러지지 않아요?" "뭐가?" "글을 쓰는 펜이요." "아, 그렇지, 물론. 그러니까 다루는 법을 배우면 돼."

어린 시베르트는 형과 아주 다른 성격이었고, 펜 이야기는 전혀 하지 않았다. 그저 수레에 올라앉을 생각뿐이었다. 그는 수레 앞의 좌석에 앉아 마구가 갖춰진 말을 몰고 빨리 달려보고 싶었다. 결국 아버지는 두 아이가 꽤 먼 거리를 함께 타고 가도록 허락할 수밖에 없었다.

11

수레를 끌던 이사크는 작은 호수가 나오자 그제야 멈추었다. 바닥이 보이지 않는 깊은 호수의 푸른 수면이 잔잔했다. 이사크는 그런 수면을 어디에 쓸 수 있는지 잘 알았다. 그는 평생 그런 수면 외에는 다른 거울을 사용해본 일이 거의 없었다. 자, 그는 오늘 붉은 셔츠를 곱게 차려입었고, 이제 가위를 꺼내어 수염을 잘랐다. 장사가 겉멋을 부린다. 그는 오늘 다섯 해 동안 기른 수염과 작별하고 멋지게 꾸미려는 것일까? 물론 이건 집에서도 할 수 있는 일이었다. 하지만 그는 올리네의 눈치가 보였다. 그녀가 보는 앞에서 붉은 셔츠를 꺼내 입은 것만도 이미 쉬운 일이 아니었다. 그는 자르고 또 잘랐고, 수염의 상당 부분이 수면으로 떨어졌다. 말이 더이상 가만히 기다리지 않자 그는 면도를 끝내고, 이제는 다 잘랐다고 치기로 했다. 그래, 그는 훨씬 젊어진 기분이 들었다. 정말이다. 그리고, 이게 말이 된다면, 훨씬 늘씬해진 기분이 들었다. 그는 마을로 내려갔다.

다음날 연락선이 왔다. 이사크는 가게 주인의 부두 옆에 서서 내다보았지만, 이번에도 잉에르는 나타나지 않았다. 세상에, 내리는 사람이 어른 아이 할 것 없이 꽤 많았는데도 잉에르는 그중에 없었다. 이사크는 뒤로 물러나 바위 위에 있다가, 더이상 기다릴 이유가 없었으므로 배로 갔다. 궤짝과 들통, 사람들과 우편물이 증기선에서 계속 나왔지만 잉에르는 보이지 않았다. 어린 여자아이를 데리고 온 여자 한 명이 배를 넣어두는 건물의 문 앞에 서 있었지만 잉에르보다 예뻤다. 잉에르가 못생겼다는 말은 아니지만. 그런데, 음, 그 여자가 바로 잉에르였다! 이사크는 "흠!"이라고 말하고 서둘러 그쪽으로 갔다. 잉에르는 인사를 하고 손을 내밀었다. 먼길을 왔고 뱃멀미를 한 탓에 그녀는 감기에 좀 걸렸고 창백했다. 이사크는 아무 말 없이 서 있다가 마침내 인사에 대답했다. "날씨 참 좋지!" "저쪽에서부터 당신이 잘 보였어요. 하지만 마구 밀치고 오지는 않으려고 했죠. 오늘 마을에 볼일이 있나요?" 그녀가 물었다. "그렇지, 흠." "다들 잘 지내고 있고요?" "물어봐줘서 고마워. 잘들 지내지." "이 아이가 레오폴디네예요. 나보다 멀미를 덜했죠. 자, 레오폴디네, 아빠야. 인사해야지." "흠!" 이사크가 다시 말했다. 그는 자신이 그들 사이에서 낯선 사람이 된 듯해 기분이 아주 이상했다. 잉에르가 말했다. "저 아래에 있는 배에서 재봉틀이 보이면, 그건 내 거예요. 그리고 상자가 하나 더 있어요." 이사크는 가보았다. 자리를 뜰 수 있는 게 기뻤다. 선원들은 그에게 상자를 하나 보여주었지만, 재봉틀은 잉에르가 직접 가서 찾아야 했다. 처음 보는 형태의 멋진 상자였는데, 둥근 뚜껑이 있고 손잡이가 달려 있었다. 이 동네에 재봉틀이 들어오다니! 이사크는 재봉틀과 상자를 싣고 가족에게 말했다. "난 이걸 가지고 잠깐 마을에 들러야 하지만, 그다음에는 내가 아이를 안고 가지"라고. "누구를 안는다고요?" 잉에르가 미소지으며 말했다. "이렇게 다 큰 아이가 못 걸을 것 같아요?"

이들은 함께 말과 수레를 향해 갔다. "새 말을 샀어요?" 잉에르가 물었다. "수레에 앉을 자리도 있어요?" "그럼, 물론이지. 하지만 내가 하려던 말은, 뭣 좀 먹을 생각 없어? 먹을거리를 좀 가지고 왔는데." "그건 급하지 않아요. 일단 마을을 벗어나요." 그녀가 말했다. "레오폴디네, 어떠니? 혼자 앉을 수 있어?" 하지만 아버지는 아이가 혼자 앉는 걸 원하지 않았다. "아니, 아이가 바퀴로 떨어질지도 모르지. 당신이 아이를 데리고 올라타서 고삐를 잡아."

이들은 그렇게 출발했고, 이사크는 수레 뒤를 따라 걸었다.

그는 수레에 앉은 두 사람을 관찰했다. 잉에르가 돌아온 것이다. 옷도 외모도 낯설고, 품위가 있고, 언청이도 아니고, 그저 입술 위쪽에 붉은 선이 하나 있을 뿐이었다. 더이상 바람이 새는 소리를 내지 않았고, 신기하게도 말을 완벽하게 했다. 프릴이 달린 회색과 붉은색 줄무늬의 머릿수건은 그녀의 짙은 머리색과 잘 어울렸다. 그녀는 앉은 자리에서 돌아보며 말했다. "당신이 털가죽을 가지고 왔더라면 좋았을 텐데요. 저녁이 되면 아이한테는 추울지도 모르겠어요." "아이에게는 일단 내 겉옷을 입혀도 되지. 숲에 들어가면 거기 내가 두고 온 털가죽도 있고." "숲속에 털가죽이 있다고요?" "그래. 혹시 당신이 오늘 안 오면, 하루종일 마차에 싣고 다니지는 않으려고 했지." "아, 그리고 아까 뭐라고 했지요? 아이들은 잘 지내나요?" "물론. 물어봐줘서 고마워." "생각해보면 이제 꽤 컸겠네요." "그래, 그렇지. 아이들이 일전에는 감자도 심었어." 어머니는 머리를 흔들며 말했다. "아, 벌써 감자를 심을 수 있어요?" 이사크는 자기 몸에 손을 대 보이며 엘레세우스는 이만하고 시베르트는 이만하다고 대답했다.

어린 레오폴디네는 먹을 것을 달라고 했다. 아, 귀여운 아이. 수레에 올라앉은 예쁜 딱정벌레! 아이의 말은 노래처럼 들렸다. 트론헤임 말투였고, 아버지는 때로 통역이 필요했다. 아이는 오빠들과 비슷한 데가 있었다. 세 아이는 모두 엄마처럼 갈색 눈과 긴 얼굴을 하고 있었다. 엄마를 닮은 아이들이었다. 기쁜 일이었다. 이사크는 작은 신발, 길고 얇은 털양말, 짧은 원피스, 이런 것들 때문에 딸이 낯설었다. 아버지에게 꾸벅 인사하며 아이는 작은 손을 내밀었다.

숲까지 온 이들은 잠시 쉬며 음식을 먹었다. 말도 여물을 먹었고, 레오폴디네는 빵을 손에 들고 히스 사이를 뛰어다녔다. "당신은 하나도 안 변했군요." 잉에르는 남편을 바라보며 말했다. 이사크는 옆을 보며 말했다. "그렇게 생각하나? 하지만 당신은 아주 귀부인이 다 되었는걸!" "하하! 아니, 이제 난 늙었죠." 그녀가 장난스럽게 말했다. 숨길 수 없는 사실이었다. 이사크는 자신이 없어졌다. 그는 겁이라도 먹은 듯 주저했다. 아내는 몇 살이나 되었을까? 서른은 넘었을 것이다. 아니, 서른은 안 됐을 거야. 말도 안 돼. 이사크는 먹으면서도 히스 가지 하나를 꺾어서 씹었다. "저런, 히스도 먹어요?" 잉에르가 웃으면서 외쳤다. 이사크는 히스를 던지고는 음식을 입에 넣고 말의 앞발을 들어올렸다. 잉에르는 깜짝 놀라서 그 장면을 바라보았고, 말이 두 발로 선

것을 보았다. "왜 그렇게 하는 거예요?" 그녀가 물었다. 그는 "사람을 잘 따르니까"라고 말하고는 말을 다시 놓았다. 왜 이런 행동을 했을까? 그냥 갑자기 그러고 싶은 충동이 들었다. 어쩌면 당혹감을 감추려고 그랬는지도 모른다.

그러고 나서 그들은 다시 출발했고, 셋은 한동안 걸었다. 새로 지은 집이 보였다. "저건 뭐예요?" 잉에르가 물었다. "브레데의 땅이야. 그가 샀지." "브레데요?" "그리고 집 이름은 브레이다블리크고. 거긴 황무지는 많지만 숲은 별로 없지." 브레이다블리크를 지난 이들은 그 이야기를 계속했지만, 이사크가 보니 브레데의 수레는 그냥 밖에 세워져 있었다.

하지만 이제는 아이가 피곤해했고, 아버지는 아이를 조심스레 들어 올려 안고 걸었다. 셋은 계속 걸었고, 레오폴디네는 오래지 않아 잠이 들었다. 잉에르가 말했다. "이제 아이를 수레에 있는 털가죽에 눕히죠. 그럼 실컷 잘 수 있으니까요." "너무 흔들릴 텐데." 아버지는 이렇게 말하며 그냥 안고 가고 싶어했다. 이들은 황무지를 지나 숲에 도착했고, 잉에르는 워워 소리를 냈다. 그녀는 말을 멈춰 세운 다음 이사크에게서 아이를 받고는 그에게 상자와 재봉틀을 한쪽으로 밀라고, 그러면 레오폴디네가 수레에 누울 수 있다고 말했다. "그럼 하나도 안 흔들릴거니까, 억지 부리지 마요." 이사크는 그녀가 하라는 대로 아이를 털가죽으로 감싸고는 자기 외투를 베개 삼아 머리 아래에 괴어주었다. 그러고는 길을 계속 갔다.

부부는 함께 걸으며 여러 가지 이야기를 했다. 해가 길어 저녁까지 환했고, 날은 따뜻했다. "올리네는 보통 어디에서 자나요?" 잉에르가 물었다. "작은방에서." "아. 아이들은요?" "거실에 아이들 침대가 있지. 당신이 가던 때와 똑같이 침대 두 개가 있어." "아까부터 당신을 보고 있었어요." 잉에르가 말했다. "당신은 전하고 똑같아요. 온갖 짐을 메고 이 황무지로 날랐지만 그래도 어깨가 약해지지 않았군요." "그렇지. 그런데 내가 묻고 싶은 건, 당신 그동안 지낼 만했어?" 이사크는 이 말을 하며 가슴이 두근거렸고, 목소리도 떨렸다. 잉에르는 "네, 뭐 괜찮았어요"라고 대답했다.

둘의 대화는 점차 더 다정해지고 감정적이 되었고, 이사크는 그녀가 피곤하지 않은지, 수레를 타는 게 낫지 않겠냐고 물었다. "아니, 괜찮아요." 잉에르가 대답했다. "하지만 무슨 일인지 모르겠어요. 멀미가 그친 후로 계속 배가 고프네요." "뭣 좀 먹을까?" "나 때문에 너무 오래 멈춰야 하는 게 아니라면요." 아, 잉에르, 그녀는 아마 배가 고프지 않았을 것이다. 하지만 이사크가 좀 먹게 해줄 생각이었다. 그의 마지막 식사는 히스를 씹다가 그만둔 것이었으니까.

따뜻하고 훤한 저녁이었고 아직 갈 길이 멀었으므로, 이들은 바로 먹기 시작했다.

잉에르는 상자에서 꾸러미를 하나 꺼내고 말했다. "아이들에게 주려고 뭘 좀 가져왔어요. 여기는 해가 드니까 저쪽 덤불로 가지요." 둘은 덤불 밑에 앉았고, 잉에르는 아이들에게 줄 물건들을 보여주었다. 버클이 달린 예쁜 멜빵, 베껴 쓸 수 있는 습자책, 연필 하나씩, 주머니칼 하나씩. 그녀 것으로는 아주 아름다운 책이 있었다. 감옥 책임자에게서 기념으로 받은 기도서였다. 그녀는 레오폴디네의 레이스도 보여주었고, 이사크에게는 비단처럼 반짝이는 검은 목도리를 주었다. "내

거?" 그가 물었다. "그래요, 당신 거예요." 이사크는 목도리를 조심스레 손에 받아 쓰다듬었다. "예쁘죠?" "예쁘군! 온 세상에 보이고 다녀도 되겠는걸!" 하지만 그의 손가락은 하도 거칠어서 이 이상한 비단에 자꾸 걸렸다.

잉에르는 더이상 보여줄 것이 없었지만, 다시 물건을 꾸리면서 붉은 줄무늬 양말이 보이게 앉아 있었다. "흠! 도회지에서는 그런 양말을 신나?" 그가 물었다. "네, 털실은 도시에서 구한 거지만 뜨기는 내가 직접 떴어요. 거기서는 양말을 짠다고 하지요. 아주 긴 양말이에요. 무릎 위까지 가요. 자, 봐요……" 잠시 후 그녀는 속삭였다. "이사크, 당신은 하나도 안 변했어요. 그대로군요!"

이들은 한동안 길을 계속 갔다. 잉에르는 이제 수레에 올라타고 말을 끌었다. "커피도 한 꾸러미 가지고 왔어요. 하지만 오늘은 맛볼 수 없겠네요. 아직 볶지 않았으니까요." "됐으니까 당신도 괜히 일 만들지 마."

시간이 좀 흐르고 나니 해도 지고 서늘해졌다. 잉에르는 내려서 걸으려고 했다. 그녀는 레오폴디네에게 털가죽을 잘 덮어주고, 아이가 그렇게 오래 자는 것을 보고 미소를 지었다. 그리고 부부는 걸으며 계속 이야기를 나누었다. 잉에르가 하는 말을 다시 들을 수 있는 것은 즐거운 일이었다. 이렇게 듣기 좋게 말을 할 사람은 세상에 없었다.

"우리 암소는 네 마리였지요?" "아니, 지금은 더 있어. 여덟 마리야." "소가 여덟 마리라고요!" "수소까지 합하면 그렇지." "버터를 팔았나요?" "그랬지. 계란도 팔았고." "닭도 있어요?" "그럼, 물론이지. 돼지도 한 마리 있고." 잉에르는 경탄할 수밖에 없었다. 자기 귀를 믿을 수가 없어서, 말을 잠시 세웠다. 이사크는 자랑스러운 마음이 들었

고, 그녀를 깜짝 놀라게 해주기로 작정했다. "게이슬레르 말이야, 당신
도 알지, 그 게이슬레르." 그가 말했다. "그가 얼마 전에 왔었어." "그
래서요?" "그가 우리한테서 동광을 샀어." "흠. 동광이 뭔데요?" "구
리가 나오는 광산. 저기 산에, 호수 북쪽에 있지." "흠. 그래서 돈을 받
은 거예요?" "물론이지. 게이슬레르는 돈을 떼어먹을 사람은 아니니
까." "얼마나 받았는데요?" "흠, 못 믿겠지만 2백 달레르." "2백 달레
르를 받았다고요?" 잉에르는 외치며 잠시 말을 멈추게 했다. "워워!"
"물론 받았지. 그리고 농장 값도 이미 오래전에 지불했고." "아, 당신
은 대단해요!"

잉에르를 감탄시키고 그녀에게 부를 보여주는 것은 큰 즐거움이었
다. 그래서 이사크는 자신은 이제 상인은 물론 누구에게도 빚이 없다
는 말을 덧붙였다. 그리고 게이슬레르에게서 받은 2백 달레르에 손을
안 대고 그대로 두었을 뿐 아니라 그 외에도 160달레르가 더 있다는
말도. 그에게는 하늘에 감사할 이유가 많았다.

둘은 게이슬레르에 대해 계속 이야기를 했고, 잉에르는 자신이 석방
되도록 그가 어떻게 했는지 설명했다. 하지만 일이 그렇게 순순히 풀
린 것은 아니었다. 그도 시간이 많이 필요했고, 감옥 책임자에게 여러
번 가야 했다. 게이슬레르는 의회와 다른 공무원들에게 여러 번 편지
를 썼지만, 그것을 감옥 책임자 모르게 했으며, 감옥 책임자는 그 사실
을 알자 불쾌해하며 적대적인 태도를 보였다. 당연한 일이었다. 하지
만 게이슬레르는 포기하지 않고 새로운 심문과 그에 딸린 모든 것을
요구했고, 그래서 국왕은 서명할 수밖에 없었다.

이전에 지방 행정관이었던 게이슬레르는 이 두 사람에게는 언제나

잘 대해주었는데, 둘은 그가 왜 그러는지 자주 생각해보았다. 그가 고맙다는 말 외에는 아무것도 받지 않고 이 모든 일을 해준 것은 이해가 안 되는 일이었다. 트론헤임에서 그와 이야기를 했지만, 그 일로 잉에르가 새로 알게 된 것도 없었다. 그는 지역의 다른 사람들에게는 관심이 없었고 그들 둘만 생각했다고 잉에르는 말했다. "그가 그렇게 말했어?" "그래요. 이곳 사람들에게 실망했던데요. 그리고 그는 그 사실을 숨기지 않을 거예요. 그렇게 말했어요." "그랬나." "그리고 사람들은 그를 놓친 걸 후회하게 될 거예요."

이제 그들은 숲을 다 통과했고, 셀란로가 저 앞에 보였다. 전보다 건물이 많아졌고, 다들 보기 좋게 색칠이 되어 있었다. 잉에르는 어디가 어딘지 몰라 멈춰 섰다. "혹시 저기 저게…… 저게 우리집은 아니겠지요?" 그녀가 외쳤다.

어린 레오폴디네는 그제야 잠에서 깨어 일어났다. 이제 푹 쉰 아이는 마차에서 내려주니 걸을 수 있었다. "저기로 가는 거예요?" 아이가 물었다. "그래. 멋있지?"

멀리 보이는 집 앞에서는 작은 형체들이 움직이고 있었다. 기다리고 있던 엘레세우스와 시베르트는 이들을 보고 달려왔다. 잉에르는 감기가 악화됐는지, 기침과 콧물이 심해진데다 눈이 충혈되고 눈물이 고였다. 배에서는 감기가 쉽게 걸린다. 콧물이 심해서 눈물까지 나다니.

가까이 달려온 두 아이는 달리다가 멈춰 서서 뚫어지게 바라만 보았다. 아이들은 어머니의 모습을 잊어버렸고, 동생은 본 적이 없었던 것이다. 아버지마저 아주 가까이 온 다음에야 알아볼 수 있었다. 수염을 많이 잘랐으니까.

12

이제는 아무 문제가 없었다.

이사크는 귀리 씨를 뿌리고 써레질을 하고는 땅 고르는 기계로 밭을 갈았다. 레오폴디네가 밖으로 나왔고, 땅 고르는 기계에 올라앉고 싶어했다. 아이는 아직 어렸고 기계에 대해 잘 몰랐다. 오빠들은 더 아는 게 많아, 그 기계에는 의자가 없다고 얘기해주었다.

하지만 아버지는 어린 레오폴디네가 그에게 다가오고 벌써 그를 따르는 것이 기뻤다. 그는 아이와 이야기하고, 신발에 흙이 들어가지 않도록 밭에서 조심해서 걸으라고 했다. "아, 이거 보게, 오늘은 진짜로 파란 옷을 입었네! 어디 보자, 그래, 정말 파란색이구나. 그리고 허리 띠랑 다른 것도 다 했네? 여기로 타고 온 커다란 배 기억나니? 거기서 기계를 봤니? 그래, 이제 오빠들하고 들어가렴. 그럼 오빠들이 놀아줄 거야."

올리네가 떠난 후로 잉에르는 이전처럼 집안과 우리에서 해야 하는 일들을 다시 맡았다. 상황이 달라져야 한다는 것을 강조라도 하려는 듯, 청소와 정돈을 지나치게 중시하는 것 같았다. 모든 면이 놀라울 정도로 달라졌다. 그녀는 심지어 가축우리의 창문과 창틀도 닦았다.

하지만 그것은 처음 며칠, 처음 한 주뿐이었다. 그후로는 잉에르도 느슨해졌다. 사실 우리를 그렇게 반짝반짝 닦을 필요는 없었고, 그 시간에 할 수 있는 더 중요한 일들이 있었다. 잉에르는 도시에서 여러 가지를 배웠고, 이제 그 기술들을 활용하려 했다. 다시 물레와 베틀을 돌리기 시작한 그녀는 전보다 더 빠르고 능숙해졌다. 어쩌면 너무 빨랐는지도 몰랐다. 획획! 특히 그녀를 바라보는 이사크가 생각하기에는 그랬다. 그는 인간이 손가락을 그렇게 놀릴 수 있다는 사실이 이해가 안 되었다. 잉에르의 큰 손에 달린 길고 예쁜 손가락들. 하지만 잉에르는 그러다가 하던 일을 중단하고 다른 일을 했다. 할 일이 전보다 많았고 규모도 컸으며, 그녀는 전보다 참을성이 준 것 같기도 했다. 그녀는 어딘가 불안해 보였다.

우선, 그녀가 가지고 온 꽃이 있었다. 알뿌리와 포기, 살펴줘야 하는 작은 생명들이었다. 창문은 너무 작고 창틀도 너무 좁아서, 거기에 화분을 놓을 수는 없었다. 화분도 없었기 때문에 이사크는 베고니아, 푸크시아, 장미를 심을 작은 상자들을 만들어야 했다. 게다가 창문 한 개는 너무 적었다. 큰방에 창문이 하나뿐이라니!

잉에르가 말했다. "그리고 다리미도 없어요. 바느질을 하고 치마와 양복을 만들면 그걸 다릴 다리미가 필요해요. 다리미가 없으면 단정함

근처에도 못 가죠."

이사크는 마을의 대장장이에게 좋은 다리미를 만들도록 시키겠다고 약속했다. 오, 이사크는 뭐든지, 잉에르가 원하는 것은 무엇이든 할 생각이었다. 잉에르가 많은 것을 배웠고 아주 솜씨 좋은 여자가 되었다는 것을 그도 느꼈으므로. 그녀의 말투도 달라졌다. 그녀는 품위 있는, 조심스러운 언어를 사용했다. 그녀는 전처럼 "와서 먹어요!"라고 그를 부르지 않았고, "식사 준비됐어요!"라고 했다. 모든 것이 달라졌다. 전에 그는 기껏해야 "그래"라고 대답하고는 들어가는 순간까지 일을 계속했다. 하지만 지금 그는 "그래, 고마워"라고 하고는 바로 들어왔다. 사랑은 똑똑한 사람도 어리석게 만들고, 이사크는 때때로 "고마워, 고마워!"라고 말했다. 모든 것이 달라졌다. 하지만 좀 너무 세련되게 변한 게 아니었을까? 이사크가 농부의 언어로 "똥"이라고 하면 잉에르는 "인분"이라고 했다. "아이들이 들으니까요."

그녀는 아이들에게 신경을 많이 써서 모든 것을 가르쳤고, 아이들은 많은 걸 배웠다. 콩알만한 레오폴디네는 코바늘을 다룰 줄 알고, 남자 아이들은 쓰기와 다른 과목들을 배웠다. 그러니 마을 학교에 아무 준비 없이 들어가지는 않을 것이다. 엘레세우스가 유난히 크게 진보한 반면, 동생 시베르트는 직설적으로 말하자면 별로 특출하지 않은 아이, 그냥 장난이나 치는 개구쟁이였다. 어머니의 재봉틀에도 손을 대고 주머니칼로 식탁과 의자에 흠집을 만들기도 했다. 그래서 이미 칼을 빼앗길 뻔한 적도 있었다.

하지만 아이들은 농장의 모든 동물과 놀 수 있었고, 엘레세우스는 색연필도 아직 갖고 있었다. 그는 색연필을 아주 아꼈고, 어지간해서는 동생에게 빌려주지 않았다. 시간이 지나면서 벽이란 벽에는 모두 그림이 그려졌고, 색연필은 눈에 띄게 짧아졌다. 결국 엘레세우스는 동생에게 요일제를 적용하는 수밖에 없었고, 일요일에만 내주고서 그림도 딱 하나만 그릴 수 있게 했다. 시베르트의 마음에 들지는 않았지만, 엘레세우스는 그런 문제에서 양보하는 사람이 아니었다. 힘이 더 셌기 때문만은 아니었다. 팔도 더 길었기 때문에, 다툼이 있어도 더 잘 빠져나갈 수 있었다.

하지만 시베르트, 이 아이! 어느 날은 숲에서 뇌조 둥지를 발견하곤 했다. 하루는 쥐 둥지를 찾았다고 뻐겼고, 다른 날은 사람만큼 큰 송어를 강에서 봤다고 허튼소리를 했다. 하지만 모두 상상이었다. 이야기를 지어내기는 했어도 시베르트는 착한 아이였다. 고양이가 새끼를 낳으면 우유를 가져다주는 것도 시베르트였고(고양이는 엘레세우스를 보면 사납게 씩씩거렸다), 새끼 고양이들이 작은 발들로 부산을 떠는 상자를 지칠 줄 모르고 살피는 것도 시베르트였다.

그는 닭들도 날마다 관찰했다. 볏이 달리고 깃털이 화려한 커다란 수탉, 이리저리 돌아다니며 꽥꽥거리고 모래를 쪼다가도 알을 낳고 나면 예민하게 울어대는 암탉.

숫양도 있었다. 시베르트는 전보다 아는 게 좀 늘어났지만, 그래도 숫양을 보고 "우와, 코가 로마인들처럼 생겼네!" 같은 말을 할 줄은 몰랐다. 하지만 그보다 더 나은 걸 할 줄 알았다. 그는 숫양을 어린양 때부터 알았다. 그래서 친척이나 친구처럼 양을 사랑했고, 양과 한몸이나 마찬가지였다. 어느 날 그는 결코 잊을 수 없는 신비로운 경험을 했다. 바깥 풀밭에서 풀을 뜯던 숫양이 갑자기 고개를 뒤로 젖히더니 가만히 서서 먼 곳을 바라보는 것이었다. 시베르트도 저도 모르게 같은 방향을 바라보았다. 아니, 특별한 건 아무것도 안 보이는데? 하지만 그는 내면에서 특별한 무엇을 느낄 수 있었다. '마치 에덴동산을 들여다보는 것 같네!' 하고 시베르트는 생각했다.

아이들은 자기 소도 두 마리씩 있었다. 아이들은 걸음걸이가 무거운 이 커다란 짐승, 착하고 순한 짐승을 데려와서 쓰다듬을 수 있었다. 돼지도 있었다. 제대로 돌봐주기만 하면 자기를 잘 추스르는 흰 돼지는, 귀가 밝아 못 듣는 소리가 없었다. 음식을 밝히는 이 재미있는 친구는 소녀처럼 간지럼을 타고 수줍어했다. 그리고 숫염소도 있었다. 셀란로에는 언제나 할아버지 숫염소가 한 마리 있었다. 그 염소가 죽고 나면 다른 염소가 그 자리를 차지했다. 숫염소의 모습은 정말 재미있었다. 요새는 보살필 암염소가 많은데, 그래도 때로는 다른 염소들을 귀찮아하며, 긴 수염을 한 채로 투덜거리며 땅에 누워버렸다. 성조聖祖 아브라함 같은 모습이었다. 그러다가 갑자기 몸을 추슬러 무릎을 짚고 일어서서는 암염소들에게로 걸어갔다. 지나가는 곳마다 특이한 냄새를 남기면서.

농장에서의 일상은 계속 흘러갔다. 어쩌다가 산을 넘으려는 여행자가 지나가다가 "지낼 만합니까?" 하고 물으면, 이사크도 대답하고 잉에르도 대답했다. "네, 물어봐주셔서 감사합니다."

이사크는 그치지 않고 일을 했다. 무엇을 할 때건 언제나 달력을 보면서. 그는 언제 달이 바뀌는가를 주의했고, 날씨가 어떻게 되려나 살폈고, 일을 하고 또 했다.

그는 황무지를 가로지르는 그런대로 괜찮은 길을 내었으니 이제 수레를 타고 마을까지 내려갈 수도 있었지만, 보통은 무거운 짐을 진 채 걸어서 가는 편을 더 좋아했다. 그는 염소젖 치즈나 자작나무 껍질, 버터와 계란 같은 짐을 지고 가서 팔고 다른 물건을 사 왔다. 브레이다블리크 아래쪽으로는 길이 나빴기 때문에, 여름에는 자주 내려가지 않았다. 그는 브레데 올센에게 길을 내는 일을 거들라고 했고 브레데도 그러겠노라고 약속했지만 지키지 않았다. 이사크는 그 이야기를 반복하기는 싫었다. 차라리 무거운 짐을 등에 지고 걷는 편이 나았다. 잉에르는 그 모습을 보고 말했다. "당신은 어떻게 그런 걸 다 해요? 뭐든지 다 견뎌내는군요!" 그는 정말로 모든 것을 견뎌냈다. 그의 장화는 엄청나게 두껍고 무거웠으며, 깔창 아래에는 쇠가 박혀 있었고, 심지어 신발끈까지 나사로 고정되어 있었다. 그런 신을 신고 걸을 수 있다는 것만도 놀라운 일이었다.

다시 마을에 내려간 그는 몇 명씩 무리지어 다니는 일꾼들을 곳곳에서 만났다. 일꾼들은 돌로 된 말뚝을 박고 전신주를 세우고 있었다. 근처에서 온 사람들도 있었고, 농사를 지으려고 여기 자리를 잡았다는 브레데 올센도 그 사이에 있었다. 이사크는 '그에게 저럴 시간이 있다니!' 하고 생각했다.

작업반장은 그에게 전신주로 쓸 통나무를 팔겠느냐고 물었다. "아뇨." "돈을 넉넉히 주어도요?" "싫습니다." 이사크는 눈치가 늘었고, 거절하는 편이 낫겠다고 생각했다. 지금 목재를 팔면 당장은 돈이 몇 달레르 더 생길 것이다. 하지만 남는 나무가 더이상 없으면 그게 다 무슨 소용인가? 그러자 건축기사가 직접 와서 같은 요구를 했지만 그는 거절했다. "우리도 기둥은 충분히 있어요. 하지만 먼 길을 끌고 오는 대신 이 숲에서 얻는다면 더 편할 겁니다." "나는 기둥과 목재가 부족합니다." 이사크가 대답했다. "게다가 제재소를 지어서 거기서 톱질을 할 생각이에요. 그리고 헛간도 없고 작업장도 없어요."

그러자 브레데 올센이 끼어들었다. "나라면 팔겠는데." 이사크는 참을성이 있는 사람이었지만, 눈을 번쩍이며 대답했다. "그래, 그러시겠죠." "무슨 말이죠?" 브레데가 물었다. "하지만 난 당신이 아니라는 거요." 이사크가 말했다.

인부 중 몇은 그 대답을 듣고 히죽거렸다.

그렇다, 이사크는 이웃 사람 브레데를 꺼릴 특별한 이유가 있었다. 바로 오늘 그는 브레이다블리크에 딸린 땅에서 양 세 마리를 보았고, 그중 한 마리를 알아본 것이다. 올리네가 물물교환을 하며 내주었던 귀가 평평한 양이었다. 그는 '나는 뭐, 가져가도 상관 안 해'라고 생각하고 가던 길을 계속 갔다. '나는 뭐, 브레데와 아내가 그 양으로 돈을 벌어도 상관 안 해.'

사실이었다. 그는 늘 제재소 생각을 놓지 않았다. 그래, 땅이 굳었던 겨울에 그는 상인이 트론헤임에서 구해다준 원형톱과 부품들을 사다 두었다. 녹이 스는 것을 방지하기 위해 아마인유를 칠한 이 부품들은 지금 그의 창고에 놓여 있었다. 골조를 짤 기둥은 이미 몇 갖다 놓았고, 언제라도 건축을 시작할 수 있었다. 하지만 그는 하루하루 미루고 있었다. 무슨 일이었을까? 기운이 점차 달리는 것이었을까? 다른 사람들이라면 아무렇지도 않게 생각하겠지만 그에게는 좀 놀라운 일이었다. 어지럼증이 생겼나? 전에는 어떤 일도 꺼리지 않던 그가, 큰 폭포위에 커다란 방앗간을 지은 이후로 변했나? 마을에서 일손을 구할 수도 있었다. 하지만 이번에도 일단 혼자 해보기로 했다. 며칠 안에 시작할 생각이었고, 잉에르도 손을 거들어줄 것이었다.

그는 잉에르와 이 문제에 대해 이야기했다. "흠. 몇 시간 짬이 생기면, 제재소를 짓는 걸 도와주겠어?" 그가 말했다. 잉에르는 생각해보았다. "그래요. 할 수 있으면 하지요." 그녀가 말했다. "그러니까 제재소를 지을 거예요?" "그래, 그럴 생각이야. 이제 자세한 계획을 세웠지." "방앗간보다 짓기 어려운가요?" "훨씬 어렵지. 열 배는 어려울걸." 그가 뻐겼다. "알아? 모든 부분이 정확하게 들어맞아야 하고 커다란 원형톱이 가운데에서 돌아가야 하니까." "이사크, 당신이 그걸 완성할 수만 있다면!" 잉에르가 별생각 없이 말했다. 이사크는 그 말이 섭섭해서 대답했다. "두고 보면 되겠지." "전문가의 도움을 받을 수는 없나요?" "없지." "그럼 못 지을 거예요." 잉에르는 이렇게 말했고 물러서지 않았다.

이사크는 손을 천천히 머리로 올렸다. 마치 곰이 발을 드는 것 같았다. "다 못 지을까봐, 바로 그게 걱정이 되는 거야." 그가 말했다. "그래서 그걸 이해하는 당신이 도와주었으면 하는 거고." 그 말은 옳은 말이었지만, 그렇다고 그가 바로 승리를 거둔 것도 아니었다. 잉에르는 머리를 흔들고 고개를 돌렸으며, 제재소에 관여하지 않으려고 했다. "흠." 이사크가 말했다. "나보고 강물에 발을 담그고 서서 건강을 버리라는 말이에요? 그럼 누가 재봉질을 하고 가축과 집안일과 다른 일들을 돌보나요?" "아니, 아니, 아니." 이사크가 말했다.

도움이 필요한 것은 그저 네 모서리의 기둥, 그리고 긴 벽을 따라 중간에 들어가는 기둥 둘 때문 아니었던가. 그저 그 일을 도와달라는 것이었지, 그 이상은 아니었다. 잉에르는 혹시 도시에서 오래 지내서 깍쟁이가 된 것일까?

그랬다. 잉에르는 변했고, 밤낮없이 모두에게 유익한 것을 생각하는 대신 자기 자신에 대해서만 생각했다. 그녀는 빗으로 가축 털을 빗어주고 물레와 베틀을 다시 돌리기 시작했지만 재봉틀에 앉는 것을 훨씬 좋아했다. 철물상이 다리미를 만들어주었으니 이제 재봉 솜씨를 과시할 준비가 끝난 셈이었다. 그것은 그녀의 직업이었던 것이다. 먼저 그녀는 어린 레오폴디네에게 옷을 몇 벌 해주었다. 옷은 이사크의 마음에 들었고, 어쩌면 그래서 칭찬을 너무 과하게 했는지도 모르겠다. 잉에르는 그건 자신의 능력에 비하면 아무것도 아니라고 했다. "하지만 너무 짧은데." 이사크가 말했다. "도시에서는 그렇게 입어요." 잉에르가 대답했다. "당신은 모르겠지만." 심지어 이사크는 잉에르에게 마음대로 쓰라고 천도 하나 사다주겠다고 했다. "외툿감으로요?" 잉에르가 물었다. "그러든지, 아니면 만들고 싶은 걸 만들든지." 잉에르는 외투를 만들기로 하고 어떤 감을 원하는지 이사크에게 설명해주었다.

하지만 외투가 완성되자 그 옷을 입고 갈 데가 필요했다. 그래서 그녀는 두 아이가 마을의 학교에 들어가자 아이들을 학교에 데려다주었다. 이 나들이는 헛되지 않았고, 파장이 없지 않았다.

이들은 먼저 브레이다블리크를 지나갔는데, 부인이 아이들과 함께 나와 지나가는 이들을 뚫어지게 바라보았다. 잉에르와 아이들은 마치 귀족 같은 모습으로 수레 위에 올라앉아 있었다. 아이들은 학교에 들어가는 거였고, 잉에르는 외투를 입고 있었다. 이를 본 브레이다블리크의 안주인은 심장을 찔린 것 같았다. 그녀는 허영심이 없었으니 외투는 문제가 아니었다. 하지만 그녀에게도 아이들이, 큰딸 바르브로와 둘째 헬게, 그리고 카트리네가 있었는데 다들 학교에 갈 나이가 지났다. 위의 두 아이는 물론 마을에 살 때 학교에 다녔지만, 가족이 황무지로, 여기 외진 브레이다블리크로 이사하자 이교도처럼 살 수밖에 없었다.

"아이들이 먹을 건 가지고 있어요?" 그녀가 물었다. "먹을 거, 갖고 왔죠. 저기 저 상자 보여요? 내가 여행 때 가지고 온 건데, 먹을 걸로 가득하답니다." "뭘 가지고 가나요?" "뭘 가지고 왔냐고요? 점심에 먹을 베이컨과 고기, 다른 때 먹을 버터와 빵과 치즈죠." "대단하군요." 그녀가 말했고, 그녀의 불쌍하고 창백한 아이들은 그런 훌륭한 음식 이야기에 눈을 번쩍 뜨고 귀를 쫑긋 세웠다. "아이들은 어디에 맡길 건가요?" 그녀가 질문을 계속했다. "대장장이 집에요." 잉에르가 대답했다. "아하. 우리 아이들도 학교에 갈 때가 됐는데, 지방 행정관님 댁에 맡기려고 해요." "그렇군요." 잉에르가 말했다. "네, 아니면 의사나 목사님 댁에 맡기려고요. 브레데는 유지들을 잘 아니까요." 그러자 잉에르는 외투를 쓰다듬으며 검은 비단으로 된 장식을 겉으로 드러내 보였다. "그 외투는 어디에서 샀나요? 가지고 온 거예요?" 그녀가 물었다. "내가 만들었지요." "아, 그렇군요. 정말로 대단하네요. 돈도 그렇고 뭐든지 넉넉하군요!"

길을 더 가며 잉에르는 마음이 뿌듯했고, 우쭐한 기분이 들었다. 마을에 도착한 잉에르가 이런 마음을 너무 겉으로 드러내 보였는지, 지방 행정관 헤이에르달의 부인은 그녀가 외투를 입고 나타난 것을 언짢게 생각했다. 그녀는 셀란로 여자는 자기 본분을 잊은 것 같다고, 무슨 일로 여섯 해 동안 외지에 가 있었는지 잊은 모양이라고 말했다. 하지만 잉에르는 어쨌건 자기 외투를 사방에 보였고, 상인의 부인도 대장장이의 부인도 학교 선생님의 부인도 그런 외투 한번 가져봤으면 하고 생각했다. 그러나 시간이 필요한 일이었다.

얼마 지나지 않아 잉에르에게 고객이 생겼다. 산 너머에 사는 여자 몇이 호기심 때문에 그녀에게 왔다. 올리네는 원하건 원하지 않건 잉에르 이야기를 하지 않을 수 없었고, 지금 오는 사람들도 잉에르의 고향 이야기를 들려주었다. 그럼 잉에르는 그들에게 커피 한 잔이라도 대접하고 재봉틀을 보여주었다. 젊은 아가씨들은 바닷가를 따라 둘씩 와서 잉에르에게 조언을 구했다. 때는 가을이었고 그들은 새 옷을 맞추려고 돈을 모아 왔으며, 잉에르는 바깥세상에서는 무엇이 유행인지 이들에게 알려줄 수 있었고 때로는 천을 잘라주기도 했다. 이런 방문을 받으면 잉에르는 활력이 생겼다. 그녀는 활짝 피어나 친절하고 사근사근해졌으며, 자기 일을 잘 알기 때문에 옷본 없이도 재단을 할 수 있었다. 때로 그녀는 긴 끝단을 돈 하나 안 받고 재봉틀로 박아서는 농담을 하며 그 천을 아가씨들에게 돌려주었다. "단추는 혼자 달 수 있겠죠!"

시간이 흘러 가을이 되자 잉에르에게는 심지어 마을로 내려와 옷을 맞춰달라는 부탁도 왔다. 하지만 잉에르는 그럴 수 없었다. 가족과 가축과 집안일이 있었고 하녀는 없었으니까. 뭐가 없다고? 하녀?

그녀는 이사크에게 말했다. "도와주는 사람이 있으면 재봉일에 집중할 수 있을 텐데요." 이사크는 못 알아들었다. "도와주는 사람?" "그래요. 집안에서 도와주는 사람요. 하녀 말이죠." 이사크는 눈앞이 빙빙

도는 것 같았다. 그는 붉은 수염 아래로 살짝 웃으며, 농담이겠거니 했다. "물론이지. 하녀를 둬야지." 그가 말했다. "도시에는 집집마다 하녀가 있어요." 마음이 상한 잉에르가 대답했다. "아, 그런가." 이사크가 대답했다.

자, 어쩌면 그는 별로 상냥하거나 정답지 않았는지도 모르고, 기분이 유난히 좋지 않았는지도 모른다. 제재소 짓는 일을 이제 막 시작했는데 별 진척이 보이지 않았기 때문이다. 그는 한 손으로 기둥을 잡은 채 다른 한 손으로 수평을 잡으며 동시에 비스듬히 받침으로 들어갈 각목을 고정할 수는 없었다. 착한 아이들은 큰 도움이 되어서, 아이들이 학교에서 돌아오면 좀 나았다. 특히 시베르트는 못을 아주 잘 박았고, 엘레세우스는 추를 이용해서 수직을 잘 잡았다. 한 주가 지나자 이사크와 아이들은 기둥 세우는 일을 마칠 수 있었고, 들보만큼이나 두꺼운 각목을 비스듬히 고정했다. 큰일 하나를 마친 것이다.

괜찮았다. 다 괜찮았다. 하지만, 무엇 때문인지는 몰랐지만 이사크는 이제 저녁이면 피로를 느꼈다. 그냥 제재소만 지으면 끝이 아니지 않은가. 다른 일도 다 해야 했다. 건초는 이미 수확해서 들여놓았지만 곡식은 아직 밭에서 자라며 점차 금빛이 되어가고 있었다. 곧 추수해서 저장해야 할 것이다. 감자도 곧 캐야 했다. 하지만 아이들이 큰 도움이 되었다. 그는 아이들에게 감사하다고 말하지는 않았다. 그나 그의 가족 같은 사람들에게는 그런 습관이 없었다. 하지만 그는 아이들이 대단히 만족스러웠다. 아주 드물지만 때때로 이들은 일하다가 함께 앉아 이야기를 나누었고, 그럴 때면 아버지는 아이들에게 무엇을 먼저 하고 무엇을 나중에 하는 게 좋은지 진지한 조언을 줄 수 있었다. 엘레세우스와 시베르트는 그럴 때면 자부심이 생겼고, 그러면서 아이들은 틀린 말을 하지 않으려면 말하기 전에 생각해야 한다는 것을 배웠다. "가을이 되어 폭풍이 불기 전에 제재소에 지붕을 올릴 수 없다면 큰일이지." 아버지는 말했다.

그저 잉에르만 전 같았더라면! 하지만 잉에르의 건강도 전 같지 않았다. 오랫동안 갇혀 있었으니 그럴 수밖에 없는 일이었다. 그녀의 사고방식이 바뀌었다는 것도 큰 변화였다. 그녀는 전처럼 생각에 잠기지 않았고, 더 경솔하고 가벼워졌다. 자신이 죽였던 아이에 대해 그녀는 이렇게 말했다. "내가 바보였지요. 바로 입을 수술하고 꿰맬 수 있었는데 말이지요. 그랬으면 목을 조를 필요도 없었을 텐데요." 그녀는 자신이 흙을 손으로 긁어 덮고 작은 십자가를 세웠던, 숲에 있는 작은 무덤에는 절대 가지 않았다.

하지만 잉에르는 모진 어머니는 아니어서, 살아 있는 아이들은 성심껏 돌보고 챙겼으며 아이들에게 옷을 만들어주고 밤까지 앉아 아이들의 옷을 기웠다. 아이들이 잘되는 것은 그녀의 가장 큰 꿈이었다.

곡식을 거두고 감자를 캐고 나니 겨울이 왔다. 아, 그는 가을에 제재소 지붕을 올리지 못했다. 하지만 어쩔 수 없었다. 생사가 걸린 일도 아니었고, 여름까지는 아직 시간도 있었고, 그때까지는 무슨 수가 생길 것 같았다.

13

　겨울이 되자 그는 평상시의 일로 돌아왔다. 목재를 날랐고 농기구와 장비를 손질했다. 잉에르는 집안일과 바느질을 했다. 아이들은 다시 한동안 학교에 다니기 위해 집을 떠났다. 이미 몇년째 둘은 스키 한 켤레로 겨울을 났다. 한 명이 스키를 타면 다른 한 명은 기다리거나 바로 뒤에 서서 함께 탔다. 오, 둘은 한 켤레로 충분했고, 그 이상은 상상할 수 없었다. 순진한 아이들이었다. 하지만 산 아래 마을에서는 달랐다. 학교에는 스키를 탄 아이들이 많았고, 심지어 브레이다블리크의 아이들마저 각자 자기 스키를 갖고 있었다. 그러니 이사크는 엘레세우스에게 새로 스키를 만들어주어야 했고, 헌 스키는 시베르트의 차지가 되었다.

　그게 전부가 아니었다. 그는 두 아들에게 겨울 외투와 탄탄한 장화를 사주었다. 그리고 일을 마친 다음 상인에게 가서 반지를 하나 주문했다. "반지라고요?" 상인이 물었다. "그래요. 손가락에 끼는 반지 말이오. 허영심이 생겼는지 아내에게 반지를 선물하고 싶군요." "은으로 된 게 좋을까요, 금으로 된 게 좋을까요, 아니면 도금을 한 놋쇠로 할까요?" "은반지로 하지요." 상인은 한참 생각하더니 말했다. "이사크, 만일 반지를 만들 거고 부인에게 남한테 보일 수 있는 반지를 선물하려 한다면, 금으로 해요." "뭐라고요?" 이사크가 말했다. 하지만 내심그도 금반지를 염두에 둔 터였다.

둘은 이런저런 이야기를 하고는 반지의 크기와 가격을 결정했다. 이사크는 한참 결정을 내리지 못했고, 머리를 흔들며 비싸다고 했지만, 상인은 그래도 순금으로 된 반지를 주문하라고 했다. 집으로 가며 이사크는 자신의 결정에 만족스러워했지만, 사랑에는 돈이 끔찍하게 든다고 생각했다.

눈이 제대로 오는 겨울이었다. 새해가 가까워지며 길이 좀 나아지자마을 사람들은 전신주가 될 나무 기둥을 황무지로 운반해 일정한 간격을 두고 내려놓기 시작했다. 말 여러 마리가 브레이다블리크를 지나갔고, 셀란로에도 왔다. 결국 이들은 기둥을 나르며 산 반대편에서 온 다른 말들과 마주쳤고, 그렇게 해서 전신선이 완성되었다.

이렇게 큰 사건 없이 하루하루가 갔다. 일어날 일이 뭐가 있겠는가? 봄이 되자 전신주를 세우는 일이 시작되었고, 봄이라 농장에 할 일이 많을 텐데도 브레데 올센 역시 그 일에 참여하고 있었다. '저럴 시간이 있다니!' 이사크가 다시 생각했다.

이사크 자신은 먹고 마실 여유도 없었다. 그의 밭은 어느새 꽤 커졌고, 모든 일을 제시간에 끝내기 힘들었다.

그래도 그는 추수 때가 되기 전에 제재소를 다 지었고, 이제 톱을 설치할 수 있었다. 그가 나무로 기적을 이루었다고 하면 과장이겠지만, 건물은 무척 견고했고 앞으로 큰 도움이 될 터였다. 톱은 잘 움직였고 나무는 제대로 잘렸는데, 아랫마을에서 제재소에 갈 때면 이사크가 눈여겨보고 어떻게 되어 있는지 잘 기억해둔 덕분이었다. 아주 작은 제재소였지만 그는 만족했으며, 문에 연도를 써넣고 집안의 문장을 새겼다.

여름에는 셀란로에 다른 해보다 일이 많았다.

전신주 공사를 하는 사람들은 어느새 여기까지 올라와, 어느 날 저녁에 처음으로 몇 사람이 농장에 와 문을 두드리고는 머무를 수 있는지 물었다. 그래서 헛간에서 잘 수 있게 해주었다. 며칠이 지나 두 번째로 몇 명이 왔다. 전선은 농장을 지나가 계속 이어지고 놓였지만, 사람들은 계속 여기로 묵으러 왔다. 어느 토요일 저녁에는 임금을 지불하러 온 기사도 모습을 보였다.

엘레세우스는 기사를 보자 심장이 뛰기 시작했고, 색연필에 대해 그가 물을까봐 문 사이로 빠져나갔다. 아, 겁나는 순간이었고, 시베르트라도 옆에 있었으면 좀 의지가 되었겠지만 그는 밖으로 나오지 못했다. 엘레세우스는 창백한 유령처럼 집 모퉁이를 돌았고, 그제야 어머니를 볼 수 있었다. 다른 도리가 없던 엘레세우스는 어머니에게 시베르트를 내보내달라고 청했다.

시베르트는 이 일을 덜 심각하게 생각했다. 하긴, 큰 잘못을 저지른 건 그가 아니었으니까. 둘은 꽤 멀리 떨어져 앉았고, 엘레세우스가 말했다. "네가 책임을 지면 좋을 텐데." "내가?" 시베르트가 말했다. "넌 훨씬 어리니까 아마 다들 봐줄 거야." 시베르트는 생각해보았다. 그는 형이 큰 어려움에 처했다는 걸 알았고, 형이 자신을 필요로 한다는 건 기분좋은 일이었다. "도와줄 수도 있지." 그가 어른스럽게 말했다. "꼭 해줘야 해!"라고 말하며 엘레세우스는 어느새 짧아진 색연필을 동생의 손에 쥐여주었다. "네 거야!" 그가 말했다.

둘은 다시 안으로 들어갈까 했지만 엘레세우스가 자기는 아직 제재소에서 할 일이 있다고, 아니 방앗간에 좀 가봐야 한다고, 시간이 좀 필요한 일이니 한동안은 가 있어야 할 거라고 했다. 그래서 시베르트는 혼자 안으로 들어갔다.

안에서는 기사가 은화와 지폐를 앞에 놓고서 임금을 계산해주고 있었다. 그 일이 끝나자 잉에르는 우유 한 주전자와 컵을 내놓았고, 기사는 고마워했다. 그는 우유를 마시고 어린 레오폴디네와 이야기를 하다가, 벽에 그려진 그림을 보더니 대체 누가 이런 훌륭한 그림을 그렸느냐고 물었다. 그리고 시베르트에게 "너니?" 하고 물었다. 기사는 어머니에게 고마움을 표시할 의도였을 것이다. 그는 그림을 칭찬함으로써 어머니를 기쁘게 했고, 잉에르는 잘 설명해주었다. 아이들, 그녀의 두 아들이 그림을 그렸다고. 그녀가 집으로 돌아와 챙겨주기 전까지 아이들은 종이가 없었기 때문에 벽에 그렸노라고. 하지만 지워버리기는 아까웠다고. "그냥 두세요." 기사가 말했다. "종이요?" 그는 두꺼운 종이 뭉치를 책상 위로 꺼냈다. "자, 내가 다시 올 때까지 실컷 그리렴. 연필은 있니?" 그러자 시베르트는 몽당 색연필을 들고 나와, 연필이 얼마나 작은지 그에게 보였다. 자, 그러자 그가 아직 깎지도 않은 새 연필을 주는 것이 아닌가! "자, 마음껏 그려보렴. 하지만 말은 빨간색으로,

염소는 파란색으로 하는 게 좋겠는걸? 그렇지? 파란 말은 본 적 없지?"

기사는 그렇게 하고 떠났다.

같은 날 저녁, 마을에서 어떤 사람이 등에 가방을 메고 나타났다. 그는 인부들에게 줄 병 몇 개를 내려놓고는 바로 떠났다. 하지만 그가 떠나고 나자 셀란로는 전처럼 조용하지 않았다. 아코디언 소리가 울려퍼졌고 말소리와 노랫소리로 시끄러웠으며, 뜰에서 춤을 추는 사람들도 있었다. 인부 중 한 사람은 잉에르에게 한번 빙 돌아보라고 했다. 누가 잉에르를 알았겠는가? 잉에르는 좀 웃더니 정말로 그와 함께 몇 번을 돌았다. 그러자 다들 그녀와 춤을 추고 싶어했고, 그녀는 춤을 꽤 잘 추었다.

누가 잉에르의 본모습을 알았겠는가? 그녀는 난생처음으로 행복하게 춤을 추었다. 다들 그녀에게 달려들었다. 남자 서른 명이 그녀에게 매달렸고, 선택할 수 있는 여자라고는 그녀밖에는 없었고 아무도 그녀보다 빼어날 수 없었다. 그리고 이 건장한 인부들은 그녀를 얼마나 신나게 번쩍 들어올렸는지! 엘레세우스와 시베르트는 이런 소음에도 개의치 않고 이미 작은방에서 죽은듯이 자고 있었고, 어린 레오폴디네는 아직 잠들지 않고 눈을 휘둥그레 뜬 채 어머니가 펄쩍 뛰는 모습을 보고 있었다.

한편 이사크는 저녁식사를 마친 후 내내 밭에 있었다. 잠자리에 들기 위해 집으로 돌아오니 사람들이 그에게도 마시라고 병을 주었고, 그도 약간 마셨다. 그는 앉아서 레오폴디네를 무릎에 앉히고 춤을 구경했다. 그리고 "춤을 실컷 출 수 있겠네!" 하고 잉에르에게 너그럽게 말했다. "다리를 실컷 움직이겠군."

하지만 시간이 흐르자 아코디언 연주는 멈추었고, 춤도 끝났다. 인부들은 그날 밤과 다음날을 마을에서 보내고 월요일에야 돌아올 예정이라 떠날 준비를 했다. 셀란로는 곧 고요해졌고, 늙은 사람 몇 명만이 남아 헛간에서 자리에 들었다.

이사크는 들어가서 레오폴디네를 재우게 하려고 잉에르를 찾았다. 하지만 그녀가 아무데도 보이지 않자 그는 직접 들어가서 아이를 눕혔다. 그리고 자신도 잠자리에 들었다.

그는 이른 아침에 잠에서 깨었지만, 잉에르는 없었다. 우리에 간 것일까? 그는 생각했다. 그러고는 일어나서 우리에 가보았다. "잉에르?" 그가 불렀다. 대답이 없었다. 소들이 머리를 돌려 그를 바라보았다. 사방이 고요했다. 그는 몸에 붙은 습관대로 소와 작은 가축을 세보았다. 어미 양 한 마리는 밖에서 잘 때가 많았고, 지금도 밖에 있었다. "잉에르?" 그가 다시 불렀다. '마을까지 따라 내려가지는 않았을 텐데' 하고 그는 생각했다.

여름밤은 환하고 따뜻했다. 이사크는 한동안 문가에 앉아 있다가 다시 일어서서 어미 양을 찾으러 숲으로 갔다. 그는 잉에르를 보았다. 잉에르가 여기 있다니? 그랬다. 잉에르 말고 한 사람이 더 있었다. 둘은 히스 사이에 앉아 있었고, 잉에르는 챙이 달린 그의 모자를 집게손가락으로 돌리고 있었다. 둘은 이야기를 나누고 있었다. 잉에르를 원하는 사람이 또 있었던 것이다.

이사크는 조용히 그들에게 갔다. 잉에르는 몸을 돌렸고, 그를 보았다. 그녀는 백지장처럼 창백해졌고, 머리를 가슴에 묻고 모자를 떨어뜨렸다. 그녀는 땅속으로라도 사라지고 싶었다. "흠. 그 어미 양이 또 사라졌는데 알고 있나?" 이사크가 물었다. "물론 모르겠지!" 그가 말했다.

젊은 인부는 일어서서 모자를 들고는 옆으로 걸어 덤불 속으로 사라지며 말했다. "다른 사람들을 따라가야겠습니다.""그래요. 잘 가시오." 이사크가 말했다. 그는 대답을 들을 수 없었다.

"그래, 여기 앉아 있을 거요?" 이사크가 말했다. "여기 앉아 있어야 하나?"

그는 집 쪽을 향했고, 잉에르는 무릎을 디디고 일어나 다시 서서는 그를 따라왔다. 이들은 그렇게 걸었다. 남편이 앞에서 걷고 아내가 뒤에서 따라오고. 앞뒤로 나란히. 이렇게 집까지 왔다.

그러는 동안 잉에르는 정신을 차릴 시간이 있었다. 그녀는 정신을 차렸다. "어미 양을 살펴봤어요." 그녀가 말했다. "그런데 보니 없더군요. 그런데 그 남자가 와서 찾는 걸 도와줬지요. 당신이 왔을 때는 마침 앉은 지 얼마 안 되었을 때였어요. 당신은 지금 어디 가는 거예요?"

"나? 가축을 찾아봐야지."

"아니에요, 이제 잠자리에 들어요. 굳이 누군가가 찾으러 가야 한다면 내가 갈게요. 당신은 피곤할 테니 일단 쉬어요. 그리고 양은 밖에서 밤을 보낼 수도 있어요. 전에도 그런 적이 있었죠."

"그러다 들짐승한테 잡아먹히면 어쩌려고." 이사크가 움직였다.

"아니요, 안 돼요!" 그녀는 이렇게 말하고 달려서 그를 따라잡았다. "당신은 잠을 자야 해요. 내가 갈게요."

이사크는 설득에 넘어갔다. 하지만 그는 잉에르가 양을 찾으러 가려는 것을 막았고, 결국 두 사람 모두 집으로 들어갔다.

잉에르는 곧바로 자는 아이들을 들여다보았다. 작은방에 들어와서는 침대가로 가서 마땅한 이유가 있어서 나갔다 온 양 행동했다. 마치 그날 저녁 이사크가 그녀에게 지금까지보다 더 사랑을 보여주기를 기대하기라도 한다는 듯이, 그녀는 심지어 이사크에게 사근사근하게 굴기도 했다. 하지만 천만의 말씀! 이사크는 그렇게 쉽게 마음을 돌리지 않았다. 그는 오히려 그녀가 좀 죄책감을 느끼며 크게 뉘우쳤으면 했다. 그랬으면 제일 좋았을 것 같았다. 그가 그녀를 숲속에서 발견했을 때 그녀가 잠시 어쩔 줄 몰라 당황한 것이 무슨 의미가 있단 말인가? 그렇게 금방 지나가버릴 것이었는데.

일요일이었던 다음날도 그는 특별히 상냥하지는 않았고, 아이들과 함께하거나 혼자 제재소와 방앗간에 나가보고 밭을 돌아보았다. 잉에르가 끼려고 하자 이사크는 얼른 나가버리며 말했다. "강을 따라 올라가서 볼 것이 있어." 그는 뭔가 마음에 걸린 것 같았지만, 겉으로 드러내지도 않았고 사건을 만들지도 않았다. 이사크는 큰 인물이었다. 약속을 받고 번번이 속았지만 끝까지 믿는 마음을 버리지 않았던 이스라엘처럼.*

월요일에는 분위기가 한결 나아졌고, 하루하루가 지나면서 토요일 밤에 생긴 어색함은 차차 사라져갔다. 확실히 시간이 약이다. 시간은 문지르고 쓰다듬고 먹이고 재워서 모든 병을 고친다. 이사크에게는 그

---

* 이스라엘은 성경에 나오는 야곱의 다른 이름이다. 그의 삼촌은 그에게 칠 년 동안 무보수로 일하면 작은딸을 주겠다고 약속했으나 첫날밤 큰딸을 들여보냈고, 야곱은 칠년을 더 일한 후에 작은딸과 결혼할 수 있었다.

리 큰 문제도 아니었다. 그는 자신이 부당한 일을 당했는지 아닌지도 확실히 몰랐고, 추수가 시작되었으니 다른 할 일도 많았다. 그리고 전신주를 놓는 일은 끝나가고 있으니 농장도 다시 조용해질 터였다. 넓고 훤한 길이 활엽수림을 가로질렀고, 그 가운데에는 선으로 연결된 전신주들이 산 위까지 이어져 있었다.

마지막으로 임금이 지급되는 날인 그다음 토요일에 이사크는 자신이 집에 머무르지 않아도 되는 상황을 만들었다. 그 자신이 그러길 원했다. 그는 버터와 치즈를 가지고 마을로 내려갔고, 일요일 밤에야 돌아왔다. 인부들은 모두 몇몇씩 헛간에서 떠나갔다. 거의 모두. 마지막 남자는 등에 멘 자루를 흔들며 뜰로 올라갔다. 거의 마지막 남자였다. 다 떠나갔는지 확실하지 않은 이유는 아직 헛간에 도시락이 하나 있는 것을 이사크가 알아챘기 때문이다. 주인이 어디에 있는지 그는 알 수 없었고 알고 싶지도 않았다. 하지만 눈에 거슬리는 증거인 챙이 달린 모자가 도시락 위에 놓여 있었다.

이사크는 그 도시락을 농장 쪽으로 던졌고, 모자도 함께 날려버렸다. 그러고는 헛간을 잠그고 우리에 가서 창밖을 내다보았다. '도시락도 모자도 그냥 거기 그렇게 널려 있으라지.' 그는 아마 그렇게 생각했을 것이다. '이게 누구 것이건 난 상관 안 해. 나쁜 도시락이니까 난 아무렇게나 처리할 거야.' 이렇게 생각했을 것이다. 하지만 누군가가 지금 도시락을 가지러 온다면 이사크는 그를 잡아 피멍이 들 때까지 패줄 생각이었다. 밖으로 나가는 길도 가르쳐줄 것이고.

이사크는 마구간 쪽 창문에서 물러나 소 우리 쪽에서도 창밖을 내다보았지만 그래도 마음이 놓이지 않았다. 도시락은 끈으로 묶여 있었고 그 딱한 인간은 통을 잠가놓지도 않았다. 끈은 풀려 있었다. 이사크가 통을 너무 세게 붙잡았나? 이유야 어쨌든, 이사크는 자신이 지금 잘한 것인지 확신이 들지 않았다. 마을에 갔을 때 그는 자기가 주문한 써레가 왔는지 물어봤다. 주변의 땅을 개간할 튼튼한 써레를 주문해두었던 것이다. 훌륭한 기구, 하늘이 주신 선물이 마침 와 있었고 축복이 써레와 함께 집에 내리는 것 같았다. 마치 인간의 걸음을 인도하는 초월적인 힘이 그와 가까운 곳에 있어서 그가 복 받을 행동을 하는지 살펴보는 듯했다. 이사크는 언제나 초월적인 힘에 대해 생각했다. 어느 가을 밤에는 숲에서 그의 눈으로 신을 보지 않았던가. 놀라운 모습이었다.

이사크는 농장 마당으로 나가 그 모르는 도시락 옆에 섰다. 아직 결정을 내리지 못했다. 그는 쓰고 있던 모자를 기울이고 머리를 긁었다. 장난스럽고 멋있어 보이는, 스페인 사람 같은 모습이었다. 하지만 그는 이렇게 생각하는 것 같았다. '아, 나는 멋있고 훌륭한 남자는 결코 아니구나. 개나 마찬가지야.' 그리고 그는 도시락 끈을 꼭 묶고 떨어져 있는 모자를 잠시 들고 있다가 두 물건을 다시 헛간으로 가지고 들어갔다. 이제 됐다!

다시 헛간에서 나와 그가 집과는 멀리 떨어진, 모든 것과 멀리 떨어진 방앗간을 향했을 때, 잉에르는 창가에 서 있지 않았다. 하긴 그녀가 어디에 서 있건 상관없었다. 침대에서 자고 있을지도 모르지. 아니면 사실 어디에 가겠는가? 하지만 예전에, 이곳에 자리잡은 지 얼마 안 되던 무죄한 시절에는 잉에르는 그가 마을에서 돌아올 때면 마음을 놓지 못하고 깨어서 그를 기다렸다. 그러나 지금은 달라졌다. 지금은 모든 것이 달라졌다. 그가 그녀에게 반지를 주었을 때에도. 아, 세상에 일이 그 이상 빗나갈 수 있었을까? 이사크는 너무나도 겸손한 사람이어서 순금 반지라는 말은 하지도 못했다. 별거 아니라고 그는 말했다. "맞는지 손가락에 끼어봐." "금이에요?" 그녀가 물었다. "음, 하지만 별로 대단한 건 아니야." 그가 대답했다. 그녀는 "왜요. 훌륭한데요!" 하고 대답했어야 했지만 이렇게 대답했다. "그렇긴 하지만 딱 좋은데요." "당신 가져. 지푸라기처럼 사소한 거지." 이사크가 용기를 다 잃고 대답했다.

하지만 사실 잉에르는 반지가 고마웠고, 바느질을 할 때면 오른손에 끼고서 드러내 보였다. 때로는 옷에 관한 의견을 들으러 그녀에게 오는 아가씨들이 반지를 껴보았고, 한동안 끼고 있기도 했다. 그녀가 반지를 얼마나 자랑스러워했는지 이사크는 몰랐던 것일까?

하지만 방앗간에 홀로 앉아 밤새도록 쏟아지는 물소리를 듣는 건 외로운 일이었다. 이사크는 잘못한 일이 없었으니 숨을 필요도 없었다. 그래서 그는 다시 방앗간에서 나와 집으로, 방으로 갔다.

이사크는 부끄러웠다. 부끄러우면서 기뻤다. 그의 이웃 브레데 올센이, 다름 아닌 그가 앉아서 커피를 마시고 있는 것이 아닌가. 잉에르는 깨어 있었고, 둘은 함께 앉아 커피를 마시고 있었다. "당신 왔네요!" 잉에르는 반가운 목소리로 말하며 일어나서 그에게 커피를 부어주었다. "안녕하시오!" 브레데가 말했다. 그 역시 친절한 목소리였다.

이사크가 보니 브레데는 전신주 공사를 하는 인부들과 마지막 밤을 함께 보낸 것 같았다. 그래서 피곤해 보였지만 그래도 명랑하고 친절한 모습이었다. 그는 평소처럼 약간 잘난 척을 했다. 사실은 전신주 공사를 할 시간은 없다고. 농장이 있으니까. 하지만 기사가 하도 부탁해서 거절할 수가 없었다고. 결과적으로는 브레데가 전신선 공사의 감시관 역할을 맡아야 했다고. 돈 때문은 아니었다고 브레데는 말했다. 그는 마을에서 돈을 더 많이 벌 수 있었겠지만, 기사의 요청을 거절하고 싶지는 않았다고. 지금 그는 벽에 반짝이는 작은 기계를 달아놓았는데, 전신만큼이나 흥미진진한 물건이라고.

이사크는 이 게을러터진 허풍쟁이에게 화를 내려야 낼 수가 없었다. 그리고 자기 집에 낯선 사람이 아니라 이웃이 와 있어서 안심이 되었다. 이사크는 농부였으니 균형이 잡혀 있었고, 감정 기복이 적고 안정되고 느렸다. 그는 브레데의 말에 찬성하고 그의 얄팍함을 향해 고개를 끄덕였다. 그러고는 "브레데에게 커피 한 잔 더 주지"라고 말했고, 잉에르는 커피를 따랐다.

잉에르는 기사에 대해 이야기했다. 그는 보기 드물게 친절한 사람이라고. 아이들의 글과 그림을 보았으며 엘레세우스를 고용하겠다는 말을 했다고.

"엘레세우스를 고용한다고?" 이사크가 물었다. "그래요, 마을에서요. 그의 사무실에서 서기 일을 하게 한다는군요. 엘레세우스의 그림과 글씨가 그렇게 마음에 들었대요." "그랬나." 이사크가 말했다. "그래요, 당신 생각은 어때요? 그리고 거기에서 견진도 받게 해준다는데요. 좋은 얘기 아닌가요?" "그렇군요." 브레데가 말했다. "그리고 내가 보기에 그 기사가 그런 말을 할 때는 진심입니다." "여기 농장에 아이가 남아도는 건 아닌데." 이사크가 말했다.

그렇게 말한 그는 한동안 말없이 어딘가 불편한 것처럼 방에 앉아 있었다. 물론 이사크는 말에 넘어가는 사람은 아니었다. "하지만 아이

스스로도 출세하길 원하고 뭐가 될 만한 머리를 가지고 있는 경우라면
요." 잉에르가 말했다. 다시 침묵이 흘렀다. 그때 브레데가 미소를 지
으며 말했다. "기사가 우리 아이들 중 누구를 데려가면 좋을 텐데! 나
는 아이가 너무 많으니까요. 하지만 첫째는 바르브로, 여자아이죠."
"그래요, 그래요. 바르브로는 괜찮은 아이죠." 잉에르가 예의상 말했
다. "그럼요, 물론이죠." 브레데가 동의했다. "바르브로는 똑똑한 아이
죠. 이제 지방 행정관 집에 일하러 갈 겁니다." "지방 행정관에게요?"
"그래요, 약속할 수밖에 없었어요. 지방 행정관 부인이 계속 졸랐으니
까."

벌써 아침이 다 되어갔고, 브레데는 출발할 준비를 했다. "내 모자하
고 도시락이 아직 헛간에 있어요." 그가 말하고는 장난스럽게 덧붙였
다. "그 남자들이 다 갖고 가지 않았다면 말이죠."

14

시간이 흘렀다.

물론 잉에르는 자기 뜻을 관철했고 엘레세우스는 도시로 갔다. 일 년을 그곳에서 지내고 난 뒤 엘레세우스는 견진을 받고 건축기사의 사무실에 정식으로 고용되었으며, 글씨도 점점 늘었다. 아, 때로 그가 붉고 푸른 잉크로 써서 집으로 보내는 편지들은 정말로 훌륭한 작품이었다. 그리고 그의 언어, 그의 문장은 어땠는지! 가끔 엘레세우스는 돈이 필요하다고 도움을 요청했다. 그는 아침에 또 늦잠을 자지 않도록 시계와 시곗줄을 사기 위해 돈이 필요했다. 다음에는 마을의 다른 젊은 사무원들처럼 파이프와 담배를 사기 위해 돈이 필요했고, 용돈이라는 게 필요했고, 또 그림과 체조와 자신의 신분에 맞는 다른 것들을 배울 수 있는 학원이라는 것을 위해 돈이 필요했다. 마을에서의 그의 직업은 돈이 많이 드는 유인 듯했다.

"용돈?" 이사크가 물었다. "그건 용도가 없는 돈인가?" "그런 모양이에요. 아주 빈손으로 다니지 않으려고 그냥 갖고 다니나보죠. 많이도 필요 없이 그냥 가끔 1달레르 정도씩 말이에요." "그래, 그냥 가끔 1달레르 정도씩." 이사크는 화가 나서 대답했다. 하지만 이사크가 화가 난 것은 엘레세우스를 옆에 두고 싶은데 그러지 못했기 때문이다. "하지만 결국은 많은 돈인데." 그가 말을 계속했다. "나는 그런 돈은 없어. 엘레세우스에게 그렇게 써. 나한테서는 더 못 받는다고." "알았어요." 잉에르가 속상해하며 말했다. "시베르트는 용돈을 얼마나 받지?" 이사크가 물었다. 잉에르가 대답했다. "당신은 도시에 가본 적이 없으니 이해를 못하죠. 시베르트는 용돈이 필요 없어요. 그리고 시베르트가 손해를 보는 건 아니에요. 시베르트 삼촌이 돌아가시면 말이죠." "그야 모르지." "모르긴요. 다 알면서."

그리고 그 말은 틀린 말도 아니었다. 시베르트 삼촌은 어린 시베르트가 그의 유산을 받게 되리라는 식으로 말했으니까. 엘레세우스의 잘난 척과 도시에서 배운 겉멋이 마음에 들지 않았던 시베르트 삼촌은 고개를 끄덕이고 입술을 깨물며, 시베르트라는 자신의 이름을 받은 조카는 굶주려서는 안 된다고 말했다. 하지만 시베르트 삼촌한테 뭐가 있을까? 돌보지 않은 농장과 선박 창고 외에, 정말로 남들이 생각하는 것처럼 돈이 엄청 많을까? 아무도 몰랐다. 게다가 시베르트 삼촌은 별난 사람이어서, 어린 시베르트에게 그의 집에 와서 지내기를 요구했다. 시베르트 삼촌은 그걸 명예라고 생각했다. 그는 기사가 엘레세우스를 데려간 것처럼 어린 시베르트를 데려가려 했다. 하지만 어린 시

베르트까지 집을 떠나야 할까? 있을 수 없는 일이었다. 아버지를 돕는
건 시베르트뿐이었으니. 그리고 아이도 유명한 회계사인 삼촌 집으로
갈 생각은 없었다. 예전에 한번 가보았지만 집에 오고 싶어했다. 이제
그는 견진도 받았고 쑥쑥 자라고 있었다. 볼에는 고운 털도 자랐고, 강
인한 손에는 못이 박였다. 그는 한 남자 몫을 충분히 했다.

　시베르트의 도움이 없었다면 이사크는 목사관에 있는 것만큼 커다
란 다리와 창이 있는 새 헛간을 짓지 못했을 것이다. 목재로 뼈대를 세
우고 나무판을 덮은 구조였지만, 네 모서리는 쇠로 고정하고 자신의
제재소에서 만든 손가락만큼 두꺼운 나무판으로 벽을 덮은 아주 견고
한 건물이었다. 어린 시베르트는 못 하나만 박은 게 아니었다. 자기 몸
이 깔릴 것 같은 크기였지만, 그는 서까래로 쓸 나무를 들어올렸다. 아
버지를 닮은 시베르트는 아버지와 함께 있는 것을 좋아했고 언제나 옆
에 있었다. 그는 교회에 갈 때 비탈에 올라가 쑥국화로 문지르는 것 말
고는 지나치게 멋을 부리지도 않았고, 버릇이 나쁜 아이는 아니었다.
요구가 많은 건 어린 레오폴디네였다. 여자아이, 그것도 외딸이었으니
그럴 만도 했다. 레오폴디네는 지금 같은 여름에는 저녁에 먹는 죽에
꼭 시럽을 넣어야 했다. 시럽이 없으면 도저히 못 넘겼다. 그리고 일도
별로 못했다.

　잉에르는 하녀를 두겠다는 생각을 포기하지 않았고 해마다 봄이면
다시 그 이야기를 꺼냈지만, 이사크는 매번 거절했다. 시간만 있었다
면 그녀는 옷을 몇 벌이나 재단하고 바느질을 하고 고운 옷감을 짜고
수가 놓인 덧신을 만들 수 있지 않았을까! 비록 뭐라 하기는 했어도 이
사크는 전처럼 모질지는 않았다. 오호, 맨 처음에 그는 잉에르에게 일

장 연설을 늘어놓았다. 정의감이나 이성적인 이유 때문도 아니었고, 자만심 때문도 아니었으며, 그저 약함, 분노 때문이었다. 하지만 이제 그는 좀 양보하게 되었고 뭔가를 부끄러워하는 듯했다.

"집에 일을 도울 사람을 쓸 거라면 지금 쓰는 게 좋아요." 잉에르가 말했다. "나중에는 레오폴디네가 자라서 이런저런 일을 할 테니까요." "일을 돕는다?" 이사크가 물었다. "대체 뭐하는 데 도움이 필요한 거요?" "뭐하는 데 도움이 필요하냐고요? 당신도 도움이 필요하지 않나요? 시베르트는 왜 같이 있나요?"

이렇게 말이 안 되는 소리를 하는데 이사크가 어떻게 대답을 해야 옳을까? 그는 말했다. "됐어. 하녀가 있으면 물론 쟁기질을 하고 추수를 하고 농장 일을 하겠지. 그럼 시베르트하고 나는 아무데나 가도 되겠고."

잉에르는 대답했다. "그거야 어쨌든, 난 바르브로를 쓸 수 있겠지요? 바르브로가 벌써 아버지한테 그 이야기를 썼어요." "어느 바르브로?" 이사크가 물었다. "설마 브레데의 딸 이야기는 아니겠지?" "그래요. 지금은 베르겐에 있지요." "브레데네 바르브로는 우리집에 들이지 않겠어." 그가 말하고는 덧붙였다. "누구를 데려오건 상관하지 않겠지만."

그러니까 사람을 쓰는 것 자체를 반대한 것은 아니다.

자, 이사크는 브레이다블리크의 바르브로를 신뢰하지 못했던 것이다. 바르브로는 아버지를 닮아—어쩌면 어머니도 마찬가지겠고—변덕스럽고 가벼웠다. 이랬다저랬다 하고 끈기가 없었다. 지방 행정관의 집에서도 오래 머무르지 못하고 겨우 일 년을 보냈으며, 견진성사를 받고 나서는 상인의 집으로 갔지만 그곳에서도 일 년밖에 버티지 못했다. 그러다가 종교적으로 독실해졌고, 마을에 구세군이 들어오자 구세군에 들어가서 팔에는 붉은 완장을 매고 손에는 기타를 들었다. 그런 차림으로 상인의 배를 타고 베르겐까지 갔다. 작년의 일이었고, 최근에 사진을 브레이다블리크의 부모에게 보냈다. 머리가 곱슬곱슬한 낯선 여자가 가슴에 긴 시곗줄을 늘어뜨리고 있었다. 부모는 딸 바르브로가 자랑스러웠고, 브레이다블리크를 지나가는 누구에게나 보여주었다. 팔에는 붉은 완장이 없었고 손에는 기타가 없었다.

"이 사진을 가지고 가서 지방 행정관 부인에게 보여주었는데 못 알아보더군요." 브레데가 말했다. "바르브로는 계속 베르겐에 머무를 예정인가요?" 이사크가 의심쩍다는 듯이 물었다. "먹고살 수 있는 동안은 베르겐에 있을 겁니다." 브레데가 대답했다. "크리스티아니아*로 가고 싶어하지 않는다면 말입니다." 그가 덧붙였다. "집에서 그 아이가 뭘 하겠어요? 지금은 직업이 있고, 사무실에서 일하는 미혼 남자 두 명의 집안일을 돌보고 있어요. 돈은 또 얼마나 많이 받는지!" "얼마나 받는데요?" 이사크가 물었다. "그애는 그런 건 편지에 정확하게 쓰지 않아요. 하지만 여기 마을에서 받던 걸 생각하면 엄청난 액수죠. 임금에서는 하나도 안 깎이고 크리스마스 선물과 다른 선물들을 받은 걸 보면 알 수 있지요." "그런가요." 이사크가 대답했다. "그래요. 바르브로를 고용할 생각 없지요?" 브레데가 물었다. "나보고 데려가라고요?" 그가 얼떨결에 대답했다. "아뇨, 헤헤, 그냥 물어본 겁니다. 바르브로

---

* 오슬로의 옛 이름.

는 지금 있는 곳에 있는 게 좋아요. 하지만 내가 하려던 말은, 저쪽 전신주에서 뭐 이상한 게 눈에 띄지 않던가요?" "전신주라고요? 아뇨." "아니, 내가 전신주 관리를 맡은 후로, 뭐가 잘못된 적이 많았던 건 아니에요. 그리고 뭔가 문제가 생기면 보여주는 기계도 우리집 벽에 걸려 있으니까요. 앞으로 며칠간 선을 따라가보며 살펴보려고 해요. 그럼 할 일이 너무 많아서 혼자 다 할 수는 없지요. 하지만 내가 여기에서 관리인 직을 맡고 있으니 그동안은 맡은 일을 해야죠." 이사크가 물었다. "그 직을 내놓을 생각은 없지요?" "모르겠습니다." 브레데가 말했다. "아직 잘 모르겠지만, 나를 내버려두지 않고 마을로 내려오라고들 해서요." "내버려두지 않고 내려오라고 하는 건 누구죠?" 이사크가 물었다. "다들 그러죠. 지방 행정관은 다시 나를 정리로 쓰고 싶어합니다. 의사는 왕진을 다닐 때 내가 필요하다고 하고요. 목사 부인도 길이 그렇게 멀지 않았더라면 이미 여러 번 나에게 도움을 청했을 겁니다. 그런데 이사크, 어떤가요. 산을 팔고 정말로 그렇게 돈을 많이 받았습니까?" "그래요, 거짓말이 아니죠." 이사크가 대답했다. "그런데 게이슬레르는 대체 산으로 뭘 하려는 건가요? 산은 그때나 지금이나 그대로 아닙니까. 이상한 일이죠. 일 년하고도 반이 지났는데요." 이사크 자신에게도 이것은 늘 수수께끼였으므로, 지방 행정관과도 그 이야기를 하고, 편지를 쓰기 위해 그에게 게이슬레르의 주소를 물은 일도 있었다. 분명 이상한 일이었다. "모르겠군요." 이사크가 말했다.

브레데는 산을 사고판 이 거래에 대한 관심을 숨기지 않았다. "공유지에 그와 비슷한 산이 여럿 있다고 하는데요." 그가 말했다. "거기 뭔가 대단한 게 있을지도 모릅니다. 하지만 우리는 여기서 어리석은 짐승들처럼 돌아다니고 그걸 못 보는 거죠. 나는 날을 잡아 한번 올라가 조사해보려고 합니다." "아, 그래요? 암석과 광물 종류를 잘 압니까?" "아, 어느 정도는 알지요. 그리고 다른 사람들에게도 좀 물어보았고요. 하여튼 나는 뭔가를 찾아내야 합니다. 가족을 다 데리고 이 농장에서 살 수는 없어요. 안 된단 말입니다. 당신의 경우는 아주 다르죠. 숲도 있고 땅도 좋으니까요. 내 땅은 온통 황무지예요." "황무지는 땅이 비옥합니다. 나도 황무지가 있는데요." 이사크가 말했다. "물기를 다 빼는 건 불가능한 일이에요." 브레데가 대답했다.

하지만 황무지의 물을 빼는 게 불가능한 일은 아니었다. 계속 아래로 내려간 이사크는 그날 다른 농장을 몇 개 보았다. 농장 둘은 멀리 떨어져 있어 마을에 가까웠지만 하나는 위쪽, 브레이다블리크와 셀란로 사이에 있었다. 이사크가 처음 왔을 때에는 아무것도 없던 허허벌판에서도 점차 뭔가가 시작되고 있었다. 이 세 집은 외지에서 온 사람들이었고, 판단력이 있는 사람들 같았다. 이들이 제일 먼저 한 일은 빚을 내서 집을 지은 것이 아니었다. 그들은 어느 해에 와서 수로를 파고는 죽어 없어지듯이 사라졌다. 옳은 일이었다. 이들은 수로를 파고 밭을 갈고 씨를 뿌렸다. 이사크와 가장 가까이 사는 이웃은 악셀 스트룀이었다. 부지런한 총각으로 헬겔란 사람이었다. 그는 이사크의 새 써레를 빌려 황무지를 개간하고는 그다음해에 건초 창고와 움막을 짓고 가축을 몇 마리 갖추었다. 땅에 달이 곱게 비쳤기 때문에, 그는 자기 땅을 모네란, 달의 땅이라고 불렀다. 그에게는 도와주는 여자가 없었고, 이 외진 곳에서 여름에 일손을 구하기는 힘들었다. 하지만 그는 일을 아주 제대로 계획하고 해나갔다. 아니면 그도 브레데처럼 먼저 집을 짓고 가족과 어린아이들과 함께 황야로 왔어야 했을까? 생계를 유지하기 위한 가축도 밭도 없는데? 브레데 올센이 황야의 물빼기나 개간에 대해 대체 뭘 안단 말인가?

브레데 올센이 할 줄 아는 건 하는 것 없이 시간을 보내는 일이었다. 그는 어느 날 셀란로로 와서는 이제 보물을 찾으러 산에 올라간다고 했다. 저녁에 돌아왔지만, 특별한 무엇을 발견하지는 못했다. "그냥 몇 가지 좋은 징조만"이라고 그가 말했다. 나중에 한번 더 가볼 것이며 스웨덴으로 가는 길의 산도 조사해보겠다고 했다.

정말이었다. 브레데는 다시 왔다. 재미가 들린 모양이었다. 그는 전신주를 살펴봐야 한다고 핑계를 댔다. 그러는 동안 농장은 부인과 아이들이 돌보거나 그냥 내버려두었다. 이사크는 곧 브레데의 방문이 지겨워졌고, 브레데가 집으로 오면 밖으로 나갔다. 그러면 잉에르와 브레데는 실컷 수다를 떨었다. 도대체 무슨 수닷거리가 그렇게 많을까? 그래, 브레데는 아랫마을에 자주 갔으니 마을의 중요한 사람들 소식을 알았고, 한편 잉에르는 그 유명한 트론헤임에 머무르고 여행도 했으니 할 이야기가 많았다. 외지에 가 있는 동안 그녀는 수다를 배웠고, 누구를 만나든 대화를 시작했다. 아, 그녀는 더이상 솔직하고 올곧은 예전의 잉에르가 아니었다.

지금도 옷을 재단하러, 또는 잉에르가 금세 옷단을 재봉틀로 박아줄까 싶어 다양한 나잇대의 여자들이 그녀에게 왔고, 잉에르는 그 사람들과 이야기를 잘했다. 올리네도 다시 찾아왔다. 봄에도 가을에도 천연덕스럽게 와서 거짓으로 사근사근하게 구는 것을 보니 도저히 발을 끊고는 배길 수 없는 모양이었다. "어떻게들 지내는지 궁금해서"라고 그녀는 올 때마다 말했다. "그리고 애들이 보고 싶어서 말이야. 정이 너무 들었거든. 천사 같은 아이들이었잖아. 그래, 이제 다 컸지만 그래도 아이들이 어려서 내가 돌봐주어야 했던 때 생각이 계속 나거든. 너희는 계속 건물을 짓고, 농장이 아예 마을 같구나. 새로 올린 헛간 지붕에 목사관처럼 종까지 달 거니?"

다음번에 올리네는 다른 여자를 한 명 데리고 왔고, 두 여자와 잉에르는 즐거운 하루를 보냈다. 구경하는 사람이 많을수록 잉에르는 더 빨리, 더 잘 가위를 놀리고 재봉틀을 돌렸다. 그녀는 거드름을 피우며 가위와 나리미를 휘둘렀다. 그럴 때면 그녀는 사람이 많던 감옥이 기억났다. 잉에르는 자신이 어디에서 이런 기술과 솜씨를 익혔는지를 전혀 숨기지 않았고, 트론헤임에서 배웠다고 바로 말했다. 마치 감옥에 간 것이 아니라 직업교육을 받으러 간 양. 재봉, 수직手織, 염색, 쓰기, 이 모든 것을 트론헤임에서 배울 수 있었다. 그녀는 감옥 이야기를 마치 고향 이야기처럼 했다. 거기에는 감옥장과 감독관과 간수, 이런저런 사람들이 있었다고. 집으로 돌아오자 외로워졌고, 이미 익숙해진 사회생활을 포기하기 힘들었다고. 심지어 그녀는 자신이 거친 바깥바람을 쐬어 감기에 걸렸다는 듯이, 집으로 돌아온 지 이미 몇 년이 지났는데도 아직 비바람에 익숙하지 않다는 듯이 행동했다. 바깥일을 위해서는 하녀가 필요하다고 했다. "그래, 아이고 세상에." 올리네가 말했다. "그렇게 배운 것도 많고 집도 크니까 하녀를 둘 수도 있겠지!"

남이 이해해주는 건 즐거운 일이었으므로 잉에르는 올리네의 말에 반대하지 않았다. 그녀는 덜커덩거리는 소리가 날 때까지 재봉틀을 돌렸고, 손가락에서는 반지가 반짝였다.

"자, 이제 네 눈으로 확인해." 올리네가 같이 온 여자에게 말했다. "잉에르가 금반지를 받았다는 게 진짜지?" "보고 싶어요?" 잉에르가 말하고는 반지를 뺐다. 올리네는 반지를 받아들었고, 진짜인지 모르겠다는 듯이 원숭이가 호두를 보듯 살펴보고 인증 도장도 확인했다. "자, 정말이지, 잉에르는 정말로 없는 게 없어!" 다른 여자는 조심스레 반지를 손에 받고는 수줍어하며 살짝 웃었다. "잠깐 끼어봐도 좋아요." 잉에르가 말했다. "끼어보세요, 부러지지 않으니까요."

잉에르는 정말로 친절하고 너그러웠다. 그녀는 이렇게 트론헤임의 교회 이야기를 시작했다. "트론헤임 교회 못 봤죠? 물론 그렇겠죠. 트론헤임에 가본 적이 없을 테니까요." 이 교회는 마치 잉에르 자신의 교회인 것 같았다. 그녀는 그 교회의 편을 들었고, 그 교회를 자랑했으며, 동화를 들려주듯이 높이와 넓이를 말했다. 목사 일곱이 동시에 설교를 해도 서로 방해가 되지 않는다고 했다. "그리고 성 올라프의 우물도 못 봤죠? 교회의 옆, 중간쯤에 있는데, 바닥이 어디인지 알 수 없어요. 거기에 갈 때 돌멩이를 하나 가지고 가서 던져보았지만 바닥에 닿지 않았어요." "바닥에 닿지 않았다고요?" 두 여자는 작은 소리로 말하며 머리를 흔들었다. "교회에는 그것 말고도 수백 가지가 더 있지요." 잉에르가 흥분해서 말했다. "은으로 된 상자가 있지요. 성 올라프의 것이었던 상자예요. 하지만 순전히 대리석으로 된 대리석 교회, 그 교회는 전쟁 때 덴마크에 뺏겼죠……"

여자들이 떠날 때가 되었다. 잉에르는 올리네를 식량 창고로 데려가 문을 닫았다. 거기 치즈가 있다는 것은 올리네도 알고 있었다. "바라는 게 뭐예요?" 잉에르가 물었다. 올리네가 귓엣말을 했다. "오스 안데르스는 이제 무서워서 여기 못 와. 내가 말했거든.""아하." 잉에르가 대답했다. "너에게 그런 짓을 해놓고, 감히 그럴 용기가 있으면 가보라고 했지!""음, 음, 하지만 여러 번 다녀갔는걸요? 그리고 와도 상관없어요. 난 그가 두렵지 않으니까." 잉에르가 말했다. "그래. 하지만 난 아는 게 있으니 네가 원하면 그를 고발할 거야.""흠, 그럴 거 없어요." 잉에르가 말했다.

하지만 올리네가 그녀의 편으로 돌아선 게 싫지는 않았다. 그 바람에 작은 염소젖 치즈 하나가 소모되긴 했지만, 올리네가 대단히 고마워했으니 괜찮았다. "내 말이 틀림없다니까. 잉에르는 뭐든지 서슴없이 내주고 손도 크지. 그래, 넌 오스 안데르스가 두렵지 않다고 하지만, 난 그가 다시는 네 눈앞에 나타나지 못하게 했지. 내가 너에게 해줄 수 있는 건 그게 다였어." 그러자 잉에르가 대답했다. "그가 오든 말든 무슨 상관이람. 그 사람, 나에게는 아무 짓도 못해요." 올리네는 귀를 기울였다. "음, 막을 수 있는 방법을 배운 거야?""더이상 아이를 가지지 않으니까요." 잉에르가 말했다.

이렇게 해서 둘은 비겼고, 둘 다 유리한 위치가 되었다. 올리네는 라플란드인 오스 안데르스가 전날 죽었다는 것을 알고 있었으니까.

왜 잉에르가 더이상 아이를 안 가질까? 남편하고 사이가 멀어진 것도 아니고 아웅다웅 싸우는 것도 아니었다. 그것과는 거리가 멀었다. 둘다 독특한 데가 있었지만, 싸우는 일은 거의 없었고 오래 다투지도 않았으며, 나중에는 다시 화해하곤 했다. 가끔씩 잉에르는 옛날의 모습으로 돌아가 우리와 밭에서 일을 잘해내기도 했다. 마치 원래의 자신이 되고 건강을 되찾은 듯이. 그럴 때면 이사크는 감사하는 눈빛으로 아내를 바라보았다. 만일 그가 자기 생각을 바로 드러내는 사람이었더라면 "아! 흠. 웬일?"이라거나 다른 반기는 말을 했을 것이다. 하지만 그의 침묵은 너무 길었고, 칭찬은 너무 늦었다. 그러니 잉에르를 기쁘게 해줄 수가 없었고, 언제나 부지런히 일하는 것은 잉에르의 성격에 맞지 않았다.

그녀는 쉰이 넘어서도 아이를 가질 수 있을 것 같았다. 외모나 움직이는 모습을 보면 마흔도 안 된 것처럼 보였으니까. 그녀는 감옥에서 온갖 기술을 다 배웠으니, 자기 자신에게도 무슨 재주를 부릴 수 있었던 게 아닐까? 그녀는 사람을 죽인 여자들 사이에서 훌륭한 교육과 훈련을 받고 집으로 돌아왔다. 어쩌면 남자들, 감독관이나 의사에게서 배운 게 있는지도 모른다. 어느 날 그녀는 젊은 의사 한 사람이 그녀의 범죄에 대해 이렇게 말했다고 이사크에게 전했다. "아이들을 죽이는 게 왜 범죄가 되어야 할까요? 건강한 아이들인 경우에도 말이에요. 어차피 그저 살덩이일 뿐이잖아요." 이사크가 대답했다. "그 인간은 괴물이었나?" "그 사람이요?" 잉에르가 외쳤다. 그러고는 그가 그녀, 잉에르에게 얼마나 친절했는지 이야기했다. 다른 의사를 시켜서 그녀의 입을 수술하고 그녀를 사람으로 만들어준 게 바로 그 아니었던가. 그랬다, 이제 남은 것은 수술 자국뿐이었다.

그랬다, 이제는 수술 자국만 남았고 그녀는 꽤 예뻐졌다. 키는 크지만 군살은 없고, 그을린 피부에 머리숱이 많았다. 여름이면 치마를 동여매고는 다리를 드러내고 맨발로 다녔다. 이사크는 그녀를 바라보았다. 모두들 그녀를 바라보았다.

둘은 다투지 않았다. 이사크는 다투는 데는 재주가 없었고, 잉에르는 이제 말로 이기기가 어려웠다. 느릿느릿한 이사크, 이 목석같은 인간은 제대로 싸우려면 시간이 많이 필요했다. 그녀가 입을 열면 그는 정신이 없었고 말을 잃었다. 게다가 그는 그녀를 사랑했다. 아주 많이. 그는 스스로를 변호할 필요도 별로 없었다. 잉에르는 그를 공격하지 않았으니까. 그는 여러 면으로 아주 괜찮은 남자였고, 잉에르는 그를 비난하지 않았다. 그녀에게 무슨 불평거리가 있겠는가? 이사크를 무시할 수는 없었다. 그보다 못한 남자도 얼마든지 있었으니까. 그는 늙고 지치기 시작했을까? 물론 그녀는 그가 피곤한 기색을 보이는 것을 눈치챘지만, 그렇다고 문제가 될 정도는 아니었다. 그녀와 마찬가지로 그도 말하자면 노년의 건강과 정정함이 넘쳤고, 늦여름에 접어든 결혼에서 그는 그녀만큼이나 다정함을 보여주었다.

하지만 그가 특별히 멋있고 잘생겼다고는 할 수 없었다. 그 면에서는 잉에르가 그보다 한 수 위였다. 때로 그녀는 그보다 멋있는 사람들도 분명 있다고 생각했다. 좋은 옷을 입고 지팡이를 든 사람들, 손수건을 넣고 깃에 풀을 먹인 도회지 남자들 말이다. 그러므로 잉에르는 이사크를 그 자신으로, 그러니까 그의 업적에 따라 대했을 뿐 그 이상은 하지 않았다. 그는 숲에 사는 농부였고, 자신이 처음부터 입이 정상이었다면 그와 결혼하지 않았으리라는 것을 그녀는 이제 알았다. 그랬더라면 그녀는 다른 남자와 결혼했을 것이다. 그녀에게도 고향이 된 이곳, 이사크가 그녀에게 선사한 외톨이의 삶은 사실 소박했다. 그녀는 이 외딴곳에서 마녀가 되는 대신 고향 마을에서 결혼해 사람들도 만나고 교제하면서 살 수도 있었으리라. 그녀는 이제 생각이 달라졌고, 더 이상 이곳에 어울리지 않았다.

한 사람의 생각이 이렇게까지 달라질 수 있다는 것은 놀라운 일이다. 잉에르는 아주 예쁜 송아지를 보아도 더이상 기뻐하지 않았고, 이사크가 물고기를 많이 잡아와도 반가워하며 손뼉을 치지 않았다. 육년을 넉넉하게 살았던 것이다. 그랬다. 식사 때가 되면 그녀가 다정하고 사랑스럽게 부르던 날들도 점차 과거가 되었다. 이제는 그저 이렇게 말할 뿐이었다. "식사 준비됐는데 안 먹어요?" 무슨 말을 그렇게 하는지. 처음에 그는 이런 변화, 이렇게 무관심하고 거친 말투가 좀 의외여서 이렇게 대답했다. "식사가 준비된 걸 몰랐군." 하지만 해가 어디에 있는지를 보면 알 수 있지 않느냐고 그녀가 말하자, 그는 더이상 대꾸하기를 포기했다.

아, 하지만 어느 하루는 그도 잉에르를 제대로 혼내야 했다. 잉에르가 그의 돈을 훔치려 했기 때문이다. 문제는 그에게 돈이 특별히 중요하다는 게 아니라 그 돈이 오직 그만의 소유물이었다는 것이다. 오, 그녀는 영영 불구가 될 수도 있었으리라. 하지만 잉에르 입장에서 보면 처음부터 끝까지 악한 마음으로 한 일은 아니었다. 돈은 엘레세우스에게 주려는 것이었으니까. 도시에 나가 있는 귀여운 엘레세우스. 또다시 1달레르를 청한 엘레세우스. 그가 그 상류사회 사람들 사이에서 주머닛돈도 없이 다녀야 할까? 잉에르에게는 모성애조차 없단 말인가? 그녀는 이사크에게 돈을 달라고 했지만 소용이 없었고, 그러자 스스로 가져간 것이다. 이사크가 그녀를 신뢰하지 못한 것인지, 아니면 우연인지는 모르지만, 그녀의 이런 행동은 즉시 발각됐고, 바로 그 순간 잉에르는 누군가가 자신의 양팔을 붙드는 것을 느꼈다. 누군가가 그녀를 번쩍 들어올려 바닥에 힘껏 내던지는 것이 느껴졌다. 뭔가 낯선 경험,

일종의 산사태였다. 오, 이사크의 손은 늘어지지도 지치지도 않았다. 잉에르는 비명을 질렀다. 머리가 뒤로 넘어갔고, 그녀는 떨면서 그 1달 레르를 내밀었다.

잉에르가 말을 막은 것도 아니건만, 이사크는 바로 입을 열지 않았다. 그는 그저 숨을 헐떡이며 외칠 뿐이었다. "두드려 패지 않으면 길을 들일 수가 없다니까."

평소의 이사크가 아니었다. 오, 그는 오래 참았던 분노를 터뜨리는 것 같았다.

슬픈 하루와 긴 밤이 지나고 또 하루가 지났다. 지붕 밑으로 옮겨와야 할 건초가 있었지만, 이사크는 나가버리더니 잠도 밖에서 잤다. 레오폴디네와 가축이 있었지만 잉에르는 외로웠고, 밤새 울며 자신 때문에 고개를 저었다. 이렇게 심한 심경의 동요는 지금껏 딱 한 번, 갓 태어난 아이를 죽였을 때 겪은 것이 전부였다.

이사크와 아들은 어디에 있는 것일까? 게으름을 피우는 것은 아니었다. 건초 수확에는 하루가 넘게 필요했지만 이들은 산속 호숫가에서 배를 만들고 있었다. 장식이라고는 없는, 그저 단순한 탈것이긴 했지만, 이들이 만드는 물건은 무엇이나 탄탄하고 빈틈이 없었다. 그리고 이제 배가 있으니 그물로 물고기를 잡을 수 있었다.

이들이 집으로 돌아왔을 때, 마른 건초는 아직 그대로 있었다. 비를 내리지 않을 거라고 하늘을 믿어보았던 이들은 결국 이익을 본 셈이다. 그때 시베르트가 팔을 뻗고 외쳤다. "와! 엄마가 건초를 벴어요!" 아버지는 초지를 내다보고 말했다. "그렇군." 이사크가 보니 건초가 일부 베어져 있고, 잉에르는 안에서 점심식사를 준비하는 것 같았다.

어제 그가 겁을 주고 야단을 쳤는데 그녀가 오늘 이렇게 일한 것은 훌륭한 일이었다. 무겁고 굵은 건초였고, 그녀는 분명 힘겹게 일을 해야 했으리라. 그 밖에도 그녀는 소와 염소의 젖을 다 짜두었다. "들어가 먹으렴!" 이사크가 시베르트에게 말했다. "아버지는 안 드세요?" "안 먹는다."

시베르트가 안으로 들어간 지 얼마 안 되어 잉에르가 밖으로 나왔다. 그녀는 겸손하게 문가에 서서 말했다. "들어와서 뭣 좀 먹으면 안 되나요?" 이사크는 목소리를 깔고 말했다. "흠." 하지만 잉에르의 겸손한 모습은 최근에는 너무나 보기 드문 모습이었으므로, 그는 고집을 꺾지 않으면서도 마음이 좀 흔들렸다. "당신이 갈퀴를 좀 고쳐주면 내가 다시 풀을 긁어모을 수 있을 거 같은데요." 그녀가 말했다. 그녀는 가장에게, 이 모든 것의 주인에게 청을 한 것이고, 그가 비웃으며 거절하지 않은 데 감사했다. "당신은 이미 풀을 충분히 모아서 들여놓았어." 그가 말했다. "아니요, 아직 부족해요." "난 지금 당신 갈퀴를 고칠 시간이 없어. 비가 오려고 하잖아."

그리고 이사크는 일을 시작했다.

그는 그녀를 쉬게 해줄 생각이었다. 갈퀴를 수리하는 데 걸리는 몇 분 안 되는 시간은 잉에르가 초지에 나갔다면 몇 배나 되는 수확으로 돌아왔을 것이다. 하지만 이제 잉에르는 엉망이 된 갈퀴를 들고 나와 솜씨껏 함께 건초를 긁어모았다. 시베르트는 말과 건초 수레를 끌고 왔고, 모두들 힘껏 일했다. 다들 땀을 흘렸고, 건초를 안에 저장했다. 대단한 작업이었다. 이사크는 다시, 달레르 동전 하나를 훔치는 것부터 엄청난 양의 건초를 저장하는 것에 이르기까지 이 모든 발걸음을 이끄는 초월적인 힘을 생각했다. 이제 배 만드는 일도 거의 끝났다. 반평생 배 생각을 했는데, 마침내 진짜 배가 호수에 뜬 것이다. "아, 세상에!" 그가 말했다.

15

그 특별한 저녁이 전환점이 되었다고 할 수 있으리라. 한동안 자신의 길에서 벗어났던 잉에르는 단번에 원래의 위치로 돌아왔다. 둘 다 그 사건에 대해 말하지 않았다. 이사크는 정말 얼마 안 되는 액수이고 결국은 자신이 엘레세우스에게 주기 위해 다시 꺼내야 했던 1달레르 때문에 부끄러운 생각이 들었다. 그리고 그 동전은 자신에게만이 아니라 잉에르에게도 속한 것 아니었을까? 한동안은 오히려 이사크가 사근사근해졌다.

이런저런 시절이 흘러갔다. 잉에르는 생각을 바꾸었다. 그녀는 다시 생각을 돌려, 점차 고상한 체를 하지 않으면서 진지하고 성실한 농장 주부가 되었다. 한 남자의 거친 손놀림이 이런 효과를 내다니! 하지만 이는 잘된 일이었다. 그녀는 도시물을 먹어 한동안 방황했지만 그래도 강하고 솜씨 좋은 여자였으니까. 그녀는 남자를 들이받았지만, 남자는 너무나 굳게 땅을 디디고 서 있었다. 그는 땅에, 자기 땅에 있는 자신의 자리를 한 번도 떠난 적이 없었다. 그를 밀쳐버릴 수는 없었다.

어느 날 게이슬레르가 모습을 보였다. 지방 행정관이었던 게이슬레르, 그가 마침내 돌아왔다. 죽지 않고 다시 나타나다니 놀라운 일이었다. 무슨 일일까?

그는 이번에는 커다란 짐이나 임야 매매에 관한 온갖 서류 같은 것은 가지고 오지 않았다. 오히려 옷은 소박하고 머리카락과 수염은 희어졌으며 눈가가 붉었다. 짐꾼도 없었다. 그저 문서가 든 가방 하나를 들고 왔을 뿐, 배낭도 없었다.

"안녕들 하시오!" 게이슬레르가 말했다.

"안녕하세요!" 이사크와 잉에르가 대답했다. "또 여행중이신가요?"

게이슬레르는 고개를 끄덕였다.

"그때 트론헤임에 와주셨던 것 감사해요." 잉에르가 덧붙였다.

이사크도 그 말에 고개를 끄덕이며 말했다. "그래요, 저희 둘 다 정말로 감사합니다."

하지만 게이슬레르는 마음과 감정으로 얘기를 끝내는 사람은 아니었으므로 바로 말을 이었다. "산을 넘어 스웨덴으로 가려고 합니다."

농장의 두 사람은 가뭄 때문에 마음이 어두웠지만, 게이슬레르의 방문을 받자 기뻤고 그를 잘 대접했다. 좋은 일을 많이 해준 사람 아닌가.

게이슬레르 자신은 우울한 기색이 아니었다. 그는 바로 온갖 이야기를 꺼내놓았고, 들판을 바라보며 고개를 끄덕였다. 여전히 꼿꼿한 모습이었고, 마치 수백 달레르를 갖고 있는 사람처럼 보였다. 그가 오니 집안에 생기와 기쁨이 돌아왔다. 그는 소란을 떨지는 않았지만 활발하게 대화를 나누었다.

"여기 셀란로는 정말 멋진 곳입니다!" 그가 말했다. "그리고 이사크, 요새는 이쪽으로 이사 오는 사람들이 점점 늘어나지요? 세어보니 농장이 다섯이더라고요. 혹시 더 있나요?"

"일곱이지요. 두 곳은 길에서 안 보입니다."

"농장이 일곱이라. 그럼 한 쉰 명 되는 셈이군요. 이 동네도 점차 집들이 빽빽이 들어서는군요. 벌써 학교 운영 회의도 만들어지고 학교도 있다면서요?"

"있지요."

"그 말은 들었습니다. 브레데의 땅이 가운데에 위치하고 있어 거기에 학교 건물이 있다고요. 하하, 브레데가 농가를 짓고 정착하다니." 게이슬레르는 가소롭다는 듯이 웃었다. "당신 소문도 들었어요. 여기서 최고라면서요. 기쁜 소식이지요. 제재소도 있다면서요?"

"그래요, 그렇지요. 잘 지내고 있습니다. 그리고 저 아래 사는 사람들을 위해서도 이미 기둥을 몇 개 만들었어요."

"훌륭합니다!"

"가서 보고 싶으시다면, 함께 가서 제재소를 보여드리고 의견을 듣고 싶군요."

게이슬레르는 마치 전문가처럼 고개를 끄덕이고 그러겠다고, 제재소도 살펴보고 다 자세히 보고 싶다고 했다. 그가 물었다. "아들이 둘 있죠? 하나는 어디에 가 있나요? 마을에 산다고요? 사무실에서 일한다고요? 흠!" 게이슬레르가 말했다. "어쨌건 저기 저 아이는 잘 컸군요. 넌 이름이 뭐니?"

"시베르트입니다."

"다른 아이는 이름이 뭐죠?"

"엘레세우스죠."

"건축기사 사무소에 있다고 했죠? 거기서 뭘 배우는 건가요? 해봐야 먹고살기도 힘들 텐데요. 나한테 올 수도 있었을 텐데." 게이슬레르가 말했다.

"그러게요." 이사크가 예의상 말했다. 그는 게이슬레르가 딱한 마음이 들었다. 아, 게이슬레르는 사람을 쓸 수 있는 처지는 못 되는 것 같았다. 생활을 유지하기도 힘들어 보였고, 외투도 손목이 다 닳았다.

"마른 양말로 좀 갈아신지 그러세요?" 잉에르가 물으며 새 양말을 꺼내 왔다. 세로뜨기로 된 얇은 양말은 그녀가 한창때 짠 것이었다.

"아니요. 됐습니다." 분명 발에서 물이 뚝뚝 떨어질 텐데도 게이슬레르가 말했다.

"나한테 왔더라면 좋았을 텐데요." 그는 다시 엘레세우스 이야기로 돌아갔다. "나한테도 큰 도움이 되었을 겁니다"라고 말하며 그는 은으로 된 담뱃갑을 주머니에서 꺼내 조물락거렸다. 그가 아직 가지고 있는 값진 물건은 그것 하나뿐인지도 모른다.

하지만 그는 마음을 가라앉히지 못했고, 한 물건을 오래 붙잡고 있지도 못했다. 은 담뱃갑을 금방 접어 넣은 그는 다시 다른 물건을 만지작거리기 시작했다. "벌판이 온통 잿빛이군요! 아까 보고는 그림자라고 생각했는데, 왜 밭이 말라버렸나요? 시베르트, 이리 오게!"

그는 아직 치우지 않은 식탁에서 급히 일어나 잉에르에게 잘 먹었다고 인사하고는 사라졌다. 시베르트는 그를 따라갔다.

두 사람은 강을 향해 걸었다. 게이슬레르는 연신 눈을 민첩하게 이리저리 돌렸다. 그러다가 갑자기 멈춰 섰다. "여기다!" 그리고 이렇게 말했다. "물을 끌어올 수 있는 강이 모든 문제를 해결해줄 텐데 밭이 말라버린다는 건 말도 안 되지. 내일은 벌판이 다시 푸르러질 걸세."

어안이 벙벙해진 시베르트는 그저 "네"라고 대답할 뿐이었다.

"여기 땅이 평평한 곳부터 비스듬하게 아래로 내려가는 도랑을 파는 거야. 물이 흘러들어야 하는 곳에는 골을 파야지. 제재소 쪽에 긴 널빤지 몇 개 있겠지? 잘됐군! 곡괭이와 삽을 가져와서 여기서 시작하게. 나도 곧 와서 그 길을 따라 함께 부지런히 파주지."

그는 다시 집으로 돌아갔다. 그의 장화에서는 물이 차서 저벅거리는 소리가 들렸다. 그는 이사크에게 나무로 배수관을 많이 만들게 했다. 배수로를 팔 수 없는 곳에 놓을 심산이었다. 이사크는 반대했다. 물이 거기까지 닿지 않을지도 모른다, 길은 멀고 흙이 건조하니 가문 곳에 물이 도달하기도 전에 땅이 물을 다 빨아들일 것이다, 등등. 게이슬레르는 물론 시간이 상당히 걸리고 물이 땅에 많이 먹히겠지만, 그러다 물이 그냥 흐르게 될 거라고 설명했다. "내일 이때쯤이면 밭과 초지가 다시 푸르러질 겁니다!" "그래요?" 이사크는 이렇게 말하고는 있는 힘을 다해 배수관을 만들었다.

게이슬레르는 시베르트에게 돌아왔다. "그래, 잘했군." 그가 말했다. "그렇게 계속하게. 내가 한눈에 알아봤지. 넌 정말 대단한 아이야! 여기 말뚝 박은 곳을 따라 수로를 놓으면 된다. 큰 돌이나 바위가 나오면 옆으로 피하되 높이를 똑같게 하는 거란다. 알았지? 높이는 같아야 하는 거야."

다시 그는 이사크에게 돌아왔다. "이제 배수관을 하나 끝냈나요? 여섯 개가 필요한데. 이사크, 서둘러요. 내일이면 사방이 푸르러질 거고, 당신은 금년 수확을 건질 수 있을 겁니다."

게이슬레르는 언덕 위에 앉아 양손을 무릎에 얹고 몹시 기뻐했다. 그는 이야기를 나누다가 갑자기 좋은 생각을 떠올렸다. "뱃밥도 있고 역청도 있다고요? 훌륭합니다. 처음에는 배수관이 좀 샐 테니까요. 하지만 물에 불으면 유리병처럼 견고해지지요. 자, 배는 어디 있지요? 산 위의 호수에 있다고요? 보고 싶네요!"

아, 게이슬레르는 이런저런 약속을 정말 많이 했다. 그는 한곳에 뿌리박지 못하는 사람이었지만, 이제는 전보다 더 불안해 보였고, 마치 모든 일을 단박에 처리하려는 듯했다. 일을 할 때면 폭풍이라도 치는 것 같았지만, 아무 생각 없이 하는 일은 아니었다. 물론 그의 말에는 과장이 담겨 있었다. 밭과 초지가 하룻밤 사이에 푸르러지는 것은 당연히 불가능한 일이었다. 하지만 게이슬레르는 판단과 결정이 빠른 사람이었고, 셀란로의 수확물을 건질 수 있다면 그건 정말 이 기인 덕택이리라.

"배수관은 몇 개나 완성됐죠? 아직 너무 적어요. 나무 배수관이 많을수록 물이 잘 흐르지요. 5,6미터 되는 관을 열몇 개 만들면 좋겠군요. 어때요? 6미터쯤 되는 나무판이 있다고 했죠? 그럼 그걸 써요. 가을이 되면 보람을 느낄 겁니다."

그러고도 게이슬레르는 멈추지 않았다. 그는 일어나서 다시 시베르트에게 갔다. "훌륭하네, 시베르트. 이제 잘되고 있어. 네 아버지는 배수관을 끝내서 물이 안 새게 때우고 계신단다. 처음에 생각한 것보다 많아질 것 같구나. 가서 가지고 오렴. 시작해보자!"

오후 내내 다들 서둘렀고, 시베르트로서는 지금껏 해본 가장 대단한 일, 처음 경험하는 속도였다. 식사할 시간도 나지 않았다. 하지만 드디어 물이 흐르고 있었다. 저기하고 저기는 좀더 깊게 파야 했고 저기는 배수관을 좀 낮추고 저기는 좀 올려야 했지만, 그래도 물이 흘렀다. 저녁 늦게까지 세 남자는 모두 왔다갔다하며 물길을 개선하는 일에 몰두했다. 말라버린 땅에 물이 흘러들어가기 시작하자, 농장 사람들의 마음에는 기쁨의 햇살이 퍼졌다. "시계를 잊었군요. 몇시나 됐나요?" 게이슬레르가 물었다. "그래요, 푸르러질 겁니다. 내일 이 시간에는요." 그가 말했다.

밤에도 시베르트는 일어나서 물길을 살피러 나갔다. 거기에서 똑같은 생각을 하고 나온 아버지를 만났다. 아, 세상에, 이 황야에서 이런 일은 얼마나 흥분되고 놀라운 사건인가!

하지만 다음날 게이슬레르는 지쳐서 늦게까지 못 일어났고, 열성도 식었다. 산 위에 배를 보러 갈 생각은 더이상 없었고, 그저 남들이 뭐라고 할까봐 제재소까지 갔을 뿐이었다. 물길에도 어제 같은 관심을 주지 않았다. 밤사이 밭도 초지도 푸르러지지 않은 것을 보자 그는 용기를 잃었다. 물이 점점 멀리까지 흐르고 널리 퍼져나가고 있었지만, 푸르러질 기미는 보이지 않았다. 그래도 그는 기운을 차리고 말했다. "성과를 보려면 내일까지는 기다려야 할지도 모르죠. 그래도 용기를 잃지 마요!"

저녁이 가까워지자 브레데 올센이 찾아왔다. 그는 게이슬레르에게 보일 암석 표본을 가지고 왔다. "내가 보기에는 아주 특별합니다." 그가 말했다. 하지만 게이슬레르는 브레데의 돌을 보려고 하지 않았다. "돌아다니며 보물을 찾는 게 그쪽의 농사 방식이오?" 그가 비웃듯이 물었다. 한편 브레데는 예전 상사한테 비판이나 들을 생각은 없었으므로 바로 맞받아 반말로 말했다. "난 당신이 뭐라 하든 상관 안 해!" 그러자 게이슬레르도 "당신은 지금껏 일다운 일을 한 게 없잖아! 말뿐이지" 하고 대답했다. "그러는 당신은?" 브레데가 말했다. "그동안 내내 뭘 하고 다닌 거야? 아무 가치도 없는 산을 하나 저쪽에 사서 그냥 내버려둔 것밖에는. 그래, 당신이야말로 대단하지." "꺼져!" 게이슬레르가 말했다. 브레데는 더이상 참지 못하고, 들고 온 작은 자루를 어깨에 메더니 인사도 없이 자기 둥지로 돌아가버렸다.

게이슬레르는 다시 앉아 서류를 뒤적이며 골똘히 생각했다. 갑자기 의욕이 생겨서 동광과 계약서와 분석 결과를 돌아보고 싶어진 것 같았다. 거의 순수한 구리, 흑동광이었으니 무슨 일이건 시작해야지 그냥 접어둘 일은 아니었다.

"내가 여기 온 것은 이 일을 정리하기 위해서입니다." 그가 이사크에게 말했다. "사람들을 많이 모아 저 위 산중에 큰 작업장을 만들어볼까 하는데, 어떻게 생각해요?"

이사크는 그가 딱한 생각이 들어 반대하는 말을 하지 않았다.

"물론 당신에게 여파가 가겠지요. 그렇게 되면 사람들이 많이 올 거고 번잡해지고 소음이 나고 폭음도 일 겁니다. 그걸 어떻게 받아들일지 모르겠군요. 하지만 다른 한편으로는 이쪽에도 생기가 돌고 어쨌든 움직임이 생기는 거니까요. 우유와 치즈를 팔아 돈도 많이 벌 수 있을 겁니다. 값을 원하는 대로 부를 수 있을 테니까요."

"그렇지요." 이사크가 말했다.

"산에서 광물이 나오면 그만큼 높은 배당을 받을 거고요. 이사크, 큰 돈이 될 겁니다."

이사크는 대답했다. "이미 많이 받았는데요……"

다음날 아침 게이슬레르는 농장을 떠나 스웨덴을 향해 동쪽으로 갔다. 이사크가 배웅하겠다고 하자 그는 그저 짧게 "아닙니다"라고 말했다. 그가 그처럼 가난하게 혼자 떠나는 것은 슬픈 모습이었다. 잉에르는 그에게 먹을거리를 넉넉히 싸주었다. 심지어 와플도 구웠고, 그걸로도 부족해서 크림을 담은 병에 계란까지 여러 개 주려고 했지만 그는 들고 가지 않으려 했다. 잉에르는 실망이 컸다.

예전과 달리 밥값을 하지 못한 채로 셀란로를 떠나는 것은 게이슬레르에게 힘든 일이었다. 그래서 그는 마치 돈을 낸 것처럼, 거액의 지폐를 내놓기라도 한 것처럼 레오폴디네에게 말했다. "자, 네 몫도 있어야지? 받으렴." 이렇게 말하며 그는 담뱃갑, 은으로 된 상자를 내주었다. "닦으면 바늘을 넣어둘 수 있을 거야. 사실 이게 별로 좋은 선물은 아니지. 내가 얼른 집에 다녀올 수 있다면 다른 걸 줄 텐데 말이다. 집에 가면……"

하지만 게이슬레르가 떠난 다음에도 물길은 그대로 남아서 밤낮으로, 한 주 두 주 물이 흘러 밭을 푸르게 하고 감자꽃을 피우고 곡식이 열리게 했다.

아래쪽에 농가를 짓고 정착한 사람들은 이 기적을 보러 올라왔다.

모네란의 주인인 악셀 스트룀도 왔다. 그는 독신이었고 도와주는 여자도 없었으므로 모든 일을 혼자 했지만, 그래도 왔다. 그는 전보다 밝은 모습으로, 여름에는 어떤 여자가 일을 도우러 오기로 했으니 걱정하나를 덜었다고 말했다. 그는 그 여자의 이름을 말하지 않았고 이사크도 묻지 않았지만, 오기로 약속한 것은 바르브로였다. 베르겐으로 전보한 통만 치면 된다고 했다. 음, 그리고 악셀은 매우 검약한, 인색하다고까지 할 만한 사람이었지만 그래도 전보를 보내는 비용을 이미 내놓았다.

악셀이 산 위로 올라온 것은 물길을 보기 위해서였다. 그는 이 끝에서 저 끝까지 살펴보았고 대단한 관심을 보였다. 그의 땅에는 큰 강은 없었지만 개울이 있었다. 배수관을 만들 널빤지도 없었지만 물길 전체를 땅에 직접 파서 만들 생각이었다. 그렇게 해도 될 것 같았다. 그의 땅은 낮은 곳에 자리잡고 있어 별로 상황이 나쁘지 않았지만, 가뭄이 계속되면 그도 물을 끌어와야 할 거라고 했다. 보고 싶은 것을 본 그는 작별 인사를 했다. 이사크와 아내는 그에게 들어오라고 초대했지만 그는 시간이 없다고, 그날 저녁 당장 물길을 파기 시작하겠다고 말하고는 떠났다.

그는 브레데와는 다른 사람이었다.

오, 이제 브레데에게는 황야를 가로질러 마을로 달려갈 이유가 생겼다. 수로와 셀란로의 기적 이야기를 해야 했으니까. "너무 부지런히 농사를 지으면 안 좋아요." 그는 말했다. "이사크는 너무 곳곳을 파헤쳐놓아 이제는 물을 끌어와야 하잖아요!"

이사크는 참을성이 있었지만, 이 사람이 없어졌으면, 이 수다쟁이가 셸란로 주변에서 사라졌으면 하고 바랄 때가 가끔 있었다. 공무원으로 고용되었으니 전신주를 돌보는 것은 브레데의 임무였다. 하지만 전신 국에서는 그가 그 임무를 제대로 수행하지 않아 이미 여러 번 경고했고, 다시 이사크에게 그 이야기를 꺼냈다. 브레데는 전신주는 살피지 않았고 산에 묻힌 광물에만 관심이 있었다. 그는 뭔가에 중독된 듯, 한 가지 생각의 노예가 되어버린 듯했다.

그가 셸란로에 와서 자신이 보물을 찾은 것 같다고 말하는 횟수가 점차 늘어났다. 그럴 때면 그는 고개를 끄덕이며 말했다. "지금은 더이상 말할 수 없지만, 뭔가 특별한 걸 발견한 것 같습니다. 부인할 수 없는 사실이죠." 그는 아무 도움이 안 되는 일에 시간과 노력을 낭비했다. 지쳐서 집에 돌아가면 그는 광물 표본으로 가득찬 작은 자루를 바닥에 던지고는 그날의 노동 때문에 숨을 헐떡이며, 먹고살기 위해 자신처럼 힘겹게 일하는 사람은 없다고 생각했다. 그는 산성 토양인 습지에 감자를 심고 집 주위에 절로 자라는 풀을 매고는 그게 밭일이라고 생각했다. 잘못된 길로 접어들었으니 끝이 좋을 수 없었다. 이탄으로 덮은 지붕은 어느새 사이가 벌어졌고, 부엌으로 들어가는 계단은 지붕에서 떨어지는 물에 썩었으며, 숫돌 하나가 바닥에 굴러다녔고, 수레는 시도 때도 없이 밖에 나와 있었다.

브레데에게는 쉽게 화를 내지 않는다는 장점이 있었다. 아이들이 장난을 치다가 숫돌을 굴려도 아버지는 인자하고 다정했으며, 심지어 함께 돌을 굴리기도 했다. 진지한 데라곤 없는 가볍고 게으른 성격, 무게나 책임감이라곤 없는 약한 성격이었지만 그는 어떻게든 가족을 부양할 방법을 찾아냈다. 가족은 모두 함께 살았고, 하루를 벌어 하루를 먹고살았다. 하지만 상인도 브레데와 가족을 영원히 먹여 살릴 수는 없었고, 이미 그 말을 여러 번 했다고 그에게 단호하게 말했다. 브레데도 처지를 깨닫고는 알아서 처리하겠다고 했다. 땅을 팔겠다고, 그러면 돈을 많이 받을지도 모르겠다고, 그러면 상인에게 진 빚을 갚겠다고.

브레데는 손해를 보더라도 땅을 팔려 했다. 그가 이 땅으로 무엇을 할 수 있단 말인가! 그는 넓은 세상을 잊고 여기서 묵묵히 일이나 하기보다는 경박함과 수다와 가게가 가까이에 있는 마을로 돌아가고 싶은 마음이 간절했다. 아! 트리를 꾸며놓고 지내는 크리스마스, 5월 17일*, 시민회관에서 열리던 바자회를 어떻게 잊겠는가! 사람들과 이야기를 나누고 수다를 떨고 안부를 묻는 일은 그에게는 가장 큰 기쁨이었는데, 황무지에서는 누구와 이야기를 하겠는가? 셀란로의 잉에르는 한동안 대화에 소질이 있는 것처럼 보였지만 아주 변해서는 다시 말수가 적은 사람이 되었다. 게다가 그녀는 감옥에서 나온 여자였고 그는 공직에 몸을 담고 있었으니 둘은 서로 어울리지 않았다.

마을을 떠났을 때 그는 중심부에서 물러난 것이었다. 이제 그는 지방 행정관이 다른 사람을 정리로 쓰고 의사도 다른 사람을 마부로 고용한 것을 보고 샘이 났다. 그는 자기를 필요로 하는 사람들을 떠났고, 사람들은 그가 없이도 알아서들 잘 지냈다. 대체 뭐 저런 정리가 있고 뭐 저런 마부가 있단 말인가! 마을 사람들은 마차와 말을 보내 그에게 브레데에게 와달라고 청했어야 했는데!

하지만 바르브로도 있었다. 왜 그는 바르브로를 셀란로에 취직시키

---

* 노르웨이의 헌법 기념일. 성대한 거리 축제가 열린다. 고등학교를 졸업하는 학생들의 축제일이기도 하다.

려고 했을까? 오, 그것은 아내와 함께 오래 상의한 일이었다. 만사가 뜻대로 되었더라면 아이의 미래에, 브레데 가족 전체에게 도움이 될 만한 일이었으니까. 베르겐에서 지내며 사무실 직원 두 사람의 집에서 집안일을 하는 것도 괜찮았지만, 그래서 바르브로에게 결국 뭐가 돌아갈지는 아무도 몰랐다. 바르브로는 예뻤고 외모가 괜찮았으니, 성공을 거둘 기회는 여기에 더 많았다. 셀란로에는 아들이 둘 있지 않나. 하지만 그것이 계획대로 되지 않자 브레데는 다른 계획을 짰다. 사실 감옥에 갔다 온 잉에르와 인척이 되는 건 크게 바람직한 일은 아니었고, 셀란로 밖에도 남자는 있었으니까. 예를 들어 악셀 스트룀이 있었다. 그에게는 농장과 움막이 있었고, 농사일을 하며 점차 가축과 다른 재산을 쌓아가고 있었지만 아내도 일을 도와주는 여자도 없었다. "바르브로가 오면 당신은 꼭 필요한 도움을 받게 될 겁니다." 그가 악셀 스트룀에게 말했다. "여기 바르브로의 사진도 있어요."

몇 주가 지나고 바르브로가 왔다. 악셀은 건초 수확으로 한창 바빠서 밤낮으로 일을 해야 했다. 그런데 그때 바르브로가 온 것이다. 그에게 그녀는 선물과도 같았다. 그리고 알고 보니 일도 정말 잘했다. 그녀는 그릇을 닦고 옷을 빨고 음식을 하고 젖을 짜고 밖에서는 건초를 긁어모으는 일을 도왔다. 그랬다, 건초를 긁어모으는 일을 돕고 풀을 안으로 들여놓았으며, 모자라는 데가 전혀 없었다. 악셀은 그녀에게 돈을 많이 주기로 결심했다. 그래도 얻는 게 많을 것 같았다.

그녀는 그저 단순히 예쁘기만 한 게 아니었다. 약간 허스키한 목소리에 키가 크고 늘씬했으며, 이제 갓 견진을 받은 어린아이가 아니라 여러 면에서 성숙하고 경험이 많았다. 악셀은 그녀의 얼굴이 왜 그렇게 가냘프고 불쌍해 보이는지 이해할 수 없었다. "전에 사진을 봤으니 바르브로를 알아봤어야 할 텐데, 사진하고는 전혀 다르네요." "여행하느라 지쳐서 그래요." 그녀가 대답했다. "그리고 도시 공기 때문이고요." 얼마 지나지 않아 그녀는 다시 둥글고 예쁜 얼굴이 되었고, 이렇게 말했다. "이런 여행이나 도시 공기는 정말로 사람을 지치게 한다니까요!" 그녀는 자신이 베르겐에서 유혹을 받곤 했다는 이야기도 비쳤다. "조심해야 해요!" 하지만 악셀과 이야기를 계속하던 그녀는 자신이 세상 돌아가는 이야기를 들을 수 있도록 악셀에게 신문을, 베르겐에서 나오는 신문을 구독해달라고 말했다. 그녀는 글을 읽고 연극을 보고 음악을 듣는 데 익숙한데 이곳은 적적하다면서.

악셀 스트룀은 여름에 이 여자가 일을 도와주는 게 너무나 기뻤기 때문에, 신문도 구독했고 종종 그의 집으로 건너와 먹고 마시고 가는 브레데의 가족도 참고 견뎠다. 그는 하녀의 기분을 맞춰주고 싶었다. 바르브로가 기타를 치며 허스키한 목소리로 노래하는 여름 저녁보다 아늑한 것은 없었다. 악셀은 낯선 아름다운 노래에, 그리고 이 집에서 진짜로 어떤 사람이 그에게 노래를 불러준다는 사실에 감동했다.

그는 여름을 지내며 바르브로의 다른 면도 알게 되었지만, 그래도 전체적으로는 그녀가 만족스러웠다. 그녀는 변덕스러운 면이 있었고, 빠르게, 때로는 너무 빠르게 말대꾸를 하곤 했다. 예를 들어, 어느 여름 저녁에 악셀이 마을의 상인에게 가야 했을 때 바르브로가 가축만 남겨두고 오두막을 비운 것은 옳지 않은 일이었다. 그렇게 한 것은 작은 다툼 때문이었다. 그녀는 어디로 갔을까? 그저 집으로, 브레이다블리크로 갔을 뿐이지만 그래도 문제는 문제였다. 악셀이 밤에 돌아오자 바르브로는 집에 없었고, 그는 가축을 살피고 좀 먹고는 잠자리에 들었다. 아침이 다 되어서야 바르브로가 돌아왔다. "마룻바닥이 깔린 집을 다시 발로 걸어보고 싶었어요." 그녀가 경멸하듯 말했다. 악셀은 대답할 길이 없었다. 그의 집은 바닥이 진흙으로 된 이탄 집이었으니까. 하지만 그는 자신도 널빤지가 있으니 언젠가는 마루를 깔 거라고 말했다. 그러자 그녀도 뉘우치는 것 같았다. 그렇게까지 나쁜 여자는 아니었으니까. 그날은 일요일이었지만 그녀는 숲으로 가서 노간주나무 가지를 구해 와서는 진흙 바닥을 꾸몄다.

그녀가 그렇게 솜씨도 좋고 마음도 착했으므로, 악셀은 전날 저녁에 사두었던 예쁜 머릿수건을 꺼내지 않을 수 없었다. 원래는 그 수건을 그녀에게 뭔가 더 큰 부탁을 할 때를 위해 아껴둘 생각이었다. 하지만 머릿수건은 그녀의 마음에 꼭 들었고, 그녀는 즉시 수건을 머리에 둘러보고는 그에게 수건이 잘 어울리는지 물었다. "아, 그럼, 물론이죠." 하지만 그는 바르브로가 그의 배낭을 머리에 뒤집어써도 잘 어울릴 거라고 말했다. 그러자 그녀는 환히 웃으며 사근사근하게 말했다. "모자보다는 이 수건을 쓰고 교회에 가고 성찬에도 참석할래요. 우린 베르겐에서 다들 모자를 썼거든요. 시골에서 온 평범한 하녀들만 빼고요."

둘은 이렇게 해서 다시 사이가 좋아졌다.

악셀이 우체국에서 받아온 신문을 꺼내자 바르브로는 앉아서 바깥세상의 최근 소식을 읽기 시작했다. 스트란 가의 금은방에 도둑이 들었다는 이야기, 집시들의 싸움 이야기, 소매가 잘린 옷에 싸여 시내의 협만에 떠밀려온 한 아이의 시체 이야기. "아이를 물에 던진 건 누구였을까요?” 하고 바르브로는 물었다. 오래된 습관대로 시장 물가도 읽었다.

그렇게 여름이 갔다.

16

셀란로에는 큰 변화가 있었다.

초기 모습이라고는 찾아볼 수가 없었다. 이곳에는 여러 가지 건물, 제재소와 방앗간이 들어섰다. 허허벌판이었던 곳이 잘 가꾸어진 농지가 되었다. 그리고 앞날은 더 밝았다. 하지만 가장 특별한 것은 아주 달라져 다시 바지런해진 잉에르였다.

지난여름의 사건은 그녀의 경박함을 단번에 고치지는 못했다. 처음에는 자꾸 이전의 모습으로 돌아가 감옥과 트론헤임의 교회 이야기를 시작하려 했다. 아, 사소하고 무해한 그런 사건들. 그녀는 반지를 손가락에서 빼고 과감한 짧은 치마는 길게 고쳤다. 그녀는 생각이 깊어졌고, 농장 전체가 조용해졌다. 손님이 줄었고, 마을의 낯선 처녀와 여인들도 전보다 덜 찾아왔다. 이 황무지에 살면서 끝없이 웃고 농담할 수 있는 사람은 없었다. 기쁨이 유쾌함은 아니었다.

황무지에서는 모든 계절이 경이로웠지만, 언제나 한결같이 하늘과 땅에서 어둡고도 신비로운 소리가 들려왔고 사방은 숲으로 둘러씨여 있었으며, 숲은 어둡고 나무들은 정다웠다. 모든 것이 묵직하고 부드러웠고, 할 수 없는 생각이라고는 없었다. 셸란로 북쪽에는 작은 연못이, 어항만큼 작은 웅덩이가 있었다. 연못에서 헤엄치는 무수한 어린 물고기는 다 자랄 때까지 살지 못했다. 그냥 죽어버려서 아무 도움이, 어디에도 도움이 되지 않았다. 어느 날 저녁 잉에르는 물가에 서서 소방울 소리가 들리나 귀를 기울였다. 하지만 아무 소리도 들리지 않았고 사방에 아무런 기척도 없었다. 그때 갑자기 연못에서 노래가 들려왔다. 아주 약한 소리, 들릴까 말까 한 소리, 꺼져가는 듯한 소리. 작은 물고기들의 노래였다.

셸란로는 위치가 좋아서, 이곳 사람들은 가을과 봄에 벌판 위를 날아가는 기러기를 보고 이 새들의 울음소리를 들을 수 있었다. 마치 마구 떠드는 소리 같았다. 한 무리가 지나가고 나면, 온 세상이 조용히 멈추는 듯했다. 그럴 때면 사람들은 기력이 다 빠져나가는 느낌이 들지 않았을까? 이들은 일을 다시 계속하기에 앞서 일단 숨을 깊이 들이쉬었다. 저세상의 숨결이 이들을 스치고 지나간 것이다.

이들은 언제나 놀라운 기적에 둘러싸여 있었다. 겨울에는 별뿐만 아니라 오로라도 있었다. 창공이 타오르고 하늘나라가 빛났다. 자주는 아니었지만 때때로, 언제나는 아니지만 가끔씩 천둥소리도 들렸다. 주로 가을에 그랬다. 그럴 때면 인간과 동물은 주위가 어둡고 장엄해지는 경험을 했다. 가까운 초지에서 풀을 뜯던 가축들은 옹기종기 모여 들었다. 무슨 소리를 듣는 것일까? 종말을 기다리는 것일까? 황무지에 사는 인간들은 고개를 숙이고 천둥소리를 들을 때 무엇을 기대했을까?

봄! 봄은 우리를 재촉하고 생기를 주고 마음을 사로잡는다. 하지만 가을! 가을은 사람들의 기분을 완전히 바꾸었다. 그럴 때면 어둠이 두려워졌고, 저녁기도에서 위안을 찾았다. 예언에 의지하며 미신을 따랐다. 가을날 이들은 때로 무언가를 집안으로 들여오기 위해 밖으로 나갔다. 남자들은 나무를, 여자들은 헛되이 버섯을 찾아다니는 가축을. 그러고는 마음에 신비로움을 가득 담고 집으로 돌아왔다. 본의 아니게 개미 뒷부분을 밟아 앞부분이 앞으로 나가는 것을 방해했을까? 아니면 뇌조 둥지에 너무 가까이 가서 어미 새가 쉭쉭거리며 이들에게 달려들었던가? 커다란 그물버섯도 뭔가 의미가 있었다. 이런 버섯도 이들의 눈에 공허한 흰 얼룩으로만 보이지는 않는다. 그물버섯은 꽃을 피우지도 않고 자기 자리에 박혀 있을 뿐이지만 그래도 뭔가 놀라운 데가 있는 신비, 덮어주는 껍질도 없이 벌거숭이로 자신의 삶을 영위하는 허파 같았다.

잉에르는 우울한 성격으로 변했다. 황무지가 그녀의 마음을 압박했고, 그녀는 신앙심 깊은 사람이 되었다. 그러지 않을 수 있었을까? 황무지에서는 아무도 그 운명을 피할 수 없었다. 지상적인 노력과 세속만 있는 것이 아니라, 경건함과 신에 대한 두려움, 미신도 많았다. 잉에르는 자신은 남들보다도 확실히 하늘의 벌을 받을 거라는 걸 알고 있었다. 벌이 닥치는 것은 당연했다. 그녀는 주님이 저녁마다 황무지 전체를 돌아보시며, 놀라운 눈을 갖고 계시니 자신을 찾아내시리라 확신했다. 일상생활에서는 그녀가 변화시킬 수 있는 게 거의 없었다. 아, 그녀는 금반지를 궤짝 맨 밑에 숨길 수 있을 테고 엘레세우스에게 너도 회개하라고 편지를 쓸 수도 있으리라. 하지만 그 밖에는 자신을 희생하고 선행을 할 기회가 별로 없었다. 아, 할 수 있는 게 분명 한 가지는 있었다. 검소한 옷을 입고 단지 일요일에만 평일과 구분짓기 위해 푸른 실크 리본을 목에 두르는 것. 이런 꾸며낸, 불필요한 가난은 어떤 철학, 겸양, 스토이즘의 표현이었다. 푸른 실크 리본은 더이상 새것이 아니었다. 이제는 너무 작아서 레오폴디네가 쓸 수 없는 모자에서 떼어낸 것으로, 여기저기 색이 바랬고 솔직하게 말하면 좀 더러웠다. 하지만 잉에르는 그 리본을 일요일 장식으로 사용했다. 그녀는 정말로 과장을 했고, 오두막도 가난하게 꾸미고 거짓된 가난을 과시했다. 만일 그녀가 처지가 그래서 더 가난하게 살 수밖에 없었더라면 받을 보상이 더 크지 않았을까? 그녀를 그냥 살게 내버려두자. 그냥 살 권리가 있으니까.

그녀는 심하게 과장했고, 자신이 해야 하는 것 이상을 했다. 농장에는 남자가 둘이었다. 잉에르는 그들이 나간 게 확실해질 때까지 기다렸다가 톱질을 했다. 이런 고통과 벌에는 도대체 어떤 목적이 있을까? 그녀는 전혀 중요하지 않고 아주 작은 인간이었으며, 능력 또한 평범했다. 그녀가 죽든 살든 여기 황무지에서 말고는 누구도 개의치 않으리라. 하지만 여기에서 그녀는 중요한 사람, 가장 중요한 여자였다. 그리고 그녀는 자신이 스스로에게 부여하는 벌을 받아 마땅하다고 믿었다. 남편이 말했다. "시베르트하고 이야기를 해보았는데, 우리는 당신이 힘들게 톱질을 안 했으면 해." "내 양심을 위해서 하는 거예요." 잉에르가 대답했다.

양심을 위해서라고? 그 말을 듣고 이사크는 생각에 잠겼다. 그는 이제 나이가 들었고 생각이 느렸지만, 그가 마침내 입을 열 때는 그 말에 무게가 있었다. 잉에르가 그렇게 철저히 마음을 고쳐먹은 것을 보니 양심이란 상당히 강한 모양이다. 그리고, 어쨌건 그녀의 회심은 그에게도 영향을 미쳤고 전염되어 그 역시 생각에 잠긴 온순한 사람이 되게 했다. 그해 겨울은 추위가 극심해 나기 힘들었다. 이사크는 고독과 아늑함을 찾았다. 자신의 숲을 보전하기 위해 그는 스웨덴 국경의 국유림에서 쓸 만한 나무 몇십 그루를 샀다. 그는 누구의 도움도 없이 그 나무를 다 벨 생각이었고, 시베르트에게는 집에 있으면서 어머니가 너무 애를 쓰지 못하도록 돌보라고 했다.

짧은 겨울 낮, 이사크는 날이 밝기도 전에 숲으로 가서 해가 떨어진 다음에야 집으로 돌아왔다. 언제나 달이 비치고 별이 빛났으며, 때로는 아침에 났던 그의 발자국이 어느새 눈에 덮여 길을 찾기 힘들었다. 그러던 어느 날 저녁 그는 특별한 경험을 했다.

이미 길을 상당히 갔고, 밝은 달빛에 셀란로가 저쪽 멀리 비탈 위로 보였다. 농장은 잘 지어진 아름다운 모습이었지만, 눈이 깊게 쌓여 조그맣게, 마치 지하에 위치한 집처럼 보였다. 하지만 이제 다시 목재가 생겼다. 잉에르와 아이들은 그가 이 나무로 무엇을 하려는지, 또 무슨 놀라운 건물을 지으려는지 궁금해할 것이다. 그는 너무 지친 모습으로 집에 들어가지 않기 위해 눈 위에 앉아 좀 쉬려고 했다.

사방은 온통 고요했고, 이런 고요함, 사색에 젖어들게 만드는 분위기는 정말 감사한 것이었다. 모두 좋은 것들이었으니. 이사크는 농부인지라 자신의 땅 주위로 눈을 돌려, 황무지에서 더 개간해야 할 곳이 어디인지 둘러보았다. 그는 상상 속에서 큰 돌을 치웠다. 그는 분명 배수에 뛰어난 소질이 있었다. 그리고 자기 땅 저쪽 한편에 꽤 깊은 늪지가 펼쳐져 있다는 것도 알고 있었다. 그 늪은 광물로 가득했다. 웅덩이마다 금속을 품은 막이 덮여 있었고, 그는 그 웅덩이의 물을 말릴 참이었다. 눈으로 자신의 땅에 사각으로 모눈을 그어보았다. 그 사각의 땅들을 어찌할 것인지 계획과 생각이 있었다. 푸른 농지로 만들 생각이었다. 개간된 땅은 좋은 것이었다. 그에게는 질서와 도리로 보였고, 게다가 기쁨이었으니……

그는 일어섰지만 자신이 어디에 있는지 알 수가 없었다. 흠, 그에게 무슨 일이 일어난 것일까? 아무 일도 아니었다. 그저 좀 쉬었을 뿐이다. 하지만 순간 그의 앞에 무언가가 서 있었다. 어떤 존재, 유령, 검은 실크…… 아니, 아무것도 아니었다. 그는 기분이 묘해졌고, 자신 없게 한 발을 앞으로 내디디면서 자신을 바라보는 눈빛을 향해 다가갔다. 커다란 눈빛, 두 개의 눈. 그때 가까이에서 사시나무가 몸을 떨며 서걱거리기 시작했다. 사시나무가 흔들릴 때면 으스스하고 불쾌한 소리를 낸다는 건 누구나 안다. 하여튼 이사크는 이보다 더 음산한 소리는 들은 적이 없었고, 등골에 소름이 끼치는 것 같았다. 손을 앞으로 뻗었지만, 그의 손이 한 일치고 그렇게 아무 도움이 안 되는 일은 지금껏 없었으리라.

하지만 지금 그의 앞에는 무엇이 있었다. 형태가 있었나, 없었나? 이사크는 평생 초월적인 어떤 힘이 있다고 확신해왔고 실제로 본 적도 한 번 있었지만, 지금 그의 눈앞에 있는 것은 신은 아니었다. 혹시 성령이 저런 모습일까? 하지만 왜 성령이 지금 그의 앞에 서 있겠는가? 넓은 벌판에 단지 두 눈과 눈빛만으로? 그를 데리러, 그의 영혼을 데리러 온 걸까? 그래도 좋았다. 어차피 한 번은 일어나야 하는 일이었고 그럼 그는 하늘에 올라가 행복을 누릴 테니까.

이사크는 긴장한 채 무슨 일이 벌어질지 기다렸다. 몸에 전율이 흘렀다. 그 형체에서는 냉기와 추위가 흘러나왔다. 아무래도 악마인 것 같았다. 이사크는 자신이 없었다. 분명 악마일 수도 있다. 하지만 악마라면 대체 여기서 뭘 하려는 것일까? 그리고 이사크는 무엇을 하다가 악마에게 걸린 것일까? 황무지를 개간하려는 생각 때문에? 하지만 그런 생각이 악마를 화나게 했을 것 같지는 않았다. 그가 저질렀을 다른 죄는 생각나지 않았다. 그는 그저 숲에서 집으로 돌아가는 지치고 배고픈 일꾼이었고, 그저 셀란로로 돌아가는 중이었을 뿐이다. 나쁜 의도라고는 없었다.

그는 다시 한 걸음 앞으로 디뎠지만, 발을 멀리 뻗지도 못하고 즉시 뒤로 그만큼 물러섰다. 형체가 사라지려 하지 않았기 때문에, 이사크는 눈앞의 일을 믿을 수 없다는 듯이 이마를 온통 찡그렸다. 악마여도 할 수 없지. 악마가 가장 힘이 센 것도 아니니까. 마르틴 루터가 그를 죽이다시피 했고, 성호와 예수의 이름으로 악마를 쫓아낸 사람도 한둘이 아니었다. 이사크가 위험에 일부러 달려들고 웃어넘겼다는 이야기는 아니다. 하지만 그는 죽어서 행복을 누리겠다는 생각은 금세 포기하고 그 형체를 향해 두 걸음을 나아가 십자를 그으며 외쳤다. "예수의 이름으로!"

음? 자신의 목소리를 듣자 그는 다시 정신이 나는 것 같았고, 비탈에 자리잡은 셀란로가 보였다. 사시나무는 더이상 서걱거리지 않았고, 두 눈도 허공으로 사라졌다.

그는 더이상 길에서 지체하며 위험을 자초하지 않았다. 마침내 집 문지방에 도착했을 때, 그는 숨을 내쉬고 마음을 놓았으며 머리를 들고 남자답게, 영웅처럼 거실로 들어갔다.

잉에르는 깜짝 놀라 그에게 왜 그렇게 창백한지 물었다.

그는 악마를 만난 일을 숨기지 않았다.

"어디에서요?" 그녀가 물었다.

"저기 저쪽, 바로 맞은편에서."

잉에르는 의심하지 않았다. 그녀가 그를 칭찬하지는 않았지만, 그녀의 표정에 모진 말이나 질책은 담겨 있지 않았다. 잉에르의 기분은 지난 며칠보다는 훨씬 밝아졌고 이유야 어쨌건 사근사근해져서, 그저 이렇게 물었다.

"정말 악마였어요?"

이사크는 고개를 끄덕이고 말했다. 그가 본 걸로 판단하면 악마였노라고.

"그럼 어떻게 쫓아버렸어요?"

"예수의 이름으로 공격했지." 이사크가 말했다.

잉에르는 깜짝 놀라 고개를 흔들었고, 시간이 좀 지나고 나서야 음식을 꺼내놓았다. "어쨌건 이제 당신은 절대 혼자 숲에 들어가면 안 돼요!" 그녀가 말했다.

그녀는 그를 걱정하는 기색이 역력했고, 그는 그래서 마음이 좀 놓였다. 그는 지금도 전과 마찬가지로 겁이 없으며 숲에 갈 때 누구를 데리고 갈 필요도 없는 척했다. 하지만 그것은 단지 숲에서 겪은 무시무시한 일을 이야기해 잉에르를 필요 이상으로 놀라게 하지 않으려는 의도에서였다. 그는 이 집안의 남편이며 가장, 모두의 보호자였으니까.

잉에르는 그의 의도를 꿰뚫어보고 말했다. "네, 네, 내가 겁낼까봐 그러는 거죠? 하지만 시베르트를 데리고 가도록 하세요." 이사크는 별것 아니라는 듯이 웃었다. "숲에서 몸이 불편해지고 병이 날 수도 있잖아요. 당신은 요새 건강이 안 좋은 것 같아요." 이사크는 다시 별것 아니라는 듯이 웃었다. "병이 난다고? 피곤하고 지칠 수는 있겠지, 그래. 하지만 병이 난다고?" 그리고 잉에르에게 자신을 놀리지 말라고 했다. 자신은 언제나 건강하게 먹고 자고 일하며, 불치의 건강병이라도 걸린 것 같다고. 한번은 그가 벤 나무가 머리 위로 쓰러지며 귀를 찢었지만 모자로 귀를 밤낮으로 눌렀더니 다시 붙더라고. 속이 안 좋으면 끓인 우유에 상인이 파는 감초즙, 옛날 사람들이 쓰던 약초를 섞어 마시고 땀을 흘린다고. 손을 다치면 상처에 그 액체를 뿌린 다음 소금을 뿌렸고, 그러면 며칠 만에 상처가 낫는다고. 지금까지 셀란로에 의사가 온 적은 없었노라고.

사실이었다. 이사크는 도통 아프지 않았다. 악마와 대면할 수 있는 것은 진정 건강한 사람뿐이었다. 이사크는 그런 위험한 모험을 하고도 후유증이 없었다. 오히려 그 일로 더 힘이 세어진 기분이었다. 겨울이 끝나가고 봄이 가시거리 내로 들어오자, 사나이이며 가장인 그는 자신이 마치 영웅처럼 느껴졌다. "난 이런 일은 다 잘 아니까 내가 하자는 대로 하면 돼. 정 안 되면 내가 악마를 쫓아내지 뭐."

낮은 꽤 길어졌고 햇빛이 늘어났으며, 부활절도 지났고 벤 나무는 이미 집으로 옮겨왔다. 온 세상이 반짝였고, 겨울이 끝나 사람들은 안도의 한숨을 내쉬었다.

먼저 다시 일어선 것은 이번에도 잉에르였다. 그녀는 이미 기분이 밝아진 지 오래였다. 어째서 그랬을까? 호호, 그럴 만한 이유가 있었다. 다시 임신을 해서 몸이 불었던 것이다. 그녀의 삶은 다시 정상으로 돌아왔고, 아무것도 문제를 일으키지 않았다. 하지만 이것은 그런 죄악을 저지른 그녀에게 베풀어진 최고의 자비였다. 그녀는 정말 운이 좋았다. 언제나 운이 따랐다. 이사크는 어느 날 드디어 이를 눈치채고 궁금한 마음이 들어서 물었다. "다시 뭔가가 되는 것 같은데, 어떻게 이런 일이 가능하지?" "그래요, 정말 기쁜 일이지요. 뭔가가 될 거예요." 그녀가 대답했다. 두 사람 모두 놀라긴 마찬가지였다. 물론 잉에르는 아직 늙었다고 할 나이는 아니었다. 이사크는 그녀가 너무 늙었다고 생각하지 않았지만, 그래도 그렇지 다시 아이가 생기다니! 어린 레오폴디네는 이미 해마다 몇 번씩 꽤 오랫동안 브레이다블리크의 학교에 가 있곤 했으므로, 이제 집에는 어린아이가 없었다. 사실 레오폴디네는 이미 다 큰 소녀였고.

며칠이 지났고, 그다음 일요일이 되자 이사크는 서둘러 마을로 떠나며 월요일 아침에야 돌아올 거라고 했다. 그는 계획을 말하려 하지 않았지만, 월요일이 되자 하녀를 데리고 돌아왔다. 하녀의 이름은 옌시네였다. "제정신이 아니군요." 잉에르가 말했다. "난 하녀 필요 없어요." 이사크는 대답했다. "물론 필요하지. 당신은 이제 사람이 필요해."

물론 이것은 이사크가 넓은 마음으로 한 좋은 일이었고, 잉에르는 어쩔 줄 몰라하며 감동했다. 새로 온 아가씨는 대장장이의 딸이었는데, 일단은 한 해 여름을 지내보고 그다음에 뒷일을 결정할 생각이었다.

이사크는 말을 이었다. "그리고 오늘 엘레세우스에게 전보를 쳤어."

잉에르는 몸을 움츠렸다. "전보를 쳤다고요?" 이사크는 그녀를 호의에 빠져 죽게 하려는 것일까? 엘레세우스가 도시에, 불경스러운 도회지에 가 있다는 건 그녀에게 전부터 큰 고통이었다. 그녀는 아들에게 보내는 편지에 좋으신 주님에 대해 썼고, 아버지가 점차 늙어가는데 농장은 너무 커지고 있고, 동생 시베르트는 모든 일을 다 할 수가 없는데다 나중에 시베르트 삼촌의 상속자가 돼야 한다고 썼으며, 혹시 모르니까 여비도 보냈다. 하지만 엘레세우스는 도시 사람이 되었고, 농부의 삶을 그리워하지 않았다. 그는 자기가 집에서 해야 하는 일이 뭐냐고 대답했다. 농장에서 일하면서 자신의 지식과 학식을 썩혀버리는 것? "그리고 사실 별로 그러고 싶은 생각도 없어요"라고 그는 썼다. "그리고, 속옷을 만들 옷감을 보내주시면 전 빚을 안 져도 되지요." 그래서 어머니는 옷감을 보내주었다. 속옷을 만들 옷감을 이상할 정도로 자주 보냈다. 하지만 종교에 눈을 뜨고 경건한 사람이 되었을 때, 그녀는 엘레세우스가 그 옷감을 판 돈을 다른 데 썼다는 것을 단박에 깨달았다.

아버지도 그 사실을 눈치챘다. 그는 이 일을 언급하지는 않았지만, 잉에르가 엘레세우스를 애지중지한다는 것, 아들 때문에 눈물을 흘리고 고개를 젓는다는 것을 알고 있었다. 하지만, 안팎이 같은 옷감이 매번 한 토막씩 줄어드는 게 눈에 보였고, 이 세상에 속옷을 그렇게 많이 입어 없애는 사람이 없다는 것 정도는 이사크도 알았다. 앞뒤를 생각하면, 남편이며 가장인 그가 다시 개입해야 하는 일이었다. 상인을 통해 이런 전보를 보내는 것은 사건의 규모에 비해 돈이 너무 많이 드는 일이지만, 이런 전보는 아들에게 상당한 영향을 미칠 것이었고, 다른 한편으로 집에 돌아와 잉에르에게 자신이 전보를 보냈다고 말할 수 있다는 것은 이사크 자신에게도 아주 특별한 일이었다. 집으로 오는 길에 그는 하녀의 짐까지 스스로 등에 졌으며, 금반지를 선물하던 날만큼이나 자랑스럽고 흥미진진한 기분을 느꼈다.

그후로는 아주 좋은 시절이 왔다. 잉에르는 자신이 어떤 유용하고 좋은 일을 할 수 있을까 궁리했으며, 옛날처럼 남편에게 "당신은 별걸 다 할 줄 아네요!"라고 말했고, 때로는 "당신은 죽도록 일을 하네요!", 다른 때는 "이제 들어와서 음식 좀 들어요. 당신 주려고 와플을 구웠어요"라고 했다. 그리고 그를 기쁘게 하기 위해 이렇게 말했다. "저 목재는 뭐할 거예요? 뭘 지으려는 건지 궁금해요." "글쎄, 나도 잘 모르겠는걸." 그는 이렇게 대답하고 괜히 무게를 잡았다.

모든 것이 다시 옛날과 같았다. 아이가 태어나자(크고 예쁜 여자아이였다) 이사크는 목석이 아닌 이상 주님께 감사하지 않을 수 없었다. 하지만 그는 뭘 지으려는 생각이었을까? 올리네가 관심을 가지고 수다를 떨 만한 일이었다. 집에 덧붙여 방을 하나 지으려는 것이었으니까. 셀란로에는 하녀도 생기고 엘레세우스도 올 테고 갓 태어난 딸도 있어 가족이 늘어났으니 이전의 거실은 침실로 꾸며야 했다. 선택의 여지가 없었다.

이사크는 물론 어느 날 잉에르에게 이야기를 해야 했다. 사실 그녀는 온통 호기심으로 가득했고 비밀의 내용을 벌써 시베르트를 통해 다듣기는 했지만(둘은 종종 쑥덕거리곤 했으니까), 그래도 무척 놀란 기색을 하며 팔을 아래로 늘어뜨리고 말했다. "설마 진담은 아니겠지요?" 하지만 행복에 겨워 심장이 터질 것 같은 이사크는 이렇게 대답했다. "당신이 아이를 그렇게 많이 낳아주니 어디 재울 데가 있어야지?"

두 남자는 새로 벽을 쌓을 돌을 캐느라 날마다 바빴다. 둘은 이제 일하는 것이 거의 비슷했다. 한 사람의 젊은 몸은 단단하고 잽싸서 유리한 자리를 얼른 찾고 적절한 돌을 빨리 발견했고, 다른 한 사람의 노련해진 강인한 육체는 팔이 길어서 쇠지레를 누를 때면 대단한 힘을 발휘했다. 제대로 한번 힘을 쓰고 나면 둘은 한동안 숨을 돌리며 즐거운 대화를 몇 마디 나누었다.

"브레데가 집을 팔려고 해." 아버지가 말했다. "그래요." 아들이 대답했다. "얼마나 받을 생각일까?" "그러게요. 얼마나 요구할까요?" "들은 말 없니?" "없어요. 아니, 참, 2백 달레르라던데요." 아버지는 한동안 생각하더니 말했다. "어때, 이 돌 정도면 모퉁잇돌로 쓸 수 있을까?" "깰 수 있느냐가 문제겠지요"라고 대답하며 시베르트는 바로 일어나 아버지에게 망치를 건네고 자신도 쇠메를 들었다. 얼굴이 달아오르고 몸도 더워진 그는 벌떡 일어서서 쇠메를 내리쳤고, 몸을 다시 일으켜 다시 망치를 내리쳤다. 스무 번을 똑같이, 스무 번을 천둥처럼. 그는 연장도 자기 자신도 아끼지 않으며 대단한 일을 해냈다. 윗옷은 바지 밖으로 빠져나오고 배가 드러났으며, 그는 더 힘있게 내리칠 수 있도록 한번 칠 때마다 발돋움을 했다. 스무 번을!

"어디 보자!" 아버지가 말했다. 아들은 잠시 멈추고 말했다. "돌에 금이 갔나요?" 둘 다 몸을 낮추어 돌을, 그 고집스러운 돌덩어리를 살펴보았지만, 돌은 그대로였다. "그럼 내가 한번 쇠메로 혼자 쳐보지"라고 말하며 아버지는 몸을 일으켰다. 이것은 더 거친 노동, 힘만으로 하는 일이었다. 망치가 뜨거워졌고 쇠가 밀려났다. 연장이 무뎌졌다. 그는 망치를 두고 "쇠가 막대에서 떨어지겠네"라고 말하고는 치기를 그만두었다. "나도 더는 못하겠군." 이사크가 말했다. 오, 그 말은 그가 더이상 할 수 없다는 말은 아니었다.

이 아버지, 거대한 배 같은 그에게 뛰어난 외모는 없었지만 끝없는 참을성과 선함이 있었고, 마지막으로 한번 더 쳐서 돌을 깰 기회를 아들에게 주고자 한 것이다. "이제 두 조각이 났네. 그래, 네가 솜씨가 좋구나." 아버지가 말했다. "흠, 브레이다블리크로는 뭔가 할 수 있겠죠." "그래, 내 생각노 그렇다." "습지에 수로를 내고 땅을 갈아엎는다면 말이죠." "집도 손을 봐야 해. 할 일이 많을 거야. 하지만…… 뭐라더냐, 엄마가 일요일에 교회에 간다던?" "네, 그렇게 들었어요." "자, 계속하자. 제대로 된 돌 문지방을 찾으려면 한참 찾아야 하니까. 아직 적당한 돌을 못 찾았지?" "네." 시베르트가 대답했다.

그리고 둘은 일을 계속했다.

며칠 후, 둘은 벽을 쌓기에 충분한 돌을 모았다고 생각했다. 어느 금요일 저녁 두 사람은 앉아 쉬면서 다시 이야기를 나누었다.

"흠, 어떠냐. 다시 브레이다블리크 생각을 해볼까?" "왜요?" 시베르트가 물었다. "어쩌시게요?" "글쎄, 그건 나도 모르겠다. 학교도 거기 있고, 브레이다블리크는 한가운데에 있으니까." "그래서요?" 아들이 물었다. "그걸로 뭘 할 수 있을지 모르겠구나. 아무데도 쓸모가 없으니." "그 생각을 하고 계셨어요?" 시베르트가 물었다. 아버지가 대답했다. "아니다. 엘레세우스 생각을 하고 있지. 엘레세우스가 거기에서 일을 할 생각이 있을지 모르겠구나." "형이요?" "그래. 하지만 모르겠다." 두 사람 모두 한동안 생각에 잠겼다. 그러더니 아버지가 연장을 주워 모아 어깨에 메고는 집으로 향했다. 마침내 시베르트가 말했다. "제 생각에는 아버지가 형하고 이야기를 해보시는 게 좋겠는데요." 그리고 아버지는 이렇게 대화를 마쳤다. "오늘도 문지방으로 쓸 좋은 돌을 못 찾았구나."

다음날은 토요일이었고, 아이를 데리고 산을 넘으려면 일찍 출발해야 했다. 하녀 옌시네도 같이 가기로 했다. 그러면 대모가 한 명은 있는 셈이니까. 다른 대부모들은 산 너머에 사는 잉에르의 친척들 가운데서 구해야 했다.

잉에르는 아주 아름다웠다. 그녀는 특별히 고운 면 원피스를 만들었고, 목과 손목에 흰 띠를 둘러 박았다. 아이에게는 치맛단 아래에만 푸른 실크로 리본을 박은 흰옷을 입혔다. 아이는 아주 특별해서 벌써 미소를 짓고 이야기를 했으며, 거실에서 시계가 종을 치면 귀를 기울였다. 이름을 고른 건 아버지였다. 그에게 그 권리가 돌아왔고, 그도 한몫을 하고 싶었다. "내 말대로 해보자고." 그는 이사크와 관련이 있는 이름인 야코비네와 레베카 사이에서 결정을 못하다가 결국은 잉에르에게 조심스레 말을 붙였다.* "레베카는 어떨까?" "아, 좋아요." 잉에르가 말했다. 그 대답을 들은 이사크는 기운을 얻고 힘차게 말했다. "이름은 레베카야. 다른 이름은 안 되지. 내가 레베카로 할 거야!"

그리고 그도 물론 교회에 함께 갈 생각이었다. 질서를 잡고 아이를 안아들기 위해서. 아기 레베카는 세례식에 함께 갈 일행이 있어야 했

---

* 이사크는 성경에 나오는 인물 이사악에서 유래한 이름이고, 야코비네는 야곱의 여성형이다. 성경에서 레베카(리브가)는 이사악의 부인, 야곱은 이사악의 아들이다.

다. 그는 수염을 다듬고, 젊은 날처럼 깨끗한 붉은 셔츠를 입었다. 날이 매우 더웠지만 갖고 있던 멋진 겨울 양복을 입었다. 하지만 이사크는 낭비를 하거나 잘 꾸미는 데 신경쓰는 사람은 아니었으므로, 산을 넘기 위해 성큼성큼 걸었다.

시베르트와 레오폴디네는 집에 남아 가축을 돌봐야 했다.

이들은 배를 저어 호수를 건널 수 있었으므로, 산 위의 호수를 빙 돌아가야 했던 예전보다는 가는 길이 훨씬 수월했다. 하지만 호수를 건너던 중, 잉에르가 아이에게 젖을 주려고 할 때 이사크는 그녀의 목에서 무언가 줄에 걸려 반짝이는 것을 보았다. 무엇이었을까? 교회에서 그는 그녀의 손에 끼워진 금반지를 보았다. 아, 잉에르. 그것은 포기할 수 없었군.

17

엘레세우스는 집으로 돌아왔다.

그는 여러 해를 외지에서 보냈고 아버지보다 키가 커졌다. 손은 길고 희었으며, 짧고 검은 콧수염을 하고 있었다. 그는 잘난 척하지 않았고, 자연스럽고 따뜻한 천성 그대로였다. 어머니는 그 모습을 보고 놀랐고 기뻐했다. 그는 시베르트와 함께 작은방을 사용했고, 형제는 친구가 되어 함께 온갖 장난을 치며 아주 즐거워했다. 하지만 엘레세우스는 당연히 새 방을 짓는 일을 도와야 했는데, 그는 육체노동에 길이 들지 않았으므로 금세 지쳐 피곤해했다. 그러니 시베르트가 그 일에서 빠지고 다른 두 사람만 남게 된 것은 심각한 문제였다. 그건 아버지에게는 도움이 되기는커녕 오히려 방해가 되는 일이었다.

그럼 시베르트는 어디로 간 것일까? 어느 날 올리네가 산을 넘어와 시베르트 삼촌의 죽음이 가까워졌다는 소식을 전하지 않았던가? 그래서 시베르트가 가야 했던 것이 아닌가? 세상에 그런 일이! 지금은 삼촌이 시베르트를 옆에 두고 싶어하는 것이 이보다 더 곤란할 수 없는 시기였다. 하지만 어쩔 도리가 없었다.

올리네가 말했다. "난 그 부탁을 들어줄 시간이라곤 없었어. 하지만 이 집 아이들, 특히 어린 시베르트를 아끼니까 상속을 받게 해주고 싶었지." "삼촌은 많이 아프신가요?" "아이고 세상에, 날마다 점점 기력을 잃고 있지." "병석에 누워 계신가요?" "병석이라고? 아이고, 그렇게 말을 막하면 안 되지, 얘들아. 시베르트는 이제 더이상 온 세상을 헤집고 다니지는 못한단다."

그녀의 이런 대답을 듣고 그들은 시베르트 삼촌이 죽어간다고 생각할 수밖에 없었고, 잉에르는 어린 시베르트에게 즉시 가라고 재촉했다.

하지만 엉큼하고 꿍꿍이속이 있던 시베르트 삼촌은 죽음을 앞둔 게 아니었고 침대에 매인 몸도 아니었다. 젊은 시베르트가 삼촌의 집에 도착해 보니 그 작은 농장은 온통 뒤죽박죽이고 가꾸지 않은 그대로였다. 봄에 지을 농사도 제대로 준비하지 않았고, 겨울 거름도 아직 뿌리지 않아 그대로 있었다. 죽음이 그렇게 가까워 보이지도 않았다. 그래도 시베르트 삼촌은 이미 일흔을 넘긴 노인이어서 쇠약했고 몸을 반쯤 드러낸 채 집안을 돌아다녔으며, 이런저런 일에 다른 사람의 도움이 필요했다. 예를 들면, 선창에는 거기 걸려 있을 게 아니라 수선이 필요한 청어 그물이 걸려 있었다. 그랬다. 삼촌은 소금에 절인 생선을 못 먹거나 파이프 담배를 못 피울 정도로 상태가 심각한 것은 아니었다.

반시간이 지나자 시베르트는 상황을 파악했고, 바로 집으로 돌아가려 했다. "집으로?" 노인이 물었다. "네. 저희는 지금 집을 늘리고 있고, 아버지는 제 도움이 필요하세요." "그래?" 노인이 말했다. "엘레세우스가 집에 와 있지 않니?" "와 있지요. 하지만 형은 그런 일에 익숙하지 않아요." "그럼 왜 온 거냐?" 시베르트는 올리네가 어떤 소식을 전했는지 말해주었다. "임종이라고?" 노인이 물었다. "내가 죽어간다고 하던? 아이고 세상에." "하하하!" 시베르트가 웃었다. 노인은 기분이 상한 듯 시베르트를 바라보고 말했다. "죽어가는 사람을 놀리는구나. 내 이름을 받았다는 네가!" 시베르트는 너무나 어려서 우울한 척할줄 몰랐고 노인한테 관심을 가져본 적도 없었으며, 이제는 그냥 집에 갈 생각을 하고 있었다.

"음, 그럼 넌 내가 죽어가고 있다고 생각해서 얼른 달려왔구나." 노인이 말했다. "올리네가 그렇게 말했어요." 시베르트도 물러서지 않았다. 잠시 침묵이 흐른 후 삼촌이 제안했다. "선창에 있는 그물을 수선해주면 뭔가를 보여주지." "그래요? 뭔데요?" 시베르트가 물었다. "뭐, 너하고는 상관없는 일이야." 노인이 언짢다는 듯이 대답하고 다시 자리에 누웠다.

흥정에는 시간이 걸렸다. 시베르트는 어찌해야 좋을지 확신이 서지 않았다. 그는 밖으로 나가 주위를 둘러보았다. 온통 뒤죽박죽이었고 손길이 필요했다. 여기서 이 일을 시작하는 건 말도 안 되는 짓이리라. 그가 집으로 돌아오자 삼촌은 일어나 난롯가에 앉아 있었다.

"보이냐?" 그가 물으며 자기 두 다리 사이 바닥에 놓인 떡갈나무로 된 상자를 보여주었다. 돈 상자였다. 원래는 병을 넣는 상자, 칸칸으로 나뉘어 있어서 공직에 있는 사람들이나 높은 사람들이 여행을 갈 때

들고 다니던 상자였다. 하지만 지금은 그 안에 병은 없고, 늙은 회계사가 계산서와 돈을 보관하고 있었다. 오, 이 상자. 전설에 따르면 그 상자에는 온 세상의 부가 다 들어 있었고, 마을 사람들은 이렇게 말하곤 했다. "시베르트가 상자 안에 갖고 있는 만큼 나도 돈이 있어봤으면!"

시베르트 삼촌은 상자에서 종이 한 장을 꺼내고는 엄숙하게 말했다. "글 읽을 줄 알지? 이 글을 읽어봐." 젊은 시베르트는 글을 유난히 잘 읽는 축에는 들지 않았다. 그건 아니었다. 그래도 그는 자신이 삼촌의 유산 전체를 상속하게 된다는 글을 읽을 수 있었다. "이제 마음대로 하렴." 노인은 말하고 문서를 다시 상자에 넣었다.

시베르트는 별로 놀라지 않았다. 문서에는 그가 몰랐던 사실은 없었다. 어릴 때부터 그는 자신이 삼촌의 유산을 받으리라는 말을 늘 들어왔다. 상자 안에서 보물을 보았더라면 좀 다르게 받아들였을지도 모른다. "그 안에는 다른 신기한 것들도 많지요?" 그가 물었다. "네가 상상하는 것 이상으로." 삼촌이 짤막하게 대답했다.

그는 시베르트를 보고 실망했고 화가 났기 때문에 상자를 닫고 다시 자리에 누웠다. 그는 누워서 이런저런 말을 했다. "난 이 마을에서 삼십 년간 돈에 관한 한 권한을 가지고 마음대로 할 수 있었다. 난 누구의 도움도 필요 없어. 도대체 올리네는 내가 죽어간다는 말을 누구한테서 들은 거냐? 필요하다면 내가 의사를 데려오라고 사람 셋 정도도 못 보낼 것 같으냐? 날 갖고 놀지들 말라고. 그리고 너 시베르트, 넌 내 혼이 떠날 때까지 기다리지도 못하는구나. 하나만 들어라. 이제 넌 그 문서를 보았다. 돈 상자 안에 들어 있지. 그 이상은 말하지 않겠다. 하지만 여기를 떠나거든 네 형 엘레세우스에게 이리로 오라고 일러라.

그 애는 내 이름, 내가 이승에서 쓰던 이름을 받지도 않았지만, 그래도 오라고만 해라!"

이 말에는 협박이 담겨 있었지만 시베르트는 이 일을 마음속으로 생각해보고는 말했다. "형에게 전하지요."

시베르트가 돌아왔을 때, 올리네는 아직도 셀란로에 있었다. 그녀는 주위를 돌아볼 시간이 있었고, 악셀 스트룀과 바르브로가 사는 집에도 가보고 돌아와서는 뭔가 비밀스러운 중요한 일이 있는 것처럼 행동했다. 그녀는 "바르브로가 몸이 불었어"라고 속삭였다. "하지만 별일 아니겠지? 아무한테도 말하지 마! 아, 시베르트, 돌아왔구나! 그럼 시베르트 삼촌이 돌아가셨느냐고 물어볼 필요도 없겠네? 그래, 그래, 그는 늙었고 이미 무덤까지 다 갔지. 뭐라고? 안 죽었다고? 정말 다행이구나. 뭐, 내가 허튼 소리를 했다고 그러는 거냐? 난 정말 아무 죄도 없어! 네 삼촌이 아무렇지도 않게 거짓말하고 있다는 걸 내가 어떻게 알았겠니? 난 그가 점점 기운이 없어진다고 말했잖아. 이 말은 주님 앞에서도 반복하라면 얼마든지 반복할 수 있단다. 시베르트, 뭐라고? 삼촌이 침대에 누워 씩씩거리며 손을 가슴에 모으고는 말하지 않으시던? 지금 죽음과 싸우고 있노라고?"

올리네하고는 싸울 수 없었다. 그녀는 말로는 누구에게도 지지 않았고 상대를 눌러 이겼다. 시베르트 삼촌이 엘레세우스를 불렀다는 말을 듣자 그녀는 그 상황을 바로 자신에게 도움이 되는 쪽으로 이용하려 들었다. "그래, 그럼 내가 허튼소리를 한 건지 확인할 수 있겠지. 늙은 시베르트는 제 혈육들이 그리워 친척들을 불러모으고 있구나. 끝이 가까운 거야. 엘레세우스, 그가 바라는 걸 거절하면 안 된다. 돌아가시기 전에 뵙도록 얼른 서둘러 가렴. 나도 산을 넘어야 하니까 함께 가자."

그래도 올리네는 떠나기 전에 일부러 잉에르를 한쪽으로 불러 바르브로 이야기를 했다. "아무한테도 말하지 마. 하지만 눈에 보여!" 바르브로가 그 농가의 안주인이 될 것 같다는 말이었다. 그녀는, 처음에는 바닷가의 모래처럼 미미하지만 시간이 흐르면서 출세하는 사람들이 있다고 했다. 누가 바르브로가 그러리라고 생각했겠는가! "악셀은 부지런한 사람이야. 여기 황야에서, 산맥 이쪽에는 그만큼 큰 농장이나 땅은 없잖니. 잉에르, 너도 잘 알잖아. 너도 우리 동네 출신이고 거기에서 태어났으니까. 바르브로는 상자 안에 양털을 몇 킬로나 갖고 있더라. 다 겨울에 깎은 털이지. 난 달라고 안 했고 바르브로도 주려고 하지 않았어. 내가 바르브로를 어릴 때부터 알긴 하지만, 우리는 그냥 인사만 나눴어. 그때, 내가 여기 와 있고 잉에르 너는 공부하러 갔을 때 말이지."

"레베카가 우네요." 잉에르가 급히 말하고는 올리네에게 양털을 한 줌 넣어주었다.

올리네는 고맙다고 부산을 떨었다. "그래, 내가 지금 바르브로 이야기를 했잖아. 잉에르처럼 이렇게 손이 큰 사람은 정말 없어. 있는 대로 다 주고도 아까워하는 일이라고는 없지. 그래, 이제 작은 천사에게 들어가보렴. 레베카처럼 자기 엄마를 꼭 빼닮은 아기는 난 본 적이 없어. 네가 더이상 아기를 못 가질 거라고 말했던 거 기억해? 그런데 이것 좀 봐! 그러니까 아이를 낳아본 어른들 말을 들어야 한다니까. 주님의 길은 신비롭거든." 올리네가 말했다.

그러고 나서 그녀는 엘레세우스의 뒤를 따라 숲길을 올라갔다. 나이가 들어 허리가 굽고 창백한 잿빛 얼굴에 호기심이 가득한, 언제나와 같은 모습이었다. 이제 그녀는 늙은 시베르트에게 가서 다름 아닌 자신, 올리네가 엘레세우스를 그에게 가도록 설득했다고 말할 참이었다.

하지만 엘레세우스에게는 강요를 할 필요가 전혀 없었다. 그를 설득하기는 어려운 일이 아니었다. 자, 그는 사실 겉보기보다 더 괜찮은 사람이 아니었나. 비록 몸에 힘은 없었지만 그는 착한 아들이었고 선량하며 친절한 성격이었다. 그가 도시에서 시골로 돌아오고 싶지 않았던 데는 그럴 만한 이유가 있었다. 그는 어머니가 영아 살해로 감옥에 간 사실을 알고 있었는데, 시골에서는 누구에게나 알려진 일이지만 도시에서는 아무도 그 이야기를 하지 않았다. 그는 자기가 전에 알았던 것보다 섬세한 감정을 가르쳐주는 동료들과 몇 년을 지내지 않았던가? 그는 이제 칼뿐 아니라 포크도 필요로 하지 않았던가? 그동안 날이면 날마다 크로네와 외레로 계산을 하지 않았던가? 하지만 이곳 산골에서는 옛날처럼 달레르로 계산한다.* 그렇다. 그는 산을 넘어 다른 곳으로 가는 게 진심으로 기뻤다. 그의 집, 아버지의 농장에서 그는 자신의 특출함을 감추어야 했다. 그는 다른 사람들과 맞추기 위해 노력을 기울였고 실제로 어느 정도 성공도 거두었지만, 그래도 조심해야 했다. 예를 들어, 몇 주 전 셀란로에 도착했을 때도 그랬다. 때는 한여름이었지만, 그는 연회색 봄 외투를 가지고 왔다. 그가 외투를 거실 못에 걸었을 때, 그는 자신의 이름이 새겨진 은 명찰이 바깥쪽으로 보이게 뒤집을 수도 있었지만 그러지 않았다. 지팡이도 마찬가지였다. 그저

---

* 노르웨이에서는 달레르 화폐를 사용하다 1875년부터 크로네 화폐를 사용하기 시작했다. 1달레르는 4크로네, 1크로네는 100외레다.

우산에서 천과 우산살을 떼어낸 지팡이에 불과했지만, 그래도 셸란로에서 그는 지팡이를 들고 다니거나 휘두르지 않았다. 오히려 지팡이를 다리에 붙여 숨겨서 들고 왔다.

아, 엘레세우스가 산을 넘은 것은 놀랄 일이 아니었다. 그는 집 짓는 일에는 솜씨가 없었고, 그가 할 수 있는 일은 글을 쓰는 것이었다. 아무나 할 수 있는 일이 아니었지만, 고향에서 그의 지식과 능력을 인정하고 거기에 경탄해줄 사람은 기껏해야 어머니뿐이었다. 그러니 그는 기쁜 마음으로 올리네보다 앞서 산을 올랐다. 위에서 그녀를 기다릴 생각이었다. 봄 외투를 입고 지팡이를 짚고 나온 그는 어떻게 보면 집에서 몰래 빠져나온 셈이고, 남의 눈에 띄고 싶지 않았다. 산을 넘어가면 몇몇 상류층 사람들과 만나 그들이 자신을 볼 수도 있고, 어쩌면 교회에 갈지도 모르니까. 그래서 그는 날이 더웠지만 꾹 참고, 꼭 필요하지도 않은 외투를 입고 갔다.

그리고 그가 떠난다고 누가 아쉬워할 일도 없었다. 집을 짓는 일은 그가 없어도 전혀 상관없었다. 아버지는 시베르트를 되찾은 셈이었다. 그는 아침부터 저녁까지 자기 일을 했고 훨씬 도움이 되었다. 둘은 건물을 세우는 데 시간이 많이 필요하지도 않았다. 방을 덧붙여 짓는 것이니 벽을 세 개만 쌓으면 되었다. 제재소에서 나무를 켰으니 이제 통나무를 자를 필요도 없었다. 나무의 외피가 그대로 있는 널빤지는 지붕을 얹을 때 유용했다. 어느 날 드디어 공사가 끝났다. 지붕도 얹었고 바닥도 깔았으며 창문도 넣은 방이었다. 추수가 끝나기 전에는 그 이상은 할 수 없었다. 벽에 판자를 대고 칠하는 일은 뒤로 미루어야 했다.

그때 갑자기 게이슬레르가 적지 않은 일행을 이끌고 산을 넘어 나타났다. 일행은 말을 타고 있었고, 번쩍이는 말에는 노란 안장이 놓여 있었다. 부유한 여행자들이었다. 뚱뚱하고 육중해서, 말들은 허리가 굽어 있었다. 이런 당당한 신사들 사이에서 게이슬레르는 걷고 있었다. 일행은 신사 넷과 게이슬레르, 그리고 짐을 실은 말을 한 마리씩 끌고 온 하인 두 명이었다.

말을 타고 뜰에 들어온 사람들이 말에서 내렸고, 게이슬레르는 말했다. "자, 저 사람이 바로 이 동네의 영주인 이사크입니다. 이사크, 보시오! 난 약속대로 돌아왔습니다."

게이슬레르는 이전과 달라진 데가 없었다. 그는 걸어서 왔지만 그래도 자신이 다른 일행보다 하찮다고 느끼지는 않는 듯했다. 늘어진 어깨 위에 낡은 외투가 헐렁이고 있었지만, 표정은 당당하고 누구에게도 뒤지지 않았다. 그는 말했다. "이분들하고 난 산 위에 좀 올라가볼 생각입니다. 너무 뚱뚱해서 살을 좀 빼려고요."

신사들은 친절하고 성격이 좋았다. 그들은 게이슬레르의 말을 듣고 웃음을 지었으며, 침략이라도 하듯이 농장에 쳐들어와서 미안하다고 했다. 먹을거리도 가지고 왔으니 식량을 축낼 생각은 없지만, 그날 밤을 지낼 곳을 제공해준다면 정말 감사하겠다고, 혹시 새로 지은 건물에서 묵을 수 있겠느냐고 물었다.

이들이 휴식을 좀 취하고 게이슬레르도 잉에르와 아이들에게 가보고 난 후, 손님들은 산으로 올라가더니 저녁 늦게까지 돌아오지 않았다. 오후가 되자 때때로 무엇인지 전혀 알 수 없는 소리, 포성 같은 소리가 농장까지 들려왔다. 저녁이 되자 신사들은 자루에 새로운 광물 표본을 들고 내려왔다. 이들은 그 돌들을 보고 흑동이라고 말하며 고개를 끄덕였다. 그러고는 꽤 오랫동안 복잡한 이야기를 하면서 대충 선을 그어 그린 지도를 들여다보았다. 신사들 중에는 광업 전문가도 있었고 기사도 있었으며, 한 사람을 군수라고, 다른 한 사람을 영주라고 부르는 것 같았다. 가공삭도*며 케이블카 이야기도 나왔다. 게이슬레르도 때때로 한마디씩 했는데, 그의 말은 신사들에게 아주 중요한 설명인 듯했다. 다들 그의 말에는 귀를 기울였다. "호수 남쪽 땅은 누구 소유인가요?" 군수가 이사크에게 물었다. "국가 소유지요." 게이슬레르가 얼른 대답했다. 그는 정신을 바짝 차리고 있었고 판단력이 있었으며, 이사크가 오래전에 이름을 써서 서명한 서류를 손에 들고 있었다. "국유지라고 이미 말씀을 드렸는데 왜 다시 물으시죠?" 그가 말했다. "확인하고 싶으면 보십시오!"

저녁 늦게 게이슬레르는 이사크를 따로 불러 "우리 동광을 팔까요?" 하고 말했다. 이사크는 대답했다. "하지만 당신이 이미 그 땅을 저한테서 사고 돈을 지불해주셨잖아요?" 게이슬레르가 대답했다. "그렇긴 해요. 내가 산을 샀습니다. 하지만 나중에 산을 팔거나 경영을 하면 당신이 배당을 받기로 했지요. 그 배당권을 팔지 않겠어요?" 이사크는 이해하지 못했고, 게이슬레르는 설명을 해야 했다. 이사크는 광산을 운영할 수 없다. 그는 농부이니 땅을 경작하는 게 그의 일이다. 그리고 게이슬레르도 광산을 운영할 수 없다. 하지만 돈은? 자본은? 아, 돈은 얼마든지 있었다. 하지만 그는 시간이 없었다. 그는 이런저런 할 일이 많고 늘 여행을 해야 했으며 북쪽과 남쪽에 있는 자신의 농장

---

* 공중에 케이블카처럼 선을 놓아 광석을 운반하는 장치.

들을 돌봐야 했다. 이제 그, 게이슬레르는 아내의 친척들이며 부유하고 광물을 잘 아는 스웨덴 신사들이 광산을 열고 운영하도록 팔아넘길 생각이었다. 이사크도 이제 이해했을까? "저도 찬성합니다." 이사크가 말했다.

신기한 일이었다. 이런 신뢰는 불쌍한 게이슬레르에게 큰 힘이 되었다. 그는 "글쎄, 당신이 그렇게 하는 게 옳은지는 모르겠어요"라고 말하고 잠시 생각에 잠겼다. 그러더니 다시 자신 있게 말했다. "하지만 내가 마음대로 하게 해주면, 어쨌건 당신에게 가장 이익이 되도록 해보지요. 당신이 스스로 결정하는 것이나 마찬가지로요." 이사크는 입을 열었다. "흠. 당신은 처음부터 우리에게 잘해주셨으니……" 게이슬레르는 이마를 찡그리고 그의 말을 막았다. "그럼 됐네요!"

다음날 아침이 되자 신사들은 앉아서 문서를 만들었다. 이들은 아주 심각한 글을 썼다. 우선 동광을 4만 크로네에 매매한다는 계약서, 그리고 게이슬레르가 그 4만 크로네에서 한 푼도 받지 않으며 전액을 자기 아내와 아이들에게 양도하겠다는 내용의 문서. 이들은 이사크와 시베르트를 불러들여 그 문서에 증인으로 서명하도록 했다. 그 일이 끝나자 신사들은 이사크에게 배당으로 푼돈 5백 크로네만을 주려 했다. 하지만 게이슬레르가 "농담은 그만하시고!"라고 하며 막았다.

이사크는 상황을 잘 이해할 수 없었다. 그는 분명 산지를 팔았고, 그 값을 받았다. 그리고 그는 어차피 크로네에는 별 관심이 없었다. 크로네는 달레르가 아니어서, 그에게는 돈으로 느껴지지 않았다. 하지만 시베르트는 다른 생각을 했다. 그가 보기에, 이들의 말투에는 좀 이상한 데가 있었다. 그들은 집안 문제를 주무르고 해결하는 것 같았다. 신사 중 한 명이 이렇게 말했다. "게이슬레르 씨, 그렇게 낯을 붉힐 필요 없어요!" 그러자 게이슬레르는 그의 공격을 피하며 예리하게 대답했다. "그래요, 그럴 필요가 없지요. 하지만 이 세상에서는 내 몫을 다 못 받을 때가 종종 있으니까요!"

게이슬레르 부인의 형제들과 친척들은 이런 식으로 그녀의 남편을 돈으로 매수해서 단번에 그의 귀찮은 방문에 종지부를 찍고 이 귀찮은 친척을 떨궈버리려는 것이었을까? 동광은 분명 가치가 꽤 나갈 것이다. 아무도 그 점을 의심하지는 않았다. 하지만 위치가 외졌고, 그 신사들도 자신들은 더 쉽게 광산을 열고 확장할 능력이 있는 다른 사람들에게 이 동광을 다시 팔아넘길 생각이라고들 벌써부터 공공연히 말했다. 그리고 광산에서 얼마나 수익을 거둘 수 있을지 모르겠다는 말도 대놓고 했다. 광산을 팔 수 있다면 4만 크로네도 많은 액수가 아니겠지만, 산을 지금처럼 그냥 내버려둔다면 그것은 버린 돈이 될 것이라고. 하지만 어쨌건 계산을 끝내고 싶고, 그래서 이사크에게 그의 몫에 대한 대가로 5백 크로네를 제안한 것이라고 이들은 말했다.

"나는 이사크의 권한대행입니다." 게이슬레르가 말했다. "그리고 판매 금액의 10퍼센트보다 적은 돈을 받고는 그의 권리를 팔지 않겠습니다."

"4천이라고!" 신사들이 말했다.

"4천이죠." 게이슬레르는 양보하지 않았다. 산은 이사크의 소유였고, 그는 4천을 받아야 한다고. "산은 내 소유가 아니었는데 나는 4만을 받는 겁니다. 신사분들은 그 점을 잊지 마시기 바랍니다!"

"그래요, 압니다. 하지만 4천이라니!"

게이슬레르는 일어서서 말했다. "물론이죠. 그 값을 받지 못한다면 안 팔 겁니다." 이들은 궁리를 하고 서로 뭐라 귀엣말을 하더니 뜰로 나가 한참 토론을 벌였다. 그러고는 하인들에게 "말을 준비하게!" 하고 외쳤다. 신사 중 한 명은 잉에르에게 가서 커피와 계란 몇 개, 숙소에 대해 값을 넉넉하게 지불했다. 게이슬레르는 겉으로는 무관심하다는 듯이 배회했지만, 사실은 아직 정신을 바짝 차리고 있었다. "지난봄에는 수로가 도움이 되던가?" 그가 시베르트에게 물었다. "한 해 농사를 다 건져주었죠." "내가 지난번에 왔다 간 다음 이번에 다시 오기 전에 저기 저 늪지를 개간한 거지?" "그렇습니다." "말을 한 마리 더 사야겠군." 게이슬레르가 말했다. 그의 눈은 피할 수 없었다.

"자, 들어오세요. 어서 끝내야죠!" 영주가 불렀다.

그래서 다들 새로 지은 건물로 들어갔고, 이사크가 받을 4천 크로네를 세었다. 게이슬레르는 문서를 하나 받아서는 별 가치 없는 물건이라는 듯이 가방에 넣었다. 다른 사람들은 잘 보관하라고 하며 말했다. "부인 앞으로 곧 통장을 만들어드리죠." 게이슬레르는 이마를 찡그리더니 말했다. "좋습니다!"

하지만 그들은 아직 게이슬레르와 볼일이 더 있었다. 그가 입을 열어 무언가를 달라고 한 것은 아니지만, 그가 서 있는 모습을 본 이들은 이미 그 뜻을 이해했다. 그 자신도 돈의 일부에 대한 권리를 요구하는 것 같았다. 영주가 지폐 뭉치 하나를 건네자 게이슬레르는 고개만 끄덕이고 다시 좋다고 말했다. "그럼 이제 게이슬레르 씨와 한잔하죠." 영주가 말했다.

이들은 술을 마시고는 일을 마친 후 게이슬레르와 작별 인사를 나누었다.

그 순간 브레데 올센이 나타났다. 뭘 바라고 온 것일까? 브레데는 물론 어제 시끄러운 포성을 들었고 산 위에서 무슨 일이 벌어지고 있다는 것을 눈치챘다. 이제는 와서 산지를 좀 팔려는 것이다. 그는 게이슬레르를 본체만체하고 신사들에게 가서 말했다. "몇 가지 특별한 광물을 발견했습니다. 아주 진기한 것들이지요. 어떤 것은 피처럼 붉고 어떤 건 은처럼 흽니다. 저는 산을 구석구석 다 아니까 금방 손님들과 산에 올라갈 수도 있지요." 그는 자신이 큰 광맥을 몇 안다고 했다. "어떤 광물인지 아십니까? 견본을 가져오셨나요?" 광업 전문가가 물었다. "네, 견본이 있습니다. 하지만 산에 올라가보는 것도 마찬가지 아니겠습니까? 멀지 않아요. 견본이라고요? 자루 가득 있지요. 궤짝 몇 개를 채우고도 남습니다." 그는 지금 견본을 갖고 오지는 않았지만 집에 있다고 했다. 금세 달려가서 가지고 올 수 있다고. 하지만 신사분들이 기다리신다면 산에 올라가서 바로 갖고 올 수도 있다고 했다. 신사들은 머리를 흔들고 떠나갔다.

브레데는 언짢은 듯 이들의 뒷모습을 바라보았다. 혹시 그가 잠시 희망을 가졌는지 모르지만, 그 희망은 어느새 사라져버렸다. 운명은 그의 편이 아니었고, 그가 하는 일은 되는 것이 없었다. 그래도 밝은 성격이어서 그런 인생을 견디고 살아가는 게 다행이었다. 그는 말을 타고 가는 이들을 바라보며 이렇게 말할 뿐이었다. "그럼 잘들 가시오!"

하지만 이제 그는 예전에 지방 행정관이었던 게이슬레르에게 다시 전처럼 복종적인 태도를 보이기 시작했다. 더이상 반말을 쓰지 않았고, 허리를 굽혀 인사하며 말을 높였다. 게이슬레르는 무슨 구실을 만들어 지갑을 꺼내서는 지폐가 그득한 지갑을 보였다. "지방 행정관님, 저 좀 도와주시면 안 되겠습니까?" 브레데가 말했다. "가서 자네 습지나 개간하게"라고 말하며 게이슬레르는 그의 편을 조금도 들어주지 않았다. "제가 돌을 한 짐 가득 지고 올 수도 있었겠지만, 그래도 신사분들이 기왕 여기까지 오신 김에 산을 보시는 게 더 좋지 않았겠습니까?" 게이슬레르는 브레데의 말은 못 들은 척하며 이사크에게 말했다. "내가 그 서류를 어쨌는지 혹시 모르나요? 정말 중요한 서류인데 말이죠. 수천 크로네가 나가니까요. 아, 여기 있네요, 지폐 사이에." "도대체 그 사람들은 뭐하는 사람들입니까? 말을 타고 딱 한 번만 나가본 건가요?" 브레데가 물었다.

아까는 한참 긴장한 듯 보였던 게이슬레르는 이제 슬슬 집중력이 떨어지는 것 같았다. 그래도 아직은 온갖 일을 벌일 기운이 남아 있는 모양이다. 그는 시베르트에게도 함께 가자고 했다. 게이슬레르는 커다란 종이 한 장을 가지고 있었고, 거기에 호수 남쪽의 경계선을 뚜렷하게 그었다. 도대체 무슨 생각을 하는 것일까? 몇 시간 후 그가 다시 돌아왔을 때에도 브레데는 아직 농장에 있었지만, 그는 브레데의 질문에는 하나도 대답하지 않고 피곤하다며 손을 저었다.

그는 다음날 아침까지 계속 잠을 잤고, 해가 뜰 때에야 개운하게 일어났다. "셀란로!" 뜰에 서서 주위를 멀리까지 돌아보며 그가 외쳤다.

"제가 받은 이 돈은 다 제 것이 되나요?" 이사크가 물었다.

"무슨 말을 하는 건가요!" 게이슬레르가 대답했다. "당신은 돈을 더 받았어야 한다는 걸 이해 못하는 겁니까? 그리고 우리의 원래 계약에 따르면 사실은 당신이 나한테서 돈을 받았어야 했는데, 아까 봤다시피 도저히 그렇게 할 수 없었어요. 얼마나 받았나요? 옛날식으로 환산하면 1천 달레르밖에 안 됩니다. 지금, 당신 농장에 말이 필요하지 않을까 생각중이에요." "필요하죠." "말이 한 마리 생각났어요. 지금 헤이에르달 지방 행정관의 정리는 자기 농장을 돌보지 않고 방치하고 있죠. 그 사람은 돌아다니며 남의 재산이나 압류하는 게 더 취미에 맞으니까요. 벌써 가축 일부는 팔았고, 지금 말도 팔려고 합니다." "그와 이야기해보겠어요." 이사크가 말했다.

게이슬레르는 팔로 먼 곳을 가리키며 말했다. "다 이 동네 영주인 당신 것이죠! 집도 있고 가축도 있고 밭은 잘 가꾸어져 있어요. 당신은 절대 굶는 일이 없을 겁니다."

"그렇죠." 이사크가 대답했다. "주님이 만드신 거라면 뭐든 갖고 있죠."

게이슬레르는 농장을 좀더 돌더니 갑자기 잉에르에게 갔다. "혹시 오늘도 음식을 조금만 내주실 수 있을까요?" 그가 물었다. "이번에도 와플 몇 개만 주시면 좋겠는데요. 하지만 버터하고 치즈는 괜찮습니다. 와플만으로도 영양분은 충분하니까요. 그냥 내 말대로 해주세요. 짐을 더 늘릴 생각은 없으니."

게이슬레르는 다시 밖으로 나갔다. 그는 머릿속에 생각이 많았다. 새로 지은 건물에서 그는 식탁에 앉아 글을 쓰기 시작했다. 미리 생각을 해두었으므로 시간은 많이 필요하지 않았다. "국가에 보내는 신청서예요." 그가 뻐기듯이 말했다. "내무부에 보내는 거지요. 난 할 일이 많답니다!"

먹을거리를 받고 나서 작별 인사를 하다가 그는 갑자기 뭔가가 생각났다는 듯이 말했다. "아, 맞아요. 지난번에 떠날 때 잊어버렸는데. 그때는 돈을 지갑에서 꺼내 조끼 주머니에 넣어놓고는 잊어버렸죠. 그래 놓고 나중에야 봤어요. 할 일이 그렇게나 많다니까요." 그는 그렇게 말하고 잉에르의 손에 무언가를 쥐여준 다음 떠났다.

그렇게 게이슬레르는 떠났다. 아주 명랑해진 것 같았다. 그는 몰락한 것도 아니었고 살날도 아직 많았다. 셸란로도 가끔 찾았고, 세상을 뜬 것도 여러 해가 지난 후였다. 하지만 그가 떠나고 나면 농장 사람들은 언제나 그를 생각하곤 했다. 이사크는 브레이다블리크 문제에 관해 그의 의견을 듣고 싶었지만, 그럴 기회는 오지 않았다. 게이슬레르는 분명 그 농장을 사는 것을 말렸으리라. 엘레세우스 같은 사무원을 위해 황무지를 사다니.

18

한편 시베르트 삼촌은 임종이 가까웠다. 엘레세우스가 노인의 집에 머무른 지 3주쯤 되었을 때 그는 세상을 떠났다. 엘레세우스는 장례 준비를 맡았고, 그 일을 꽤 잘해냈다. 그는 이 집 저 집에서 푸크시아 줄기를 찾아냈고 깃발을 빌려 조기를 달았다. 상인에게서 검은 상장喪章을 사서, 내려진 커튼에 달았다. 이사크와 잉에르도 부음을 듣고 장례에 왔다. 사실 상주는 엘레세우스였고, 그는 손님을 어떻게 접대해야 할지 잘 알았다. 노래가 울려퍼지는 가운데 관이 나가고 나자 엘레세우스는 간단하게 연설도 했고, 그의 어머니는 뿌듯함과 감동 때문에 손수건을 꺼내야 했다. 모든 일이 매끄럽게 진행되었다.

아버지와 함께 집으로 돌아오며 엘레세우스는 외투를 입어야 했지만, 지팡이는 소매에 감추었다. 배를 타고 물을 건널 때까지는 아무 문제가 없었다. 하지만 배에서 이사크가 실수로 그의 외투를 건드렸고, 그러자 이상한 소리가 났다. "이건 뭐니?" 이사크가 물었다. "아, 아무것도 아니에요." 엘레세우스가 대답했다.

하지만 그는 부러진 지팡이를 버리지 않았다. 집에 도착했을 때, 엘레세우스는 부러진 곳에 맞을 만한 고리를 찾았다. "뭘 대서 고칠 수 없을까?" 언제나 명랑한 시베르트가 말했다. "이거 봐, 여기 양쪽에 나무를 대고 밀랍 칠한 끈으로 감으면?" "그래, 내가 너를 밀랍 끈으로 감겠다." 엘레세우스가 대답했다. "하하하! 그거보다는 빨간 양말 대님으로 묶고 싶지?" "하하하하!" 엘레세우스도 웃었지만, 그는 어머니에게 가 낡은 골무를 얻어서는 윗부분을 깎아내 지팡이에 끼울 훌륭한 고리를 만들었다. 오, 엘레세우스의 긴 손가락은 분명 재주가 있었다!

형제는 지금도 늘 장난을 쳤다. "시베르트 삼촌의 유산을 내가 가져도 돼?" 엘레세우스가 물었다. "형이 가진다고? 얼마나 되는데?" 시베르트가 물었다. "하하하! 얼마인지부터 알고 싶은 거지? 이런 노랑이." "알았어, 형, 마음대로 가져" 하고 시베르트가 말했다. "5천에서만 정도 될 거야." "달레르로?" 시베르트가 외쳤다. 그는 그 질문을 하지 않고 넘어갈 수가 없었다. 엘레세우스는 보통 달레르로 계산하지 않았지만, 지금은 그것도 좋았다. 그는 고개를 끄덕이고 다음날까지 시베르트가 그렇게 믿게 두었다.

다음날 엘레세우스가 다시 그 이야기를 꺼냈다. "어제 나한테 준 거 후회 안 해?" 그가 물었다. "이런 바보. 물론 안 하지." 시베르트가 말했다. 사실 5천 달레르는 5천 달레르이고, 결코 적은 돈이 아니었다.

하지만 형은 인색하지도 않고 악하지도 않으니 그와 나눌 것이다. "할 말이 있어." 엘레세우스가 말했다. "사실 내 생각엔 내가 유산을 받는다고 부자가 될 것 같지는 않아." 시베르트가 놀라서 바라보았다. "왜?" "그래, 별로 부자가 되지 않을 거야. 큰 부자가 되지는 않을걸."

엘레세우스는 회계를 배운 사람이었다. 그는 삼촌의 궤짝, 그 유명한 병 상자 안을 보았으며, 모든 서류와 돈을 검토하고 재고를 확인해야 했다. 시베르트 삼촌은 그에게 밭일이나 그물을 기우는 일을 맡기는 대신 온통 뒤죽박죽인 숫자를 정리하고 계산하는 일을 맡겼다. 십년 전에 누가 염소와 말린 대구로 세금을 낸 경우, 지금은 염소도 대구도 볼 수 없었지만 시베르트 삼촌은 기억을 더듬어서 "냈어!" 하고 말했다. "그럼 지우죠." 엘레세우스가 말했다.

그 일은 엘레세우스에게 어울렸다. 그는 친절했고, 일이 다 잘되고 있다고 말함으로써 병든 삼촌이 기운을 내게 해주었다. 둘은 서로에게 익숙해졌고, 때로는 장난도 쳤다. 엘레세우스는 어떤 면에서는 판단이 느렸지만, 그건 시베르트도 마찬가지였다. 엘레세우스와 노인은 거창한 문서를 작성했다. 동생 시베르트에게만이 아니라 노인이 삼십 년간(멋진 날들이었지!) 근무한 마을과 지역 전체에 이익이 되는 문서였다. "엘레세우스, 너밖에 없다." 시베르트 삼촌이 말했다. 한여름인데도 불구하고 그는 도살한 양을 사오게 사람을 보냈다. 바다에서 신선한 생선을 가져오게 하고, 엘레세우스에게 궤짝에서 돈을 꺼내 지불하게 했다. 둘은 아쉬움 없이 지냈다.

둘은 올리네를 불렀다. 잘 차린 식탁에 불러내기 가장 적절한 인물이 그녀였으며, 늙은 시베르트의 말년에 그의 명성을 그녀보다 잘 퍼뜨릴 사람도 없었으리라. 양편 모두에게 만족스러운 일이었다. "내 생각에 올리네에게도 좀 상속해줘야 할 것 같은데." 삼촌이 말했다. "과부이고 돈도 없잖니. 그래도 네 동생 시베르트에게 줄 것은 넉넉하단다." 엘레세우스는 능숙한 손놀림으로 선 몇 개를 그어 마지막 유언장에 몇 마디를 더했고, 그래서 올리네도 상속인 명단에 추가되었다. "내가 올리네도 챙기지." 시베르트 노인이 말했다. "내가 병석에서 일어나지 못하고 이승을 떠날 때, 올리네가 굶주리기를 바라지 않아." 그의 말에 올리네는 기뻐서 말이 안 나온다고 외쳤다. 하지만 정말로 말이 안 나오는 것은 아니었다. 그녀는 감동해서 눈물을 흘리고 고마워했다. 아무도 그녀처럼 그렇게 이 세상의 부를 예를 들면 '천국의 보상'과 즉시 연결짓지는 못했을 것이다. 정말이지 그녀는 절대 말이 안 나올 일은 없는 사람이었다.

하지만 엘레세우스는? 처음에 그는 삼촌의 지위가 유리하고 만족스러운 것이라 생각했지만, 시간이 지나며 다시 자세히 생각해보았고 진실을 직시해야 했다. 그는 일단 조심스럽게 의혹을 제기했다. 회계가 좀 부정확하다고 그는 말했다. "그래, 하지만 내 유산은 그게 전부다!" "그렇군요. 그래도 여기저기 은행에 돈이 좀 있지요?" 그런 소문이 있었으니 엘레세우스가 물었다. "흠, 그럴지도 모르지." 노인이 대답했다. "어장도 있고 농장도 있고 건물과 가축도 있지. 흰 소도 있고 황소도 있고. 엘레세우스, 넌 이상한 소리를 하는구나!"

엘레세우스는 어장이 가치가 얼마나 나가는지는 알 수 없었다. 하지만 그의 눈으로 직접 확인한 바에 따르면 가축이라는 건 암소 단 한 마리였다. 그 소는 갈색과 흰색으로 얼룩져 있었다. 시베르트 삼촌은 아무래도 망령이 나신 모양이다. 그리고 옛날 계산 장부에는 엘레세우스도 이해할 수 없는 부분이 있었다. 온통 뒤죽박죽, 엉망진창이었고, 특히 화폐 단위가 달레르에서 크로네로 바뀌던 해가 가장 심했다. 지역 회계는 화폐가치가 훨씬 적은 크로네를 1달레르로 계산하기도 했다. 그러니 자기가 부자라고 생각하는 것도 당연하지! 하지만 엘레세우스는, 모든 계산이 제대로 끝나고 나면 남는 돈이 얼마 되지 않으리라는 생각이 들었다. 아무것도 남지 않을지도, 오히려 부족할지도 몰랐다.

오, 동생 시베르트에게 삼촌의 유산을 주기로 하는 건 어려운 일이 아니었다.

형제는 그 일에 대해 서로 농담을 했고, 시베르트는 우울해하지 않았다. 전혀 아니었다. 어쩌면, 그가 실제로 5천 달레르를 잃었다면 정말로 울적해졌을지도 모르겠지만. 그는 자신이 순수히 계산적으로 삼촌의 이름을 받았다는 것을 알고 있었다. 그러니 삼촌은 그에게 빚이 없었다. 이제 그는 엘레세우스에게 유산을 억지로 떠맡겼다. "그래, 형이 받아야 해. 자, 글로 남기자고." 그가 말했다. "형이 부자가 되면 난 좋아. 쑥스러워하지 말고."

둘은 장난을 많이 쳤다. 사실 엘레세우스가 집에서의 생활을 견디는 데 가장 도움을 준 사람은 시베르트였다. 시베르트가 없었다면 엘레세우스에게는 여러 가지가 훨씬 힘들었으리라.

하지만 엘레세우스는 다시 나쁜 버릇이 들었다. 산 너머에서 3주를 게으르게 보낸 것은 그에게 반드시 유익하지는 않았다. 그는 교회에도 나가고 멋도 부렸으며, 젊은 아가씨들도 만났다. 셸란로의 집에는 아가씨들이라고는 없었다. 하녀 옌시네는 아가씨라고 칠 수 없는 그저 일하는 짐승이었고, 시베르트에게 더 어울렸다. "브레이다블리크의 바르브로가 어떻게 지내고 있는지 궁금하네." 그가 말했다. "악셀 스트룀한테 가서 봐." 시베르트가 대답했다.

어느 일요일에 엘레세우스는 길을 떠났다. 물론 그는 바깥세상에 다녀와서 용기와 명랑함을 되찾았다. 다시 삶에 맛을 들였고, 악셀의 오두막에서 또 한번 생기를 되찾았다. 바르브로는 무시할 수 없는 여자였다. 적어도 이 근방에서 그런 여자는 그녀 하나밖에 없었다. 기타를 쳤고 재치가 있었으며, 쑥국화 냄새가 아니라 진짜 샴푸 냄새를 풍겼다. 한편 엘레세우스는 자신은 휴가 동안만 집에 있을 거고 곧 사무실로 돌아갈 것임을 확실히 했다. 그는 다시 집, 옛 고향에 돌아오는 건 어쨌건 즐거운 일이며 지금은 작은방을 혼자 쓰고 있지만, 그래도 역시 여기는 도시가 아니라고 말했다.

"그래, 황무지는 역시 도시하고는 다르지!" 바르브로가 맞장구를 쳤다.

이 두 도시 사람 앞에서 악셀은 별로 빛을 볼 수 없었다. 그는 지루해졌고 밭으로 나갔다. 둘은 이제 마음대로 할 수 있었고, 엘레세우스는 기량을 제대로 발휘했다. 그는 자신이 이웃 마을에 다녀왔고 삼촌의 장례를 지냈다고 이야기했으며, 무덤에서 연설을 했다는 말도 잊지 않았다.

떠나며 그는 바르브로에게 길을 좀 같이 가달라고 했다. "아니, 무슨 소리야! 도시에서는 숙녀가 신사를 배웅하고들 그래?" 그녀가 물었다. 엘레세우스는 얼굴이 온통 붉어졌고, 자신의 실례를 깨달았다.

그럼에도 불구하고 그는 다음 일요일에 다시 이웃 농장을 방문했다.

이번에는 지팡이를 손에 들고. 둘은 저번처럼 대화를 나누었고, 이번에도 악셀에게는 신경을 쓰지 않았다. "그쪽 아버지는 농장이 크죠. 건물도 많이 지으셨고." 악셀이 말했다. "네, 그래요. 아버지는 건축을 할 여유도 있죠. 뭐든지 하실 수 있어요." 엘레세우스는 대답했고, 자랑을 하고 싶은 마음이 들었다. "우리처럼 가난한 사람들로서는 어렵죠." "무슨 말씀인지?" "못 들으셨어요? 얼마 전에 스웨덴 백만장자들이 아버지에게 다녀갔죠. 아버지에게서 동광을 샀어요." "뭐라고요? 그래서 돈은 많이 받으셨대요?" "엄청 많이 받았죠. 네, 네, 자랑하려는 건 아니지만, 하여튼 수천이었어요. 하지만 하고 싶었던 얘기는, 집 짓는 이야기를 했죠? 저기 보니 건축용 목재를 갖고 계시던데, 뭔가 지으실 계획인가요?" "절대 아니지!" 바르브로가 끼어들었다.

절대 아니라는 이 말은 지나친 참견에다 과장이었다. 악셀은 지난가을에 돌을 캐서 겨울에 집으로 날랐고, 이번 여름에는 벽을 쌓고 지하와 다른 부분들도 끝냈으며, 남은 일은 나무를 올려 뼈대를 만드는 것뿐이었으니까. 그는 가을에는 지붕을 얹을 수 있으면 좋겠다고 말했고, 시베르트에게 며칠 도와주지 않겠느냐고 물어볼 생각이었다면서 엘레세우스의 의견을 물었다. "네, 그러세요." 엘레세우스가 말했다. "하지만 제가 도울 수도 있죠." "직접 도와주겠다는 말씀이십니까?" 악셀은 공손하게 말을 높이며 말했다. "그쪽은 적성이 다르지 않나요." 아, 이 황무지에서조차 인정을 받는다는 건 참으로 기분좋은 일이었다. "제 손은 도움이 안 될까봐 걱정이군요." 엘레세우스는 이렇게 말하며 고상한 체했다. "어디 봐!" 바르브로가 말하며 그의 손을 잡았다.

악셀은 이번에도 자신이 소외되는 것을 느끼고 밖으로 나갔다. 그래서 이번에도 둘만 남았다. 둘은 나이도 같았고 학교도 함께 다녔으며, 함께 뛰어놀았고 입을 맞추었다. 이제 둘은 우월감에 차서 어린 시절 추억 이야기를 쏟아놓았고, 바르브로가 실컷 뻐기는 것이 누가 보아도 분명했다. 물론 엘레세우스는 코안경과 금시계를 가진 베르겐의 훌륭한 사무원들과는 비교가 안 된다. 하지만 이곳 시골에서 그는 분명 대단한 인물이었다. 그녀는 베르겐에서 찍은 자기 사진을 꺼내와서 그에게 보여주었다. "이게 그때의 내 모습이야. 그런데 지금은!" "지금은 뭐가 부족해서?" 그가 물었다. "그럼 내가 잃은 게 없단 말이야?" "잃었다고? 잘 들어봐. 넌 전보다 두 배는 예뻐졌고, 훨씬 풍만해졌어. 잃어? 그건 무슨 소리야?" 그가 말했다. "하지만 이 사진을 보면서 목과 등이 파인 옷이 예쁘다고 생각 안 해? 그리고 그때 난 여기 사진에서처럼 은목걸이도 있었지. 내가 일했던 사무실의 사무원이 준 거야. 하지만 잃어버렸어. 아니, 정말로 잃어버렸다는 건 아니고, 집에 올 때 돈이 필요했던 거야." 엘레세우스는 말했다. "그 사진 내가 가져도 될까?" "사진을 가지겠다고? 그럼 나에게는 뭘 줄 건데?" 오, 엘레세우스는 정말로 하고 싶은 대답이 따로 있었지만 감히 입 밖에 내지 못했고, 대신 이렇게 말했다. "다시 도시에 가면 내 사진을 찍을게. 그럼 그걸 주지." 그녀는 사진을 빼앗으며 말했다. "안 돼. 이거 하나밖에 없는걸." 그러자 젊은 그의 마음은 슬퍼졌고, 그는 사진을 향해 손을 내밀었다. "그럼 지금 당장 뭔가를 줘!" 그녀가 웃으며 말했다. 그러자 그는 그녀를 붙잡고 열렬하게 입을 맞추었다.

이제 어색함이 한결 줄었다. 엘레세우스는 당당해지고 시원시원해졌다. 둘은 시시덕거리고 웃으며 농담을 주고받았다. "네가 내 손을 잡앴을 때 보니 손이 무슨 우단 같던데." 그가 말했다. "그래, 그래. 넌 좀 있으면 다시 도회지로 돌아갈 거고, 그럼 다시는 여기에 오지 않겠지." 바르브로가 말했다. "내가 그렇게 나쁜 사람이라고 생각해?" 하고 엘레세우스가 대답했다. "거기에는 너를 잡아두는 사람이 없어?" "아니. 우리끼리 하는 얘긴데, 난 아직 약혼 안 했어." 그가 말했다. "에이, 했겠지." "아니, 사실이야."

둘은 다시 농담을 하고 오래 시시덕거렸다. 엘레세우스는 온통 사랑에 빠졌다. "편지할게." 그가 말했다. "해도 돼?" "응." 그녀가 대답했다. "응, 그래. 난 비열하게 허락도 없이 편지할 생각은 아니었거든." 그러더니 그는 갑자기 질투하며 물었다. "여기 악셀하고 약혼했다며? 사실이야?" "악셀하고?" 그녀의 경멸하는 말투는 그에게 위로가 되었다. "악셀? 얼어죽으라지"라고 말한 그녀는 금세 자기가 한 말을 뉘우치고 덧붙였다. "악셀도 나쁘진 않아. 나 보라고 신문도 구독해주고, 선물도 자주 줘. 뭐 불평할 건 없지." "아이고 세상에. 악셀도 나름 괜찮은 사람이지. 하지만 문제는 그게 아냐."

하지만 악셀을 생각하니 바르브로는 좀 불안해진 모양이었다. 그녀는 일어서서 엘레세우스에게 말했다. "아니, 이제 가. 난 우리에 가봐야겠어!"

다음주 일요일, 엘레세우스는 다른 날보다 훨씬 늦게 내려가면서, 편지를 직접 들고 갔다. 편지. 한주 내내 마음을 빼앗긴 채 머리를 짜낸 결과물이었다. "바르브로 브레데센* 양. 우리가 두세 번 다시 만난

---

* 브레데의 딸이라는 의미.

240

일에 저는 말로 할 수 없는 행복을 누릴 수 있었고……"

그가 저녁 늦게 도착한다면 바르브로는 우리에서 할 일을 마친 다음 일 것이고, 어쩌면 벌써 잠자리에 들었을지도 모른다. 하지만 그건 큰 문제가 아니었다. 어쩌면 오히려 그쪽이 편할지도 모를 일이다.

하지만 바르브로는 오두막에 앉아 식사를 하고 있었다. 그러나 지금 그녀는 더이상 다정하게 굴 생각이 없는, 아예 전혀 없는 듯했다. 엘레세우스가 보기에는 악셀이 눈치를 채고 그녀에게 경고를 한 것 같았다. "이게 약속한 편지야." 그녀는 "고마워!"라고 말하고는 별로 기뻐하는 기색도 없이 편지를 읽었다. "나도 이만큼은 쓸 수 있었을 텐데!" 그녀가 말했다. 그는 실망했다. 그녀는 대체 왜 그러는 것일까? 그리고 악셀은 어디 있을까? 나갔지. 그는 이제는 이런 바보 같은 일요일의 방문이 지겨웠고 더이상 그 자리에 있고 싶지 않았는지도 모른다. 혹은 뭔가 사 와야 할 물건이 있어서 어제 마을로 내려갔을 수도 있고. 하여튼 그는 집에 없었다.

"이렇게 아름다운 저녁에 왜 이런 어두운 움막에 앉아 있어? 나가자!" 엘레세우스가 말했다. "악셀을 기다리는 중이야." 그녀가 말했다. "악셀을 기다린다고? 악셀이 없으면 안 돼?" "없어도 되지. 하지만 악셀이 오면 뭔가 먹을 게 있어야 하지 않겠어?"

시간이 흘렀다. 하지만 헛된 시간이었고 둘은 그 이상 가까워지지 않았다. 바르브로는 예나 지금이나 한결같이 변덕스러웠다. 그는 다시 그녀에게 이웃 마을 이야기를 들려주었고, 자신이 연설을 했다는 말도 잊지 않았다. "사실 별로 할말은 없었어. 하지만 사람들이 감동해서 눈물을 흘리던데." "그래." 그녀가 말했다. "그리고 어느 일요일에는 교회에도 갔지." "거기서 혹시 여자라도 사귀었어?" "여자를 사귀었냐고? 가서 둘러만 보았지. 내가 보기에 목사의 설교는 별로였어. 말을 별로 못하던데."

시간이 흘렀다.

"이렇게 늦은 시간에 악셀이 여기서 널 보면 뭐라고 생각하겠어?" 바르브로가 갑자기 말했다. 아, 그녀가 그의 가슴을 손으로 때렸더라도 그가 이렇게까지 용기를 잃지는 않았을 것이다. 그녀는 지난번 만남을 완전히 잊어버린 것일까? 그가 오늘 저녁에 오는 것은 약속된 일이 아니었던가? 그는 몹시 속이 상해 중얼거렸다. "그럼 난 그냥 갈까." 그 말을 듣고도 그녀는 별로 놀라는 것 같지 않았다. "내가 너한테 뭐 잘못한 거 있어?" 그가 떨리는 입술로 물었다. 그는 큰 충격을 받은 것 같았고 매우 심란해했다. "나한테 뭘 잘못했냐고? 아무것도 없어." "그런데 넌 오늘 왜 그래?" "내가 왜 그러냐고? 하하하하! 하긴 뭐 악셀이 기분 나빠하는 것도 놀랄 일은 아니지." "난 갈래." 엘레세우스가 다시 말했다. 하지만 이번에도 그녀는 놀라지 않았다. 그녀에게 그는 중요하지 않았고, 그녀는 그가 자기 앞에 앉아 감정을 억누르느라 애쓰고 있어도 전혀 신경쓰지 않았다. 뻔뻔하게도.

그는 속에서 화가 끓어오르기 시작했다. 일단 그는 부드럽게 둘러말해보았다. 바르브로는 여자 중에서 최고는 아니라고. 그래도 효과가 없자 그는…… 아, 차라리 말없이 참았더라면 좋았을 것을. 그녀는 점점 심해졌다. 하지만 엘레세우스라고 점점 나아진 것은 아니어서, 그는 이렇게 말했다. "네가 어떤 여자인지 알았더라면 오늘 여기 오지도 않았을 텐데." "그래서?" 그녀가 대답했다. "그랬다면 지금 손에 들고 있는 지팡이를 들고 나오지도 않았겠지." 오, 바르브로는 베르겐에 산적이 있으니 남을 놀릴 줄 알았다. 그녀는 제대로 된 지팡이를 본 적도 있었으므로 도대체 지금 그가 들고 다니는 기운 우산은 뭐냐고 물어보기까지 했다. 그는 그것도 참았다. "그럼 네 사진 돌려줄까?" 그가 물었다. 그것도 효과가 없다면 무엇을 해도 소용이 없겠지. 선물을 돌려주는 것은 황무지에서 상상할 수 있는 최악의 일이었다. "그게 뭐 어때서?" 그녀가 얼버무리며 답했다. "알았어, 바로 돌려줄게." 그가 당돌하게 대답했다. "대신 내 편지도 돌려줘!"

그렇게 말하고 그는 일어섰다.

물론 그녀는 그에게 편지를 돌려주었다. 하지만 눈에는 눈물이 고였고 그녀의 기분은 급작스레 변했다. 옛친구가 영영 그녀를 떠나려는 탓에 하녀인 바르브로는 마음이 흔들렸다. "안 가도 돼." 그녀가 말했다. "악셀이 뭐라고 생각하건 난 상관 안 해." 하지만 그는 자신의 유리한 입지를 이용하려 했으므로 그 자리를 떠났다. "나는 너 같은 여자를 보면 자리를 피하지." 그가 말했다.

그는 오두막을 떠나 천천히 집으로 향했다. 그는 휘파람을 불고 아무 걱정 없다는 듯이 지팡이를 휘둘렀다. 체! 잠시 후 바르브로가 뒤따라 나와 몇 번 그를 불렀다. 그는 멈춰 서기는 했다. 그렇지만 그는 모욕을 당한 사자와도 같았다. 그녀는 히스 벌판에 앉아 자신의 행동을 뉘우치는 것처럼 히스 한 뭉치를 꼭 붙잡고 당겼지만, 곧 정신을 차렸다. 그는 그녀에게 입을 맞춰달라고 청하기까지 했다. 마지막으로, 이별을 위해서. "싫어." 그녀는 원하지 않았다. "지난번처럼 사랑스럽게 굴어봐!" 그가 말했다. 그는 그녀 주위를 가벼운 걸음걸이로 돌기 시작했고, 점차 속도를 높였다. 기회를 찾기 위해서였는지도 모른다. 하지만 그녀는 애교를 떨 생각이 없었고, 그냥 서 있을 뿐이었다. 그래서 그는 고개만 까딱하고 떠나갔다.

그가 더이상 보이지 않자, 갑자기 덤불 뒤에서 악셀이 나타났다. 바르브로는 움찔하며 놀랐다. "웬일이에요? 위에서 내려왔어요?" "아니, 아래에서 올라왔지." 그가 대답했다. "엘레세우스와 둘이 여기로 올라오는 걸 봤거든." "아, 정말요? 정말 훌륭한 일을 하셨네요!" 그녀가 성을 내며 외쳤다. 그녀는 아까만큼이나 기분이 상했다. "대체 염탐할 게 뭐가 있어요? 당신이 무슨 상관이죠?" 악셀도 별로 상냥하지는 않았다. "오늘도 그 인간이 온 거지?" "왔으면 어때서요? 그 사람한테 바라는 게 뭐죠?" "내가 그 사람한테 뭘 바란다고? 그게 문제가 아니야. 당신이 그 사람한테 뭘 바라는지가 문제지. 부끄러운 줄 알아야지!" "내가 부끄러워할 일이 있다고요? 그 이야기를 할까요, 말까요?" 바르브로가 말했다. "난 돌부처처럼 당신 오두막에 멍하니 앉아 있을 생각은 없다고요. 내가 부끄러워할 일이 뭐가 있어요? 당신이 다른 사람을 하녀로 쓸 생각이라면, 난 떠나겠어요. 당신은 입만 다물면 돼요. 내가 감히 당신에게 이런 부탁을 해도 괜찮다면 말이죠. 이게 내 대답이에요. 난 이제 들어가서 당신 식사를 준비하고 커피나 끓이겠어요. 그다음엔 뭘 하건 내 맘이죠."

둘은 계속 다투며 집으로 왔다.

악셀과 바르브로는 아직도 의견의 일치를 보지 못한 상태였다. 그녀는 벌써 두 해를 그의 집에 있었지만, 지금도 둘 사이에는 때때로 다툼이 있었다. 대개는 바르브로가 떠나려고 했기 때문이다. 그는 그녀를 설득하려 들었고, 그녀가 영원히 그의 집에 머무르고 정착해서 그의 집과 그의 삶을 함께 나누기를 바랐다. 그는 도와주는 사람 없이 자신이 혼자 남으면 얼마나 힘들지 잘 알고 있었다. 그녀는 그의 청혼을 받아들이겠다고 이미 여러 번 말했고, 다정할 때면 당연히 이곳에 머무를 것만 같았다. 하지만 갈등이 생길 때면 떠나겠다고 위협했다. 말로는 도시에 가서 흔들거리는 이를 치료하겠다고 했을 뿐이지만. 떠난다, 떠난다. 그는 어떻게든 그녀를 이곳에 매어두어야 했다.

매어둔다고? 그녀는 족쇄를 비웃는 것만 같았다.

"그래? 지금 떠날 거야?" 그가 말했다. "가면 어때서요?" 그녀가 대답했다. "갈 수 있어?" "못 가요? 겨울이 가까워지니까 어려울 거란 말이죠? 하지만 난 베르겐 어디에서든 일자리를 찾을 수 있어요." 그러자 악셀이 조용히 말했다. "어쨌든 당장은 못 가지. 아이를 가졌잖아?" "아이요? 대체 무슨 아이 말이에요?" 악셀은 그녀를 뚫어지게 바라보았다. 바르브로가 미쳤나?

한편 악셀이 그녀를 너무 마음대로 다룬 것도 사실이었다. 그녀가 떠나지 못할 이유가 생긴 후로 그의 자신감이 좀 지나친 감이 있었는데, 이는 어리석은 일이었다. 그녀의 말에 그렇게 자주 반대하고 그녀를 자극할 필요는 없지 않나. 봄에 그녀에게 감자를 심으라고 명령하다시피 말한 것은 좀 지나쳤다. 안 되면 그가 혼자 심을 수도 있는데. 둘이 결혼을 하고 난 다음에, 그때 가서 상전 노릇을 했더라도 늦지 않을 것이고, 그때까지는 지혜롭게 양보를 하는 것이 옳았다.

하지만 가장 큰 오점은 지팡이를 들고 와서 말만 뻔지르르하게 하던 사무원 엘레세우스와의 사건이었다. 그게 임신한 여자에게 할 짓이던가? 도대체 그런 행동을 어떻게 이해할 수 있단 말인가? 지금까지 악셀에게는 경쟁자가 없었는데, 이렇게 상황이 달라진 것이다.

"여기, 새로 온 신문." 악셀이 말했다. "그리고 여기 선물도 사 왔어. 마음에 드는지 봐." 그녀는 그대로였다. 두 사람은 델 정도로 뜨거운 커피를 함께 마시고 있었지만, 그녀는 냉랭하게 대답했다. "일 년도 더 전부터 약속한 금반지죠?"

너무 성급한 말이었다. 선물은 정말로 반지였다. 하지만 금반지는 아니었고, 애초에 그가 그녀에게 금반지를 약속한 적은 없었는데 그녀가 멋대로 그렇게 생각한 것이었다. 하지만 도금된 장식이 둘 달린 은반지였고, 인증 도장도 있었다. 아, 세상에. 베르겐 체류는 아주 불행한 결과를 가져왔다. 바르브로는 그곳에서 진짜 약혼반지를 보았고, 아무도 그녀를 속여넘기지 못할 것이다. "반지는 당신이나 가져요." 그녀가 말했다. "뭐가 부족해서?" "뭐가 부족하냐고요? 아무것도 안 부족하죠." 그녀가 대답했다. 그러고는 일어서서 식탁을 치우기 시작했다. "일단은 이것을 가질 수도 있잖아. 나중에 다른 반지를 또 살 수 있게 될지도 모르지." 바르브로는 그 말에 대답하지 않았다.

이날 저녁은 바르브로가 옳지 않았다. 새 은반지에 감사했어야 하는 거 아니었을까? 고상한 사무원이 그녀가 이성을 잃도록 했나보다. 악셀은 도저히 그 엘레세우스라는 자는 대체 여기서 무슨 할 일이 있느냐는 말을 안 하고 넘어갈 수 없었다. "대체 그는 당신한테서 뭘 바라는 거야?" "나한테라고요?" "그래. 그 인간은 당신 몸 상태가 눈에 보이지도 않나? 당신을 쳐다보지도 않는 거야?" 바르브로는 악셀 앞에 서서 말했다. "자, 당신은 나를 당신한테 잡아 묶었다고 생각하죠? 하지만 자, 보세요. 그게 사실이 아니라는 걸 알게 될 테니까요!" "그래?" 악셀이 말했다. "그래요. 그리고 내가 떠나가는 것도 보게 될 거고요!" 그래도 악셀은 입만 쭈뼛거리고 희미하게 미소만 지었다. 그것도 눈에 보이지 않을 정도로만. 그녀를 자극하고 싶지 않았기 때문이다. 그래서 그는 아이를 달래듯이 차분하게 말했다. "자, 바르브로, 이제 말을 들어. 우리 둘, 알잖아?"

물론 늦은 밤이 되자 바르브로는 다시 상냥해졌고, 심지어 은반지를 끼고 잠이 들었다.

오, 만사가 다 잘 풀릴 것이다.

오두막의 두 사람으로서는 만사가 잘 풀린 셈이지만, 엘레세우스에게는 상황이 더 나빠졌다. 그는 자신이 겪은 수모를 극복하기 힘들었다. 그는 히스테리에 대해서는 몰랐기 때문에, 바르브로가 순전히 악의로 자신을 갖고 놀았다고 생각했다. 아무리 베르겐에서 지냈다고 하지만, 브레이다블리크의 바르브로는 좀 지나치게 버릇이 없었다.

그는 밤에 직접 가서, 그만 돌려줄 심산으로 그 사진을 그녀가 잠을 자는 건초 더미에 던져버렸다. 하지만 거칠고 무례하게 하지는 않았다. 그와는 거리가 멀었다. 그는 그녀를 잠에서 깨우기 위해 문을 한참 만지작거렸고, 그녀는 자기 식구라고 생각하고 팔꿈치를 디디고 일어나 "오늘은 들어오는 길을 못 찾는 거예요?" 하고 물었다. 그 질문은 마치 바늘처럼, 칼처럼 그를 찔렀다. 하지만 그는 말소리를 내지 않고, 사진만 살짝 바닥에 미끄러뜨렸다. 그러고는 자기 갈 길을 걸어갔다. 걸어갔다? 사실은 몇 걸음만 걷고 그다음에는 뛰었다. 그는 매우 흥분해서 들떴으며, 심장이 마구 뛰었다. 덤불 뒤에 숨어 뒤를 돌아보았지만, 그녀는 따라오지 않았다. 아, 한편으로는 희망을 가졌는데. 그녀가 조금이라도 애정을 보여주었더라면 좋았을 텐데. 아아, 그녀가 뒤쫓아오지 않는다면, 자기 자신 때문에, 또한 가족끼리 주고받은 은밀한 질문 때문에 절망하고 마음이 갈가리 찢긴 채 이렇게 외투도 안 입은 채 떨 필요도 없지.

그는 집을 향해 걸었다. 지팡이도 없었고 휘파람도 불지 않았다. 그는 더이상 훌륭한 신사가 아니었다. 가슴을 찔리는 건 사소한 사건이 아니다.

이것이 사건의 끝이었을까?

어느 일요일, 그는 상황을 살피러 다시 마을 쪽으로 내려갔다. 그리고 병적이라 할 만한 놀라운 인내심을 갖고 덤불 뒤에 숨어 오두막을 바라보았다. 드디어 뭔가가 움직이는 게 보였지만, 그 광경은 그를 완전히 낙담시켰다. 악셀과 바르브로가 함께 오두막에서 나와 우리 쪽으로 걸어가는 게 아닌가. 사이좋은 모습이었다. 마침 다정한 시간을 보내고 있었고, 우리에 가는 그녀를 도우려는 듯 그가 팔을 두른 모습이었다. 아 세상에!

엘레세우스는 세상을 다 잃은 듯한, 완전히 패배한 표정으로 둘을 바라보았다. "바르브로가 악셀 스트룀과 팔을 두르고 있잖아. 어쩌다 저렇게 되었는지 모르겠네! 전에는 나를 안았던 팔인데."

둘은 우리 속으로 사라졌다.

"뭐 마음대로 하라지! 흥!" 그럼 그는 덤불 속에 누워 멍하니 있어야 한단 말인가? 그래야 할 것 같았다. 여기 누워서 멍하니 있자. 대체 그 여자가 뭐란 말인가? 어쨌건 그 자신은 전과 달라진 게 없었다. 다시 한번 흥!

그는 벌떡 일어나 몸을 바로 세웠다. 바지에서 나뭇잎과 히스를 털
고 다시 몸을 쭉 폈다. 그는 분노와 자만심을 이상한 방식으로 표현했
다. 아주 천박한 노래를 부르기 시작한 것이다. 좀 심한 부분에서 일부
러 더 크게 노래를 불렀을 때, 그의 얼굴에는 진지한 표정이 떠올랐다.

19

이사크는 말을 끌고 마을에서 돌아왔다.

그렇다, 그는 정리의 말을 산 것이다. 게이슬레르가 이야기한 대로 그 말은 팔려고 내놓은 말이었지만 값이 240크로네, 그러니까 60달레르나 했다. 요새는 말값이 감당할 수 없을 정도로 올랐다. 이사크가 젊을 때만 해도 훌륭한 말 두 마리를 50달레르에 살 수 있었는데.

하지만 왜 그 정리는 말을 스스로 키우지 않을까? 정리도 그 생각을 해보았고, 망아지를 한두 해 키울 생각도 해보았다. 하지만 이것은 밭일을 하고 시간이 남는 사람, 거기에서 추수한 것을 집으로 실어올 말이 생길 때까지는 습지를 개간하지 않고 그냥 내버려둘 수 있는 사람이라야 가능한 일이었다. 정리는 이렇게 말했다. "말을 먹이고 싶지 않아요. 내가 거두는 얼마 안 되는 건초는 내가 바깥일을 하는 동안 우리

집 여자들이 들여올 수 있을 정도뿐이죠."

이사크는 말을 살 생각을 한 지 꽤 되었다. 게이슬레르가 말을 꺼냈을 때 처음으로 생각한 게 아니고, 몇 년째 그 계획이 있었다. 그래서 그는 할 수 있는 데까지 준비도 미리 해두었다. 여물통에 자리도 하나 만들고, 여름을 위해 초지에 기둥도 하나 더 박았다. 수레는 이미 여럿 있었고, 가을에 하나를 더 만들 생각이었다. 가장 중요한 것은 여물이었지만, 그는 이 또한 잊지 않았다. 그 때문이 아니라면 왜 그가 습지의 마지막 남은 부분을 개간했겠는가? 소의 수를 줄여야 할까봐 미리 그렇게 한 것이었다. 지금은 송아지가 딸린 암소를 위한 사료로 쓸 풀을 습지에 심어두었다.

정말이지 잊은 것이 하나도 없었다. 잉에르가 옛날처럼 경탄하며 손뼉을 칠 이유가 얼마든지 있었다.

이사크는 마을에서 새 소식을 가져왔다. 브레이다블리크를 내놓았다고 교회 앞 광장에서 공표했다는 것이다. 얼마 안 되는 경작지와 초지와 감자밭, 이 모든 것을 함께 팔고, 거기다 가축, 그러니까 작은 짐승 몇 마리도 함께 판다고 했다.

"모든 것을 팔아넘기고 이사를 가려는 걸까요?" 잉에르가 외쳤다. "대체 어디로 가려는 걸까요?" "마을로지."

정확한 말이었다. 브레데는 마을로 갈 생각이었다. 처음에는 이미 바르브로가 들어가 있는 악셀 스트룀의 집에 얹혀살까 했지만 그것은 불가능했다. 브레데는 딸과 악셀의 관계를 결코 망가뜨리고 싶지 않았으므로 되도록이면 나서지 않으려고 했지만, 물론 그로 인한 경제적 피해는 컸다. 악셀은 가을까지는 새 집에 지붕을 얹을 계획이었으니,

그다음에 악셀과 바르브로가 그리로 이사를 들어간다면 브레데와 가족이 오두막을 차지할 수 있지 않을까? 아니다! 브레데는 여기 정착한 농부의 입장에서 생각할 줄 몰랐다. 그는 악셀이 거처를 옮겨야 하는 것은 늘어난 가축을 수용하기 위해서라는 것을 알지 못했다. 악셀은 옛집은 이제 우리로 사용할 생각이었다. 상황을 다 듣고 난 다음에도 브레데는 그 논리를 이해하기 힘들었다. "사람이 동물보다 중요하지 않은가?" 그가 말했다. 아니었다. 농부의 생각은 그렇지 않았다. 그와는 전혀 달랐다. 동물이 먼저고, 사람들은 언제라도 겨울에 묵을 곳을 찾을 수 있다. 그때 바르브로가 대화에 끼어들었다. "그래요, 그러니까 당신은 동물을 사람보다 위에 둔다는 거죠? 그 말을 내가 지금 들은 게 다행이지." 정말이었다. 악셀은 거처를 제공하지 않는다면 한 가족 전체를 적으로 만들게 될 것이다. 하지만 그는 물러서지 않았다. 그는 어리석고 순한 사람이 아니었으며, 오히려 점점 더 인색해졌다. 그는 이렇게 이들을 집에 받아들이면 먹여야 할 입이 늘어난다는 것을 잘 알았다. 브레데는 딸을 진정시키며, 자기는 사실 다시 마을로 들어갈 생각이고 황무지에서의 삶을 견딜 수가 없다고, 그래서 농장을 파는 것이라고 말했다.

그렇다. 하지만 농장을 파는 건 브레데 올센이 아니었다. 브레이다 블리크를 팔아 돈을 버는 것은 은행과 상인이었다. 다만 체면을 유지하기 위해 브레데의 이름으로 할 뿐이었다. 그는 이렇게 하면 수모를 피할 수 있으리라고 생각했다. 이사크가 그를 만났을 때도 브레데는 별로 우울해하지 않았다. 그는 그래도 자기가 전신주 관리인이라는 것으로 위안을 삼았다. 그 일은 확실한 수입원이었고, 그는 시간이 흐르면서 점차 마을에서 무슨 일에나 도움을 주고 지방 행정관을 수행하던 원래의 지위를 되찾게 되리라고 생각했다. 물론 브레데도 마음이 흔들렸다. 그럴 수밖에 없었다. 정도 들었고, 여러 해를 살며 일하던 곳에서 떠난다는 것은 보통 일이 아니었으니까. 하지만 낙관적인 브레데는 그렇게 쉽게 절망에 빠지지는 않았다. 그게 그의 장점이자 매력이었다. 그는 한번 황무지를 개간하겠다는 발상을 했지만, 그 계획은 수포로 돌아갔다. 하지만 그는 다른 문제에도 가볍게 접근했고, 그래서 더욱 쉽게 성공을 거두었다. 그래. 그가 암석 표본으로 언젠가 대단한 사업을 하게 될지 누가 알겠는가? 어쨌건 그는 바르브로를 모네란에 들여놓지 않았던가? 그녀는 다시는 악셀 스트룀에게서 떨어져나가지 않을 것이다. 그 점은 누가 봐도 확실했고, 그도 크게 말할 수 있었다.

자신이 건강을 유지하고 자신과 가족을 위해 일을 할 수 있는 동안은 아무렇지도 않다고 브레데 올센은 말했다. 그리고 이제는 아이들이 다 커서, 집을 떠나 독립한다고 했다. 헬게는 청어를 낚는 배에 가 있었고, 카트리네는 의사 집에 하녀로 들어갈 것이다. 그러면 집에는 동생 둘만 남는다. 셋째 동생이 곧 태어나겠지만……

이사크가 마을에서 새로운 소식을 가져왔다. 지방 행정관의 부인이 아이를 낳았다는. 잉에르는 갑자기 관심을 가지고 물었다. "아들이에요, 딸이에요?" "그 말은 못 들었는데." 이사크의 대답이었다.

지방 행정관의 부인이 아이를 낳았단 말이지. 부인회에서 가난한 사람들이 아이를 많이 낳는 데 그렇게 반대하던 그 여자가. 여성에게 선거권을 주고 자신의 운명을 결정할 권리를 주어야 한다고 그녀는 말했었다. 그런데 이제는 그녀가 매였다. 목사 부인이 말했다. "그래요, 그녀는 영향력이 있었어요. 하지만 그래도 운명을 피할 수는 없었죠." 헤이에르달 부인에 관한 이 재치 있는 말은 온 동네에 퍼졌고, 이 말을 알아들은 사람이 많았다. 잉에르도 이해했을지 모르지만 이사크는 전혀 이해하지 못했다.

이사크는 일을 할 줄 알았고 자기 손을 사용할 줄 알았다. 그는 이제 큰 농장을 소유한 부자였지만, 우연이 그에게 선물한 그 많은 현금을 그리 잘 사용하지는 않았다. 그는 그저 돈을 모아둘 뿐이었다. 황무지는 그에게 구원이었다. 이사크가 마을에 살았더라면, 이 세상은 그에게 어떤 식으로든 영향을 미쳤을 것이다. 세상에는 좋은 것, 고상한 것이 너무나 많으니, 그는 쓸데없는 것들을 사고 평일에 붉은 셔츠를 입었을지도 모른다. 하지만 이곳 황무지는 낭비라고는 할 수 없는 환경이었다. 그는 맑은 공기를 마시고 살았으며, 일요일 아침마다 씻었고 산 위 호수에 갈 때면 목욕을 했다. 1천 달레르. 그것은 물론 하늘의 선물이었고, 동전 한 닢까지 잘 간직해야 했다. 간직하지 않으면 무엇을 하겠는가? 이사크에게는 일상적인 지출은 가축에게서 얻는 것과 농사지은 것을 팔아서 번 돈으로 충분했다.

엘레세우스는 좀더 사리가 밝았다. 그는 아버지에게 돈을 은행에 저축하라고 충고했다. 그게 가장 현명한 처사였는지도 모르지만, 계속 미루다가 결국은 하지 않았다. 이사크가 언제나 아들의 충고를 가벼이 들었던 것은 아니다. 엘레세우스가 그렇게 무익하지는 않다는 건 이사크도 최근에 깨달았다. 건초 수확이 한창일 때 그는 풀베기를 시도해보았다. 물론 선수가 된 것은 아니다. 시베르트에게서 멀리 떨어질 수 없었고 시베르트가 그의 낫을 갈아주어야 했지만, 그는 팔이 길어 풀을 잘 긁어모을 수 있었다. 이제 그와 시베르트와 레오폴디네와 옌시네는 함께 초지에서 첫 수확한 건초를 쌓았다. 엘레세우스는 손에 물집이 생겨 감싸야 할 때까지 몸을 아끼지 않고 갈퀴를 놀렸다. 그는 몇 주째 식욕이 없었지만, 그렇다고 일을 꺼리지는 않았다. 이 아이에게 무슨 일이 생긴 게 틀림없다. 뭔가 애정 관계에 문제가 있거나 다른 비슷한 일, 커다란 고통이나 실망이 그에게 좋은 영향을 미친 것 같았다. 이제 그는 도회지에서 가지고 온 마지막 담배까지 다 피웠고, 그러니 평소 같았으면 이 사무원은 문을 쾅 닫아버리거나 다른 무슨 날카로운 말을 했을 것이다. 하지만 엘레세우스는 흔들림 없는 침착한 젊은이, 진짜 남자가 되었다. 그럼 시베르트는 또 어떻게 엘레세우스를 약 올린 것일까? 이날 형제는 강가의 돌에 무릎을 꿇고 앉아 물을 마시고 있었고, 시베르트는 장난스럽게 엘레세우스에게 훌륭한 이끼를 말려 담배를 만들어주겠다고 했다. "아니면 그냥 날로 피울래?" 그가 물었다. 엘레세우스는 "담배를 주지"라고 대답하며 팔을 뻗어 동생을 어깨까지 물에 빠뜨렸다. 하, 이겼다! 시베르트는 한참을 머리에서 물을 떨어뜨리며 다녔다.

"엘레세우스가 슬슬 쓸모 있는 인간이 되는 것 같군." 일하는 아들을 보며 아버지는 생각했다. "흠. 아주 집에 머무를 생각일까?" 그가 잉에르에게 물었다. 그녀는 유난히 조심스럽게 말했다. "모르겠어요. 글쎄, 아닐 거예요." "엘레세우스와 이야기해봤어?" "아, 아니요. 아주 조금만 말했어요. 하지만 추측을 한 거예요." "엘레세우스가 자기 농장이 있다면 어떻게 할지 알고 싶은데?" "왜요?" "농장을 가꿀까?" "아뇨." "그 이야기를 해보았고?" "그 이야기를 해보았냐고요? 그 아이가 얼마나 변했는지 당신 눈에는 안 보여요? 나한테 엘레세우스는 낯선 사람이나 다름없어요." "당신이 그 아이에 대해 나쁘게 말할 필요는 없지." 이사크가 그녀의 편을 드는 대신 말했다. "내가 보기에는 그저 밖에서 일을 잘하고 있는 것 같은데." "네, 그래요, 그래요." 잉에르가 약간 져주며 대답했다. "당신은 그 아이의 뭐가 못마땅한지 모르겠군." 이사크가 화가 나서 외쳤다. "날마다 일을 점점 더 잘하는데, 그 이상 뭘 바라는 거요?" 잉에르가 작게 말했다. "그 아이는 예전의 엘레세우스가 아니에요. 그 아이하고 조끼에 대해 이야기를 좀 해봐요." "조끼에 대해? 왜?" "자기가 도회지에서는 여름에 흰 조끼를 입었다고 했거든요." 이사크는 잠시 생각을 해보았지만 이해할 수 없었다. "흰 조끼를 구할 수가 없나?" 그가 물었다. 이사크는 헷갈렸다. 이건 다 여자들의 수다라고 그는 생각했다. 엘레세우스가 흰 조끼를 입는 것은 그 아이의 자유라고 생각했을 뿐 그것이 무슨 의미인지는 몰랐고, 그는 얼른 그 이야기를 끝내고 싶었다. "그런데 그 아이가 브레데의 농장에서 땅을 좀 받아서 가꾸면 어떨까?" "누가요?" 잉에르가 물었다. "엘레세우스 얘기지." "브레이다블리크요?" 잉에르가 물었다. "절대 그러지 마요!"

문제는 그녀가 이미 엘레세우스와 거기에 대해 이야기를 했다는 것이었다. 그는 입이 가벼운 시베르트에게서 그 계획에 대해 다 들었다. 그리고, 계획에 대해 이야기를 해볼 목적으로 아버지가 말을 꺼냈다면, 시베르트가 그 얘기를 입 밖에 내서 안 될 건 뭔가? 이런 식으로 시베르트가 중개자 역할을 하는 것이 이번이 처음도 아니었다. 그런데 엘레세우스는 뭐라고 대답했던가? 전처럼, 도회지에서 편지를 쓸 때처럼 대답했다. "아니, 전 배운 걸 내팽개치고 다시 별 볼 일 없는 사람이 되기는 싫어요." 그는 그렇게 대답했다. 그래서 어머니는 훌륭한 이유들을 댔지만, 엘레세우스는 무엇에나 반론을 펼 수 있었고, 자기 인생을 위해서는 다른 계획이 있다고 말했다. 그 젊은 가슴은 깊은 밑바닥을 알 수도 없었다. 그는 최근의 사건들 때문에 바르브로와 이웃으로 지내고 싶은 마음도 별로 없었다. 누가 알겠는가? 그는 자신감에 차서 어머니와 이야기했다. 도시에서는 지금보다 더 나은 자리를 찾을 수 있다고, 지방 법원이나 의회에서 서기가 될 수도 있을 거라고 했다. 사람은 출세를 해야 하고, 몇 년이 지나면 그가 지방 행정관이나 등대지기가 될 수도 있고 세관에 취직할 수도 있을 거라고 말했다. 글을 배운 사람에게는 여러 가지 가능성이 있노라고.

이유야 어쨌건, 어머니도 그 말을 듣고 마음을 돌려 그에게 동조하게 되었다. 그녀는 아직 확신이 없었고, 여전히 마음이 세상에 얽매여 있었다. 겨울에만 해도 그녀는 자신이 트론헤임의 감옥을 떠날 때 받은 훌륭한 기도서를 읽었다. 하지만 지금은? 엘레세우스가 정말로 지방 행정관이 될 수 있을까? "물론이죠." 엘레세우스가 대답했다. "지방 행정관 헤이에르달도 전에는 법원 서기였잖아요?"

훌륭한 전망이었다. 어머니는 이제 오히려 아들에게 하던 일을 떠나서 자신을 포기하지 말라고 충고하고 싶었다. 이런 사람이 황무지에서 무엇을 한단 말인가?

하지만 엘레세우스는 왜 그렇게 애를 쓰고 고향의 밭에서 부지런히 일하고 있었을까? 아무도 모를 일이다. 무슨 속뜻이 있었는지도 모르지! 약간은 농부의 자존심도 있었을 것이고, 남에게 뒤떨어지고 싶지는 않았으리라. 그리고 아버지와 관계가 좋은 상태로 고향을 떠나서 손해 볼 일은 없을 것이다. 사실을 말하자면 그는 도회지에 약간 빚이 있는데, 그것을 없앨 수 있다면 신용이 훨씬 좋아질 테니 큰 도움이 될 것이다. 이것은 백 크로네 한 장 이야기가 아니라 정말 진지한 이야기였다.

엘레세우스는 어리석지 않았다. 어리석은 것과는 거리가 멀었다. 그는 그 나름으로는 영리했다. 그는 아버지가 집으로 들어오는 것을 보았고, 지금 안에서 창가에 앉아 내다보고 있는 것도 알고 있었다. 지금 엘레세우스가 유난히 열심히 일을 한다면 그건 자신에게 도움이 될 것이다. 그래서 피해를 입는 사람이야 없지 않겠는가.

엘레세우스에게는 뭔지 모르되 어딘가 세련된 면이 있었지만, 반면에 뭔가 서투른 면, 일그러진 듯한 부분도 있었다. 그는 악하지는 않았지만 좀 굳어진 데가 있었다. 지난 몇 년 동안 그를 이끌어주는 강한 손이 없었기 때문일까? 어머니는 지금 그에게 무엇을 해줄 수 있을까? 그저 그를 지지해줄 수 있을 뿐이다. 그녀는 미래에 대한 훌륭한 전망에 혹해 아버지 앞에서 그의 편을 들어줄 수 있을 것이다. 그것은 그녀가 할 수 있는 일이었다.

하지만 이사크는 그녀의 반대하는 태도에 어느 순간 화가 났다. 그의 생각에 브레이다블리크를 사는 계획은 그렇게 나쁘지 않았다. 오늘 집에 오는 길에 그는 유혹을 못 이겨 말을 세우고 버려진 농가를 전문가의 눈으로 급하게나마 둘러보았다. 부지런한 손길이 닿으면 뭔가가 될 듯했다. "내가 시도해서 안 될 건 뭐겠어?" 그가 잉에르에게 물었다. "엘레세우스를 아끼는 마음으로 그렇게 해주고 싶은데." "아이고,

엘레세우스를 아낀다면 그 아이가 듣는 앞에서 브레이다블리크 말도 꺼내지 마세요!" 그녀가 대답했다. "그래?" "그래요. 그 아이는 우리가 꿈꾸는 것보다 더 큰 계획을 갖고 있답니다."

이사크 자신도 이 일에 자신이 없었으니 별로 강하게 이야기할 수 없었다. 하지만 그는 자신의 계획 이야기를 꺼내고 생각 없이 털어놓은 게 후회가 되었으므로 쉽게 포기하기도 싫었다. "엘레세우스는 내 말대로 해야 해." 이사크가 갑자기 말했다. 그러고는 혹시라도 못 들을까봐 협박하는 듯한 커다란 목소리로 잉에르에게 말했다. "자, 잘 들어. 지금 말하고 다시는 얘기 안 할 테니. 학교 건물하고 다른 모든 것은 저기, 마을에서 여기까지 오는 길의 중간쯤에 있지. 대체 그 아이가 갖고 있는 큰 계획이란 건 뭐야? 그런 아들을 뒀으니 굶어 죽는 건 문제도 아니지. 그게 더 나은 계획인가? 하지만 내 피와 내 살을 물려받은 놈이 어떻게, 음, 내 피와 내 살이 하는 말을 안 듣는지 이해가 안 되는군." 이사크는 말을 멈추었다. 그는 자신이 말을 많이 하면 할수록 상황은 악화될 뿐이라는 걸 잘 알았다. 그는 일단 마을에 입고 갔던 좋은 옷을 벗을 생각이었다. 하지만 마음을 바꿔 그 옷을 입은 채 그냥 있기로 했다. 뭘 바라는 거냐고? "엘레세우스와 얘기를 해보라니까." 그가 말했다. 잉에르가 대답했다. "당신이 이야기하는 게 낫겠어요. 내 말은 안 따르니까요." 물론 이사크가 집안 전체의 가장이었다. 그도 그렇게 생각했다. 엘레세우스가 반항하려면 해보라지. 하지만 그는 패배가 두려웠는지 회피하며 말했다. "그래, 해보겠어. 내가 직접 말하지. 하지만 그것 말고도 신경쓸 일이 많으니 일단은 다른 것부터 생각해야겠어." "그래요?" 잉에르가 이상하게 생각하며 물었다.

이사크는 다시 나갔다. 경작지가 끝나는 곳까지만 갔지만 하여튼 가긴 간 것이다. 그는 뭔가 비밀이 있는지 혼자 있으려는 듯했다. 사실은 오늘 마을에서 들은 소식이 한 가지 더 있었던 것이다. 그리고 이 세번째 소식은 다른 두 가지보다 큰일, 훨씬 더 큰 사건이었다. 그는 숲이 시작되는 곳에 그 비밀을 숨겼다. 그곳에, 굵은 삼베에 감기고 종이로 포장된 비밀이 있었다. 그는 포장을 풀었다. 커다란 기계였다. 붉은 빛과 푸른 빛의 신기한 기계로, 톱날과 칼이 여럿 달려 있고 연결부와 경첩과 팔과 바퀴와 나사도 있었다. 예초기였다. 새 예초기가 아니었더라면 새로 산 말을 바로 그날로 데리고 오지도 않았을 것이다.

이사크는 진지한 얼굴로 서서, 상인이 읽어준 사용 설명서를 처음부터 끝까지 기억에서 되살려보려 했다. 그는 한쪽에 강철 스프링을 고정하고 다른 쪽에는 볼트를 밀어넣었다. 그러고는 구멍과 사이사이를 모두 열어 기계를 샅샅이 뜯어보았다. 이사크에게는 그런 순간, 펜을 손에 들고 자기 집안의 문장을 서류 아래에 써 넣은 일이 처음이었다. 당연히 이 기계는 매우 위험하고 다루기 어려웠다. 사실 그건 휘어진 날이 많이 달려 있고 그 날이 서로 맞물리는 써레도 마찬가지였고, 제재소에서 쓰는 큰 원형톱, 창고에서 제자리에 반듯이 놓아두어야 하고, 동쪽이나 서쪽으로 기울어지거나 지붕으로 날아가서는 결코 안 되는 원형톱도 마찬가지였다. 하지만 예초기는 철로 된 온갖 가지와 갈고리, 장치와 수백 개의 나사가 달린, 까치집같이 복잡한 기계였다. 오, 잉에르의 재봉틀은 그에 비하면 아무것도 아니었다.

이사크는 혼자서 기계를 붙들고 이런저런 시도를 해보았다. 이 순간이야말로 대단한 순간이었다. 그래서 그는 혼자 몰래 기계를 작동시켜

보려 했던 것이고 자기 소유의 말이 필요했던 것이다.

만일 기계가 조립이 잘못되어 작동하는 대신 굉음을 내며 폭발해버리면 어쩔 것인가? 하지만 그런 일은 일어나지 않았고, 기계는 풀을 베었다. 당연히 그래야지! 그는 여기서 몇 시간을 서서 골똘히 연구했고, 어느새 해도 떨어졌다. 다시 기계에 앉아 작동시켜보았고, 기계는 풀을 베었다. 그래, 당연히 그래야지!

뜨거웠던 하루가 가고 이슬이 맺히자 형제는 각각 낫을 들고 풀밭에 섰다. 이들은 아침에 나가서 풀을 베었고, 저녁이 되자 이사크가 집에 돌아와 말했다. "오늘은 이제 낫을 치우지. 새 말을 준비시켜 그 말을 따라 숲이 시작되는 곳까지 가보자."

그렇지만 이사크는 다른 사람들처럼 방으로 들어오지도 저녁식사를 하지도 않고서, 그저 뜰에서 방향을 돌려 온 길을 돌아갔다.

"수레를 준비할까요?" 시베르트가 물었다.

"아니다." 아버지가 대답하고는 계속 걸었다.

그는 비밀 때문에 온통 들떴기 때문에, 한 걸음 한 걸음 걸을 때마다 의미심장하게 무릎을 들었다 놓았다. 용감한 사람이 죽음이나 파국을 향해 걸을 때 아마 그렇게 걷지 않을까. 그의 손에 자신을 방어하기 위한 무기는 아무것도 없었다.

두 아들은 말을 끌고 오다가 기계를 보고는 멈춰 섰다. 이 황무지, 이 마을에는 처음 등장한 예초기였다. 사람들의 눈에는 대단해 보이는 붉은빛과 푸른빛의 기계였다. 모두의 가장인 아버지는 그저 별일 아니라는 듯이 말했다. "와서 이 기계를 만져보렴!" 아들들은 기계를 작동시킬 준비를 했다.

그들은 예초기를 작동시켜보았다. 아버지가 운전했다. 기계는 부르릉! 소리를 내고는 풀을 베었다. 아들들은 맨손으로, 할 일 없이 미소지으며 뒤따라왔다. 아버지는 기계를 멈추고 뒤를 돌아보았다. "흠, 더 잘 벨 수도 있었는데." 그는 몇 군데 나사를 조여 칼날을 더 땅에 가깝게 낮추고는 다시 시도해보았다. "아니, 고르게 잘리지 않았네. 아직 잘 베지 못하는군." 칼날이 달린 덮개가 좀 덜컹거렸고, 아버지와 아들들은 몇 마디 말을 나누었다. 엘레세우스는 사용설명서를 찾아내어 읽었다. "여기에는 기계를 돌릴 때 자리에 앉으라는데요. 그러면 기계가 더 조용해진대요." "아, 그래." 아버지가 대답했다. "그건 나도 안다. 아까 살펴봤거든." 그는 자리에 올라가 다시 기계를 작동시켰고, 기계는 좀 덜 덜컹거렸다. 그런데 갑자기 기계가 더이상 가지 않았다. 아니, 칼날이 모두 멈추었다. 저런, 어쩌지? 자리에서 내려온 아버지는 기가 죽었고, 마음에 들지도 않고 이해할 수도 없다는 듯한 얼굴로 기계를 바라보았다. "뭔가가 잘못되었네요." 엘레세우스는 서서 사용설명서를 읽었다. "여기 볼트가 하나 떨어져 있어요!" 시베르트가 말하고 풀밭에서 그 볼트를 주워들었다. 아버지는 그것으로 모든 문제가 해결된 양 "아, 네가 찾아서 다행이구나. 난 그 볼트를 찾고 있었는데"라고 말했다. 하지만 이번에는 구멍을 찾을 수가 없었다. 볼트가 들어갈 구멍은 대체 어디 있단 말인가? "여기요!" 엘레세우스가 말하며 가리켰다.

엘레세우스는 이제 슬슬 자신감이 생겼다. 사용설명서를 독해하는 그의 능력은 아주 중요해졌다. 그는 필요 이상으로 오래 구멍을 가리키며 말했다. "그림을 보면 볼트는 여기 들어가야 해요." "물론 거기

들어가야지." 아버지가 말했다. "내가 거기 넣었었으니까." 그리고 그는 자존심을 되찾기 위해 시베르트에게 풀밭에 볼트가 더 떨어져 있는지 보게 했다. "하나가 더 있을 거야." 그는 마치 머릿속으로 모든 것을 다 아는 양 온통 진지한 얼굴로 말했다. "더 안 보이니? 자, 이제 제 구멍에 들어가 박혔구나."

그리고 아버지는 다시 시동을 걸어보았다.

"아니에요." 엘레세우스가 외쳤다. 엘레세우스는 손에 그림을, 법전을 들고 서 있었다. "여기 이 스프링은 바깥에 있어야 해요." "그래?" 아버지가 물었다. "그런데 지금은 아래에 있네요. 아버지가 아래에 넣으셨지요. 이건 강철 스프링인데 밖에 나와 있어야 해요. 그렇게 하지 않으면 볼트가 밖으로 튀어나와서 칼날이 다시 멈추죠. 여기 그림에 그렇게 쓰여 있어요." "지금 안경을 안 갖고 와서 그림이 잘 안 보이는구나." 아버지가 약간 기가 죽어 말했다. "네가 눈이 좋으니 스프링을 빼서 제자리에 넣으렴. 하지만 잘해야 한다! 집이 멀지만 않았더라면 가서 내 안경을 가져왔을 텐데."

기계를 다 고치고 아버지는 자리에 올라앉았다. 엘레세우스는 그에게 외쳤다. "그리고 좀 빨리 운전하세요. 그래야 칼이 더 잘 드니까요. 여기 그렇게 쓰여 있어요."

이사크는 운전을 계속했고, 기계는 부르릉 소리를 내며 말을 잘 들었다. 기계 뒤로는 베여 나간 풀이 길처럼 널렸다. 줄을 맞춰 널려 있어서 그대로 널어 말릴 수 있었다. 이제는 집에서 다들 그를 보았고, 여자들이 마중을 나왔다. 아기가 이미 걸음마를 뗀 지 오래였지만, 잉에르는 팔에 레베카를 안고 있었다. 어른 아이 할 것 없이 여자 넷이 달려나와 기적을 보고 눈이 휘둥그레져서 몰려든 것이다. 아아, 땀이 뚝뚝 떨어지는데도 주일에 입는 좋은 옷을 입고 외투에 모자에 다 갖추어 입은 채 높이 올라앉은 이사크는 자신이 대단하게 느껴져 우쭐해졌다. 그는 적당한 초지를 골라 사방으로 풀을 베고 다니고, 다시 방향을 틀고, 운전하고, 풀을 베고, 하늘에서 떨어진 사람들처럼 어안이 벙벙한 여자들 옆을 지나갔으며, 기계는 부르릉 소리를 냈다.

이사크는 기계를 멈추고 내렸다. 땅에 서 있는 사람들이 뭐라고 하는지 듣고 싶었을 것이다. 무슨 말들을 하고 있을까? 그는 나지막이 외치는 소리를 들었다. 사람들은 높은 자리에 앉은 그를 방해하고 싶지 않았지만 두려워하며 서로 물었고, 그 소리가 이사크의 귀에도 들렸다. 모두에게 친절하고 자애로운 가장이 되기를 바라는 이사크는 이렇게 말하며 그들에게 힘을 주었다. "그래, 그래, 내가 이 초지를 매면 내일은 다들 풀을 널어 말릴 수 있겠지." "들어와서 식사할 생각은 없어요?" 깜짝 놀란 잉에르가 물었다. "아니, 일단은 다른 할 일이 있는걸!" 그가 대답했다.

그는 다시 기계에 기름칠을 하면서, 자신이 얼마나 대단한 일을 하는지 과시했다. 그러고는 다시 기계를 작동시켜 풀을 베었다. 여자들은 집으로 들어간 지 오래였다.

행복한 이사크! 행복한 셀란로 사람들!

그는 아랫동네 사람들이 들판을 가로질러 곧 달려오리라고 기대했다. 악셀 스트룀도 관심이 많은 인간이니 내일쯤 오겠지만, 브레이다블리크의 브레데는 오늘밤에라도 올 것이다. 예초기에 대해 설명하고 그가 이 기계를 어떻게 다루는지 보여주는 일은 이사크의 마음에 들

터였다. 그는 인간이 낫으로는 그렇게 고르고 똑바르게 풀을 벨 수 없다는 걸 보여줄 것이다. 하지만 그런 훌륭한 붉고 푸른 기계가 값이 얼마나 나가는지는 말하지 않을 것이다.

행복한 이사크!

하지만 이사크가 기계를 세번째로 멈추고 기름칠을 할 때, 갑자기 주머니에서 안경이 떨어졌다. 그리고 그만 아들들이 그것을 보고 말았다. 교만을 좀 덜 부리라고 하늘이 그렇게 하신 것일까? 그는 오늘 집에 오는 길에 안경을 쓰고 사용설명서를 꼼꼼히 들여다보았지만 이해할 수 없었고, 그래서 엘레세우스의 도움이 필요했다. 아, 지식은 유용한 것이다! 그리고 겸손의 덕을 쌓기 위해 이사크는 엘레세우스를 벌판에서 일하는 농부로 만들기를 포기하고, 그 이야기를 더이상 꺼내지 않을 것이다. 아들들은 이 안경 사건에 대해 아무 말도 하지 않았다. 장난꾸러기 시베르트는 자제할 수 없었고 엘레세우스의 팔을 잡고서 말했다. "형, 집에 가서 낫을 태워버리자! 아버지가 우리 대신 풀을 베실 거잖아!" 농담을 하기에 적절한 순간이었다.

제2부

—

1

셀란로는 더이상 오지가 아니었다. 어른 아이 합해 일곱 사람이 살고 있었다. 건초를 수확하는 그 짧은 기간 사이에 이런저런 사람들이 찾아왔다. 예초기를 구경하려는 사람들이었다. 물론 브레데가 제일 먼저 왔다. 하지만 악셀 스트룀도 왔고, 이웃들이, 아랫마을에 사는 사람들까지 다 왔다. 산 너머에서는 올리네가 왔다. 올리네는 예전 그대로였다.

물론 올리네는 이번에도 마을에서 소식을 물어왔다. 올리네는 일 없이 오는 여자는 아니니까. 이제 시베르트 노인의 유산 계산이 끝났는데, 남은 재산은 없다는, 아무것도 없다는 소식이었다.

그 말을 하며 올리네는 입을 찡그렸고, 눈을 이쪽저쪽으로 돌렸다. 흠, 방안에 한숨 소리가 울리고 천장이 무너지는 게 아닐까? 하지만 제일 먼저 미소를 지은 것은 엘레세우스였다. "어때, 넌 시베르트 삼촌의 이름을 받지 않았니?" 그가 낮은 목소리로 물었다. 동생 시베르트 역시 낮은 목소리로 대답했다. "그랬지. 하지만 유산은 다 형에게 넘겼잖아." "얼마였는데?" "5천에서 1만 정도?" "달레르로?" 엘레세우스가 갑자기 외쳤고, 시베르트도 따라했다.

올리네는 지금은 장난칠 때가 아니라고 했다. 아아, 그녀도 정말로 속았다고 했다. 그녀는 시베르트 노인의 관 옆에서 있는 힘을 다해 눈물을 짰다고. 그가 뭐라고 썼는지 엘레세우스가 제일 잘 알지 않느냐고. "늙었을 때 의지가 되도록 올리네를 위해서 얼마." 그런데 그 의지는 어떻게 되었나? 산산이 무너져버리고 말았지 않나?

가엾은 올리네. 그녀가 조금은 상속받았어도 괜찮았을 텐데. 그랬으면 그녀의 일생에 유일한 빛줄기가 되었을 텐데. 그녀의 일생은 평탄하지 않았다. 그녀는 고생에 길들었고, 날마다 이런저런 속임수와 싸워나가는 데 익숙했다. 잘하는 일이라고는 소문을 퍼뜨리는 것, 남들이 그녀의 혀 앞에서 떨게 만드는 것뿐이었다. 더이상 아무것도 그녀에게 해를 입힐 수는 없었다. 유산이 결코 해가 될 리는 없었다. 그녀는 평생 일만 했고, 아이를 낳고 아이들에게 몇 가지 손재주를 가르쳤으며, 아이들을 위해 구걸을 했고, 어쩌면 도둑질도 했겠지만 하여튼 먹여 살렸다. 그녀는 가난한 어머니였다. 그녀는 다른 정치가들보다 능력이 부족하지도 않았고, 자신과 가족을 위해 일하면서 그때그때 적응하고 돈을 구했으며, 여기서 치즈를 하나 얻고 저기서 양털을 좀 얻어가며, 흔히 보는 속임수와 순발력으로 삶을 헤쳐나갔다. 올리네. 늙은 시베르트는 그녀가 아직 젊고 뺨이 붉던 때, 예쁘다는 말을 들었던 시절을 기억했는지도 모른다. 하지만 그녀는 지금 늙고 흉측했으며, 마치 무상함의 상징 같았다. 차라리 죽는 게 나을 것이다. 그녀는 어디에 묻힐까? 물려받은 무덤도 없으니, 결국은 아마 어떤 교회 묘지, 알지도 못하는 사람들의 유골 사이에 그냥 묻힐 것이다. 올리네 태어나고 죽다. 하지만 그녀에게도 젊은 시절이 있었다. 지금, 인생이 한 시간만 남은 순간에라도 유산을 받을 수 있었다면! 물론, 그랬으면 일생에 유일한 빛줄기가 되었을 것이고 일의 노예인 그녀도 한순간 두 손을 모았을 것이다. 그녀가 구걸뿐 아니라 어쩌면 도둑질까지 해서 아이들을 먹여 살렸으니, 정의가 이제라도 그녀에게 품삯을 준 셈이 되었을 것이다. 한순간이나마. 그러고는 다시 어둠이 깔렸을 것이다. 그녀는 곁눈질하고 손을 뻗어 더듬었을 것이다. "얼마나 되지?" 그녀는 말했을 것이다. "뭐, 더이상 없다고?" 그녀는 말할 것이다. 그리고 그녀의 말이 옳을 것이다. 그녀는 아이가 여럿 있었고, 인생이 어떤지 잘 알았다. 그것이 그녀의 큰 장점이었다.

모든 것이 빗나갔다. 시베르트 노인의 회계는 엘레세우스가 검토했으니 어느 정도 정리가 되었지만, 작은 농장과 소, 선창과 어망으로는 간신히 금고의 부족한 금액을 채운 게 다였다. 그래도 그나마 이 정도라도 정리된 것은 올리네 덕분이기도 했다. 그녀는 자신을 위한 몫이 조금이라도 남도록 몹시 애를 썼으며, 수다쟁이인 그녀가 아는 잊혔던 돈도 받아내고, 또한 존경받는 마을 유지가 피해를 입지 않도록 하기 위해 검사관이 일부러 눈감았던 돈까지 밝혀냈다. 지독한 올리네! 그녀는 시베르트 노인을 탓하지도 않았다. 그는 좋은 마음으로 유언을 했고, 사실 유산을 듬뿍 남겨줄 생각이 아니었던가? 아니, 이 문제를 처리하러 온 공무원들이 그녀를 속였다. "하지만 언젠가는 이 모든 게 전능하신 주님의 귀에 들어갈 거예요!" 하고 올리네는 위협적으로 말했다.

놀랍게도 그녀는 자신이 유언장에 언급되었던 일을 우습다고 생각하지 않았다. 그녀의 가족 중에서는 누구도 이름이 들어가지 못했으니, 이것은 그녀에게는 명예로운 일이었다.

셀란로 사람들은 이 불행을 인내심 있게 견뎌냈다. 준비가 안 되어 있던 것도 아니었다. 하지만 잉에르는 이해할 수가 없었다. 그녀는 "평생 그렇게 돈이 많았던 시베르트 삼촌이!"라고 말했다. 올리네는 "그는 어린양의 옥좌 앞에 정의롭고 부유한 사람으로서 나아갈 수 있었는데, 그 사람들이 그의 재산을 훔친 거야!" 하고 우겼다. 이사크가 마침 나가려고 할 때 올리네가 말했다. "이사크, 지금 나가려고 하면 어떡해요? 그럼 난 예초기를 구경도 못하겠네요. 예초기가 있지요? 그렇죠?" "물론이죠." "다들 그 이야기예요. 낫 백 개보다 빠르게 풀을 벤다면서요. 이사크, 당신은 당신 돈과 재산으로 못하는 일이 없네요. 목사는 보습이 둘 달린 쟁기를 샀지만, 그 목사는 당신에 비하면 아무것도 아니죠. 난 목사에게 대놓고 그렇게 말하겠어요." "시베르트가 풀 베는 걸 보여드릴 수 있죠. 벌써 나보다 잘하니까요." 이사크는 그렇게 말하고 나갔다.

이사크는 나갔다. 브레이다블리크에서는 정오에 경매가 있었고, 지금 가면 시간에 딱 맞추어 도착할 수 있었다.

이사크는 그 농장을 구매할 생각은 아니었다. 하지만 이 근처에서 처음 있는 경매였으니 꼭 가보고 싶었다.

모네란까지 가서 바르브로와 마주친 그는 그저 인사를 하고 지나치려 했지만, 바르브로는 그에게 말을 걸고 거기 내려가느냐고 물었다. "그래." 그는 대답하고 지나치려 했다. 지금 경매에 부쳐지는 것은 바르브로가 자란 집이니 그는 부러 짧게 대답했다. "경매에 가세요?" 그녀가 물었다. "경매에? 음, 그냥 내려가보는 거란다. 악셀은 어디 있니?" "악셀요? 어디 있는지 몰라요. 경매에 갔어요. 그 사람도 몇 가지를 헐값으로 손에 넣을 생각이겠죠."

바르브로는 몸이 얼마나 불었던지, 그리고 얼마나 말을 날카롭고 공격적으로 했던지.

경매는 이미 시작했다. 지방 행정관이 외치는 소리가 들렸고, 사람이 많이 보였다. 가까이 가서 보니 모르는 사람도 있었다. 외지에서 온 낯선 사람들이 있었고, 브레데는 제일 좋은 양복을 입고 활발하게 돌아다니며 이야기를 나누고 있었다. "이사크, 안녕하시오! 자, 자리를 빛내러 와주셨군요. 고맙습니다! 우린 여러 해 동안 이웃이고 좋은 친구였죠. 나쁜 말이라고는 오간 일이 없고." 브레데는 온통 들떠 있었다. 살고 일하던 정든 곳을 떠난다고 생각하면 참 기분이 이상하다. 하지만 일이 그렇게 결정되었으니 어쩌겠는가. "어쩌면 당신에게는 이게 오히려 도움이 될지도 모르지요." 이사크가 위로했다. "그래요, 나도 그렇게 생각합니다." 브레데는 얼른 정신을 차리고 그렇게 대답했다. "아쉽지 않아요. 정말이에요. 난 여기 시골에서 별로 성공을 못 했습니다. 그리고 이제는 아이들이 자라서 집을 떠났으니 더 나아질 거예요. 음, 아내는 다시 어린 아기를 돌봐야 하지만, 그래도요!" 그러더니 브레데는 분명하게 말했다. "전신주 계약을 해지하기로 했어요." "뭐라고요?" 이사크가 물었다. "전신주 계약을 해지하기로 했다고요." "전신주 계약을 해지한다고요?" "그래요, 새해부터요. 내가 그걸 해서 뭐 하겠어요? 그리고 나한테 일이 생겨서 지방 행정관이나 목사를 위해 마차를 끌고 다니게 되었는데 우선 전신주를 돌봐야 한다고 생각해봐요. 아니, 그건 안 되죠! 그건 시간이 남아도는 사람이나 할 수 있는 일입니다. 전신주가 있는 곳에 가보고, 돈은 거의 못 받거나 아예 못 받으면서 산과 계곡을 돌아다니는 거, 그건 브레데가 할 일은 아니에요. 그리고 내 위에 있는 이사회와도 다툼이 있었죠."

지방 행정관은 아직도 농장 값을 부르게 했지만, 그 농장의 값이라고 여겨지는 몇백 크로네는 이미 나온지라 이제 값을 부르는 사람들은 한 번에 5크로네나 10크로네만 올릴 뿐이었다. "이제는 악셀이 값을 부를 것 같군요"라고 말하고는 브레데가 급히 궁금해하며 그가 있는 쪽으로 갔다. "내 농장을 사겠나? 자네 농장은 너무 작지 않아?" "난 다른 사람을 위해 경매에 참여하고 있습니다." 악셀이 회피하며 대답했다. "글쎄, 그럼 난 상관하지 않겠네. 그런 뜻으로 한 말은 아닐세." 지방 행정관은 망치를 들었다. 누가 새로 값을 불렀다. 백 크로네를 더 매긴 것이다. 아무도 그 이상 부르지 않았고, 지방 행정관은 마지막 값을 한두 번 더 부르고 망치를 든 채 잠시 기다리더니 마침내 망치를 쳤다.

값을 부른 건 누구였을까?

악셀 스트룀이었다. 다른 사람을 위해 부른 것이었다.

지방 행정관은 기록에 적었다.

"악셀 스트룀. 대행."

"누구를 위해 구매하는 건가?" 브레데가 물었다. "내가 상관하겠다는 게 아니라."

하지만 이제는 지방 행정관의 책상에서 몇 사람이 머리를 모으고 있었다. 은행 대표 한 사람이 앉아 있고, 상인이 상점 보조원을 데리고 와 있었는데, 뭔가 문제가 있었다. 채권자들의 요구를 충족시킬 수가 없었던 것이다. 그들은 브레데를 불렀고, 브레데는 걱정 없이 명랑하게 와서는 고개를 끄덕였다. "물론 같은 생각이죠. 농장에서 돈이 그것밖에 안 나오리라고 누가 생각했겠소." 그가 말했다. 그러고는 그 자리에 있던 모든 사람에게 큰 소리로 선포했다. "경매가 끝났고 지방 행정관님도 모셔왔으니, 난 가진 것을 모두 팔려고 합니다. 수레와 가축, 쇠스랑, 숫돌, 이제는 다 필요 없어요. 남김없이 팔겠습니다!"

관심을 보이는 사람이 별로 없었다. 남편과 마찬가지로 경솔하고 생각이 없는 브레데의 아내는 몸이 불을 대로 불었지만 한쪽 책상에서 커피를 팔기 시작했다. 그녀는 이 일을 즐거워하며 미소를 지었고, 브레데가 와서 커피를 마시자 장난으로 돈을 내라고 했으며, 정말로 브레데는 얇은 지갑을 꺼내 값을 지불했다. "이 여자 좀 보게!" 하고 그는 모인 사람이 모두 들을 수 있게 말했다. "잘하네!"

수레는 너무 자주 바깥에 방치되었기 때문에 값이 많이 나가지 않았다. 하지만 악셀은 5크로네나 더 불러서 그 수레를 샀다. 그 밖에는 아무것도 더 사지 않았다. 그처럼 조심스러운 사람이 그렇게 많이 샀다는 데 다들 놀랐다.

다음은 가축 차례였다. 가축은 움직이는 거리를 줄이기 위해 오늘 우리에 들어와 있었다. 브레데는 초지가 없는데 가축으로 무엇을 하겠는가? 그는 소는 아예 없었고, 농장 일을 염소 두 마리로 시작했지만 지금은 네 마리가 있었다. 그리고 양이 여섯 마리 있었다. 말은 없었다.

이사크는 귀가 평평한 양을 하나 샀다. 브레데의 아이들이 이 양을 우리에서 데리고 나오자, 그는 즉시 값을 불렀다. 그러자 사람들의 관심이 쏠렸다. 셀란로의 이사크는 부유하고 존경받는 사람이며, 이미 가진 것보다 양이 더 필요하지는 않았다. 브레데의 아내는 커피 팔기를 잠시 멈추고 말했다. "이사크, 그 양을 사요. 나이는 먹었지만 해마다 새끼를 두세 마리는 낳지요." "그래요, 나도 알아요." 이사크는 그렇게 대답하고 그녀를 뚫어지게 바라보았다. "난 저 양을 압니다."

그는 양을 끈으로 묶어 끌며 악셀 스트룀과 함께 집을 향해 걸었다. 악셀은 말이 없었고, 뭔지는 모르지만 마음에 걸리는 일이 있는 듯했다. 하지만 이사크는 사실 그가 우울해할 이유가 없다고 생각했다. 그의 농사는 잘되고 있었고, 가축의 먹이는 이미 거의 다 안으로 들여놓았으며, 집을 짓는 일도 진행중이었다. 악셀 스트룀의 일은 더디지만 확실하게 착착 진행되고 있었다. 그는 마침 말도 한 마리 샀다.

"브레데의 농장을 샀지?" 이사크가 말했다. "거기서 농사를 지을 건가?" "아니요. 농사는 안 지을 겁니다. 다른 사람을 위해 산 거예요." "그런가." "어때요. 내가 돈을 너무 많이 주고 샀나요?" "아닐세. 거기 습지는 물만 빼면 아주 좋아." "헬겔란에 있는 동생을 위해 산 거예요." "그랬군." "하지만 동생과 교환을 할까 생각중입니다." "동생과 교환한다고?" "바르브로가 여기 아래쪽에 살기를 원한다면 말이죠."

둘은 말없이 한참을 걸었다. 그러다가 악셀이 말했다. "사람들이 나한테 전신주를 맡으라고들 합니다." "전신주라고? 그래. 들었네. 브레데가 계약을 해지했다면서." "그래요." 악셀 스트룀은 미소를 지으며 대답했다. "음, 아주 정확한 말은 아니에요. 브레데가 해지를 당한 거죠." "아하." 이사크는 그렇게 말하고 브레데의 편을 들어주려고 해보았다. "전신주를 돌보는 건 시간이 많이 걸리는 일이지." "그가 전보다 잘하지 않으면 새해에는 해고됩니다." "그렇군." "내가 그 일을 맡을 수 있을 것 같지 않나요?" 이사크는 한참 생각하고는 대답했다. "그래, 그래. 돈도 생기지." "나에게 돈을 더 많이 주려고들 해요." "얼마나?" "두 배죠." "두 배라고? 그래, 그럼 생각해볼 수 있지." "하지만 거리가 늘어났어요. 글쎄요, 어떻게 해야 좋을지 나도 잘 모르겠어요. 당신이 일하던 때보다는 숲에서 벨 수 있는 것도 적고, 난 기계도 더 사야 해요. 아직 너무 부족하죠. 그러려면 현금이 필요한데, 가축이 적어서 그중에서 뭘 팔 수는 없어요. 그러니까 한 해 동안 전신주를 맡아보면……" 둘 중 아무도 브레데가 마음을 고쳐먹고 그 일을 계속하리라는 생각은 하지 않았다.

둘이 모네란에 도착했을 때, 올리네 역시 집에 가는 길에 그곳을 들른 차였다. 올리네는 정말 이상한 여자였다. 일흔이 넘었는데도 애벌레처럼 여기저기를 기어서 돌아다녔다. 지금은 오두막에 앉아 커피를 마시고 있었는데, 남자들을 보자 모든 것을 그냥 두고 밖으로 나왔다. "악셀, 잘 지내요? 경매에서 돌아왔나요?" 그녀가 물었다. "내가 바르브로를 방문해도 괜찮죠? 악셀은 살 집도 짓고 있고 점점 성공을 거두고 있다면서요? 이사크, 양을 샀어요?" "그랬어요." 이사크가 대답했다. "양이 낯익지 않아요?" "양이 낯이냐고요? 아닌데." "귀가 평평하잖아요, 봐요." "귀가 평평하다고요, 그게 어때서요? 그러니까 브레데의 농장은 누가 샀죠? 지금 바르브로와, 누가 그녀의 이웃집에 살게 될까 하고 이야기했어요. 불쌍한 바르브로는 저기 앉아 울고 있어요. 그럴 수밖에 없죠. 하지만 전능하신 분께서는 그녀에게 여기 모네란을 두번째 고향으로 주셨어요. 귀가 평평하다고요? 내 평생 귀가 평평한 양은 많이 봤지요. 그리고 이사크, 당신의 그 기계는 내 늙은 눈에는 기적으로 보이네요. 값이 얼마나 나가는지는 묻지도 않겠어요. 그렇게 큰 숫자는 나는 셀 수도 없으니까. 악셀, 내 말이 무슨 말인지 알아요? 불마차를 타고 하늘에 올라가는 예언자 엘리야를 보는 것 같았다니까요. 주님, 이 죄인을 용서하소서……"

건초를 다 들여놓고 나서 엘레세우스는 떠날 채비를 시작했다. 그는 이제 돌아가겠다고 건축기사에게 편지를 썼지만 이상한 답신을 받았다. 시기가 부적절하고 절약을 해야 하기 때문에 그의 자리에 사람을 계속 고용할 수 없으며 이제는 모든 문서를 건축기사가 스스로 작성해야 한다는 것이었다.

정말 속상한 일이었다. 하지만 지역 건축기사가 대체 왜 서기가 필요하겠는가? 어린 엘레세우스를 부모 집에서 데려왔을 때, 그는 아마 그저 그 지역 유지인 척하고 싶었을 뿐이리라. 그는 견진을 받을 때까지 엘레세우스를 입히고 먹였으며, 그 대가로 사무실에서 도움을 좀 얻었다. 이제는 소년이 성인이 되었으니 문제가 달랐다.

건축기사는 편지에 썼다. "하지만 자네가 돌아오겠다면, 어렵기는 하겠지만 다른 사무실에 일자리를 구할 수 있도록 할 수 있는 데까지 돕겠네. 여기에는 비슷한 일을 구하는 젊은 사람들이 지나치게 많다네. 그럼 이만 총총."

물론 엘레세우스는 다시 도시로 돌아가고 싶었다. 그 점에는 의심의 여지가 없었다. 포기해야 할까? 그는 출세를 원하지 않는가. 엘레세우스는 가족에게 달라진 상황에 대해 말하지 않았다. 해봐야 아무 소용 없을 것이고 그는 이미 피곤했기 때문에 침묵했다. 셀란로의 삶은 그에게 영향을 미쳤다. 그 삶은 명예도 없고 일상적이었으며, 조용하고 나른한 삶은 그를 몽상가가 되게 만들었다. 그는 누구의 앞에서도 잘난 척을 할 수 없었고, 누구와도 겨룰 수 없었다. 도회지의 삶은 그를 분열시켰다. 그 삶은 그를 남들보다 고상하게 만든 한편 약하게도 만들어서, 그는 어디에 가나 타향이라고 느꼈다. 그가 쑥국화 냄새를 다시 향기롭게 느끼기 시작한 것은 다행이었다. 하지만 저녁이면 어머니가 소젖을 짜는 소리를 듣고 자란 농가 출신 소년이 '지금 소젖을 짜는구나. 들어봐. 신비롭게 들리지. 가늘게 들려오는 노래와도 같네. 도시에서 들리는 나팔 소리나 구세군의 연주 소리, 증기선의 기적 소리와는 또 달라. 그릇으로 흘러들어가는 우유 줄기……' 하고 생각하는 것은 아무 소용이 없었다.

셀란로에서 사람들은 감정을 드러내 보이는 일이 없었고, 엘레세우스는 작별의 순간이 두려웠다. 이제 그는 여행 채비를 잘 마쳤다. 속옷을 만들 아마포가 한 두루마리 있었고, 엘레세우스가 문지방을 넘을 때 아버지는 받으라며 돈을 내놓았다. 돈이라. 이사크에게 돈을 내놓는다는 게 가능했을까? 하지만 어쩔 수 없었다. 잉에르는 이번이 마지막이라는 뜻을 비추지 않았던가. 엘레세우스는 곧 승진을 하고 생활비를 벌 것이다. "그래." 이사크가 말했다. 분위기는 진지했다. 가족 모두는 송별연으로 삶은 계란을 하나씩 받았고, 시베르트는 이미 함께 가면서 짐을 들어주려고 준비를 마치고 밖에 서 있었다. 엘레세우스는 이제 작별 인사를 시작할 수 있었다.

그는 먼저 레오폴디네부터 시작했다. 그녀는 그에게 다정하게 작별 인사를 했다. 양털을 빗질하던 하녀 옌시네도 작별 인사를 했다. 하지만 그의 눈이 약간 붉어지자 두 소녀는 그를 뚫어지게 바라보았다. 그는 어머니에게 손을 내밀었고, 엘레세우스가 얼마나 싫어하는지 알면서도 그녀는 당연히 큰 소리로 울었다. "잘 가렴." 그녀가 흐느꼈다. 아버지와 작별 인사를 나누는 게 물론 제일 힘들었다. 이유는 수천 가지였다. 몸이 닳도록 일하는 그는 언제나 성실했으며 아이들을 팔에 안고 갈매기와 다른 새들과 동물, 들판의 온갖 기적을 보여주지 않았던가. 오래된 일도 아니었다. 그저 몇 년 전…… 아버지는 창가에 서 있다가 갑자기 돌아서서 아들의 손을 잡더니, 화가 난 듯이 큰 소리로 말했다. "그래, 그래. 잘 살아라. 저기 보니 새 말이 매어둔 걸 풀고 도망쳤구나." 그리고 그는 밖으로 뛰어나갔다. 아아, 조금 전에 나가서 말을 풀어놓은 것은 그 자신이었으며, 밖에 서서 미소지으며 아버지를 바라보던 장난꾸러기 시베르트도 그 사실을 잘 알았다. 그리고 말이 있던 곳은 어차피 목초를 베고 난 자리였을 뿐이다.

그렇게 엘레세우스는 준비가 끝났다.

그때 어머니가 문가에 와서 더욱더 흐느끼며 말했다. "주님이 너와 함께하시기를!" 그리고 그녀는 아들의 손에 무언가를 쥐여주었다. "자 이거…… 그리고 아버지에게 고맙다고 하지는 마라. 그러는 건 안 좋아하시니까. 부지런히 편지하고!"

2백 크로네였다.

엘레세우스는 내다보았다. 아버지는 말이 풀을 뜯을 때 묶어둘 말뚝을 땅에 박느라 안간힘을 쓰고 있었다. 땅은 부드러운 초지였는데도 일이 전혀 되지 않는 것 같았다.

형제는 부지런히 말을 타고 나가 모네란에 다다랐다. 거기에서는 바르브로가 문가에 서 있다가 둘을 집안으로 초대했다. "엘레세우스, 다시 가는 거야? 그럼 들어와서 커피라도 한잔하고 가."

이들은 오두막으로 들어갔고, 엘레세우스는 더이상 사랑에 미쳐 창문에서 뛰어내리거나 독약을 먹으려고 하지 않았다. 그는 옅은 색 외투를 무릎에 얹고 은으로 된 이름표가 위로 드러나도록 신경썼다. 그러고는 손수건으로 머리를 쓸고 인사치레로 한마디 했다. "딱 여름 날씨네!"

바르브로 역시 정신을 바짝 차리고 있었고, 한 손에 낀 은반지와 다른 손에 낀 금반지를 만지작거렸다(그녀는 이제 정말로 금반지가 생겼으니까). 그녀는 목에서 발까지 닿는 앞치마를 하고 있어서, 몸이 불은 것이 보이지 않았다. 그녀가 끓인 커피를 손님들이 마시고 나자, 그녀는 흰 천을 조금 박고, 레이스 깃을 조금 짜고, 처녀들이 하는 온갖 집안일을 했다. 이들이 방문했다고 바르브로가 당황하지 않은 것은 다행이었다. 그래서 대화는 더 자연스러워졌고, 엘레세우스는 언제나처럼 사근사근하게 굴 수 있었다.

"악셀은 어디 있어?" 시베르트가 물었다.

"어디 있냐고? 어딘가에 있겠지." 바르브로는 이렇게 대답하고 일어났다. "그래, 이제 넌 다시는 시골로 돌아오지 않을 거지?" 그녀가 엘레세우스에게 물었다. "그럴 확률이 아주 높지." 그가 대답했다. "여기는 도시 생활에 익숙해진 사람에게 적당한 곳이 아니야. 나도 너와 함께 갈 수 있다면 좋을 텐데." "어라, 농담이지?" "그렇게 생각해? 난 도시에 사는 게 어떤지, 그리고 시골에 사는 게 어떤지 다 경험해봤어. 너보다 더 큰 도시에서 살아봤잖아. 그러니 여기가 내 마음에 안 드는 것도 놀랄 일이 아니야." "그래, 나도 그런 뜻으로 한 말은 아니었어. 맞아, 너는 베르겐까지도 가봤으니까." 그가 서둘러 말했다. 그녀의 잘난 척은 끔찍했다. "그래, 신문이 없었더라면 난 여기에서 도망쳤을 거야!" 바르브로가 말했다. "하지만 악셀이랑 뭐 이런저런 것들이 있잖아." "아아, 악셀, 그에겐 관심없어. 그런데 넌 어때? 도시에 가면 널 기다리는 사람이 있니?" 이제 엘레세우스는 어쩔 수 없이 좀 연극을 해야 했다. 그는 윙크를 했고, 어쩌면 도시에서 누군가가 기다리고 있을지도 모른다는 말이 혀 위를 맴돌았다. 아아, 시베르트가 같이 앉아 있지 않았더라면 그는 이 모든 상황을 다르게 이용할 수도 있었겠지만, 지금 그는 그저 "아 무슨, 말도 안 되는 소리!" 하고 말할 수밖에 없었다. "흠." 그녀가 속이 상해서 말했다. 그녀가 기분이 나빠진 것은 아쉬운 일이었다. "말도 안 되는 소리라. 그래, 모네란 사람들한테서는 그 이상 기대하면 안 돼. 우린 그렇게 대단한 사람들이 아니라서."

하지만 엘레세우스는 그녀에게 조금도 관심이 없었다. 얼굴도 흉해졌고, 지금 그녀의 몸 상태는 어린아이나 다름없는 그의 눈에도 분명했다. "기타 좀 치지그래?" 그가 물었다. "아니." 그녀가 딱 잘라 말했다. "시베르트, 내가 하려던 말은 뭐냐면, 여기 와서 며칠만 악셀이 새 집을 세우는 걸 도와주지 않을래? 내일 마을에서 돌아와 바로 여기 머무르면 어때?" 시베르트는 생각해보았다. "그래, 하지만 일할 때 입을 옷을 안 가지고 왔는데." 그가 말했다. "네가 돌아올 때 옷이 여기 있도록 오늘 저녁에 내가 가서 네 평일 옷을 가져오지 뭐." "그래그래, 생각해볼게." 시베르트가 말했다. 바르브로는 쓸데없이 열성적이었다. "그래, 꼭 와줘! 여름이 다 가고 있는데, 가을이 되기 전에 거실 벽을 세우고 지붕을 올려야지. 악셀이 벌써 여러 번 너에게 도움을 청할 생각을 했지만 못했거든. 그래, 손 좀 빌려줘." "도움이 된다면 기꺼이 하지." 시베르트가 대답했다.

그래서 그렇게 약속이 되었다.

하지만 이제 엘레세우스는 기분이 나쁠 이유가 충분히 있었다. 바르브로가 그녀 자신과 악셀을 위해 집 짓는 일에 도움을 청하는 건 물론 현명한 일이었다. 하지만 그녀는 너무 대놓고 도움을 청했다. 그녀는 아직 그 집 부인이 아니었고, 엘레세우스가 그녀에게 입을 맞춘 것도 그리 오래된 일이 아니었다. 그런데 이 여자는 대체 뭔가! 부끄러움도 모르나? 그래서 그는 갑자기 말했다. "그래, 나도 와서 대부를 설게." 바르브로는 그를 쳐다보고 성난 듯이 말했다. "대부라고? 그건 또 무슨 말도 안 되는 소리야? 그리고 대부가 급해지면 내가 연락할게." 부끄러워하며 미소를 짓고 얼른 자리를 떴으면 하고 바라는 것 말고 엘레세우스가 무엇을 할 수 있겠는가? "커피 고마워." 시베르트가 대답했다. "그래, 커피 잘 마셨어." 엘레세우스도 말했지만 그는 일어서지 않았고 고개를 숙여 인사하지도 않았다. 그가 보기에 그녀는 악의로 똘똘 뭉쳐 있지 않았던가.

"어디 봐!" 바르브로가 말했다. "그래, 내가 일했던 사무실 직원들도 외투에 은으로 된 이름표가 있었어. 훨씬 컸지." 그녀가 말했다. "그래, 시베르트. 넌 돌아와서 여기서 하룻밤 묵을 거지? 옷은 내가 가져올게."

이별은 그렇게 끝이 났다.

형제는 계속 길을 갔다. 엘레세우스는 셔츠 주머니에 큰 지폐가 두 장 있었고, 바르브로야 어쩌든 상관없었다. 형제는 아버지의 별난 작별이나 어머니의 눈물 같은 감정적인 이야깃거리는 재주껏 피했다. 브레이다블리크는 거기 붙잡히지 않으려고 빙 돌아서 갔고, 그렇게 한 것에 대해 농담을 했다. 마을이 보이고 시베르트가 이제 발길을 돌려야 할 만큼 멀리 오자 둘은 좀 슬퍼졌다. 시베르트가 말했다. "형이 없으면 좀 단조로워지겠지." 그러자 엘레세우스는 휘파람을 불면서 신발 속을 쑤석이며 손가락으로 무언가를 집어들었고, 종이를 찾는다고 주머니를 뒤지기 시작했다. 아, 머리도 좋지! 하지만 시베르트가 꾀를 내지 않았더라면 아마 힘들었을 것이다. "마지막으로!"라고 말하며 그는 형의 어깨를 치고는 도망쳤다. 이건 도움이 됐고, 둘은 서로 작별 인사를 몇 마디 외치고는 각자 갈 길을 갔다.

운명이었을까, 기회였을까. 엘레세우스는 그래도 결국 더이상 자신의 것이 아닌 도회지의 일자리로 돌아갔고, 일이 잘 풀려 악셀 스트룀은 일할 사람을 구할 수 있었다. 8월 21일에 그들은 통나무집을 세우기 시작했고, 열흘 후에는 지붕도 올렸다. 아, 별로 큰 집도 아니고 나무를 높이 올리지도 않았지만 그래도 오두막이 아니라 통나무집이었고, 지금까지 인간들이 살던 집은 가축을 위한 훌륭한 겨울 우리가 되었다.

2

9월 3일에 바르브로가 사라졌다. 아주 사라진 것은 아니었지만, 집 안 어디에서도 찾을 수 없었다.

악셀은 능력이 되는 데까지 목수 일을 했고, 새로 지은 건물에 창문 하나와 문 하나를 만들어 넣는 중이라 일에 온통 마음이 쏠려 있었다. 하지만 점심때가 되어도 아무도 부르지 않자 그는 오두막에 들어가보 았다. 아무도 없었다. 그는 스스로 먹을 것을 좀 찾아냈고, 음식을 먹 으며 주위를 둘러보았다. 바르브로의 옷은 모두 걸려 있었으니 그냥 바깥 어딘가에 있을 것 같았다. 그는 다시 새 건물로 가서 하던 일을 한동안 계속했다. 그러다가 오두막 안을 한번 더 들여다보았지만 여전 히 아무도 없었다. 그녀는 어딘가에 누워 있기라도 한 모양이다.

"바르브로!" 그가 불렀다. 아무 대답이 없었다. 그는 집 근처를 찾아보았고 밭 근처 덤불에도 가보았다. 한참, 아마 한 시간쯤을 부르며 찾아다녔지만 아무 흔적이 없었다. 마침내 집에서 멀리 떨어진 곳에서 그녀를 발견했다. 그녀는 덤불 뒤에 누워 있었고, 시냇물이 그녀의 발옆으로 흘렀으며, 등까지 물이 뚝뚝 떨어질 정도로 젖은 채였다.

"여기 누워 있었어?" 그가 물었다. "왜 대답을 안 했어?" "대답할수가 없었어요." 그녀가 완전히 쉰 목소리로 속삭였다. "물에 빠진 거야?" "네. 미끄러졌어요." "몸이 안 좋아?" "그래요. 하지만 이젠 다끝났어요." "다 끝났다고?" 그가 물었다. "그래요. 이젠 집에 가게 좀도와줘요." "어디에⋯⋯" "뭐가요?" "아기는 어디에 있지?" "죽었어요." "죽었다고?" "그래요."

악셀은 움직이지 않고 서 있었다. "아기는 어디에 있지?" 그가 물었다.

"몰라도 돼요." 그녀가 대답했다. "집에 가는 거나 도와줘요. 아기는죽었어요. 겨드랑이만 조금 받쳐주면 걸을 수 있어요."

악셀은 그녀를 집으로 날라 와서 의자에 앉혔다. 그녀에게서 물이떨어졌다. "죽었다고?" 그가 물었다. "말했잖아요." 그녀가 대답했다. "어디에 있어?" "찾아낼 생각이죠? 나 없는 사이에 음식은 좀 찾아 먹었나요?" "시냇가에는 왜 간 거야?" "시냇가에 왜 갔냐고요? 노간주나무를 찾으러요." "노간주나무?" "우유통을 청소하는 데 쓰려고요." "거기에는 노간주나무가 없는데." 그가 말했다. "그럼 당신 일이나 하러 가요!" 그녀가 쉰 목소리로 급하게 외쳤다. "시냇가에 왜 갔냐고요? 빗자루를 만들려고 나뭇가지를 구하러 갔었어요. 식사했냐니까요?" "식사를 했냐고?" 그가 물었다. "몸이 많이 안 좋아?" "아이참,

아니요.""의사를 부르겠어.""그래요, 맘대로 해요!" 그녀가 말했다. 그러고는 일어서서 갈아입을 마른 옷을 가지러 갔다. "돈을 버릴 데가 그렇게 없나요?"

악셀은 다시 일을 하러 갔지만 일이 손에 잡히지 않았다. 그래도 바르브로 들으라고 못을 박고 대패질을 좀 했다. 끝으로 창문을 끼워 넣고 이끼로 틈새를 메웠다.

저녁에 바르브로는 식욕은 별로 없었지만 여기저기에서 조금씩 일을 했다. 우리에 가보고 젖을 짰고, 평소보다는 조금 조심스럽게 높은 문지방을 넘어다녔다. 그녀는 평소처럼 건초 창고에 자려고 누웠고, 악셀이 밤에 두 번 가보았더니 깊이 잠들어 있었다. 잘 자고 있었다.

다음날 아침 바르브로는 평소와 다름없었지만 목이 완전히 쉬어서 목소리가 나오지 않았고 목에 긴 양말을 감았다. 둘은 대화를 할 수 없었다. 며칠이 흘러 이 사건은 지나간 일이 되었고, 다른 사건들이 더 중요해졌다. 새 건물은 나무가 자리를 잡아서 집에 빈틈이 없어지고 바람이 새어들지 않을 때까지 그냥 비워둘 생각이었지만, 그때까지 기다릴 시간이 없어 얼른 들어가 살 수 있게 꾸미고 우리를 만들어야 했다. 그 일을 마치고 이사를 끝내고 나서 감자를 캐고 곡식을 추수했다. 삶은 계속 갈 길을 갔다.

하지만 크고 작은 여러 사건에서 악셀은 둘의 관계가 서먹해졌다는 것을 느꼈다. 바르브로는 더이상 모네란에서 지내는 걸 편안하게 느끼지 않았고, 더이상 다른 하녀들보다 그 집에 매이지도 않았다. 아이가 죽자 둘 사이의 관계가 약해졌다. 악셀은 언제나 "아이가 태어날 때까지만 기다리자!" 하고 들떠서 생각했는데, 아이는 태어났지만 다시 사라져버렸다. 요새 바르브로는 반지도 빼고 더이상 끼지 않았다. "그건 무슨 뜻이야?" 그가 물었다. "그게 무슨 뜻이냐고요?" 그녀는 말하고 고개를 돌렸다.

하지만 그것은 다름 아닌 그녀의 간계와 배반이었다.

그사이 시냇가에서 작은 시체가 발견되었다. 그가 시체를 찾아다닌 것은 아니었다. 그는 시체가 발견될 장소를 거의 정확하게 알면서도 미적거리며 미루었다. 그가 이 일을 아주 잊어버리지 않은 것은 우연 때문이었다. 새들이 그 주위를 맴돌기 시작한 것이다. 까치와 까마귀가 한동안 외쳤고, 얼마 후에는 독수리 부부도 까마득히 높은 곳에 보였다. 이곳에 무언가 있는 것을 까치 한 마리가 맨 처음 본 모양이다. 사람이 이런 일을 보고 침묵하지 못하는 것처럼, 새도 소문을 내야 했나보다. 그래서 악셀도 더이상 무관심할 수 없었고 적당한 시기를 기다려 살금살금 가보았다. 그는 커다란 옷감 조각에 석판 몇 개와 함께 싸인 시체를 이끼와 나뭇가지 아래에서 발견했다. 호기심과 두려움이 섞인 심정으로 그는 보따리를 살짝 열었다. 눈은 감겨 있고 머리카락은 검었으며, 두 다리를 꼬고 있는 남자아이였다. 그 이상은 보지 못했다. 옷감은 반쯤 젖어 있었고, 보따리는 마치 짜다 만 빨래처럼 보였다.

악셀은 시체를 그렇게 다 보이게 내버려둘 수 없었다. 속으로는 자신과 가정에 무슨 일이 닥칠지 두렵기도 했다. 그는 집으로 달려가 삽을 가져와서는 무덤을 깊게 팠다. 하지만 시내에서 가깝다보니 물이 자꾸 흘러들었고, 결국 그는 언덕 위에 새 무덤을 팔 수밖에 없었다. 그러는 동안, 바르브로가 와서 자신을 발견할지도 모른다는 두려움은 점차 사라졌다. 그는 차츰 반항심이 생겼고, 바르브로가 와도 상관없다고 생각했다. 오면 그녀가 이 작은 시체를 곱게 잘 싸라지. 유산된 아기건 아니건. 그는 아기의 죽음으로 인해 자신이 무엇을 잃었는지 금세 이해할 수 있었다. 새 집을 다 지어도 도와주는 사람 하나 없이 홀로 남을지도 모른다는 것. 지금, 가축이 세 배 이상으로 늘어난 지금. 아, 그녀가 오면 좋을 텐데! 하지만 바르브로는 (어쩌면 그녀는 그가 무엇을 하는지 봤을지도 모른다) 오지 않았고 그는 직접 작은 시체를 할 수 있는 데까지 잘 싸서 새 무덤에 눕혀야 했다. 그런 다음 그는 그 위에 다시 풀을 덮었고, 흔적을 모두 없앴다. 이제는 덤불 안에 있는 작은 언덕으로밖에는 보이지 않았다.

집으로 돌아오니 뜰에 바르브로가 있었다. "어디 다녀왔어요?" 그녀가 물었다. 그는 마음의 슬픔을 어느 정도 극복했으므로 그저 "아무데도. 당신은?"이라고 말했다. 하지만 바르브로는 그의 얼굴에 담긴 경고를 읽을 수 있었으므로 아무 말 없이 집안으로 들어갔다.

악셀도 따라 들어갔다.

"더이상 반지를 끼지 않는 건 무슨 뜻이지?" 그가 단도직입적으로 물었다. 그녀는 조금은 양보하는 것이 좋겠다고 생각했는지 웃으며 말했다. "당신이 그렇게 심통을 부리니까 웃을 수밖에 없네요. 내가 평일에 반지를 끼고 일을 해서 반지가 망가지기를 바란다면 뭐 그렇게 할 수도 있죠." 그러면서 그녀는 반지를 찾아서 꼈다.

그의 표정에서 그가 바보같이 거기에 만족하는 것을 알아챈 바르브로는 겁내지 않고 물었다. "나한테 뭐 맘에 안 드는 거 있어요?" "그런 거 없어." 그가 대답했다. "그저 당신이 옛날, 여기 처음 왔을 때 같았으면 해. 그 말이야." "언제나 똑같은 사람이기는 쉬운 일이 아니죠."

그녀가 말했다. 그는 말을 계속했다. "내가 당신 아버지의 농장을 산건, 당신이 거기 살고 싶어하면 우리가 그리로 이사하기 위해서였어. 어떻게 생각해?" 오, 그는 이렇게 해서 불리한 입장에 처하고 말았다. 지금 그는 도와주는 여자를 잃고 가축과 집을 혼자 맡게 될까봐 걱정하고 있었고, 그녀는 바로 눈치를 챘다. "그 말은 전에 이미 했잖아요." 그녀가 말을 돌리며 대답했다. "그래. 하지만 대답을 못 들었지." "대답이라고요?" 그녀가 말했다. "난 그 말을 다시 듣는 건 견딜 수 없어요!"

악셀은 자신이 그녀에게 많이 양보했다고 생각했다. 그는 브레데의 가족이 계속 브레이다블리크에 살게 해주었고, 그 농장과 얼마 안 되는 수확물을 구매했음에도 불구하고 그저 수레 몇 대분의 건초만 자기 집으로 가지고 왔을 뿐 감자는 가족에게 그냥 주었다. 바르브로는 지금 화를 낼 처지가 아니었다. 하지만 그녀는 그런 것은 상관하지 않았고, 마치 자신이 몹시 기분 나쁜 일을 당한 양 물었다. "우리가 이제 브레이다블리크로 이사를 가서 가족을 다 몰아내야겠어요?"

그가 제대로 들은 것일까? 그는 입도 다물지 못한 채 서 있었다. 그러다가 긴 대답을 하려는 듯 침을 삼켰지만 결국 별말 못하고 그저 이렇게 물었다. "마을로 이사한다고들 안 하던가?" "몰라요." 그녀가 대답했다. "당신은 혹시 우리 가족을 위해 거기 집 하나 구해주기라도 했나요?"

악셀은 더이상 그녀와 다툴 생각이 없었지만, 그녀의 말이 뜻밖이라는 말을 안 할 수는 없었다. "당신은 점점 더 완고해지고 고집만 세지는군. 하지만 본뜻은 그게 아니겠지." "내가 하는 말은 다 본뜻 그대로

예요." 그녀가 대답했다. "그리고 한번 말해봐요. 왜 우리 가족이 이리로 이사하면 안 돼요? 그러면 우리 어머니한테 도움을 받을 수도 있을 텐데요. 하지만 당신은 내가 할 일이 별로 없어서 도움이 필요 없다고 생각하죠."

그녀의 말이 다 틀린 건 아니었지만 말이 안 되는 부분도 많았다. 그렇게 한다면 브레데의 가족은 오두막에서 살아야 할 것이고, 그럼 가축은 어디로 간단 말인가? 그녀가 바라는 건 대체 뭐지? 이성을 잃었나? "내 생각에는 당신이 하녀를 하나 쓰는 게 좋겠군." "할 일이 별로 없는 이 겨울에요? 됐어요. 필요할 때 썼어야죠. 정말로."

이번에도 그녀의 말이 조금은 옳았다. 그녀가 임신했을 때 하녀가 있었어야 했는데. 하지만 바르브로는 일을 다 해내지 못한 적이 없지 않은가. 그녀는 지금도 부지런하고 몸이 재서, 해야 하는 일은 다 했고 하녀 이야기는 꺼낸 적도 없었다. 하지만 그래도 하녀를 두었어야 했는데. "글쎄, 난 모르겠어." 그가 용기를 잃고 말했다.

침묵.

그러다가 바르브로가 물었다. "당신이 지금 아버지가 하시는 전신주 관리 업무를 인수할 거라고 하던데요?" "왜, 누가 그래?" "소문이에요." "그래, 그럴 가능성이 있지." 악셀이 대답했다. "그렇군요." "왜 묻지?" "당신이 아버지의 집과 농장을 사고 이제는 생계 수단까지 가져가려 하니까 묻는 거예요."

침묵.

하지만 악셀은 더이상 그녀가 마음대로 하게 두고 싶지 않았으므로 외쳤다. "잘 들어. 당신은 내가 당신과 당신 가족을 위해 하는 이 모든 일을 누릴 자격이 없어!"

"그런가요." 바르브로가 말했다.

"그래!" 그가 외치고 주먹으로 상을 쳤다. 그러고는 자리에서 일어났다.

"나한테 겁을 줄 수 있다고 생각하지는 마요." 그녀는 가는 목소리로 말하고는 벽 쪽에 가서 붙었다.

"당신에게 겁을 준다고!" 그는 그녀의 말을 따라하고 우습다는 듯이 콧방귀를 뀌었다. "그럼 이제 진지하게 얘기를 해보지. 아이를 어떻게 했는지 알고 싶군. 물에 빠뜨려 죽였나?"

"물에 빠뜨렸다고요?"

"그래. 아이가 물에 빠졌잖아."

"봤어요?" 그녀가 말했다. "당신 혹시……" 그녀는 뒷조사를 했느냐고 묻고 싶었지만 지금은 그와 장난을 칠 때가 아니라는 걸 알았기 때문에 용기가 없었다. "그러니까 본 거죠?"

"아이가 물에 빠졌던 걸 봤지."

"아, 뭐, 봐도 상관없죠." 그녀가 대답했다. "아이는 물속에서 태어났어요. 내가 물에 빠져 일어날 수 없었거든요."

"그러니까 당신이 물에 빠졌다는 거지?"

"그래요. 그 순간에 아이가 나왔고요."

"그랬나." 그가 말했다. "하지만 당신은 옷감을 가지고 갔잖아. 미끄러질 걸 알고 갔나?"

"옷감을 가지고 갔다고요?" 그녀가 따라 말했다.

"커다란 흰 옷조각. 내 셔츠 하나를 잘라서."

"그래요, 옷감을 가지고 갔어요. 노간주나무를 담아 집으로 날라 오려고요."

"노간주나무?"

"그래요. 노간주나무요. 내가 노간주나무를 구하러 갔다고 말 안 했던가요?"

"했지. 아니면 빗자루를 만들 나뭇가지거나."

"아이, 이거나 저거나 무슨 상관이에요……"

이렇게 심한 다툼 후에 둘 사이는 오히려 다시 좋아졌다. 아니, 좋아진 건 아니지만 견딜 만해졌다. 바르브로는 지혜로웠고 위험을 느꼈기 때문에, 한 걸음 뒤로 물러났다. 하지만 이런 상황에서 모네란의 생활은 점차 억지스러워지고 불편해졌다. 신뢰도 기쁨도 없이 언제나 조심만 하는 생활. 그저 다음날은 생각하지 않고 하루하루를 보냈다. 그래도 어떻게든 하루가 지나가면 악셀은 만족했다. 그는 이 여자가 필요해서 집으로 데려왔으며 그녀의 애인이 되고 그녀에게 의존했으니, 이제 자신과 자신의 삶을 바꾸기란 쉬운 일이 아니었다. 바르브로는 집을 개축하는 일에 관해서는 모르는 게 없었다. 온 재산이 어디에 보관되어 있는지, 암소와 염소가 언제 새끼를 낳을 예정인지, 겨울에 먹일 사료가 부족한지 충분한지, 어느 우유가 치즈를 만들기 위한 우유이고 어느 우유가 바로 사용하기 위한 우유인지. 낯선 여자라면 이런 것은 하나도 모를 테고, 다른 여자는 아예 구할 수 없을지도 몰랐다.

아아, 하지만 악셀은 바르브로를 내보내고 다른 여자를 구해 올 생각도 자주 했다. 그녀는 종종 싸움을 걸었고, 그는 그녀가 두려울 지경이었다. 그녀와 함께 행복한 시간을 보낸다는 불행을 누리던 시절에도 그는 때때로 그녀의 거칠고 괴팍한 성격을 보고는 피하곤 했다. 그래도 그녀는 예뻤고 가끔은 사근사근하게 굴면서 그를 꼭 안아주곤 했다. 하지만 그 또한 지나간 이야기이고, 지금은 그것도 멈추었다. 아, 됐어요. 그녀는 더이상 그 지긋지긋한 일을 겪고 싶지 않았다. 하지만 자신과 자신의 삶을 바꾸기란 쉬운 일이 아니었다. "그럼 우리 당장 결혼하지." 악셀이 성급히 말했다. "당장이라고요?" 그녀가 대답했다. "아니요. 난 먼저 도회지에 가서 치과 치료를 받겠어요. 충치 때문에 이가 다 빠질 것 같다고요."

그러니 만사는 지금까지처럼 계속 갈 수밖에 없었다. 바르브로는 더이상 일정한 급여를 받지 않았지만, 대신 급여보다 훨씬 더 많이 받아갔다. 그녀는 돈을 청해서 받았고, 그때마다 마치 선물이라도 받는 듯 고마워했다. 하지만 악셀은 그녀가 어디에 돈을 필요로 하는지 이해할 수가 없었다. 이 시골에서 돈으로 무엇을 한단 말인가? 저축을 하는 걸까? 하지만 무엇을 위해 그렇게 여러 해 저축을 한단 말인가?

악셀이 이해할 수 없는 것은 한두 가지가 아니었다. 그녀는 약혼반지, 금반지를 받지 않았던가? 그가 마지막으로 이 반지를 선물하고 나서 한동안 둘 사이의 관계가 좋지 않았던가? 하지만 그 효과는 영원하지 않았고, 그는 그녀에게 계속 반지를 사줄 수는 없었다. 한마디로 바르브로는 그에게 관심이 없는 것일까? 여자들이란 진짜 이상한 존재들이지. 그렇게 가축도 많고 훌륭한 집도 있는 남자가 어디에서 또 그녀를 기다리고 있단 말인가? 악셀은 여자들의 어리석음과 변덕 때문에 주먹으로 식탁을 칠 이유가 충분히 있었다.

정말 이상한 일이었다. 바르브로의 머릿속에는 도회지와 베르겐 생활 외에는 아무것도 없는 듯했다. 하지만 그렇다면 그녀는 대체 무엇 때문에 여기 북쪽으로 올라온 것일까? 아버지의 전보 한 통뿐이었다면 그녀는 한 발짝도 움직이지 않았을 것이다. 분명 다른 이유가 있었으리라. 여기서 그녀는 여러 해 동안 아침부터 저녁까지 만족스럽게 생활하지 않았던가? 금속 그릇 대신 나무 그릇, 냄비 대신 솥, 우유 가게로 산책을 가는 대신 끝도 없이 젖을 짜기, 고무장화, 물비누, 베개 대신 건초를 베고, 취주악이라고는 들어볼 수 없고 사람도 만날 수 없는 이곳에 그녀는 있었다.

큰 다툼이 있은 후에도 둘은 때때로 티격태격했다. "말을 할까요, 하지 말까요?" 바르브로는 말했다. "당신은 우리 아버지한테 당신이 한 일에 대해 전혀 생각을 안 하죠?" 그녀가 말했다. "대체 내가 뭘 했는데?" 악셸이 말했다. "그야 당신이 제일 잘 알죠." 그녀가 말했다. "하지만 당신은 감독관은 되지 못할 거예요." "아하." "그래요. 내가 보기에는 안 돼요." "난 너무 배운 게 없다는 말인가?" "배운 거라고요? 당신은 읽지도 쓰지도 않죠. 신문에는 손도 안 대잖아요." "난 필요한 만큼은 읽고 쓸 수 있어." 그가 말했다. "하지만 당신은 그저 싸움질이나 하고 다니지." "자, 당신 반지 여기 있어요!" 그녀가 외치며 은반지를 식탁 위로 던졌다. "그래, 그럼 다른 반지는 어디에 있는데." 시간이 조금 흐른 후에 그가 말했다. "반지를 다시 가져갈 생각이라면, 여기 있어요." 그녀는 이렇게 말하고 금반지를 빼려고 애썼다. 그는 "당신이 화낸다고 내가 뭐 놀랄 줄 아나"라고 말하고는 밖으로 나가버렸다.

물론 그녀는 얼마 지나지 않아 다시 반지 두 개를 다 끼고 다녔다.

아이가 죽은 일에 관해 그가 자신을 의심한 것도 바르브로에게 두고 두고 영향을 끼치지는 않았다. 그녀는 그 일을 오히려 웃어넘겼고, 그 후로 더욱 뻔뻔해졌다. 그녀는 대놓고 자백한 것은 아니지만 이렇게 말했다. "그래, 내가 물에 빠뜨렸으면 또 어때요? 당신은 여기 황무지에 살아서 세상이 어떻게 돌아가는지 모르죠?" 다시 그 이야기가 나오자, 그녀는 그가 이 사건을 너무 심각하게 생각하는 거라고 머리에 박아줄 생각으로 말했다. 자신은 영아 살해에 필요 이상의 의미를 부여하지 않는다고. 그러고는 자기 아이를 죽였던 베르겐의 두 여자 이야기를 했다. 한 명은 너무 바보 같아서 아이를 직접 죽이지 않고 얼어죽게 내버려뒀기 때문에 몇 달 형을 받았고 다른 한 명은 무죄 선고를 받았노라고. 그 부분에 관해 법률이 전처럼 비인간적이지는 않다고. 바르브로는 그렇게 말했다. "그리고 그 일은 이제 밝혀질 수도 없어요." 베르겐의 호텔에서 일하던 한 여자는 아이를 둘 죽였다. 크리스티아니아에서 온 사람이었는데, 깃털이 달린 모자를 쓰고 다녔다. 둘째 아이를 죽인 것 때문에 3개월 형을 받았지만, 첫번째 사건은 드러나지 않았다고 바르브로는 이야기했다.

악셀은 귀를 기울여 들었고, 그럴수록 점점 더 그녀가 지겨워졌다. 그는 이해하려고 노력해보았고, 어둠 속에서 무언가를 파악하려고 애를 썼지만, 결국 그녀의 말이 맞았다. 그는 그 일을 너무 심각하게 생각했던 것이다. 그녀는 원래 천박하고 타락한 사람이니, 그녀에 대해 심각하게 생각할 필요는 없었다. 영아 살해는 그녀에게는 아무것도 아니었고, 어떤 특별한 일도 아니었다. 그저 하녀에게서 흔히 볼 수 있는 윤리적 무개념과 경박함의 표출일 뿐이다. 그런 면은 그후 며칠 사이에도 눈에 보였다. 그녀는 잠시도 가만히 앉아 생각하지 않았고, 예전

296

처럼 쓸데없는 수다나 떨고 다녔다. 어떻게 봐도 그냥 하녀였다. "이 때문에 가봐야겠어요." 그녀가 말했다. 그러더니 짧은 망토가 필요하다고 했다. 길이가 반쯤밖에 안 되는 짧은 망토는 몇 년째 유행이었고, 바르브로는 그것을 갖고 싶어했다.

바르브로가 그 일을 그렇게 태연하게 받아들인다면, 악셀 자신도 차분해지는 수밖에 다른 무슨 도리가 있겠는가? 그의 의심은 근거가 확실하지 않았고, 그녀가 뭔가를 시인한 적도 없었다. 오히려 그녀는 매번 자신에게는 아무 잘못도 없다고 했다. 화를 내거나 마구 우겨대는 게 아니라, 그릇을 깬 하녀가 그런 일 없다고 잡아뗄 때와 똑같이 그렇게 부인했다. 하지만 몇 주가 지났고, 어느 날 드디어 도를 넘었다. 어느 날 거실 가운데에 서 있던 그는 갑자기 상황을 깨달았다. 아, 세상에. 다들 그녀가 임신한 것을, 몸이 붇고 배가 나왔던 것을 보았는데, 이제 그녀는 다시 원래의 몸으로 돌아왔다. 그런데 아기는 어디에 있단 말인가. 다들 와서 아기를 찾으면 어쩌지? 언젠가는 다들 설명을 요구할 것이다. 정말 그런 일이 없었다면, 시체를 무덤에 묻어주는 게 훨씬 나았을 것이다. 그랬으면 그 아기는 아무 문제도 없이 잊혀 모네란에서 사라질 수 있었을 텐데.

"아니요, 그랬으면 나에게는 곤란한 일이 많이 생겼을걸요." 바르브로가 설명했다. "그랬으면 사람들이 시체를 파내고 날 심문했겠지요. 그건 싫었어요."

"나중에 일이 더 커지지만 않으면." 그가 말했다.

바르브로가 말했다. "왜 그렇게 그 일을 계속 생각하는 거예요? 묻힌 아이는 그냥 잊어요!" 그녀는 심지어 미소를 지으며 말했다. "아이가 당신을 따라다닐까봐 그래요? 그냥 입 닫고 잊어버려요."

"뭐 그렇다면."

"내가 아이를 물에 빠뜨려 죽였냐고요? 아니요. 내가 물에 빠지니까 그냥 자기 혼자 죽은 거예요. 당신은 별 생각을 다 하네요. 그리고 그 일은 아무에게도 안 알려질 거예요." 그녀가 말했다.

"하지만 셀란로의 잉에르 이야기는 세상에 알려졌다던데." 그가 반박했다.

바르브로는 잠깐 생각하고 말했다. "뭐 그래도 상관없어요! 법이 바뀌었거든요. 당신이 신문을 읽었다면 벌써 알았겠죠. 아이를 낳아놓고 죽이는 사람이 많지만, 그런다고 누가 그들에게 벌을 주지는 않는다고요." 바르브로는 아는 게 좀 있었으니 그에게 설명하려고 했다. 바깥세상에서의 경험이 있고, 보고 들어 아는 게 있는 그녀는 그보다 한 수 위였다. 그녀에게는 세 가지 이유가 있다면서, 기회만 되면 그 말을 반복했다. 첫째, 그녀는 아이를 죽이지 않았다. 둘째, 그녀가 아이를 죽였다고 하더라도 그것은 별로 위험한 일이 아니다. 셋째, 그 일은 결코 밝혀지지 않을 것이다.

"난 다 밝혀질 거라고 생각했는데." 그가 말했다.

"아니, 절대 그렇지 않아요." 그녀가 대답했다. 그를 놀라게 하려고 그랬는지 용기를 주려고 했는지, 아니면 우쭐대거나 뻐기고 싶은 마음에서 그랬는지는 모르지만, 그녀는 그 순간 폭탄을 터뜨리고 말았다. "나도 뭔가를 했는데, 그것도 밝혀지지 않았거든요." 그녀가 말했다.

"당신이?" 믿지 못하겠다는 듯이 그가 말했다. "뭘 했는데?"

"뭘 했냐고요? 죽였죠!"

원래 그렇게까지 다 이야기할 의도는 아니었을지도 모른다. 하지만 이제 그녀는 말을 끊을 수 없었다. 그는 거기 앉아 놀란 채 그녀를 바라보고 있었다. 아, 이것은 그녀의 끝도 없는 뻔뻔함에서 나오는 행동 조차 아니었다. 언제나 그녀는 일부러 싸울 거리를 찾았고 잘난 척해댔으며, 이기고 올라서려 했고 끝까지 자기 말이 맞다고 우겨댔다. "못 믿어요?" 그녀가 외쳤다. "항구에서 시체가 발견되었던 일 기억 못해요? 내가 거기 던진 거예요!"

"뭐라고!" 그가 외쳤다.

"그때 그 시체 말이에요. 당신은 다 잊어버렸죠? 신문에서 읽었잖아요."

시간이 좀 흐른 후 그가 외쳤다. "이런 끔찍한 계집!"

하지만 그가 경악하자 그녀는 오히려 힘을 얻어 상세히 묘사하기 시작했다. "시체를 여행가방에 넣었죠. 그래요, 이미 죽은 채로요. 태어나자마자 바로 죽었죠. 그리고 항구에 와서는 내던진 거예요."

악셀은 말없이 침울하게 앉아 있었다. 하지만 바르브로는 계속 말했다. 이미 오래된 일, 여러 해가 지난 일이라고. 그녀가 모네란에 왔을 때가 그때였노라고. 그걸 보면, 모든 일이 다 밝혀지지는 않는다는 걸, 결코 그렇지 않다는 걸 그도 알 수 있을 거라고. 사람들이 하는 일이 다 밝혀진다면 세상이 어떨지 상상할 수나 있는지? 그리고 도시에서 부부들이 무슨 짓을 하는지 밝혀진다면! 그들은 아이가 태어나기도 전에 살해한다고. 그 사람들은 아이를 하나, 아니면 많아야 둘밖에 원하지 않기 때문에, 자궁 안에 있는 아기를 의사가 살해한다고. 이게 바깥세상에서는 별로 큰일이 아니라는 바르브로의 말을 악셀은 믿을 수밖에 없었다.

악셀은 물었다. "자, 그럼 두번째 아기도 죽였나?"

"아니요!" 그녀가 관심 없다는 듯이 말했다. "그럴 필요도 없었죠." 하지만 그러면서도 별로 위험하지 않으리라는 이야기를 다시 했다. 그녀는 그 문제를 마주하는 데 익숙해져서 이제는 무심해진 듯했다. 첫번째 사건은 좀 끔찍했고, 아이를 죽이는 건 그녀에게도 약간 두려운 일이었다. 하지만 두번째는? 그녀는 말하자면 역사적인 관점에서 그 행동을 돌아볼 수 있었다. 이미 일어났고 앞으로도 일어날 일이라고.

머리가 무거워진 악셀은 방에서 나왔다. 바르브로가 첫아기를 죽였다는 사실은 그를 그렇게 괴롭히지 않았다. 그 일은 그와는 관계가 없는 일이었다. 그녀가 그 아이를 임신했었다는 사실 자체에 대해서도 별로 하고 싶은 말이 없었다. 그녀는 동정녀는 아니었고, 그렇다고 말한 적도 없었다. 오히려 자신의 경험을 숨기지 않았고, 심지어 그에게 몇 가지 놀이를 가르쳐주기도 했다. 좋다. 하지만 그는 두번째 그 아이는 잃고 싶지 않았다. 작은 남자아이, 수건에 싸여 있던 하얀 몸! 아이가 죽은 것이 그녀의 탓이라면, 그녀는 그에게 잘못을 저지른 것이고, 그에게 소중했던 관계 하나를 다시는 회복되지 못하게 끊어버린 것이다. 하지만 그가 그녀에게 잘못하고 있는지도 몰랐다. 그녀가 정말로 시내에서 미끄러져 일어날 수 없었을 수도 있으니까. 그렇지만 수건이 있지 않은가. 그녀가 가지고 갔던 셔츠 반 장.

시간은 그래도 계속 흘렀다. 낮이 되고 저녁이 되었다. 악셀은 잠자리에 들어 한동안 어둠을 뚫어지게 바라보고 나서야 잠이 들었고, 다음날 아침까지 푹 잤다. 새날이 시작되었고, 그날이 지나자 또다른 날이 왔다.

바르브로는 여전했다. 그녀는 세상을 알았고, 여기 시골에서는 위험하게 여겨지고 사람을 놀라게 하는 일들을 아무렇지도 않게 받아들였다. 다행이었다. 그녀는 두 사람 몫만큼 머리가 영리했고 두 사람 몫만큼 걱정이 없었다. 하지만 그녀는 위험한 사람으로 보이지는 않았다. 바르브로가 괴물? 말도 안 되는 소리. 오히려 그녀는 코가 약간 납작하고 눈은 푸른 예쁜 여자, 일을 할 때면 손놀림이 빠른 여자였다. 그녀는 이제 농장이 좀 지겨워졌고 자주 문질러 닦아야 하는 나무 식기도 지겨워졌다. 어쩌면 악셀, 남의 눈에 띄지 않는 이곳에서의 삶 자체가 지겨워졌는지도 모른다. 하지만 그녀는 가축을 죽이지도 않았고 밤에 그에게 칼을 들이대지도 않았다.

딱 한 번 둘은 숲에 묻혀 있는 아이 시체에 대해 이야기했다. 악셀은 아이를 묘지에 묻고 흙을 덮어줄걸 그랬다고 다시 말했지만, 바르브로는 그가 일을 아주 잘 처리했다고 주장했다. 그러면서 그녀도 고민을 했고 그 작은 뇌로 조금은 앞일을 생각한다는 것을 알게끔 해준 말을 했다. "그 일이 밝혀지면 지방 행정관과 이야기하겠어요. 난 그 집에서도 일했고, 헤이에르달 부인도 날 도와줄 거예요. 나보다 지위가 더 나빴던 여자들도 무죄판결을 받았어요. 그리고 아버지는 정리나 다른 중요한 사람들과 관계가 좋으시죠."

악셀은 머리를 흔들었다.

"그렇게 생각 안 해요?"

"당신 아버지가 뭔가를 할 수 있다고 믿다니!"

"당신이 뭘 알아요?" 그녀가 화를 내며 외쳤다. "당신이 우리 아버지를 몰락시키고 아버지의 농장과 생계를 빼앗은 일을 기억해요!"

물론 그녀도 최근 아버지의 명예가 전과 같지 않고 자신 역시 이런 상황의 영향을 받으리라는 것을 짐작할 수 있었다. 악셀이 여기에 어떻게 대답할 수 있었을까? 그는 말이 없었다. 그는 그저 평화롭고 성실한 사람이었다.

3

겨울이 다가오자 악셀은 다시 모네란에 홀로 남았다. 바르브로는 떠났다. 그것이 끝이었다.

그녀는 도시에 오래 머물지는 않을 거라고 했다. 베르겐에 가는 것도 아니고, 그저 이가 하나하나 다 빠져서 합죽이가 되기 싫을 뿐이라고 했다. "돈은 얼마나 들까?" 악셀이 물었다. "내가 어떻게 알아요?" 그녀가 대답했다. "당신 돈은 안 들 거예요. 내가 벌 거니까요."

그녀는 왜 지금 가는 게 가장 나은지도 설명했다. 지금은 젖을 짜야 하는 암소가 두 마리뿐이지만 봄까지는 소 두 마리가 송아지를 낳을 테고 염소들도 새끼를 낳을 것이며, 그러고 나면 건초 수확이 시작되고 6월까지 일이 계속 밀릴 거라고. "좋을 대로 해." 악셀이 말했다.

그의 돈은 안 들 거라고 했다. 하지만 그래도 그녀는 돈이 필요했다.

많이는 아니고, 치과 의사에게 가기 위한 여비와 짧은 망토와 다른 몇 가지를 살 돈이 필요하지만, 싫으면 안 주어도 괜찮다고 했다. "지금까지 이미 돈을 충분히 받지 않았나." 악셀이 말했다. "글쎄요." 그녀가 대답했다. "하여튼 지금은 남은 게 없어요." "저축은 안 했고?" "저축이라고요? 내 궤짝을 뒤져봐요. 베르겐에서는 급여가 훨씬 많았지만, 그때도 저축은 안 했어요." "난 당신 줄 돈이 없는데." 그가 말했다.

악셀은 바르브로가 이 여행에서 돌아오리라고 확신하지 않았으며, 그의 인내심을 이미 여러 가지 불쾌한 행동으로 상당히 시험했기 때문에 슬슬 그녀가 지겨웠다. 그녀는 그에게서 돈을 별로 얻어낼 수 없었지만, 그는 그녀가 엄청난 양의 음식을 꾸리는 것을 보고도 그냥 있었고 심지어 연락선을 탈 수 있도록 그녀와 궤짝을 마을까지 실어다주었다.

이제 일은 벌어졌다.

그는 농장에 그냥 혼자 머무를 수도 있었을 것이다. 그러나 오래전에 그는 홀로 살았고 거기 익숙했지만, 지금은 가축이 늘어 집을 떠날 수 없었다. 혹시 그가 집을 비우게 되면 아무도 가축을 돌볼 수 없었으니까. 상인은 전에도 올리네가 몇 년을 셸란로에서 보낸 일이 있으니 그녀를 부르면 어떻겠느냐며, 그녀는 이제 나이가 많지만 아직도 활발하고 부지런하다고 했다. 그래서 결국 악셀은 올리네를 불렀지만 그녀는 오지 않았고 소식도 없었다.

악셀은 그녀가 오기를 기다리며 숲에서 나무를 베고 자신이 추수한 얼마 되지 않는 곡식을 탈곡하고 가축을 돌보았다. 때로는 셸란로에서 마을에 다녀오는 길에 시베르트가 들렀다. 마을로 내려갈 때 그는 장작이나 가죽, 치즈를 가지고 내려갔지만, 올라올 때는 보통 아무 짐 없이 왔다. 셀란로 농장에는 사야 하는 물건이 별로 없었다.

때로는 브레데 올센이 모네란을 지나갔는데, 최근에는 그 횟수가 늘었다. 그가 무슨 일로 그렇게 부지런을 떠는지는 아무도 몰랐다. 그는 지난 몇 주 사이에 전신주 관리에 꼭 필요한 인물이 되어 그 직위를 유지하려는 것처럼 보였다. 바르브로가 떠난 후로 그는 더이상 악셀의 집에 들어오지 않고 빨리 지나쳤다. 그가 아직도 브레이다블리크에서 나가지 않고 그냥 살고 있는 것은 그의 말도 안 되는 고집이었다. 어느 날그가 인사도 없이 지나치려 하자 악셀은 그를 불러세우고 언제쯤 농장에서 나갈 거냐고 물었다. "바르브로하고는 어떻게 헤어졌나?" 브레데의 반문이었다. 그러고는 바로 이어서 말했다. "돈도 없이 내보냈지. 베르겐까지 가지도 못할 뻔했다는군." "그럼 베르겐에 있단 말인가요?" "그렇지, 결국 거기 도착했다고 썼다네. 하지만 그건 자네 덕은 아니지." "그쪽을 즉시 브레이다블리크에서 내보내겠습니다." 악셀이 대답했다. "그래, 자네는 언제나 후했으니까." 브레데가 비꼬며 말했다. 그는 "해가 바뀌면 내 발로 나가겠네"라고 말하고는 가던 길을 갔다.

그렇게 바르브로는 베르겐으로 갔다. 악셀이 생각한 대로였다. 그는 슬퍼하지 않았다. 슬퍼하다니? 전혀. 그녀는 그저 싸움꾼이었다. 하지만 지금까지 그는 그녀가 돌아올지도 모른다는 희망을 완전히 버리지 않았다. 그는 도대체 어찌된 일인지 이해할 수 없었다. 그래도 약간은 그 사람, 그 괴물에게 집착했던 모양이다. 때로 그녀는 상냥할 때가 있었고, 그 순간은 잊을 수가 없었다. 사실 그녀가 정말로 베르겐까지 도망쳐버릴까봐 그는 헤어질 때 돈을 그렇게 조금 준 것이었다. 그런데도 그녀는 이제 떠났다. 그녀의 옷가지도 아직 몇 점 걸려 있었고, 깃이 달린 밀짚모자도 종이에 싸인 채 다락에 있었다. 하지만 그녀는 물건을 찾으러 오지 않았다. 아아, 어쩌면 그는 조금은 슬펐는지도 모르겠다. 지금까지도 계속 그에게 배달되는 그녀의 신문은 마치 그를 경멸하고 비웃는 것 같았고, 이는 해가 바뀌어도 계속될 일이었다.

하지만 그는 결국 마음을 돌렸고, 꿋꿋해지기로 했다.

봄이 되면 새로 지은 건물의 북쪽 벽에 맞닿게 헛간을 지어야 했고, 그러니 지금 겨울에 통나무를 베어놓고 널빤지를 켜놓아야 했다. 악셀에게 큰 나무가 자라는 제대로 된 숲이 있는 건 아니었지만, 그래도 토지 여기저기에 큰 소나무가 자라고 있었다. 또 셀란로로 가는 길가에 자란 나무 중에서도 몇을 골랐다. 그러면 제재소로 운반하기가 한결 쉬울 테니까.

어느 날 아침, 그는 가축에게 저녁까지 버틸 수 있도록 먹이를 든든히 주고 문단속을 한 다음 숲으로 갔다. 도끼와 간식, 그리고 나무로 된 눈삽을 들고. 날씨는 심히 춥지 않았다. 어제는 폭풍이 심하게 쳤고 눈도 왔지만 오늘은 고요했다. 그는 목적지에 다다를 때까지 전신주를 따라 계속 걸었다. 그러고는 외투를 벗고 나뭇가지를 자르기 시작했다. 그는 나무 하나를 벨 때마다 바로 가지를 쳐서 줄기를 매끈하게 다듬고는 크고 작은 나뭇가지를 한쪽에 쌓아놓았다.

브레데 올센이 길을 따라 올라왔다. 어제 폭풍 때문에 전선이 해를 입은 모양이다. 어쩌면 브레데는 별 이유 없이 전선을 살펴보는 것일수도 있다. 그는 요새 자기 일을 아주 부지런히 했다. 정말로 마음을 고쳐먹었나보다. 두 남자는 대화도 나누지 않았고 서로 인사도 하지 않았다.

악셀은 날씨가 바뀌는 것을 눈치챘다. 바람이 점점 세졌지만, 그는 부지런히 일을 계속했다. 점심때가 지난 지 오래였지만, 아직 밥도 먹지 않았다. 그가 큰 소나무 한 그루를 넘겼다. 그런데 그 소나무가 쓰러지며 악셀을 쳐서 넘어뜨렸다. 어떻게 이런 일이 생겼을까? 사고는 이렇게 닥친다. 거대한 소나무의 뿌리가 흔들렸고, 인간이 그 나무를 어느 쪽으로 넘길지 결정했지만, 폭풍은 나무를 다른 쪽으로 넘기기로 한 것이다. 그리고 인간이 졌다. 발을 디디고 일어설 수도 있었겠지만, 울퉁불퉁한 땅에는 눈까지 덮여 있었다. 악셀은 발을 헛디뎠고, 바위 틈새에 끼인 채 소나무에 깔려버렸다.

물론, 그래도 일어설 수 있었을지도 모른다. 하지만 너무나 움직이기 곤란한 자세였다. 스스로 느끼기에 뼈가 부러지지는 않았지만, 어딘가 몸이 비틀려서 빠져나올 수 없었다. 시간이 좀 지나 겨우 한 손을 빼낼 수 있었고 다른 손으로 몸을 받쳤지만 도끼까지는 손이 닿지 않았다. 그는 덫에 걸린 짐승이나 마찬가지로 주위를 둘러보고 생각했다. 주위를 둘러보고 생각하고 나무 아래에서 빠져나오려고 애를 써보고. 그는 좀 있으면 브레데가 내려가는 길에 이곳을 지나리라고 생각하며 힘겹게 숨을 쉬었다.

처음에 악셀은 상황을 그렇게 심각하게 생각하지 않았고, 그저 이런 일이 생겨서 시간을 잃는 게 짜증스러웠다. 그는 자신이 위험하다고, 더욱이 생명이 위험하다고는 전혀 생각하지 않았다. 하지만 몸을 받치고 있는 손이 점차 마비되면서 둔해지고, 틈새에 긴 다리도 차가워지고 무감각해지는 것을 느꼈다. 그래도 브레데가 곧 올 테니까, 걱정할 일은 아니었다.

브레데는 오지 않았다.

폭풍은 점점 심해졌고, 악셀의 얼굴에까지 눈발이 날렸다. 그는 '문제가 커지는데!' 하고 생각했지만 아직도 걱정은 하지 않았다. 그저 마치 이제 심각해지니까 자신이 어떻게 되는지 한번 눈 사이로 바라 보는 것 같았다. 한참이 지난 후 그는 한 번 큰 소리로 구해달라고 외쳤다. 폭풍 때문에 소리가 멀리까지 퍼질 것 같지는 않았지만, 전선을 따라 브레데에게까지는 갈 것이다. 악셀은 거기 깔려서 하나도 도움이 안 되는 생각을 하고 있었다. '손이 도끼에 닿기만 하면 나무를 베어내고 빠져나갈 수 있을 텐데! 손만 빼낼 수 있다면!' 손은 삐죽한 무엇, 아마도 돌에 닿아 있었고, 그 돌은 조심스럽고 얌전하게 그의 손등을 찌르고 있었다. 이놈의 돌만 사라져준다면! 하지만 지금껏 그렇게 친절한 돌의 이야기는 들어본 적이 없었다.

시간은 흘렀고 눈보라는 점점 심해졌다. 악셀은 눈에 묻혔다. 그는 아무것도 할 수 없는데, 눈은 아무것도 모른다는 듯이 그의 얼굴에 쌓이기 시작했고, 한동안은 눈이 녹았지만 얼굴이 차가워지자 더이상 녹지도 않았다. 이제 정말로 사태가 심각해졌다.

그는 구해달라고 두 번을 더 크게 외치고 무슨 소리가 들리나 귀를 기울여보았다.

이제는 도끼도 눈에 덮여 손잡이만 조금 보였다. 저쪽에는 도시락이 든 자루가 보였다. 거기에 손이 닿는다면 정말 뭔가를 좀 먹었을 텐데. 기왕 이것저것 바라기 시작한 김에, 이렇게 점점 추워지는데 외투도 가져올 수 있으면 좋겠다고 생각했다. 그는 다시 큰 소리로 외쳤다.

브레데가 나타났다. 그는 도움을 청하는 그를 마치 무슨 일인지 연구라도 하듯이 물끄러미 서서 바라보았다. "와서 내 도끼 좀 줘요!" 악셀이 힘겹게 외쳤다. 브레데는 눈을 돌렸다. 사태를 파악한 그는 눈을 들어 전신주를 바라보았다. 휘파람이라도 불려는 듯했다. 저 인간이 미쳤나? "나무에 깔렸으니 와서 내 도끼 좀 줘요!" 그가 아까보다 큰 소리로 다시 말했다. 하지만 브레데는 마음을 고쳐먹고 자기 일에 열성을 쏟아, 전신주 말고는 아무것도 보지 않으면서 휘파람만 부지런히 불었다. 그랬다. 그는 복수심에 불타서 신나게 휘파람을 불어댔다. "아, 날 죽이려고 도끼도 안 주는 거요?" 악셀이 외쳤다. 하지만 브레데는 이제 전신주를 따라가던 길을 계속 가며 전선을 살피려는 듯 눈보라 속으로 사라졌다.

"흠, 그럼 뭐!" 혼자서라도 몸을 어느 정도 빼내어 도끼를 끌어올 수 있다면 정말 좋겠지. 그는 자신을 짓누르는 육중한 나무를 들어올리기 위해 가슴 근육을 모두 긴장시켰다. 나무는 움직였고, 그도 나무의 흔들림을 느낄 수 있었지만, 그래 봐야 눈을 좀 뒤집어쓴 게 다였다. 몇 번을 더 시도해본 그는 결국 포기했다.

점차 어둠이 깔렸다. 브레데는 가버렸다. 하지만 그가 어디까지 갈 수 있었을까? 별로 못 갔을 것이다. 악셀은 다시 큰 소리로 외치며, 하고 싶은 말을 다 했다. "이 살인자, 날 그냥 두고 가려는 거지?" 그가 외쳤다. "당신 영혼이 어떻게 될지 두렵지도 않은 건가? 나한테 손을 한 번 빌려주면 암소 한 마리라도 줬을 텐데. 하지만 브레데, 당신은 날 죽이려고 하는군. 난 무슨 일이 있어도 당신을 고발할 거야. 그래, 기억해두라고. 와서 도끼 좀 달라니까!"

아무 소리도 없었다. 악셀은 나무 밑에 깔린 채 애를 써서 나무를 좀 더 몸에서 밀어냈지만, 역시 눈만 더 쏟아졌다. 그는 이제 운명에 항복하고 한숨을 쉬었다. 지치고 피곤하기도 했다. 오늘 아침 이후로 먹지도 마시지도 못한 가축은 지금 우리에서 울부짖고 있을 것이다. 바르브로는 반지도 다 가지고 집을 떠났으니 더이상 가축을 돌볼 수 없었다. 이제 정말로 어두워지고 저녁이 되고, 밤이 왔다. 뭐 거기까지는 괜찮았지만, 이제 추워지고 있었다. 수염이 얼었고, 곧 눈도 얼 것 같았다. 저기 나무에 걸려 있는 옷은 도움이 될 텐데. 그리고 혹시 한쪽 다리가 허리까지 마비된 것 아닐까? "모든 것은 아버지이신 주님의 손에 달려 있지!" 그가 말했다. 그는 하려고 하면 아주 경건한 말을 할 수도 있는 사람이었다. 어둠이 깔렸다. 뭐 그래, 불빛 하나 없이 죽는 것도 있을 수 있는 일이지. 그는 아주 순하고 선량한 사람이 되었고, 지극히 겸손한 태도로 폭풍을 향해 상냥하고 단순하게 미소를 지었다. 주님이 보내주시는 무죄한 눈 아닌가. 그래, 브레데를 고소하지 않을 수도 있지.

그는 점차 침착해졌고, 그러자 잠이 왔다. 독이라도 마신 듯 점차 몸이 굳어지고 눈앞이 온통 하얘졌다. 숲과 벌판, 커다란 날개, 흰 베일, 흰 돛. 온통 흰빛이었다. 대체 무엇일까? 말도 안 되는 소리. 이게 다 눈이라는 건 그도 알았다. 그는 밖에 쓰러져 있었고, 나무 아래에 묻혔다고 해도 틀린 말이 아니었다.

그는 다시 외쳤다. 눈 속에 파묻힌, 힘센 털투성이 가슴을 지닌 남자가 외치고 있었으니 우리의 동물들에게까지 들릴 것 같았다. 한번 더 외쳤다. "넌 돼지야. 짐승 같은 인간!" 그가 브레데를 향해 외쳤다. "날 이렇게 죽게 두다니, 그게 어떤 행동인지 생각해보았나? 도끼 좀 달라고! 당신은 짐승인가, 인간인가? 하지만 날 여기 그냥 두고 갈 생각이라면 잘해봐."

깜박 잠이 든 것 같았고, 몸이 아주 뻣뻣해져 꿈쩍도 할 수 없었지만 눈은 뜨고 있었다. 눈 주위에는 얼음이 덮였지만 눈은 뜨고 있었고, 깜박일 수는 없었다. 눈을 뜨고 잤나? 몇 분을 잤는지, 한 시간을 잤는지도 알 수 없었다. 어찌된 일인지 알 수 없었지만, 올리네가 와 있었다. 그녀가 묻는 소리가 들렸다. "아이고, 하느님 맙소사, 자네 살아 있나?" 그리고 그녀는 계속 물었다. "왜 여기 있는 거지? 자네 미쳤나?" 어쨌건 올리네가 왔다.

올리네는 정말이지 상황을 미리 알아채는 데 소질이 있었고, 재앙이 일어날 때면 마치 짐승처럼 언제나 예감을 했다. 그렇게 부지런하고 감이 좋지 않았더라면 어떻게 올리네가 삶을 헤쳐나갔겠는가? 그녀는 악셀이 보낸 전갈을 받았고 일흔이라는 나이에도 불구하고 산을 넘어 도우러 왔다. 어제는 폭풍 때문에 셀란로에 발이 묶였고, 오늘은 모네란에 왔지만 아무도 없어서 가축에게 먹이를 주고 현관에 나가 귀를 기울이다가 다시 젖을 짜고 다시 귀를 기울여보았다. 전혀 이해할 수 없었다.

그때 외침 소리가 들렸고, 그녀는 생각했다. '저게 만약 악셀이 아니라면, 땅속에 사는 괴물이겠지. 둘 중 무엇이든 가볼 가치가 있는 일이야. 전능하신 주님의 영원한 지혜를 숲속에서 일어나는 이런 난리통 속에서 탐구하는 것. 그리고 주님은 나한테는 아무 해도 안 입히실 거야. 난 그분의 신발끈을 풀 자격도 없는걸.'

이제 그녀가 여기 서 있었다.

"도끼라고?" 그녀는 눈을 파고 또 팠지만 도끼를 찾을 수 없었다. 그래서 도끼 없이 일을 해결해보려고 했다. 쓰러진 나무를 들어올리려고 애를 썼지만 그녀는 어린아이처럼 약했고 바깥쪽 가지 몇 개를 흔들 수 있을 뿐이었다. 그녀는 다시 도끼를 찾았다. 주변은 어두웠지만 그녀는 손과 발로 눈을 팠다. 악셀은 손으로 가리킬 수 없어 도끼가 어디에 있었는지 말로 설명할 수밖에 없었지만 도끼는 그곳에 없었다. "셀란로가 그렇게 멀지만 않았더라면!" 그가 말했다. 결국 올리네는 자기 생각대로 찾기 시작했고, 악셀은 그녀에게 외쳤다. "아니, 아니, 거긴 없어요." "아니, 아니." 올리네가 대답했다. "여기저기 다 찾아볼 생각이지. 그런데 이게 뭐지?" 그녀가 물었다. "찾았나요?" 악셀이 물었다. "그래, 전능하신 분이 도와주셨지!" 올리네가 과장되게 말했다. 하지만 악셀은 그렇게 들뜬 기분이 아니었다. 그는 자신이 제정신이 아닌지도 모르겠다고 솔직히 말했다. 그는 기력이 떨어져갔다. 게다가 악셀은 도끼로 뭘 할 셈이었을까? 움직일 수도 없으면서. 결국 나무를 찍어서 그를 꺼내야 하는 것은 올리네였다. 오, 올리네는 도끼를 처음 잡는 게 아니었고 장작을 팬 적도 있었다.

악셀은 걸을 수 없었다. 한쪽 다리는 반이 감각을 거의 잃었다. 허리에는 힘이 들어가지 않았고, 찌르는 듯한 고통 때문에 눈물이 날 지경이었다. 한마디로 말해 자신이 살아 있다는 느낌이 들지 않았다. 자신의 일부는 아직도 나무 밑에 깔려 있는 것 같았다. "이상한 일이에요. 이해가 안 돼요." 그가 말했다. 올리네는 아주 잘 이해했고, 그에게 비범한 언어로 설명을 했다. 그녀는 한 인간을 죽음에서 구했으며, 그녀가 아는 것은 전능하신 분이 천상의 군대를 보내는 대신 그녀를 미천한 도구로 사용하셨다는 것 정도라고. 악셀은 주님의 놀라운 섭리를 알아볼 수 없느냐고. 그리고, 주님이 도움을 주기 위해 땅속의 벌레를 보내기로 하셨더라면, 그러실 수도 있었을 거라고. "그래요, 그건 나도 알아요. 하지만 그래도 기분이 이상하군요." 악셀이 말했다. "이상하 다고?" 그녀는 그저 조금만 기다렸다가 몸을 움직이고 굽혀보고 일어서보라고 했다. 그렇게 조금씩. 근육이 아직 굳어 있어 뻣뻣하니까. 따뜻해지게 외투도 입고. 그녀는 이제 평생, 숲에서 들리는 목소리를 들을 수 있도록 그녀를 문밖으로 부르던 주님의 천사를 결코 잊을 수 없을 거라고 말했다. 예리코의 성곽에서 나팔 소리가 들리던 천국에서의 날들 같았노라고.

이상한 일이었다. 하지만 그녀가 이렇게 수다를 떠는 동안 악셀은 시간을 벌어 관절을 움직여보고 좀 걸어보았다.

둘은 천천히 집으로 향했다. 위기에서 그를 구원한 올리네는 계속 악셀을 부축했다. 길을 좀 내려왔을 때, 둘은 브레데를 만났다. "웬일 이지?" 브레데가 물었다. "몸이 불편한가? 도움이 필요한가?" 악셀은 필요 없다는 듯이 손을 흔들었다. 그는 복수하지 않고 브레데를 고소하지 않기로 주님께 약속했지만 그 이상은 생각이 없었다. 그리고 브레데는 왜 지금 길을 따라 올라오는 것일까? 올리네가 모네란에 온 것을 보고 그녀가 도와달라는 외침을 들었으리라고 추측했을까? "올리네, 온 거예요?" 브레데가 수다스럽게 말했다. "어디에서 악셀을 찾았나요? 나무 밑에서? 정말 사람은 오래 살고 볼 일이죠!" 그는 말을 쏟아놓았다. "난 전신주를 돌아보고 있었는데, 부르는 소리가 들리더군요. 얼른 서둘러 출발했죠. 필요하다면 도울 생각이었으니까요. 악셀, 그런데 그게 자네였나? 나무 아래에 깔려 있었다고?" "물론이죠. 그리고 당신은 날 그냥 지나쳤고." 악셀이 대답했다. 올리네는 그런 악행을 들자 "주님, 이 죄인을 불쌍히 여기소서!" 하고 외쳤다. 브레데는 무슨 일이 있었는지 설명했다. "자네를 봤다고? 물론 봤지. 하지만 자네는 날 부를 수도 있었잖나? 난 자네를 물론 봤지만, 좀 쉬려고 누운 줄 알았다고." "조용히 하시지!" 악셀이 위협적으로 말했다. "당신은 날 일부러 지나친 거야."

올리네는 지금은 브레데가 끼어들어서는 안 될 때임을 바로 파악했다. 그가 개입한다면 그녀의 역할은 줄어들 것이고, 그녀의 구조 행위는 덜 빛나 보일 것이다. 그녀는 브레데가 악셀에게 도움의 손을 뻗는 것을 막았고, 가방이나 도끼도 들지 못하게 했다. 오, 지금 이 순간 올리네는 완전히 악셀의 편이었다. 나중에 브레데의 집에 가서 커피를 마실 때는 그녀는 완전히 브레데의 편이 될 것이다. "도끼나 눈삽이라도 나한테 맡기지." 브레데가 말했다. "됐어요!" 올리네가 악셀 대신 대답했다. "악셀이 직접 들고 갈 거예요." 브레데는 물러서지 않았다. "악셀, 날 부르지 그랬나. 자네가 나한테 말을 안 할 만큼 우리가 원수진 것은 아니지 않은가. 불렀다고? 더 크게 불렀어야지. 그때 눈보라가 얼마나 쳤는지 알잖나. 그리고 나에게 손을 흔들 수도 있었을 테고." "움직일 수 있는 손이 없었죠." 악셀이 대답했다. "내가 꼼짝 못하고 깔려 있는 걸 보셨을 텐데." "아니, 못 봤는걸. 난 절대 그러지 않았어! 그 물건 달라니까!" 그러자 올리네가 대답했다. "악셀은 몸이 불편하니까 좀 내버려둬요!"

하지만 이제는 악셀의 뇌도 휴식을 취하고 회복되었다. 그는 늙은 올리네에 대해 이미 들은 말이 많았고, 그녀가 유일한 구조자가 된다면 앞으로 큰 부담이자 짐이 되리라는 생각이 들었다. 그는 그 영예를 좀 분산시키고 싶었고, 그래서 브레데에게 가방과 눈삽을 넘겼다. 악셀은 그래 주면 자신이 좀 편해지고 도움이 되겠다는 말까지 했다. 하지만 올리네는 양보하려 하지 않았으며, 가방을 빼앗고, 들고 갈 짐이 있으면 다른 사람은 안 되고 자기만 들어야 한다고 우겼다. 그녀는 단순하게 약은 꾀를 쓰려고 했지만 양쪽에서 방해를 받았다. 악셀은 한순간 부축 없이 서 있었고, 악셀이 더이상 후들거리지 않고 설 수 있었음에도 불구하고 브레데는 악셀을 붙잡기 위해 정말로 가방을 내던진 것이다.

브레데가 약해진 악셀을 부축하고, 올리네가 짐을 들고, 그들은 계속 그렇게 갔다. 짐을 끌고 가며 그녀는 화가 날 대로 났다. 집에 가는 길에 가장 거칠고 천한 일을 맡게 된 것이 아닌가. 도대체 브레데는 여기 무슨 볼일이 있단 말인가? "이거 봐요, 브레데." 그녀가 말했다. "대체 무슨 말이에요? 당신네 농장이 팔렸다면서요?" "왜 물어요?" 그가 받아쳤다. "왜 묻느냐고요? 그게 비밀인 줄은 몰랐죠." "말도 안 되는 소리, 올리네가 와서 경매에 참여했어야 했는데." "내가? 늙은 여자를 놀려도 유분수지!" "올리네는 부자가 되지 않았던가요? 시베르트 노인의 돈 상자를 물려받았다고들 하던데, 하하하!" 그녀가 놓친 유산에 대한 이야기가 올리네의 기분을 풀어주었을 리 만무하다. "그래, 그 영감, 늙은 시베르트는 나한테 잘해주려고 했죠. 그럼, 그럼." 그녀가 대답했다. "하지만 죽고 나니 사람들이 그가 이승에서 가졌던 재산을 다 훔쳐갔지 뭐요. 브레데, 당신도 잘 알죠? 모든 것을 빼앗기고 머리 위를 덮어줄 지붕도 없으면 어떤지. 하지만 그 시베르트 노인, 그 사람은 지금 커다란 홀과 궁궐을 갖고 있을 거예요. 그리고 브레데, 당신하고 난 아직 이승에서 살고 있고 다들 우리를 쓰레기 취급을 하죠." "올리네가 나하고 무슨 상관이죠." 브레데가 대꾸하고는 악셀을 바라보았다. "마침 그때 내가 옆을 지나다가 자네를 도와줄 수 있게 되어 기쁘다네. 우리 걸음이 너무 빠른가?" "아니요."

하지만 올리네하고 싸우기, 올리네와 말다툼하기! 이건 도저히 불가능한 일이었다. 그녀는 절대 지지 않았고, 아무도 그녀만큼 하늘과 땅을 뒤섞어가며 악의와 우정, 독설과 헛소리의 조합을 만들어내지는 못했다. 그런데 지금 그녀는 악셀을 집에 데려다준 건 사실 브레데라는 말까지 듣게 생긴 것이다. "내가 하려던 말은 그게 아니고." 그녀가 다시 말을 시작했다. "그때 셀란로에 왔던 그 신사분들에게 광석이 든 자루를 보여줬나요?" "악셀, 혹시 자네가 원한다면 내가 그냥 자네를 등에 업고 가지." 브레데가 말했다. "아니요." 악셀이 대답했다. "하지만 호의는 고맙군요."

그렇게 셋은 계속 걸었고, 집이 가까워졌다. 올리네는 자신이 뭔가를 얻어내려면 더이상 시간을 지체해서는 안 된다는 것을 깨달았다. "브레데, 당신이 악셀을 죽음에서 구했더라면 좋았을 텐데." 그녀가 말했다. "하지만 브레데, 어떻게 된 건가요? 위험을 보고 도와달라는 외침을 듣고도 그냥 지나갔다고요?" "올리네, 입 다물어요!" 브레데가 말했다.

사실 입을 다무는 게 그녀에게도 가장 편했으리라. 그녀는 눈을 헤치며 걸었고, 무거운 짐을 지고 있었다. 기침이 나왔지만, 그래도 입은 다물지 않았다. 그녀는 비장의 무기를 끝까지 감춰놓고 있었다. 위험한 것인데, 그래도 해볼까? "그리고 바르브로는 어때요. 그냥 가버렸죠?" 그녀가 물었다. "그래요." 브레데가 가볍게 대답했다. "그 덕분에 당신은 겨울 동안 돈벌이가 생겼죠." 하지만 올리네는 자신이 얼마나 중요한 사람인지 보여줄 훌륭한 기회가 생겼다. 그녀가 없으면 여기나 저기나 아무 일도 안 된다는 것을. 그녀는 갈 곳이 두 곳, 아니 사실은 세 곳이 있었으며, 목사관에서도 그녀가 오기를 바랐다고 했다. 그러면서 악셀이 들어서 그녀가 손해볼 것이 없는 말도 했다. 자신이 겨울한 철에 얼마를 받고, 거기에 신발 한 켤레, 양을 위한 먹이까지 받았을 거라고. 하지만 그녀는 자신이 모네란으로, 아주 훌륭한 사람에게 갈 것이며 그가 아주 넉넉하게 보수를 줄 테니 그리로 가겠다고 말했다고도 했다. 브레데에게는 자신에 대해 염려할 필요가 없다고도 말했다. 지금까지 하늘에 계신 아버지께서 언제나 그녀에게 문을 하나씩 열어주시며 들어오라고 불러주셨으니까. 그리고 그녀가 오늘밤 한 사람을 죽음에서 구한 걸 보면 주님이 그녀를 모네란으로 보낼 때 아주 특별한 계획이 있으셨던 것 같다고 말했다.

악셀은 기진맥진했다. 더이상 다리를 쓸 수 없었다. 이상한 일이었다. 지금까지는 온기와 생명력이 몸에 퍼질수록 점점 상태가 좋아졌는데, 이제 그는 브레데의 도움 없이는 몸을 세울 수도 없었다. 올리네가 보수에 대해 말하자 그렇게 된 것 같았고, 그녀가 그의 생명을 구했다는 말을 듣자 더 심해진 것 같았다. 비장의 무기를 좀 아껴서 써야 할까? 그건 아무도 알 수 없었지만, 하여튼 그의 뇌는 다시 제대로 작동하는 듯했다. 인가에 가까워지자 악셀은 걸음을 멈추고 말했다. "집까지 못 걷겠군요." 브레데는 아무 말 없이 그를 등에 업었다. 그리고 그렇게 계속 길을 갔다. 올리네는 화가 나서 미칠 지경이 된 채로, 악셀은 브레데의 등에 업혀서. "그런데 어떻게 됐어요? 바르브로는 출산 예정이 아니었던가요?" "출산이라고?" 브레데가 악셀을 업은 채 힘겹게 밀쳤다. 아주 보기 드문 행렬이었고, 악셀은 문지방까지 업힌 채로 갔다.

브레데는 불규칙적으로 숨을 헐떡였다. "그래요, 내가 틀렸나요?" 올리네가 물었다. 그러자 악셀이 끼어들어 브레데에게 말했다. "당신이 아니었다면 난 오늘 어떻게 집에 왔을지 모르겠군요." 하지만 올리네도 잊지 않고, 이렇게 말했다. "올리네, 올리네에게도 감사해요. 당신이 날 처음으로 발견했으니까요. 두 분 모두, 고맙습니다!"

이렇게 악셀은 구조를 받았다……

그후 며칠 동안 올리네는 그 큰 사건 외에 다른 이야기는 입에 담지 않았다. 악셀은 그녀에게 그만 좀 하라고 말리느라 바빴다. 올리네는 악셀이 외치는 소리를 들을 수 있도록 주님의 천사가 그녀를 문 앞으로 불렀을 때 그녀가 방안에서 어디에 서 있었는지 짚어 보이기까지 했다. 악셀은 다른 생각할 것들이 있었고, 다시 일을 해야 했다. 그는 숲에서 작업을 다시 시작했고, 나무를 베는 일이 끝나자 통나무를 셀란로의 제재소로 옮겼다.

겨울에 할 일은 문제없이 매끈하게 진행되었다. 나무줄기는 위로 올리고 잘라낸 가지는 아래로! 하지만 새해가 되기 전에, 강한 추위가 덮치고 제재소가 얼어붙기 전에 서둘러 일을 끝내야 했다. 일은 잘 진행되었고, 모든 일이 끝났다. 마을에서 빈손으로 돌아올 때면, 셀란로의 시베르트는 나무줄기 하나를 썰매에 실어 이웃 사람 악셀을 도와주었다. 둘은 함께 한참 수다를 떨었고 함께 기쁨을 나누었다.

"마을엔 무슨 새로운 일이 있지?" 악셀이 물었다. "아무것도 없지." 시베르트가 대답했다. "새로 이사를 들어오는 사람이 있다던데."

누가 새로 이사를 들어오는데 그게 아무것도 아니라니. 그건 그저 시베르트의 말버릇이었다. 해마다 한 명은 이 근방으로 이사를 와서 정착했고, 어느새 브레이다블리크 아래쪽에 다섯 집이 자리를 잡았다. 남쪽을 향한 땅이 늪이 적고 표토가 좋은데도 불구하고, 위쪽으로는 사람들이 그렇게 빨리 들어오지는 않았다. 가장 과감하게 위쪽을 개간한 사람은 셀란로를 시작한 이사크였다. 그는 누구보다 용기 있고 지혜로운 사람이었다. 다음으로 악셀 스트룀이 정착했고, 이제 새로 누군가가 땅을 산 것이다. 그 사람은 물을 빼서 사용할 생각으로 넓은 습지를 사고, 모네란 아래쪽에 있는 숲도 샀다고 한다. 숲은 충분했으니까.

"어떤 사람인지 좀 들은 게 있어?" 악셀이 물었다. "아니." 시베르트가 대답했다. "집을 다 지어 날라와서는 순식간에 세울 거라던데." "흠, 돈이 있나보지?" "그렇겠지. 아내와 세 아이를 데리고 가족과 함께 온대. 가축과 말도 있다더군." "음. 그럼 돈이 있는 거지." 악셀이 대답했다. "다른 말은 들은 거 없고?" "없어. 서른셋이래." "이름은 뭔데?" "아론이라고들 하던데. 농장 이름은 스토르보르라고 붙일 거야." "흠, 스토르보르라. 큰 성이란 말이지. 그래, 그래, 작진 않지." "바닷가에 살던 사람이래. 이전에는 생선을 사고파는 일을 했다는데." "그런데 농사를 지을 줄 아는 양 여기로 온단 말이야?" 악셀이 말했다. "다른 말도 더 들었어?" "아니. 땅문서를 받을 때 현금으로 돈을 냈대. 그거 말고는 들은 거 없어. 하지만 어업으로 돈을 엄청나게 벌었다던데. 그래서 여기 정착하고 장사를 할 거래." "아, 장사를 한다는 거군!"

이것은 중대한 사건이었고, 두 이웃은 산으로 올라가며 그 일에 관해 여러 가지 이야기를 했다. 아주 중요한 소식, 어쩌면 이 동네 역사상 가장 중요한 소식이었으며, 중대한 이야깃거리였다. 새로 이사 오는 사람은 누구를 대상으로 장사를 하겠다는 얘길까? 공유지에 자리잡은 농장 여덟을 상대로? 아니면 마을에서 손님이 오기를 기대하는 걸까? 하여튼 그 가게는 아주 중요해질 것이다. 이사 오는 사람 수가 늘어날 수도 있고, 물가가 오를지도 몰랐다. 누가 알겠는가?

이들은 지칠 줄도 모르고 이야기했다. 이 두 남자는 다른 사람들과 마찬가지로 중요한 관심사와 목표가 있었다. 이들의 땅은 이들에게 온 세상이었으며, 노동, 계절, 추수가 이들에게는 모험이었다. 긴장도 있지 않았던가? 물론 충분히 있었다. 때로는 잠이 부족했고, 때로는 식사도 못하고 일을 해야 했다. 하지만 그쯤은 견딜 수 있었다. 이들은 건강했으며, 뼈만 다치지 않는다면 소나무 아래에서 일곱 시간을 보낸다고 생명이 위협받지는 않았다. 좁고 전망이라고는 없는 세계인가? 글쎄. 하지만 스토르보르가 바깥세상과 거래를 한다면, 이것은 어떤 기회를 가져다줄까?

크리스마스까지 그런 이야기를 했다.

악셀은 편지를 받았다. 사자가 그려진 편지, 국가가 보낸 편지였다. 전신주에 쓰는 전선, 필요한 기계와 도구를 브레데 올센에게서 받아 새해부터 전신주 선의 관리를 맡으라는.

4

여러 마리의 말이 *끄*는 수레가 황무지를 가로질렀고, 새로 이사 오는 사람에게 건물이 여러 채 배달되었다. 며칠을 두고 수레가 연달아 도착했다. 짐을 내린 곳은 나중에 스토르보르가 될 자리였다. 토지도 넓어서, 담을 하나 쌓고 지하실 두 개를 만들기 위해 네 남자가 비탈에서 돌을 캐고 있었다.

수레가 끝도 없이 이어졌다. 필요한 목재는 이미 정확하게 재단되어서, 봄이 오면 맞춰 끼우기만 하면 되었다. 목새에는 이미 일련번호가 매겨져 있었다. 문 하나 창틀 하나 부족함이 없었고, 심지어 테라스에 쓸 색유리까지 마련되어 있었다. 어느 날은 가는 각목을 높이 쌓은 수레가 도착했다. 무엇이었을까? 브레이다블리크 아래쪽에 사는 사람 중에서 그것을 아는 사람이 한 명 있었다. 남쪽에서 온 사람이어서 이것을 이미 본 일이 있었던 것이다. "이건 정원에 쓰는 울타리야." 그가 말했다. 새로 온 사람은 정원을, 큰 정원을 가꾸려는 모양이다.

징조가 좋았다. 이 황무지에 이렇게 사람의 발길이 끝도 없이 이어진 것은 이번이 처음이었고, 말 주인들은 짐을 날라주고 돈을 꽤 벌 수 있었다. 그래서 사람들은 쑥덕였다. 나중에도 돈벌이가 될 것 같다고. 상인은 국내외에서 물건을 사 올 텐데, 그때 상품들을 호수에서 날라오려면 말이 필요하지 않겠냐고.

일이 꽤 커질 것 같았다. 감독관이나 대리인으로 보이는 사람이 일을 책임지고 있었다. 그는 좀 잘난 척하는 젊은 사람이었는데, 남은 짐이 많아 보이지도 않건만 말이 충분하지 않다고 투덜거렸다. "집에 필요한 건 이제 거의 다 온 거 같은데요?" 누군가가 말했다. "그래요, 하지만 상품들이 있죠!" 그가 대답했다. 셸란로의 시베르트가 평소처럼 빈 수레를 끌고 올라오자 감독관이 외쳤다. "왜 빈 수레로 가죠? 우리가 스토르보르로 보낼 짐을 날라줄 수 있을 텐데요." "할 수 있었겠죠. 하지만 몰랐으니까요." 시베르트의 대답이었다. "저희는 셸란로에 삽니다. 거기는 말이 두 마리 있죠." 누군가가 감독관에게 슬쩍 말했다. "그쪽한테 말이 두 마리 있다는 게 정말인가요?" 그가 물었다. "두 마리 다 데리고 와서 우리 짐을 같이 날라줘요. 돈을 벌 수 있으니까요." "괜찮은 얘기죠." 시베르트가 대답했다. "하지만 지금은 때가 안 좋군요." "돈 벌 시간이 없다고요?" 감독관이 말했다.

그렇다. 셸란로 사람들은 언제나 시간이 남는 건 아니었다. 할 일이 많았다. 그리고 지금은 급기야 일을 도울 사람까지 둘 고용했다. 우리를 짓기 위해 스웨덴 석공 두 명이 돌을 깨고 있었다.

이 우리는 몇 년 전부터 이사크가 꿈꾸던 것이었다. 시간이 흐르며 우리는 가축이 살기에 너무 작고 불편해졌고, 그래서 그는 이중으로 담을 쌓고 오물도 잘 빠지는 석조 우리를 짓기로 했다. 하지만 할 일이 밀렸다. 일을 하나 벌이면 또 하나가 생겼다. 건물 짓는 일은 끝이 없었다. 이사크는 제재소와 방앗간과 여름에 쓰는 우리가 있는데, 대장간을 지어서 안 될 이유가 있겠는가? 급할 때 쓸 작은 대장간 말이다. 쇠메가 휘어지거나 징이 새로 몇 개 필요할 때면 마을은 너무나 멀었다. 화덕 하나에 모루 하나만 있으면 될 텐데. 그런 식으로 셀란로에는 크고 작은 건물이 생겼다.

농장은 점점 커져서 거대해졌다. 더이상은 하녀 없이는 꾸려나갈 수 없었고, 옌시네는 농장에서 아주 살았다. 그녀의 아버지인 대장장이는 가끔 안부를 물으며 그녀가 곧 집으로 오는지 물었지만, 그래야 한다고 우기지는 않았다. 그는 한발 물러설 줄 알았고, 그러는 데는 의도도 있었다. 셀란로는 공유지에서 가장 높은 곳에 위치한 농장이었고, 점점 더 커졌다. 건물과 땅이 늘어났지만 사람은 그대로였다. 라플란드인들이 와서 마을의 주인 노릇을 하는 일도 이제는 사라졌다. 라플란드인들은 거의 오지 않았고, 셀란로를 빙 돌아서 지나가는 듯했다. 이랬건 저랬건 집안으로 들어오는 일은 없었고, 혹시나 잠시 들르더라도 밖에 서 있었다. 라플란드인들은 이 오지에서 어둠을 찾아다녔다. 마치 벌레나 해충처럼, 이들에게 햇빛과 맑은 공기는 죽음이었다. 때로는 외진 곳에서, 셀란로가 끝나는 아주 멀리 떨어진 곳에서 송아지나 어린양이 사라지기도 했다. 그건 어쩔 도리가 없었다. 물론 셀란로는 그 정도는 감당할 수 있었다. 시베르트는 총을 쏠 줄 알았지만 총이 없었고, 명랑하고 평화로운 사람, 덩치만 큰 개구쟁이라 총을 쏠 인물도 아니었다. "게다가 라플란드인을 쏴버리는 건 금지되어 있어요"라고 그는 말했다.

크고 탄탄한 농장인 셀란로는 가축이 조금 줄어들어도 끄떡없었다. 하지만 아아! 그렇다고 걱정이 없었던 것은 아니다. 잉에르는 일 년 내내 자기 자신과 자신의 삶에 만족하지는 못했다. 그녀는 큰 여행을 해봤고, 그때 불만족이라는 몹쓸 병에 걸린 것 같았다. 그녀는 한창때처럼 잽싸고 부지런했으며, 지칠 줄 모르고 일하는 남편에게는 아름답고 건강한 아내였다. 하지만 트론헤임의 기억이 남아 있지 않았을까? 몽상에 빠질 때가 있지 않았을까? 있었다. 특히 겨울이면. 겨울이 오면 그녀 내부에서는 삶에 대한 욕구가 넘쳐흘렀지만, 그녀 혼자 춤을 출 수는 없었으니 무도회는 열릴 수 없었다. 진지한 생각과 기도서? 그래, 그런 것들도 있었지만, 세상에 다른 멋진 것도 있다는 건 주님도 아신다. 그녀는 눈이 낮아졌다. 스웨덴 미장이들은 그래도 외지인들이었고, 농장에는 새로운 목소리가 들렸다. 이들은 놀 줄 모르고 일만 하는 나이 많고 과묵한 사람들이긴 했다. 그래도 그나마 없는 것보다는 나았다. 이들은 활력을 가지고 왔고, 노래를 정말 멋있게 하는 사람도 하나 있어서 잉에르는 가끔 서서 귀를 기울였다. 그의 이름은 얄마르였다.

하지만 셀란로의 행복도 완벽하지는 않았다. 예를 들어 엘레세우스는 큰 실망거리였다. 그는 건축기사 사무실에서 자리를 잃었고 곧 새로운 일을 찾을 수 있겠지만 기다려야 한다는 편지를 보냈다. 그러더니 사무실에서 높은 자리가 날 때까지 기다리는 동안 아무것도 없이 살 수는 없다는 편지를 썼고, 집에서 백 크로네를 보내주었지만, 얼마 안 되는 빚을 갚고 나니 그 돈도 바닥났다는 대답이 왔다. "흠." 이사크가 말했다. "하지만 지금은 미장이들도 있고 이래저래 돈이 들 일이 많으니, 엘레세우스에게 집에 와서 일을 돕지 않겠냐고 하지그래." 잉에르는 편지를 썼지만, 엘레세우스는 오려 하지 않았다. 그는 쓸데없이 또 여행을 하느니 그냥 배를 주리겠다고 했다.

하지만 도시 어디에도 높은 자리가 난 사무실이라고는 없었고, 엘레세우스는 스스로 길을 헤쳐나갈 만큼 적극적이지는 못했다. 어쩌면 능력이 특출하지 않았는지도 모른다. 그는 글쓰는 데는 소질이 있고 열심이었지만, 정말 머리가 좋고 똑똑할까? 만일 아니라면, 그의 미래는 어떻게 될까?

집에서 2백 크로네를 받아 도시로 돌아갔을 때, 아직 지불하지 않은 고지서도 그를 따라왔다. 그것을 지불하고 나자 지팡이를 사야 했다. 전에 쓰던 우산대로 만든 지팡이는 더이상 충분하지 않았다. 사야 할 다른 물건들도 있었다. 겨울을 대비해서는 친구들이 다 갖고 있는 그런 털모자가 필요했고, 스케이트 한 켤레, 그리고 술 한 잔을 놓고 사람들과 앉아 있을 때 우아하게 이를 쑤시기 위한 은 이쑤시개도 사야 했다. 돈이 있을 때면 그는 가능한 한 다른 사람들의 몫까지 돈을 냈으며, 도시로 돌아온 것을 축하하던 날 저녁에는 맥주 여섯 병을 사서 아껴가며 한 병씩 열었다. "웨이트리스에게 20외레를 줬다고?" 친구들이 그에게 물었다. "우리는 10외레만 주는데." "인색할 필요야 없지!" 엘레세우스가 대답했다.

그는 인색하지 않았다. 인색함은 그에게는 전혀 어울리지 않았다. 그는 큰 농장, 영주의 저택에서 자랐고, 그의 아버지는 지방 영주나 다름없었다. 끝이 없는 숲과 말 네 마리, 암소 서른 마리와 예초기 세 대가 그의 것이었다. 엘레세우스는 거짓말쟁이는 아니었고, 셸란로의 농장에 대한 전설을 퍼뜨린 것은 그가 아니라 도시 전체에 그에 대해 떠벌린 지역 기사였다. 사람들이 한편으로 의심하면서도 그 전설을 믿은 것을 엘레세우스가 언짢게 생각한 것은 아니었다. 자신이 아무것도 아니라면, 적어도 대단한 사람의 아들인 게 나았다. 그렇게 해서 그에게는 신용이 생겼고, 그는 그럭저럭 꾸려나갈 수 있었다. 하지만 그것도 한계가 있었다. 언젠가는 빚을 갚아야 했고, 그러자 어쩔 도리가 없었다. 한 친구가 그를 아버지의 가게에 취직시켜주었다. 농부들에게 이런저런 물건을 파는 가게였지만, 그래도 아무것도 안 하는 것보다는 나았다. 이미 나이가 든 엘레세우스에게는, 지방 행정관 일을 하도록 교육을 받아 마땅한 자신이, 초보자 급여를 받으며 잡화상에서 일하는 것이 기분좋지는 않았다. 하지만 적어도 그렇게 해서 생활비를 벌 수 있었고, 임시로 하는 일이었으니 뭐 그렇게 나쁘지는 않았다. 엘레세우스는 여기에서도 사근사근하고 상냥해서 손님들에게 인기가 많았다. 그리고 그는 자신이 지금은 상업에 종사한다고 집으로 편지를 썼다.

하지만 어머니는 크게 실망했다. 엘레세우스가 지금 가게 카운터 뒤에 서 있다면, 그럼 저 아래 마을 상인의 점원이나 다를 바 없지 않은가? 전에 그는 훨씬 뛰어난 인물이었다. 마을을 떠나 사무실에서 일한 사람은 그밖에 없었다. 그는 위대한 목표를 저버린 것일까? 잉에르는 바보가 아니었고 평범함과 특출함의 차이를 알았지만, 어쩌면 아주 정확하게 구별하지는 못했는지도 모른다. 그녀보다 단순하고 소박했던 이사크는 따져볼수록 엘레세우스를 믿을 수 없었다. 맏아들은 점차 그의 시야에서 사라졌고, 그는 자신이 세상을 떠나면 두 아들이 농장을 나누리라는 생각은 점차 하지 않게 되었다.

봄에 스웨덴에서 기사와 인부 여럿이 왔다. 이들은 길을 닦고 막사를 짓고 땅을 평평하게 만들고 돌을 폭파하고 식료품상, 말 주인, 바닷가의 땅 주인 들과 연락을 했다. 왜 저 부산을 떠는 것일까? 여기는 모든 것이 조용하고 움직임이라고는 없는 황야 아니었던가? 아니다. 이제 그들은 동광을 시험 삼아 파보려는 참이었다.

이제야 그 일이 정말로 뭔가 결실을 맺기 시작했다. 게이슬레르는 쓸데없는 소리만 한 것은 아니었다.

이번에 온 사람들은 저번과 똑같은 신사들은 아니었다. 군수는 빠졌고 영주도 오지 않았지만, 전에 왔던 전문가와 기사는 왔다. 그들은 이사크가 켜놓은 나무판 중에서 그에게 꼭 필요하지 않은 것을 모두 샀고, 먹을 것과 마실 것을 사고는 돈을 넉넉히 냈다. 이들은 대화를 나누었고, 친절하게 대하며 셀란로가 마음에 든다고 말했다. "케이블카가 필요해요!" 그들이 말했다. "산꼭대기에서 호숫가까지 가공삭도를 놓아야겠어." 이런 말도 했다. "황무지를 가로질러서요?" 얼른 이해할 수 없었던 이사크가 물었다. 하지만 사람들이 웃었다. "아니, 반대쪽이죠." 그들이 말했다. "이쪽은 아니에요. 이쪽은 몇 킬로미터나 될 테니까요. 아니, 산 반대쪽입니다. 바로 바다로 내려가는 겁니다. 그쪽은 가파르지만, 거리는 가깝죠. 우리는 광물을 쇠로 된 통에 담아 공중으로 운반할 겁니다. 두고 보세요. 대단한 일이 될 거니까요. 하지만 처음에는 광석을 아래로 운반할 겁니다. 길을 닦아서 말로 실어 나를 거예요." "아아, 말이 적어도 오십 마리는 될 겁니다. 장관이겠지요. 그리고 보시다시피 사람도 적은 게 아니고요. 지금 와 있는 우리는 뭐냐고요? 아무것도 아니에요! 반대쪽에서 더 올 거랍니다. 일꾼들이 무리지어 올 거고, 다 지은 막사와 식량, 온갖 기구도 올 거고요. 길 중간인 저 위, 정상에서 서로 만날 거예요. 걱정 마세요. 일이 진행될 겁니다. 수백만을 벌 수 있을 거예요. 그리고 광석은 남아메리카로 갈 거고." "군수는 이 일에 참여 안 하나요?" 이사크가 물었다. "뭔 군수요? 아, 그 사람? 아뇨. 그 사람은 팔았죠." "그리고 영주는?" "그 사람도 팔았어요. 당신에게서 산 사람들도 다시 팔았죠. 지금은 동광이 큰 회사 소유랍니다. 엄청난 부자들 거지요." "게이슬레르 씨는 대체 어디 계시죠?" 이사크가 물었다. "게이슬레르요? 난 모르는 사람인데요." "지방 행정관 게이슬레르 말입니다. 그때 동광을 팔았던 사람요." "아, 그 사람! 이름이 게이슬레르였던가요? 그이가 어디로 갔는지는 아무도 모르죠. 아직 그 사람을 기억하세요?"

그리고 그들은 많은 사람들을 데리고 와 산에서 돌을 폭파하고 여름내 일했다. 상당히 북적거렸고, 잉에르는 우유와 치즈를 많이 팔았으며, 물건을 팔며 오가는 사람들을 만나는 것을 재미있어했다. 이사크는 뚜벅이며 멀리 가서 농사를 지었다. 그는 무엇에도 방해를 받지 않았다. 두 명의 미장이와 시베르트가 우리를 지었다. 큰 공사였다. 손이 달렸고 시베르트는 자주 농사를 지으러 나갔으므로, 건물이 지어지기까지는 시간이 많이 걸렸다. 그래도 예초기가 있었고 부지런한 여자 셋이 건초 뒤집기를 도왔으니 다행이었다.

모든 일이 잘 진행되었다. 황무지에는 생명이 생겨났고, 어디에나 돈도 넉넉했다.

스토르보르의 가게를 보자. 큰 규모의 사업 아니었던가? 아론이라
는 자는 약삭빠른 인간임이 틀림없었다. 광산이 생기리라는 걸 어디에
서 듣고는 즉시 올라와 가게를 꾸린 것이니 말이다. 그는 장사를 했다.
노르웨이 정부처럼, 국왕처럼 대단하게 장사를 했다. 제일 먼저 온갖
살림도구와 작업복을 팔았다. 광부들은 돈이 있었으니, 절약하며 생필
품만 사지는 않았다. 사지 않는 게 없었다. 특히 일요일 저녁이면 스토
르보르의 가게에는 손님이 들끓었고, 아론은 돈을 벌어들였다. 가게
카운터에서는 아내와 점원이 일을 도왔고 그도 힘이 닿는 데까지 물건
을 팔았지만, 밤늦은 시간에도 가게는 비지 않았다. 말을 갖고 있는 마
을 사람들의 추측도 맞았다. 스토르보르로 운반하는 상품을 나를 일이
정말 많았고, 도로도 곳곳을 다시 놓거나 수리해야 했다. 이제는 이사
크가 다니던 좁은 샛길하고는 아주 달라졌다. 아론은 가게를 열고 길
을 사용함으로써 온 동네에 크게 도움이 되었다. 하지만 그의 성은 아
론이 아니었다. 이름이 아론이었고, 성은 아론센이었다. 그는 자신을
지칭할 때 아론센이라고 말했고, 그의 아내도 그를 그렇게 불렀다. 아
론센 가족은 꽤 인정을 받았고, 하녀 둘에 하인 하나를 두고 있었다.

스토르보르에서는 처음부터 농사를 짓지는 않았다. 그럴 시간이 없
었다. 누가 늪지에 수로를 파려 하겠는가? 대신 아론에게는 울타리를
치고 레드 커런트 덤불과 국화와 마가목과 다른 나무를 심고 잘 가꾼
정원이 있었다. 마당에는 널찍한 길이 있어서, 아론센은 일요일이면
그 길을 따라 오르락내리락거리며 긴 파이프를 피웠다. 뒤쪽으로는 빨
간색, 노란색, 파란색 유리를 끼운 베란다가 보였다. 스토르보르! 예쁜
아이 셋이 뛰어다녔다. 딸은 부유한 상인의 딸 역할을 익히고 있었고,

아들들도 상업을 배우기로 되어 있었다. 오, 미래가 있는 세 아이!

미래를 생각하지 않았더라면 아론센은 이리로 오지도 않았을 것이다. 그는 계속 어부로 살며 부를 쌓을 수도 있었겠지만, 그건 상인만큼 존귀하지 않았다. 그만큼 존경을 받지도 못했을 테고, 사람들은 어부 앞에서는 모자를 벗지 않았다. 아론센이 지금까지 거룻배를 저었다면, 이제 그는 돛단배에 몸을 싣고 바람을 타고 싶었다. 그에게는 말버릇이 있었다. "현금 팍팍." 그는 아이들이 자기 이상으로 현금을 팍팍 벌어들이기를 바랐다. 자기 자신처럼 힘들게 일하지 않아도 되기를 바란다는 뜻이라고 했다.

그런데 보라, 조짐이 좋았다. 그와 아내, 심지어 아이들에게까지도 사람들이 공손하게 인사를 하는 것이 아닌가. 보통 일이 아니었다. 산에서 내려온 광부들은 아이들이라고는 본 지 오래였다. 아론센의 아이들은 이들을 보고 뜰을 가로질러 달려나갔고, 일꾼들은 마치 이들이 푸들 세 마리라도 되는 양 아이들에게 다정히 말을 걸었다. 일꾼들은 아이들에게 돈을 주고 싶어했지만, 이들은 상인의 아이들이었으니 대신 하모니카를 불어주었다. 한쪽 귀에 모자를 걸친 젊은 익살꾼, 말재주가 좋은 구스타프는 와서 한참을 아이들과 함께 놀았다. 아이들은 금방 그와 사귀었고, 그가 올 때마다 달려갔다. 그는 세 아이를 모두 등에 업고 춤을 추었다. 구스타프는 "야호!"라고 외치며 춤을 추었다. 그러고는 하모니카를 꺼내 여러 노래와 다른 곡들을 불었고, 그 아름다운 소리를 들은 두 하녀는 밖으로 나와 눈에 눈물을 머금고 귀를 기울였다. 구스타프에게는 다 생각이 있었다. 정신 나간 구스타프.

얼마 후 그는 가게에 들어가 돈을 짤랑거리면서 가방을 온갖 물건들로 채웠다. 다시 산으로 돌아가는 그의 가방에는 가게 하나가 다 들어 있었고, 그는 이것을 셀란로에서 풀어 보였다. 거기에는 꽃무늬 편지지, 새 파이프와 새 셔츠, 레이스가 달린 스카프, 그리고 여자들에게 나누어줄 사탕이 있었다. 반짝이는 것들, 나침반이 달린 시곗줄, 주머니칼이 있었고, 그 밖에 친구들과 일요일에 놀 때 쓰려고 산 폭죽과 다른 물건도 많았다. 잉에르는 우유를 내놓았다. 그는 레오폴디네와 장난을 치고 작은 레베카를 안아올렸다. "어때요, 우리를 짓는 일은 곧 끝나나요?" 같은 스웨덴 사람인 인부들에게 살갑게 굴며 그가 물었다. "아니요, 손이 부족하죠." 미장이들이 대답했다. "그럼 나도 돕죠." 구스타프가 장난으로 말했다. "좋지요." 잉에르가 대답했다. "가을까지는 그 일을 끝내야 하거든요. 가을이 지나고 나면 가축을 밖에 둘 수 없으니까요."

구스타프는 폭죽을 쏘아 올렸고, 하나를 쏘고 나니 여섯 개 모두를 다 쏘아버려도 아깝지 않았다. 여자들과 아이들은 그의 마술, 이런 놀라운 마술사를 보고 숨을 죽였다. 잉에르는 그때까지 폭죽을 본 적이 없었지만, 이런 신기한 번갯불을 보자 다시 바깥세상이 생각났다. 재봉틀이 뭐란 말인가! 그리고 구스타프가 하모니카를 불자, 그녀는 감동해서 그냥 그를 따라가고 싶었다.

채굴은 계속되었고, 말들이 광석을 바닷가로 날랐다. 이미 증기선 하나가 짐을 가득 싣고 남아메리카를 향해 출발했으며, 다른 배 한 척이 다시 왔다. 성황이었다. 걸을 수 있는 사람은 누구나 산에 올라가 그 기적을 구경했고, 브레데 올센도 광물 표본을 들고 왔지만, 광업 전문가가 스웨덴으로 떠나고 난 다음이라 아무도 관심을 보이지 않았다.

일요일이면 사람들이 마을에서 떼를 지어 구경을 왔고, 시간을 금쪽같이 아끼는 악셀 스트룀조차 전신주를 돌아보러 나왔을 때 광산에 들렀다. 이제는 그 기적을 보지 않은 사람은 거의 없었다. 심지어 셀란로의 잉에르도 고운 옷을 입고 금반지를 끼고는 산으로 올라갔다.

그녀는 뭘 하려는 생각이었을까?

사실 아무 생각도 없었다. 산을 어떻게 파헤치는지 궁금하지도 않았다. 그저 자신을 과시하고 싶을 뿐이었다. 다른 여자들이 산으로 가는 걸 보자 잉에르는 자신도 따라해야 한다는 생각이 들었다. 그녀는 윗입술에 흉터가 있었고 아이들도 다 컸지만, 그래도 따라하고 싶었다. 다른 여자들이 젊다는 게 거슬렸지만, 그래도 그녀는 경쟁에 끼고 싶었다. 그녀는 아직 살집이 없었고, 키가 크고 곱고 아름다웠다. 물론 얼굴은 더이상 발그레하지 않았고 복숭아 같은 피부는 이미 옛날 일이었지만, 그래도 상관없었다. 사람들은 와서 인사를 하고 쑥덕였다. "괜찮은 여자인데!"

인부들은 그녀에게 아주 친절했다. 이들은 잉에르에게서 우유를 얻어 마신 적이 있었고, 그녀를 잘 알았다. 그들은 잉에르를 광산으로, 막사로, 우리로, 부엌으로, 지하실과 창고로 데려갔고, 유난히 장난기 있는 몇몇은 그녀의 몸을 슬쩍 밀치고 팔로 잡았다. 하지만 잉에르는 상관하지 않았고, 오히려 즐거워했다. 계단을 올라가거나 내려갈 때면, 그녀는 치마를 붙잡아 올리고 종아리를 드러냈지만, 신경쓰지 않았고 아무 일도 아니라는 듯 행동했다. "괜찮은 여자인데!" 하고 인부들은 말했다.

그녀는 나이가 들었지만 그래도 마음이 약한 데가 있었다. 피가 끓는 남자들의 눈빛이 자신을 향하리라고 기대하지 않았던 터라 그 눈빛에 기뻐했다. 그녀도 여자였으므로, 이런 위험에 놓이는 것은 마음에 들었다. 지금까지 그녀가 점잖았던 것은 그저 기회가 없었기 때문이다.

나이가 들었으면서도.

구스타프도 나타났다. 그는 이쪽으로 오기 위해 마을에서 올라온 두 소녀를 동료에게 맡겨버렸다. 구스타프는 다 생각이 있었으므로, 과장된 친절을 보이며 악수했지만, 밀치고 들어오지는 않았다. "아, 구스타프, 우리 짓는 일을 도우러 곧 올 거죠?"라고 잉에르는 얼굴을 붉히며 물었다. 구스타프는 대답했다. "그래요, 곧 가죠." 동료들은 그 말을 듣고 다들 함께 가겠다고 했다. "아, 다들 겨우내 산에서 지낼 거 아닌가요?" 잉에르가 물었다. 인부들은 조심스럽게 아니라고, 그럴 것 같지 않다고 대답했다. 그들보다 거리낌이 없는 구스타프는 웃으며 말했다. 있는 구리는 이제 거의 다 파냈다고. "진담 아니죠?" 잉에르가 외쳤다. "아니죠." 다른 인부들이 그렇게 말하며 구스타프더러 말을 조심하라고 했다.

하지만 구스타프는 조심하지 않았다. 그는 웃으며 이야기를 계속했고, 드러내고 집착하지 않으면서도 잉에르를 독차지했다. 다른 젊은 남자 한 사람이 하모니카를 불었지만, 구스타프가 연주하는 것과는 전혀 달랐다. 역시 재주가 많은 다른 젊은 남자는 아코디언을 연주하며 노래를 외워 부르면서 관심을 끌려고 했는데, 목소리가 좋기는 했지만 별것 아니었다. 시간이 좀 흐르고 나자, 구스타프는 심지어 잉에르의 금반지를 자기 손에 끼웠다. 유난을 떤 것도 아닌데 어떻게 그럴 수 있었을까? 그는 분명 잉에르에게 접근했지만 겉으로 드러내지 않았고,

그녀 역시 마찬가지였다. 그가 그녀의 손을 만지려 할 때, 그녀는 눈치 채지 못한 척했다. 나중에 막사 부엌에 앉아 커피를 마실 때, 그녀는 밖에서 소음과 실랑이 소리를 들었고, 자신을 두고 다투는 것을 눈치채고 마음이 들떴다. 늙은 뇌조가 앉아서 듣기 좋은 소리를 듣고 있는 셈이었다.

잉에르는 그 토요일 저녁에 어떻게 산에서 집으로 내려왔을까? 하하, 훌륭했다. 올라갈 때와 마찬가지로 점잖게. 갈 때보다 더한 것도 덜한 것도 없이. 남자 여럿이 그녀와 함께했고, 구스타프가 그녀와 함께 있는 한 산 위로 돌아가지 않으려는 사람들도 있었다. 그들은 물러서지 않았다. 절대로! 바깥세상에서도 잉에르는 그렇게 신나게 즐긴 적이 없었다. 잉에르가 잊은 게 없는지 그들이 끝으로 물었다. "잊은 거, 없죠." "금반지!" 그들이 말했다. 한 무리가 다 그의 반대편이었으니, 구스타프는 반지를 내놓아야 했다. "당신이 그 반지를 찾았으니 다행이네요!" 잉에르는 그렇게 말하고 서둘러 일행과 작별했다.

그녀는 셀란로에 가까이 왔고, 많은 지붕이 눈에 들어왔다. 그 지붕 밑에 그녀의 집이 있었다. 그녀는 다시 솜씨 좋은 주부로 돌아와서, 가축이 잘 지내는지 보려고 여름에 쓰는 우리에 들렀다. 우리로 가는 길에 그녀는 친숙한 장소를 지났다. 그녀의 아기가 묻혔던 곳이었다. 손으로 흙을 긁어모으고 십자가를 세웠던 곳. 아, 얼마나 오래전 일인가. 하지만 그녀는 바로 다음 생각으로 옮아갔다. 옌시네와 레오폴디네가 젖을 짜고 저녁 준비를 해놓았을까……

광산에서는 채굴이 계속되었지만, 산에 생각보다 광물이 없다는 뒷말이 들렸다. 고향으로 떠났던 광업 전문가가 동료 둘을 데리고 다시 와서, 땅을 파고 폭파를 하고 철저히 조사했다. 뭐가 문제였을까? 구리는 충분히 좋았고 질에는 문제가 없었지만, 광맥이 약했고 회사 소유의 땅이 끝나는 남쪽에 가서야 약간 굵고 풍성해졌다. 하지만 거기는 공유지였다. 처음 땅을 샀던 사람들은 별로 생각을 하지 않았던 것 같다. 집안 문제를 해결하거나 친척들이 투자를 할 양으로 샀지만, 산 전체, 다음 계곡이 나오는 곳까지 수 킬로미터에 걸쳐 산 것이 아니라 셀란로의 이사크와 게이슬레르에게서 한 토막씩 사서 다시 팔아버린 것이다.

그럼 이제 어떻게 할 것인가? 신사들과 감독관들과 전문가들이 보기에는 즉시 국가와 거래를 해야 했다. 그래서 이들은 편지와 지도를 들려 급사를 스웨덴으로 보내고, 호수 남쪽의 땅 전체에 대한 권리를 사기 위해 직접 지방 행정관을 찾아갔다. 하지만 이제는 법이 문제가 되었다. 이들은 외국인이어서 땅을 직접 살 수 없었다. 이들은 그 사실을 잘 알았기 때문에 미리 방안을 찾아두었다. 하지만 산의 남쪽이 이미 팔렸다는 건 몰랐다. "팔렸다고." 신사들이 말했다. "벌써 옛날에, 여러 해 전에 팔렸죠." "누가 샀습니까?" "게이슬레르죠." "어느 게이슬레르 얘기죠? 아, 그 사람?" "증서도 만들고 도장도 찍었습니다." 지방 행정관이 말했다. "나무 없는 민둥산이었어요. 공짜나 다름없었죠." "제길, 도대체 그 게이슬레르라는 자는 대체 뭡니까? 어디 있죠?" "그야 아무도 모르죠!"

신사들은 스웨덴으로 다시 급사를 보냈다. 그 게이슬레르가 누구인지 알아내야 했다. 하지만 지금은 광부를 모두 동원하여 작업을 계속할 수는 없었다.

구스타프는 셀란로로 내려왔다. 모든 소유물을 등에 지고 와서는 자기가 이제 왔노라고 말했다. 그렇다, 구스타프는 회사를 떠났다. 지난 토요일에 그가 동광에 대해 너무 공개적으로 떠들었는데, 그의 말이 감독관과 건축기사 귀에 들어갔고, 그래서 해고된 것이다. '자, 그럼 잘 가시오'라는 말로. 사실 이것은 구스타프가 원했던 바였다. 이제 그가 셀란로로 가도 아무도 의심을 품지 않았다. 그는 즉시 우리를 짓는 일을 위해 고용되었다.

이들은 우리에서 일을 하고 또 했다. 얼마 지나지 않아 산에서 또 한 사람이 내려오자 이들은 두 조를 짜서 작업을 할 수 있었고, 일이 빨리 진행되었다. 가을까지는 우리가 다 지어질 것 같았다.

하지만 광산 인부들은 하나씩 계속 해고되었고, 산에서 내려와 스웨덴으로 돌아갔다. 시험 삼아 시작한 채굴은 이제 중단해야 했다. 마을에서는 다들 한숨을 쉬었다. "거봐, 다들 바보짓을 한 거야. 시험 삼아 해보는 채굴은 어디까지나 시험이라는 걸 몰랐다니. 하지만 그건 시험이었지." 불만과 불길한 예감이 마을 사람들을 사로잡았다. 돈이 부족해졌고, 임금이 내려갔으며, 스토르보르의 가게도 쓸쓸해졌다. 대체 어떻게 되려는 것일까? 한창 모든 일이 잘 진행되고 있었고, 아론센은 깃대에 걸 국기를 샀다. 겨울에 가족용 썰매에 깔려고 북극곰 가죽도 샀고, 가족 모두가 훌륭한 옷으로 치장했다. 이런 건 사실 사소한 일이지만, 더 큰 일도 있었다. 새로 이사 온 두 사람이 산 높이, 모네란과 셀란로 사이에서 나무를 벨 숲을 샀다. 그런 일은 이 오지에서는 큰 사건이었다. 새로 온 두 사람은 오두막을 세우고 나무를 베고 늪지를 개간했다. 부지런한 사람들이었고, 얼마 지나지 않아 금세 많은 일을 이루었다. 이들은 여름내 스토르보르에서 식량을 샀지만, 마지막으로 이들이 왔을 때는 더이상 살 물건이, 상품이 없었다. 광산이 잠들었는데, 아론센이 상품으로 뭘 하겠는가? 이제 그는 상품이 거의 없었고, 남은 것은 돈뿐이었다. 그 지역에서 가장 속상해하는 사람이 아마 아론센이었으리라. 그의 예측은 아주 빗나가고 말았다. 형편이 좀 나아질 때까지 땅에서 농사를 지으면 어떻겠냐는 말에 그는 대답했다. "농사를 짓는다고요? 그러려고 여기 온 건 아닌데요!"

결국 아론센도 더이상 참을 수가 없었고, 직접 가서 광산이 어떻게 되고 있는지 보기로 했다. 일요일이었다. 셀란로까지 온 그는 이사크를 데려가려고 했다. 하지만 이사크는 비탈에서 지내는 것이 제일 좋았으므로 광산이 시작된 후로 산에 발을 들여놓은 적이 없었다. 그래서 잉에르가 끼어들어야 했다. "저렇게 부탁하는데 아론센하고 같이 가주면 어때요?" 그녀가 물었다. 이사크가 잠시 집을 비우는 건 물론 잉에르에게는 반가운 일이었으니까. 일요일이었고, 그녀는 몇 시간 이사크 없이 보내고 싶었다. 그래서 이사크는 결국 아론센을 따라갔다.

이들은 산에서 온갖 새로운 구경을 했다. 이사크는 막사와 마차 세우는 곳과 열린 광산으로 된 새로운 도시가 온통 낯설었다. 기사가 직접 이들에게 광산을 보여주었다. 그는 별로 마음이 가볍지는 않았을지도 모르지만, 그래도 온 동네와 지역을 억압하는 우울한 분위기에 맞서보려고 애를 썼다. 그러니 셀란로의 지방 영주, 그리고 심지어 스토르보르의 상인까지 찾아온 것은 그에게는 절호의 기회였다.

기사는 온갖 돌과 광석을 설명했다. 자갈, 구리와 철과 황을 품은 황동광. 그는 산에 무엇이 묻혀 있는지 구석구석 모르는 곳이 없었다. 심지어 은과 금도 조금 묻혀 있다고 했다. "아무것도 모르면서 광산을 연건 아니지 않습니까? 그런데 지금 그만두다니요?" 아론센이 물었다. "그만둔다고요?" 기사가 놀라서 그 말을 반복했다. "남아메리카는 어떻게 하고요?" 그는, 시험 삼아 파보는 건 이것으로 일단 중단되지만 그것은 잠시뿐이라고 했다. 이제 땅속에 무엇이 묻혀 있는지 잘 보았으니 가공삭도를 놓을 것이고, 산의 남쪽에서도 구리를 팔 거라고 했다. 게이슬레르가 어디에 있는지 혹시 이사크가 모르는지? 아, 뭐 어딘가에서 나오겠지. 그럼 일이 정말 제대로 시작될 것이다.

이사크는 페달을 밟아 작동시키는 작은 기계를 보고 놀라며 신기해했다. 하지만 곧 그게 무엇인지 알아챌 수 있었다. 수레로 어디로나 운반해서 세울 수 있는 작은 대장간 기계였다. "저런 기계는 얼마나 하죠?" 이사크가 물었다. "이거요? 이동식 화덕 말입니까? 얼마 안 해요." 거기에는 그런 게 몇 개 있지만, 저 아래 호숫가에서는 아주 다른 기계와 시설을 사용한다고, 엄청난 기계가 있다고 했다. 이렇게 깊은 골짜기와 땅속에서 일하려면 손톱으로 팔 수는 없다는 건 이사크도 알거라고 하면서 그는 크게 웃었다.

이들은 계속 걸었고, 기사는 수일 내에 스웨덴으로 떠날 생각이라고 말했다. "하지만 돌아올 생각이죠?" 아론센이 물었다. "물론이죠." 기사는 정부나 경찰이 자기를 스웨덴에 붙잡아둘 이유가 없다고 했다. 이사크는 다시 작은 대장간 기계 앞으로 오도록 일행의 발길을 이끌었다. 그러고는 그런 기계가 얼마나 할지 물었다. 값이라. 그건 기사도 정확하게 몰랐다. 물론 돈이 좀 들긴 하겠지만, 이렇게 큰 기업에서는 그런 소소한 데는 별로 신경을 쓰지 않았다. 기사는 대단한 사람이었다. 그는 지금 마음이 가볍지 않은지도 모르지만, 끝까지 체면을 유지하고 무게를 잡았다. 이사크에게 이동식 화덕이 필요한지? 그럼 이걸 그냥 가져가면 그만이라고 그는 말했다. 그의 회사는 워낙 커서, 그 화덕 정도는 그냥 줄 수 있다고.

한 시간이 지나고 이사크와 아론센은 다시 집을 향했다. 아론센은 희망이 생겨 마음을 좀 놓았으며, 이사크는 값진 화덕을 등에 지고 산을 걸어 내려갔다. 그는 나이가 들었지만 평생 일에 익숙했고 짐을 지는 데는 이골이 나 있었다. 기사는 사람을 시켜 그 보물을 다음날 셀란로로 보내주겠다고 제안했지만, 이사크는 고맙다고, 그럴 필요 없다고 했다. 그는 자신이 화덕을 등에 지고 집에 가면 다들 얼마나 놀라고 반가워할까 생각했다.

하지만 집에 도착했을 때 놀란 사람은 이사크였다.

집에는 아주 이상한 짐을 실은 말 한 마리가 뜰에 들어와 있었다. 마부는 마을에서 온 사람이었지만 그 옆에는 이사크가 놀라서 쳐다볼 사람이 서 있었다. 게이슬레르였다.

5

이사크를 놀라게 할 일은 그 외에도 더 있었으리라. 하지만 그는 여러 가지를 동시에 생각할 수 있는 인물은 아니었다. 그는 그저 게이슬레르를 제대로 대접해야 한다는 생각에 부엌문에 서서 잉에르가 어디에 있는지 물었을 뿐이다.

잉에르? 그녀는 딸기를 따러 갔단다. 이사크가 산으로 올라갔을 때부터 스웨덴 사람 구스타프와 함께. 나이를 먹었지만 그녀는 사랑에 빠졌고 제정신이 아니었다. 가을, 겨울이 오고 있었지만, 그녀는 몸안에서 여름의 열기를 느꼈고, 그녀의 심장은 살아나기 시작했다. "호로딸기가 어디 달렸는지, 크랜베리는 어디에 있는지 보여줘요." 구스타프는 그렇게 말했다. 누가 그 말에 넘어가지 않겠는가? 그녀는 자기 방으로 달려가 몇 분 동안 진지하고 경건하게 마음을 다잡았다. 하지만 그가 밖에 서서 기다리고 있었으며, 온 세상이 그녀의 발밑에 있었다. 그녀는 결국 머리를 다듬고 거울에 이쪽저쪽 비추어보고는 다시 나갔다. 이제 어쩌겠는가. 누군들 다르게 행동했을까? 여자들은 이 남자와 저 남자를 구별하지 못한다. 언제나 가리지는 못한다. 아니, 못 가릴 때가 흔하다.

그래서 이들은 덤불에 가서 딸기를 땄다. 늪지에서 호로딸기를 따고, 이 언덕 저 언덕을 올라갔으며, 잉에르는 치마를 올려 아름다운 종아리를 드러냈다. 주위는 조용했고 뇌조는 이미 새끼가 다 커서 더이상 삑삑거리지 않았다. 늪지의 덤불 사이에는 부드러운 곳들이 있었다. 한 시간도 가지 않아 둘은 쉬었다. 잉에르가 말했다. "당신, 그런 사람이었어요?" 아, 그녀는 그의 앞에서 너무나 약해졌고, 수줍은 미소를 지었다. 사랑에 빠졌으니까. 사랑에 빠진다는 건 달면서도 쓴 일이다. 예의범절과 관습은 그 충동을 물리치라고 했지만, 결국 그녀는 지고 말았다. 잉에르는 정말로 인정사정없이 사랑에 빠졌다. 그녀는 그가 마음에 들었고, 그에게 친절하고 다정했다.

나이가 들었으면서도.

"우리가 완성되면 당신은 바로 떠나는 거예요?" 그녀가 물었다. 그는 아니라고 했다. 물론 결국은 떠나겠지만, 다음주에 바로 가지는 않는다고. "집으로 돌아갈까요?" 그녀가 물었다. "아니요."

둘은 나무딸기를 땄고, 얼마 후 다시 덤불 사이에서 부드러운 앉을자리를 발견했다. 잉에르가 말했다. "구스타프, 당신은 미쳤어요." 시간이 흘렀고, 둘은 덤불 속에서 잠이 들었다. 정말로 잠이 들었을까? 벌판 한가운데, 에덴동산에서 잠드는 건 멋진 일이다. 잉에르는 일어나 앉아서 귀를 기울이더니 말했다. "길 저쪽 멀리에서 수레 소리가 들리는데요."

해가 진다. 집으로 가는 동안, 히스가 핀 언덕에는 그늘이 지고 점점 더 어두워졌다. 이들은 으슥한 장소를 몇 곳 지났다. 구스타프의 눈에도 보이고, 잉에르의 눈에도 보인다. 그녀는 자꾸 누군가가 앞에서 지나간다고 했다. 하지만 집으로 가는 동안 처음부터 끝까지 어디 있는지도 모르는 장난꾸러기 소년을 피해야 할까? 잉에르는 아주 지쳐서, 미소만 짓고 말했다. "아니, 당신 같은 사람은 처음이에요!"

잉에르는 혼자 집으로 왔다. 그녀가 지금 집에 와서 다행이다. 일 분이라도 늦게 왔더라면 좋지 않았을 것이다. 이사크가 이제 막 대장간 기계를 끌고 아론센과 함께 집에 도착했고, 말과 수레도 집 앞에 멈춰 선 참이었다.

"안녕하시오!" 게이슬레르가 외치며 잉에르에게 인사했다.

이제 이들은 서서 서로를 마주보았다. 이보다 더 때가 적절할 수는 없었다.

게이슬레르가 돌아왔다. 몇 년이 흘렀지만, 그가 돌아왔다. 나이가 좀 들었고 머리가 희끗희끗해졌지만, 언제나처럼 생기가 넘쳤고, 이제는 옷도 제대로 차려입었다. 흰 조끼에 금줄을 걸고 있었다. 아무도 이해할 수 없는 인물이다!

최근 동광에 무슨 일이 있다는 소식을 듣고 알아보러 온 것일까? 하여튼 그가 왔다. 그는 정신이 또렷한 것 같았고, 고개를 조심스레 좌우로 움직이면서 눈을 돌려 집과 들판을 살펴보았다. 많은 변화가 눈에 들어왔다. 지방 영주는 영토를 확장한 것이다. 게이슬레르는 만족스럽게 고개를 끄덕였다.

"거기 지고 오는 건 뭡니까?" 그가 이사크에게 물었다. "수레를 다 채우겠네요!" 그가 말했다. "이동식 화덕입니다." 이사크가 설명했다. "여기 우리집에서는 아주 유용하겠죠." 그는 셸란로를 그저 집이라고 불렀다. "어디에서 구했소?" "산 위의 기사가 주었죠." "산 위에 기사가 있다고요?" 게이슬레르가 물었다. 그런 말은 처음이라는 듯이.

게이슬레르가 산 위의 기사만 못해서야 되겠는가? "당신이 예초기를 샀다는 소문을 들어서, 이번에 건초 베는 기계를 갖고 왔죠"라고 말하며 수레 위를 가리켰다. 거기에는 희고 푸른 기계가 놓여 있었다. 말이 끌게 되어 있는 풀 베는 기계에는 거대한 갈퀴가 달려 있었다. 둘은 수레에서 기계를 내려 살펴보았다. 이사크는 기계에 올라서서 맨땅에서 실험을 해보았다. 놀라서 입이 딱 벌어졌다. 셸란로에는 기적이 이어졌다.

둘은 동광, 광산 이야기를 했다. "거기서 당신 소식을 묻더군요." 이사크가 말했다. "누가 묻던가요?" "기사와 거기 그 신사분들이죠. 당신을 꼭 찾아야 한다고들 하던데요." 아, 이사크는 그 일에 대해 너무 과장되게 이야기한 것 같았고, 그것은 게이슬레르에게 좋지 않았다. 그는 목을 뻣뻣이 세우고 말했다. "뭐, 나한테 바라는 게 있다면, 난 여기 있죠."

다음날 스웨덴에서 온 두 급사와 광산 주인 중 두 사람이 왔다. 점잖고 풍채 좋은 이들은 말을 타고 왔고, 어디로 봐도 부유한 사람들이었다. 이들은 아주 가까이까지 왔으면서도 마치 게이슬레르를 못 본 척했다. 짐을 실은 말을 데리고 온 급사들은 한 시간을 쉬며 우리에서 일하는 미장이들과 대화를 나누었으며, 흰 조끼를 입고 금줄을 한 남자가 게이슬레르라는 말을 듣고도 갈 길을 계속 갔다. 하지만 급사 중 한 명이 그날 저녁에 다시 돌아와, 게이슬레르한테 신사들에게 올라오라는 전갈을 구두로 전했다. "뭐 나한테 바라는 게 있다면, 난 여기 있습니다!" 하고 게이슬레르는 대답했다.

게이슬레르는 허세를 부렸다. 어쩌면 그는 온 세상이 자기 주머니 안에 들어 있다고 생각한 걸까, 아니면 구두로 전하는 전갈은 하찮다고 여긴 걸까? 하지만 어떻게 남들이 그를 찾는 바로 지금 그가 셀란로에 올 수 있었을까? 그는 모든 것을 알고 있는 것일까? 글쎄, 산 위의 신사들은 이 대답을 듣자 할 수 없이 셀란로로 내려와야 했다. 기사와 전문가 두 사람도 함께 왔다.

하지만 이들이 만나기 위해서는 이런저런 준비가 필요했다. 별로 일이 잘될 것 같지는 않았고, 게이슬레르는 대단한 허세를 부렸다.

신사들은 꽤 예의 바른 태도였으며, 게이슬레르에게 전날은 그를 부르러 보내서 미안하다고, 여행 때문에 피곤했노라고 사과했다. 게이슬레르도 이번에는 예의를 지켰고, 그도 여행 때문에 피곤했노라고, 그렇지 않았더라면 자신이 올라갔을 거라고 대답했다. "좋아요, 하지만 이제 본론으로 들어갑시다. 호수 남쪽의 산을 팔 의향이 있으신지?" "신사분들이 직접 구매하실 건가요, 아니면 중개만 하시는 건가요?" 이것은 게이슬레르가 순전히 악의에서 한 말이었다. 이 점잖고 풍채 좋은 이들이 중개업자가 아니라는 것은 누가 봐도 분명했으니까. 대화는 그렇게 계속되었다. "가격은?" 그들이 물었다. "그래, 가격 말씀이시죠!" 게이슬레르는 받아 말하고는 잠시 생각에 잠겼다. "2백만 크로네." 그가 결국 말했다. "아하." 신사들이 대답하고 미소를 지었다. 게이슬레르는 미소를 짓지 않았다.

기사와 전문가들은 이미 산을 조사한 일이 있었고 여기저기 땅을 파고 폭파해보았으며, 그 결과 다음과 같은 사실을 알아냈다. 구리가 나오는 이유는 화산 폭발 때문인데, 실제 발견되는 구리의 양은 매우 불규칙했다. 사전 조사 결과에 따르면 회사 소유지와 게이슬레르의 소유지 사이의 경계 지역에 구리가 가장 많이 묻혀 있고, 더 가면 줄어든다. 마지막 1킬로미터에는 채굴할 가치가 있는 동광이 더이상 없었다.

게이슬레르는 무관심하다는 태도로 이 보고를 들었다. 그는 주머니에서 서류 몇 장을 꺼냈는데, 지도는 아니었고, 사실 그게 동광과 관련이 있는 서류인지 아닌지조차 아무도 몰랐다. "아직 충분히 깊게 파지 않아서 그렇죠." 마치 그 서류에서 읽을 수 있는 내용이라는 듯이 그가 말했다. 그러자 신사들은 즉시 동의했다. 하지만 기사는 어떻게 땅을 파보지도 않은 게이슬레르가 그것을 아는지 물었다. 그러자 게이슬레르는 미소를 지었다. 마치 그가 지구 내부로 몇백 미터 파보고 나서 그 구멍을 메우기라도 한 듯이.

이리저리 흥정을 하다가 점심때가 되자 신사들은 시계를 보기 시작했다. 게이슬레르는 요구를 25만까지 낮추었지만, 그 이상은 조금도 양보하려 하지 않았다. 이들 때문에 게이슬레르의 기분이 심하게 상한 것 같았다. 이들은 게이슬레르가 기꺼이 팔 거라고, 팔지 않으면 안 될 상황일 거라고 생각했다. 하지만 하하, 그렇지 않았다. 그는 신사분들만큼이나 점잖았고 자신감도 있었다. 신사들은 1만 5천이나 2만 크로네도 큰돈이라고 말했다. 게이슬레르는 대답했다. "돈이 급한 사람이라면 반대하지 않겠죠. 하지만 25만이 그보다는 더 많습니다." 그러자 신사 중 한 사람이 말했다. 게이슬레르의 기를 꺾으려고 한 말이기도 했다. "아, 갑자기 생각이 났는데, 게이슬레르 부인분의 친척들이 인사를 전해달라고 하더군요." "고맙군요." 게이슬레르가 말했다. "그건 그렇고." 그 말에도 효과가 없자 다른 남자가 말했다. "25만이라. 아직 이 산은 돈이 아니고 그저 황동광일 뿐 아닙니까." 게이슬레르는 고개를 끄덕였다. "그래요, 황동광이죠."

이제 신사들은 모두 참을성을 잃었다. 시계 뚜껑 다섯 개가 열리고 다시 닫혔다. 더이상 농담이나 할 시간은 없었고 이미 한낮이었다. 신사들은 셀란로 측에 식사를 달라고 요구하지 않고 말을 타고서 갱으로 돌아갔고, 거기에 가서 자기네 음식을 먹었다.

이들의 만남은 이렇게 끝났다.

게이슬레르만 남았다.

대체 그는 무슨 생각으로 행동하는 것일까? 어쩌면 아무 생각이 없는지도 모른다. 이러든 저러든 상관없고 아무 계획이 없는지도 모른다. 아니다. 그는 분명 뭔가 궁리하고 있었지만, 불안한 내색을 하지 않을 뿐이었다. 점심식사를 마치고 그가 이사크에게 말했다. "내 소유인 산을 한번 멀리까지 가볼 생각인데, 솔직히 저번처럼 시베르트를 데리고 갈 수 있으면 좋겠군요." 이사크는 바로 좋다고 했다. 하지만 게이슬레르는 "아니, 시베르트는 다른 할 일이 있지 않나요"라고 말했다. "아니에요. 데리고 가시지요." 이사크는 그렇게 말하고 우리를 짓고 있는 시베르트를 불러냈다. 하지만 게이슬레르는 손을 내리치며 분명하게 말했다. "괜찮아요."

그는 농장을 다 헤집고 다녔고, 미장이들이 일하는 곳에도 여러 번 들러 그들과 활발하게 이야기를 나누었다. 방금 그렇게 중요한 거래를 하고도 지금 이럴 여유가 있다니! 그는 너무나 오랫동안 불안정한 생활을 해왔기 때문에 이 정도는 전혀 심각한 사태로 느끼지 않는지도 모른다. 어쨌건 그가 단번에 몰락할 상황으로 보이지는 않았으니까.

그는 순전히 운이 좋았다. 아내의 친척들에게 땅을 조금 팔아넘기고 나서 그는 바로 가서 산 전체를 구입했다. 무슨 이유에서였을까? 땅을 산 사람들의 약을 올리기 위해 바로 옆의 땅을 사서 이웃이 된 것일까? 원래 그는 호수의 남쪽, 광산이 열릴 경우 광산촌이 생길 위치에만 땅을 한 토막 살 생각이었다. 산 전체의 주인이 된 것은 산이 거의 공짜나 다름없었고 긴 경계선을 다 막는 게 귀찮았기 때문이다. 그는 무관심한 바람에 산의 왕이 되었고, 막사와 기계를 보관하는 헛간이 있는, 바닷가까지 이어지는 작은 공사장이 그의 왕국이 되었다.

광산의 한 부분, 처음에 팔린 작은 땅은 스웨덴에서 주인이 계속 바뀌었고, 게이슬레르는 그 과정을 늘 주시하고 있었다. 물론, 맨 처음에 땅을 판 사람은 실수를, 완전히 바보짓을 한 것이었다. 가족이 의논을 하기는 했어도 아는 게 너무 없었고, 신사들은 산에서 땅을 충분히 확보하지 못했다. 그들은 그저 게이슬레르라는 사람하고 거래를 끝내고 그에게서 해방될 생각뿐이었다. 하지만 새로 땅을 산 이들 역시 웃기는 사람들이었다. 그들은 힘이 있는 사람들이었고, 그냥 재미로 술김에 땅을 사버릴 수 있는 부류였다. 하지만 실제로 땅을 파보고 일이 진지해지자 이들은 갑자기 장벽에 부딪혔다. 그 장벽은 바로 게이슬레르였다.

이들을 얕잡아보며 '애들이군!'이라고 생각한 게이슬레르는 담이 커지고 태도가 뻣뻣해졌다. 상대가 돈이 급한 사람이며 1만 5천에서 2만 크로네에 넘어갈 줄 알았던 신사들은 그의 기를 꺾으려고 시도해보았다. 그들은 단순했고 게이슬레르를 몰랐던 것이다. 하지만 그는 그런 사람이 아니었다.

그날 신사들은 산으로 올라가더니 내려오지 않았다. 이들은 자신들의 열성을 드러내지 않는 게 현명한 처사라고 믿었던 모양이다. 하지만 다음날 아침에는 내려왔다. 짐을 싣는 말을 끌고 고향으로 돌아가는 길이었다. 하지만 게이슬레르는 없었다.

떠난 것일까?

이런 상황에서 신사들은 말을 탄 채로 문제를 해결할 수 없었고, 말에서 내려 기다려야 했다. 대체 게이슬레르는 어디로 간 것일까? 아무도 몰랐다. 그는 여기저기 돌아다녔고 셀란로에 관심을 보였으며 마지막으로 제재소에서 모습을 드러냈다고들 했다. 그를 찾도록 급사를 보냈지만 멀리까지 갔는지 불러도 대답이 없었다. 신사들은 시계를 쳐다보았고, 처음에는 화가 나서 말했다. "바보처럼 기다릴 수는 없지 않나! 게이슬레르에게 팔 생각이 있다면 지금 나타나야지!" 하지만 분노도 차츰 가라앉았고 이들은 점차 진지함을 잃었다. 이곳, 산을 가로지르는 국경선에서 밤을 지내야 하는 절망스러운 현실이 눈앞에 있었다. "일이 잘도 돌아가는군!" 그들이 말했다. "나중에 우리 친척들이 우리 뼈를 산속 어딘가에서 추리게 생겼어!"

마침내 게이슬레르가 나타났다. 그는 농장을 다 둘러본 다음 지금 막 여름용 우리를 보고 오는 길이었다. "여름용 우리가 당신한테 너무 작은 것 같군요." 그가 이사크에게 말했다. "위쪽에는 가축이 얼마나 있죠?" 신사들이 시계를 손에 들고 서 있었지만 그는 이렇게 말했다. 게이슬레르의 얼굴에 독한 술이라도 마신 듯 붉은 기운이 돌았다. "어휴, 걸으니 덥군!" 그가 말했다.

"우리가 좀 기다렸는데요. 당신이 여기 있을 줄 알았죠." 신사 중 한 명이 말했다. "있어달라는 부탁을 받은 일이 없는데요. 부탁을 하셨다면 여기 있었겠죠." 게이슬레르가 대답했다. 그럼 거래는? 오늘은 게이슬레르가 제대로 된 제안을 할 생각이 있는지? 1만 5천에서 2만 크로네를 주겠다는 제의를 날마다 받는 것은 아니지 않은가? 다시 이런 제의를 받는 것은 게이슬레르에게는 기분좋은 일이 아니었다. 대체 이게 뭐하는 짓이란 말인가? 사실 신사들은 이미 화가 난 상태가 아니었다면 이렇게 말하지는 않았을 것이다. 그리고 게이슬레르는 이미 다른 한적한 곳에서 얼굴이 붉어져서 온 다음이 아니었더라면 그렇게 그 자리에서 핏기를 잃지는 않았을 것이다. 하지만 지금 그는 창백해졌고 냉정하게 대답했다. "신사분들이 돈을 얼마나 낼 수 있는지에 대해서는 말하지 않겠습니다. 하지만 난 내가 바라는 게 뭔지는 알아요. 이 산에 대한 애들 장난 같은 소리는 더이상 듣지 않겠습니다. 내가 부르는 값은 어제 그대로예요." "25만 크로네란 말씀이신가요?" "그렇죠."

신사들은 말에 올랐다.

"게이슬레르 씨, 들어봐요." 한 신사가 말을 시작했다. "2만 5천까지는 가겠어요." "아직도 장난이시군요." 게이슬레르가 대답했다. "그럼 내가 진지하게 다른 제안을 해보겠습니다. 그쪽 작은 광산을 파시겠어요?" "음, 생각해볼 수 있죠." 좀 갑작스러운 질문을 받은 신사들이 대답했다. "그럼 내가 사죠." 게이슬레르가 대답했다.

아, 게이슬레르! 이들의 대화를 듣는 사람으로 뜰이 가득했다. 셀란 로 사람들 모두와 미장이들, 급사들까지. 그는 사실 이런 거래를 할 돈 이 전혀 없는지도 모른다. 혹은 살 수 있을지도 모르고. 누가 게이슬레 르를 알겠는가? 어쨌건 그는 몇 마디 안 되는 말로 신사들을 뒤집어놓 았다. 그들의 계획을 수포로 돌아가게 하려는 것일까? 아니면 이런 제 안을 해서 값을 올리려는 것일까?

신사들은 정말로 진지하게 생각하는 모습이었다. 낮은 목소리로 자 기들끼리 이야기를 하더니 다시 말에 올랐다. 그러자 기사가 끼어들었 다. 상황이 너무 딱해 보였고, 자신에게 이 일을 해결할 힘과 능력이 있다고 생각한 모양이다. 지금은 뜰 가득 사람들이 서서 듣고 있지 않 은가. "우린 안 팔아요!" 그가 당당하게 말했다. "팔지 말자고요?" 신 사들이 물었다. "네."

이들은 잠시 귀엣말을 하더니 정말로 말에 올랐다. "2만 5천!" 한 신 사가 외쳤다. 게이슬레르는 대답 대신 몸을 돌려 미장이들에게 가버 렸다:

이들의 마지막 만남은 이렇게 끝났다.

게이슬레르는 결과에 아무 관심이 없는 듯이 행동했다. 그는 왔다갔 다하며 이런저런 이야기를 했고, 미장이들이 우리 전체를 가로지르는 거대한 목재를 올리는 모습을 바라보고 경탄했다. 그들은 이번 주중으 로 우리를 끝낼 생각이었고, 나중에 우리 위에 건초 창고를 올릴 계획 이었다.

이사크는 게이슬레르가 산에 올라갈 채비가 되면 언제라도 동행할 수 있도록 우리를 짓고 있는 시베르트를 불러냈다. 하지만 쓸데없는 준비였다. 게이슬레르는 그 계획을 포기했거나 아예 잊어버린 모양이다. 잉에르에게서 먹을거리를 좀 받은 그는 저녁에 마을로 내려가더니 저녁때가 되어도 돌아오지 않았다.

그는 셸란로 아래쪽의 두 집을 지나치며 그곳 사람들과 이야기를 나누었다. 모네란까지 온 그는 스트룀이 지난 몇 년 동안 무엇을 이루었는지 보고 싶어했다. 그는 큰 발전은 없었지만, 그래도 땅을 꽤 개간했다. 게이슬레르는 그 집에 관심을 보이며 물었다. "말은 있나?" "있지요." "난 저 아래 남쪽에 예초기가 있고 써레도 있다네. 다 새 물건이지. 자네에게 주겠네." "네?" 악셀이 외쳤다. 그는 그런 인심을 상상할 수 없었으므로, 어떻게 갚아야 할지 생각했다. "그 농기구들을 선물하겠다고." 게이슬레르가 말했다. "그럴 순 없어요!" 악셀이 말했다. "대신 이웃 두 사람을 도와 새 땅을 좀 개척해주게." 게이슬레르가 요구했다. "문제없지요." 악셀이 대답했다. 하지만 그는 게이슬레르가 뭘 하는 건지 전혀 이해할 수 없었다. "당신한테 남쪽에 땅하고 기계가 있단 말씀이죠?" 그가 물었다. "아, 그뿐인가." 아, 게이슬레르는 실제로 가진 게 많지는 않았다. 이런저런 사업을 하는 것도 아니면서 그런 척했다. 예초기와 써레는 아무 도시에서나 사서 보내기만 하면 되는 게 아닌가.

그는 새로 이사 온 사람들에 대해 악셀 스트룀과 길게 이야기를 나누었다. 가게인 스토르보르에 대해, 일찍 결혼해서 지금은 브레이다블리크에 정착했고 한창 늪지의 물을 빼고 있는 악셀의 동생에 대해. 악셀은 도와주는 여자가 없다고, 올리네라는 노파만 일을 돕는데 별로 도움은 안 되지만 그녀라도 있는 게 다행이라면서 아쉬워했고, 여름에는 밤낮으로 일을 해야 했다고 말했다. 어쩌면 고향인 헬겔란에서 사람을 구할 수 있을지도 모르지만, 그러려면 임금에다 여비까지 주어야 한다고, 돈 나가는 곳이 많다고 했다. 악셀은 자기가 전신주 관리를 맡았지만 좀 후회가 된다는 이야기도 했다. 게이슬레르는 그 일은 브레데 같은 사람에게 맞는다고 했다. "그래요, 그 말이 맞아요." 악셀이 맞장구쳤다. "하지만 돈 때문에 한 겁니다." "소는 몇 마리나 있나?" 게이슬레르가 물었다. "네 마리죠. 그리고 어린 수소가 한 마리 있고요." 셀란로의 수소를 찾아가는 건 너무 멀다고 그는 말했다.

하지만 악셀 스트룀은 훨씬 중요한 일을 게이슬레르와 이야기하려고 마음에 품고 있었다. 지금 바르브로에 대한 조사가 진행중이었다. 그 사건은 당연히 밖으로 알려졌으니까. 바르브로는 임신중이었는데 아이도 없이 혈혈단신으로 이곳을 떠났으니, 그게 어떻게 설명이 된단 말인가? 무슨 일인지 이야기를 듣자 게이슬레르는 단호하게 말했다. "이리 오게." 그는 악셀을 건물에서 멀리 데리고 나갔다. 그러고는 아주 심각한 표정을 하고 무슨 행정 관리라도 되는 것처럼 행동했다. 둘은 숲가에 앉았고, 게이슬레르가 말했다. "자, 이야기해보게!"

물론 그 일은 밖으로 드러났다. 어떻게 피할 수 있었겠는가. 그 지역은 더이상 사람이 살지 않는 곳이 아니었고, 게다가 올리네도 왔으니. 올리네가 그 일과 무슨 상관이냐고? 하하, 올리네! 거기다가 브레데와 올리네 사이에는 갈등도 있지 않았다. 이제 올리네를 피할 수는 없었다. 그녀는 바로 여기 살고 있으니 악셀을 점차 파들어갈 수 있었으니까. 그녀는 수상한 일이라면 사족을 못 썼고, 무슨 직감 같은 것도 있었다. 사실 올리네는 모네란에서 집과 가축을 돌보기에는 나이가 너무 많았고, 이제는 그만두어야 했다. 하지만 그녀가 그만둘 수 있었을까? 그런 비밀이 감추어진 장소를 그냥 그렇게 떠날 수 있었을까? 그녀는 겨울 일을 끝냈고, 여름에도 일했다. 물론 힘들었지만, 그녀는 브레데의 딸에 대한 어떤 증거를 찾기 위해서 버텼다. 봄이 되어 눈이 녹기 시작하자 그녀는 온 지역을 헤치고 다녔고, 시냇가에서 작은 언덕을 발견하고는 조각조각 떼어 얹은 잔디를 바로 알아보았다. 운이 좋은 어느 날 그 작은 무덤을 꼭꼭 눌러 밟아 평평하게 하는 악셀도 보았다. 그러니 악셀도 사건에 대해 알고 있다는 뜻이다. 올리네는 희끗희끗한 머리를 끄덕였다. 이제 그녀의 때가 왔다!

악셀 때문은 아니었다. 악셀은 같이 지내기에 나쁜 사람이 아니었다. 그는 매우 정확해서, 자기 치즈가 몇 개인지 늘 세었으며 양털 뭉치가 몇 개인지도 늘 알기는 했지만. 올리네는 마음대로 물건을 다룰 수 없었다. 작년에 구조를 받았을 때, 악셀은 후한 집주인의 모습을 보였던가? 전혀 아니었다. 그는 끝까지 명예를 여럿에게 분산시키려 애썼다. "물론이죠. 올리네가 오지 않았더라면 난 얼어죽었을 겁니다. 하지만 집에 가는 길에는 브레데가 정말 큰 도움을 주었죠." 고마워하는 대신 이런 말이라니. 올리네는 전능하신 주님이, 인간들이 하는 짓에 분노하셔야 한다고 생각했다. 악셀은 소를 끈으로 잡아 끌며 "올리네, 이 소는 이제 당신 거예요!"라고 말할 수도 있었을 텐데.

이제 그는 소보다 더 많은 것을 잃지 않을까?

여름내 올리네는 지나가는 사람마다 붙잡고 귀엣말을 하고는 고개를 끄덕이고 친근하게 굴었다. "아무한테도 말하면 안 돼!" 하고 그녀는 단단히 말했다. 올리네가 아랫마을에 내려간 적도 몇 번 있었다. 그러니 이제 온 동네에 소문이 돌았다. 소문은 마치 머리를 휘감고서 귀를 뚫고 들어오는 안개와도 같았으며, 브레이다블리크에서는 학교에 다니는 아이들까지도 고개를 끄덕이며 쑥덕이기 시작했다. 결국 지방 행정관이 간섭하지 않을 수 없었고, 보고서를 쓰고 그에 대한 명령을 받아야 했다. 어느 날 그는 동행인 한 명과 함께 기록 장부를 들고 모네란으로 와서는 조사를 하고 뭔가를 적고 돌아갔다. 하지만 3주가 지나자 다시 와서 또 조사를 하고는 더 많이 적었고, 이번에는 시냇가의 작은 언덕을 파헤쳐서 아이의 시체를 꺼냈다. 올리네는 그에게 큰 도움을 주었고, 그런 수고를 했으니 지방 행정관은 그녀의 수많은 질문에 대답을 해야 했으며, 말을 하다보니 악셀이 체포될 수도 있다는 이야기까지 하게 되었다. 그러자 올리네는 손뼉을 치고, 자신은 이곳에서 온갖 수모를 겪었다며 멀리멀리 가고 싶다고 말했다. "하지만, 그 여자, 바르브로는요?" 그녀가 낮은 목소리로 말했다. "지금 베르겐에 체포되어 있죠." 지방 행정관이 말했다. "정의가 실현되어야 하니까요." 그렇게 말하고 그는 시체를 가지고 다시 떠났다.

악셀이 몹시 긴장한 것은 놀랄 일이 아니었다. 그는 지방 행정관 앞에서 증언을 했고, 아무것도 부인하지 않았다. 아이는 그의 아이였고 자기 손으로 무덤을 팠노라고. 그는 이 일이 이제 어떻게 되겠느냐고 게이슬레르에게 물었다. 게이슬레르는 그가 도시에 가서 더 심한 심문과 다른 곤란한 일을 겪게 될 거라고 대답했다.

게이슬레르는 예전의 그가 아니었다. 이런저런 복잡한 이야기는 그를 피곤하게 만들었고, 슬슬 잠이 쏟아지는 것 같았다. 아침에 왔던 귀신이 혹시 아직도 그를 사로잡고 있는 것이 아닐까? 그는 시계를 보고 일어서서는 말했다. "자세히 검토를 해봐야겠군. 생각해보겠네. 떠나기 전에 답을 하지."

그리고 게이슬레르는 갔다.

저녁 무렵에 게이슬레르는 셀란로로 돌아와, 뭘 좀 먹은 다음 잠자리에 들었다. 그는 다음날 낮이 되도록 잠을 자면서 푹 쉬었다. 스웨덴 지주들과의 대화로 지친 모양이다. 이틀이 지나서야 그는 떠날 채비를 했다. 그는 이번에도 뻐기고 유세를 떨며 돈을 넉넉히 지불하고 어린 레베카에게 크로네 동전을 주었다.

그는 이사크에게 일장 연설을 하며 말했다. "지금 매매가 이루어지지 않은 건 아무 문제 아니에요. 나중에 되겠죠. 일단은 저 위의 광산을 그냥 놀게 두겠어요. 날 속일 수 있다고 생각했다니, 애들이지. 나한테 2만 5천 크로네를 제안하는 거 들었소?" "들었죠." 이사크가 대답했다. "그러니까." 게이슬레르가 대답하며, 수준 이하의 제안과 쓸데없는 소리들은 떨쳐버린다는 듯이 머리를 흔들었다. "광산을 닫는다고 이 위쪽 지역에 무슨 해가 되지는 않아요. 광산을 떠나면 오히려 사람들이 농사를 짓겠죠. 하지만 아랫마을에서는 차이를 느낄 겁니다. 여름에 사람들이 돈을 많이 벌어서 다들 좋은 옷도 사고 기름진 음식도 먹었으니까요. 하지만 이제는 끝이에요. 이거 보라고요. 마을 사람들이 나에게 잘해주었더라면 좋았겠죠. 그랬더라면 지금 얘기가 달랐을지도 모르지. 하지만 이제 결정을 내리는 건 납니다!"

하지만 그는 정말로 결정권이 있는 사람처럼 보이지는 않았다. 도시락 한 꾸러미를 들고 떠나가는 그의 조끼는 더이상 눈부시게 희지 않았다. 어쩌면 그의 아내는 전에 받았던 4만 크로네에서 남은 돈으로 이 여행을 준비해주었는지도 모른다. 그런지 아닌지는 아무도 모르지만, 이제 그는 빈손으로 집으로 돌아갈 수밖에 없었다.

게이슬레르는 돌아가는 길에 잊지 않고 악셀 스트룀의 집에 들러 생각을 말했다. "생각을 해보았는데, 일단 일이 시작되었으니 지금 자네가 할 수 있는 일이라고는 없어. 자네는 심문을 위해 소환될지도 모르고 증언을 해야겠지……" 그냥 이런 말이었다. 게이슬레르는 이 일에 대해 생각을 전혀 안 했던 것이다. 그래도 끝에 가서는 다시 무게를 잡으며 눈썹을 치켜세우고 진지하게 말했다. "내가 마을에 가서 공판에 가면 안 되겠나?" "아, 해주실 수만 있다면!" 악셀이 외쳤다. 게이슬레르는 즉시 결정을 내렸다. "시간이 되나 보겠네. 남쪽 지방에서 사야 할 것들이 좀 있어서 모르겠지만, 시간을 낼 수 있는지 보겠어. 오늘은 이만 하지. 약속한 기계는 보냄세."

그렇게 하고 게이슬레르는 갔다. 혹시 그게 게이슬레르의 마지막 방문이었을까?

6

마지막까지 남았던 인부들도 산에서 내려왔고, 광산은 휴업에 들어갔다. 산은 다시 황량해졌다.

셸란로에서도 담을 두른 우리의 공사가 끝났다. 겨울을 위해서는 풀밭 위에 임시 지붕을 만들었다. 큰 우리는 햇빛이 잘 드는 작은 공간 여럿으로 나뉘어 있었는데, 가운데에는 널찍한 공간이 있었고, 양쪽 끝에는 작은 방이 하나씩 있었다. 마치 사람이 살 집 같았다. 이사크는 여기에서 염소 몇 마리와 함께 오두막에서 산 적이 있었다. 하지만 이제 셸란로에 오두막은 없었다.

우리에는 각각 분리된 칸과 동물들이 설 자리, 나무로 된 칸막이를 갖추었다. 일을 빨리 진행하기 위해 두 사람의 미장이는 계속 머무르고 있었지만, 구스타프는 자신은 목공 일은 전혀 모른다며 떠나고 싶어했다. 구스타프는 미장 공사에 대단한 도움이 되었고, 무거운 짐을 곰처럼 들어올렸다. 저녁이면 그는 모두를 기쁘고 즐겁게 해주었다. 하모니카를 연주하고, 무거운 통을 강가에서 이곳까지 들고 오는 여자들을 도왔다. 하지만 이제 그는 떠나려고 했다. "아니요, 목공 일은 모릅니다." 그가 말했다. 떠나기로 단단히 결심한 것 같았다.

"내일까지 있을 수는 있잖아요." 잉에르가 말했다. 하지만 그는 이제 자기가 할 일이 없다고, 그리고 마지막으로 떠나는 인부들과 함께 산을 넘으면 일행도 있어서 좋다고 했다. "이제는 누가 물 긷는 걸 도와주나요?"라고 말하며 잉에르는 아쉬운 미소를 지었다. 순발력 있는 구스타프는 바로 좋은 답이 생각났다. 얄마르였다. 얄마르는 미장이 둘 중 젊은 사람이었지만, 그래도 구스타프만큼 젊지는 않았고 그 밖에도 어쨌건 구스타프만은 못했다. "아이고, 얄마르라니!" 잉에르가 웃긴다는 듯이 대답했다. 하지만 곧 정신을 차리고, 구스타프를 자극할 생각으로 말했다. "그래요, 뭐 얄마르도 괜찮죠. 밖에 나가면 바위에 앉아서 노래도 잘하고." "재주가 많은 친구죠!" 구스타프는 흔들리지 않고 말했다. "그래도 오늘밤은 머무를 수 있지 않나요?" "아니요, 그러면 일행이 없어지니까요."

아, 이제 구스타프는 지겨워진 것이다. 동료들 코앞에서 그녀를 낚아채고 여기서 일하는 몇 주 동안 그녀를 자신의 것으로 삼는 건 신나는 일이었다. 하지만 이제는 떠나가 다른 일을 하고 싶었고, 어쩌면 고향에 있는 애인에게 돌아가고 싶었는지도 모른다. 그에게는 이런 새로운 미래가 있었다. 그런데 잉에르 때문에 할 일도 없이 여기 눌러앉아 있어야 할까? 그에게는 여기를 떠날 이유가 있었고, 그건 잉에르도 충분히 납득할 수 있었다. 하지만 그녀는 담이 커져서 자신의 책무를 돌보지 않았고 아무것도 상관하지 않았다. 둘이 함께 지낸 건 긴 시간이 아니었지만, 그래도 미장 공사가 진행된 기간보다는 길었다.

잉에르는 정말로 슬펐다. 마음을 주었던 게 속상해서 화가 날 지경이었다. 그녀에게는 힘든 일이었다. 겉으로 꾸민 게 아니라 정말로 사랑에 빠졌기 때문이다. 약점투성이의 생명력 넘치는 여자인 그녀는 부끄러워하지 않았다. 그녀는 그저 자연의 순리를 따를 뿐이었고, 인생의 가을에 남은 열기를 태우고 있었다. 구스타프에게 도시락을 준비해주며 그녀는 강한 감정에 휩싸였다. 그녀는 자신에게 무슨 권리가 있는지, 어떤 위험이 있을지는 전혀 생각하지 않고 그냥 자신을 던졌다. 맛을 보고 즐기고 싶은 마음이 그녀를 사로잡았다. 이사크는 그녀를 천장까지 들어올려 다시 바닥에 던질 수도 있었으리라. 그런다고 해서 그녀가 참을 것 같지는 않았지만.

이제 그녀는 준비한 도시락을 가지고 나가서 건네주었다. 구스타프가 마지막으로 강가까지 들어다줄 수 있도록 계단 옆에 물통도 준비해놓았다. 그녀는 그에게 아직 할말이 있었을 수도 있고 뭔가 줄 게 있었는지도 몰랐다. 금반지나 뭐 다른 물건. 그녀가 어떤 행동을 할지 누가 알겠는가? 하지만 이제는 끝내야 했다. 구스타프는 도시락 고맙다고 인사를 하더니 작별을 하고 떠났다. 그렇게 떠났다.

그녀는 서 있었다.

"알마르!" 그녀가 큰 소리로, 필요 이상 큰 소리로 불렀다. 오기로 외치는 환호성, 구조해달라는 외침처럼 들렸다.

구스타프는 제 길을 간다.

가을 내내, 마을에 이르기까지 온 지역에서는 평소와 같은 일들이 계속 진행되었다. 감자를 캐고 곡식을 추수하고 소는 초지로 내보냈다. 농장은 여덟 개였고, 어디에나 할 일이 많았다. 하지만 가게인 스토르보르에는 가축도 없고 농지도 없었으며 그저 정원이 있을 뿐이었다. 거기에는 급한 일이 없었다.

셸란로에서는 순무라는 새로운 뿌리채소를 심었다. 초록색으로 크게 자라 잎이 바람에 흔들렸는데, 소들이 몰려드는 걸 막을 수가 없었다. 소들은 울타리를 다 무너뜨리고 울면서 밭으로 달려들었기 때문에, 레오폴디네와 어린 레베카가 순무밭을 지켜야 했다. 어린 레베카는 긴 막대기를 들고 열심히 소를 쫓았다. 아버지는 가까이에서 일하며 때때로 와서 아이의 손과 발을 만지고 춥지 않은지 물었다. 이미 커서 어른이나 다름없는 레오폴디네는 밭을 지키며 겨울에 신을 스타킹과 양말을 짰다. 트론헤임에서 태어나 셸란로에 왔을 때 다섯 살이었으니, 사람이 많은 대도시와 증기선을 타고 멀리 온 여행에 대한 기억은 점차 희미해졌다. 그녀는 시골 아이가 되었고, 가끔 교회에 갈 때 들른, 작년에 견진을 받은 아랫마을보다 더 큰 세계는 알지 못했다……

이제는 이런저런 잔일이 생겼다. 예를 들어, 마을로 내려가는 길에서 몇 군데가 더이상 수레로 통과할 수 없게 망가져버린 것이다. 아직 땅이 얼지 않았으므로 이사크와 시베르트는 길 옆에 수로를 파기 시작했다. 그리고 아직 물을 빼야 할 늪지도 두 곳 있었다.

악셀 스트룀은 자기도 말이 있고 이 길을 이용했으니 그 일을 돕겠다고 약속했다. 하지만 그는 지금 도시에 급한 일이 있었다. 도대체 도시에서 뭘 하려는 것일까? 그는 아주 급한 일이라고 했다. 대신 브레이다블리크에 사는 동생을 길 닦는 일을 하도록 보냈다. 그의 이름은 프레드리크였다.

그는 갓 결혼한 젊은 남자로, 명랑하게 인생을 즐기는, 놀기도 좋아하지만 나름대로 쓸모도 있는 사람이었다. 그와 시베르트 사이에는 공통점이 꽤 많았다. 아침이 되어 이제 막 올라온 프레드리크는 방금 스토르보르 가게에서 아론센이 한 말에 온통 정신이 팔려 있었다. 사건의 시작은 프레드리크가 담배 한 개비를 달라고 한 것이었다. "혹시 생기면 담배 한 개비쯤 기꺼이 드리지요." 아론센이 말했다. "이젠 담배 하나도 없단 말인가요?" "없어요. 그리고 주문도 하지 않을 겁니다. 사는 사람이 없잖아요. 담배 한 개비 팔면 내가 버는 게 얼마나 되는지 아시오?" 아론센은 기분이 상해 있었고, 스웨덴 광산 회사가 그를 갖고 놀았다고 생각했다. 그는 장사를 하려고 이 오지에 정착했는데, 광산이 문을 닫아버린 것이 아닌가!

프레드리크는 아론센 생각을 하며 그냥 마음 편하게 미소를 지었다. "아니, 농사를 짓지도 않았고 가축에게 먹일 먹이도 없어서 먹이는 돈을 주고 살 생각이라네요. 나한테 와서 건초를 사려고 하더군요. 팔 건초는 없다고 했지요. 그러니까 돈이 필요 없냐고 묻던데요. 아론센이 말이에요. 돈만 있으면 그만이라고 생각하는 모양이죠. 백 크로네 지폐를 탁자에 던지고는 '여기 돈이 있소' 합디다. 난 '그래요. 돈은 좋은 것이죠'라고 대답했어요. '현금 꽉꽉'이라고 그가 말하더군요. 그 사람은 가끔 보면 바보 같아요. 그 사람 아내는 아무 날도 아닌데도 회중시계를 차고 다니죠. 무슨 엄청 중요한 잊어버리면 안 될 약속이라도 있는지."

시베르트가 물었다. "아론센이 게이슬레르라는 사람 이야기를 안 하던가요?" "했어요. 산지를 사 가지고 있으면서 안 팔려는 사람이라고 하던데요. 아론센은 화가 날 대로 났어요. 해직된 지방 행정관이 주머니에 5크로네도 없으면서 그런다고, 쏴 죽여야 한다고요. 난 '조금만 기다리세요. 나중에 팔지도 모르잖아요'라고 했지요. 아론센은 그런 생각은 말라고 합니다. '난 상인이니까 잘 압니다. 한쪽이 25만 크로네를 요구하는데 다른 쪽이 2만 5천을 제안하면, 차이가 너무 커서 거래가 안 됩니다. 내가 가족하고 이 함정에 뛰어들지만 않았더라면 그것도 상관 안 할 텐데'라고 하더군요. '이게 내 솔직한 생각입니다. 이 습지, 황무지, 함정! 하루에 1크로네도 벌이가 없잖아요.' 그렇게 말하더라고요."

남자들은 아론센을 두고 웃었고, 그를 딱하게 생각하지 않았다. "그가 가게를 다 정리해버릴 것 같던가?" 이사크가 물었다. "그럴 것처럼 보이던데요. 벌써 하인도 내보냈고요. 아론센은 웃기는 사람이에요. 정말로요. 겨울에 쓸 땔감을 만들고 자기 말을 갖고 있어서 건초를 실어오기도 하는 그런 하인은 내보내지만 가게 점원은 그냥 두다니 말이에요. 가게에 상품이라고는 없으니 정말로 하루에 1크로네도 버는 게 없는데, 대체 뭐하려고 점원을 데리고 있냐고요. 아마 자만심 때문에, 뻐기느라고 그러는 거겠죠. 카운터에 서서 커다란 장부에 뭔가를 쓸 사람이 필요하잖아요? 하하하, 아론센은 약간 미쳤나봐요!"

세 남자는 점심때까지 함께 일했고, 가지고 온 음식을 먹으면서 잠시 이야기를 나누었다. 이들은 이야기할 문제가 있었다. 지역과 마을 사람들의 행복과 안녕은 사소한 문제가 아니었지만, 이들은 차분하게 이야기를 나누었다. 침착한 이들이고 아직 평정심을 잃지 않은, 해서는 안 될 일을 하지 않는 이들이었으니까. 때는 가을, 주위는 조용했고 한쪽에는 산이, 다른 쪽에는 태양이 보였으며, 저녁에는 별과 달이 떴다. 모든 것은 변함이 없었고 포옹처럼 따뜻했다. 이곳에서 인간들은 아직 히스 벌판에서 팔을 베고 쉴 시간이 있었다.

프레드리크는 브레이다블리크 이야기를 하고, 거기서는 뭘 어떻게 할 수 있는 게 별로 없었다고 말했다. "하지만 내가 내려갔을 때 보니 벌써 뭘 많이 했던데." 이사크가 말했다. 이곳의 첫 개척자인 거인의 칭찬은 프레드리크를 기쁘게 했고, 그는 솔직하게 물었다. "정말인가요? 아니, 아직 손 볼 데가 많죠. 금년에는 자꾸 일이 중단되어서요. 우리가 살 집을 수리해야 했거든요. 비가 샜고 점점 더 심해졌으니까요. 그리고 건초 저장고는 무너뜨리고 다시 지어야 했죠. 우리로 쓰던 움막은 너무 작았어요. 브레데는 가축이 없었지만, 저는 암소와 송아지가 여럿 있지요." 프레드리크가 자랑스러워하며 말했다. "여기가 맘에 드나?" 이사크가 물었다. "네, 저는 여기가 마음에 들고, 집사람도 그래요. 마음에 안 들 이유가 뭐가 있겠어요? 전망이 탁 트여서 올라가는 길도 내려가는 길도 다 보이죠. 집 옆에 있는 작은 숲도 우리 생각엔 참 아름답고요. 자작나무와 버드나무가 섞여 있는데, 시간이 나면 뜰의 반대쪽에도 나무를 심을 생각입니다. 봄에 수로를 만든 후로, 지금까지 벌써 늪지에서 물이 얼마나 빠졌는지 보면 놀랍습니다. 금년에 거기에서 무엇이 자라는지, 곧 보게 되겠죠. 마음에 드냐고요? 오, 아내와 저에게 집과 뜰과 토지와 밭이 있는데 당연하죠!" "언제까지나 둘이서만 지낼 생각인가요?" 하고 시베르트가 슬쩍 물었다. "아니요,

더 늘어날지도 모르겠어요." 프레드리크가 쾌활하게 대답했다. "여기가 얼마나 마음에 드는지 이야기하자면, 전 아내가 지금처럼 행복해하는 걸 본 적이 없답니다."

이들은 저녁까지 일을 했다. 때로는 굽힌 몸을 펴고 이런저런 이야기도 했다. "담배는 못 샀고요?" 시베르트가 물었다. "못 샀어요. 그리고 좀 미안했죠. 난 담배를 안 피우거든요." 프레드리크의 대답이었다. "안 피워요?" "그래요. 아론센에게 간 것은, 그 사람이 뭐라고 하나 들어보기 위해서였어요." 이 말에 두 장난꾼은 웃음을 터뜨리고 즐거워했다.

집으로 돌아가며 아버지와 아들은 언제나처럼 말이 없었다. 하지만 이사크는 뭔가 생각이 있는지 말을 걸었다. "시베르트?" "네?" 시베르트가 대답했다. "아니, 아무 일도 아니다." 한동안 더 걷더니 아버지가 다시 말했다. "아론센이 물건이 없는데 장사를 할 수 있을까?" "못하죠. 하지만 이제는 물건이 필요한 사람들이 별로 없으니까요." 시베르트가 대답했다. "그렇게 생각하니? 그래, 그럴 수도 있겠지." 시베르트에게는 이런 말이 의외였다. 이사크는 말을 계속했다. "여덟 집밖에 안 되지만 더 늘어날 수도 있겠지. 누가 알겠니?" 시베르트는 더 놀랐다. 도대체 아버지는 무슨 생각을 하는 것일까? 그냥 생각 없이 하는 말이라고? 둘은 다시 한참을 걸었고, 이제 거의 집에 다 왔다. 그러자 이사크가 물었다. "흠. 아론센이 얼마면 그 농장을 팔까?" "아, 그 이야기였군요!" 시베르트가 대답했다. "사시려고요?" 그는 장난삼아 물었다. 하지만 갑자기 아버지의 의도를 깨달을 수 있었다. 분명 엘레세우스를 생각하고 있었다. 그는 아들을 한순간도 잊지 않았고, 어머니만큼이나 아들을 끔찍이 생각했던 것이다. 그저 방식이 달랐을 뿐. 하지만 아버지는 땅과, 셀란로와 더 가까웠다. 그래서 시베르트는 말했다. "뭐, 낼 수 없을 정도는 아니겠지요." 시베르트가 그렇게 말하자 아버지 역시 아들이 자신의 의도를 이해했다고 느꼈고, 자신이 너무 다 속이 들여다 보이게 말을 했나 싶어, 길을 내는 공사에 대해 이야기하고 그 일이 끝나 다행이라고 말했다.

그다음 며칠 사이에 시베르트와 어머니는 머리를 맞대고 궁리했으며, 작은 소리로 이야기를 나누고 편지를 썼다. 토요일이 되자 시베르트는 마을에 내려가겠다고 했다. "거기서 또 뭘 하려고? 신발만 닳지." 아버지는 언짢다는 듯이 말했다. 그는 어울리지 않게 화난 얼굴이었고, 시베르트가 우체국에 가려는 것을 알아챈 듯했다. "교회에 가려고요." 시베르트가 말했다. 그보다 더 나은 핑계는 생각나지 않았고, 아버지는 "그래, 어쩔 수 없다면 가야지" 하고 말했다.

하지만 시베르트가 교회에 가려고 한다면 수레를 준비해서 어린 레베카를 데리고 갈 수도 있지 않겠는가. 어린 레베카는 열심히 순무밭을 지켰고 농장의 꽃이며 보물이었으니 난생처음으로 이런 신나는 일을 경험해도 되지 않을까. 아버지가 말했고, 그 말은 사실이었다. 그래서 시베르트는 결국 수레를 준비했고, 하녀 옌시네도 함께 데리고 가기로 했다. 시베르트는 거기에 반대하지 않았다.

이들이 없는 사이에 스토르보르의 점원이 길을 따라 올라왔다. 무슨 일이었을까? 글쎄, 별일 아니었다. 그저 점원, 안드레센이라는 사람이 올라왔을 뿐. 그는 아론센이 시키는 대로 산을 올라가려는 참이었다. 그저 그뿐이었다. 그리고 그렇다고 셀란로가 발칵 뒤집어지는 것도 아니었다. 농장에서 낯선 사람을 보는 일이 드물어 매번 잉에르가 흥분하던 시절은 갔다. 아니, 잉에르는 다시 원래로 돌아갔으며, 차분하고 조용해졌다.

기도서는 참 이상한 물건이다. 인도자이며 목을 안아주는 팔이었다. 잉에르가 중심을 잃고 딸기 덤불 사이에서 방황할 때, 그녀는 자신의 방과 기도서를 생각함으로써 다시 원래의 자리로 돌아올 수 있었다. 지금 그녀는 경건하고 생각이 깊었다. 그녀는 손가락을 바늘에 찔리면 "빌어먹을!" 하고 외치며 바느질을 하던 옛날을 생각했다. 이런 말을 함께 감옥에 간힌 여자들과 바느질 방의 커다란 책상에 앉아 있었을 때 배웠다. 지금 그녀는 손가락이 찔려 피가 나면 말없이 피를 빨았다. 그런 회개는 쉬운 일이 아니었다. 하지만 그게 다가 아니었다. 돌로 된 우리가 완성되고 인부들이 다 떠나 셀란로가 조용하고 한적해지자, 그녀는 위기에 빠져 눈물을 많이 흘렸으며 힘들어했다. 그녀는 모든 것을 자신의 탓으로 돌렸고, 몹시 겸손해졌다. 이사크와 대화를 하고 마음을 풀었더라면 좋았겠지만 셀란로에서는 아무도 감정 이야기는 하지 않았고, 아무도 자신의 실수를 인정하지 않았다. 그래서 그녀는 식사 시간에 아주 따뜻하게 남편을 불렀다. 문 앞에 서서 부르는 대신 그에게 가서 들어오라고 했고, 저녁이면 그의 옷을 살펴보고 단추를 달았다. 어느 날 밤 그녀는 팔꿈치를 괴고 말했다. "이사크?" "왜, 무슨 일이야?" 이사크가 물었다. "안 자요?" "응." "아니, 아무것도 아녜요." 잉에르가 말했다. "하지만 내가 잘못했어요." "뭐?" 이사크가 물었다. 저절로 튀어나온 말이었다. 그도 팔꿈치를 괴고 몸을 일으켰다. 그리고 둘은 한참 이야기를 나누었다. 그녀는 훌륭한 여자였고 마음이

넓었다. "내가 당신에게 잘못했어요. 미안해요." 이 단순한 말은 그를, 남자를 감동시켰고, 그는 잉에르를 위로하고 싶었다. 모르기는 해도 잉에르 같은 여자는 다시는 없을 것 같았다. "그것 때문에 울 필요는 없지." 이사크가 말했다. "잘못이 없는 사람이 있나." "아니, 아니에 요." 고마운 마음으로 잉에르가 말했다. 오, 이사크는 일을 원만하게 처리하는 사람이었고, 무너져가는 것이 있으면 일으켜 세웠다. 잘못이 없는 사람이 있겠는가. 마음을 다스리는 신인 그의 말이 옳았다. 그는 정말로 신과도 같은 존재였으면서 모험에 나섰고, 겉모습만 보아도 그 는 거친 생활에 익은 사람이었다. 어떤 날에는 장미꽃밭에 누워 뒹굴 며 입술을 핥았고, 다른 날에는 가시를 밟고는 찡그린 얼굴로 다시 뽑 았다. 가시에 찔렸다고 죽을까? 절대 아니다. 그는 전과 다름없이 건 강했다. 그가 그런 일로 죽다니 말이 되는가?

잉에르도 다시 괜찮아졌다. 자신의 문제를 극복했지만, 그래도 기도 서를 놓지 않았고 거기에서 위로를 찾았다. 잉에르는 언제나 한결같이 부지런하고 참을성이 있고 선했으며, 이사크를 모든 남자 중에서 최고 로 알고 그 외에 다른 누구도 원하지 않았다. 물론 그는 겉으로 보면 재주꾼도 아니고 훌륭한 가수도 아니었지만, 그래도 괜찮은 사람이었 다. 그녀는 정말로 그렇게 생각했다. 그리고 경건하고 소박하게 사는 것은 정말로 보상을 받을 만한 행동이었다.

어느 날 스토르보르의 젊은 점원인 안드레센이 왔다. 그가 일요일에 셀란로로 왔지만, 잉에르는 들뜨지 않았다. 그녀는 그에게 우유를 갖 다주려고 하지도 않았으며, 하녀가 집에 없는 것을 보고는 레오폴디네 에게 우유를 들려 보냈다. 레오폴디네는 상냥하게 우유를 갖다주며

"자, 드세요!"라고 말했다. 주일에 입는 좋은 옷을 입고 있었고 부끄러워할 이유가 없는데도 얼굴을 붉혔다. "아니, 뭐 이렇게까지. 고마워." 안드레센이 말했다. "아버지는 집에 계시니?" 그가 물었다. "네, 집 근처 어딘가에 계세요." 안드레센은 우유를 마시고 입을 손수건으로 닦고는 시계를 보았다. "광산까지는 머니?" 그가 물었다. "아니요. 기껏해야 한 시간쯤 걸려요." "난 거기 올라가서 가게 주인인 아론센 씨 대신 광산을 살펴봐야 한단다. 넌 우리 가게에 와서 물건을 산 적이 있지?" "네." "난 너를 잘 기억해. 가게에 두 번 왔지." "기억하실 줄은 몰랐는데요. 뜻밖이네요." 레오폴디네가 말했다. 그러고는 온몸에 힘이 빠져 의자에 몸을 기대었다. 반면에 안드레센은 아직 기운이 남아서 말을 계속했다. "왜 내가 너를 기억 못하겠니?" 그리고 이어서 물었다. "나랑 같이 광산에 올라가지 않을래?"

레오폴디네는 점점 더 얼굴이 붉어지고 눈앞이 어지러워졌다. 땅바닥이 흔들렸고, 점원 안드레센의 말은 마치 멀리에서 들려오는 것 같았다. "시간 없니?" "없어요." 그녀가 말했다. 그녀가 어떻게 부엌으로 다시 나왔는지는 아무도 모른다. 그녀의 어머니는 그녀를 보자 물었다. "무슨 일 있니?" "아무 일 없어요."

아무 일이 없다니! 하지만 이제는 레오폴디네가 들뜰 차례였다. 늘 일어나는 일이 이제는 그녀에게 일어나고 있었다. 그녀는 딱 그럴 만한 여자였다. 풍만하고 예쁘고 이제 갓 견진을 받은 그녀는 훌륭한 희생양이었다. 가슴속에서는 새가 한 마리 지저귀고 있었고, 긴 손에는 잉에르의 손처럼 다정함과 여자다움이 넘쳤다. 춤은 출 줄 몰랐을까? 물론 알았다. 대체 어디서 배웠는지는 알 수 없지만, 하여튼 셀란로에

서는 다들 춤은 배웠다. 시베르트도 춤을 출 줄 알았고, 레오폴디네도
그랬다. 황무지에서 생겨난 토속적인 춤, 힘찬 회전과 몸 돌리기, 스코
틀랜드식 원무, 마주르카, 라인 폴카와 왈츠. 그러니 레오폴디네라고
치장을 하고 연애를 하고 백일몽을 꾸지 못할 이유가 있겠는가? 남들
과 마찬가지로. 견진을 받을 때 어머니는 그녀에게 금반지를 빌려주었
다. 그 자체는 죄가 되는 일도 아니었고, 그저 반지가 예뻤을 뿐이다.
다음날 성찬례에 나가게 된 그녀는 모든 절차가 끝난 다음에야 반지를
손에 꼈다. 힘있는 사람, 지방 영주의 딸이었으니 반지를 끼고 제단 앞
에 나아갈 수도 있었을 텐데.

점원 안드레센이 산에서 내려와보니 이사크가 와 있었고, 그에게 집
으로 들어오라고 불렀다. 점심 식사와 커피가 차려졌다. 식구들이 모
두 거실에 모여 대화를 나누고 있었다. 점원은 광산이 어떻게 되고 있
는지, 다시 작업을 시작할 낌새가 있는지 살펴보도록 아론센이 그를
보냈다고 설명했다. 아론센이 그를 보냈다는 말은 거짓말인지도 모른
다. 그냥 자기 마음대로 온 것일 수도 있다. 하여튼, 그렇게 짧은 시간
에 광산까지 다녀왔을 리는 없었으니까. "그렇게 겉으로만 봐서는 회
사가 다시 조업을 시작하려는지 알 수 없지." 이사크가 말했다. "맞아
요." 점원이 인정했다. 하지만 아론센은 그를 보냈으며, 두 사람이 보
는 게 한 사람이 보는 것보다는 낫다고 그는 말했다.

이제는 잉에르가 더이상 참을 수 없어서 물었다. "사람들이 아론센
이 집을 팔 거라고 하던데 사실인가요?" 점원이 대답했다. "아론센이
그런 말을 해요. 그리고 그라면 뭐든지 할 수 있죠. 돈이 얼마든지 있
으니까요." "홈, 정말로 그렇게 돈이 많아요?" "그래요, 돈은 부족하지

않죠." 또 입을 다물고 있을 수 없었던 잉에르가 물었다. "집값을 얼마나 요구하죠?" 하지만 이제는 이사크가 끼어들었다. 그는 잉에르보다 더 호기심에 불탔는지도 모르지만, 스토르보르를 사겠다는 생각을 시작한 게 자신임을 인정하고 싶지는 않았으므로 관심이 없는 척했다. "잉에르, 그건 왜 물어?" "그냥요." 그녀가 대답했다. 둘은 호기심에 차서 점원을 바라보며 기다렸고, 결국 그는 입을 열었다.

그는 무척 머뭇거리며 말했다. 값은 모르겠지만, 아론센이 스토르보르를 얼마 주고 샀다는 말을 한 것 같다고. "얼마나 되는데요?" 더이상 입을 다물고 침묵할 수 없었던 잉에르가 물었다. "1만 6천 크로네였죠." 점원 안드레센이 대답했다. "아, 그래요?" 잉에르가 두 손을 모으며 말했다. 여자들이란 재산의 가치에 대해서는 아무 개념이 없는 존재들이니까. 하지만 1만 6천 크로네는 이 황무지에서 적은 돈이 아니었고, 잉에르가 겁내는 것은 단 한 가지, 이사크가 값을 듣고 놀라 포기할까 하는 것이었다. 그러나 이사크는 바위처럼 끄떡없이 말했다. "건물들이 크니까." "그렇죠." 안드레센도 말했다. "집들이 엄청 크니까요."

점원이 떠날 때가 다 되자, 레오폴디네가 문밖으로 나갔다. 이상한 일이지만, 그녀는 도저히 그와 악수를 할 수 없을 것 같았다. 하지만 그녀는 좋은 자리를 하나 찾아서, 새로 지은 우리에 들어가 창밖을 내다보았다. 목에는 아까 없었던 푸른 실크 리본을 매고 있었다. 어느 틈에 그걸 묶고 왔는지 신기한 일이었다. 남자가 빠른 걸음으로 지나갔다. 약간 작고 통통한 그는 금빛 수염을 기르고 있었고, 그녀보다 여덟 살이나 열 살쯤 위였다. 그녀는 그가 아주 마음에 들었다.

일요일과 월요일 사이의 밤, 교회에 갔던 사람들이 다시 돌아왔다. 아무 문제가 없었다. 어린 레베카는 집에 오는 길에 마지막 한 시간을 잤고, 잠든 채 안겨서 집으로 왔다. 시베르트는 새로운 소식을 많이 들었지만, 어머니가 "무슨 일이 있다던?" 하고 묻자 "별일 없어요"라고 대답했다. "악셸한테 새 예초기와 써레가 생겼던데요." "뭐라고 했니?" 아버지가 관심을 가지고 물었다. "너도 봤니?" "네, 봤어요. 부두에 와 있던데요." "아, 그래서 그가 도시에 나갔었군." 아버지가 말했다. 시베르트는 남들이 모르는 걸 많이 알고 있어서 우쭐했지만, 그 이상 아무 말도 하지 않았다.

아버지는 악셸이 예초기와 써레를 사러 도시에 갔던 거라고 믿으라지. 어머니 역시 그렇게 믿어도 그만이다. 아, 부모 중 누구도 정말로 그렇게 믿지는 않았다. 이들도 그게 최근에 이 근처에서 일어났던 영아 살해와 관련이 있다는 쑥덕공론을 들은 바가 있었다. "이젠 자러 가려무나." 아버지가 결국 말했다.

자만심으로 가득찬 시베르트는 가서 자리에 누웠다. 악셸이 재판에 소환된 건 대단한 사건이었고, 지방 행정관이 그와 함께 갔다. 이 일은 너무나 중요해서, 최근에 또 아이를 낳은 지방 행정관의 부인까지도 아이를 두고 시내에 갔다고 했다. 그녀는 자신도 재판에서 한마디 하겠다고 했단다.

마을에는 온갖 험담과 소문이 돌았고, 시베르트는 먼 과거의 영아 살해 사건이 다시 입에 오르내리는 것을 알아챘다. 그가 가까이 가면 교회 앞에서 이야기하던 사람들이 말을 멈추었고, 시베르트가 아니라 다른 사람이었다면 그들에게 등을 돌렸을지도 모른다. 그가 시베르트라는 사실은 다행이었다. 큰 농장 출신에 부자의 아들, 본인도 능력이 있고 일을 잘한다고 인정을 받은 그가 아니던가. 다른 이들은 그를 높이 사고 존중했으며, 그는 언제나 인기가 있었다. 집에 갈 때까지 옌시네가 이런저런 이야기를 너무 많이 듣지만 않았으면 좋겠는데. 하지만 시베르트 자신도 두려워할 이유가 있긴 있었고, 황무지 사람들도 얼굴이 붉어지거나 창백해질 때가 있긴 있었다. 그는 옌시네가 어린 레베카와 함께 교회 밖으로 나오는 것을 보았고 두 사람도 시베르트를 보았지만, 둘은 그냥 지나쳐버렸다. 그래서 그는 잠시 기다렸다가 둘을 데리러 대장간으로 갔다.

대장장이의 집에서는 다들 식탁에 모여 점심을 먹고 있었다. 시베르트에게도 음식을 주려 했지만 그는 이미 먹었다는 말로 사양했다. 그들은 그가 이맘때 온다는 걸 알고 있었으니 조금 기다릴 수도 있었다. 셀란로에서라면 그렇게 했을 것이다. 하지만 여기에서는 그를 기다리지 않았다. "그래요, 당신은 이보다 나은 음식에 익숙하겠죠"라고 대장장이의 부인이 말했다. "교회에서 뭐 새로운 소식을 좀 들었나?" 대장장이가 물었다. 자기도 교회에 갔었는데.

옌시네와 어린 레베카가 마차에 앉자 대장장이의 부인이 딸에게 말했다. "옌시네, 집에 너무 늦지는 말아야지." 시베르트는 '그 말은 이렇게 이해할 수도 있고 저렇게 이해할 수도 있지'라고 속으로 생각했지만 간섭하지 않았다. 더 드러내놓고 말들을 했더라면 그도 뭐라고 대답했을 것이다. 그는 이마를 찡그리고 기다렸다. "자, 이제 됐어요."

이들은 집을 향했고, 할말이 있는 건 어린 레베카뿐이었다. 교회에 가서 검은 옷을 입고 은 십자가를 건 목사, 촛불, 오르간 소리 등등 온 갓 새로운 경험을 했으니까. 시간이 좀 흐르고 나서 옌시네가 말했다. "바르브로가 안됐지 뭐예요!" "집에 늦지 말라는 어머니 말씀은 무슨 얘기죠?" 시베르트가 물었다. "무슨 얘기냐고요?" "우리를 떠날 건가요?" "언젠가는 집으로 가야죠." 그녀가 말했다. "워워!" 시베르트는 말을 세웠다. "바로 말을 돌릴까요?" 옌시네는 시체처럼 창백한 얼굴로 그를 바라보았다. "아니에요." 그녀는 이렇게 말했지만 바로 울기 시작했다. 어린 레베카는 놀라서 두 사람을 번갈아 바라보았다. 아, 어린 레베카는 이런 나들이 때 너무나 도움이 되었다. 레베카가 옌시네의 편이 되어 그녀를 쓰다듬자 그녀는 미소를 지었다. 어린 레베카가 마차에서 뛰어내려 막대기를 찾아 그를 때리겠다고 위협하자, 시베르트도 웃을 수밖에 없었다. "하지만 이제는 제가 그게 무슨 얘기냐고 물을 차례예요." 시베르트는 주저하지 않고 대답했다. "내 말은, 옌시네가 우리집을 떠날 거라면 우리는 옌시네 없이 해나갈 생각을 해야 한다는 거예요." 한참 후에 옌시네가 대답했다. "그래요, 레오폴디네는 이제 다 컸으니 내 일을 할 수 있겠죠."

집으로 가는 길은 우울했다.

7

한 사람이 황무지를 가로지르고 있었다. 폭풍이 치고 비가 왔다. 가을비가 시작되었지만 이 사람은 괘념치 않았으며, 기뻐 보였고 실제로도 기뻤다. 공판에서 무죄판결을 받고 돌아오는 악셀 스트룀이었다. 그는 기뻤다. 첫째, 예초기와 써레가 부두에 와 있었고, 둘째로 무죄판결을 받았다. 그는 영아 살해에 가담하지 않았다는 것이다. 그래, 결국 이렇게 끝이 나는구나.

하지만 힘든 시간이었다. 거기 서서 증언을 하는 것은 매일 힘들게 일을 하는 그에게도 평생 가장 힘든 일이었다. 바르브로의 잘못을 더 부풀려서 말하는 건 그에게 도움이 되지 않았으므로 그는 말을 너무 많이 하지 않으려고 애썼고, 아는 사실을 다 말하지도 않았다. 그에게서는 말 한 마디 한 마디를 짜내야 했고, 그는 그렇다 아니다 한마디로 대답하는 것이 보통이었다. 그것으로 충분하지 않았나? 그 일을 더 크게 만들 필요가 있을까? 아, 일은 점점 더 심각해지는 것처럼 보였다. 관리들은 새카만 옷을 입고 있었고 위협적으로 보였으며, 몇 마디 안 되는 말로 상황을 악화시키고 그에게 유죄판결을 내릴 수도 있었다. 하지만 그들은 친절한 사람들이었으며 그가 구렁텅이에 빠지는 것을 원하지 않았다. 그리고 실제로 힘있는 사람들이 바르브로를 구하려고 영향력을 행사했고 그게 도움이 되었다.

그런데 그에게 무슨 일이 일어날 수 있겠는가?

바르브로 역시 이전의 고용주이며 애인이었던 그에게 불리한 증언을 할 마음은 없었다. 그는 이번 살해에 대해서도 그 이전의 살해에 대해서도 너무나 두려운 사실을 알고 있었고, 바르브로는 그렇게 어리석지는 않았다. 그리고 그녀는 충분히 머리 회전이 빨랐으므로 악셀에 대해 좋은 말을 하고, 그는 일이 다 지나갔을 때까지 아기가 태어난 것을 전혀 몰랐다고 증언했다. 그는 아주 독특한 사람이고, 둘의 의견이 언제나 일치하지는 않았지만 그래도 조용하고 괜찮은 사람이었다고. 아니, 그가 무덤을 새로 파고 시체를 묻은 건 훨씬 나중의 일이고, 그저 처음에 묻은 곳이 너무 습하다고 생각했기 때문이라고. 사실 뭐 그렇게 습하지는 않는데 악셀은 워낙 그렇게 별난 사람이라고.

바르브로가 모든 책임을 스스로 지는데 악셀에게 무슨 문제가 생기겠는가? 그리고 힘있는 사람, 지방 행정관 헤이에르달의 부인이 바르브로를 위해 영향력을 행사하고 있었다.

그녀는 이리저리 헤치고 다니며 노력을 아끼지 않았다. 그녀는 증인으로 심문받기를 자청했고, 법정에서 열변을 토했다. 자기 차례가 되자 그녀는 귀부인처럼 서서 영아 살해라는 문제를 폭넓게 다루고, 마치 특별 허가라도 받은 것처럼 법정 앞에서 일장 연설을 늘어놓았다. 헤이에르달 부인에 대해서는 사람마다 생각이 달랐지만, 그래도 그녀가 연설을 잘하고 정치와 사회 문제에 해박한 건 누구나 인정했다. 어디서 그렇게 말솜씨를 배웠는지 놀랄 일이었다. 가끔씩 재판장은 그녀에게 이제 본론으로 좀 들어가라고 말하고 싶은 눈치였지만, 차마 그녀의 말을 중단시키지 못하고 그냥 연설을 하도록 내버려두었다. 끝에 가서야 그녀는 몇 가지 유익한 설명 몇 가지를 하고 다들 놀랄 만한 제안을 법정에 했다.

법적인 문제에 관한 장황한 설명을 제외하고 나면 그녀의 이야기는 대략 다음과 같았다. 그녀는 이렇게 말했다.

"우리 여성은 인류의 불행하고 억압받는 절반입니다. 법을 만드는 건 남자들이고, 우리는 아무 영향을 미칠 수 없지요. 하지만 아이를 낳는 게 여자에게 어떤 의미인지 남자들이 상상할 수 있을까요? 남자가 그런 두려움을 경험하고, 그런 말로 할 수 없는 고통을 느끼고, 산고로 비명을 질러봤나요?

여기 이 일은 아이를 낳은 하녀에 관한 사건입니다. 결혼을 안 했으니, 임신한 사실을 내내 애써 숨겼죠. 대체 왜 그래야 했을까요? 인간 사회의 편견 때문이지요. 이 사회는 미혼모를 낮게 보거든요. 그런 여자를 보호하지 않을 뿐 아니라 모욕을 쏟아붓고 멸시해요. 끔찍하지 않나요? 물론이죠. 심장이 뛰는 사람이라면 누구라도 흥분을 해야 할 일이죠. 이 젊은 여자는 아이를 낳아야 할 뿐만 아니라, 그것만으로도 끔찍한데 그 때문에 범죄자 취급을 받아야 하는 겁니다. 피고석에 있는 저 아가씨를 위해서는 아이가 불행한 사고로 시냇물 속에서 태어나 바로 질식사한 게 다행이라고 하겠어요. 그녀에게도 아이에게도 다행이죠. 사회가 이런 이상, 미혼모는 아이를 의도적으로 죽였다 하더라도 무죄 선고를 받아야 합니다."

여기에서 재판장은 낮은 소리로 뭐라고 중얼거렸다.

"아니면 아주 약한 처벌을 받던가요." 헤이에르달 부인은 말을 계속했다. "물론 우리 모두 아이의 생명을 지켜야 한다고 생각합니다. 하지만 인간의 모든 법률 중에서 이 불행한 어머니를 위한 법은 하나도 없나요?" 그녀가 말했다. "그녀가 임신중에 겪었을 일을 상상해보세요. 임신한 사실을 감추기 위해 너무나 큰 고통을 참아야 했던 것을, 그리고 자신과 아이를 위해 아무것도 할 수 없었다는 것을 생각해보세요. 아무도 그녀가 어떤 감정을 느꼈을지 상상조차 할 수 없습니다." 그녀의 말이었다. "아이는 선의의 살해를 당한 거예요. 어머니는 자신에게도 이 사랑스러운 아이에게도 살아야 한다는 짐을 지우기를 바라지 않아요. 짊어지고 살아야 하는 수치가 너무나 크기 때문에, 어머니는 아이를 죽이려는 계획을 짜지요. 어머니는 몰래 아이를 낳고, 24시간 동안은 제정신이 아니어서 자기 행동에 책임을 질 수 없는 상황이에요. 그러니까 그녀가 살해했다고 할 수 없을 정도로 정신이 없었던 거죠. 출산을 하느라고 뼈 하나하나 근육 하나하나가 모두 아프지만, 그래도 그녀는 아이를 죽이고 시체를 치워야 합니다. 그렇게 하려면 얼마나 의지력이 필요할지 상상해보세요! 사실 우리 모두는 아이들이 살기를 바라죠. 살지 못하는 아이들이 있는 건 정말 안타까운 일이에요. 하지만 그건 순전히 인간 사회의 책임이에요. 이 한심하고 매정하고 중상

모략에 빠진 악한 추적광 같은 사회는 미혼모를 억압하려고 온갖 짓을 다 하니까요!

하지만 사회가 그녀를 이렇게 대해도, 학대를 당한 어머니들은 다시 일어서지요. 때로는 이 아가씨들은 사회에서 이런 실패를 거둔 직후에 바로 자신들의 가장 뛰어나고 고귀한 면을 발달시키기 시작해요. 법정이 원하신다면, 이게 사실인지 미혼모와 아이들을 받아들이는 모자원 대표들에게 물어보세요. 그리고, 경험에 따르면 바로 이런 아가씨들이, 그래요, 사회 때문에 자기 아이를 죽일 수밖에 없었던 이런 아가씨들이 나중에 아주 훌륭한 보모가 된답니다. 누구나 한번 생각해볼 일이에요.

이런 사건의 다른 측면을 하나 언급하고 싶은데, 왜 남자들은 벌을 받지 않느냐는 겁니다. 아이를 죽인 어머니는 고통받고 감옥에 갇히는 반면, 유혹자인 아버지는 무사해요. 하지만 아이를 만든 건 그이니 그 역시 살해에 책임이 있지요. 그가 없었으면 이런 불행한 일은 안 생겼을 테니까요. 왜 그에게는 아무 일도 안 생기죠? 대답은 법을 남자들이 만들었기 때문이라는 거죠. 이런 남자들의 법에서 지켜달라고 하늘에 크게 외쳐야 할 지경입니다! 그리고 여자들이 선거에서도 입법 의회에서도 한마디 할 권리가 없는 한 이 상황은 달라지지 않을 거예요."

지방 행정관의 부인은 말을 계속했다. "하지만 이 끔찍한 법률이 영아 살해 죄를 지은―아니면 죄를 좀 지었을지도 모르는―미혼모에 관한 것이라면, 살인 혐의만 있고 살인을 저지르지 않은 무죄한 여자에 대해서는 뭐라고 하겠어요? 사회는 이 사회의 희생자에게 어떻게 보상을 하나요? 아무런 보상도 하지 않지요! 나는 여기 피고로 앉아 있는 아가씨를 어릴 때부터 안다고 증언합니다. 우리집에서 하녀로 있었고,

그녀의 아버지는 우리 남편의 정리였거든요. 우리 여자들은 비난하고 추적하는 남자들과는 반대로 생각을 하고 만사에 대해 나름의 의견을 갖지요. 저 아가씨는 체포되었고 자유를 빼앗겼고, 아이를 몰래 낳고는 죽였다는 혐의를 받았어요. 하지만—내가 확신하는데—그녀는 둘 중 어느 것도 하지 않았습니다. 법정도 이런 명명백백한 사실을 인정하시리라고 봅니다. 몰래 아이를 낳았다고요? 밝은 세상에서 아이를 낳았어요. 물론 혼자였지만, 대체 누가 그 옆에 있을 수 있었겠어요? 외진 황무지에 살고 있었고, 그곳에 인간이라고는 그녀 외에는 남자 한 사람밖에 없었습니다. 그 상황에서 도와달라고 다른 사람을 불렀어야 했나요? 우리 여자들은 그런 건 생각만 해도 부끄러워서 눈을 못 뜬답니다. 그리고 그녀가 아기를 죽였다고요? 아기는 시냇물 속에서 태어났어요. 나오자마자 얼음처럼 찬 물속에 빠졌지요. 그녀가 어쩌다가 시냇물에 빠졌냐고요? 그녀는 하녀, 일꾼이었으니 늘 할 일이 있었지요. 우유통을 청소할 노간주나무를 구하러 숲에 간 겁니다. 그런데 시내를 건너다가 발을 헛디뎌 넘어진 거죠. 그리고 쓰러져 있는데 아이가 태어나 물에서 익사한 거고요."

부인은 말을 멈추었다. 재판관과 청중의 반응에서 그녀는 자신이 훌륭한 연설을 했음을 눈치챌 수 있었다. 법정은 쥐죽은듯 고요했고, 때때로 바르브로만 감동의 눈물을 닦았다. 헤이에르달 부인은 이렇게 연설을 끝냈다. "우리 여성들은 정이 있어요. 나는 여기 앉아 있는 불쌍한 아가씨를 위해 증언하러 이곳에 오기 위해 내 아이들을 낯선 사람의 손에 맡겼지요. 남자들의 법이 여자에게 생각까지 금지할 수는 없어요. 내 생각에 여기 앉아 있는 이 아가씨는 나쁜 일을 하지 않았음에도 불구하고 이미 충분히 벌을 받았습니다. 피고인에게 무죄 선고를 내리세요. 그럼 내가 이 아가씨를 집으로 데리고 갈 거고, 이 아가씨는 내가 지금까지 고용했던 어느 누구보다 훌륭한 보모가 될 거예요."

지방 행정관의 부인은 이제 말을 마쳤다.

재판장은 말했다. "부인의 말씀대로라면 영아 살해범들이 가장 훌륭한 보모가 된다는 건가요?" 오, 하지만 재판장도 지방 행정관 헤이에르달의 부인에게 반대하는 것은 아니었다. 그에게도 인간적인 감정이 있었고, 목사처럼 온화한 마음이 생겼다. 검사가 지방 행정관의 부인에게 질문을 몇 가시 하는 동안, 재판장은 조용히 의자에 앉아 몇 가지를 기록했다.

말을 들어볼 증인이 많지도 않았고 사건은 분명했으므로, 이것은 하루 오전에 끝날 수 있는 공판이었다. 악셀 스트룀은 앉아서 일이 잘 끝나기만을 기다렸다. 그런데 갑자기 검사와 지방 행정관의 부인이 한편이 되어, 사망을 신고하지 않고 아이 시체를 묻었다면서 그를 궁지로 몰려는 것 같았다. 그는 날카로운 심문을 받았고, 뒤에 게이슬레르가 있는 것을 보지 않았더라면 어쩌면 이 부분에 대해 제대로 대답을 못했을지도 모른다. 정말로 게이슬레르가 와 있었다. 말하자면 그는 악셀에게 의지가 되었고, 악셀은 더이상 자신을 붙잡으려는 관리들 앞에 홀로 외로이 있다는 느낌이 들지 않았다. 게이슬레르가 그에게 고개를 끄덕였다.

그래, 게이슬레르가 도시에 나왔다. 증인으로 스스로 나서지는 않았지만, 그래도 그 자리에 나왔다. 그는 재판이 시작되기 전에도 며칠 시간을 들여 그 사건을 파악하고, 악셀이 모네란에 대해 쓴 보고서를 읽고 알게 된 것들을 적었다. 대부분의 문서들은 게이슬레르의 눈에는 쓰레기였다. 지방 행정관 헤이에르달이라는 인간은 너무 단순했고, 처음부터 악셀을 방조자로 낙인찍을 생각이었다. 이 멍청이, 바보, 그는 황무지의 삶에 대해 아무것도 몰랐고, 아이는 하녀를 악셀의 농장에 잡아 묶을 빌미가 된다는 걸 이해하지 못했다!

게이슬레르는 검사와 이야기를 했지만, 그럴 필요도 없었다는 느낌이 들었다. 그는 악셀이 다시 황무지의 자기 농장으로 돌아가도록 도울 생각이었지만, 악셀은 도움이 전혀 필요하지 않았다. 심지어 바르브로를 위해서도 일이 잘 풀릴 것처럼 보였고, 그녀가 무죄 선고를 받는다면 악셀이 공범이 될 일도 없지 않은가. 이제 중요한 것은 증인들의 증언뿐이었다.

몇 명의 증인이 심문을 받고 난 후(올리네는 소환을 받지 않았지만, 지방 행정관, 악셀, 전문가와 마을 아가씨 몇 사람이 왔다), 그러니까 이들의 심문이 끝난 다음에 점심을 먹기 위해 다들 쉬었고, 게이슬레르는 다시 검사에게 다가갔다. 검사도 바르브로에게 좋은 쪽으로 일이 잘 풀릴 거라는 생각이었다. 지방 행정관 헤이에르달의 부인이 한 증언은 힘이 있었고, 이제 중요한 것은 배심원들이라고 했다.

"이 아가씨한테 마음이 쓰입니까?" 검사가 물었다. "그렇다고 할 수 있죠." 게이슬레르가 대답했다. "사실은 남자한테 마음이 쓰이는 겁니다." "그 여자가 당신 집에서도 일을 했나요?" "아니, 남자는 우리집에서 일하지 않았습니다." "아, 남자가 마음이 쓰인다고요? 하지만 여자는요? 법정은 여자를 동정하는 쪽인데요." "아니, 여자는 우리집에서 일하지 않았어요." "남자가 더 수상해요." 검사가 말했다. "아무도 모

르게 혼자 가서는 아이 시체를 숲에 묻지 않았습니까. 그건 정말 의심
스러운 일이에요." "그저 아이를 제대로 묻어주려 했을 뿐이죠." 게이
슬레르가 말했다. "처음에는 제대로 묻지 못했으니까요. 바르브로는
여자고, 땅을 파려 해도 남자 같은 힘은 없잖습니까. 그리고 그 상태에
서는 어차피 할 수 없는 일이었고." "어쨌건 우리는 이 영아 살해 사건
을 좀 인간적인 면에서 보게 되었습니다. 나는 재판관이 되어 이 여자
를 단죄하는 위치에 놓이고 싶지는 않아요. 그리고 지금 상황으로는
내가 그녀가 형을 선고받도록 신청할 수도 없고요." "잘됐군요." 게이
슬레르가 허리를 굽히며 말했다. 검사는 말을 계속했다. "한 인간, 그
냥 개인으로서 나는 사실 그 이상으로 생각합니다. 아이를 죽이는 미
혼모라면 누구에게라도 형을 선고하고 싶지 않아요." "검사님과 오늘
증언을 한 부인의 의견이 같다는 건 흥미롭군요." "아, 그 부인 말씀이
십니까! 참 말을 잘했지요. 하지만 그 많은 재판은 다 무엇을 위한 걸
까요? 미혼모는 이미 극심한 고통을 겪었고, 이 세상의 매정함과 잔인
함으로 인해 인간적인 면에서 온갖 수모를 다 겪었습니다. 벌은 그걸
로 충분해요." 게이슬레르는 일어서서 끝으로 말했다. "그래요. 하지
만 아이들은요?" "그렇긴 해요. 아이들을 생각하면 슬픈 일이죠. 하지
만 어떻게 생각하면 아이들에게도 축복입니다. 그런 사생아들은 대개
얼마나 불행한가요! 그 아이들은 자라서 뭐가 되죠?" 게이슬레르는 이
비대한 남자를 좀 약 올리고 싶었는지도 모르고, 어쩌면 좀 깊은 뜻을
담고 은근히 빗대어 말할 생각이었는지도 모른다. 어쨌든 그는 이렇게
말했다. "에라스무스*도 사생아였죠." "에라스무스라고요?" "로테르
담의 에라스무스 말입니다." "아, 그런가요." "레오나르도도 사생아였

고요." "레오나르도 다 빈치요? 그랬군요. 아, 물론 예외는 있지요. 그렇다고 법칙이 달라지는 건 아닙니다. 대체로 그렇다는 거예요." "우리는 새와 동물을 보호합니다. 그런데 어린아이들은 보호를 받지 못한다는 건 이상하게 들리는군요." 검사는 이제 그만하자는 표시로 무게를 잡으며 천천히 서류를 몇 가지 꺼냈다. "그래요, 그래요, 물론이죠." 그가 크게 주의를 기울이지 않으며 말했다. 게이슬레르는 검사에게 매우 유익한 대화를 나눠줘서 고맙다고 말하고는 물러갔다.

그는 제때 그 자리에 있기 위해 일찌감치 법정으로 들어가 앉았다. 비밀스러운 힘 때문에 몸이 근질거렸다. 그는 나뭇가지를 담아 오기 위해 가지고 갔다고 바르브로가 주장하는 옷 조각에 대해, 그리고 항구에 떠돌던 아이 시체에 대해 알고 있었고, 그 지식으로 법정을 뒤집을 수 있었다. 그의 말 한마디는 천 개의 칼처럼 힘이 있었으리라. 하지만 게이슬레르는 꼭 필요하지 않다면 그 말을 꺼낼 생각이 없었다. 그리고 상황은 아주 유리했다. 공식적인 원고까지도 피고의 편이 아닌가!

홀은 다시 가득찼고, 공판은 다시 시작되었다.

이 작은 도시에서, 공판은 흥미진진한 희극이 되었다. 검사의 엄격한 진지함, 변호인의 감동적인 열변. 배심원들은 바르브로와 아이의 죽음에 대해 어떻게 생각해야 할지, 앉아서 귀를 기울였다.

하지만 그것을 알아내기는 그리 쉽지 않았다. 검사는 잘생긴 사람이었고 분명 선한 사람이었겠지만, 마치 무슨 일로 언짢아졌거나 아니면

---

* 네덜란드 출신의 성직자. 종교개혁 운동에 큰 영향을 미쳤다.

자신이 노르웨이 법 제도에서 어떤 특별한 관점을 유지해야 한다는 걸 기억해낸 것 같았다. 누가 알겠는가. 이유는 알 수 없었지만 그는 오전처럼 그렇게 다가가기 쉽지 않았다. 그는 (혹시 이것이 실제로 일어난 일이라면) 그 범행을 심하게 나무랐고, 증인들이 하는 말을 듣고 생각하게 되는 것처럼 그렇게 상황이 심각하다면 이 사건은 정말로 큰 문제라고 말했다. 그에 대해서는 법정이 결정해야 하지만 그는 세 가지에 대해 주의를 환기하고 싶다고 했다. 첫번째는 정말로 출산이 은폐되었느냐는 문제인데, 판사님께서 이 부분을 확신하시는지? 그는 여기에 개인석으로 몇 마디를 넛붙였다. 둘째는 셔츠를 반으로 찢은 소사인데, 피고는 무슨 생각으로 그것을 가지고 갔는지? 필요할 거라는 생각이 들었는지? 그는 이 부분에 대해 더 설명했다. 세번째는 아이의 죽음을 목사에게도 지방 행정관에게도 알리지 않고 매우 의심적게 묻어버린 일인데, 그건 지금 여기 나온 남자가 책임져야 하는 부분이고, 배심원들이 이에 관해 바른 의견을 갖는 게 매우 중요하다고 했다. 왜냐하면, 남자가 사건을 알았던 게 확실하고, 그가 자기 손으로 아이를 묻었다면, 하녀가 범행을 저지른 것을 그가 알면서도 가만히 있었던 것이므로.

홀에서 "흠!" 소리가 들렸다.

악셀 스트룀은 다시 자신이 위험에 처했음을 알았다. 눈을 들어도 아무도 그와 눈을 마주치지 않았다. 눈들은 모두 말하는 검사를 향하고 있었다. 하지만 저 뒤쪽에 여전히 게이슬레르가 앉아 있었는데, 아랫입술을 내밀고 하늘을 바라보고 있는 그는 자신만만해 보였고 자만심으로 터질 것 같았다. 재판이 심각했지만, 그는 놀라울 정도로 여유로웠다. 하늘을 향해 내뱉은 "흠!" 소리는 악셀에게 용기를 주었고, 그는 더이상 이 세상에 혼자라는 생각이 들지 않았다. 이제 일이 풀리기 시작했다. 검사는 이제 할 만큼 했다고, 악셸에 대한 악의와 의혹은 충분히 퍼뜨렸다고 생각했는지 말을 멈추었다. 그는 방향을 완전히 바꾸다시피 했고, 바르브로의 유죄판결을 신청하지도 않았다. 끝으로 자신이 지금껏 들은 증언을 바탕으로 해서는 피고의 유죄판결을 신청할 수 없다고 곧바로 말했다.

'잘됐군.' 악셸이 생각했다. '이제 이 일은 끝나겠구나!'

변호사의 차례가 되었다. 법학을 공부한 젊은 남자가 이 중대한 사건의 변호를 맡았다. 자신이 변호하는 사람이 무죄라고 이렇게 확신하는 변호사는 이제껏 없었다고들 나중에까지 다들 입을 모아 말했다. 그가 펼칠 주장을 지방 행정관 헤이에르달의 부인이 오전에 이미 펼쳤으니, 사실 그녀가 약간 선수를 친 셈이었고, 변호사는 사회에 대해 할 말을 그녀가 이미 다 해버린 것이 전혀 마음에 들지 않았다. 자신도 사회에 대해서는 할말이 많은데. 그는 재판장이 헤이에르달 부인의 말을 막지 않은 것도 불만이었다. 그녀의 연설은 사실 변호사의 변론이었다. 그러니 그에게 남은 일이 뭐가 있겠는가?

그는 바르브로 브레데센의 일생 이야기를 맨 처음부터 시작했다. "그녀는 가난하게 태어났지만 부모님은 열심히 노력하는, 존경할 만한 분들이었죠. 일찍부터 남의집살이를 시작했고, 맨 처음에 있던 곳이 지방 행정관 댁이었습니다. 전에 그녀를 데리고 있던 헤이에르달 부인이 그녀를 어떻게 생각하는지, 그녀에 대한 칭찬은 이미 들으셨지요. 그리고 바르브로는 베르겐으로 갔습니다." 변호사는 그녀를 신임했던 베르겐의 두 사무원이 써준 훌륭한 증명서에 대해 한참을 이야기했다. 다음으로 바르브로는 고향으로 돌아와 뚝 떨어진 황무지에 사는 총각 집에 하녀로 들어갔는데, 거기에서 불행이 시작되었다고 그는 말했다.

"그 총각으로 인해 그녀는 임신을 한 거죠. 검사님께서는 이미―아주 적절한 때에, 더할 나위 없이 부드러운 방법으로―비밀리에 아이를 낳았을 가능성에 대해 언급하셨지요. 바르브로가 자신이 어떤 상태라는 걸 감추고 숨겼냐고요? 같은 고향 출신의 두 아가씨가 그녀가 임신했다고 생각하고 물었을 때 그녀는 그 사실을 부인하지 않았어요. 얼른 나른 이야기를 하기는 했지요. 젊은 아가씨들이 이런 경우에, 얼른 다른 이야기를 하지 않으면 어떻게 하겠습니까? 그 외에는 바르브로에게 물은 사람이 없습니다. 집주인 여자에게 가서 실토를 했냐고요? 그럴 여자가 없었어요. 바르브로가 주인 여자였으니까요. 주인 남자는 있었지요. 하지만 이런 젊은 아가씨는 이런 비밀을 주인 남자에게 털어놓지 않고, 십자가를 혼자 지고는 아무에게도 말하지 않지요. 침묵을 서원한 수녀처럼, 귀엣말도 하지 않았습니다. 숨은 건 아니지만 그래도 고독하게 지냈지요.

아이는 태어났어요. 날짜를 다 채우고 나온 예쁜 남자아이였지요. 태어나서도 살아서 숨을 쉬었지만 결국 질식사했다고 합니다. 배심원들께서는 그 출산의 정황을 잘 알고 계시지요. 물속에서 이루어졌어요. 어머니가 시냇물에서 넘어졌고 거기에서 아이를 낳았는데, 스스로는 아이를 살릴 힘이 없었습니다. 그냥 물속에 누워 있을 수밖에 없었고, 나중에야 간신히 빠져나왔어요. 좋아요, 아이에게는 폭력이 가해진 흔적이 전혀 없어요. 몸에 전혀 흔적이 없습니다. 아무도 그 아이의 죽음을 원하지 않았어요. 아이의 죽음은 자연스러운 것으로 설명할 수 있습니다.

존경하는 검사님께서는 옷 조각에 대해 말씀하셨습니다. 그녀가 옷을 반으로 찢어 가지고 간 것은 좀 문제가 있어 보입니다. 하지만 이 부분보다 분명한 것도 또 없습니다. 노간주나무 가지를 그 안에 모아 오려고 가지고 갔던 것입니다. 물론 베갯잇이나 뭐 그런 걸 가지고 갈 수도 있었겠지요. 하지만 그 옷 조각을 가지고 갔습니다. 뭔가는 가지고 가야 했죠. 노간주나무 가지를 그냥 손에 들고 집까지 올 수는 없지 않습니까. 그래요, 이 부분에 대해 법정은 아주 마음을 놓으셔도 되겠습니다!

하지만 의문이 가는 점이 더 있습니다. 피고인은 그 당시에 그녀가 필요로 했던 도움과 보살핌을 받을 수 있었던가요? 주인이 그녀를 좀 편하게 해주었을까요? 그랬으면 다행이지요. 그녀는 공판중에 주인에 대해 좋게 말했습니다. 그건 그녀의 마음씨가 착하고 곱다는 뜻이죠. 아이 아버지인 악셀 스트룀도 증언에서 피고에게 불리한 말을 하지 않았습니다. 그건 옳은 일이죠. 현명한 일이었다고까지 할 수 있을 겁니다. 그녀가 무죄면 그도 무죄가 되니까요. 그녀에게 죄를 많이 씌워서 그녀가 유죄판결을 받는다면, 그 자신도 몰락하겠지요.

이 사건에 관한 문서를 들여다보면서 저 아가씨에 대해 깊은 동정심을 느끼고 그녀의 외로움에 충격을 받지 않을 수가 없습니다. 하지만 그녀는 동정심에 호소할 필요가 없었어요. 정의와 이성이면 충분했으니까요. 그녀와 주인은 어떤 의미에서는 약혼한 관계였지만, 서로의 이견과 상반되는 이해관계 때문에 결혼은 할 수 없었어요. 이 남자 곁에서 장차 이 여자는 더이상 행복을 찾을 수 없습니다. 이 이야기를 하기는 괴롭지만 그 옷 조각 이야기를 다시 합시다. 그 일을 좀 자세히 생각해보면, 그녀는 자기 옷이 아니라 집주인의 옷을 찢어 가지고 갔습니다. 우리는 처음부터, 남자가 그 옷을 그녀가 사용하도록 준 것이 아닐까 궁금했어요. 이 부분을 보면 아버지인 악셀 스트룀이 처음부터 사건에 관여했을 수도 있다는 생각이 듭니다."

"흠!" 하는 소리가 홀 뒤편에서 들렸다. 그 소리가 힘있고 커서, 변호사는 말을 멈추었고, 다들 누가 이렇게 끼어들었나 눈으로 찾았으며, 재판장은 그쪽으로 날카로운 눈빛을 보냈다.

"하지요." 변호사는 다시 정신을 차리고 말을 계속했다. "이 점에 대해서도 아주 마음을 놓을 수 있습니다. 피고 덕분이지요. 죄의 반을 아이 아버지에게 돌릴 수 있었는데도 그렇게 하지 않았거든요. 그녀는 자신이 자기 옷 대신 그의 옷 조각을 시냇가로 가져간 것을 악셀 스트룀은 결코 몰랐다고 아주 분명하게 말했습니다. 노간주나무 가지를 모으러 숲에 갔을 때 말이에요. 피고의 말을 의심할 이유는 전혀 없습니다. 이제까지 의심의 여지가 없었고, 지금도 마찬가지죠. 셔츠를 그녀가 남자에게서 받았더라면 그건 완벽한 영아 살해였겠지만, 진실에 충실한 피고인은 남자가 범죄자가 아닌 이상 그를 범죄자로 몰지 않습니다. 대체로 그녀는 솔직하고 분명하게 증언을 하는 편이고, 다른 누구에게 죄를 덮어씌우려고 하지 않습니다. 그녀는 이렇게 언제나 남들에게 잘해주는데, 마찬가지로 아이의 시체도 주의깊게 최대한 잘 묻어주었죠. 지방 행정관께서는 그녀가 잘 묻은 시체를 무덤에서 발견하신 거고요."

(정확하게 해두기 위해) 재판장은 지방 행정관이 찾은 것은 두번째 무덤이었고 거기 시체를 묻은 건 악셀이었다고 말했다.

"아, 그랬죠. 재판장님, 감사합니다!" 변호사는 법정에 대한 온갖 존경심을 보이며 이렇게 말했다. "네, 맞습니다. 하지만 방금 악셀은 자기가 시체를 새 무덤에 묻고 덮었다고 증언을 했습니다. 그리고 여자가 남자보다 아이를 더 잘 싼다는 데는 의심의 여지가 없죠. 그리고 아이를 가장 잘 싸는 건 누굴까요? 사랑스러운 손을 가진 어머니지요."

재판장은 옳다는 듯이 고개를 끄덕였다.

"하지만 그녀는, 만약에 다른 여자들 같은 그런 여자였다면, 아이를 그냥 맨몸으로 묻을 수도 있지 않았을까요? 심하게 말하자면 쓰레기통에 버릴 수도 있었겠지요. 어느 나무 밑, 그냥 땅 위에 던지고 얼어죽게 버려둘 수도 있었을 거고요. 그때까지 아직 죽지 않았을 경우에 말입니다. 아무도 안 볼 때 난로에 던져 태워버렸을 수도 있고요. 셀란로의 개울로 가지고 가서 물에 던질 수도 있었습니다. 하지만 이 어머니는 전혀 그렇게 하지 않았죠. 대신 아이를 조심스레 싸서 묻었지요. 발견되었을 때 그렇게 잘 싸여 있었던 걸 보면, 분명 남자가 아니라 여자가 싼 것입니다."

변호사는 말을 이었다. "이제 그럼 바르브로에게 남은 죄가 무엇인지는 배심원들이 판결할 일이죠. 제가 보기에는 이제 그녀는 죄가 없습니다. 배심원들이 그녀에게 유죄판결을 내린다면 그건 기껏해야 아이의 죽음을 신고하지 않았기 때문이겠지요. 하지만 아이는 이미 죽었고 거기는 외진 황무지라 목사나 지방 행정관이 있는 곳과는 몇 킬로미터나 떨어져 있었으니 아이는 그냥 그 무덤에서 영원한 안식을 누리게 둘 수도 있는 일이죠. 그렇게 아이를 묻는 게 범죄라면, 피고는 아이의 아버지와 함께 범행을 저지른 게 됩니다. 하지만 이건 용서받을 수 있는 범죄입니다. 우리는 점점 범죄자를 처벌하기보다는 개심시키려고 하지 않습니까? 옛날에는 별별 게 다 처벌 대상이 되었죠. 눈에는 눈, 이에는 이라는 구약성서의 법률대로요. 아니, 지금은 그런 마음으로 법을 제정하지는 않습니다. 오늘날은 사법이 인간적이죠. 이제는 범죄를 저지른 사람이 얼마나 범죄적인 품성을 가지고 있는가를 보고 그에 대응하려 합니다.

이 아가씨에게 유죄판결을 내리지 마시기 바랍니다." 변호사가 말했다. "지금 우리는 체포된 범죄자의 수를 한 명 늘리려는 게 아닙니다. 선하고 유익한 구성원을 다시 인간 사회로 찾아오려는 것이죠. 피고인이 방금 말이 나온 새로운 일자리를 받아들인다면 빈틈없는 감독을 받게 될 겁니다. 헤이에르달 부인은 아이를 많이 키워보았고, 바르브로를 여러 해 전부터 알았으며, 자기 집 문을 그녀에게 활짝 열었어요. 이제 법정은 법정의 책임이 무엇인가를 제대로 생각하고 그녀에게 유죄나 무죄판결을 내리시기 바랍니다." 끝으로 변호사는 검사가 유죄판결을 신청하지 않은 데 감사했고, 그걸 보면 그가 인간을 잘 이해한다는 걸 알 수 있노라고 말했다.

변호사는 자리에 앉았다.

공판의 나머지 절차는 더이상 시간이 많이 걸리지 않았다. 보고는 두 관점에서 같은 내용을 다시 반복했고, 사건 전체를 짧게 요약했다. 무미건조하고 지루하고 위엄 있게. 일은 만족스럽게 진행되었다. 검찰도 변호사도 재판장이 할 말을 미리 해버렸고 그의 일을 덜어주었다.

불이 켜졌다. 천장에서 내려온 등 두 개에 불을 붙였지만 빛은 약했고 재판관은 자신의 메모를 읽기도 힘들었다. 그는 아이의 죽음이 관공서에 신고되지 않은 일에 대해 강력하게 비판했지만, 그 책임은 당시 몸이 약해졌을 어머니보다는 아버지에게 있다고, 이제는 그녀가 아이를 몰래 낳았는지, 이게 영아 살해인지는 배심원들이 결정할 일이라고 말했다. 사건을 처음부터 끝까지 다시 설명했고, 법정이 소집된 목적이 무엇인지 그 책임을 잘 생각하라는 늘 똑같은 경고가, 그리고 확실치 않을 경우에는 피고에게 유리하게 판결을 내려야 한다는 누구나 다 아는 잔소리가 뒤따랐다.

그렇게 증언이 끝났다.

배심원들은 홀에서 물러갔다. 이들은 그들 중 한 사람이 받은 질문지에 대해 토론을 하러 가더니 오 분 후에 모든 질문에 아니라는 대답을 가지고 돌아왔다.

바르브로 양은 자기 아이를 죽였는가? 아니다.

재판장은 몇 마디를 더 하고는 바르브로에게 무죄판결을 내렸다.

관중은 홀을 떠났다. 연극은 그렇게 끝났다⋯⋯

누군가가 악셀의 팔을 붙잡았다. 게이슬레르였다. 그가 말했다. "이제 사건은 끝났군." "그렇죠." 악셀이 말했다. "자네는 쓸데없이 소환당한 셈이군." "그렇죠." 악셀이 반복했다. 하지만 이제 그도 정신을 차렸고, 그래서 말했다. "이렇게 피해갈 수 있어 기쁩니다." "그뿐인가!" 하고 게이슬레르가 외치며 한 마디 한 마디에 힘을 주었다. 그래서 악셀은 그가 이 일에 관여하고 영향력을 행사했다는 느낌이 들었다. 게이슬레르가 재판을 조종해서 자신이 원하던 결과를 가지고 온 것은 아니었을까. 분명하지는 않았다.

그래도 게이슬레르가 하루종일 자신의 편에서 행동했다는 것은 알수 있었다. "그래요, 정말 감사합니다"라고 말하며 그는 악수를 하려했다. "무엇 때문에?" 게이슬레르가 물었다. "뭐냐면…… 네, 모든 것에요." 게이슬레르는 살짝 사양했다. "난 한 일이 없네. 난 할 가치가없는 일은 할 생각도 안 하니까." 하지만 게이슬레르도 그의 감사를 물리칠 생각은 없었다. 그는 마치 옆구리를 찔러 억지로 감사를 받아낸사람처럼 보였다. "지금은 이렇게 이야기를 나눌 시간이 없네." 그가말했다. "자네는 내일 다시 집으로 돌아간다고? 좋지. 잘 지내게!" 게이슬레르는 길을 따라 내려갔다.

집으로 가는 길에 악셀은 증기선에서 지방 행정관 부부와 바르브로, 그리고 증인으로 소환되었던 다른 두 아가씨를 만났다. "자, 일의 결과가 만족스러운가요?" 지방 행정관의 부인이 물었다. "아, 만족스럽죠." 악셀은 대답하며 이 일이 끝나서 기쁘다고 말했다. 지방 행정관도대화에 끼어들었다. "이게 벌써 내가 이곳에서 겪은 두번째 영아 살해사건일세. 첫번째는 셸란로의 잉에르의 일이었고, 이제는 두번째 사건도 끝났군. 아아, 이런 사건은 그냥 흘려보내면 안 돼. 정의를 구현해야지!"

하지만 지방 행정관의 부인은 자신이 전날 한 증언 때문에 악셀이자기에게 반감을 가졌을 거라고 생각하고, 그 일을 수습하고 다시 화해하려 했다. "왜 내가 악셀에게 불리하게 말했는지 알죠?" 그녀가 말했다. "네, 물론이죠." 악셀이 대답했다. "그래요. 당연히 이해했겠죠. 당신에게 해를 끼치려 한다고 생각하진 않았겠죠? 난 언제나 당신이 훌륭한 사람이라고 생각했어요. 정말 그래요." "그러셨나요." 악셀이 한 말은 이게 다였다. 그는 기뻤고 마음이 흐뭇했다. "네, 그랬어요." 헤이에르달 부인이 말했다. "하지만 죄를 조금은 당신에게 돌려야 했죠. 안 그랬으면 바르브로가 유죄판결을 받았을 테니까요. 그럼 당신도 함께 유죄가 되었을 거고요. 정말 좋은 뜻으로 한 거예요." "물론이죠. 정말 감사합니다." "헤로데의 도시에서 빌라도에게 달려가 당신둘을 위해 움직인 건 바로 나예요. 하지만 당신들 둘이 다 무죄가 되도록 우리가 죄의 일부를 당신에게 씌울 수밖에 없었다는 건 이해했겠죠?" "네." 악셀이 대답했다. "내가 당신을 해치려는 게 아닌 줄은 알았죠? 내가 당신을 그렇게 대단하게 생각하면서 당신에게 해를 끼치려한다는 건 말도 안 되죠!"

그런 수모를 겪은 지금 이 말은 얼마나 위로가 되었는가. 악셀은 정말로 감동해서 지방 행정관의 부인에게 뭔가 선물을 하려 했다. 감사를 표현할 수 있는 무엇. 가을에 소를 한 마리 잡아줄까. 어린 수소가 한 마리 있는데.

지방 행정관 헤이에르달의 부인은 잠시 말을 멈추었다. 바르브로를 데리고 가기로 한 그녀는 배에서도 벌써 바르브로를 챙기고, 춥거나 배고프지 않은지 살폈으며, 베르겐 사람인 조타수가 그녀와 시시덕거리는 것도 용인하지 않았다. 그녀는 처음에는 별말을 하지 않았고 그저 바르브로를 불렀다. 하지만 바르브로는 어느새 또다시 조타수와 함께 서서 시시덕거렸고, 고개를 갸우뚱 기울인 채 베르겐 사투리를 쓰면서 다정한 미소를 보내고 있었다. 그래서 헤이에르달 부인은 그녀를 다시 불러 말했다. "바르브로, 지금 바르브로가 남자들과 그렇게 노는 건 내 마음에 들지 않는데. 방금 있었던 일을 기억하고 네 입장을 생각하렴." "베르겐 사람이라는 말을 들어서 몇 마디 나누었을 뿐이에요." 바르브로가 말했다.

악셀은 더이상 그녀와 이야기하지 않았다. 하지만 그녀의 피부가 희고 고와졌으며 이가 예뻐진 것을 볼 수 있었다. 그가 선물한 반지는 손가락에 없었다.

악셀은 다시 황무지를 가로질러 올라갔다. 폭풍이 불고 비가 쏟아졌지만 마음은 즐거웠다. 부두에는 예초기와 써레가 있었다. 아, 게이슬레르! 시내에서 만났을 때 그는 물건을 보낸 이야기를 하지 않았다. 하여튼 이상한 사람이다.

8

집에 온 악셀은 오래 조용히 쉴 수는 없었다. 가을 폭풍과 함께 수고스럽고 귀찮은 일이 시작되었다. 그가 자초한 일이었다. 벽에 걸린 기계는 전신선에 문제가 있음을 알리고 있었다.

그는 지나치게 물욕에 사로잡혀 이 일을 하겠다고 자원한 것이 아닐까. 이 일은 처음부터 마음에 들지 않았다. 그가 전신주를 살피는 데 필요한 물건과 도구를 가지러 갔을 때, 브레데 올센은 그를 위협하다시피했다. "내가 겨울에 자네 목숨을 구해준 생각은 안 하는 거지?" "목숨을 구해준 건 올리네입니다." "내가 양팔로 자네를 받치고 집으로 데려다주지 않았는가? 그리고 자네는 여름 내내 머리를 굴려 나의 농장을 사들이고 겨울에 날 집에서 몰아내지 않았던가?" 브레데는 정말로 마음이 상했던 것이다. 그는 말했다. "전신이랑 다 가져가게. 우리 가족과 난 마을로 내려가 뭔가를 시작할 걸세. 그게 뭔지 자네는 모를 테지. 하지만 호텔과 커피집에 관련된 일이라네. 오, 우리가 못해낼 거라고 생각하나? 아내는 온갖 음식을 팔 수 있고, 나도 장사를 해서 자네보다 돈을 많이 벌 수 있지. 하지만 악셀, 한 가지만 말해두겠네. 난 전신을 잘 아니까 자네에게 온갖 훼방을 놓을 수 있지. 전신주를 무너뜨리고 전선을 끊을 수 있어. 그럼 자네는 급한 일을 하다가도 나가야겠지. 지금 내가 한 말을 똑똑히 기억해두는 게 좋을 걸세……"

지금 악셀은 사실 부두에서 기계를 가지고 와야 했다. 아, 그럼처럼 예쁘게 금박을 입히고 칠을 한 기계들을. 오늘 가지고 와서 보고 어떻게 사용하나 연구할 수 있었는데. 하지만 지금은 그냥 둘 수밖에 없었다. 전신주 선 때문에 중요한 일을 할 수 없다니, 좋지는 않았다. 하지만 돈벌이는 되었다.

산에 올라간 그는 아론센을 만났다. 상인 아론센은 마치 귀신처럼 거기 서서 폭풍을 바라보고 있었다. 그 위에서 뭘 하려는 걸까? 마음이 놓이지 않아 광산을 스스로 살펴보러 산에 간 모양이다. 보라, 상인 아론센은 자기 사업과 미래가 걱정되어 그러는 것이었다. 그는 아무도 없이 처량하게 파괴된 산에 그렇게 서 있었다. 녹이 슨 기구, 연장, 수레, 이런 것들이 상당수는 비가림막도 없이 세워져 있었고, 온통 처량한 모습이었다. 막사 벽 곳곳에는 누구든 회사의 소유물인 건물, 연장, 수레를 손상시키거나 가지고 가지 말라는 쪽지가 붙어 있었다.

악셀은 성난 상인과 대화를 시작하며 물었다. "사냥을 나오셨나요?" "그렇지. 내가 그와 마주칠 수만 있다면!" 아론센이 대답했다. "누구와 마주치고 싶은 건데요?" "나와 이 동네 사람 모두를 파멸로 몰아넣는 그 인간이 아니면 누구겠소? 자기 소유의 산을 팔려고 하지도 않고 사람들 사이에 활기도 상업도 돈도 왔다갔다하지 못하게 막는 그 인간." "게이슬레르 말입니까?" "그래요, 바로 그놈 말이오. 쏴 죽일 인간!" 악셀은 웃으며 말했다. "며칠 전에 게이슬레르가 시내에 왔죠. 그때 만날 수 있었을 텐데요. 하지만 내 소견으로는 그 사람 책임으로 돌릴 일은 아니라고 봅니다." "왜 아니오?" 아론센이 성을 내며 말했다. "내 생각에 그는 당신에게는 너무나 파악하기 어려운, 사람들의 존경을 받는 사람이에요." 둘은 그 점을 두고 한동안 다투었고, 아론센은 점점 더 흥분했다. 결국 악셀이 농담으로 물었다. "그래도 당신은 우리를 여기 황무지에 버려두고 여기를 아주 떠날 건 아니죠?" "나보고 파이프에 넣을 담뱃값도 못 벌면서 여기 늪지에서 썩으란 말이오?" 아론센이 화를 내며 말했다. "구매자만 찾아주면 즉시 팔지!" "구매자라고요?" 악셀이 말했다. "농사를 지으려고만 한다면, 당신이 소유한 토지는 좋은 땅이에요. 땅이 그렇게 크니 충분히 먹고살 수 있겠죠." "난 땅이나 파고 있을 순 없다고 했잖소!" 아론센이 다시 폭풍처럼 외쳤다. "할 일이 그렇게 없지는 않지." 악셀은 살 사람은 분명 찾을 수 있을 거라고 말했지만, 아론센은 그 생각 자체를 진지하게 여기지 않았다. "황무지를 다 뒤져보아도 그 값을 낼 사람은 없소." "아니, 꼭 이 황무지에는 아니더라도, 세상에는 사람들이 더 있죠." "여기는 가난과 궁핍뿐이야!" 아론센이 성을 내며 외쳤다. "그럴지도 모르죠. 하지만 셀란로의 이사크라면 언제라도 그 값을 낼 수 있을 겁니다." 약간 기분이 상한 악셀이 말했다. "못 믿겠소." 아론센이 대답했다. "당신이 어떻게 믿든 난 거기에는 관심 없어요"라고 말한 후 악셀은 길을 계속 가려고 했다. "잠깐만 기다려봐요. 이사크가 정말로 날 스토르보르에서 해방시킬 수 있으리라고 생각하는 거요?" "그래요." 악셀이 대답했다. "스토르보르 다섯 개에서도 해방시킬 수 있겠죠. 돈과 재물로 말하자면!"

사람들 눈에 띄고 싶지 않았기 때문에 아론센은 셀란로를 피해 돌아서 산을 올라왔다. 하지만 지금 내려가는 길에는 셀란로로 들어갔고 이사크에게 이야기를 하자고 했다. "아니요"라고 말하며 이사크는 고개만 흔들었다. "그런 생각은 한 적도 없고 지금도 그럴 생각이 없습니다."

하지만 성탄절에 엘레세우스가 집에 돌아오자 이사크는 그렇게까지 반대하지는 않았다. 스토르보르를 산다는 것처럼 정신 나간 소리는 들어본 적이 없고 그 자신은 그런 생각은 하지도 못했겠지만 엘레세우스가 사업이 자기에게 맞는 일이라고 생각한다면 다시 생각해보자고 이사크는 말했다.

엘레세우스도 결심하지 못했다. 그는 찬성도 반대도 하지 않았다. 그가 집에 머무른다면, 어떤 의미에서 그의 인생은 끝이 나는 것이다. 황무지는 도시와는 달랐다. 동네 사람들이 큰 공판에 소환되었을 때, 엘레세우스는 그 사람들 사이에 모습을 드러내지 않았다. 그는 마을 사람들과 마주칠 생각이 없었고, 마을 사람들을 다른 세계 사람들이라고 생각했다. 그런데 그가 다시 그 세계로 돌아가야 한단 말인가?

그의 어머니는 스토르보르를 사자는 의견이었다. 시베르트도 그랬다. 둘은 엘레세우스와 뜻을 모았고, 어느 날 함께 그 훌륭한 집을 보기 위해 스토르보르로 내려갔다.

하지만 집을 팔아넘길 전망이 보이자 아론센은 태도를 완전히 바꾸어버렸다. 그는 자신은 집을 팔 필요가 없다고 했다. 이곳을 떠나더라도 집은 그냥 비워두면 되고, 그의 집은 현금 팍팍, 훌륭한 농장이며, 언제라도 내놓으면 팔 수 있다고. "내가 원하는 값은 어차피 안 줄 것 아니오." 아론센이 주장했다. 이들은 방방마다 들어가보고 가축 우리와 창고에도 가서 남아 있는 얼마 안 되는 물건도 보았다. 하모니카 몇 개, 시곗줄, 분홍색 종이가 든 상자 몇 개, 크리스털 등. 이곳에 정착한 사람들에게는 도저히 팔 수 없는 물건투성이였다. 그리고 면 옷감이 좀 남아 있고 못이 몇 상자 있었다.

엘레세우스는 약간 빼기며 전문가처럼 물건들을 살폈다. "난 이런 상품은 쓸데가 없는데요." 그가 말했다. "그쪽에서 이거까지 살 필요야 없죠." 아론센이 대답했다. "그렇긴 하지만 지금 그대로의 농장을 1만 5천 크로네에 사겠습니다. 상품과 가축 모두 다 합해서요." 엘레세우스가 말했다. 오, 하지만 사실 그는 관심이 없었다. 그저 잘난 척하고 놀리기 위해 제안을 한 것이었다.

그러고 나서 이들은 다시 집으로 돌아왔다. 거래는? 이루어지지 않았다. 엘레세우스는 말도 안 되는 값을 제안했고, 그래서 아론센은 마음이 상했다. "네 말은 들을 만큼 들었어"라고 대답하며 아론센은 말을 놓아버렸다. 도시에서 와서는 남의 일에 간섭이나 하고 상인인 자신에게 상품에 대해 훈수나 두려고 하는 그에게 반말을 한 것이다. "말 놓자고 한 적 없는데"라고 말하는 엘레세우스는 화가 난 게 분명했다. 오, 둘은 평생 원수가 될 것 같았다.

하지만 그럼 아론센은 왜 처음부터 그렇게 잘난 척하고 절대 안 팔 것처럼 말을 했을까? 거기에는 이유가 있었다. 아론센은 말하자면 재기의 희망을 품었던 것이다.

산 아랫마을에서는 사람들이 모여, 게이슬레르가 자기 소유의 산을 팔려고 하지 않아서 생긴 지금 상황에 대해 토론했다. 황무지만이 아니라 지역 전체가 힘겨운 싸움을 하고 있었다. 하지만 광산이 시험 삼아 시작되기 전과 똑같은 생활로 돌아가는 건 대체 왜 불가능했을까? 아니, 그렇게 할 수는 없었다. 이들은 어느새 좋은 곡식과 흰 빵, 돈을 주고 산 옷감과 높은 임금, 편한 생활에 익숙해졌다. 돈이 많은 데 익숙해진 것이다. 하시만 이제는 바다에서 청어떼가 사라지듯 논이 사라졌고, 아, 이런 극심한 어려움에 처했으니 이제 어찌할 것인가?

전에 지방 행정관이었던 게이슬레르는 군수의 편을 들어 그가 자리에서 쫓겨나게 만들었던 마을 사람들에게 복수를 하려는 게 확실했고, 마을 사람들이 그를 잘 모르고 얕잡아본 게 분명했다. 그는 그렇게 어리석은 사람은 아니었다. 그저 산 한 토막의 대가로 25만 크로네를 요구하는 것으로 그는 지역 발전을 가로막고 있었다. 그의 영향력은 강하지 않은가? 최근에 그와 이야기를 했던 모네란의 악셀 스트룀도 할 말이 있었다. 브레데의 딸인 바르브로가 법정에 소환되었지만 무죄 선고를 받았는데, 그때 게이슬레르가 처음부터 끝까지 자리를 지키고 있었다고. 그리고 게이슬레르가 파산해서 어딘가에 가난뱅이가 되어 있으리라 생각하는 사람이 있다면 그가 악셀에게 선물한 비싼 기계들을 와서 보라고.

그가 온 지역의 운명을 손에 쥐고 있었으니 그의 마음을 돌려야 했다. 게이슬레르는 결국 얼마를 받아야 자기 소유의 산지를 팔 생각일까? 어쨌든 그 부분은 분명히 이야기를 해야 했다. 스웨덴인들은 그에게 2만 5천 크로네를 제안했지만 그는 거절했다. 마을 사람들이, 지역에서 나머지 액수를 지불한다면 거래가 성사될까? 얼토당토않은 금액이 아니라면 해볼 만한 일이었다. 저 아래 바닷가에 사는 상인이든 스토르보르의 상인 아론센이든 소리소문 없이 몰래 돈을 내놓을 것이다. 그렇게 지금 비용을 좀 투자해도 시간이 흐르면 다시 돌아올 테니까.

결국은 두 사람이 게이슬레르를 찾아가 대화할 임무를 맡았고, 그들이 돌아올 날짜가 가까웠다.

그래서 아론센은 희망을 품었고, 스토르보르를 사려는 사람에게 고자세를 취해도 된다고 생각했다. 하지만 그 희망은 오래가지 않았다.

한 주가 더 지나 두 사람은 무조건적인 거절을 받고 돌아왔다. 아아, 마침 시간이 많았던 브레데 올센이 두 사람 중 한 명으로 갔으니, 애초부터 일이 잘될 리가 없었다. 둘은 게이슬레르를 찾아내는 데 성공했지만, 게이슬레르는 그저 고개를 흔들며 웃을 뿐이었다. 그는 "집으로 가시지!" 하고 말하면서 이들에게 돌아갈 여비를 주었다.

그러니 온 지역이 망하는 수밖에 없었다!

한동안 펄펄 뛰었고 시간이 흐를수록 점점 더 흥분하던 아론센은 결국 어느 날 셀란로로 올라와 계약을 맺었다. 아론센이 정말로 그렇게 했다. 엘레세우스는 자기가 원하던 것, 건물과 가축과 1천 5백 크로네어치의 상품이 딸린 농장을 손에 넣었다. 그런데 농장을 받고 보니 아론센의 아내가 면직물을 대부분 가지고 간 것이 드러났다. 하지만 엘레세우스는 그런 자잘한 것에 신경을 쓰는 사람이 아니었다. 그는 "쩨쩨하게 굴면 안 되지!"라고 했다.

하지만 엘레세우스는 정말 기쁘기만 한 것은 아니었다. 이제 더이상 성공은 생각할 수 없었고, 황무지가 그의 무덤이 될 터였다. 멋진 계획들은 그만 접어야 했다. 그는 더이상 사무원도 아니었고, 지방 행정관이 될 가능성도 없었다. 심지어 이제는 도시인도 아니었다. 그는 아버지나 다른 사람들 앞에서 자기가 부른 값 그대로에 스토르보르를 샀다는 것으로 좀 뻐기기는 했다. 능력이 있다는 증거였으니까. 하지만 그런 작은 승리는 잠시였다. 점원 안드레센을 함께 넘겨받을 수 있다는 점도 만족스럽기는 했다. 새로 가게를 열지 않는 한 아론센은 그가 더이상 필요하지 않았으므로, 그도 계약에 포함되었다. 안드레센이 와서 그냥 일을 계속하면 안 되겠냐고 물었을 때, 엘레세우스는 묘하게 기분이 좋았다. 처음으로 주인이며 상전이 된 것이었으니까. "그래도 되죠!" 하고 그가 말했다. "내가 출장을 다니고 베르겐과 트론헤임에서 거래를 할 때면 여기에 대리인이 있어야 하니까."

안드레센이 괜찮은 대리인이라는 것은 금방 알 수 있었다. 그는 부지런했고, 주인이자 상전인 엘레세우스가 없을 때면 가게를 잘 살폈다. 처음에는 이 황무지에서는 자기가 대단한 상류층 신사라는 듯이 행동하긴 했지만, 그것은 전에 그를 고용했던 아론센 탓이었다. 봄이 되어 얼었던 늪지가 다시 녹자 셸란로의 시베르트는 스토르보르로 내려와 형을 위해 수로를 파주었고, 그러자 점원인 안드레센도 늪지에 가서 공사를 도왔다. 사실 그럴 필요는 없었는데, 왜 그랬는지는 알 수 없었다. 하지만 그는 그런 사람이었다. 아직은 땅이 조금밖에 녹지 않아서 땅을 충분히 깊이 팔 수 없었다. 그래도 이들은 일을 반쯤 해냈고, 그것만으로도 이미 상당한 일이었다. 아버지 이사크는 스토르보르에서 습지의 물을 빼고 농사를 짓자는 의견이었고, 상점은 황무지에 사는 사람들이 실 한 타래가 필요할 때마다 마을에 갈 필요가 없도록 그냥 부업으로 굴리는 정도로만 생각하고 있었다.

그래서 시베르트와 안드레셴은 수로를 팠고, 때때로 쉬면서 명랑한 대화를 나누었다. 안드레셴은 어떻게인지 모르지만 20크로네 금화를 손에 넣었고, 시베르트는 그 반짝이는 동전에 너무나 마음이 끌렸다. 하지만 안드레셴은 금화를 내놓으려 하지 않았고, 색습자지로 포장해서 궤짝에 넣어두었다. 시베르트는 동전을 놓고 제비뽑기를 하자고도 하고 싸우자고도 했지만 안드레셴은 그 제안을 받아들이지 않았다. 시베르트는 20크로네 지폐를 주겠다고 했고, 금화를 주면 늪지 전체에서 물을 빼겠다고 했다. 그러자 점원 안드레셴은 기분이 상해서 말했다. "그래, 그럼 집에 가서 나는 늪지에서 일을 할 줄 모른다고 얘기할 거지?" 결국 둘은 50크로네 지폐와 금화를 바꾸기로 했고, 시베르트는 밤에 셸란로에 가서 아버지에게 지폐를 받아왔다.

젊은이다운 행동, 씩씩하고 생기에 넘치는 젊음. 밤새 먼길을 갔다가 돌아오고는 다음날 다시 아무 일도 없었던 듯이 일하기. 힘이 넘치는 젊은이에게 그 정도는 아무것도 아니었고, 금화는 아름다웠다. 안드레셴이 자기가 이익을 봤다고 그를 놀릴 수도 있었다. 하지만 시베르트는 방법이 있었다. 레오폴디네의 말을 한마디만 옮기면 됐으니까. "아, 그리고 레오폴디네가 인사 전해달래." 그러자 안드레셴은 즉시 말을 멈추고 얼굴을 붉혔다.

늪지에서 일하며 서로 장난으로 다투고, 다시 일하고, 다시 다투곤 하던 이때는 두 사람 모두에게 즐거운 시간이었다. 때로는 엘레세우스도 와서 도왔지만, 그는 금세 힘이 달리곤 했다. 몸도 의지도 강하지 않았지만 그래도 호감 가는 친구였다. "올리네가 오네!" 장난꾸러기 시베르트가 말했다. "형은 집에 가서 커피나 반 파운드 팔아야겠는걸!" 엘레세우스는 그런 일거리가 반가웠다. 그는 가서 올리네에게 자잘한 물건들을 팔았다. 계속 땅이나 파고 있는 건 그에게는 맞지 않았다.

불쌍한 올리네, 그녀는 가끔 커피가 필요했는데, 가끔 올 때면 악셀에게서 돈을 얻어 오기도 하고 염소젖 치즈와 교환하기도 했다. 올리네는 전 같지 않아서, 모네란에서 일하는 것은 사실 늙은 그녀에게 무리였고 힘이 달렸다. 그래도 그녀는 자신이 늙었다거나 노쇠하다는 걸 인정하려 하지 않았다. 하하, 악셀이 그녀를 내보내려 했다면 그녀는 욕을 퍼부었을 것이다. 그녀는 질기고 지지 않는 성격이었으며, 자기 일을 하고도 시간을 내어 이웃 사람들을 방문해 즐거운 수다를 끝없이 떨었다. 악셀은 말수가 적어서 집에는 말동무가 없었으니까.

그녀는 재판이 그렇게 끝난 것이 마음에 들지 않았다. 결과가, 무죄 선고 자체가 실망스러웠다. 올리네는 셀란로의 잉에르는 8년 형을 받았는데 브레데의 딸 바르브로는 처벌을 받지 않은 것을 이해할 수 없었고, 바르브로에게 '자비를 베푼' 데 대해 그녀는 그리스도교 신자답지 않게 분노했다. 올리네는 "하지만 전능하신 분은 아직 당신의 뜻을 밝히지 않으셨으니까!"라고 말하며 고개를 끄덕였다. 후에 저승에서 다시 심판을 받으리라는 이야기였다. 물론 올리네는 언짢은 마음을 혼자만 품고 있을 수는 없는 사람이었다. 특히 악셀과 이런저런 문제로 의견이 어긋날 때면 그녀는 평소처럼 비꼬아 말하며 아픈 데를 콕콕 찔렀다. "그래, 지금은 법이 소돔과 고모라를 어떻게 다스릴지 모르겠어. 하지만 난 주님의 말씀대로 살 테야. 난 그렇게 단순하니까!"

아, 악셀은 올리네가 지겨운 정도가 아니었고 멀리멀리 보내고 싶었다. 봄이 왔지만 그는 농사일을 혼자 다 해내야 했다. 건초를 수확할 때가 되었지만 어쩔 방도가 없었다. 이렇게는 안 될 것 같았다. 브레이다블리크에 사는 제수가 고향인 헬겔란에 편지를 써서 도움이 될 만한 여자를 찾아주려 했지만, 아직은 성과가 없었다. 그리고 어쨌건 여비까지 따로 주어야 하는 일이었다.

어린아이를 없애고 자신도 떠나버린 바르브로의 행동은 악하고 나쁜 일이었다. 두 번의 겨울과 한 번의 여름을 그는 올리네에게만 의지해서 보내야 했고, 상황이 앞으로 달라질 것 같지도 않았다. 하지만 그 나쁜 바르브로가 이 일에 신경이나 썼을까? 겨울에 그가 마을에 내려갔을 때 그녀와 한두 마디 말을 나누기는 했지만, 그녀는 눈물도 보이지 않았다. "내가 준 반지는 어쨌지?" 그가 물었다. "반지요?" 그녀가 물었다. "그래, 반지 말이야!" "이젠 없어요." "아, 이젠 없다고?" "우리 사이는 끝났잖아요. 그러니 그 반지를 더 낄 수야 없죠." 그녀가 말했다. "관계가 끝났을 때는 그러는 게 아니잖아요." "그럼 그 반지를 어떻게 했는지 알고 싶군." "다시 가져가려는 거예요?" 그녀가 물었다. "그렇게 치사한 사람인 줄 몰랐네요." 악셀은 잠시 생각을 하더니 물었다. "돈으로 갚아줄 수도 있었는데. 그냥 달라는 말은 아니었어."

하지만 그럴 수 없었다. 바르브로는 반지를 뺀 지 오래였고, 악셀에게는 헐값에 금반지 하나 은반지 하나를 다시 살 기회도 주지 않았다.

하지만 바르브로는 거칠고 혐오스럽지는 않았다. 절대 아니었다. 그녀는 어깨끈이 달리고 주름이 잡힌 긴 앞치마를 두르고 목을 높이 가리는 흰색 띠를 두르고 있었다. 예뻤다. 사람들은 그녀에게 마을에 벌써 애인이 생겼다고들 했지만, 그것은 그저 소문이었는지도 몰랐다. 지방 행정관의 부인은 그녀를 잘 감독했고, 이번에는 크리스마스 무도회에도 가지 못하게 했다.

지방 행정관의 부인은 정말로 그녀를 제대로 감시했다. 악셀이 길에서서 한때 자신의 하녀였던 바르브로와 반지 두 개에 대해 흥정을 하고 있노라니, 지방 행정관의 부인이 나타나 둘 사이에 끼어들며 말했다. "바르브로, 가게에서 뭣 좀 사다달라고 하지 않았니?" 바르브로는 일른 달려갔다. 그리고 부인은 악셀을 향해 말했다. "나한테 가축 하나 잡아서 팔 생각 없어요?" 악셀은 그저 "흠!"이라고만 하고 인사를 할 뿐이었다.

하지만 가을에 그를 훌륭하고 대단한 사람이라고 칭찬해준 게 바로 지방 행정관의 부인 아닌가. 그러니 어떻게든 보답할 필요가 있었다. 악셀은 평범한 사람들이 영주나 관리들을 어떻게 대접하는지 알았고, 그녀에게 선물할 만한 짐승, 송아지 한 마리가 생각이 났다. 하지만 하루하루가 지나고 가을이 지나고 한 달 한 달이 지나갔고, 점차 송아지가 아까운 마음이 들었다. 그가 송아지를 그냥 간직한다고 해도 무슨 재앙이 생길 것 같지는 않았다. 반면에 송아지를 줘버린다면 그만큼 가난해질 것이다. 훌륭한 송아지인데.

"그럼 안녕히 계십시오." 악셀은 그렇게 말하고 고개를 흔들며 잡을 가축이 없다고 말했다. 그녀는 그의 생각을 읽기라도 한 듯이 말했다. "어린 소가 있다고 들었는데요." "물론 있죠." 그가 말했다. "키울 건가요?" "네, 키울 겁니다." "아, 그래요? 양은 있나요?" 지방 행정관의 부인이 말했다. "아뇨, 지금은 없어요. 계속 키울 양만 남겨두었으니까요." "흠, 그럼 할 수 없네요." 지방 행정관의 부인은 목례를 남기고 떠났다.

악셀은 집에 가서도 이 대화에 대해 생각했고, 자기가 마지막에 바보짓을 했다는 생각이 들었다. 지방 행정관의 부인은 중요한 증인이었다. 그의 편을 들기도 하고 그에게 불리한 말을 하기도 했지만, 어쨌건 중요한 증인이었다. 사람들은 그에게 이런저런 혐의를 뒤집어씌웠지만 결국 그는 숲속에서 발견된 아이 시체라는 길고 불쾌한 이야기를 결국 떨쳐낼 수 있었다. 그러니 양 한 마리는 내놓아야 할 것 같았다.

이상한 것은 이런 생각이 어딘가 바르브로와도 관련되어 있었다는 것이다. 그가 양을 한 마리 가지고 주인인 지방 행정관의 부인에게 간다면, 바르브로는 그를 보고 놀라지 않겠는가.

하지만 다시 하루하루가 갔고, 날짜를 미루었지만 아무 문제도 생기지 않았다. 결국 다시 마을로 내려가게 되었을 때, 그는 잘 자란 양을 데리고 가지 않았다. 정말로 그러지 않았다. 아니, 마지막 순간에 새끼 양 한 마리를 데리고 가기는 했다. 그래도 새끼 양치고는 컸으니까 시시한 가축은 아니었고, 새끼 양을 데리고 도착한 그는 말했다. "나이가 든 양은 고기가 질기니까 좋은 고기를 드리고 싶었죠!" 하지만 지방 행정관의 부인은 한사코 선물은 받지 않으려고 했다. "얼마나 드려야 할지 말하세요." 그녀가 말했다. 그녀는 공공질서를 중요하게 여겼던 것이다. "아니에요, 고맙지만 선물은 받지 않아요." 결국 일은 악셀이 새끼 양 값을 넉넉히 받는 것으로 끝났다.

그는 바르브로를 만날 수 없었다. 지방 행정관의 부인은 마침 그가 오는 것을 보고 바르브로를 다른 곳으로 보냈다. 그녀로서는 행운이었다. 바르브로는 그가 일 년 반 동안이나 제대로 일을 돕는 여자 없이 고생하게 만들었으니까.

9

봄이 되자 아무도 예측하지 못했던 아주 중요한 사건이 벌어졌다. 게이슬레르가 산을 팔아, 광산에서 작업이 재개된 것이다. 믿지 못할 일이 생긴 건가? 아, 게이슬레르는 도저히 속을 알 수 없는 인간이어서 어떤 태도를 취할지 예측할 수 없었다. 아니라고 고개를 흔들 수도 그렇다고 고개를 끄덕일 수도 있었다. 그는 지역 전체에 미소를 돌려줄 수도 있었다.

결국은 양심이 이긴 것일까? 그는 한때 자신이 지방 행정관으로 있던 지역의 사람들에게 죽을 끓여 먹고 가난에 시달리는 고생을 시킬 생각이 없어진 것일까? 아니면 결국 25만 크로네를 받은 것일까? 아니면 돈이 필요해서 주는 대로 값을 받고 그냥 판 것일까? 2만 5천 크로네나 5만 크로네도 사실 괜찮은 돈이니까. 그리고 그의 아들이 그의 이름으로 계약을 맺었다는 소문이 돌았다.

좌우간 작업은 다시 개시되었다. 전과 같은 건축기사가 다른 인부들을 데리고 돌아왔고, 전과 같은 작업이 시작되었다. 전과 같은 작업이기는 했지만 방식은 전과는 달랐다. 오히려 정반대였다.

모든 일이 잘 정리된 것처럼 보였다. 스웨덴 사람들이 인부와 다이너마이트와 돈을 몰고 왔는데, 뭐가 부족하겠는가? 아론센, 상인 아론센도 돌아왔고, 스토르보르를 다시 사려고 했다. "아니요, 안 팝니다." 엘레세우스가 말했다. "돈을 충분히 드리면 파시겠죠?" "아니요."

그렇다. 엘레세우스는 스토르보르를 팔 생각이 없었다. 황무지에서 상인 역할을 하는 게 그리 나쁘지 않았던 것이다. 색유리가 달린 베란다가 있는 집이 그의 것이었고, 점원이 있어서 일을 해주니 여행을 다닐 수도 있었다. 중요한 건 여행이었다. 점잖은 사람들과 함께 여행하는 것. 미국까지 가볼 수 있다면 얼마나 좋을까 하고 그는 자주 생각했다. 거래를 맺기 위해 남부의 도시들로 가는 여행도 인생의 기쁨이었다. 그렇다고 그가 증기선을 통째로 세내거나 마음 내키는 대로 즐기며 사치스럽게 살았다는 이야기는 아니다. 그는 그런 사람이 아니었다. 그는 좀 독특한 인물이었다. 여자에게는 관심이 없어서 신경을 쓰지 않았고, 전혀 마음을 주지 않았다. 하지만 그는 지방 영주의 아들이었고 일등석에 앉아 온갖 상품을 사들이는 사람이었다. 여행을 갈 때마다 그는 한결 더 점잖고 고상해져서 돌아왔으며, 최근에는 덧신까지 신고 왔다. 사람들이 "자네는 신발을 두 켤레 신나?" 하고들 묻자 그는 "음, 발이 시려서" 하고 대답했다. 사람들은 발이 시리다니 참 안됐다고 생각했다.

행복한 날들, 풍족하고 한가로운 삶이었다. 그러니 그가 도시로 돌아가 점원도 없이 농부들이 오는 가게의 선반 뒤에 서 있으려 하겠는가? 게다가 그는 이제 스토르보르에서 사업이 번창할 것이라고 기대하고 있었다. 스웨덴 사람들이 돌아왔고 곧 이 지역에는 돈이 넘칠 텐데 스토르보르를 판다면 바보일 것이다. 아론센은 번번이 거절당하고 온 길을 다시 가야 했으며, 황무지를 떠난 것이 얼마나 어리석은 일이었는지 뼈저리게 느꼈다.

아아, 아론센은 지나치게 자책할 필요가 없었고, 엘레세우스는 너무 지나치게 기대하지 않았어도 괜찮았을 것을. 그리고 산에 사는 사람들과 마을 사람들도 너무 희망을 품고 행복한 천사들처럼 미소지으며 손을 비비지 않았으면 더 좋았을 것을. 아아, 그러지 않았더라면 실망이 그렇게 크지는 않았을 것을. 채굴은 다시 시작되었지만, 그것은 3킬로미터쯤 떨어진 산의 반대쪽, 게이슬레르가 소유한 땅의 남쪽 끝에서였다. 다른 지역에 속한 곳이라 이쪽 사람들에게는 이득이 될 일이 없었다. 이들은 거기에서 시작해서 점점 북쪽으로 구리가 나오는 곳까지, 이사크가 구리를 발견한 곳까지 파들어갈 계획이었다. 그때가 되면 이쪽 사람들에게도 이익이 오겠지만, 그것은 사 년이 걸릴지 평생이 걸릴지 모르는 일이었다.

거대한 다이너마이트가 터지듯이 이 사실이 알려지자 사람들은 정신이 흐려지고 귀도 멍해졌다. 마을 사람들은 근심 걱정에 빠졌다. 게이슬레르를 욕하는 사람들도 있었다. 그 얼어죽을 게이슬레르가 또 자기들을 가지고 장난을 쳤다고. 다른 사람들은 모여서 새로 대표를 뽑아 이번에는 광산 회사와 기사에게 보냈다. 하지만 아무 성과가 없었다. 기사는 남쪽이 바다와 가까워서 리프트도 필요 없고 운송이 아주 간단하기 때문에 작업을 남쪽에서 시작해야 한다고 설명했다. "남쪽에서 시작해야 합니다. 더이상 말하지 마세요."

그러자 아론센은 새로 광산을 파는 새로운 작업장으로 달려갔다. 그는 점원 안드레센도 데려가려고 했다. "뭐하러 여기 황무지에 있으려하나?" 그가 말했다. "나하고 가는 게 훨씬 나을 텐데." 하지만 점원 안드레센은 황무지를 떠나려 하지 않았다. 무슨 심사인지 알 수 없었지만 이곳에서 무언가가 그를 사로잡은 것 같았고, 그는 여기가 마음에 들어 이곳에 뿌리를 박은 것처럼 보였다. 황무지는 변하지 않았으니 안드레센이 변한 모양이다. 여기는 사람들도 생활도 전과 다름없었다. 광산이 사라지기는 했지만, 농사를 지어서 수확물이 있었고 가축도 있었으니 아무도 낙심하지 않았다. 그저 현금이 별로 없기는 했지만, 이들은 생필품이 다, 정말 모두 다 있었다. 돈이 오려다가 말았다는 사실은 엘레세우스조차 의심하지 않았다. 가장 큰 문제는 그가 처음에 들떠서 팔 수도 없는 상품을 엄청나게 많이 사들였다는 점이다. 이제 그 물건들은 임시로 그냥 보관해둘 수밖에 없었지만, 가게의 장식이며 자랑거리는 되었다.

황무지 사람들은 정말로 낙심하지 않았다. 여기는 공기도 나쁘지 않았고, 새 옷을 입으면 칭찬하는 사람들이 있었으며, 다이아몬드도 필요 없었고 포도주라고는 성경에 나오는 가나의 혼인 잔치*에 있던 것밖에 몰랐다. 자신들이 누리지 못하는 온갖 좋은 것들로 괴로워하지도

---

* 「요한의 복음서」에 나오는, 예수가 최초로 기적을 일으킨 잔치. 포도주가 떨어지자 예수는 물을 포도주로 바꾸는 기적을 일으켰다.

않았다. 예술이나 신문, 사치품, 정치는 누가 그 대가로 돈을 준다면 모를까 별 가치가 없었다. 풍성한 수확은 모든 노력을 다 해서 스스로 얻어내야 하는 축복이었고, 모든 것의 가장 중요한 원천이었다. 황무지의 삶이 적적하고 우울하다고? 하하, 절대 아니다. 인간을 다스리는 힘, 꿈, 사랑, 온갖 신비가 그들에게 있었다. 어느 저녁, 강을 따라 걷던 시베르트는 갑자기 걸음을 멈추었다. 강에 물오리 암수 두 마리가 떠 있었다. 이들은 사람을 보고는 겁을 먹었고, 한 마리가 뭐라고 울었다. 짧은 울음을, 세 음정으로 된 멜로디를 내뱉자 다른 한 마리가 똑같은 대답을 했다. 그 순간 두 마리 새는 날개를 치고 상류를 향해 돌을 던지면 닿을 만한 거리까지 빙그르르 돌아 뛰어오르더니 다시 물에 앉았다. 그러자 한 마리가 다시 뭐라고 지저귀고 다른 한 마리가 다시 대답했다. 아까와 똑같은 언어였지만, 완전히 자유로워진 목소리여서 진실로 행복하게 들렸다. 음정은 아까보다 두 옥타브 위였다. 시베르트는 거기 서서 새들을 바라보았고, 새들 너머 저멀리 꿈의 나라를 바라보았다. 그의 내면에서도 소리가 울렸고, 달콤함이 안에서 솟아났으며, 그는 무언가 야생적이면서도 아름다운 것, 기억에서 사라진 옛날의 어떤 경험에 대한 부드럽고 고운 추억에 잠긴 채 서 있었다. 그는 조용히 집으로 갔고, 이 말을, 이 이야기를 아무에게도 하지 않았다. 이 세상의 언어로는 표현할 수 없었다. 그는 셸란로의 시베르트, 어느 날 길을 가다가 이런 경험을 한 평범한 젊은이였다.

모험은 이것이 전부가 아니었다. 그는 다른 경험도 했다. 옌시네가 셸란로를 떠나는 것도 경험해야 했으며, 그 사건은 시베르트의 감정을 온통 뒤흔들어놓았다.

그렇다, 정말로 엔시네가 떠났다. 그녀가 스스로 가기를 원했다. 아아, 엔시네는 아무데서나 볼 수 있는 여자가 아니었다. 그것은 의심의 여지가 없었다. 시베르트는 언젠가 그녀에게 집에 데려다주겠다고 제안했고, 그녀는 그 때문에 눈물을 흘렸다. 후에 그녀는 눈물을 흘린 일을 후회했고, 후회한다는 것을 분명히 하며 이제는 떠나겠다고 했다. 그녀의 당연한 권리였다.

셀란로의 잉에르로서는 엔시네가 떠나는 것보다 반가운 일이 있을 수 없었다. 슬슬 하녀가 마음에 안 차기 시작했기 때문이다. 이상한 일이었다. 엔시네에게는 흠잡을 곳이 없었지만, 그럼에도 불구하고 그녀는 엔시네를 눈에 거슬려하는 것 같았고, 농장에 그녀가 있다는 사실을 견디기 힘들어하는 것 같았다. 이것은 잉에르의 심리 상태와 관련이 있었다. 그녀는 겨우내 우울해졌고 종교적이 되었으며, 그것을 극복하지 못했다. 잉에르는 "떠난다고? 그래, 그럼 가렴"이라고 말했다. 이것은 그녀에게 축복이었고, 밤마다 드린 기도를 하늘이 들어주신 것 같았다. 농장에는 성인 여자가 둘이 남는데, 혈기 넘치고 결혼할 때가 다 된 엔시네가 여기서 뭘 한단 말인가? 그녀는 결혼할 때가 다 된 엔시네의 모습을 언짢은 눈으로 바라보며 생각했다. '꼭 예전의 내 모습 같네!'

그녀의 깊은 신심은 줄어들 줄 몰랐다. 그녀는 원래 품행이 나쁜 여자는 아니었다. 잠깐 맛을 들인, 잠시 물든 적이 있었지만 나이가 들어서까지 그럴 생각은 추호도 없었다. 잉에르는 이런 생각은 몸서리를 치며 멀리했다. 광산의 작업은 중단되었고 인부들은 떠난 지 오래였다. 아, 천만다행이었다! 정숙함은 그저 지키는 게 아니라 지킬 수밖에 없는 상황이었고, 이는 필요한 선, 은총이었다.

그러나 세상은 악했다. 보자. 레오폴디네가 있었다. 새싹 같은 어린 레오폴디네, 그녀는 이제 갓 아이티를 벗었지만 생기가 넘쳤으며, 은근히 죄악으로 기울기 시작했다. 누가 팔로 그녀의 허리를 감으면 그녀는 쓰러질 것이다. 저런, 얼굴에는 여드름이 났다. 넘치는 혈기의 상징이었다. 어머니도 혈기가 넘치던 때를 분명 기억하고 있었다. 그러나 그것 때문에 딸을 탓할 생각은 아니었고, 그저 이 일을 종결지으려 했다. 레오폴디네가 이제 문제를 해결해야 했다. 도대체 점원 안드레센이 무슨 일이 있어서 주일이면 셀란로에 올라와 농사일에 대해 이사크와 이야기를 한단 말인가? 이 두 남자는 레오폴디네가 아무것도 모른다고 생각하는 걸까? 오, 젊은이들은 삼사십 년 전 옛날에도 이미 미쳤었지만 지금은 전보다 더하다.

"아, 이제 어떻게 되려나?" 이 이야기가 나오자 이사크가 말했다. "봄이 왔는데 옌시네는 갔으니, 누가 와서 여름에 일을 하겠어?" "레오폴디네하고 내가 하죠." 잉에르가 대답했다. "차라리 내가 밤낮으로 일을 하겠어요!"라고 그녀는 흥분해서 울먹이며 말했다. 이사크는 그녀가 이렇게 흥분하는 이유를 알 수 없었지만 자기 나름대로 생각이 있었으므로 곡괭이와 삽을 들고 숲 가장자리로 가서 돌을 하나 캐기 시작했다. 아, 이사크는 옌시네가 떠나버린 일을 정말로 이해할 수가 없었다. 옌시네는 일을 잘하는 여자였는데. 그는 늘 구체적인 것, 자신의 일, 합법적이고 자연스러운 행위인 노동을 벗어난 것은 얼른 이해하지 못했다. 그의 육체는 딱 벌어졌고 건장했으며, 그는 몸과 정말로 하나가 된 사람이었다. 그는 언제나 건장한 사람 몫의 식사를 했고 그 음식을 잘 받아들였으며, 균형을 잃는 일이라고는 드물었다.

그런데 이 돌이 나타났다. 다른 돌도 많았지만, 시작은 이 돌에서부터 해야 했다. 이사크는 자신과 잉에르를 위해 여기 작은 집을 하나 지어야 할 날이 오리라고 생각했다. 그는 시베르트가 스토르보르에 내려가 있는 동안 집 지을 자리를 좀 평평히 다듬어놓을 생각이었다. 일하는 것을 아들이 보면 설명을 해야 할 터이고, 그러고 싶지는 않았으니까. 당연히 언젠가는 시베르트에게 농장의 건물이 모두 필요해질 것이고, 그러면 부모는 다른 집이 필요할 것이다. 셀란로에는 끝도 없이 새 건물을 지어야 했고, 돌로 지은 우리 위에 올릴 요량이었던 건초 창고도 아직 짓지 못했다. 하지만 각목과 판자는 이미 준비되어 있었다.

그러니까 이 돌이 문제였다. 땅 밖으로 나온 부분은 별로 커 보이지 않았지만, 꿈쩍도 않는 것으로 보아 커다란 돌인 듯했다. 이사크는 돌 주위를 파보았고 삽으로도 파내려고 시도해보았지만 돌은 움직이지 않았다. 그는 더 깊이 파고 다시 삽을 대보았다. 소용이 없었다. 그는 부서진 흙을 파내기 위해 집에 가서 더 큰 삽을 가지고 왔다. 다시 파고 다시 흔들어보았다. 소용이 없었다. '정말 바윗덩어리군!' 하고 생각하며 이사크는 인내심을 동원했다. 이미 땅을 꽤 한참 팠지만, 돌은 땅속 점점 더 깊은 곳까지 이어졌고 붙잡을 수 있는 곳도 없었다. 돌을 폭파해야 한다면, 그건 달가운 일이 아니었다. 폭약을 넣기 위해 돌에 구멍을 파면 그 소리가 멀리까지 들릴 것이고 집안사람들이 다 올 것이다. 이사크는 땅을 계속 팠고, 지렛대를 가지고 와서 시도해보았다. 소용이 없었다. 땅을 계속 팠다. 이사크는 슬슬 돌 때문에 짜증이 나기 시작했다. 그는 이마를 찡그리고 돌을 바라보았다. 그저 돌들을 감시하러 나왔을 뿐인데 이 돌이 바보짓을 한다는 듯이. 그는 돌을 비난했다. 둥글고 바보인데다 아무데도 붙잡을 곳이 없다고. 모양이 잘못되었다는 생각이 들었다. 돌을 폭파해야 할까? 말도 안 되지. 뭐하러 그런 일에 폭약을 낭비한단 말인가. 아니면 이 돌을 포기해야 할까? 돌이 그보다 한 수 위라는 것을 인정하고 경외심을 보여야 할까?

이사크는 땅을 팠다. 얼굴에 땀을 흘리며 노력했지만, 성공은 어디에? 마침내 지렛대의 끝을 아래에 밀어넣을 수 있었고 돌을 들어올리려고 시도했지만, 돌은 움직이지 않았다. 그가 일을 조금이라도 틀리게 한 것은 아니었지만, 그래도 성공하지 못했다. 도대체 이게 뭐지? 돌은 전에도 많이 깨보지 않았나? 그가 늙었나? 우스운 일이다. 하하, 우습다. 최근에 힘이 줄었다고 느낀 적이 있기는 했다. 아니, 그가 느낀 건 아니지. 그는 상관하지 않았고, 사실 그건 상상이었으리라. 이제 그는 그 돌을 들어올리겠다고 다시 단단히 결심하고 일을 시작했다.

이사크는 지렛대 위에 몸을 걸치고 돌을 들어올리며 힘을 쏟았다. 만만한 일이 아니었다. 몸을 굽히고 돌을 들어올리고 또 들어올린다. 그는 거인처럼 크고, 힘도 보통이 아니며, 상체를 무릎까지 굽힌 듯하다. 그에게는 장엄하고 화려한 데가 있으며, 몸도 대단했다.

하지만 돌은 꿈쩍도 하지 않았다.

어쩔 도리가 없어 그는 땅을 더 깊게 파야 했다. 돌을 폭파해야 할까? 말도 안 되는 소리! 그저 땅을 더 깊게 파면 될 것이다. 그는 일에 열중했다. 이 돌은 파낼 수 있어야 해! 이사크에게 이런 충동이 생기는 건 지극히 정상이었다. 옛날부터 농부들은 다정다감한 마음으로는 아니었지만 땅을 개간하는 일을 사랑했다. 그의 모습은 좀 바보스러웠다. 그는 먼저 돌을 이쪽저쪽에서 바라보더니 주위를 파고, 돌을 만져 보고는 흙을 맨손으로 파냈다. 정말로 맨손으로. 하지만 사랑스럽게 쓰다듬는 것은 아니었다. 몸에서 열이 났지만, 그건 그가 열중했기 때문이다.

지렛대로 다시 해보면 어떨까? 그는 가장 쉬워 보이는 곳에서 시작했다. 하지만 안 되었다. 무슨 돌이 이렇게 고집 세고 오기가 있는지. 이제는 좀 움직이는 것 같았다. 이사크는 다시 시도했고, 희망이 생겼다. 늘 흙을 파는 그는, 이 돌을 이길 수 있겠다는 예감이 들었다. 그런데 지렛대가 미끄러졌고, 그 바람에 이사크는 땅에 넘어졌다. "에잇!" 하고 그가 외쳤다. 그냥 그렇게 말이 나와버렸다. 동시에 모자도 밀려서 마치 스페인 사람처럼, 강도처럼 삐딱하게 앉혔다. 그는 침을 뱉었다.

그때 잉에르가 왔다. "이사크, 식사할 시간이에요." 그녀가 상냥하고 친절하게 말했다. "그래." 그는 대답했지만 잉에르가 가까이 오는 것을 원하지 않았다. 이야기를 하고 싶지 않았으니까. 아아, 하지만 잉에르는 눈치채지 못했다. "또 무슨 생각을 해낸 거예요?" 그가 매일 새롭고 훌륭한 생각을 해낸다고 칭찬하고 싶었던 그녀가 말했다. 하지만 이사크는 성이 나 있었다. 몹시 기분이 상한 그가 대답했다. "몰라." 하지만 잉에르는 눈치 없이 그에게 질문을 하고 이런저런 이야기를 하며 다가왔다. "이미 봤으니 할 수 없지. 이 돌을 캐낼 생각이야." 그가 말했다. "이걸 들어낸다고요?" 그녀가 물었다. "그래." "내가 도우면 안 될까요?" 이사크는 고개를 흔들었다. 하지만 잉에르가 좋은 마음으로 도우려고 했으니 거절할 수 없었다. 그는 "잠깐만"이라고 말하고는 끌을 가지러 집으로 달려갔다.

만약 적당한 곳을 깨뜨려 돌을 울퉁불퉁하게 만든다면 지렛대가 미끄러지지 않고 자리를 잘 잡을 것이다. 잉에르가 끌을 붙잡았고 이사크가 내리쳤다. 성과가 있어서 한 조각이 떨어져나갔다. "도와줘서 고마워." 이사크가 말했다. "기다리지 말고 먼저 먹지. 난 이 돌부터 꺼낼 테니."

하지만 잉에르는 가지 않았고, 사실 잉에르가 서서 그가 일하는 모습을 바라보는 것은 이사크도 싫지 않았다. 젊었을 때에도 이사크는 그걸 좋아했다. 자, 그는 드디어 지렛대를 넣기에 딱 맞는 자리를 찾아 고정하고 들어올렸다. "돌이 움직여요! 움직인다고요!" 잉에르가 말했다. "놀리는 거요?" 이사크가 말했다. "놀린다고요? 돌이 움직인다니까요!"

사실이었다. 돌은 움직였고, 그는 돌을 이긴 셈이고, 이제 둘은 같은 편이었다. 이사크는 막대를 들어올리며 무게를 가늠해보았고, 돌은 조금 움직였지만 다시 꿈쩍도 하지 않았다. 한동안 이사크가 계속해보았지만 소용이 없었다. 갑자기 그는 이게 자신의 체중이 충분한가 하는 문제가 아니라는 것을 깨달았다. 문제는 그가 전보다 힘이 줄었고, 몸도 전처럼 유연하지 않다는 것이었다. 체중? 무거운 지렛대 위에 무게를 실어 부러뜨리는 것은 사실 문제도 아니었으리라. 하지만 그는 마치 힘을 잃은 것 같았다. 그래서 참을성 있는 그도 우울해졌다. 잉에르가 서서 보고 있지만 않았더라도 좀 나았을 텐데.

그는 갑자기 지렛대를 놓고 망치를 들었다. 그는 분노에 휩싸였고, 폭력을 휘두르고 싶은 기분이었다. 아아, 그는 아직도 모자를 삐딱하게 쓰고 있었고 강도처럼 보였으며, 이제는 마치 돌에게 자신의 모습을 보여주기 위해 좋은 자리를 찾기라도 하는 것처럼 돌 주위를 성큼성큼 걸었다. 이 돌을 아주 폐허처럼 만들어버릴 것도 같았다. 안 될 건 뭐람? 격렬히 증오하는 돌 하나를 아주 깨부수는 것은 일도 아니었다. 돌이 저항하고 안 깨지면? 아, 누가 센지는 겨루어보면 알 것이다.

하지만 잉에르는 이사크가 성이 난 것을 눈치챘으므로 이제 슬슬 걱정이 되었다. "우리가 같이 저 각목 위에 몸을 실으면 어때요?" 그녀가 각목이라고 한 것은 지렛대였다. "안 돼!" 이사크가 화를 내며 말했다. 하지만 잠시 생각하더니 그가 말했다. "그래, 이미 왔으니 같이 해보지. 하지만 당신이 왜 집으로 안 가는지 모르겠군. 같이 해볼까!"

두 사람은 돌을 한쪽으로 돌릴 수 있었다. 됐다. "휴우!" 이사크가 말했다.

이제야 두 사람의 눈앞에 예측하지 못한 모습이 드러났다. 돌의 아랫면은 넓고 반반한 평면이었고, 방바닥처럼 편편했다. 반대쪽 반이 어디 가까이에 있는 게 분명했다. 이사크는 반으로 나뉜 돌이 서로 다른 높이에 묻힐 수 있다는 걸 알고 있었다. 긴 시간 동안 땅이 얼었다가 녹으면서 그렇게 사이가 벌어지는 경우가 있었다. 하지만 그는 이 돌을 찾아서 기뻤다. 아주 쓸모 있게 생긴 돌이었다. 문지방으로 쓰면 훌륭할 것이다. 큰돈이 생긴다고 해도 황무지에 사는 사람을 이만큼 만족시키지는 못하리라. 그는 "문지방으로 쓰면 훌륭할 거야"라고 자랑스럽게 말했고, 잉에르는 기뻐하며 말했다. "어떻게 그걸 알았어요?" 이사크는 대답했다. "흠! 내가 얻는 것도 없이 여기서 땅을 팠을 것 같아?"

둘은 함께 집으로 갔다. 그럴 이유도 없었는데 이사크는 경탄을 받았다. 하지만 기분은 이유가 있는 경탄을 받을 때와 마찬가지로 좋았다. 그는 전부터 문지방으로 쓸 적당한 돌을 찾고 있었는데 이제 드디어 찾았다고 이야기를 했다. 이제는 돌의 나머지 반쪽을 찾고 있다고 설명할 수 있으니 그가 집을 지으려고 일을 해도 아무도 의아해하지 않을 테고, 그는 얼마든지 땅을 팔 수 있었다. 시베르트가 집에 오자 이사크는 그에게도 도와달라고 했다.

하지만 이제 돌 하나 캐는 일마저 혼자 할 수 없다면 상황이 많이 달라져 급해진 것이었고, 그는 집을 얼른 지어야 했다. 그는 어느새 늙었고, 집을 내주고 물러날 때가 가까워진 것이다. 문지방으로 쓸 돌을 찾아내어 잠시 뿌듯했던 것은 진심도 아니었고 오래 지속될 기쁨도 아니었으니 하루이틀 지나며 식어버렸다. 이사크는 슬슬 허리가 굽었다.

이전의 이사크는 누가 돌 이야기나 땅 파는 이야기를 꺼내기만 해도 귀가 번쩍 뜨이지 않았던가? 오래전도 아니고 기껏해야 몇 년 전 일이다. 그때는 어떤 사람이 물을 빼놓은 황무지에 눈만 흘겨도 그를 두려워해야 했다. 이제 그는 점차 이런 일들을 한결 여유 있게 바라보게 되었다. 아, 세상에! 아무것도 전과 같지 않았다. 황무지가 온통 달라졌다. 전에는 숲을 가로지르는 전신주도 없었고, 호숫가 주변의 높은 산들은 폭파되고 파헤쳐지지 않았었다. 사람들은? 누가 오면 어서 오라고, 누가 가면 잘 가라고 인사를 했던가? 아니, 기껏해야 고개를 까닥였고, 어떤 때는 그것도 하지 않았다.

하지만 전에는 셀란로도 없었고, 그저 이탄으로 지은 오두막 하나가 전부였으며, 이사크가 지방 영주 같은 지위를 누리지도 못했다.

자, 그런데 지방 영주가 지금은 어떻게 되었나? 늙고 쇠약한 노인일 뿐이었다. 힘도 나지 않는다면 잘 먹고 소화를 잘 시키는 게 무슨 소용이 있단 말인가? 이제 힘이 있는 건 시베르트였다. 그가 힘이 있으니 다행이지만, 이사크 자신이 힘이 있었다면 어땠을까? 천천히 돌릴 수밖에 없다면, 바퀴를 발명하는 게 무슨 소용인가? 그는 성실한 인간으로 열심히 일했고 짐승처럼 짐을 져 날랐지만, 이제 인내심은 의자에 앉아 시간을 보내기 위해서나 필요해질 참이었다.

이사크는 언짢고 우울했다.

언덕에 떨어져 있는 오래된 선원 모자에는 곰팡이가 피고 있었다. 숲이 시작되는 이곳까지 폭풍에 날아왔거나, 아이들이 어렸을 때 들고 온 것이리라. 한 해 한 해가 지나며 점점 더 상했지만 원래는 선원 모자, 멋진 노란 모자였다. 이사크는 상인에게서 그 모자를 사서 집으로 왔던 때가, 잉에르가 멋진 노란 모자라고 말한 일이 아직 생생했다. 몇 해가 지난 후에 그는 페인트칠하는 사람에게 그 모자를 가지고 가서 모자를 검은색으로, 차양을 초록색으로 칠하게 했다. 그가 모자를 가지고 돌아왔을 때, 잉에르는 모자가 전보다 훨씬 멋있다고 했다. 잉에르는 무엇이나 만족스러워했다. 그는 장작을 팼고 잉에르는 구경을 했다. 일생 중 가장 행복했던 때였다. 3월, 4월이 오면 잉에르는 숲의 새나 짐승처럼 사랑에 빠졌고, 5월이 오면 그는 씨를 뿌리고 감자를 심으며 밤낮으로 일했다. 잠을 자고 일을 하고 사랑을 하고 꿈을 꾸었다. 그는 그가 처음으로 소유했던 큰 황소와도 같았다. 대단했던 그 황소는 화려한 모습으로 걸을 때면 왕처럼 크고 눈부셨다. 하지만 이제는 5월이 와도 전과 같지 않았다. 전 같은 5월은 돌아오지 않았다.

이사크는 며칠 동안 우울했다. 침울한 날들이었다. 그는 더이상 건초 창고를 지을 의욕도 기운도 없었다. 그 일은 나중에 시베르트가 할 것이다. 지금은 그가 늙어서 살 집을 짓는 일이 급했다. 숲 가장자리에서 파고 있는 땅이 집 지을 자리임을 시베르트에게 계속 숨길 수는 없었으니, 그는 어느 날 시베르트에게 사실을 털어놓았다. "나중에 다시 담을 쌓을 일이 생기면 이 돌이 괜찮겠지." 그가 말했다. "그리고 저기 저 돌도 괜찮고." 시베르트는 표정도 바꾸지 않고 말했다. "초석으로 훌륭하네요." "그래. 어떠니?" 아버지가 말했다. "문지방을 하나 더 찾으려고 여기서 땅을 오래 팠더니 기초공사가 다 된 것 같구나. 모르긴 하지만." "진짜 괜찮은데요." 시베르트가 말하고는 주위를 둘러보았다. "그렇지? 혹시 누가 올 때를 생각해서 여기 작은 집을 하나 지어도 되겠지." "네." "거실 하나 방 하나면 되겠지? 전에 스웨덴 사람들이 왔을 때 봤잖니. 그런데 지금은 그 사람들이 묵을 새로 지은 건물도 없으니까. 어떠냐, 혹시 음식을 할지도 모르니 작은 부엌도 하나 만드는 게 좋겠지?" "네, 부엌이 있어야죠. 없으면 비웃을걸요." 시베르트가 말했다. "그렇게 생각하니?"

아버지는 더는 말이 없었다. 시베르트는 똑똑한 아이였고, 스웨덴 사람들을 위한 집이 왜 필요한지 금세 깨닫고 이해했다. 그는 아무 질문도 없이 그저 이렇게 말했다. "저라면 북쪽 벽에 닿게 헛간을 짓겠어요. 헛간이 있으면 젖은 옷을 널어 말릴 때 편하잖아요." 아버지는 즉시 찬성했다. "그래, 맞다."

둘은 말없이 한동안 돌을 다듬었다. 잠시 후 아버지가 말했다. "엘레세우스는 아직 안 왔니?" 시베르트는 답을 피했다. "곧 올 거예요."

문제는 엘레세우스가 집에 없을 때가 많았고, 언제나 여행을 떠나려 했다는 것이다. 직접 가서 물건을 사는 대신 편지로 주문할 수도 있지 않을까? 가서는 물론 물건을 훨씬 싸게 샀지만, 여비가 얼마나 많이 들었나! 그는 사고방식이 독특했다. 세례복을 위한 면직물과 실크 리본, 검고 흰 밀짚모자와 긴 파이프는 뭣에 쓰려는 것일까? 황무지에는 그런 물건을 사는 사람이 없었고, 마을 사람들은 돈이 없을 때만 스토르보르까지 올라왔다. 엘레세우스는 나름대로 능력이 있었다. 종이에 글을 쓰고 분필로 계산하는 모습을 보면 정말 솜씨가 좋았다. 그럴 때면 사람들은 "나도 너처럼 머리가 좋았다면!" 하고 말했다. 하지만 그는 아직 못 받은 돈이 많았다. 마을 사람들은 외상을 좀처럼 갚지 않았다. 한푼도 없는 브레데 올센까지도 겨울에 스토르보르에 와서 면직물과 커피와 시럽과 양초를 외상으로 가지고 갔다.

이사크는 엘레세우스를 위해, 그의 사업과 여행을 위해 이미 돈을 많이 내놓았고, 동광을 팔아 번 돈도 이제는 얼마 남지 않았다. 그러니 어쩌겠는가? "엘레세우스가 얼마나 지금처럼 계속할 거라고 생각하니?" 이사크가 갑자기 물었다. "계속한다고요?" 시베르트는 시간을 벌기 위해 되물었다. "일이 별로 잘 안 되는 것 같아서." "형은 아주 낙관적인 것 같던데요." 시베르트가 말했다. "같이 얘기를 해보았니?" "아니요, 안드레센에게 들었어요." 아버지는 그 말을 듣고 생각에 잠기더니 고개를 흔들었다. "아니, 잘 안 되고 있어." 그가 말했다. "엘레세우스가 안됐구나!"

아버지는 처음에도 마음이 가볍지 않았지만 이제는 점점 더 우울해졌다.

그때 시베르트가 새로운 소식을 꺼내놓았다. "새로 이사 오는 사람이 더 생겼어요." "무슨 말이냐?" "두 명이 새로 와요. 우리보다 더 위쪽에 땅을 샀죠." 이사크는 삽을 든 채 서 있었다. 새롭고 반가운 소식이었다. 이보다 반가운 소식은 별로 없었다. "그럼 여기서 농사짓는 사람이 열이군." 그가 말했다. 이사크는 새로 이사 온 사람들이 어디에 자리잡았는지 들었다. 그는 온 지역의 지리를 다 머리에 담고 있었으니 듣고 고개를 끄덕였다. "잘했군. 장작을 팰 숲도 있고 높이 솟은 나무들도 있으니. 땅은 남동쪽으로 좀 기울었고."

이사 오는 사람들의 흐름을 아무것도 막지 못했고, 새로운 사람들이 점점 더 왔다. 광산 작업은 중단되었지만, 이들은 농사를 지으려는 이들이었으니 상관없었다. 황무지가 잠들었다는 건 더이상 사실이 아니었다. 오히려 황무지에는 삶이 넘쳤다. 두 명이 이사를 오면 손이 넷 느는 것이고, 그만큼 밭과 초지와 집이 늘어나는 것이다. 아, 숲 사이의 탁 트인 초록 비탈과 오두막과 샘물, 아이들과 짐승들! 쇠뜨기가 무성하던 습지에서 곡물이 자라고, 언덕에서는 초롱꽃이 고개를 흔들었으며, 집 앞에서는 벌노랑이에 금빛 햇빛이 쏟아졌다. 사람들도 여기에 있어 말하고 생각했으며, 하늘과 땅과 하나가 되었다.

여기 황무지에 제일 먼저 자리를 잡은 그가 서 있었다. 그가 왔을 때에는 늪은 무릎까지 빠지고 여기저기 히스가 무성했다. 그는 햇빛이 잘 드는 비탈을 찾아 정착했다. 다른 사람들이 뒤따랐다. 이들은 경작되지 않은 공유지를 가로질러 오솔길이 생기게 했고, 사람이 늘어나면서 오솔길이 수레가 다닐 수 있는 길이 되었다. 이사크는 만족스러웠고 뒤를 돌아보면 뿌듯할 것 같았다. 이곳에 사람들이 살도록 이끈 게 그였고, 이제 그는 영주와도 같았다.

"그래, 그래, 하지만 금년에 건초 창고를 지으려면 끝도 없이 여기만 파고 있을 수는 없지." 그가 말했다.

그는 갑자기 명랑해졌고 살아갈 용기가 났다.

10

한 여자가 황무지를 가로질러 걸어온다. 고운 여름비가 내려 옷이 젖지만, 다른 생각을 하고 있는 그녀는 상관하지 않는다. 그녀는 어떻게 될지 초조했던 것이다. 바르브로다. 다름 아닌 바르브로, 브레데의 딸. 그렇다. 그녀는 초조할 이유가 있었다. 이 모험이 어떻게 끝날지 알 수 없었지만, 지금은 지방 행정관의 집에서 나와 마을을 떠났다. 상황이 그랬다.

그녀는 사람을 피하기 위해 황무지의 집들을 모두 돌아서 갔다. 등에 옷을 지고 있었으니 그녀가 어디로 가려는지는 누구라도 알 수 있었다. 물론 모네란으로 가서 머무를 생각이었다.

그녀는 10개월 동안 지방 행정관의 부인 아래에 있었다. 날수로 따져도 결코 짧은 기간이 아니었지만, 그곳에서 겪은 모든 억압과 그리움을 생각하면 영원과도 같았다. 처음엔 모든 것이 좋았다. 헤이에르 달 부인은 바르브로를 잘 챙겨주었고, 그녀에게 앞치마를 입히고 꾸며주었다. 그렇게 고운 옷을 입고 가게에 가는 것은 즐거운 일이었다. 바르브로는 어릴 때에도 이 마을에 있었고 여기에서 학교에 다니고 남자아이들과 입을 맞추고 돌과 조개를 가지고 놀았으니 사람들을 다 알았다. 몇 달 동안은 아무 문제가 없었다. 하지만 헤이에르달 부인은 그녀를 계속 감시했고, 크리스마스가 가까워지며 온갖 행사가 시작되자 부인은 점점 더 엄격해졌다. 하지만 관계를 악화시킬 뿐 그래서 얻는 게 뭐가 있겠는가? 바르브로는 밤에 몇 시간을 마음대로 보낼 수 없었더라면 견디지 못했을 것이다. 두시부터 아침까지는 안심할 수 있었고, 그 시간에 그녀는 몰래 여러 가지 즐거움을 누렸다. 요리사는 대체 어떤 여자였기에 고자질을 안 했을까? 그녀는 평범한 하녀였고 자신도 허락 없이 외출을 하곤 했다. 둘은 서로 망을 봐주었다.

이들의 행실이 드러난 것은 시간이 한참 흐른 다음이었다. 바르브로는 자신이 타락할 만큼 타락했다고 드러내 보이고 다닐 정도로 경박하지는 않았다. 타락이라고? 그녀는 필요한 만큼은 거절을 했다. 남자가 크리스마스 무도회에 초대하면, 그녀는 처음에 거절했고 두번째도 거절했다. 세번째에야 그녀는 "두시부터 여섯시 사이에 올 수 있는지 보죠"라고 대답했다. 자, 얌전한 아가씨는 그렇게 대답하고 쓸데없이 약점을 드러내지 않았으며, 버릇없는 모습을 보이지도 않았다. 그녀는 하녀였고 하루종일 매여 있었으니, 남자들과 노는 것 외에 다른 오락이라곤 없었다. 그녀가 원하는 것도 그게 전부였다. 지방 행정관의 부인은 긴 연설을 하고 그녀에게 책을 빌려주었다. 이렇게 어리석을 수

가. 베르겐에 살았고 신문을 읽고 극장에 다녔던 바르브로에게! 그녀의 말은 황무지에서 살아 숨쉬는 주님의 말씀은 아니었다.

하지만 지방 행정관의 부인도 의심을 했는지, 어느 날 새벽 세시에 하녀들 방에 와서 "바르브로!" 하고 불렀다. "네!" 하고 요리사가 대답했다. "바르브로 없니? 문 좀 열어라!" 요리사는 문을 열고, 미리 약속한 대로 바르브로는 급한 일이 있어서 갑자기 집으로 달려갔다고 말했다. "갑자기 집으로? 지금은 새벽 세시야!" 헤이에르달 부인이 아주 놀라며 말했다. 다음날 아침에 진지한 심문이 있었다. 브레데를 불러와서 헤이에르달 부인이 물었다. "지난 밤 세시에 바르브로가 집에 갔었나요?" 브레데는 이런 질문을 받을 줄은 몰랐지만 즉시 그랬다고 대답했다. "네, 우리는 늦게까지 깨어 있었지요. 논의할 중요한 일이 있었거든요." 바르브로의 아버지가 말했다. 그러자 지방 행정관의 부인은 엄격하게 선포했다. "바르브로는 더이상 밤에 나다니지 못합니다." "네, 안 할 겁니다." 브레데가 대답했다. "적어도 우리집에 있는 동안은 안 돼요." "물론이죠. 바르브로, 들었지? 나도 말했잖니." 아버지가 말했다. "가끔은 오전에 부모님께 가도 좋다." 지방 행정관의 부인이 말했다.

하지만 지방 행정관의 부인은 경계심이 있는 사람이었고 의심을 완전히 풀지 않았다. 한 주가 지난 후 그녀는 다시 새벽 네시에 방에 가보았다. "바르브로!" 그녀가 불렀다. 오, 하지만 이번에는 요리사가 나갔고 바르브로가 집에 있었으니 하녀들의 방에는 아무 문제가 없는 것처럼 보였다. 그녀는 급히 구실을 찾아내야 했다. "엊저녁에 빨래를 걷었니?" "네!" "다행이구나. 폭풍이 칠 것 같으니까. 잘 자렴!"

남편에게 밤에 깨워달라고 해서 하녀들이 방에 있는지 확인하러 건너가는 것은 헤이에르달 부인에게는 귀찮은 일이었다. 일이 어찌어찌되어, 헤이에르달 부인은 감시를 그만두었다.

운이 그녀를 떠나지 않았더라면 바르브로는 일 년 내내 헤이에르달 부인을 견딜 수 있었으리라. 하지만 며칠 전 둘 사이에 갈등이 있었다.

이른 아침, 부엌에서였다. 먼저 바르브로는 요리사와 약간 다투었다. 약간 다툰 것이 아니라 점점 목소리를 높였고, 헤이에르달 부인이 올지도 모른다는 것은 까맣게 잊고 말았다. 요리사는 규칙을 어기고, 자기 차례가 아니었는데 일요일 밤에 몰래 나갔다. 그런데 이유가 뭔가? 미국으로 떠나는 소중한 언니와 작별하기 위해서? 아니다. 그녀는 딱히 핑계도 대지 않았고, 그저 일요일 밤이 즐거웠노라고만 했다. "협잡꾼, 넌 수치심도 정직함도 없지!" 바르브로가 외쳤다.

그때 헤이에르달 부인이 문으로 들어왔다. 그저 이게 무슨 고함소리인가 궁금해서 들어왔는지도 모르고, 이런 아침 인사에 대답할 생각이 있었는지도 몰랐다. 하지만 그녀는 바르브로를 날카롭게 바라보고 그녀 가슴 앞의 앞치마를 보다가 허리를 굽히더니 더 가까이 보러 왔다. 곤란한 순간이었다. 헤이에르달 부인은 갑자기 비명을 지르기 시작하더니 문 쪽으로 물러났다. '대체 무슨 일이지?' 하고 의아해하며 바르브로는 내려다보았다. 저런, 그저 이 한 마리가 아닌가. 그녀는 미소를 억누를 수 없었다. 그녀는 어지간한 상황에도 적절히 대응할 줄 알았으므로, 이를 그냥 털어버렸다. "저런, 바닥에다가!" 지방 행정관의 부인이 외쳤다. "미쳤니? 얼른 다시 집어!" 황급히 찾기 시작한 바르브로는 바로 정신을 차리고는 이를 찾은 척하고 팔을 휘둘러 아궁이에 던졌다. "대체 어디서 달고 온 거냐?" 부인이 흥분해서 물었다. "어디에서 달고 왔냐고요?" 바르브로가 대답했다. "그래, 어디에 다녔길래 저런 걸 달고 왔냐고. 대답해!" 바르브로는 "가게에서요!"라고 대답하는 대신 큰 실수를 했다. 그렇게 대답했어야 했지만, 그녀는 이가 어디에서 왔는지 모르겠지만 요리사한테서 이가 옮았는지도 모르겠다고 대답했다. 그러자 요리사가 갑자기 화를 냈다. "네가 나한테서? 너 혼자도 얼마든지 이를 옮아오겠지!" "하지만 오늘밤에 나갔던 건 너잖아!"

이것도 절대로 해서는 안 되는 말, 두번째 큰 실수였다. 이제 요리사는 더이상 침묵할 이유가 없었고, 이 불행한 밤에 무슨 일이 있었는지 모두 밝혀질 수밖에 없었다. 헤이에르달 부인은 몹시 흥분했다. 그녀는 요리사한테는 아무것도 기대하지 않았지만, 바르브로에게, 자신이 편을 들어주었던 바르브로에게 화가 났다. 혹시 바르브로가 고개를 숙이고 갈대처럼 바닥에 쓰러져 다시는 그러지 않겠다고 애원했더라면 이때까지는 희망이 있었는지도 모른다. 하지만 아니었다. 헤이에르달 부인은 보모에게 자신이 그녀를 위해 한 일을 다 상기시켰지만, 바르브로는 반항하고 말대꾸를 하고 말았다. 바르브로는 그렇게 어리석었다. 아니, 어쩌면 그녀는 머리가 좋아서, 그곳을 떠나기 위해 일을 극단으로 몰고 갔는지도 모른다. 헤이에르달 부인은 말했다. "내가 너를 사자 발톱에서 빼냈는데." "그 얘기라면, 그렇게 안 하셨더라면 더 좋았을 거예요." "그게 나에 대한 감사의 전부냐?" 헤이에르달 부인이 외쳤다. "아, 무슨 말씀이세요." 바르브로가 말했다. "그럼 저는 유죄 판결을 받았을지도 모르죠. 하지만 몇 달 이상은 아니었을 거예요. 그러고 나면 다 지나간 얘기가 되었겠죠." 헤이에르달 부인은 한순간 말문을 잃었고, 잠시 그렇게 서 있다가 다시 입을 열려 했지만 다시 다물었다. 입을 연 그녀의 첫번째 단어는 해고였다. 바르브로의 대답은 "마음대로 하시죠!"가 전부였다.

이 사건 후 며칠 동안 바르브로는 부모 집에 머물렀다. 하지만 언제까지나 거기 있을 수는 없었다. 아, 부모는 생활이 괜찮았다. 어머니는 커피 가게를 했고, 집에 오는 사람은 늘어만 갔다. 하지만 바르브로는 그것으로 생활할 수는 없었고, 다시 급히 일자리를 구해야 했다. 그래서 그녀는 오늘 다시 옷을 자루에 넣어 메고 황무지를 올라온 것이다. 이제 문제는 악셀 스트룀이 그녀를 다시 받아들이느냐는 것이다. 하지만 그녀는 이미 지난 일요일에 자신이 곧 갈 거라고 알렸다.

비가 오고 길이 지저분했지만 바르브로는 계속 갔다. 저녁이 되었고, 올라프 성인의 축일*이 아직 지나지 않았으므로 밤에도 어둡지 않았다. 가엾은 바르브로는 몸을 아끼지 않았다. 분명한 의도, 목표가 있었고 그녀는 첫번째 싸움을 시작했다. 그녀는 사실 자신의 몸을 사린 적이 없었다. 게으른 적이 없었고, 그래서 예쁘고 고운 모습을 유지했다. 바르브로는 판단이 빨랐지만, 그 판단력을 잘못 사용해서 손해를 볼 때가 많았다. 그러지 않을 수 있겠는가? 그녀는 곤란한 상황에서 빠져나가는 법을 익혔지만, 여러 가지 좋은 점도 잃지 않았다. 그녀는 아이의 죽음을 아무렇지도 않게 여겼지만, 살아 있는 아이에게는 잘해주었다. 게다가 음악적인 감각도 있어서 부드럽고 그럴듯하게 기타도 팅

---

* 7월 29일.

겼으며, 허스키한 목소리로 듣기 좋고 우수에 찬 노래도 불렀다. 몸을 사렸을까? 하하, 절대 아니다. 자신을 온전히 내던지고도 무엇을 잃었다고 느끼지 않을 정도였다. 때로 그녀는 울었고, 자신이 겪은 이런저런 일 때문에 마음이 찢어지는 것 같았다. 하지만 그건 그냥 자연스러운 일이었고 그녀가 부르는 슬픈 노래들 때문이었다. 우수의 달콤한 행복과 시가 그녀 안에 담겨 있어서, 자신과 다른 사람의 마음을 흔들어놓곤 했다. 기타를 가지고 올 수 있었더라면 오늘 저녁에도 악셀 앞에서 뭔가 연주를 했을 것이다.

그녀는 일부러 늦은 시간에 도착했고, 그녀가 안마당에 들어섰을 때 모네란은 고요했다. 악셀은 이미 집 근처에서 풀을 베기 시작했고, 벌써 건초를 일부 집으로 옮긴 다음이었다. 바르브로는 늙은 올리네가 침실에서 자고 악셀은 자신이 전에 잠자리로 쓰던 헛간에서 잠을 자리라고 생각했다. 그래서 자신이 잘 아는 문으로 밤도둑처럼 가서 조용히 불렀다. "악셀!" "누구요?" 악셀이 즉시 대답했다. "나예요"라고 대답하고 바르브로는 그에게 다가갔다. "여기서 밤을 지내도 돼요?" 그녀가 물었다.

악셀은 그녀를 보았다. 그는 느릿느릿 움직였고, 속옷 바람으로 일어나 앉아 그녀를 바라보았다. "그래, 바르브로?" 그가 말했다. "어디로 갈 건데?" "그건 당신이 여름에 일을 도와줄 사람이 필요한가에 달려 있죠." 그녀가 대답했다. 악셀은 잠시 생각해보고는 물었다. "전에 있던 곳을 떠나려고?" "그래요. 지방 행정관의 부인하고는 헤어졌어요." "도와주는 사람이 있으면 좋지." 악셀이 말했다. "하지만 그게 무슨 말이야? 돌아오겠다는 말인가?" "아니, 내 걱정은 할 필요 없어요."

바르브로가 말을 막았다. "내일 길을 계속 갈 거예요. 셸란로로 가고 산을 넘을 거죠. 거기에 일자리를 하나 구했으니까." "아." 악셀이 다시 말했다. "여름에 도와줄 사람이 있으면 좋은데."

바르브로는 흠뻑 젖었다. 그녀는 자루 안에 옷을 가지고 있었고, 옷을 갈아입으려 했다. "나 때문에 신경쓸 것 없어." 악셀이 말하고는 문쪽으로 약간 물러났다. 바르브로는 젖은 옷을 벗었고, 그러면서도 둘은 이야기를 계속했다. 악셀은 간간이 그녀를 향해 고개를 돌렸다. "됐으니까 이제 잠깐 나가줘요." 바르브로가 말했다. "나가라고?" 그가 물었다. 밖으로 나갈 날씨는 아니었다. 그는 거기 서서 그녀가 옷을 하나씩 벗는 모습을 보고 있었고, 그녀에게서 눈을 돌릴 수 없었다. 바르브로는 참 생각도 없지. 젖은 옷을 벗으면서 마른 옷을 하나씩 걸칠 수도 있었을 텐데, 하지만 그녀는 그렇게 하지 않았다. 셔츠는 아주 얇아서 몸에 딱 붙었다. 그녀는 한쪽 어깨의 단추를 풀고는 옷을 뒤집었다. 능숙하게. 악셀은 말 한마디 없이 서서, 손을 한두 번만 놀려서 그녀가 셔츠를 벗는 것을 바라보았다. 대단하네, 그가 생각했다. 하지만 그녀는 아무 생각 없이 그냥 서 있었다.

그리고 둘은 건초 더미에 누워 이야기를 나누었다. 물론 그는 여름에 일을 도와줄 사람이 필요했다. 그건 사실이었다. "그래요, 사람들이 그러더군요." 바르브로가 거들었다. 그는 금년에도 혼자 풀을 베고 건초를 만드는 일을 시작해야 했으며, 그의 처지가 딱하다는 것은 바르브로도 이해할 수 있었다. 하지만 그에게서 도망쳐서 그를 도와줄 사람도 없이 혼자 버려놓은 게 다름 아닌 바르브로였다. 그는 그 일을 잊을 수 없었고, 그녀는 반지까지도 가지고 갔다. 그걸로도 부족해서 신문이 계속 배달되었다. 그 베르겐 신문은 싫어도 계속 왔고, 그는 반년 동안이나 신문 대금을 내야 했다. "지긋지긋한 신문이었죠"라고 말하며 바르브로는 그의 편을 들었다. 바르브로가 그렇게 순순히 나오자 그도 어쩔 도리가 없었고, 그는 자신이 아버지에게서 전신주 관리하는 일을 빼앗았으니 바르브로가 그에게 화낼 이유가 충분히 있었다고 인정했다. "그건 그렇고, 당신 아버지가 전신주 일을 다시 가져가도 괜찮겠어. 나한테는 별로 중요하지 않고, 시간 낭비일 뿐이니까." "알았어요." 바르브로가 말했다. 악셀은 잠시 생각하더니 바로 물었다. "어때, 여름을 여기서 지내겠어?" "아아, 당신이 하자는 대로 할게요." 바르브로가 대답했다. "정말로 그럴 생각이야?" "그래요. 당신이 그러길 바란다면 나도 그러길 바라요. 더이상 내 말을 의심하지 않아도 돼요." "아." "정말이에요. 그리고 교회에도 우리 혼인을 공시했어요."

아, 이건 나쁜 소식이 아니었다. 악셀은 조용히 누워 생각했다. 이번에는 그녀가 진심이고 사기를 치는 게 아니라면, 그에게는 이제 집에 아내가 생기는 것이고, 평생 도와주는 사람이 생기는 것이다. "고향에서 어떤 여자가 오게 할 수도 있었는데." 그가 말했다. "나한테 오고 싶다고 그 여자가 편지를 썼지. 하지만 미국에서 돌아오는 여비를 내가 내야 했어." 바르브로가 물었다. "그럼 지금 미국에 있는 거예요?" "그래, 작년에 갔다더군. 하지만 거기가 마음에 들지 않나봐." "안 돼요, 그 여자한테 신경쓰지 마세요!" 바르브로가 말했다. 그녀는 "그러면 난 뭐가 되겠어요?"라고 말하고는 울기 시작했다. "그래서 그녀에게는 아무 약속도 안 했어." 악셀이 말했다.

하지만 바르브로도 지지 않으려고, 자기는 베르겐에서 결혼할 수도 있었다는 말을 꺼냈다. 그 남자는 거대한 맥주 회사에서 맥주를 배달했으며 명망 있는 사람이었노라고. "아마 지금도 내 생각을 하며 아쉬워하고 있을 거예요"라고 바르브로는 흐느끼며 말했다. "하지만 우리 둘은 아주 가까웠으니까, 악셀, 당신이 날 잊어도 난 당신을 잊을 수 없죠." "뭐? 내가?" 악셀이 대답했다. "아니, 그 때문에 울 필요는 없어. 난 당신을 잠시도 잊은 적이 없는걸." "그래요?"

악셀의 이런 고백은 바르브로에게 무척 위로가 되었고, 그녀는 말했다. "말도 안 돼요. 그럴 필요도 없는데 뭣 때문에 미국에서 여기까지 오는 그 많은 여비를 당신이 내요?" 그녀는 그를 말렸다. 돈이 많이 들 것이고 그럴 필요도 없는 일이라고. 바르브로는 그를 행복하게 만들려고 작정한 것 같았다.

서로 모르는 사람도 아니었고 이미 전에도 여러 가지 이야기를 했으니, 밤이 흐르며 둘은 합의할 수 있었다. 결혼식도 올려야 했는데 올라프 성인의 축일이 되기 전에 하기로 했다. 비밀로 할 일도 없었고, 바르브로가 더 열성적이었다. 바르브로가 그렇게 서두르는 것을 악셀은 이상하게 생각하지 않았고, 의심을 품지도 않았다. 오히려 그녀가 열심인 것은 그를 기쁘게 했고 그를 자극했다. 그는 산전수전을 다 겪은 황무지 사람이었으니, 자잘한 일에 얽매이지도 않았고 지나치게 까다롭지도 않았으며 이런저런 것들을 그냥 받아들이는 데 익숙했고 무슨 이익이 있는가를 따졌다. 게다가 그의 눈에 바르브로는 아주 새롭고 예쁘게, 전보다 더 매력적으로 보였다. 그녀는 싱싱한 사과였고, 그는 그 사과를 물었다. 혼인 공시도 이미 올리지 않았나.

아이 시체와 재판에 대해서는 둘 다 아무 말도 하지 않았다.

하지만 이들은 올리네 이야기를 했다. 어떻게 해야 그녀를 떼어놓을 수 있을까? "집으로 보내야죠." 바르브로가 말했다. "우리가 올리네한 테 감사해야 할 이유는 없어요. 올리네는 악의에 찬 수다쟁이일 뿐이 죠." 하지만 올리네를 보내는 일은 해보니 간단하지 않았다.

바르브로가 모습을 보인 첫날 아침, 올리네는 바로 자신의 운명이 어떻게 될지 알아챘다. 그녀는 걱정되었지만 감정을 숨겼고, 바르브로 에게 고개를 끄덕여 인사를 하고는 의자를 내주었다. 그때까지 모네란 에서는 그럭저럭 살림을 꾸려나가고 있었다. 악셀은 가장 힘든 일을 올리네에게서 떠맡아 물과 땔감을 스스로 날라왔고, 다른 일은 그녀가 할 수 있었다. 시간이 흐르면서 그녀는 일생을 마치는 날까지 그 집에 머무르기로 작정했는데, 이제 바르브로가 와서 그녀의 계획을 모두 망 가뜨리고 있었다.

"집에 원두가 있었으면 커피를 끓여줄 텐데." 그녀가 바르브로에게 말했다. "산을 올라갈 생각이니?" "아뇨." 바르브로가 대답했다. "흠, 안 올라간다고?" "그래요." "뭐 나하고야 상관없지." 올리네가 말했 다. "다시 내려갈 거니?" "아뇨, 그것도 아니에요. 여기 머무를 거예 요." "아, 다시 여기 있겠다고." "그래요, 그럴 거예요."

올리네는 잠시 멈추고 빨리 늙은 머리를 굴려 계획을 짰다. "그래." 그녀가 말했다. "그럼 난 떠나도 되겠구나. 다행이네." "그래요, 악셀 이 심하게 대하던가요?" 바르브로가 농담으로 물었다. "심하게? 악셀 이? 늙은 여자하고 장난을 치는 거니? 악셀은 나한테 아버지 같고 주 님의 돌보심 같았지. 매일매일, 매시간. 그랬다고밖에는 말할 수 없구 나. 하지만 난 여기에 친척이 없어서 혼자 외로이 다른 사람들에게 얹혀살고, 피붙이라고는 산을 넘어가야 있으니까."

하지만 올리네는 그냥 있었다. 결혼식까지는 그녀를 보낼 수 없었고, 올리네는 계속 주저했지만 결국은 알았다고, 부탁대로 결혼식 동안 집을 지키고 가축을 돌봐주겠다고 말했다. 거기에 이틀이 걸렸다. 하지만 신혼부부가 돌아와도 올리네는 떠나지 않았다. 그녀는 점점 미루기만 했다. 어느 날은 몸이 안 좋다고 하고 어느 날은 비가 올 것 같다고 했다. 바르브로에게 아첨을 하고 모네란의 식사가 전과는 전혀 달라졌다고, 집안에 커피까지 있다고 이야기했다. 아, 올리네는 못할 일이 없었다. 그녀는 자신이 훨씬 더 잘 아는 일에 관해서도 바르브로의 의견을 물었다. "어때, 소를 서 있는 순서대로 젖을 짜야 좋을까, 아니면 보르델린부터 짤까?" "마음대로 하셔도 그만이죠." "내가 뭐랬니!" 올리네가 외쳤다. "넌 넓은 세상을 보고 귀하고 높은 분들 아래에 있었으니 배운 게 많구나. 불쌍한 난 그런 행운이 없었지!"

아, 올리네는 거리낌없이 밤낮으로 술수를 부렸다. 그녀는 바르브로에게 자신이 아버지 브레데 올센과 아주 친하다고 말하지 않았던가? 하하, 그녀는 자신이 브레데 올센과 즐거운 대화를 많이 나누었으며, 그에게서는 악한 말이라고는 들을 수 없다고 했다.

하지만 그렇게 계속할 수는 없었다. 악셀도 바르브로도 올리네를 계속 집에 두려 하지 않았고, 바르브로는 그녀의 일을 모두 빼앗아버렸다. 올리네는 불평하지 않았지만, 날카로운 눈빛으로 여자를 바라보며 약간 다른 목소리로 "그래, 이제 대단한 인물들이 됐군" 하고 말했다. "악셀이 지난가을에 도시에 갔는데, 그때 그를 만났니? 아, 아니 넌 그때 베르겐에 있었지. 악셀은 도시에서 살 물건이 있었단다. 예초기와 써레를 샀지. 너희에게 대면 셀란로는 뭐 아무것도 아니지."

올리네는 살금살금 자극했지만, 그것도 도움이 되지 않았다. 악셀과 바르브로는 그녀를 두려워하지 않았고, 어느 날 악셀이 그녀에게 대놓고 이제 떠나라고 말했다. "떠나라고?" 올리네가 말했다. "어떻게? 기어가라고?" 그녀는 거부하며 건강이 좋지 않고 다리를 움직일 수 없다는 핑계를 댔다. 정말 그렇게까지 했다. 일을 빼앗겨서 활동 영역이 사라지자 그녀는 정말로 앓아누웠다. 한 주를 더 그렇게 끌었다. 악셀은 성이 나서 그녀를 바라보았지만 올리네는 악의로 아무 반응을 하지 않았고 결국 자리에 누워버렸다.

하지만 그녀는 누워서 구원의 날을 기다리기만 하진 않았고, 자신은 다시 건강해질 거라는 이야기를 몇 시간 동안 했다. 그녀는 의사의 진찰을 받고 싶어했다. 의사의 방문은 황무지에서는 아무도 겪은 적 없는 대단한 사건이었다. "의사라고요?" 악셀이 물었다. "이 여자가 미쳤나?" "왜?" 올리네는 부드럽게 되물으며 그의 말을 못 알아들은 척했다. 그녀는 정말로 얌전하고 순순했으며, 자신은 의사를 부르는 비용을 스스로 낼 수 있으니 아무에게도 짐이 되지 않는다고 기뻐하며 말했다. "그래요? 그럴 수 있다고요?" 악셀이 말했다. "못할까봐?" 올리네가 대답했다. "그리고 구세주께서 오시는데 내가 짐승처럼 죽어서야 안 되겠지." 그러자 바르브로가 끼어들어 경솔하게 말했다. "뭐가 부족해요? 식사는 내가 갖다드리죠, 커피는 올리네를 생각해서 안 준 거고요." "바르브로니?" 올리네는 눈만 그녀에게 돌렸다. 그녀는 아주 딱해 보였고, 눈을 뒤집으니 무시무시한 형상이 되었다. "그래, 네 말이 맞겠지, 바르브로. 난 커피 한 방울, 작은 한 숟가락으로 건강이 더 나빠질 거야." "내가 당신이라면 지금 커피 같은 건 생각 안 할 텐데요." 바르브로가 말했다. "내가 뭐랬니? 넌 누구의 죽음도 바라지 않고 회개해서 살기를 바란다고. 그런데, 이게 뭐지? 바르브로, 너 임신했니?" "내가요?" 바르브로가 외치고는 성난 목소리로 덧붙였다. "그따위 말이나 하는 당신은 거름더미에 내던져야 해요!"

환자는 잠시 생각에 잠겨 말을 멈추었다. 마치 미소를 짓고 싶지만 안 될 때처럼 입술이 떨렸다. "지난밤에 누군가가 부르는 소리가 들렸어." 그녀가 말했다. "정신이 나갔군." 악셀이 속삭였다. "정신이 나가긴? 난 온전히 제정신이야. 정말 누가 부르는 것 같았다고. 숲인지 이쪽 시내인지에서 소리가 들렸지. 마치 어린 아기가 우는 소리처럼 아주 신기한 소리였어. 바르브로는 나갔나?" "그래요." 악셀이 말했다. "당신의 바보 같은 소리를 더이상 듣지 않으려고요." "바보 같은 소리를 하는 게 아냐. 난 자네들이 생각하는 것처럼 미치지는 않았다고." 올리네가 말했다. "아니, 내가 지금 모네란에 대해 아는 걸 그대로 다 가지고 어린양의 왕좌로 나아가는 것은* 전능하신 분이 바라시는 바가 아니야. 하지만 악셀, 자네가 의사를 불러주게. 그럼 좀 빨리 낫겠지. 나한테 주겠다고 하던 암소는 어느 암소인가?" "암소라뇨?" "자네가 나한테 주겠다고 한 암소 말이야. 보르델린인가?" "말도 안 되는 소리를 하는군요." 악셀이 말했다. "자네가 나한테 암소를 약속한 걸 자네도 알 텐데. 내가 자네 목숨을 구해주었을 때 말이지." "아뇨, 모르는 얘긴데요."

---

* 죽어서 신 앞으로 나아간다는 뜻.

그러자 올리네는 고개를 들고 그를 바라보았다. 그녀는 머리칼이 성성하니 희었으며, 새처럼 가는 목 위에 머리가 얹혀 있어 마치 마녀처럼 무섭게 보였다. 악셀은 뒤로 물러서서 문손잡이를 붙잡았다. "흠, 자네는 그런 사람이었군! 그럼 더이상 그 이야기는 않기로 하지. 난 암소 없이도 잘 살 수 있고, 다시는 그 이야기를 입에 담지 않겠어. 하지만 자네의 본래 모습을 알게 되어 다행이군. 다음번에는 내가 넘어가지 않을 테니까!"

하지만 그날 밤 올리네는 세상을 떠났다. 몇시인지는 모르지만 밤이었고, 아침에 올라가 보니 이미 싸늘하게 식어 있었다.

올리네 태어나고 죽다……

올리네를 영원히 묻어버리는 것은 악셀에게도 바르브로에게도 반가운 일이었다. 이제 더이상 조심할 필요 없이 즐겁게 살면 되었다. 바르브로는 다시 치통을 호소했지만, 그 밖에는 아무 문제가 없었다. 하지만 입에 계속 모직을 물고 있어서 말 한마디 하려 수건을 빼는 건 작은 문제가 아니었으며, 악셀은 이가 그렇게 아프다는 것을 이해할 수가 없었다. 그녀가 씹을 때 조심하는 것은 그도 늘 보았지만, 그래도 그녀에게는 이가 다 있었다. "이를 새로 하지 않았던가?" 그가 물었다. "했죠." "그런데도 아파?" "놀리지 마요!" 악셀이 좋은 뜻으로 물었는데도 바르브로가 화를 내며 말했다. 마음이 상한 그녀는 사실을 밝히고 말았다. "내 몸 상태를 보면서도 그래요?"

몸 상태? 악셀은 좀더 자세히 바라보았고, 그녀의 몸이 이미 붇기 시작했음을 알아챘다. "임신한 건 아니겠지?" 그가 물었다. "아니긴요. 잘 알면서." 그녀가 대답했다. 그는 머리를 맞은 듯 멍하니 서 있었다.

그러다가 느릿느릿 앉아 잠시 계산을 해보았다. '1주, 2주, 지금 3주차.' "내가 안다고?" 그가 말했다. 바르브로는 이 대화 때문에 심히 흥분해서 큰 소리로, 기분이 상한 사람처럼 울기 시작했다. "나도 바로 땅에 묻어버리지그래요? 그럼 나도 없어질 텐데!" 그녀가 외쳤다.

여자들은 별걸 다 가지고 울지.

아니었다. 악셀은 바르브로를 땅에 묻을 생각은 전혀 없었다. 그는 실리적인 사람이었고, 어떻게 하면 이득이 될지 찾는 사람이었다. 그는 둘러 말할 생각도 없었다. "그럼 여름에 밭에서 일을 못하겠네?" 그가 물었다. "밭에서 일을 못한다고요?" 그녀가 기가 막혀하며 대답했다. 아이고 세상에, 여자들은 때로는 뜬금없이 웃는다. 악셀의 그런 반응에 바르브로는 발작적으로 명랑해져서 외쳤다. "난 두 사람 몫의 일을 할 거예요! 악셀, 두고 봐요. 당신이 맡기는 건 다 하고도 남을 테니까요. 당신만 만족한다면 난 힘들게 일하면서도 행복할 거예요!"

눈물과 미소와 다정함이 이어졌다. 황무지에 오로지 둘만이 살았고, 누구도 두려워할 필요가 없었다. 문은 열려 있었고, 여름의 따뜻한 공기가 들어오고 파리가 웅웅대는 소리가 들렸다. 그녀는 너무나 순순해지고 헌신적이 되어, 그가 바라는 대로 자신도 바라며 살았다.

해가 지자 악셀은 예초기를 준비하기 시작했다. 내일 아침을 위해 한구석에 풀을 좀 베 놓을 생각이었다. 바르브로는 뭔가 중요한 일이라도 있는 것처럼 서둘러 나오더니 말했다. "악셀, 어떻게 미국에서 사람을 오게 할 생각을 할 수가 있어요? 그랬으면 겨울에야 도착했을 텐데, 그럼 그 여자를 데리고 뭘 했겠어요?" 자, 바르브로는 이 생각이 나서 달려나온 것이다. 반드시 해야 하는 말인 것처럼.

하지만 그럴 필요가 전혀 없는 말이었다. 악셀은 바르브로를 집에 두면 일 년 내내 도와주는 여자가 생기는 것임을 처음부터 알고 있었다. 그는 우유부단하지도 않았고, 뜬구름 잡는 상상에 빠지지도 않았다. 이제 그는 집에 아내가 있었으며, 전신주도 한동안 계속 더 맡을 수 있었다. 일 년을 통틀면 꽤 돈이 되는 일이었고, 농장에서 나오는 산물을 많이 내다팔 수 없을 때는 그 돈도 아주 달가웠다. 모든 일이 잘 풀렸고, 상황은 만족스러웠다. 그리고 브레데가 이제 장인이 됐으니, 더이상 전신주를 망가뜨리지도 않으리라.

악셀에게 행운이 쏟아지기 시작했다.

11

시간이 흘러 겨울이 가고 다시 봄이 되었다. 어느 날 이사크가 마을에 내려가려고 했다. 마을에서 뭘 하려느냐고 묻자 그는 "나도 모르겠는데" 하고 대답했다. 하지만 그는 수레를 말끔히 청소하고 좌석을 그위에 얹고는 떠나갔다. 물론 스토르보르의 엘레세우스에게 가져다줄 온갖 음식도 실었다. 셀란로에서 수레가 떠나면서 엘레세우스에게 무엇을 갖다주지 않은 적은 없었으니까.

이사크가 황무지 아래쪽으로 내려간다는 건 큰 사건이었다. 그가 직접 가는 경우는 아주 드물었고, 보통 가는 것은 시베르트였다. 그가 처음 두 집을 지날 때, 오두막에 사는 사람들은 문틀에 서서 이야기를 했다. "이사크가 직접 나오다니. 오늘은 왜 수레를 끌고 나가는지 모르겠군." 그가 모네란을 지날 때, 아이를 안고 창 앞에 서 있던 바르브로는

그를 보고 생각했다. '이사크가 직접 나왔네!'

그는 스토르보르까지 다 와서 멈추었다. "워워! 엘레세우스 있니?" 엘레세우스가 나왔다. 정말로 집에 있었다. 아직 떠나지 않았지만, 곧 떠나서 남쪽 도시들을 목적지로 봄 여행을 시작할 참이었다. "엄마가 뭘 보냈구나." 아버지가 말했다. "뭔지 모르겠다. 별거 아니겠지." 엘레세우스는 통을 받아들고 고맙다고 인사한 다음 "편지 같은 거 없어요?" 하고 물었다. 아버지는 "있지"라고 말하고는 주머니 안을 뒤졌다. "동생 레베카가 썼겠지." 엘레세우스는 편지를 받았다. 기다리던 편지였나. 편지가 두꺼운 것을 보고 그는 아버지에게 말했다. "이렇게 일찍 오셔서 아쉽네요. 아직 이틀 이르거든요. 하지만 조금만 기다리시면 제 짐을 바로 실어주실 수 있겠는데요."

이사크는 내려서 말을 묶었다. 그러고는 밭으로 가보았다. 점원 안드레센은 엘레세우스의 땅에서 농사를 꽤 잘 지었다. 시베르트가 셀란로에서 말을 끌고 와서 돕긴 했지만, 그래도 그가 직접 늪에서 물을 빼냈고, 물길에 돌을 깔 때는 그가 사람을 하나 구해 왔다. 금년에 스토르보르에서는 가축 먹이를 살 필요가 없었고, 내년에는 엘레세우스도 말을 한 마리 키울 수 있을 것 같았다. 안드레센이 농사일을 좋아한 덕분이다.

잠시 후 엘레세우스가, 짐을 다 꾸렸고 준비가 되었다고 말했다. 그는 준비를 마치고 이제 출발하려고 서 있었다. 멋진 푸른 양복을 입고 목에는 흰 깃을 달고 있었으며, 발에는 덧신을 신고 손에는 지팡이를 들고 있었다. 지금 떠나면 연락선을 타기까지 이틀을 기다려야 했지만, 마을에서 기다리는 것도 괜찮고 이틀을 어디에서 지내든 상관없었다.

아버지와 아들은 길을 떠났다. 점원 안드레센은 문 앞에 서서 인사를 했다.

아버지는 아들이 걱정되어 좌석을 내주려고 했지만, 그는 단호하게 사양하고는 아버지 곁에 앉았다. 브레이다블리크를 지날 때 엘레세우스는 갑자기 뭘 잊었다는 걸 기억해냈다. "워워! 뭘 잊었는데?" 아버지가 물었다. 우산. 엘레세우스는 우산을 잊어버렸지만 그렇게 말할 수는 없었으므로 그냥 "할 수 없죠. 그냥 가요"라고 말했다. "돌아가지 않고?" "아니요, 그냥 가요." 하지만 그렇게 잊어버리다니 참 화가 나는 일이었다. 아버지가 먼저 급히 가며 서둘렀기 때문이다. 이제 엘레세우스는 트론헤임에 도착하면 우산을 새로 사야 했다. 우산이 두 개여서 안 될 것도 없지 않은가. 하지만 그는 스스로에게 화가 나서 수레에서 뛰어내려 수레를 뒤따라 걸었다.

이제 아버지는 매번 고개를 돌려 어깨 너머로 대화를 해야 했으므로, 둘은 별로 이야기를 할 수 없었다. 아버지가 물었다. "얼마나 떠나 있을 생각이냐?" 엘레세우스가 대답했다. "서너 주 정도요." 아버지는 사람들이 대도시에서 길을 잃지 않는지 궁금하다고 말했고, 엘레세우스는 자신도 대도시에 살아보았지만 길을 잃지 않았다고 말했다. 하지만 아버지는 혼자 앉아 있으니 좀 허전했다. "이제 네가 좀 수레를 몰지그러냐. 나는 더 생각이 없구나." 하지만 엘레세우스는 절대로 아버지의 자리를 빼앗을 생각이 없었고, 그러느니 그냥 아버지 옆에 앉기로 했다. 하지만 그전에 둘은 먼저 아버지가 가지고 온 좋은 음식을 꺼내 식사를 했다. 그러고는 길을 계속 갔다.

마침내 둘은 골짜기에서 가장 낮은 곳에 위치한 두 집까지 갔다. 마을이 가까워진 것을 분명히 느낄 수 있었다. 그 두 집에는 길을 향한 거실 창문에 하얀 커튼이 쳐져 있었고, 건초 창고 용마루에는 5월 17일에 국기를 걸기 위한 깃대가 달려 있었다. 그 집 사람들은 두 사람을 보고는 "이사크가 직접 나오다니" 하고 말했다.

엘레세우스는 그제야 자기 자신과 자신의 문제에 대한 생각을 멈추고 물었다. "오늘 뭘 하실 생각이세요?" "흠, 사실은 별거 없지." 아버지가 말했다. 하지만 엘레세우스는 어차피 여행을 떠날 참이었으니 아버지의 계획을 들어서 안 될 것도 없었다. "대장장이의 딸 옌시네를 데려올 생각이란다." 아버지가 말했다. 정말로 그렇게 계획을 털어놓았다. "수고스럽게 직접 하셔야 해요? 시베르트를 보내지 그러셨어요?" 엘레세우스가 물었다. 엘레세우스는 정말로 뭘 몰랐다. 그렇게 당당하게 고개를 들고 셀란로를 떠난 옌시네가 시베르트를 따라오리라고 생각하다니.

작년에는 건초 수확을 제대로 할 수 없었다. 잉에르는 약속을 거의 지켰고 레오폴디네도 자기 일을 했으며, 말이 끄는 건초 갈퀴도 있었다. 하지만 건초에는 무거운 큰조아재비도 섞여 있었고, 초지는 집에서 멀었다. 셀란로는 큰 농장이었고, 여자들은 건초를 베는 것 외에 다른 할 일도 있었다. 그 많은 가축을 돌보아야 했고, 제때 식사를 준비해야 했으며, 버터와 치즈를 만들어야 했고, 게다가 빨래도 하고 빵도 구워야 했다. 어머니와 딸은 할 일이 너무나 많았다. 이사크는 다시는 여름을 이렇게 보내고 싶지 않았고, 그래서 할 수 있다면 옌시네를 데리고 오기로 작정했다. 잉에르도 더이상 반대하지 않았다. 그녀는 판단력을 되찾았고 "난 괜찮으니 마음대로 해요"라고 말했다. 오, 잉에르는 순순해졌다. 사람이 판단력을 되찾는 건 기쁜 일이다. 잉에르는 더이상 뜨거운 마음을 숨길 필요도 열정을 억누를 필요도 없었다. 겨울이 그녀의 열기를 식히고, 그저 가족 관계에 필요한 정도만 남겼다. 그녀는 이제 몸이 붙기 시작했다. 하지만 아름답고 건장해 보였고, 신기할 정도로 늙지 않아서, 조금도 노쇠하거나 시들지 않았다. 어쩌면 그것은 그녀가 늦게야 활짝 피었기 때문인지도 모른다. 이유는 아무도 몰랐지만, 세상에 원인이 한 가지뿐인 일은 없고, 모든 일은 일련의 원인들의 결과다. 그리고 대장장이의 부인이 잉에르를 대단히 칭찬하지 않았던가? 대체 대장장이의 부인이 그녀에게서 무엇을 흠잡을 수 있단 말인가? 그녀는 흉한 얼굴 때문에 봄을 빼앗겼다. 여름에는 자연의 것이 아닌 공기로 숨을 쉬었고, 그 바람에 육 년을 도둑맞았다. 하지만 아직 피가 뜨거웠기 때문에 가을에 이리저리 열기를 내보내야 했다. 그러니까 잉에르는 대장장이 부인 같은 여자보다 나았다. 좀 상하고 일그러졌지만 천성이 선하고 부지런했고……

아버지와 아들은 길을 계속 가서 브레데 올센의 집 앞까지 간 다음 말을 헛간에 넣었다. 저녁이 되었다. 둘은 집안으로 들어갔다.

브레데 올센은 큰 집을 세냈다. 원래는 상인이 소유한 집에 딸린 별채였지만, 지금은 그 안에 거실 두 개와 침실 두 개를 꾸몄다. 아주 괜찮은 집이었고 위치도 좋았으며, 커피를 마시려는 손님들이 왔고 연락선을 타려는 이웃 동네 사람들도 왔다.

브레데는 정말 운이 좋은 것 같았다. 이제야 제자리를 찾았는데, 그건 아내 덕분이었다. 브레이다블리크 경매날 커피를 팔다가, 그녀는 여기에 커피 가게와 여관을 차릴 생각을 해냈다. 손에 돈을, 현금을 쥐는 것은 무척 즐겁고 기분좋은 일이었다. 이곳으로 옮긴 후로는 모든 일이 잘되어, 브레데의 아내는 제대로 커피를 팔았고, 묵을 곳이 필요한 다양한 손님들을 받았다. 여행자들 사이에서는 그녀의 평이 좋았다. 물론 딸 카트리네도 이제 다 자라 부지런히 시중을 들었고 큰 도움이 되었다. 그만큼 카트리네가 부모 집을 떠날 날도 가까워졌다는 뜻이지만. 어쨌건 지금은 매출이 아주 좋았고, 그게 중요했다. 하여튼 시작은 분명 좋았다. 상인이 커피와 함께 페이스트리와 계피 과자를 구해놓았더라면 더 좋았겠지만. 5월 17일을 기념하기 위해 모여 앉은 사람들이 커피와 함께 먹을 케이크를 찾았고, 이렇게 해서 상인은 마을에 축제가 있으면 빵을 구해 와야 한다는 것을 깨우쳤다.

브레데와 가족 전체가, 되는 데까지 이 가게의 수입으로 생활했다. 커피와 남은 케이크로 식사를 때울 때도 많았고, 그러다 보니 아이들의 모습이 보기 좋아지고 고급스러워 보이기까지 했다. "누구나 커피와 먹을 케이크가 있는 건 아니잖아!" 하고 사람들은 말했다. 브레데 가족은 잘해나가는 것 같았다. 심지어 손님들 주위를 돌아다니면서 부스러기를 낚아채고는 살이 찐 개도 한 마리 있었다. 살찐 개가 있다는 건 그 여관 음식이 좋다는 말 아닌가!

브레데 올센은 이 업소에서 집주인 역할을 차지했고, 그 외에도 지위를 확보하려 애썼다. 그는 다시 지방 행정관의 동행자 겸 정리가 되었고, 한동안 그 역할을 하느라 바빴다. 하지만 지난가을에 그의 딸 바르브로가 지방 행정관의 부인과 사소한 일, 정말 티끌만한 일로 인해 사이가 벌어졌고, 그후로는 브레데도 별로 환영받지 못했다. 하지만 그런다고 브레데가 손해를 많이 본 것은 아니었다. 다른 관리들이 (지방 행정관의 부인을 약 올리려고) 그를 찾는 경우가 많았기 때문에, 의사를 위해 마차를 끈다거나 목사를 위해 돼지를 잡는 등의 일에 자주 불려갔다. 그는 그렇게 말했다.

그러나 때로는 브레데의 집에도 식량이 궁했고, 사람들이 다 개만큼 살이 찌지는 않았다. 하지만 다행히도 브레데는 명랑한 사람이었다. "아이들은 점점 자라죠." 그가 말했다. "어린아이가 자꾸 생겨도 말입니다." 집을 떠난 다 큰 자식들은 스스로 알아서 해나갔고, 때로는 집에 뭔가를 보내기도 했다. 바르브로는 모네란에서 결혼했고 헬게는 청어를 잡으러 다녔는데, 이 둘은 기회가 될 때마다 부모에게 물건이나 돈을 주곤 했다. 심지어 집에서 손님들 시중을 드는 카트리네까지도 어느 겨울에 상황이 어려워지자 5크로네 지폐를 아버지의 손에 쥐여주었다. 이렇게 아이들이 부모를 생각하고 돕는 것은 참으로 마땅한 일이었다!

하지만 브레데에게 아들 헬게는 그렇게까지 만족스럽지는 않았다. 가게에서 때로 그는 자기 말에 귀를 기울이는 사람이라면 누구에게나 자녀로서의 도리에 대해 연설을 늘어놓았다. "예를 들어 우리 아들 헬게를 봐. 가끔 담배를 피우고 어쩌다 술 한잔을 한다면 난 거기 반대하지는 않겠어. 우리도 젊을 때는 그랬으니까. 하지만 편지를 계속 쓰면서 그렇게 아무것도 없이 인사만 달랑 보낼 수야 없는 것 아닌가. 어머니가 눈물을 흘리게 만들어서는 안 된다니까. 그건 옳지 않아. 옛날엔 달랐다고. 옛날에는 자식들이 그렇게 잘난 척하지 않았어. 남의 집에서 일을 하며 부모를 도왔지. 그래야 하는데 말이야. 부모는 자식을 품었고, 키우는 동안 피땀을 흘리지 않았나? 그걸 잊어서야 안 되지!"

마치 헬게가 그 말을 듣기라도 했는지, 마침 그때 헬게에게서 지폐가, 50크로네 한 장이 들어 있는 편지가 왔다. 그래서 브레데 가족에게 넉넉한 생활이 시작되었다. 자신이 넘친 그들은 점심식사로 고기와 생선을 사고 여관의 가장 좋은 방에 크리스털 등을 달았다.

그렇게 하루하루가 지나갔다. 더이상 무엇을 바라겠는가? 브레데 가족은 계속 생활을 해나갔고, 그날그날 벌어먹으면서도 별걱정은 없었다. 더이상 무엇을 바라겠는가?

"오래간만에 오는 손님이군요!" 브레데가 외치며 이사크와 엘레세우스를 크리스털 등이 달린 거실로 인도했다. "그런데 웬일이에요? 이사크, 설마 여행을 떠나려는 건 아니겠죠?" "아니, 그저 대장장이에게 볼일이 좀 있을 뿐입니다." "그럼 엘레세우스는요? 다시 도시로 여행을 가는 건가요?"

엘레세우스는 여관에서 많이 지내보았기 때문에, 곧 익숙하게 움직였다. 그는 외투와 지팡이를 걸고는 바로 커피를 달라고 했다. 음식은 아버지가 가지고 온 게 있었다. 카트리네가 커피를 가지고 왔다. "아니, 돈은 필요 없어요." 브레데가 말했다. "내가 셀란로에서 식사 대접을 받은 적도 많고, 엘레세우스에게는 빚도 있으니까. 카트리네, 1외레도 받으면 안 된다!" 하지만 엘레세우스는 돈을 냈다. 그는 지갑을 꺼내 돈을 내고는 팁으로 20외레를 더 얹어주었다. "말도 안 되지! 그냥 두세요!"

이사크는 대장장이에게 갔고, 엘레세우스는 다시 앉았다.

그는 카트리네와 당장 필요한 것들에 대해 이야기했지만, 그 이상은 말이 없었다. 아버지와 이야기하는 게 더 좋았으니까. 아, 엘레세우스는 여자에게 관심이 없었다. 한번 실망했기 때문에, 그는 더이상 여자에게 마음을 두지 않았다. 여자에게 신경쓰지 않는 걸 보면 어쩌면 그는 열정이라고 할 만한 것을 느껴본 적이 없는지도 모른다. 그는 황무지에서 보기 힘든 사람이었다. 사무원의 가냘픈 손을 가졌고 장식과 우산과 지팡이와 고무장화를 여자들처럼 중시했다. 괴상하고 꼬인, 이해하기 힘든 남자였다. 윗입술 부근에는 수염도 나지 않았다. 하지만 원래 바탕은 좋았는지도 모른다. 천성은 뛰어났는데 부자연스러운 환경에 떨어져서 그렇게 이상한 사람이 되어버린 것 아닐까. 사무실과 상점에서 너무나 열심히 일하다보니 자연스러운 면을 잃은 게 아닐까. 그럴지도 모른다. 어쨌건 그는 그런 사람이었다. 능숙하게 일하지만 열정은 없었고, 어딘가 나약하면서 어딘가 무심했고, 자기의 독특한 길을 계속 갔다. 황무지에는 그가 부러워하지 않을 사람이 없었지만, 그는 부러워할 줄도 몰랐다.

카트리네는 늘 손님들과 농담을 하곤 해서 그에게도 말을 걸기 시작했다. 또 애인을 만나러 남쪽에 가는 거냐고. "머리에 다른 생각이 가득한데요." 엘레세우스가 대답했다. "장사를 하고 사람들을 만나야 해요." "카트리네, 귀한 분들한테 그렇게 귀찮게 굴면 안 된다." 아버지가 나무랐다. 오, 브레데 올센은 엘레세우스에게 무척 정중하게, 불편할 정도로 공손하게 대했다. 그럴 만도 했다. 스토르보르에 빚이 있고 지금 채권자 앞에 있는 것이니, 그쪽이 현명했다. 그럼 엘레세우스는? 하하, 이런 공손함은 마음에 들었고, 그는 관대하고 자비롭게 브레데를 대했다. 그는 장난으로 브레데에게 "존경하는 선생님!"이라고 부르고 연극을 했다. 엘레세우스는 또 우산을 잊어버렸다고 말했다. "브레이다블리크를 지나는데 우산을 두고 온 게 기억나지 뭡니까?" 브레데가 물었다. "오늘 저녁 우리 상인한테 가서 토디* 한잔 하시죠?" 엘레세우스가 대답했다. "아, 혼자라면 그러겠어요. 하지만 아버지가 같이 계시니." 브레데는 마음이 편해져서 계속 말을 이었다. "모레는 미국으로 돌아갈 사람이 온답니다." "고향에 들른 거였나요?" "그래요. 원래는 윗마을 사람이에요. 여러 해를 거기서 보내고 이번 겨울을 여기서 지냈죠. 짐은 벌써 수레로 왔는데, 엄청나게 큰 여행가방이 왔답니다." "나도 미국에 갈 생각을 한 적이 있어요." 엘레세우스가 솔직하게 말했다. "정말요?" 브레데가 외쳤다. "그럴 필요도 없으면서." "영원히 거기 있겠다는 얘긴 아닙니다. 글쎄, 모르겠어요. 난 벌써 여행 경험이 많으니 미국 여행도 한번 해볼 수 있죠." "물론이죠. 그리고 미국에서는 돈을 마구 번다는데요. 내가 말한 그 사람을 봐요. 이번 겨울에 윗마을에서 크리스마스 파티 비용을 줄줄이 댔답니다. 우리 가게에 오면 이렇게 말하죠. '커피 한 주전자를 통째로 가져오고 가게에 있는 케이크 다 줘요.' 정말 그런다니까요. 그 사람 가방 한번 볼래요?"

둘은 복도로 나가 가방을 구경했다. 정말 놀라운 물건이었다. 사방에서 금속과 쇠장식이 빛났고, 기본 자물쇠 외에도 용수철 자물쇠가 셋이나 달려 있었다. "절대 도둑맞을 위험이 없죠!" 열려고 해보기라도 한 듯이 브레데가 말했다.

둘은 다시 방으로 들어갔지만, 엘레세우스는 더는 말이 없었다. 윗마을에서 왔다는 그 사람은 엘레세우스의 기를 완전히 죽였다. 그는

---

* 술에 꿀이나 설탕, 향신료를 탄 음료.

마치 높은 공직에라도 있는 양 여행을 다녔고, 브레데는 온통 그 사람 생각뿐이었다. 엘레세우스는 커피를 더 청하고, 자신도 부유한 척해보았다. 커피와 함께 케이크를 주문하고 개에게도 줘보았다. 아아, 그래도 자신이 초라하고 보잘것없게 느껴졌다. 저 놀라운 물건에 비하면, 그의 여행가방은 뭐란 말인가? 밀랍을 먹인 검은 가방은 모서리가 다 해지고 색이 빠진 손가방이었다. 아아, 그는 남쪽에 내려가면 멋진 가방을 사야겠다고 생각했다. "조심해요! 개한테는 아무것도 주지 마세요!" 브레데가 말했다. 하지만 엘레세우스는 다시 본래 모습으로 돌아와 허세를 부리기 시작했다. "정말 살이 잘 오른 개네요!" 그가 말했다.

이 생각에서 저 생각으로 옮아가 그는 브레데와 하던 이야기를 멈추고 밖으로 나가서, 말이 있는 헛간으로 갔다. 거기서 주머니에 있던 편지를 열었다. 편지를 받아 넣기만 했지 돈이 얼마나 들어 있는지 확인하지는 않았다. 그는 집에서 이런 편지를 자주 받았고, 그때마다 편지에는 여행을 위한 지폐가 들어 있었다. 하지만 이건 뭔가? 어린 동생 레베카가 오빠 엘레세우스를 위해 그림을 그리고 색칠한 커다란 회색 종이 한 장, 그리고 어머니의 편지가 있었다. 그리고? 그게 다였다. 돈은 없었다.

어머니는 더이상 아버지에게 돈을 청할 수 없었다고 썼다. 동광을 팔아서 생긴 돈은 이제 별로 남지 않았다고. 스토르보르를 산 비용, 그리고 그후로 온갖 상품을 사고 여행을 하는 비용으로 다 나갔으니 그는 여행 비용을 스스로 마련해야 한다. 남은 돈은 그의 누이들을 위해서도 남겨두어야 하고. 누이들이 한푼도 없는 처지가 되어서는 안되니까. 그러니 여행 잘 다녀오라고.

돈은 없었다.

엘레세우스 자신은 여행을 할 돈이 없었다. 가게에 있는 돈을 다 털어도 별로 없었다. 아아, 얼마나 어리석었던가. 그는 얼마 전에 베르겐의 도매상이 청구한 돈을 보냈다. 그건 급한 일이 아니었는데. 물론 편지를 먼저 열어보지도 않고 여행을 떠난 건 경솔한 행동이었다. 그 딱한 가방을 끌고 수레로 마을까지 올 필요도 없었는데. 그런데 이제 어쩔 것인가.

대장장이에게 간 아버지는 성공을 거두고 돌아왔다. 엔시네는 고집을 부리지 않았고, 셸란로에서 여름에 일할 사람이 필요하다는 것을 오래 설득하지 않아도 금세 이해했으며, 따라오는 데 반대하지 않았다. 다시 문제가 해결되었다.

아버지가 그 이야기를 하는 동안, 엘레세우스는 자신의 문제를 생각했다. 그는 아버지에게 미국 사람의 가방을 보이며 말했다. "저도 저 가방이 가는 곳에 갈 수 있다면 얼마나 좋을까요!" 아버지는 대답했다. "뭐 그것도 괜찮겠지!"

다음날 아침이 되자 아버지는 집으로 돌아갈 준비를 했다. 아침식사를 하고는 수레를 준비해서 엔시네와 그녀의 물건을 가지러 대장장이의 집 현관으로 갔다. 엘레세우스는 이들의 뒷모습을 한참 바라보다가 수레가 사라지고 나서야 여관 값을 내고 이번에도 팁을 주었다. "내 가방은 찾으러 올 때까지 그냥 둬줘요." 그는 카트리네에게 말하고 밖으로 나왔다.

엘레세우스는 어디에 가는 것일까? 갈 수 있는 데는 하나밖에 없었으니, 집으로 가기 위해 방향을 돌렸다. 그는 걸어서 갔고, 아버지와 엔시네의 눈에 띄지 않으려고 애쓰면서도 되도록 가까이에서 따라갔다. 그는 걷고 또 걸으면서, 황무지의 농부들을 정말로 부러워했다.

사람이 그렇게 변하다니, 엘레세우스는 딱한 사람이었다.

그는 스토르보르에서 커다란 상점을 운영하지 않았던가? 물론이다. 하지만 거기서 주인 노릇을 하는 건 아무것도 아니었다. 사업상 관계를 맺기 위해 즐거운 여행을 많이 했지만, 그는 검소하게 여행하지 않았으니 돈이 너무 들었다. "쩨쩨하게 굴면 안 되지!"라고 말하며 엘레세우스는 10외레로 충분한데도 팁으로 20외레를 주었다. 그의 사업으로는 생활을 유지할 수 없었고, 집에서 오는 도움이 필요했다. 이제 스토르보르에서는 감자와 건초, 집에서 먹을 곡물을 스스로 경작했지만, 빵에 얹을 음식물은 셀란로에서 가져와야 했다. 그게 다였나? 시베르트가 돈도 안 받고 그의 상품을 바닷가에서 실어다주어야 했다. 그게 다였나? 그의 여비는 어머니가 아버지에게 얻어주어야 했다.

정말 큰 문제는 지금부터였다.

엘레세우스는 상인으로서는 바보였다. 그는 마을 사람들이 장을 보러 오면 너무나 흐뭇해하며, 외상으로 물건을 내주는 것을 꺼리지 않았다. 그 소문이 퍼지자 사람들이 점점 더 많이 와서 외상으로 물건을 사갔지만, 엘레세우스는 거절하지 않고 내주었다. 가게는 비었고, 다시 채워졌다. 그러려면 당연히 돈이 필요했는데, 어디에서 돈이 나왔을까? 아버지에게서였다.

처음에는 어머니가 그를 믿고 편을 들어주었다. 엘레세우스는 집안에서 제일 영리하니까 성공하도록 도와줘야 한다고 그녀는 말했다. 스토르보르를 얼마나 헐값에 사들였는지 생각해보라고, 돈을 얼마까지

내겠다고 딱 부러지게 말하던 걸 기억하라고. 아버지가 엘레세우스의 사업은 순전히 연극이라고 말하면, 어머니는 어떻게 이사크가 엘레세우스에 대해 그렇게 말할 수 있느냐는 듯이 "말도 안 되는 소리!" 하고 대답했다.

자, 어머니는 자신도 외지에서 생활한 경험이 있었고 여행을 한 적도 있었다. 그녀는 엘레세우스가 이곳 황무지에서 적응해 살기 어려워하는 것을 알았다. 그는 세련된 생활방식에 익숙해졌고 온갖 계층의 사람들을 만났지만, 여기서는 대화 상대를 찾을 수 없었다. 게다가 그는 가난한 사람들에게 돈을 너무 많이 빌려주었다. 하지만 악의에서, 또는 부모를 파멸로 몰고자 그리한 것이 아니라 선량하고 고귀한 성품에서 한 일이었다. 그는 자기보다 못한 사람들을 도우려는 마음이 많았다. 아아, 황무지에서 그는 끊임없이 빨아야 하는 흰 손수건을 사용하는 유일한 사람이었다. 사람들이 그를 믿고 찾아와서 돈을 빌려달라고 하는데 그가 거절했다면, 그가 남들이 생각하는 훌륭한 사람이 아니라는 오해가 생길 것 같았다. 그리고 그에게는 도시인으로서의, 그리고 이 마을 출신 천재로서의 의무가 있었다.

어머니는 이 모든 것을 잊지 않았다.

하지만 이런 쪽을 전혀 이해하지 못하는 아버지가 어느 날 어머니의 눈과 귀를 열어주었다. "자, 봐, 동광에서 나온 돈은 이게 마지막이야." "아하." 그녀가 말했다. "그 돈이 다 어디로 갔죠?" "다 엘레세우스한테 갔지." 그러자 그녀는 손을 모으며 말했다. "그렇다면 엘레세우스가 정신을 차릴 때가 되었군요."

불쌍한 엘레세우스. 그는 산만하고 어리숙했다. 그냥 황무지에서 농사를 지었으면 좋았을 것을. 하지만 지금의 그는 글을 배운 사람이었고 모험심도 깊이도 없었다. 그렇다고 새카만 악마도 아니었고, 사랑에 빠지거나 명예욕에 불타지도 않았다. 그는 사실 아무것도 아니라고 할 수 있고, 심지어 대단한 악한도 아니었다.

젊은 엘레세우스는 마음에 상처라도 받았는지, 어딘가 심판을 받은 사람 같고 불행한 데가 있었다. 도시에서 왔던 지역 담당 건축기사가 그를 어릴 때 발견하지 않았더라면, 그를 데리고 가지 않았더라면, 그에게 무엇을 가르치지 않았더라면 더 좋았을 것을. 그 바람에 아이는 뿌리가 뽑히고 잘못되기 시작한 것이다. 이제는 무엇을 하건 그에게 뭔가 문제가 있다는 게, 밝은 바탕에 뭔가 어두운 얼룩이 있다는 게 눈에 보였다⋯⋯

엘레세우스는 걷고 또 걸었다. 수레를 탄 두 사람은 스토르보르를 지났다. 엘레세우스는 스토르보르를 피해서 돌아갔다. 거기 자기 가게에 들러 그가 무엇을 하겠는가? 수레를 탄 두 사람은 밤이 올 때쯤 셀란로에 도착했고, 엘레세우스는 이들을 바짝 뒤따랐다. 시베르트가 뜰로 나와서는 놀라서 옌시네를 쳐다보았다. 둘은 악수를 하고 잠시 웃었고, 시베르트는 고삐를 잡고 마구간으로 말을 끌고 갔다.

이제 엘레세우스, 집안의 명예인 그가 용기를 내어 나아갔다. 걸었다기보다는 살금살금 기어가 마구간에서 시베르트를 만났다. "나야, 나." 그가 말했다. "어, 형도 왔네!" 시베르트가 외치고 다시 놀라워했다.

두 형제는 낮은 목소리로 이야기를 나누었다. 시베르트가 어머니를 설득해 돈을, 엘레세우스를 구해줄 여비를 얻도록 만들 수 있을까 하는 이야기였다. 지금처럼 이렇게 계속할 수는 없으니까.

엘레세우스는 이제 지긋지긋해졌다. 전부터 이미 자주 생각했지만 오늘밤에는 실행에 옮겨야 할 것 같았다. 큰 여행, 미국으로, 바로 오늘밤에. "미국이라고?" 시베르트가 외쳤다. "쉿! 난 그 생각을 자주 했어. 이제 네가 엄마를 설득해봐. 이렇게 계속 살 수는 없잖니. 그런 생각을 자주 했단 말이야." "하지만 미국이라고?" 시베르트가 말했다. "형, 그건 안 돼!" "난 꼭 갈거야. 지금 바로 돌아가면 연락선을 탈 수 있어." "그래도 일단 뭘 좀 먹을 거지?" "배 안 고픈데." "눈도 잠깐 안 붙일 거야?" "응."

시베르트는 형이 잘되기를 바랐고 그를 붙들려 했지만, 엘레세우스는 단호했다. 그가 단호한 태도를 보이는 건 처음이었다. 시베르트는 당황했다. 아까 옌시네를 보았을 때도 기분이 이상했지만, 이제는 엘레세우스가 황무지를, 바꾸어 말하면 이 세상을 등지려는 게 아닌가. "스토르보르는 어쩌려고?" 그가 물었다. "안드레센보고 가지라지." 엘레세우스의 대답이었다. "안드레센보고? 왜?" "결국 레오폴디네하고 결혼할 거 아냐?" "몰라. 글쎄, 그러겠지."

둘은 낮은 목소리로 이야기를 계속했다. 시베르트는 아버지가 나오고 엘레세우스가 아버지와 직접 이야기를 하는 게 최선일 거라고 말했다. 하지만 엘레세우스는 그렇게 할 자신이 없단다. 그는 그렇게 위험을 정면 돌파할 위인이 못 되었고, 언제나 대변자를 필요로 했다. 시베르트가 말했다. "엄마가 어떤지 형도 알잖아. 울고불고 난리를 쳐서 형은 못 떠날걸. 엄마한테는 말하면 안 돼." "맞아, 엄마한테는 말하면 안 돼." 엘레세우스도 말했다.

시베르트는 집으로 가더니 영원처럼 긴 시간이 지난 다음에야 돈을,

많은 돈을 가지고 돌아왔다. "봐. 이게 아버지가 가진 돈 전부야. 충분할 것 같아? 아버지는 세지 않으셨으니까 형이 세어봐.""아버지는 뭐라셔?""별말씀 없으셨어. 형, 잠깐만 기다려. 옷만 좀 입고 함께 나갈게.""안 돼, 넌 자야지.""무슨 소리. 어두운 우리에서 혼자 기다리는 게 무서운 거야?" 시베르트는 힘없게나마 농담을 해보았다.

그는 잠시 떠나더니 옷을 다 입고, 아버지의 배낭에 도시락을 담아 들고 나타났다. 둘이 밖으로 나오자 어느새 아버지가 그들 앞에 서 있었다. "떠난다고 하더니 사실이냐?" 그가 말했다. "예, 하지만 돌아올 거예요." 엘레세우스가 대답했다. "그래, 나는 여기 서서 네가 가는 길이나 막고 있구나"라고 중얼거리며 늙은 아버지는 돌아섰다. 그는 "잘 가렴"이라고 하고는 자기 갈 길을 갔다.

형제는 길을 따라 함께 내려갔고, 잠시 후 앉아서 음식을 나누었다. 엘레세우스는 배가 고팠고, 먹어도 양이 차지 않았다. 멋진 봄밤이었다. 언덕마다 뇌조들이 짝짓는 소리가 들렸고, 이런 친근한 소리는 타향으로 떠나는 엘레세우스를 잠시 멈칫하게 했다. "날씨가 좋네." 그가 말했다. "시베르트, 하지만 넌 이제 돌아가야지!" 시베르트는 "음"이라고만 말하고는 계속 걸었다. 두 사람은 스토르보르를 지나고 브레이다블리크를 지났다. 언덕마다 뇌조들이 짝을 짓고 있었다. 도시에서 들리는 사이렌 소리가 아니었고, 목소리, 봄을 모두에게 선포하는 소리였다. 갑자기 어느 나무의 우듬지에서 처음으로 새가 우는 소리가 들렸다. 그 소리는 다른 새를 깨웠고, 이쪽저쪽에서 새들이 노래를 주고받았다. 단순히 한 노래가 아니라 찬미가였다. 타향으로 떠나는 엘레세우스는 마음속에서 떠오르는 향수를 느꼈고, 무력해지는 느낌이

들었다. 그는 미국으로 갈 수밖에 없었다. 그는 어느 누구보다 미국으로 갈 준비가 되어 있었다. "시베르트, 하지만 이제 넌 돌아가야지." 그가 말했다. "응, 형이 정말로 바란다면." 동생의 대답이었다.

둘은 숲이 끝나는 곳에 앉아 앞쪽으로 보이는 마을을, 가게를, 선착장을, 브레데의 여관을 바라보았다. 연락선 주위에서 몇 사람이 왔다 갔다하며 출발을 준비하고 있었다.

"더이상 여기 앉아 있을 시간이 없어"라고 말하며 엘레세우스가 일어났다. "형이 그렇게 멀리 떠나려 한다니 섭섭하네." 시베르트가 말했다. 엘레세우스가 대답했다. "돌아올 건데 뭐. 그리고 그때는 밀랍 입힌 여행가방 하나만 들고 오진 않을걸."

헤어질 때 시베르트는 종이로 싼 작은 물건을 형에게 하나 건넸다. "이게 뭐야?" 엘레세우스가 물었다. 시베르트는 대답 대신 "편지 자주해"라고 하고는 가버렸다.

엘레세우스는 종이를 펴보았다. 금화, 20크로네 금화였다. "아니, 이걸 날 주면 안 되지!" 하고 그가 동생에게 외쳤다. 하지만 시베르트는 그냥 갔다.

그는 한동안 가다가 몸을 돌려 다시 숲가에 앉았다. 연락선 주위는 점점 번잡해졌다. 그가 보니 사람들이 배에 타고 있었고 형도 배에 탔다. 엘레세우스는 그렇게 미국으로 떠났다.

그는 돌아오지 않았다.

13

보기 드문 행렬이 셀란로로 올라오고 있었다. 행렬이라고 부르기에는 좀 우스울지 모르겠지만, 그저 우습기만 한 것은 아니었다. 세 남자는 가슴과 등에 늘어뜨린 자루에 엄청난 짐을 지고 있었다. 이들은 나란히 가며 농담을 주고받았지만, 사실 짐은 무거웠다. 젊은 점원 안드레센이 앞장을 섰는데, 사실 이 행렬은 그의 소유이기도 했다. 그가 자신과 셀란로의 시베르트, 그리고 세번째로 브레이다블리크의 프레드리크 스트룀에게 짐을 갖춰 나눠주고 이 행렬을 시작했다. 누구도 못말리는 점원 안드레센은 어깨는 땅에 닿을 정도로 늘어졌고 외투도 목부터 아래로 당겨졌지만 자기 짐을 끌고 또 끌었다.

그는 스토르보르와 상점을 그냥 사들일 돈은 없었다. 그의 계획은 때가 되기를 기다려 그 모든 걸 공짜로 손에 넣는 것이었다. 안드레센은 무능한 인간은 아니었다. 그는 일단 스토르보르를 세내어 장사를 이어나갔다.

남아 있는 상품들을 살펴보니, 팔리지 않을 물건들도 많았다. 칫솔에서 시작해서 수가 놓인 식탁보, 철사에 앉아 있다가 정확한 위치를 누르면 지저귀는 작은 새까지.

그는 이 상품을 다 가지고 길을 떠났다. 산 반대편의 광산 인부들에게 팔 생각이었다. 그는 아론센 밑에서 일하던 시절부터 경험이 있었으므로, 인부들은 손에 돈만 있으면 뭐든지 다 산다는 걸 알고 있었다. 그서 엘레세우스가 저번에 베르겐에서 구해 온 목마 여섯까지는 못 들고 가는 게 아쉬울 뿐이었다.

상인들의 행렬은 셀란로의 뜰로 들어왔고, 남자들은 짐을 내려놓았다. 이들은 길게 쉬지는 않았다. 우유를 받아 마시고 장난 삼아 상품을 농장 사람들에게 사라고 보여주고 나서 다시 짐을 싣고 길을 떠났다. 그저 장난으로 길을 나선 건 아니었으니까. 일행은 숲을 지나 남쪽을 향해 짐을 지고 계속 나아갔다.

낮까지 계속 걸은 그들은 점심을 먹고, 저녁이 올 때까지 계속 갔다. 그러고는 불을 피우고 자리를 잡고는 잠시 눈을 붙였다. 시베르트는 돌을 쿠션이라 부르며 거기 기대어 잤다. 시베르트는 정말로 황무지의 삶을 알았다. 돌은 하루종일 햇빛을 받았으니, 깔고 자기에 딱 좋았다. 다른 사람들은 그만큼 경험이 없는데도 그의 충고에 귀를 기울이지 않고 그저 히스 벌판에 누워서, 아침에 일어났을 때 몸이 떨리고 콧물이 나왔다. 그들은 아침을 먹고 계속 갔다.

이제 그들은 혹시 폭음이 들리지 않나 귀를 기울이기 시작했고, 날이 지기 전에 사람들을 마주치고 광산에 도착했으면 하고 바랐다. 호숫가에서 시작한 조업은 지금쯤 이만큼 셀란로 쪽으로 올라오지 않았을까. 하지만 폭음은 들리지 않았다. 점심때까지 가도 아무도 보이지 않았지만, 때로는 땅에 뚫린 커다란 구멍이 보였다. 시험 삼아 파본 흔적이었다. 대체 이걸 어떻게 설명할 수 있을까? 대체 무슨 일일까? 산의 이쪽에 광석이 충분하다는 뜻이리라. 순수하고 무거운 구리를 캐내느라 호숫가를 떠나지 못해 아직 여기까지 못 온 모양이다.

저녁까지 길을 가자 아래에 바다가 보였다. 버려진 광산이 산재한 황무지 하나를 가로질렀지만 폭음이라고는 들리지 않았다. 이상한 일이었지만, 어쨌건 다시 불을 피우고 밤을 지낼 자리를 찾아야 했다. 이들은 의견을 나누었다. 조업이 끝난 걸까? 짐을 다 가지고 다시 돌아가야 할까? "말도 안 되는 소리!" 점원 안드레센이 말했다.

다음날 아침, 그들이 자리잡은 곳으로 한 남자가 왔다. 창백하고 침울한 표정을 한 그는 눈썹을 찡그리고 사람들을 보더니 자세히 관찰했다. "안드레센, 자네인가?" 그가 물었다. 아론센, 상인 아론센이었다. 일행이 커피와 약간의 음식을 권하자 그는 거절하지 않고 이들 곁에 앉았다. "연기들을 피운 걸 보고 뭔지 궁금해서 왔지." 그가 말했다. "어디 가서 보자, 이제 정신들 차리고 일을 시작하는가보다 하고. 그런데 와보니 자네들이 아닌가? 어디로 가나?" "여기로 온 겁니다." "자루에 든 건 뭐고?" "상품이죠." "상품이라니?" 아론센이 외쳤다. "어디에서 팔려고? 여기는 아무도 안 산다네. 토요일에 다들 떠났는걸." "누가 떠났나요?" "다들 떠났지. 여기는 다 빈집이고, 아무것도 없어. 그리고 상품이라면 나도 얼마든지 있으니 자네들도 사러 오게."

아아, 상인 아론센은 또다시 불운에 처했다. 광산 조업이 끝난 것이다! 이들은 커피를 더 내주어 그를 진정시키고는 질문을 쏟아부었다.

아론센은 아주 낙망해서 고개를 흔들었다. "뭐라고 말해야 좋을지 모르겠군. 이해할 수 없어!" 그가 말했다. 일이 다 잘됐고 그는 물건을 팔아 돈을 많이 벌었다고 했다. 이웃 지역 전체가 번영했고, 크림이 들어간 죽과 새 학교 건물, 크리스털 등, 도회지식 구두를 손에 넣을 돈이 생겼다. 그런데 어느 날 신사분들이 갑자기 수지가 안 맞는다며 끝을 내버렸다. 그 말이 사실이었을까? 그때까지는 수지가 맞지 않았던가? 이건 사기였다. "그리고 그들은 나 같은 사람에게는 정말 곤란한 사태가 벌어진다는 생각은 하지도 않지." 아론센이 말했다. "하지만 다들 하는 말처럼 전부 게이슬레르의 책임일 수도 있겠지. 딱 모든 일이 중단될 때 오지 않았냔 말이야. 마치 냄새라도 맡았다는 듯이."

"게이슬레르가 여기 있나요?"

"여기 있냐고? 죽일 놈! 어느 날 연락선을 타고 와서는 기사에게 묻더군. '어디, 어떻습니까?' 기사가 '내가 보기엔 좋습니다' 하고 대답했지. 그런데 게이슬레르가 또 묻는 거야. '그럼 잘되고 있는 거죠?' '예, 내가 보기엔 더이상 바랄 게 없죠.' 기사가 대답했지. '음, 고맙소.' 그런데 우편물을 받아보니 기사에게 전보가 왔는데, 일이 더이상 수지가 안 맞으니 중단해야 한다는 게 아닌가!"

행렬을 지어 걷던 사람들은 서로를 바라보았다. 하지만 이들을 이끌던 약은 안드레센은 아직 용기를 잃지 않은 듯했다. "돌아들 가게!" 아론센의 충고였다. "그렇겐 못합니다." 안드레센이 말하고는 커피 주전자를 챙겼다. 아론센은 세 사람을 차례차례 뚫어지게 바라보았다. "자네들 미쳤군." 그가 말했다.

자, 점원 안드레센은 예전 자기 고용주에게는 신경쓰지 않았다. 이제는 자신이 가게 주인이었고, 멀리에서 이 행렬을 준비한 것도 그였다. 여기 산 위에서 행렬을 돌린다면 체면을 잃을 것이다. "그런데 어디로 가는 길인가?" 속이 상한 아론센이 물었다. "모릅니다." 안드레센이 대답했다. 하지만 그는 계획이 있었다. 원래 그곳에 살던 사람들을 염두에 두었는지도 모르겠다. 세 명이나 되는 사람들이 구슬과 반지를 들고 이리로 오다니. "자, 가세!" 그가 동료들에게 말했다.

아론센은 원래 오전 내내 밖에서 보낼 생각이었다. 나온 김에 정말로 광산이 모두 비었는지, 사람이 모두 떠난 게 사실인지 확인할 참이었다. 하지만 이 행상들이 이리 고집을 부리고 길을 계속 가려고 해서 그의 계획에는 지장이 생겼고, 이들을 못 가게 막아야 했다. 아론센은 화가 나서 미칠 지경이었다. 그는 상인들보다 앞서 산을 내려가며 계속 뒤를 돌아보고 그들에게 외쳤고, 그들의 길을 막으면서 자신의 구역을 방어했다. 그렇게 막사가 있는 곳까지 내려왔다.

마을은 텅 비어 황량해 보였다. 연장과 기계 중 가장 귀한 것들은 건물 안에 들여놓았지만, 목재와 나무판, 부서진 수레와 상자와 통이 곳곳에 놓여 있었다. 출입을 금한다는 표지가 붙은 건물들도 있었다.

"자, 다들 보게!" 아론센이 외쳤다. "인기척이라고는 아무데도 없지! 어디로들 가실 생각인가?" 그는 상인들에게 큰 재앙이 닥칠 거라고, 지방 행정관과 충돌이 생길 거라고 협박했다. 자기가 이들과 붙어다니며 혹시 불법적인 물건을 팔지 않는지 감시하겠다고도 했다. 그럴 경우 감옥과 노예선이 대가가 되리라고. 현금 꽉꽉.

도시가 아주 텅 비지는, 아주 죽어버리지는 않았는지, 갑자기 누군가가 시베르트를 불렀다. 그리고 어느 집 모퉁이에 선 남자가 그들에게 손을 흔들었다. 시베르트는 짐을 다 진 채 그에게로 몸을 돌렸고, 누구인지 곧 알아볼 수 있었다. 게이슬레르였다.

　"놀라운 재회로군!" 게이슬레르가 말했다. 그의 얼굴은 달아오른 듯 붉었지만, 밝은 봄볕에 눈이 상했는지 회색 코안경을 쓰고 있었다. 그는 전과 다름없이 활기에 넘쳤다. "이렇게 다시 만나다니 정말 운이 좋아!" 그가 말했다. "그럼 따로 셸란로까지 갈 필요도 없으니까. 아직 해결할 일이 많이 있는데 말이지. 지금은 공유지에 농가가 몇이나 되나?" "열 집입니다." "농가 열 채라? 흐뭇하군. 마음에 드네. 이 나라에는 자네 아버지 같은 사람 3만 2천 명이 필요하다네. 내가 다 계산해봤지." 그가 말하며 고개를 끄덕였다.

　"시베르트, 안 오나?" 일행이 불렀다. 게이슬레르는 그 소리에 귀를 기울이더니 얼른 답했다. "안 가네!" "곧 가지!" 시베르트가 외치고는 짐을 내려놓았다.

　두 사람은 자리에 앉아 이야기를 나누었다. 게이슬레르는 기운을 차렸고, 시베르트가 짧게 대답할 때만 말을 멈추었다가 다시 말을 계속했다. "이렇게 만나다니, 정말 놀라운 우연일세! 아무리 생각해도 놀라워. 지금까지 나의 여행은 훌륭하게 진행되었는데, 이제는 자네까지 만나서 셸란로로 빙 돌아가는 수고까지 면하다니! 집에서는 어떻게들 지내시는가?" "물어봐주셔서 감사합니다." "돌로 지은 우리 위층에 벌써 건초 저장 창고를 지었나?" "네." "아, 난 정말 바쁘다네. 사업이 점점 힘겨워져. 시베르트, 우리의 위치를 생각해보게. 우리는 지금 폐허가 된 마을에 있는 거야. 사람들이 스스로를 망치면서 지은 마을이지. 사실 이 모든 일의 근원은 나야. 그러니까 이 운명의 장난에서 나도 중개자 역할을 하나 했다는 얘기지. 사건의 시작은 자네 아버지가 산에서 돌을 몇 개 발견해서 어린 자네가 갖고 놀게 줬던 거였어. 그렇게 시작되었지. 난 그 돌의 가치는 인간이 매기기 나름이라는 걸 알고 있었어. 그래, 난 그 돌에 값을 정하고 돌을 샀지. 그때부터 돌들의 주인이 바뀌었고 사람들은 가난해졌다네. 시간이 흘렀어. 며칠 전에 내가 여기로 올라왔는데, 목적이 뭐였는지 아나? 그 돌을 다시 사는 거였다네."

게이슬레르는 말을 멈추고 시베르트를 바라보았다. 그러자 커다란 자루가 눈에 보였고, 그는 갑자기 물었다. "그건 뭔가?" "상품이죠." 시베르트가 대답했다. "마을로 가지고 내려갈 겁니다."

게이슬레르는 그 대답에 별 관심을 보이지 않았다. 듣지도 않았는지도 모르겠다. 그는 말을 계속했다. "난 그 돌을 다시 살 거라고. 저번에는 아들을 시켜서 팔게 했지. 아들은 자네 나이의 젊은이일 뿐 아무것도 아니라네. 우리 집안에서 그 아이는 번개이고 난 안개지. 난 무엇이 옳은지 알면서도 하지 않는 사람이야. 그 아이는 번개지. 지금은 산업에 몸을 바치고 있다네. 저번에는 그 아이가 내 이름으로 팔았어. 난 어떤 존재지만 그 아이는 아무것도 아냐. 그 아이는 그저 번개, 현재에 속한 스쳐가는 사람이지. 하지만 번개는 그 자체로는 결과를 맺지 못해. 셀란로 사람들을 보게. 자네들은 날이면 날마다 푸른 산을 바라보지. 인간이 만들어낸 물건이 아니고, 오래된 산, 우리가 알 수 없는 먼 옛날부터 서 있는 산이야. 그 산이 자네들의 벗이라네. 자네들은 그렇게 하늘과 땅과 함께 살아가고, 하늘과 땅, 넓은 자연과 하나가 되어 그 안에서 살지. 손에 칼도 필요 없고, 머리에도 무장을 하지 않고 삶을 살아가잖나. 모든 게 자네들에게 호의적이지. 보게, 자연은 자네와 자네 가족의 것이야. 인간과 자연은 서로 다투지 않고 서로 옳다고 인정해주며, 서로 경쟁하거나 어떤 이득을 얻기 위해 경주하는 대신 손을 잡고 가지. 자네들 셸란로 사람들은 그 한가운데에 있으면서 번창하고 있어. 산과 숲, 늪지와 목초지, 하늘과 별. 아, 이 모든 것은 아끼면서 찔끔찔끔 주어지는 게 아니라 차고 넘친다네. 시베르트, 내 말을 들어보게. 자네의 몫에 만족하게나. 자네들은 사는 데 필요한 것, 바라는 것은 뭐든지 갖고 있지. 여기 태어나 새로운 세대를 만들어내는 자네들은 이 땅에 꼭 필요한 사람들이라네. 모든 사람이 그런 건 아니야. 하지만 자네들은 이 땅에 꼭 필요해. 자네들이 생명을 유지하지. 한 세대가 다른 세대를 잇고, 한 세대가 죽으면 다른 세대가 그 자리를 채워. 영원한 생명이란 바로 그런 거야. 그래서 자네들이 얻는 게 뭔가? 올바르고 정의로운 생활, 어디로 보아도 진실하고 솔직한 삶이지. 그래서 자네들이 얻는 게 뭔가? 셸란로의 자네들은 누구에게도 억눌리거나 지배받지 않으며, 간섭받지 않고 힘과 권력을 누리지. 모든 게 자네들에게 호의적이라니까. 자네들이 얻는 건 그거야. 따뜻한 가슴에 안겨 어머니의 손을 가지고 장난을 치며 배부르게 젖을 마시지. 난 그 3만 2천 명 중 하나인 자네 아버지 생각을 하네. 다른 사람들은 뭔가? 난 그래도 뭔가가 되었고, 안개라서 여기저기 돌아다니고 떠다닌다네. 때로는 마른땅에 비가 되지. 하지만 다른 사람들은? 내 아들은 번개야. 아무것도 아니고, 쓸모없이 번쩍이는 빛일 뿐인데, 거래를 할 줄 알지. 내 아들은 우리 시대를 대표하는 인간이고, 이 세대가 그 아이에게 가르처준 것, 유대인과 미국인이 그 아이에게 가르친 걸 믿지. 하지만 난 고개를 흔들겠네. 난 신비로운 존재는 아니고, 날 안개로 보는 건 우리 가족뿐이야. 난 집에 앉아서 고개를 흔들지. 문제는 난 후회하지 않고 바로 행동하는 능력이 부족하다는 걸세. 그 능력만 있었더라면 나도 번개가 될 수 있었는데. 그렇지 않으니 안개가 될 수밖에."

게이슬레르는 갑자기 정신을 차리고 물었다. "돌로 지은 가축 우리 위층에 벌써 건초 저장 창고를 지었나?" "네, 그리고 아버지는 사람이 살 집도 하나 더 지으셨죠." "집을 하나 더 지었다고?" "네, 누가 올 때에 대비해서요." 게이슬레르는 그 말을 듣고 잠시 생각하더니 말했다. "그럼 내가 가야겠군. 그래, 그럼 내가 간다고 아버지께 말씀드리게. 하지만 난 할 일이 많아. 지금은 여기 올라와서 기사에게 말했지. '스웨덴 신사분들께 인사를 전하고, 내가 산다고 전해주시오.' 그러니 이제 어찌되는지 두고 보세나. 난 상관없어. 급하지 않다네. 자네가 기사를 봤어야 하는데! 그 사람이 여기서 광산을 유지하고 사람들과 말과 돈과 기계와 온갖 것을 굴리지 않았느냐고. 그러면서 자기가 하는 일이 옳다고 믿었지. 그것밖에는 아는 게 없었으니까. 그는 광석을 많이 팔수록 좋은 거라고 생각하고, 마을에, 국가에 돈이 흘러들게 하면 좋은 일을 하는 거라고 믿지. 하지만 돈과 함께 파국으로 달려가는데 그걸 모른다니까. 이 나라에 필요한 건 돈이 아니라네. 돈은 남아돌아. 부족한 건 자네 아버지 같은 사람이지. 그 인간들이 수단을 목적으로 만들면서도 그걸 자랑스러워하는 걸 생각하면! 그 인간들은 병들고 미쳐서, 일도 안 하고 쟁기가 뭔지도 모르면서, 아는 건 주사위뿐이야. 그 사람들도 뭔가 얻는 게 있지 않을까? 미친 짓에 몸을 바치는 걸까?

그들을 보게. 모든 것을 쏟아붓지 않는가? 문제는 그저, 이 노름이 용기도 맹신도 아니고 그저 끔찍한 일이라는 것일세. 도박이 뭔지 아나? 도박은 이마에 땀이 나게 하는 두려움이라네. 바로 그거지. 문제는 그 사람들이 삶과 발을 맞추지 않는다는 것, 인생보다 앞서가려 한다는 거야. 그들은 돌진하며, 인생을 비집고 쐐기를 박듯이 자신들을 밀어 넣지. 하지만 그러면 거기 붙어 있는 나무판들이 외친단 말이지. '잠깐, 이러다가는 부러지겠는데. 출구를 찾아. 나무판을 봐! 멈춰.' 그러면 인생이 그들을 무너뜨린다네. 예의를 지키면서도 단호하게. 그러고 나면 인생에 대해 한탄하고 분노하기 시작하지. 각자 자기 마음대로. 어떤 이들에게는 한탄할 이유가 있지만 다른 이들에게는 없고, 어쨌건 누구라도 인생에 대해 분노하는 건 옳지 않아. 인생을 거칠고 엄하고 공정하게 판단하는 건 옳지 않다네. 오히려 자비롭게 대하면서 방어해 야지. 인생이 어떤 노름꾼들과 게임을 해야 하는지를 생각해보게!"

게이슬레르는 다시 정신을 차리고 말했다. "이 정도 해두지." 그는 피곤해 보였고, 하품을 했다. "내려갈 건가?" 그가 물었다. "예." "그건 급하지 않아. 시베르트, 자네는 전에 나와 함께 산을 넘어가기로 약속한 적이 있지. 기억하나? 난 아무것도 잊어버리지 않는다네. 한 살 반 때 일도 기억나. 그때, 롬의 가르모 농장에서 뒤뚱거리며 헛간으로 이어지는 다리에 서 있었는데, 어떤 독특한 냄새가 났어. 그 냄새는 아직까지 기억이 난다네. 하지만 이쯤 하기로 하지. 자네가 그 자루를 메고 가야만 하는 게 아니라면 이제 산을 넘어갈 수 있을 것 같은데. 자루에 든 게 뭔가?" "상품이죠. 안드레센이 팔 겁니다." "난 무엇이 옳은지 알면서도 하지 않는 사람이라네." 게이슬레르가 말했다. "이 말은 글자 그대로 이해해야 해. 난 안개라네. 며칠 안에 산을 다시 살지도 모르지. 불가능하진 않아. 하지만 그런 경우라도 난 서서 공중을 바라보며 '가공삭도! 남아메리카!' 하고 외치지는 않아. 그건 노름꾼들이나 하는 일이야. 이곳 사람들은 내가 여기 문제가 생길 줄 미리 알았다고 해서 날 악마라고들 하지. 하지만 난 신통력이 있는 사람이 아니라네. 문제는 단순하지. 몬태나에서 구리 광산이 새로 발견된 거야. 미국인들은 우리보다 더 약은 노름꾼이라 남아메리카에서 벌어지는 경쟁에서 우리를 쳐서 이기거든. 우리는 광물이 너무 부족해. 내 아들은 번개라서 소식을 들었고, 그래서 내가 얼른 달려왔지. 그렇게 단순한 일이야. 난 스웨덴 신사분들보다 단 몇 시간 빨랐을 뿐이야. 그게 전부지."

게이슬레르는 다시 하품을 하고는 말했다. "자네가 내려갈 생각이라면 지금 가세!"

이들은 이렇게 함께 산을 내려갔다. 성큼성큼 걷던 게이슬레르는 금세 지쳐 피곤해했다. 상인들은 선착장에 멈춰 섰고, 기운이 넘치는 프레드리크 스트룀이 아론센을 놀렸다. "담배가 더 없는데, 혹시 담배 없나요?" "담배를 주지!" 아론센이 외쳤다. 프레드리크는 웃으며 그를 위로했다. "아론센, 너무 마음 쓰지 마세요. 이 물건만 당신이 보는 앞에서 팔고 우린 바로 떠날 테니까." "말조심하게!" 화가 난 아론센이 외쳤다. "하하하, 그렇게 흥분하지 마세요, 풍경처럼 조용히 있으라고요!"

게이슬레르는 피곤했다. 아주 지쳤다. 회색 코안경도 도움이 되지 않았고, 환한 봄볕에 눈이 절로 감겼다. "시베르트, 잘 지내게!" 그가 갑자기 말했다. "안 되겠어. 이번에는 셀란로까지 못 가겠군. 아버지께 그렇게 말씀드리게. 할 일이 너무 많아. 하지만 나중에 오겠다고 전해드리게."

아론센은 그의 뒤에서 침을 뱉고 말했다. "죽일 놈!"

사흘 사이에 상인들은 자루에 든 것을 모두 좋은 값을 받고 팔았다. 장사가 아주 잘되었다. 광산이 문을 닫은 다음인데도 마을 사람들은 돈이 넉넉했고, 돈 쓰는 연습이 제대로 되어 있었다. 그들은 철사에 앉은 새도 서랍장 위에 세워두기 위해 꼭 필요하다고 했고, 달력을 찢기 위해 종이 자르는 멋진 칼도 샀다. 아론센은 펄펄 뛰었다. "뭐 우리 가게엔 좋은 물건이 없나!"

상인 아론센은 큰 난관에 처했다. 그는 계속 이 행상들을 감시하고 싶었지만, 세 사람이 흩어져서 각기 자기 갈 길을 갔기 때문에 이들을 다 따라다니려면 힘이 들었다. 그래서 그는 먼저 입이 가장 거친 프레드리크 스트룀을, 그다음에는 말대꾸라고는 없이 팔기만 하는 시베르트를 포기했다. 예전에 자신의 점원이었던 안드레센을 따라다니며 가는 집에서마다 그가 하는 일에 반대하는 게 가장 편했다. 아아, 하지만 점원으로 일했던 안드레센은 예전 고용주를 잘 알았고, 장사에 대해, 그리고 어떤 물품이 금지되었는지 그가 모른다는 사실을 알고 있었다. "아, 영국 실이 금지되지 않았다고?" 아론센이 물으며 아는 척을 했다. "금지됐죠." 안드레센이 대답했다. "그리고 난 영국 실이라고는 여기엔 한 뭉치도 없어요. 그건 황무지에서도 팔 수 있죠. 실은 한 뭉치도 없다니까요, 보세요." "그런지도 모르지. 하지만 뭐가 금지되었는지는 나도 아니까 가르치려 들지 말게."

아론센은 하루는 견뎠지만 결국은 안드레센마저 포기하고 집으로 갔다. 이제 행상들은 누구의 감시도 받지 않았다.

이제는 모든 일이 순탄했다. 그때는 여자들이 많은 머리 가발을 쓰는 게 유행이었는데, 점원 안드레센은 그런 가발을 파는 데 선수였다. 급하면 금발 가발을 머리가 검은 여자에게 팔았고, 더 옅은 금발이나 은발 가발이 없는 걸 유감으로 여겼다. 그런 가발이 제일 비쌌으니까. 이 세 젊은 남자는 저녁마다 약속한 곳으로 와서 어땠는지 이야기하고 팔고 남은 물건을 서로 보충해주었으며, 안드레센은 한 손에 줄을 들고는 사냥총의 독일 공장 상표를 문질러 없애거나 연필에서 파베르*라는 이름을 지웠다. 안드레센은 하여튼 대단한 인간이었다.

한편 시베르트는 실망스러웠다. 그는 어쨌든 의욕이 없지도 않았고 물건도 다 팔았지만, 그러니까 대부분 팔긴 했지만, 충분한 돈을 벌지는 못했다. "너무 속에 담아두지 말게." 안드레센이 말했다.

아아, 시베르트는 긴 연설을 하지 않았다. 그는 황무지 사람이어서 말수가 적고 침착했다. 무슨 말을 길게 하겠는가? 그리고 시베르트는 일요일까지 일을 끝내고 집으로 돌아갈 생각이었다. 황무지에도 할 일이 많았으니까. "옌시네한테 돌아가고 싶은 거지." 프레드리크 스트룀이 말했다. 하지만 프레드리크도 봄 농사가 바빴고 남아도는 시간은 없었다. 그래도 그는 마지막 날 아론센에게 가서 잠시 그를 약 올려야 했다. "빈 자루 좀 팔려고요." 그가 말했다.

안드레센과 시베르트는 다시 밖으로 나가서 그를 기다렸다. 가게에서 엄청난 입씨름 소리가 들렸고, 간간이 프레드리크의 웃음소리도 들렸다. 그러더니 아론센이 가게 문을 열고는 손님에게 나가라고 했다. 오,

---

* 독일의 연필 제조업체.

프레드리크는 나오지 않았다. 그는 뜸을 들였고 말을 계속했다. 이들이 마지막으로 들은 건 그가 목마를 팔려고 아론센과 흥정하는 소리였다.

그러고 나서 행상들, 젊은 혈기와 건강이 넘치는 세 남자는 집으로 출발했다. 이들은 걸으며 노래를 불렀고, 잠시 산속에서 눈을 붙였다가 길을 계속 갔다. 월요일에 이들이 셀란로에 도착하자, 이사크는 이미 파종을 시작한 다음이었다. 딱 맞는 날씨였다. 공기가 습하고 간간이 해가 났으며, 엄청난 무지개가 하늘에 걸려 있었다.

일행은 헤어졌다. "잘 가게!" "잘 가게나!"

저쪽에서는 이사크가 밭을 가로지르며 씨를 뿌리고 있었다. 그의 모습은 장사, 통나무와도 같았다. 그는 손으로 짠 옷을 입고 있었고, 모직은 그의 양들에게서 털을 깎아 만든 것이었으며, 장화는 그의 송아지와 암소의 가죽으로 만든 것이었다. 오래된 신앙에 따라 그는 맨발로 씨를 뿌렸다. 정수리는 휑하지만 그 외에는 숱이 많았고, 머리털과 수염이 머리를 빙 둘러싸고 있었다. 그가 바로 지방 영주 이사크였다.

그는 오늘이 몇 월 며칠인지 모를 때가 많았다. 제날짜에 지불해야 하는 고지서도 없는데, 날짜는 알아서 무엇에 쓰겠는가? 달력의 십자표시는 각각의 암소가 송아지를 낳을 날짜 표시였다. 하지만 그는 가을에 성 올라프 축일까지는 건초를 들여놓아야 한다는 걸 알았고, 봄에 가축 시장이 열리는 시기도, 그리고 그로부터 3주 후에는 곰이 동굴에서 나온다는 것도 알았다. 그때까지는 파종이 끝나야 했다. 그는 가장 중요한 건 알고 있었다.

그는 골수까지 황무지 사람이었으며, 머리끝부터 발끝까지 농부였다. 그는 먼 과거에서 온 사람이었고 미래를 보여주는 사람, 처음으로 농사가 시작되던 시대의 남자, 토지를 개척하던 시대의 남자,* 9백 살이 되었으면서도 시대에 뒤떨어지지 않는 사람이었다.

아아, 그에게는 광산을 팔아서 번 돈은 더이상 없었다. 그 돈은 바람에 날리듯 사라져버렸다. 이제 산이 다시 버려졌는데 누가 거기 관심이 있겠는가? 하지만 공유지는 이전과 마찬가지로 새로 들어온 농가 열 채를 품고 수백 명이 더 오기를 기다리고 있었다.

여기에 성장하고 번성하는 게 아무것도 없다고? 여기에서는 모든 것이, 인간과 동물과 곡식이 성장하고 번성했다. 이사크는 씨를 뿌렸다. 저녁 햇살이 낟알을 비추었고, 그는 금이 하늘에서 쏟아지는 것처럼 곡선을 그리며 씨를 던졌다. 그때 시베르트가 와서 써레질을 하고 땅을 누르고 다시 써레질을 했다. 숲과 산이 둘러서서 내려다보고 있었고, 모든 것이 힘과 위엄이 있었으며, 앞뒤가 맞고 목표가 있었다.

딸랑딸랑! 비탈에서 소 방울 소리가 들리더니 점점 가까워졌다. 가축이 우리로 갔다. 암소 열다섯 마리와 작은 가축 마흔다섯 마리, 모두 예순 마리였다. 여자들은 우유통을 들고 여름 우리로 갔다. 어깨에 지게를 메고 거기에 우유통을 달았다. 레오폴디네, 옌시네와 어린 레베카였다. 세 사람 모두 맨발이었다. 영주 부인인 잉에르는 같이 가지 않고 집에 있었다. 그녀는 저녁식사를 준비하고 있었다. 키가 크고 건장한 그녀는 집안을 걸어다녔다. 부엌 난로의 불을 살피는 로마 여신의 여사제. 잉에르는 먼 바다를 항해한 여자였다. 도시에도 갔지만 이제는 다시 집에 돌아와 있었다. 세상은 넓고, 점들로 가득했다. 잉에르

---

* 9세기와 10세기의 아이슬란드 정착을 가리킨다.

도 거기 속했었다. 그녀는 사람들 사이에서 아무것도 아니었다. 그저 그 많은 이들 중 한 사람이었다.

그렇게 저녁이 되었다.

크누트 함순의 기념비적인 작품,
『땅의 혜택』

『땅의 혜택』은 노르웨이 작가 크누트 함순의 대표작이다. 이미『굶주림』과 다른 몇 작품으로 노르웨이 국내와 해외에 이름이 알려졌던 그는 1917년 말에 이 소설을 발표했고, 이 작품은 그해가 가기 전에 약 1만 8천 부가, 1920년까지 총 3만 6천여 부가 팔렸다. (그 당시 노르웨이 인구는 265만이었다.)

이사크와 엘레세우스

1859년 노르웨이의 구드브란스달에서 태어난 함순은 어린 시절을 노르웨이 북부에서 보냈다. 청년기에는 한때 크리스티아니아(지금의 오슬로)에서 대학에 적을 두기도 했지만 시골에서 갓 올라온 그는 그 사회에 적응하지 못했고, 24세 때 미국으로 건너갔다. 그러나 미국에 정착한 노르웨이인들은 새로운 문학을 찾지 않았으므로 미국에 정착해서 작가로서 활동하기란 쉬운 일이 아니었고, 그는 두 번의 미국 체류에서 큰 실망을 하고 미국을 비판하는 태도를 가지게 되었다. 이런 그의 경험은 그의 작품에도 잘 나타나 있는데, 『굶주림』에서는 크리스티아니아에서 어렵게 생활하는 작가가 등장하는가 하면 『땅의 혜택』에는 미국으로 떠나는 사람들이 등장한다. 또한 『굶주림』에서 도시 밑바닥에서 생활하는 인간의 모습이 적나라하게 그려진 반면, 그의 시골 묘사에는 자연에서 누리는 기쁨이 이상화되지는 않더라도 따뜻하게 그려져 있는 편이다.

19세기 말 노르웨이 시골의 모습을 그린 『땅의 혜택』에서는 상반되는 유형의 인간들이 전통적인 농업과 화폐경제(광업, 상업)를 대표하며, 이들을 통해 작가는 변화하는 사회상을 그려냈다. 자연 속에서 사는 사람들의 모습을 그린 이 작품은 급변하는 사회에서 그 당시 사람들이 마음속에 품고 있던 그리움을 충족시켜주었다고 할 수 있다.

화폐경제와 농업을 비교했을 때, 전통적인 농업을 선호하고 긍정적으로 평가하는 작가의 태도는 작품 전체에서 뚜렷이 드러난다. 흉년이 가끔 들기는 해도 땅은 언제나 제 소출을 내며, 언제나 안정된 생활을 약속하는 농업은 사회의 기반이다.

이 소설에서 농경 사회를 대표하는 인물은 이사크와 잉에르 부부, 아들인 시베르트다. 작품은 황무지를 묵묵히 걸어오는 주인공 이사크의 모습을 묘사하는 것으로 시작하는데, 그는 처음부터 끝까지 변화하지 않는, 점차로 침투하는 화폐경제의 영향을 받지 않는 변함없는 인물이다. 그는 소박하고 단순하면서도 정이 있으며, 감정을 드러내지 않지만 가족을 아낀다. 엘레세우스가 떠날 때 보이는 행동은 그의 갈등을 적나라하게 보여준다.

아버지는 창가에 서 있다가 갑자기 돌아서서 아들의 손을 잡더니, 화가 난 듯이 큰 소리로 말했다. "그래, 그래. 잘 살아라. 저기 보니 새 말이 매어둔 걸 풀고 도망쳤구나." 그리고 그는 밖으로 뛰어나갔다. 아아, 조금 전에 나가서 말을 풀어놓은 것은 그 자신이었으며, 밖에 서서 미소지으며 아버지를 바라보던 장난꾸러기 시베르트도 그 사실을 잘 알았다. 그리고 말이 가 있던 곳은 어차피 목초를 베고 난 자리였을 뿐이다. (280쪽)

이사크는 잉에르가 이 황무지로 와서 정착한 데 대해 감사하는 마음을 가지고 있으며, 그녀를 기쁘게 하기 위해 '남부끄러운' 행동도 불사한다. 감옥에서 돌아오는 그녀를 맞으러 갈 때, 그는 집에서 한참을 간 다음에야 자신의 외모를 꾸민다. 그녀를 위해 하녀를 구해 오거나 반지를 살 때도, 그녀를 놀래주기 위해 혼자 일을 꾸민다.

아내 잉에르는 그와는 달리 다면적인 인물이다. 지리적으로, 그리고 정신적으로 그녀는 셸란로의 농장과 도시 트론헤임 사이에서 어느 한쪽에 정착하지 못하고 방황한다. 언청이라는 결함 때문에 젊은 시절 사랑을 받지 못했던 그녀는 "나이가 들었으면서도" 기회만 생기면, 즉 외지에서 남자들이 오기만 하면 사랑에 빠진다. 이러한 약점에도 불구하고 그녀는 이사크를 사랑하고 자신의 역할에 충실하며, 결국은 큰 농장의 주부라는 본래 자리로 돌아온다.

젊은 농부들, 시베르트와 악셀은 게이슬레르의 말대로 생명을 이어나가는 이사크의 후계자들이다. 이들은 명랑하고 만족스러운 생활을 해나가며 자신의 역할에 충실하다. 이러한 가족을 두고 지방 행정관이었던 게이슬레르는 이렇게 말한다.

"이 나라에는 자네 아버지 같은 사람 3만 2천 명이 필요하다네. (…) 자네들은 이 땅에 꼭 필요해. 자네들이 생명을 유지하지. 한 세대가 다른 세대를 잇고, 한 세대가 죽으면 다른 세대가 그 자리를 채워. 영원한 생명이란 바로 그런 거야. 그래서 자네들이 얻는 게 뭔가? 올바르고 정의로운 생활, 어디로 보아도 진실하고 솔직한 삶이지. 그래서 자네들이 얻는 게 뭔가? 셀란로의 자네들은 누구에게도 억눌리거나 지배받지 않으며, 간섭받지 않고 힘과 권력을 누리지. 모든 게 자네들에게 호의적이라니까. 자네들이 얻는 건 그거야. 따뜻한 가슴에 안겨 어머니의 손을 가지고 장난을 치며 배부르게 젖을 마시지."(467~469쪽)

함순은 여러 작품에서 대조적인 성격의 형제를 등장시켰다. 『땅의 혜택』에서도 시베르트의 형 엘레세우스는 동생과 달리 어머니를 닮아 도회지에 마음이 가 있다. 교육의 기회가 모든 계층으로 확장되기 시작하는 사회에서 흔히 볼 수 있는 유형인 그는 집안에서 유일하게 글을 배우고, 자신의 출신 배경에서 기대할 수 있는 것보다 월등한 교육을 받았지만 결국에는 어디에도 속하지 못하는 사람이다. "황무지에는 그가 부러워하지 않을 사람이 없었지만, 그는 부러워할 줄도 몰랐다." (452쪽)

도시에서 성공하고자 하는 그의 꿈은 좌절된다. 가족 사이에서, 황무지에서 그는 대단한 아들로 보이지만, 그의 능력은 넓은 사회에서도 인정받기에는 충분하지 못했다. 결국 시골로 돌아와 아론센의 가게를 인수하지만 상인으로서의 자질도 부족하다. 그는 체면만 신경쓰며, 후하게 베풀고 여행을 다니느라 수지를 맞추지 못한다. 언제나 부모의 재정적인 도움을 필요로 하며 끝까지 뿌리박지 못하고 결국 미국으로 떠나는 그는 땅에 뿌리박은 아버지와 대조되는 인물이다.

황무지에 처음으로 발을 들여놓은 상인 아론센은 대표적인 유통업자로, 기회주의자라고 할 수 있는 인물이다. 마을이 점차 발전하자 그는 황무지에 가게를 열어 돈을 벌어보려고 하지만 좌절을 겪는다. 그는 하루하루가 불안하다. 광산이 다시 열릴까? 사람들이 마을을 떠날까? 조바심을 내지만 결국 일은 그의 뜻대로 되지 않는다. 그의 성공 여부는 그 자신의 노력보다는 운에 달려 있기 때문이다. 게이슬레르는 이를 '도박'이라 부를 것이다.

이런저런 직업을 전전하는 브레데 역시 물위에 뜬 것 같은 인물이다. 그는 새로 정착하는 사람들을 따라 공직을 버리고 황무지로 들어왔지만, 농사일은 그의 적성이 아니다. 그는 농기구를 잘 간수하지 않고 밖에 버려두곤 하는데, 그러한 행동이 그가 정말로 농사를 지으러 온 것이 아님을 보여준다. 전신주를 관리하는 일을 담당하지만 그 또한 오래가지 못한다. 결국 그는 마을로 돌아가고, 여행자들을 위한 숙소를 열어 생활을 유지해나간다. 진지한 이사크와 달리, 그는 가벼운 성격의 소유자다. 온갖 어려운 일들을 웃어넘긴다. 악셀 스트룀에 대한 그의 태도는 매우 이기적이고 공정하지 못한데, 이런 모습들 역시 함순이 그린 시골에는 포함되어 있다.

브레데와 마찬가지로 진지함이 결여된 인물이 그의 딸 바르브로라고 할 수 있다. 바르브로의 이야기는 잉에르 이야기의 반복이긴 하지만 큰 차이가 있으며, 그녀에게서는 잉에르에게서와 같은 헌신, 진지함은 찾아볼 수 없다. 그녀는 전적으로 이기적이며, 마을에서 다시 황무지로 돌아오는 것도 뉘우쳐서가 아니라 상황이 어쩔 수 없었기 때문이다. 사회 문제에 대한 함순의 묘사를 살펴보자.

잉에르와 바르브로

이 작품에서는 영아 살해라는 모티프가 반복되는데, 특히 두번째 사건의 경우 공판 장면이 길게 묘사되며 법적인 문제가 상세하게 다루어진다. (이미 1920년대에 한나 아스트룹 라르센은 이 장면 묘사가 너무 긴 것이 아닌가 하는 의문을 제기하였다.)

잉에르는 사실 첫아이를 낳을 때부터 분명 어떤 계획을 가지고 있었다. 출산이 가까워지면 그녀는 이사크를 마을로 보냈으며, 아이가 태어나면 그 즉시 언청이인지를 확인했다. 그렇게 보면 잉에르의 영아 살해는 잠정적으로는 몇 년 전부터 계획되어 있었다고 할 수 있다. 하지만 잉에르에게 아기에 대한 애착이 없는 것은 아니다. 그녀는 아기에게 진주를 달아주고 정성껏 묻으며, 자신의 행동을 두고두고 뉘우친다. 재판 결과가 나오자 형벌을 기꺼이 받아들이며, 감옥에서도 모범적으로 생활하고 다시 집으로 돌아온다.

반면에, 바르브로가 아기를 죽인 것은 아기에게 어떤 문제가 있었기 때문이 아니었다. 자신이 하녀로 있는 집에서 아기를 가지면, 악셀을 떠날 수 없고 도시로 갈 수 없기 때문이다. 이런 동기에서 그녀는 원시적인 형태의 낙태를 감행하고 아기를 묻는다. 또한 그녀는 초범도 아니었고 뉘우치지도 않았다. 바르브로의 영아 살해를 두고 작가는 "하녀에게서 흔히 볼 수 있는 윤리적 무개념과 경박함의 표출"(296쪽)이라고 묘사한다. 그녀가 도시에서 생활할 때 아기를 죽인 일 역시 그녀 자신의 자유와 편리를 위해서였으리라고 독자는 상상하게 된다.

악셀의 아기가 죽었던 사실이 밝혀지고 재판이 열리자, 헤이에르달 부인이 그녀의 편을 든다. 혹시 헤이에르달 부인이 함순의 의견을 대변하는 것일까? 이에 대한 판단을 내리기 위해서는 함순이 신문에 쓴 글에서 취했던 태도를 참고해야 할 것 같다.

1915년에 노르웨이에서 영아를 살해한 어머니에게 8개월 형이 선고된 일이 있었다. 함순은 이에 분개하여 신문에 기사를 썼는데, 문학 작품에서와 달리 사회를 비판하는 글에서는 매우 직설적이고 공격적인 언어를 사용했던 함순은 부모 모두를 교수형에 처할 것을 요구하였다. 그러니 헤이에르달 부인의 연설은 함순의 연설로 볼 수 없으며, 오히려 그녀는 당대의 새로운 여성상에 대한 풍자로 보아야 할 것이다. 찰스 디킨스의 『블리크 하우스』에서 집안일은 전혀 살피지 않으면서 아프리카를 돕기 위해 편지를 쓰는 젤러비 부인과 마찬가지로, 그녀는 가정에는 관심이 없었다. "헤이에르달 지방 행정관은 지난해에 결혼한 사람이었다. 아내는 어머니가 되기를 원하지 않았고 아이를 가질 생각이 없었다. 싫단다."(91쪽) 결국 그녀도 아기를 낳았지만, 바르브로의 재판에 가기 위해 아기를 남에게 맡겼다고 함순은 밝힌다.

실제로 함순은 교사이며 배우 출신인 아내 마리 함순과의 관계에서 역시 아내에게 어머니의 역할만을 기대하였고, 그녀의 외부 활동을 통제했다. 함순이 비판적인 태도를 보인 것은 영아 살해와 여권 신장만이 아니다. 그는 미국과 영국에 대한 반감을 감추지 않았고, 수공업의 몰락과 근대화, 관광산업에 대해서도 분명한 언어로 반대 의견을 피력했다.

『땅의 혜택』 이후의 함순

1920년대에 그의 작품은 영어권과 독일어권에서도 널리 읽혔으며, 특히 친독일적인 발언을 통해 독일에서도 많은 독자를 확보할 수 있었다. 『땅의 혜택』이 나오고 몇 년 후인 1920년에 그는 노벨문학상을 받았으며, 국왕으로부터 '노르웨이의 혼'이라는 칭송을 듣기도 했다.

그러나 그후 그의 정치적 행동은 논란의 대상이 되었다. 그는 제2차 세계대전중에 독일을 지지하고 독일의 노르웨이 침공을 환영했으며, 심지어 히틀러를 방문하고 노벨문학상 메달을 괴벨스에게 선물하기도 했다. 그 결과 반역 혐의가 제기되었고 정신과 치료를 받으며 심리 검사에서 장애가 있다는 진단을 받아 반역 혐의에서는 벗어났으나, 재판에서 벌금형을 선고받았다.

1949년 그는 새로운 작품을 발표하고 자신이 아직 활발하게 활동할 수 있음을 보여주었지만, 더이상 국민의 존경을 받는 작가가 될 수는 없었다. 1920년대에 나온 한나 아스트룹 라르센의 함순 전기에서 보는 것 같은 '구름 한 점 없는' 긍정적인 묘사는 더는 찾아보기 어렵게 된 것이다. 그러나 1917년에 나온 작품을 이해하기 위해 1930년대의 사건들을 함께 고려해야 할지는 전적으로 독자 개개인의 판단에 맡겨야 할 문제다.

2012년
안미란

1859년   8월 4일 구드브란스달의 롬에서 일곱 형제 중 넷째로 태어남. 본
        명은 크누드 페테르센.

1862년   가족이 하마뢰위에 있는 함순으로 이주함. 함순은 나중에 이곳의
        이름을 필명으로 사용함.

1867년   가난 탓에 삼촌 한스 올센의 집으로 가 우체국 일을 도움. 어린 시
        절 엄격하고 난폭한 삼촌 밑에서 폭력을 당하며 지낸 일은 그의
        성격과 작품세계에 큰 영향을 미침.

1875년   삼촌에게서 도망쳐 상점 판매원, 제화공, 잡상인 등으로 일함

1876년   글을 쓰기 시작함. 상인 에라스무스 잘에게 후원 요청.

1877년   크누드 페테르센이라는 이름으로 『불가사의Den gaadefulde』 출
        간.

1878년   크누드 페테르센 함순이라는 이름으로 『조화Et gjensyn』『비외르
        거Bjørger』 출간.

1882년   미국으로 건너감. 여러 직업을 전전하다 작가이자 사이비종교 지
        도자인 크리스토퍼 얀손의 비서로 들어감.

1885년   심한 기관지염에 걸려 노르웨이로 돌아와 신문에 글을 쓰며 생활
        함.

1886년   건강을 회복한 후 다시 미국으로 건너감. 전차 검표원, 농장 노동
        자 등으로 일하면서 이주민들 사이에서 강연 활동을 함. 두 번의
        체류에서 미국에 깊이 실망함.

1888년   유럽으로 돌아와 코펜하겐에 자리잡음. 덴마크 신문에 익명으로
        짧은 소설 게재. 이 소설은 이후 『굶주림Sult』의 첫 부분이 된다.

1889년	『현대 미국의 문화생활*Fra det moderne Amerikas aandsliv*』출간.
1890년	『굶주림』출간.
1892년	『신비*Mysterier*』출간.
1893년	『편집자 렝게*Redaktør Lynge*』『표토*Ny jord*』출간.
1894년	『목신 판*Pan*』출간.
1896년	희곡 〈왕국의 관문에서*Ved rigets port*〉가 공연됨. 『인생 게임 *Livets spil*』출간.
1989년	베르글리오트 괴페르트와 결혼. 『빅토리아*Victoria*』출간.
1899년	동유럽과 소아시아로 여행을 떠남.
1902년	딸 빅토리아 출생. 『수도사 벤트*Munken Vendt*』출간.
1904년	『몽상가들*Sværmere*』출간.
1906년	베르글리오트와 이혼.
1907년	『가을별 아래에서*Under høststjærnen*』출간.
1909년	마리 안드레센과 결혼. 『소리 없는 악기를 켜는 방랑자*En vandrer spiller med sordin*』출간.
1911년	하마뢰위에 농장을 구입함.
1912년	아들 토레 출생. 『마지막 기쁨*Den sidste glæde*』출간.
1914년	아들 아릴 출생. 『시대의 아이들*Børn av tiden*』출간.
1916년	딸 엘리노르 출생. 『세겔포스 마을*Segelfoss by*』출간.
1917년	농장을 팔고 여러 곳으로 이사를 다님. 딸 세실리아 출생. 『땅의 혜택*Markens grøde*』출간.
1918년	그림스타드 근처 뇌르홀름에 농장 구입.
1920년	노벨문학상 수상. 『우물가의 여인들*Konerne ved vandposten*』출간.
1923년	『마지막 장*Siste kapitel*』출간.
1926년	창작에 어려움을 느끼고 심리 분석을 받음.

1927년 『여행자들Landstrykere』 출간.

1930년 『아우구스트August』 출간.

1933년 『길은 앞서간다Men livet lever』 출간.

1936년 『고리가 닫히다Ringen sluttet』 출간.

1940년 독일군이 노르웨이를 점령하자 국민들에게 동조할 것을 촉구.

1943년 독일로 여행을 가 괴벨스와 히틀러를 만남.

1945년 히틀러 사후에 그를 기리는 글을 씀. 전쟁이 끝난 후 반역 혐의로 체포되어 심문당함. 심리 검사 후 그림스타드의 정신병원에 강제 수용됨.

1947년 재판이 열리고 높은 벌금형을 선고받음. 뇌르홀름으로 돌아옴.

1949년 『풀이 무성한 오솔길에서Paa gjengrodde stier』 출간.

1952년 2월 19일, 92세로 사망.

문학동네 세계문학전집 발간에 부쳐

　세계문학은 국민문학 혹은 지역문학을 떠나 존재하는 문학이 아니지만 그것들의 총합도 아니다. 세계문학이라는 용어에는 그 나름의 언어와 전통을 갖고 있는 국민문학이나 지역문학의 존재를 인정하면서 그것을 넘어서는 문학의 보편적 질서에 대한 관념이 새겨져 있다. 그 용어를 처음 고안한 19세기 유럽인들은 유럽문학을 중심으로 그 질서를 구축했지만 풍부한 국민문학의 전통을 가지고 있는 현대의 문학 강국들은 나름의 방식으로 세계문학을 이해하면서 정전(正典)의 목록을 작성하고 또 수정한다.

　한국에서도 세계문학 관념은 우리 사회와 문화의 변화 속에서 거듭 수정돼왔다. 어느 시기에는 제국 일본의 교양주의를 반영한 세계문학 관념이, 어느 시기에는 제3세계 민족주의에 동조한 세계문학 관념이 출현했고, 그러한 관념을 실천한 전집물이 출판됐다. 21세기 한국에 새로운 세계문학전집이 필요하다는 것은 명백하다. 우리의 지성과 감성의 기준에 부합하는 세계문학을 다시 구상할 때가 되었다.

　문학동네 세계문학전집은 범세계적으로 통용되는 고전에 대한 상식을 존중하면서도 지난 반세기 동안 해외 주요 언어권에서 창작과 연구의 진전에 따라 일어난 정전의 변동을 고려하여 편성되었다. 그래서 불멸의 명작은 물론 동시대 세계의 중요한 정치·문화적 실천에 영감을 준 새로운 작품들을 두루 포함시켰다.

　창립 이후 지금까지 한국문학 및 번역문학 출판에서 가장 전문적이고 생산적인 그룹을 대표해온 문학동네가 그간 축적한 문학 출판 경험을 바탕으로 새로운 세계문학전집을 펴낸다. 인류가 무지와 몽매의 어둠 속을 방황하면서도 끝내 길을 잃지 않은 것은 세계문학사의 하늘에 떠 있는 빛나는 별들이 길잡이가 되어주었기 때문이다. 우리가 자부심과 사명감 속에서 그리게 될 이 새로운 별자리가 독자들의 관심과 애정에 힘입어 우리 모두의 뿌듯한 자산이 되기를 소망한다.

문학동네 세계문학전집 편집위원
민은경, 박유하, 변현태, 송병선, 이재룡, 홍길표, 남진우, 황종연

지은이 크누트 함순
1859년 노르웨이에서 태어났다. 1890년 『굶주림』이 높은 평가를 받으면서 유럽 전체에 이름을
알렸고, 『신비』 『목신 판』 『빅토리아』 등을 발표해 작가로서 명성을 얻었다. 1911년 농장을 구입
해 농사를 짓기 시작하면서 『시대의 아이들』 『세겔포스 마을』 『땅의 혜택』 등 목가적인 작품을
주로 썼다. 1920년 노벨문학상을 수상했다. 1952년 92세로 사망했다.

옮긴이 안미란
서울대학교 국어교육과를 졸업하고 독일 킬 대학교 언어학과에서 박사학위를 받았다. 현재 주
한독일문화원에서 근무하고 있다. 옮긴 책으로 입센의 『인형의 집』을 비롯하여 『버드나무에 부
는 바람』 『오래 슬퍼하지 마』 『바다의 학교』 『이상한 집에서』 『짧지만 화려한 축제』 등이 있다.

세계문학전집 129
땅의 혜택

1판 1쇄 2015년 6월 30일
1판 3쇄 2022년 2월 4일

지은이 크누트 함순 | 옮긴이 안미란

책임편집 박신양 | 편집 이미영 오동규 | 독자모니터 황정숙
디자인 고은이 최미영 | 저작권 박지영 이영은 김하림
마케팅 정민호 이숙재 박보람 한민아 김혜연 이가을 안남영 김수현 정경주 이소정
브랜딩 함유지 함근아 김희숙 정승민
제작 강신은 김동욱 임현식 | 제작처 영신사

펴낸곳 (주)문학동네 | 펴낸이 김소영
출판등록 1993년 10월 22일 제406-2003-000045호
주소 10881 경기도 파주시 회동길 210
전자우편 editor@munhak.com | 대표전화 031)955-8888 | 팩스 031)955-8855
문의전화 031)955-8895(마케팅), 031)955-1916(편집)
문학동네카페 http://cafe.naver.com/mhdn
문학동네트위터 http://twitter.com/munhakdongne
북클럽문학동네 http://bookclubmunhak.com

ISBN 978-89-546-3674-2 04850
      978-89-546-0901-2 (세트)

www.munhak.com

● 문학동네 세계문학전집은 계속 출간됩니다